· WALK THE WORLD ·

轮椅走天下

上

詹志芳 ● 著

中国广播影视出版社

目　录

一 出发前的准备

2011 年，小女儿在旧金山通过 MSN 和我说："妈妈，我们学校和法国尼斯大学有联合培养计划，如果我去法国念三个月，我还可以有一个法国的硕士。不过就没有奖学金了，你说我去吗？"

我说："当然去了，你们这一代人肯定看不了万卷书，再不行万里路，不成傻子了。"

"那到时候，你也来吧。"太好了，我最喜欢旅行，我认为旅行是最快捷、最直接、最印象深刻的学习方法。但常常是找不到人陪我。

我开始找人，本想做一次示范性的自驾穷游，自己租车、自己做饭，用最节省的方式，我把整个过程记录下来，给准备自己去欧洲的人，有点借鉴作用。先后有六七个人都有兴趣参加，后来都因为各种原因退出了，最后两个人是在签证当天退出的。

我只能一个人走了，更何况以后连女儿都不在欧洲，我去就更困难了。我连夜把所有原来预定的二三十家旅馆取消，因为都是订的三人间，现在就我一个人，要重新订。有

些不能取消的，也只好我给她们付账了。我只在 BOOKING.COM 上订，因为你不订好所有的旅馆，意大利领事馆根本就不接受你的申根申请，而且一天都不能差。我听说欧洲有很便宜的飞机票，有几欧元一张的，我没有赶上过，因为我在欧洲只是从慕尼黑飞雅典，再从雅典飞慕尼黑，其他都是乘火车，还有海轮。

我楼上住过三个意大利男孩，其中一个男孩教过我意大利"你好"和"再见"都是"瞧"（音）。所以，在办手续时，唯一的意大利女孩，她在管所有的人。我总是用"你好""再见"和她打招呼，她就格外关照我，每次看见我，都问我办得怎么样了。由于原来成员的耽误，我办手续时已经非常晚了，因为我会一句意大利语，我两次要求提前面签时间，提前给护照，都被接受了。

最后，去使馆面签前，我又学了几句意大利语，本来我一个架着双拐六十多岁的人，谁都会拒绝的。可是我不仅告诉她我多年去美国、加拿大都是一个人，而且和她用意大利语说"谢谢"。她没有一点儿的犹豫就给我签了，还应我的要求提前了寄护照的日期。语言有多么重要就可见一斑了。本来我还背了"你早，先生"，可接待我的是一个几乎光头的女孩，我背了半天的句子也没用上。到了下午，我就想不起来意大利语"谢谢"怎么说了，过了三天才想起来，现在已经忘不了啦。想起我在"文革"中，父亲教我日文的《愚公移山》一周就背下来了，我们最好的记忆力都浪费在了农村。

我去欧洲时，朋友应我要求给我买了四本书，一本德语；一本法语；一本西班牙语；一本意大利语。都是临时急需的小书，但是书编得不太好，我还让原来住我家隔壁的对苏播音员，给我录音，又学了点儿俄语。我建议要外出旅行的人，做点儿语言的准备是很重要的。最低限度也要学会当地语言的"谢谢"和"再见"。其实，在欧洲有初级程度的英语，一切日常的用语都可以对付过去。要去国外旅行，除了要了解当地的风俗和语言，最好提早做些准备，学习点儿当地的习俗、地理、历史、文化、美食。

去欧洲，只要有一个国家的申根签证，就可以有二十五个国家的免签，这个数字还逐年增加，很方便。当然，没有参加申根的，还是要另外做签证的。我为了去俄罗斯，也做了俄罗斯的签证。（因为俄罗斯签证是请公司帮忙做的，要了我们每人 1500 元人民币；而欧洲申根签证才 705 元人民币，加快递费 750 元人民币）护照要有足够的时间，最低也要有六个月的有效期。不要拿快过期的护照去签证。

交通方面，我计划坐火车去莫斯科和圣彼得堡后，再飞去西班牙，然后就用欧洲多国通票（这是专门给欧洲以外的人，在欧洲坐火车旅行用），欧洲通票在网上可以购买，还会有淡季优惠，双人多人优惠等。也可以到北京朝阳门外华普超市上面找，我去过几次都不在原来的屋子，他们老是搬家，但是都在这楼里，电话：51661666。

我在欧洲会有十天和女儿在一起，我就买了两个月内任意十天双人票（双人票有一点儿优惠）；然后是我一个人的两个月之内任意十五天的票；和瑞士的通票，正好做活动买一送一，一旦启用就必须三天连续用。我和女儿的十天票，其实在一起用了七次，她又单独用了三次；十五天单人票，我用了十四次；瑞士就我一人用，所以买一送一的优惠没用上。但是，我以为这已经算是计算很精确了，没有什么浪费。欧洲通票的纸很差，很容易烂，多次使用，要好好保护。我建议用一个塑料夹，按照欧洲通票大小剪成一个夹子。最重要的是我走完了欧洲票没有丢。因为票丢了是不能补的。光这些票就一万多元人民币。

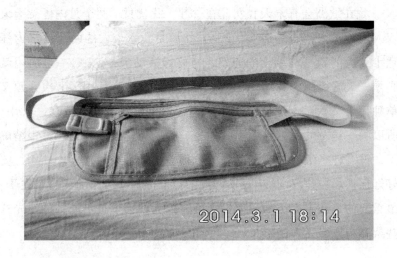

我建议出国旅游的人，无论跟旅游团或者自由行。最好再带一份护照复印件、签证页复印件、本人照片。以防证件丢失后，去使馆做临时护照时用。这些文件不要和护照放在一起，一定要分别放在两件行李里。

我认为最好不要带钱包，一是钱包太重，出门轻装很重要。我用一个小布袋，放一百欧元以内的零钱，我自己都常常找不到，小偷就更偷不成了。大钱和护照还有欧洲通票和银行卡，都放在贴身的包里。我在欧洲没有丢过一分钱，也没有遇上抢劫的。

　　在旅游之前，最好把手机全球通开通。在国外才可以和国内联系。但是，因为在国外的通讯费较贵，你可以告知朋友这段时间不在，有事用短信、微信联系。

　　出国自驾游的，需要去办一个国际驾照的公证。

　　如果准备自由行，最好自己带手提电脑。各国的旅馆基本上都有计算机给旅客用，但是有些是当地的语言，有些操作不一样，还需要排队使用。所以，最好自己带电脑。

　　最好带两个转换插头，我原来只带一个，看见女儿有三个就要来一个。这样可以同时给手机、照相机充电。或者一个转换插头，一个插线板。还要带一个热得快，因为中国人老是要喝开水。煮点鸡蛋土豆都没有什么问题。欧洲多数旅馆没有电水壶。最好再带点儿胶条，有时候，转换插头插上，可是插不牢。这时，胶条就有用了。照相机、最好都有备用电池。我说的是一个人用的量。

　　需要注意的是，在欧洲没有特别的需要，晚上不要出门，欧洲并不安全，白天相对好一点儿。重要的东西分开放，不要都放在一起。包最好挂在身体前面，不要离开身体。

　　最后，需要提醒一下的是，不要以为穿得好，带的包好，就是给国家挣面子。其实，你穿多好，和人家款式也不一样。没有必要时，不说话。一定要说话，就压低声音说给需要听的人，能听见就行了。这才会让人家觉得你是一个文明人。否则，你买再多的LV，人家还是把你看成没有教养的暴发户。

　　我还有个经验，我带些在家不成对的袜子，和老舍不得扔的衣服。袜子不方便洗时就扔了。最后，要回国，买东西放不下时，就把旧衣服扔了。你都带新袜子和新衣服，就没有这份从容了。

　　在北京火车站站口路北的国际饭店的西门里，买去莫斯科的国际车票。买票只要护照和人民币，售票处的人告诉我不着急，说你下午上车，上午买就行，还说你可能一人一个包厢。在这里，我没有看见一个中国人，只有几个俄罗斯人。我出票时，要求靠门和靠餐厅最近的包厢。售票处的人极好说话，要哪给哪。我还以为是我买得早，所以有选择的余地，上了车我才知道，根本不是我想的那样。

　　最后，就是换钱，需要注意的就是申根国家和欧元国家不完全一致，像捷克、挪威、丹麦和瑞士就用自己的货币，虽然它们都是申根国家。我去时只考虑到少带几张钞票，都换大面额的。实际上，最好是五十、一百欧，在当地银行换，有的还要手续费，超市不收大面额的欧元。卢布最好一百一张，因为出租车你给他多了，他不找钱。去俄罗斯最好多换一些卢布，那里的消费是相当贵的，莫斯科的出租车收费是北京出租车收费的五、六倍。剩下带一张 VISA 或者一张 Master Card。在西欧，买三明治、坐出租车都可以刷卡。少带现金，两张银行卡放在不同的地方。

　　还要注意，不要把放有现金的包离身。欧洲有些旅馆，如果包中有钱，服务员在打扫房间时会从中抽几张，你当时看不出来，事后一算，算不出在哪里用了，这样的事时有发生。

　　欧洲几乎所有的旅馆都包早餐，只是青年旅社和公寓没有早餐。早餐通常有黑白面包、黄油、起司、火腿、果汁（不是鲜榨汁）、牛奶、鸡蛋等，很少有蔬菜。四星级五星级的旅馆还有鱼。如果住公寓或者解决中餐晚餐，可以去大的火车站里买到三明治，四到五欧元，分量足以吃饱。也可以去超市买，比火车站便宜一半左右。

我去过的欧洲国家，普通旅馆都是只有小香皂和白毛巾。其他牙刷、牙膏、洗发液、拖鞋都要自己带。只有五星级的旅馆有洗发液。所以，自由行的要注意带全东西。没带也不要紧，在欧洲买也不贵。

最后，要去旅游的人最好去新华书店，买一张中国地图出版社出的《欧洲热点观光图》这是两面贴有塑料薄膜的地图，比较清楚。还可以利用旅游把欧洲地理学一下。

我去欧洲是带着一些问题去的，许多问题都在亲自看过、问过之后得到了解决。尤其对欧洲的环保我比较注意，我也希望把这些好的政策和理念带回中国，让我们在发展的同时，也要注意环境保护，使我们的发展有可持续性。

我总结出几条自由行的经验：

1. 准备护照，护照的有效期要大于六个月。

2. 准备钱，大约一天一千人民币。

3. 把每一天的行程订好。

4. 在网上预订房间，要可以免费取消的，一天也不能漏，签证处是要一天一天对的。

5. 把来回机票预订好，不要出票。

6. 把欧洲通票也约定，交点儿押金，不要出票。

7. 去预订旅游保险，网上也可以办。

8. 提早去办签证，如果没有准备好材料，就还有时间再去。

9. 签证拿到，才可以出所有预定的票（机票、欧洲通票，保险单）。

10. 去中国银行换钱，因为中国银行的币种比较多，但是要先约，分行也要时间去调款。不要换最大面额的钞票，五十、一百的最好用。现在，中国银行有多币种卡，在欧洲除了上厕所、汽车票、小费不能用卡，剩下都可以刷卡。

11. 去买两个转换插头，欧洲基本都是 220V 的电压。我碰到只有哥本哈根不同。

12. 爱喝热水的要带一个"热得快"。

13. 带点儿胶条，有时会需要，比如插座插不牢时就需要。

14. 带一个小的白纸本，每到一处，先把旅馆地址写下来，问路时要用，还有给出租车司机看。

15. 去买一个压膜的欧洲地图，一路走一路看，学习欧洲地理。

16. 在欧洲自由行要自己带牙刷、牙膏、洗发液、拖鞋。最好带两三个细铁丝的衣架。

17. 一定要带一个笔记本电脑，有时不能按时到旅馆，要随时取消，随时再订。

18. 带的衣服就是方便旅游的，用不着盛装，没人看。最好是化纤的衣服，洗了好干。还有就是带一件防水的冲锋衣，可以做雨衣用。

19. 做点儿语言准备很重要。

20. 其实，我还带了一个一毫米薄的案板，和一把陶瓷刀。切水果也方便。放在托运行李里。

21. 在所有的火车站、飞机场、旅馆、旅行社都有当地旅游景点的地图和介绍，可以随便拿。这有助于寻找景点，问路也方便。

在这次的旅行中，得到许多朋友和侨界领袖的帮助，因为我是中华海外联谊会的理事，海联会就通知了我要去的国家的理事们。我无意中得到许多朋友的帮助。改革开放后，去欧洲发展的浙江青田、温州和山东、东北人创业的故事。他们的奋斗精神让我很感动，我也写出来向他们表示敬意。他们是在佳木斯的孙小敏；住俄罗斯的陈飞龙、柴蒙、黄立良；在圣彼得堡碰上的陈万全；西班牙的林峰；比利时的朱海安；荷兰的胡允革；奥地利的张维庆、司良信；德国的谢盛友、张申华、王小鹏；希腊的吴海龙、董荣进、林晓荣、厉春燕、周晨燕；挪威的施富强；葡萄牙的陈建水、马超华、徐汉祖、滕大姐、黄教授、麦荃洗德；瑞士的张锡源和夫人；意大利的老同学秦仲梅等。当然，还得到许多小朋友的帮助，他们是姜松涛、谢铭峰、张立平、蔡先浩、魏志延、朱鸿、高山山、张德良、滨岩、陈燕、周小龙等；新加坡的苏章慧姐妹，还有欧洲各国的好心人阿列克、奥尔加等，我能留姓名地址的都留下了，希望能够有机会感谢他们。

我感谢在 2013 年伏天帮我看稿子的姚锡佩。她用四种颜色标明了她的修改意见。

我也感谢我的朋友罗哲敏，他给我提供了在海南岛改稿的一切，包括旅馆和餐饮。

我还要感谢岳建一，他总是一如既往地支持我写作，帮助我编辑。

我特别感谢我的朋友谢懿君，她的儿子在圣彼得堡的中国领事馆工作。我在巴黎，托朋友取我放在旅馆的 DVD，他没有去取，后来女儿再去巴黎去取，旅馆已经处理了。所以，圣彼得堡的资料都丢了。谢懿君的儿子帮我购买了两张圣彼得堡和冬宫的 DVD，才使我补上了可以反复看的资料，我写圣彼得堡很多要看他们带回来的 DVD。

我怀着沉痛的心情，纪念我家邻居原对苏播音员李振兴（沃洛佳，沃沃），他在给我录音时说："我真想和你一起去俄罗斯。"我

说："明年吧。"本来我和在伊尔库斯克的陈飞龙都说好，带些人去洗肺（休假），找个俄罗斯老大妈，一天中国饭（自己做），一天俄罗斯饭。今年五月，我还到李振兴家，给他看我请人带回来的圣彼得堡的 DVD。他刚发现了肺癌早期，已经做了手术。看来他还好，他还在说，他真想去一趟俄罗斯。我知道，那是他出生的地方，他在海参崴长到十八岁才和父母、姐姐、哥哥一起回到中国。没有想到七月十日，他就去世了。若不是时间太紧，我本有机会带他去一趟他出生的地方。现在，想起来心都在疼。他已经八十岁了，是一个小叔叔。可是，我一直觉得他就是一个大哥哥。我和他说："欧洲的饭，俄罗斯的最好吃。"他说："随便一个小饭馆都好吃。"他是带着遗憾走的。

　　我希望这本书，能够给我这一代人，赶上了三年困难时期、"文革"、上山下乡、下岗，终于有点儿钱又有点儿闲了，还不太老的这些人。大胆地走出去，看看这个精彩的世界。我一个坐轮椅的人能办到的事，你们都可以做得到，会比我做得更好。

　　愉快！

二　去莫斯科火车上

俄罗斯横跨欧亚两大洲，国土 17，075，400 平方公里，占世界土地的1/8。跨九个时区，它有世界上最大的森林储备，是世界八强之一。人口是世界第九，1.43 亿，每年减少 70 万。人口密度 8.3 人 / 平方公里，人均 GDP13235 美元。俄罗斯有 150 多个民族，80% 是俄罗斯族，1/10 的人口集中在莫斯科，以东正教为主要宗教。

8 月 18 日

下午五点多，朋友带着儿子来了，他们是送我上火车的。我要两个多月吃不上中国饭了，得好好吃一顿，再上火车。

朋友请客，我选择了东来顺，太油腻的我也消化不了。涮羊肉有许多的蔬菜（听说欧洲蔬菜少），还有就是朋友的孩子也喜欢吃羊肉。

在东来顺，我吃了半盘羊肉，半盘羊肚和许多的蔬菜。朋友点的正合适，什么也没剩，最合我意。我下过乡、插过

队，看见现在人那么浪费，心里非常不舒服。我常和年轻人讲浪费会遭报应的。钱是你的，资源可是全社会的。

回到家里，我把窗户都关了，又把煤气和电都关掉。

曾经和我一个村插队的朋友开车来送我，我们就上了他的车，向北京站进发。开始了去欧洲旅行的第一步。朋友和他孩子顺利地买了站台票。他们帮我拉行李，我自己滚着轮椅。突然，我觉得轮椅轻了，回头一看，一个姑娘在帮我推，她向我笑笑，好像说"一路平安"，还是好人多。

门口的安检人员告诉我们进门向右转，找李秋萍服务站。原来那是专门为残疾人服务的。秋萍是北京站的品牌，残疾人有人陪，可以先放行。没人陪的，她们可以把人用轮椅送进站。中国社会正在逐渐完善。

我们进到站里，才知道K19是国际列车在九道，根本不像我们想的在第一道，为什么？过一会儿就知道了。

我和朋友及他的儿子，汗流浃背地到了列车前，毕竟是三伏天呀。

在国际饭店买去莫斯科的国际车票时，售票处的人就告诉我不着急，说："你可能一人一个包厢。"我就要了靠门的和靠餐厅的。觉得自己占了大便宜似的。但是，我怎么也想不到，上车后，发现我一人一节车厢。我知道上帝喜欢我，但是这也有点儿太过分了吧。

这列车很旧。开车时，整个一节车厢就我一个人，和一个俄罗斯列车员。怎么也想不出来，俄罗斯人马大人高的，就睡这么窄的床，住这么窄的屋？比我们的铺位窄了两三寸。朋友和他的儿子搞了半天，也不知道怎么把床放下来。我试试，一试就放下了。但是他在俄罗斯列车员那儿学的另一招，没告诉我清楚，害我睡了两晚上的窄床。车一开，那个俄罗斯老头就把上衣脱了，光着上身。他在那头，我在这头。看来是一个慈祥的老头。我和他说："达瓦列士。"他和我说："同志。"大家会心一笑，就算朋友了。

过了一会儿，一个瘦瘦的俄罗斯人，走了过来，"达瓦列士"和他说我的事，我听不懂，只见他皱着眉头。我猜这人可能是列车长。他可能看见了我的轮椅，占了一个床的位置。或者觉得就我一个人有点担心。俄罗斯的火车走廊比中国火车的走廊窄多了，可能窄了半尺。

铺位的下铺可以翻上去，我就把对面的床翻起来，把轮椅插进去，这样腾出一个走廊，空间大多了。我带了够九天吃的东西，幸亏带了，不然就要挨饿了。

车开了一会儿，我叫他"达瓦列士"，用手比画着，他马上就明白，是开厕所门。他光着膀子挺着大肚子，把门打开了。我在网上看见俄罗斯火车的厕所晚上要锁起来的，"达瓦列士"没有锁。

看来真是一个好老头，挺厚道吧。但是，水管里没有水，没办法刷牙洗脸。虽然，朋友的孩子给我买的六小瓶矿泉水，我也舍不得用，那是要喝的。我只好不刷牙也不洗脸了，用矿泉水把毛巾部分弄湿，擦一下脸就算了。

我原以为，这旧车没有空调呢，没想到车一动就开空调了，温度还挺低的。"达瓦列士"给我送来了新的白色床单和被套，挺厚的布，质量很好，还有毛巾。我从未碰到过，火车上给毛巾的事，有点儿奇怪。睡前，我用在网上学到的，用铁丝把门扭死。半夜，冻得我把床单被单都盖上了。

8 月 19 日

一早我去找水，路过"达瓦列士"的房间，他还是没穿衣服挺着大肚子在床上打呼噜。我只找到一个接水孔，接到了一立方寸的水。我回去计划了一下，用半杯矿泉水，把牙刷了，我从没有这么认真地刷过牙，大概刷了十几分钟。通常牙医生要求，每次要刷牙三分钟，我很少做到。这水太宝贵了，所以不舍得把这点儿水，随便就用掉。我用剩下的半瓶水，把柠檬洗了，饭盒洗了。再把柠檬切片，用矿泉水泡上，清香的柠檬水，生津止渴，可以省一些的水。

我的早餐就是苏打饼干和鱼罐头，带来的两个橘子也被我一口气吃光了，我是特别能吃水果的人。

十点我想起来了，我应该和我家邻居，原来的对苏播音员沃罗佳和"达瓦列士"沟通一下，我就打通了他的电话,让他和"达瓦列士"说请他关照我。我把耳机给"达瓦列士"，他听着点着头。最后，耳机又插到我耳朵里。我邻居沃罗佳和我说："他说他一定照顾你，你那间他不让进人了，他叫阿列克。"

我回去翻箱子，找出一条丝围巾，送给阿列克，他很高兴，大概他觉得老婆会喜欢吧。不知道为什么俄罗斯的列车员不穿制服，那神气的制服在他车厢里挂着。也许，中国的三伏天把这个俄罗斯人热坏了。

这时，车厢里有一个俄罗斯女人，我和她连说带比画，我意思是，这车里就咱两个乘客，她耸耸肩，不明白我说的是什么。

我想上厕所，门锁了。我去叫阿列克，他躺在床上指着旁边屋，我才发现那女士也是列车员，我刚才还和她比画，你一个人我也一个人，我以为她是乘客，原来她也是列车员，该她当班了，我也送她一条头巾，她笑得脸像开了花一样，两颗金牙在嘴里闪闪发光。她马上去给我开了厕所的门。

我给佳木斯的小孙发短信说，请她在哈尔滨帮我送点香瓜和西红柿、黄瓜，再送一桶水。要是七天都没有水，太难受了。我只把家里的两个橘子和柠檬带来了。其他什么水果也没有。橘子早就被我吃掉了，柠檬还剩一个。我这一路上的维生素就指望小孙了。俄罗斯的火车没有洗漱间，只有一个厕所，里面有一个直径八寸左右的不锈钢洗手盆。

快到哈尔滨的时候，小孙来短信说，车站不卖国际列车的站台票，我说你买其他车的。她说从七月一日起什么站台票也不卖了。这下可好了，啥也没有了，我连善存片也没有带。小孙又来短信说，她买张车票试试。

车进哈尔滨站了。我赶快去车门处看，看小孙能不能来？我要打电话告诉她我在四站台。这时，阿列克把车门的一块板子放下，

我可以站在上面更方便地看，我远远地看见了小孙和一个男同志，那人提着水和纸箱。我大叫："别着急。"太阳暴晒，他们走得大汗淋漓。

我让他们到我的房间看看，他们直说太小了，看见一节车就我一个人。他们带来四种20个香瓜，黄色西红柿和小黄瓜，还有20个咸鸭蛋呢，光那水就有十几斤。真是太感谢他们了。

因为前面的友好活动，阿列克很关照我，他没有阻挡我朋友送东西。他要是阻挡我是一点儿办法也没有。救命的水果和水到了，我赶快分给阿列克和女列车员一些，他们笑着谢谢我，我说不用。

车又开了，我坐下来，一连吃了两个香瓜。太甜了。北京人吃了才会知道，北京的香瓜就六成熟，哈尔滨纬度高，夏天光照时间长，香瓜甜极了。补充了维生素，比光吃蛋白质和碳水化合物舒服多了。小孙，真是太聪明了，我马上给她发了短信："黑龙农垦万千顷，不及小孙送我情。"

她回信："见到你精神状态很好，很高兴，我和站长白干一仗，终于能进站了。祝你一路顺利，收获丰硕，期待你的下一本书。"

我小心地用空瓶倒了半矿泉水瓶子的水，去好好洗了把脸，舒服极了，又把牙刷了刷，真痛快，我又成了一个富裕的人。每天拥有的水没有看重它，一旦失去，才知道珍贵。水太重要了！

我没来时，听说俄罗斯人很傲慢，我接触的这两位列车员都很友善，很可爱。人性应该差不多吧，不过是语言不通，沟通不好，才看起来傲慢。

去年才路过大庆，今天又路过了。都是路过，下次要下来看看。

火车上的马桶是坐、蹲两用，坐就放下盖，蹲要打开盖。从这一点，就说明俄罗斯是一个亚洲生活习惯的国家。因为欧洲国家没有蹲着的马桶。马桶要放水，在马桶下边的踏板，踩一下，不像中国的在上面用手控制。这方面，还是俄罗斯设计合理、干净些，不会有交叉感染。而且，不像中国的火车厕所的管道和地面通着，俄罗斯的马桶下面有底，你在放水时，一踩踏板，盖子才开。不会有中国农民工把钱掉到铁道上的事情发生。厕所里有没有人看走廊尽头的显示屏，右下红点的是有人，绿点是可以进人。

不明白为什么没有水，俄语不通，问也问不明白。幸好朋友从哈尔滨送来了水，应该可以坚持到莫斯科了。

入夜，变得很冷。我起来，把厚衣服穿上了。

8月20日

半夜，3:35到了满洲里，也许火车早到了。十几分钟前，女列车员用钥匙敲我的门，我起来了，好冷呀，我打开箱子把外套找出来穿上。坐在房间等着边检。

来了个女官员，先说俄语，看看我没有反应，用中文说："中国人呐。"

她看了一下房间说："行李真够多的。"

过了一会儿，又来了一个男官员，要走了我的护照，对着我仔细看。还让我站起来，发现我不方便，就说："不好意思。"

他要把我的护照拿走，我说："你不还我护照了？"

他说："过一会儿，录完就还你。"

我又问："不检查行李了？"

"不用。"这大约是中国方面的官员。

又过了一会儿，上来两个战士，我问他们："换车轮的时候，我要下来吗？"

他们说："不用。"

中国铁轨的宽度是 1435 毫米，属于国际标准的准轨。而俄罗斯的铁轨宽度是 1524 毫米，是宽轨。所以，所有中国来的火车要在这里换车轮。

整个车厢里就我一人，又是半夜，真是让人心里没底。

车窗外，路灯下，站台上的战士，长枪挂在肩上，一动不动，偶尔打个哈欠。他身后是一栋大楼，上面挂着标语："正风气，严管理，带队伍。抓落实，全面推进当前各项工作的执行。"

又上来一个大个子的官员，直接用中文说："都是什么东西？"

我说："衣服，吃的，计算机和书。"

他说："过中国海关没什么，过俄罗斯海关，把书、笔记本电脑拿出来，让他们查一下。"

车下小战士冷得受不了啦，他开始动，在他的后方十几米处有个扛大包疾走的人，他也跟了过去。又跑回来，好像去叫他的班长，因为叫来的人没有拿长枪，比小战士也大不了多少，我判断是个班长。他们向扛包人的方向跑去，因为天黑，那人是男是女都看不清楚。

4:15 小战士和其他的战士都撤了。

4:40 天开始亮了，换了一个战士，站在我的窗前，看来这里是一个哨位。

6:15 开始放人了，有旅客上车了，我所在的车厢热闹起来。上来的俄罗斯人比中国人多。我听见走廊上有人用俄语在吵，一听就是一个中国人，一个俄罗斯人。因为中国人和俄罗斯人发音部位不一样。我出去看了一下，我旁边的包厢就是中国人，我问了问他情况，看来他是老坐这趟车的。

小伙子说："过边境就是看看行李，什么事也没有。"

"你会点俄语？"我问他。

"是，有事儿找我。"

我又问他："去哪儿？"

"伊尔库斯克。"他说。他给我吃他带来的姜糖，我送他几个咸鸭蛋和香瓜。

6:30 边防把护照还给了我，上面多了一个正正规规的边防章。不像美国的边防章乱盖一下。我问："俄罗斯那边收小费吗？"十几年前，看见有人写过文章说要给钱的。

"不要吧。"官员说。

从满洲里出来，十几分钟到了俄罗斯的后贝加尔斯克小镇。大约 7:40，这边站台就全成了俄罗斯人了。站台上飘着俄罗斯蓝白红的国旗，白色代表雪；蓝色代表天；红色代表花。

这站上来一些人，有俄罗斯人，也有中国人。有些俄罗斯女人提着许多大编织袋，拉着小孩，应该是来满洲里做生意的。东西实在多，就一点儿一点儿往前挪，让孩子看着。

阿列克穿上了制服，他觉得我填表有困难，就把我的护照要走，他帮我填完，最后让我自己签名。

过了半小时，俄罗斯海关来收护照了，一个漂亮的穿着军服的高个女士，画着蓝眼圈，反复看我，还让我把头发放到耳后，足足看了我有两分钟。要是心里有事的，肯定让她看毛了。

8:15 缉毒犬上来了，一共三条，每条都进屋闻一下，有的还反复走几遍。我知道自己不会有事，平生连毒品都没见过，所以来十条狗也不会紧张。

9:00检查行李的工作人员来了。大约有八九个人，有一个人问："有卢布吗？"

到你们俄罗斯没有卢布怎么行，"有。"我痛快地说。

"有多少？"这我可不会说了。我也不知道有多少，只知道多少人民币换的。看我那么迟钝，就没人理我了。

又来了一个女的检查官，问："有药吗？"

"有。"我拿给她看。她看看也没什么，就放弃了。

再来一个女的，我桌子下一大纸箱（差不多 1.5 立方尺）里面全是吃的。她不看，专看桌子上的两个卤蛋、榨菜、牛肉干。闻了半天抽真空卤蛋，我告诉她是 "egg"，可能她不会英文，就没再管了。

又来了一个问"药"的。我拿出我小药盒给她看，她拍拍自己的头，又捂着心脏。意思是治脑袋的药？治心脏病的药？我是带的黄连素，怕拉肚子的，就捂着肚子。她又看见了酒精棉，我打开先给她的狗闻，又给她闻，就是消毒用的。她没有发现什么，就走了。

最后，上来一个蒙古脸、年纪大的胖男人，他看了半天我的无纺布的包，里面都是香瓜和咸鸭蛋。然后，想了半天，也没有说什么就走了。所有人都没有要我打开行李和专放吃的大纸箱。我也没有主动给他们看我的书和计算机。

检查护照的高个漂亮女人来发还护照，她又在不住地看我。阿列克想从那女人手里把护照抢过来给我，那女人骂了他一句。我又不是假的，爱看就看吧，不过是照完相又换了发型。她忠于职守地把工作干好，又看了我一分钟。最后，才把护照还给了我。

人们开始纷纷下车，阿列克来告诉我不用下。我也想看看怎么换车轮，就不下车了。

上来了一个工人，把地毯掀开，用个铁钩子，勾出三条很粗的构件，我猜那是卡死车轮的。9:35 车倒开，驶进了一个岔道，又开回来进了一个绿色大厂房，里面没什么人，车子来回开。也许要对准什么孔洞，9:50 车子开出厂房，难道换完了？这也太快了吧，我啥也没看见。

天开始下小雨。车又开动了，进了一个厂房。

10:45 装我这个车厢了。我只听见有声音，不见有人操作。11:30 整个列车装好，工人上来，把三条铁构件放回去，又把地毯盖上。整个过程他不看我，也不和我打招呼。

火车开回了站里。

昨天，在哈尔滨还有炎夏的温度，到这里就成了秋天了。大家上车，我的邻居叫小陈，他来到我的包厢，我才知道我抱怨了两个晚上的床并不窄，他把靠背放下来，床一下子宽出四寸，比中国卧铺还宽一点儿呢。我说，我觉得上铺较宽，曾想爬上去，可是找不到脚蹬，上铺又没有挡的，我要是摔下来，就不仅是脚瘸了，连腰也要摔断了，就没上去。他把贴在门边的一个长条往下一拉，哗啦，脚蹬就下来了，原来这房有这么多的机关。"你太能干了。"他让我一夸，更来劲了，用双手把两边的上铺往上一推，上铺都立了起来，空间豁然开朗，大了许多。认识小陈真好，俄罗斯设计的既省地又好用，可是不知道的人就用不上。我请他们吃香瓜，小陈媳妇拿着香瓜去洗，原来有水了。小陈媳妇带我看，她把水龙头下的按键往上推，就有水流下来。手一离开，水就停，真是很节水的设计。

大家熟了，我才知道一上车就是小陈和阿列克在吵，阿列克想要乱收费，要收他们俩床单和被罩 800 卢布（160 元人民币），吵了半天，结果收了他们俩 400 卢布，阿列克可能也有恻隐之心，他没有要我的被单床单钱。

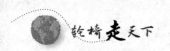

小陈的妻子到我的车厢，说了点儿俄罗斯的情况。她说："俄罗斯很多人都是老喝酒，所有女人都抽烟。只有少数人挺能干。肉和国内差不多价，菜到冬天都是用 20 吨的大卡车，从中国拉来的，比较贵。"

我在屋里找不到电源，小陈媳妇说在走廊有，我就去给手机充电，真是有电呀。

下午 2:00 火车终于开动了。从早上 3:00 到现在，十个多小时。小陈媳妇说："前两年车票不好买，人多极了。现在，飞机的边检简单，而且飞机票便宜，就都坐飞机了。"

过了俄罗斯的边境，看到的是荒凉的土地，路是土路，没有柏油路。但是，有一种质朴原始的美，地平线处有棉花山一样的云，深粉、黄色的野花一丛丛地开放着。黑色的小树林已经没有了叶子。这么早叶子就掉了？还是被火烧过了？不知道。房子都是白屋顶，石棉瓦的屋顶。

这些从未开垦的处女地，常在前苏联小说里看见。以前因为没见过，就没有体会。这次是真真切切地看见了。因为无遮无拦，就连哪块乌云在下雨也是一目了然，这是在楼房密集的地方绝对看不见的。一眼看出去就是几十里上百里地，全无障碍，全无人工建筑，原来水是这样从天上洒向大地的。我不愿意用野来形容大地，它是一种美，一种静，一种想要扑向她，她有种母亲的感觉，大地母亲。大地母亲在处女的时候就是这样的，那么被开垦过的也就是被蹂躏过的了。谢谢俄罗斯保存了大地母亲的原始样子，我才能看到美丽母亲的本来面目。低沉浑厚的俄罗斯男中音在我脑海里想起，那种俄罗斯特有的声音。

我到小陈包厢观察到，车上的小桌子头下方有个可以挂塑料袋的勾，放些垃圾很方便，小桌比中国火车上的长些。小陈说安检时，他带的香肠和我给的鸭蛋被罚了 500 卢布。但是还好没有没收。和他一起来的同伴就惨了，不仅没收香肠，还罚 500 卢布，连个纸条凭证都没有。小陈说他们在俄罗斯老被罚，好像已经成常态了。小陈和他的同伴说："你去问问，哪个中国人不想咬老毛子一口。"

我说："怎么没有罚我呢？"

小陈说："他们看你一个人，年纪又大，还有残疾。"

我想也许有宗教的力量，罚的东西是要拿回家，罚我这样的人，上帝会罚他们的。宗教使人的良心没有完全泯灭。现在想来那个蒙古脸的人，在那里看了半天，他是很想把我的那些东西拿走的，可是他在思想斗争，罚不罚我，拿不拿我的东西。可能最后是东正教的教义使他没有拿。

真不知说什么好，秋天的草有春天的颜色。土路却没有灰尘。火车总是左转右转的，划着美丽的狐步。

下过雨的树，在阳光下闪闪发光，就像用水晶装点的树，太漂亮了！我都看傻了，等我要用相机拍照时，乌云又来了，美景稍逊即逝。我以为俄罗斯都是白桦林，其实不是，至少在进入俄罗斯这段不是。是以草原为主的，有些灌木林。

天上出现彩虹了，北京的许多人很多年没有看见彩虹了吧。几个小时后，树木逐渐增加，高度也在增加，也开始有了小村庄。柴可夫斯基的《如歌的行板》在我脑中响起。

这里的村庄都很小，十几户最多几十户人家，每家都有堆放整齐的木材。这些是可以做桌椅板凳的好木头，都要被烧了。中国完全没人的地方，我没看见过。俄罗斯这样大片没有人烟的土地，我可真是见识了。在美国随时抬头，都有几架飞机在飞，俄罗斯没有，

什么时候也看不见飞机。大片的土地不仅没有工业，连农业都没有。

天已经黑下来了，好像草原还没有走完。

8 月 21 日

我看见对面的火车在上水，我明白了，既然火车要换轨，上水系统也不一样了，所以在中国无法上水，到了俄罗斯就有水了。后来每到一站，都听见上水的声音。

再说一句，俄罗斯司机开火车的技术很好，你没有任何感觉，车就开动了，动作极其轻柔，真是可圈可点。

5:00 起床，我以为起来会看见森林。首先打开窗帘，天麻麻亮，还看不太清楚。等了一会儿，还是大草原，一种平坦的从未被开垦过的草原，原生态的草原。如果，地球上没有人类，那就都应该是这样的吧。十五个小时的草原，我们走的不过是一条线，而这么大的面积。该有多大的地方是草原，真的不知道。

5:30 开始有了一些小杨树，再过 10 分钟杨树变成白桦树。白桦树像白油漆刷过，连小枝都是白的，叶子才是绿色，叶子很小。又过了一会儿，就有松树了，是松树和白桦树掺杂着，还有一些白色野花。

路过的一些小村庄，就有二三十户人家。听说俄罗斯人懒，可是这些院子里种满了大豆。甚至还有一些小形的暖房和玻璃房，种的什么，可是看不清楚。

离这些村庄半里地左右会有一个小墓地，在这么近的地方就有墓地，在中国不太多见。我想这里是西伯利亚，总不能为了扫墓把人冻坏吧。墓地离村子近，也就可以理解了。

从美国天上看地下，是一个一个的圆圈，那是为了浇灌，一个大的浇水系统。美国的农民是一家人自己住，可能和他们来美国时，一家一户占一片地有关，就沿袭了下来。美国各地随时都可以看见几只松鼠。可是，俄罗斯什么也没有，我以为会有狐狸、熊、鹿，结果什么也没有看见。也许俄罗斯的森林太大，它们的选择太多，就不会来火车沿线。可是，我坐在美国的火车上，就看见过鹿。或许，美国的鹿和俄罗斯的不是一个品种，戒备心少，真想不明白。

在俄罗斯有一种回到远古的感觉。那种宁静，我突然明白了，为什么中国人说话声音大，就是因为人多。用国土面积比，俄罗斯几乎是中国的两倍，人口只是中国的十分之一。同等面积我们是人家二十倍的人。当然你要让二十个人听见你说话要大声，城市的密度更大。所以人人都练就了一副大嗓门，唱歌也一样，为什么我们的歌儿激昂、高亢、尖利，老是最强音。乐器也是尖利刺耳，锣、鼓、钹，一个比一个吵，就是为了镇住喧嚣的人声。中国的戏剧通常在集镇上的戏台上演出，那里是寒暄、聊天的场合。戏班为了正常演出，就只好用最吵的频率，最高声音的锣、鼓、钹把人敲到脑袋疼，直到你说什么别人也听不清，人们才可以安静下来一些，才好开演。一会儿，人们又聊起来，而且声音越来越大；第二幕开始，又是一阵敲得心脏都受不了的锣鼓，才可以再演下去。我一直不懂我国的乐器怎么那么刺耳，现在才想明白。

这里人走路慢悠悠的，但是脸上很少笑容。我这车女列车员是一个例外，她老是在笑，也许她喜欢人家看她的金牙。

常住俄罗斯的中国人说，俄罗斯人爱喝酒，经常有人提着酒瓶子，我是一个也没看见，只见过一个抱西瓜的人。小汽车都比较小，

看起来钢板也薄，像日本车。但是，没有日本车精致。

水塘里升起纱一样的白雾，看起来隐隐约约，《天鹅湖》的音乐从那些迷雾中飘出来，原来《天鹅湖》在这样安静、辽阔的地方诞生，音乐也是有地域因素的。

我切了最后一个柠檬，要泡水，阿列克看见了，怕我烫着，帮我端回来。

走了十八个小时，我见过的村子总人口，加起来也超不过百人，我就没看见几个人。我不止一次看见有人在浅河沟里停着车。这是洗车的好方法吗？

我在走廊，脚上的夹脚拖鞋掉了，一个俄罗斯妇女，蹲下来，帮我穿，我真是不好意思，连说"斯巴谢巴"。谁说俄罗斯人冷淡？

到了一个站，因为停车时间长，大家都下了车，我也跟着下去。空气清新直冲肺腑，我们都有经验，国内火车站的空气是最有味、最脏的。这里的空气带点儿甜，因为冷，更加的舒服。我在这地方感受到，空气从未有过的清新，因为负氧离子多吧。在森林里会让人醉倒吗？我去过美国加拿大，它们空气的清新程度赶不上俄罗斯。如果让我打分，俄罗斯100分；加拿大95分；美国90分；中国边远地区85分到90分；中国直辖市、省会城市30分到40分，尤其是在建设地铁的城市，分数更低。

苏打水在火车上买要半升50卢布（10元人民币），在车站上买1升45卢布，小陈媳妇帮我买了四瓶。小陈媳妇告诉我，列车员那里也卖点儿吃的，如可以开水调的土豆粉，我上车要了一份，阿列克帮我冲调好，送来给我。虽然，不怎么好吃，我也想换个口味，苏打饼干、鱼罐头、方便面，让我早就吃够了。虽然，还有牛肉干、五香花生米、榨菜、果汁，我还想吃米饭。

我突然有个想法，中国离伊尔库斯克又不太远，我们每年来这里洗洗肺，应该是个不错的主意。上了车，我就和小陈说，他说他也有办旅游的想法。还说："这个时候，是采蘑菇的时候，一会儿就能采一小筐。我们还在水里捞鱼，一会儿就一盆。特好玩。"

　　我说："你们怎么知道哪种蘑菇有毒，哪种能吃呢。"我大女儿在美国就经常去采蘑菇，他们有专业人士教他们。他们家里挂的都是识别蘑菇的图，还买了书来学。

　　"我们就采有蛆的，虫子知道哪个能吃，哪个不能吃。"小陈媳妇说。

　　啊！五十年了，我才弄明白。三年困难时期，妈妈从西单菜市场买回来的大蘑菇，里面都是蛆，妈妈让我们把每个伞页都打开洗，我还记得那蘑菇特好吃，就是蛆太多，很难洗，心里有点儿别扭。要不是在三年困难时期，妈妈肯定就给扔了。所以，各地不明白对方的事多了。那是我妈妈买的，要是别人送的，真要闹笑话了。

　　这里不就是休息的最好地方吗？还可以去贝加尔湖看看。这个世界储水量最大的湖。小陈说："还能烤肉烤鱼呢。一会儿，过一个站，有时会卖烤鱼。很好吃。"

　　我吃了好几天的罐头鱼，期待着烤鱼。我说："餐车会有米饭吗？"

　　小陈说："我外甥会来接我，明天我让他接我们的时候给你带米饭、色拉，还有俄罗斯的膏药，很好用也不贵，再给你带个俄罗斯香肠。"

　　小陈可能搬行李时抻着了，我拿出伤湿止痛膏，给他贴上。他想起俄罗斯有一种辣椒贴膏，很好用。他要让外甥买来给我试一下。

　　我说："多麻烦呀，算了吧。"

　　小陈是一个壮壮实实的小伙子，虎头虎脑的，一身结实的疙瘩肉，人晒得黑黑的。他在伊尔库斯克生活、工作。脖子上的粗粗的金链子，说明他在那边还不错吧。我给他讲了几个故事，诱导他说出点儿在伊尔库斯克的中国人的故事。他挣扎了几次，很艰难地把自己在伊尔库斯克的故事讲了出来。

　　"我们是2002年来伊尔库斯克的。刚来时，就是给人看水果库，我和我媳妇两个库房挨着。那时每月才五百元（人民币）。后来碰上一个黑毛（在俄罗斯的中国人把解体后的前苏联亚洲部分国家的人叫黑毛），我病了，第二天他开车来接我去看病，我觉得这人不错。后来我们就在一起商量开个饭馆，最后我们三个人，还有一个中国人，每人出资三分之一，我出了五六万。饭馆开起来了，生意很火，有表演，有卡拉OK，几乎是二十四小时都有客人。我媳妇采购，我们俩忙得都睡不了什么觉。可是，那两个人一看赚钱，就想把我们挤走，他们以为这样他们就可以多分钱。我和我媳妇等于全白干了，净身出户。我们那时实在没办法，抱头痛哭了一场。但是，我决定快刀斩乱麻，长痛不如短痛。我们当时身上只有几千卢布。最难得的是我所有决定，我媳妇都同意。"小陈爱抚的摸着媳妇的胳膊，真是相亲相爱的小两口。小陈的媳妇是个贤惠能干的女人，两个金耳环，吊在脸边，更显出秀气。这两个人都是一身运动衣。

　　"我们开了一个小修车厂，因为中国人肯吃苦，周六周日都不休息，车修得又快又好。逐渐就有了名气，找我们修车的越来越多。现在我们有三个修车厂，有二十多个伙计，他们的吃住全管，每年每人还能拿回家十万元。"小陈不到四十岁，就已经是颇有成就了。

　　"在俄罗斯开修车厂，没有搞好下水，是不可以开张的，洗车的水必须要流到污水净化厂。俄罗斯对水源的污染非常重视，不像在中国随处都可以洗车。"听到这些我真为中国担心，我们车多又不注意保护环境，应该赶快学习人家的经验，制止破坏环境的做法了，虽然已经很晚了。

生活总是有解决不完的问题。

"我孩子在满洲里到了青春期，本来功课很好，老在前几名。后来，却老是打架，家里来电话说，我们俩又不在满洲里很焦急。我们一合计，把自己孩子打坏了不行，把人家孩子打坏了也不行。我和儿子说：'你别读了，来伊尔库斯克吧。'儿子来了以后，什么也不干，他自己几个月后想通了。父母在外很不容易，他想我一生就这样下去吗？不行，我还得念书。我们看他想通了，才把他送回去，他现在功课不错，再两年要考大学了。"说到这里，两口子舒心地笑着。

"我们走后，那个饭馆很快就黄了。黑毛子来找我说：'我什么都听你的，咱们再一起干吧。'

我说：'我没有时间了，三个修车厂真的忙不过来。'

另外那个中国人的侄女，不知被什么人在郊外杀了，尸体扔在下水道里。他现在在莫斯科卖服装，听说生意也不太好。"

这时，和小陈一起上车的小柴也过来了，小陈指着小柴说："他来伊尔库斯克也在水果库房打工，和老板的侄女好上了，俩人结婚后一起干，没有走什么弯路，比较顺。"小柴是一个瘦瘦的中等个子的小青年，听到小陈这样说他，不好意思地笑着。

一同上车的还有一个开木材厂的小老板，这几个人年龄都三十多岁，可是他们在俄罗斯都有了自己的厂。中国人真是很聪明能干。

他们说起俄罗斯的警察各个都咬牙切齿的，警察乱收费已经太普遍了。小陈说："俄罗斯的警察专要中国人的钱，为了不让他们看出来我是中国人，我还戴个帽子，把帽檐拉得低低的，还是被抓住被罚钱。这样的事情太多了。现在我已经有了永久居留权，我这次给我媳妇办永久居留。"小陈和他媳妇有了一种释然。他们终于熬出了头，不然小陈的媳妇在俄罗斯不能长待。这次小陈媳妇也只能在伊尔库斯克住两个月，等办好永久居留权就可以长期待下去了。

我问他们："是住够多少年，就可以办永久居留吗？"

小陈说："你在俄罗斯办什么事，都要有人。我们认识一个在政府机关工作的人，她帮助我们办的手续。"怎么和中国一样呀？

我问："要送礼吗？"

小陈媳妇说："我们那朋友，她不要。她还是个大孝女，母亲一个人，年纪很大了，一个人生活。她每周都去看。我和她去看过她母亲。"

俄罗斯人也和中国人一样很孝顺嘛。

小陈媳妇接着说："俄罗斯的女人比男人多很多，可还对女人很尊重。"

"怎么看得出来呢？"我问。

小陈媳妇说："一般家庭都是女的说了算。"

我说："你们每年都回家吗？"

"是呀，我这次也不能呆太久，因为还没有拿到永久居留。"小陈媳妇答道。

小陈还把姐姐的孩子也叫来了，看得出来，小陈两口子，很想在俄罗斯做出一番事业。

祝他们在伊尔库斯克的生活幸福，生意兴隆。还希望以后有机会去他们那儿看看。

我回到中国后，小陈媳妇给我寄来了他们在俄罗斯采的蘑菇干。非常干净，味道也好。

这时，我们已经在贝加尔湖边上走半天了。在树林的缝隙里，贝加尔湖时隐时现。这里就是苏武牧羊的地方，这里曾经是中国的北海。现在，它是俄罗斯的内湖了。贝加尔湖极其奇特，它的面积并不太大，但是储水量是世界湖泊最大的，水深达六百米，它有海洋生物，也有淡水生物。有许多别的地方没有的奇怪物种。贝加尔湖上几乎没有船，波光粼粼。贝加尔湖最奇怪的是，如果一条船沉在湖里，不会有油冒出来。即使这样，俄罗斯的环保意识还是很强，他们已经不允许在湖上开游船了。

　　火车在乌兰乌德市停了下来，有些妇女举着柳条小筐，也不知道在卖什么。一会儿，和小陈一起来的小柴拿着鱼来了。他让我们每人拿一条，我就不客气了，鱼还是热的呢。我也不知道怎么吃，小陈教我，把皮一撕，里面只有一根大刺。果然，这鱼挺好吃。鱼八九寸左右长，一条折算成人民币15元。列车员可能有电炉子，炸东西的味儿飘了过来。一路上最折磨人的就是列车员的饭香。

　　我们聊着去伊尔库斯克旅游的事，我说："你不要像旅行社，宰人那么狠，找个俄罗斯老大妈给做俄罗斯色拉、红菜汤。最好一天俄餐一天中餐。我们自己做饺子。你先别买房子，你先租。"

　　小陈说："没问题。"

　　"刚开始，不赔就是好的，别想一下子就赚多少钱。什么都靠声誉，做好了，人就多了，肯定会赚。"我说。

傍晚，小陈他们该下车了，他外甥真的给我带来了米饭、香肠和色拉，都好吃。还有几贴膏药。我们这代人是吃俄式色拉认识西餐的，所以很喜欢俄式西餐。我已经好几天没有吃过米饭了，米饭还热着，我就着烤鱼和色拉，把饭吃掉半盒，剩下的留着明天吃，米饭成了稀有的食品。

我发现，俄罗斯所有的城市边都有一条大河。为了运输方便还是用水方便，总之，他们有许多选择，我们就余地太少了。俄罗斯的城市确实比较陈旧，伊尔库斯克只有几栋新的大楼，但是有高楼大厦就有什么了不起吗？人民生活在无污染的地方，吃着没有污染的食物，贫富差距不要太大，这样的幸福感我觉得更重要。在俄罗斯西边比较大的城市就是叶尔库斯科和符拉迪沃斯托克（海参崴），在清朝海参崴是中国的地方，现在改叫符拉迪沃斯托克的意思是"控制东方"。俄罗斯是沙文主义意识最强的国家。

8月22日

天刚亮，还是无尽的白桦树，它的千姿百态，美的让你看不够。左边来车，我就向右看，两只眼睛实在不够用。在这里，我有一种看高清立体球幕电影的感觉。原来看俄罗斯小说里所有描写风景的场面，都在这里看到了。俄罗斯的辽阔给我的印象太深了。

离莫斯科越近，房子也有些变化，主要是屋顶，两边在五分之二处会有一个十度左右的折角，这样不仅美观，还可以使过重的雪自己滑下去。屋里的空间还可以大一点儿，真是一种很巧妙的设计。小村庄里的园子，不仅种了花草，还有蔬菜，人们建了小巧的玻璃房子，还有塑料小棚，真想下车去看看，里面种了些什么。各家的木柴棚，都是满满的，在中国人的眼里，他们就是在烧钱。

每棵白桦树都姿态不同，多姿但是不矫揉造作，一种天然的美。

开始有些农田了，黄色的是麦子，火车走了41个小时才看见庄稼。

10:00左右，树越来越高大，现在以松树为主了。漂亮的松树，笔直，挺拔。

11:20到了新西伯利亚市，有少数几栋新的高层建筑，给人感觉宁静平和。我这节车厢没有声音，难道昨天都下车了吗？我和小陈他们聊得热火朝天的，俄罗斯人可能很头疼吧。我为我们的行为感到内疚。从人多地方来，不大声就怕别人听不清你在说什么。而这里四周静到只能听见鸟叫，人的表现当然不一样。每个民族因为生活的环境的不同，行为习惯也不同，但这不是不能改的。

小站的小卖部的小门上贴着八种冰激凌，你指一下要买的东西，再付钱。这对听力障碍的人是再合适不过了。每个车站有几个小店，现在中国的火车站几乎都没有了卖东西的小车，因为停车时间短，来不及买东西，而且，车上有卖各种小吃的推车。小店里面东西也不少，只是我带的东西太多，我想把这些东西消灭掉，希望下车时，所剩无几。所以，就没有去买过东西，还有就是小店的东西看起来几乎都是甜的，我也就兴趣不大了。

我的车门白天开着，门口来了一个俄罗斯姑娘，她主动用中文，告诉我这里不是新西伯利亚市，说新西伯利亚市要半夜才能到。她在武汉学中文三年了，我让她看地图，问我们在哪里？她说，她不认识字，哪里有学了三年中文不认字的。看她眼睛不清澈，我怀疑她在中国不是上学，该开学了，她回什么家呀？可能做什么不可告人的生意吧。我立刻有了警惕，不再理她。这节车厢除了她，好像就是我了。

越往西，白桦树越高，开始有种树枝往上翘的松树了。车停下，站上的俄罗斯的女人都在抽烟，从十几岁的直到老年妇人。男人倒不一定吸烟。

这晚，在俄罗斯我第一次听见了俄罗斯电台，我想听不懂语言，听点音乐吧。俄罗斯的流行乐节奏感很强，已经没有了四五十年代的优美，只有肤浅的旋律。

8 月 23 日

现在每天等于 25 小时，列车跟着太阳跑，每天追上大概一小时，整个行程下来，时差五小时。

我天一黑就困了，刚半夜又醒了。看看才不过莫斯科时间一两点。今晨，我估计温度只有十度，连在中国光膀子的阿列克也穿起了衣服。大约有北京十一月的感觉。

我每天去泡面，都是阿列克帮我端过来，他真是好心眼。我不可能每到一个站就去问阿列克，只能拿着地图自己估计。昨天半夜 12 点多，到新西伯利亚市，车上那女人也下去了。

树又变成了灌木丛，大地上轻纱一样的薄雾在飘，有点要飘出仙女的感觉，使我想起了《仙女们》。

还是白桦林，一路上死亡的白桦林多了起来，它们什么病，还是被虫子咬死了？成片成片的白桦林光秃秃的站在那里，死而不倒。

人们喜欢用少女来比喻白桦林，说她多么的妩媚动人，又是多么的千姿百态、纤细挺拔、纯洁可爱，用什么形容也不为过。

那些干枯的白桦林呢，就像战死的年轻战士，在死之前，把长矛插在了地上。有种悲壮、高贵的美。

我都起来六个小时了，俄罗斯人还在睡。

今天已经是第六天了，我从上车到现在，没有感觉到丝毫的不安全。因为俄罗斯人不吵嘴，不打架。这车好像空着一样，根本就听不到声音。我也担心过，我上卫生间会不会有人进我屋，从来没有这样的事情发生。虽然，这趟车就我一个中国人，阿列克就只照顾我，并不对俄罗斯人特别好。所以，我没有任何不自在，和在外国的感觉。除了说话不太方便，没什么不好。我也不烦，这是我向往已久的旅行。

大片被割过的地，也不知道是草被割了，还是麦子被割了。俄罗斯的麦子很矮只有一尺多长，麦穗也只有一寸左右。我记得我们下乡那会儿，中央定的358，就是黄河以北是亩产300斤，长江以北黄河以南，亩产500斤，长江以南，亩产800斤。以我这当过五年农民的眼睛看，俄罗斯的麦田能有两百多斤的亩产，已经很不错了，他们又比我们插队的地方北多了。俄罗斯应该还是个丰收年呢，现在俄罗斯是粮食出口国。

　　这里妇女多为棕红色的头发，也不知道是染的，还是就这样，看着很假。少女多为淡黄色。小陈媳妇说过这里妇女地位高，几天的火车，都是阿列克在吸尘，那女列车员从来不干，这是常态还是特例呢，是俄罗斯妇女地位高的表现吗？我真不知道了。

　　因为阿列克要吸地，我坐到最里面，双腿举起来，碰到了暖气，才觉得腿热乎乎的。用手一摸就是热的，知道火车开始供暖了。我才想起早上用水，刚开始是冷的，一会儿就成温的了。太奇怪了，俄罗斯的火车八月供暖，有点像旧金山，八月要烧暖气。他们真是不缺能源呀。

　　在去莫斯科的路上手机收到的都是推销的短信，这些公司真顽强，我都快到莫斯科了还追着我。

　　11:00 左右，看买车票时发的火车时刻表，可能到了秋明市了，城市面积不小。有两个韩国人在这车的其他车厢。昨天，我就看见他们了，差点认错，以为他们是中国人呢。后来仔细看他们的打扮，动作，看出他们不是中国人。就这么两个黑头发还不是中国人，真让人有点失望。

　　中午，飘来一阵饭香，好像是黄油煸洋葱的味道，香极了，我以为餐车开了。原来每节车有一个小厨房，女列车员负责做饭。她太会做饭了。这对乘客真是一种折磨。

　　下午 3:45，到了斯维尔德洛夫斯克。只有在这站，我才看见有个人跑步。以前所有的站，人们怎么都那么从容不迫呀。这么大个站我以为会有人上我们这节车厢呢，结果一个都没有。到处都可以

看见美而长的腿，在北京很难看见两条漂亮的腿。这里老百姓的脸，并不眉头紧皱，是一种放松，悠闲的样子，大家走路步子很慢，好像没有什么可着急的。甚至从车上下去买吃的也不着急，这里一切都从容不迫。

　　旅途上唯一让人不好忍受的是每节车厢的那个小厨房，女列车员的手艺实在高超，每顿饭香飘四溢，我几次忍住冲动想去买点，或者拿我的食品去换点他们的饭，可是想想他们就做了两个人的饭，我要是买走了，他们就没的吃了。

8 月 24 日

　　几天下来，除了城市、农田、河流，森林草原就没有中断过。每年长出来的木头就够居民烧了，俄罗斯人说他们的森林砍一百年也砍不完。媒体总在宣传我们的 GDP 世界第二，人到底应该过什么样的生活？

　　天下起了小雨，我经过的所有车站都没有顶棚，我虽然带了雨衣，可接我的人不一定有，我在为他们担心。天放晴了，我放心了，不会"雨中行"了。

　　50 年代的电影《风从东方来》的插曲《莫斯科，北京》在我脑中响起，我也有点心潮澎湃。可是，那电影中的热烈场景根本就没出现。莫斯科火车站普通、平静、就像一个中国三类城市的火车站。

　　我过了俄罗斯边境到莫斯科，一路上见到的所有人加起来，还不如北京站前广场上的人多。

　　莫斯科，我就要撩开你的面纱了。

三　莫斯科

8 月 24 日

终于到莫斯科了，已经过了当地时间下午 6 点，看看没人来接我。我就叫阿列克，怕一会儿火车开到车库里，就更麻烦了。阿列克心领神会，帮我把行李放到了站台上。我坐在轮椅上，往站台尽头看，还是看不到中国面孔。不过，我心里并没有慌，虽说看过不少俄罗斯不安全的文章。这时，来了一个黑毛样子的人，拉着一个大行李车，问我要不要拉行李，去打 TAXI，我点头。车门上站的几个列车员，眼睛都露着担心地看着我，我笑着向他们招手再见，我专门叫："阿列克，达斯维达你呀！巴嘎（简单的再见）！拜拜！"阿列克却不好意思看我，像一个中国老实的农民，还有点害羞的样子。从这点儿看，俄罗斯也是亚洲成分多的国家，欧洲人没有害羞的，只会直勾勾地看人。

我自己转着轮椅，黑毛拉着行李，走了一段路。在人群中，一男一女两个中国面孔出现了，从他们急匆匆的脚步，我知道我的救星到了。黄先生果然说话算话，他比我晚来莫斯科，可他坐飞机，会比我早到，他说他会安排人来接我，一天的费用200美金。果然，是两个来接我的中国留学生。黑毛要1000卢布（人民币200元），从火车边走到汽车旁，才不过一百多米，男孩说800卢布就差不多了，男孩和黑毛说了一会儿，黑毛接受了。男孩告诉我，这里的人工很贵，这个行业是这个黑毛民族的垄断行业，别人很难打入。

他们开来了一辆旧车，这车在这里要8000美金，我说在美国2000美金都没人要，男孩也同意，并说这里什么都比美国贵。女孩头脑清晰地问我，要不要先把去圣彼得堡的车票买了，我也这样想的，她说去圣彼得堡的售票处就在边上，她要了我的护照和钱就去帮我买。

莫斯科有9个火车站，分别去不同的九个方向。我从北京来的这个火车站叫亚拉斯拉夫火车站；我要去的圣彼得堡的火车站叫列宁格勒火车站(俄罗斯第一条铁路);还有喀山站；白俄罗斯；基辅站；巴维列斯卡站；里加站；萨维拉夫斯克站；库尔斯克站。

我问男孩是哪里人？他说："我从新疆来的，已经三年了。"他来后就没有靠家里寄钱，完全自己挣钱。

时间不太长，女孩就回来了，说现在暑假快结束了，车票很紧张，不过我要的下铺搞定了。圣彼得堡的卧铺票3400卢布（680人民币）。

男孩看了我订的旅馆的地址，它在市中心，用男孩的话说，类似在北京的天安门附近。因为找不到旅馆，我们在克里姆林宫附近转了几圈，我并不急，很喜欢这样转，我可以多看几次克里姆林宫和红场，其实在俄罗斯叫克里姆林的地方有二十几个。克林姆林是蒙古语的"堡垒"的意思。这里使我想起了《神圣的战争》这首二

战时的苏联歌曲和德军兵临城下时的游行。

圣瓦西里教堂的九个葱头，是在伊万四世时建造的。在这个绝顶漂亮的教堂建好时，据说伊万四世把这些工匠的双眼都弄瞎了，为了在别的地方再也不可能造出这样美的教堂，真残忍呀！

一般人可能想不到莫斯科的人口全球排名十六；上海的人口全球排名第九；北京仅排在二十名。

女孩指着周围的楼房给我介绍："这些房子都有百年以上了，即使窗户坏了，也会照旧修上，不会换成什么铝合金或者塑钢的。俄罗斯人很喜欢旧的建筑，都有意识地保护。"我听说欧洲人收藏建筑，看来不虚。

这里像北京有许多的单行线，我们在转的过程中，被警察叫停，男孩下去和警察说，他回来说他没有任何错，证照齐全。警察说他走错线，要罚 2 万卢布，男孩讲到 2000 卢布（400 人民币）。我不能让男孩又接我又赔钱，这钱只能我来付。刚到莫斯科，就给了我一个下马威。早听说俄罗斯的警察爱宰钱，没想到这么快就兑现了。

斯大林时期，在莫斯科建了七座像莫斯科大学那种塔式建筑。只是北京的比莫斯科的矮一半左右，也简单许多。可见，前苏联人是不想让这些兄弟党和他平起平坐的。

莫斯科城里有六座森林，所以空气非常好。在进入我住的旅馆的街口，就是塔斯社。小旅馆环境幽雅，干净整洁，在前台，我们碰上从欧洲不知哪国来的，六位有听力障碍的年老女人，她们不像中国的听障人士用手势沟通，她们只用眼神交流，很默契一点儿声音也没有。因为没有手势，她们看起来很安静。欧洲文明的程度，我首先从这几个听障人士这里看到。

我的房间不太大，但是功能齐全，而且干净。三天价格 7700

卢布（1540 人民币）。屋里有个双人床，是可以折成单人床的，我弄不动。唯一不太适应的是，卫生间的门打开和走廊之间只有一寸多的空隙，我每天去卫生间像走华容道，在门口挤来挤去。还有就是我在中国从未见到的小洗手盆，直径可能只有六七寸，洗个小西瓜都有问题。再就是电视在房顶下，没有一个清楚的台，反正我也听不懂，就听音乐，当个收音机，了解一下俄罗斯的流行乐吧。

我安顿好，已经头昏得不行了，我把剩余物资分给两个孩子，我恨死这些吃的了，一路都是这几样，我想吃点儿新鲜的俄罗斯食品了。而且，我也不喜欢东西多，孩子们肯定会想念家乡的食品，我把方便面和咸鸭蛋给他们，他们都很高兴。女孩还帮我买了面包、苹果、橙子等，真体贴，我付了她钱。她向我介绍，莫斯科的水果、蔬菜有些是进口的，从立陶宛之类的地方来的，价格相差很多，会差几倍，俄罗斯没有管理物价的部门，所以价格很混乱。她和我约好明早 10 点来。

我没有力气洗澡了，就睡下，还真有点儿时差的反应。

8 月 25 日

这晚，我一个梦也没做，莫斯科时间早上 5 点左右就醒了，我第一件事就是把窗子打开，莫斯科的清新空气可不能错过。不知道为什么，我觉得这地方有哪点儿像北京。我想了半天，是像 50 年代，街上没有那么多人，就是静，对了，就是静太像了。进入了 60 年代，北京就失去了安静，直闹到现在。静，也是人的一大需要，静代表安宁与和平，人可以慢节奏的生活，可以细细地品味生活的味道。

嘈杂只能让人头发昏，血压升高。

　　吃了当地的小红苹果，据女孩说没有污染。果然吃到了久违的味道，很脆，酸甜适度。我去洗了澡，七天没有洗澡，没有想象的脏，因为这里没有灰尘。而且，列车那么体贴，刚热就送冷风，刚冷又烧暖气。

　　10点左右，女孩准时来了，带我去旅馆附近的一个地下餐厅。不知道为什么美国也有一些这样在地下的餐厅，中国就没有，只有北京的吉辅餐厅是这样在地下。吃了一顿俄罗斯的正餐，很好，有红菜汤、土豆色拉、三文鱼、黑面包，还有一种什么燕麦的菜，没有一道不适应，比北京莫斯科餐厅的菜地道多了，我们两人大概600卢布，还剩下够吃一顿的三文鱼和黑面包。

　　我们边吃边聊，女孩讲到一点，让我大为吃惊。她说俄罗斯人才全面缺乏，各行各业都缺人，招不到人。只要想工作，没人失业的。你只要有个扫地的工作，就给你分房子。但是，这房子你没有买卖权，只有居住权。生育率一直下降，普京很着急。现在，有新政策，生四个孩子就给你一套房子。世界怎么这样的不同呀？！欧美多国都没有办法改善失业太多的现状，而俄罗斯却这样缺少人才。俄罗斯有众所周知的，水电不收费；上学不收费；看病不收费等等。她还说道，俄罗斯男女比例严重失调，女人比男人多一倍。"二战"已经过了这么多年，男女比例失调还没有改善吗？难道和低温有关，我知道鱼的公母和温度有关。这女孩来莫斯科有六年了，她可以找到国内来的政府代表团、商务团的翻译工作。所以，收入还不错。她把我送回去，告诉我下午黄先生会来。她还有事，就先走了。我休息了一下，听了一会儿电视里俄罗斯流行音乐。

　　下午，黄先生来了，十年前我们在北京见过。那次，他给我们

44

介绍俄罗斯解体后的情况。黄先生很有追求，在近五十岁时，来莫斯科念了一个博士，现在莫斯科远东研究所，平常也教点儿课，记得他说过，他的学生上着上着就不上了，去机场找翻译的工作，收入很不错。

没有想到俄罗斯物价这么高，我估计在北京换的卢布不够用。只好请黄先生先帮我再换一些。今天是周末，我们附近的银行都关门，他到国家杜马附近才把钱换到。想来俄罗斯的人要多换些卢布，在北京时，在《参考消息》上看见，莫斯科的消费是世界前两名的，到这里才有了切身体会，还会有不可预知的情况发生吗？

黄先生帮我换了卢布，我们就坐到院子的挂着沙帘小屋（大约是防蚊子的）里，喝着北京带来的咖啡和豆奶，聊天。从他那里我又学到了不少知识。如：彼得大帝是个两米高的异人，他年轻时，还是王子时就隐瞒身份，去欧洲学习技艺。他看到俄罗斯和欧洲的差距，就决定在圣彼得堡建城市，圣彼得堡原来是一片沼泽，他的政策就是谁到圣彼得堡都要带石头，经过多年的努力，圣彼得堡成为俄罗斯仅次于莫斯科的第二大城市。

叶卡捷琳娜，不是光荒淫无度，我在国内看过写她的书，光写她的骄奢淫逸，有多少面首。原来她还为俄罗斯的建设作出了仅次于彼得大帝的贡献，堪比中国的武则天。叶卡捷琳娜二世从德国嫁到俄国时，很多的日耳曼人被从德国聘来，都被授予将军、大臣、大使，直到宰相，大量德国移民来到俄罗斯，在伏尔加河流域的黄金地带成立了日耳曼自治共和国，首都是恩格斯城。在斯大林时代，这些日耳曼人被强行送进了集中营。到了赫鲁晓夫时代才又给了他们公民权。

黄先生又说道："莫斯科到处贴广告招募警察和地铁司机，没

人愿意当。"

我说:"我还记得你十年前说过,俄罗斯的教授工资很低,现在改善了吗?"

他说:"改善是明显的。"

我说:"其实,任何国家都有好的地方。"

黄先生很同意。

黄先生说吃完饭要推我在周围转转,我比他大几天,实在不好意思让他推我。可是,盛情难却,恭敬不如从命,我只好答应。他先在附近找了一家餐厅,我不知道我附近有这么多餐厅。

在露天餐厅,空气又好,不冷不热,没有蚊子,《莫斯科郊外的晚上》的音乐像是从树林里飘出来了。我们尝到几样俄罗斯菜,都好吃。周围都是美女帅哥,俄罗斯 80% 是俄罗斯族,有两百多个民族(有一说是一百八十个民族),通婚造成他们美女帅哥层出不穷。美女们穿得很复古,长裙拖地,还有披着貂皮的,有些人还很有些老贵族的范儿。

我说:"美国有许多小动物,在俄罗斯我看了一路,连一个松鼠也没看见。"

黄先生马上拿出他的照相机在翻里面的照片,确有一只松鼠。看来他对俄罗斯有点第二祖国的感觉了,听不得说俄罗斯不好,哪怕是明显的事实。

送菜的是个中学生,看见这么小的孩子就自立,我很担心中国的孩子被惯坏。这顿饭吃了 600 卢布,我是蘑菇的菜,黄先生点的什么,我不太清楚。俄罗斯的西餐可能是我们从小吃惯了,觉得很合口味。其实,最主要一点儿是蔬菜多。

在晚饭后,我们去看了克里姆林宫的外墙;总统府的圆顶;相当于北京人民大会堂的克里姆林宫大礼堂；相当于中国全国人大的国家杜马；相当于北京大学红楼的莫斯科大学二百多年的老楼；相当于北京饭店的莫斯科大饭店，还有列宁图书馆，莫斯科市政府大楼……我们周围都是百多年的老房子，造的实在结实气派，主要还漂亮大方，很多比北京饭店老楼还漂亮，这些楼现在搬到北京都会是一景儿。冲这点儿俄罗斯就是一个伟大的民族。我们在不到一两平方公里的地方，还拜见了柴可夫斯基、托尔斯泰、罗莫诺索夫、朱可夫元帅等名人雕像……真是一个户外博物馆，这么浓缩。许多建筑上都有名人的铜板像，也是名人故居的意思，他们保护历史文物的意识很强。俄罗斯这个敢于牺牲的国家，在"二战"时，几乎所有的家庭都有人战死，是一个值得全世界尊敬的国家。中国60年代以前出生的人或多或少都有些俄罗斯情结，这些人看的俄罗斯小说比本国的小说还多，有条件的都想到俄罗斯来看看。我也不例外，因为，我们这代人的许多方面都和俄罗斯有割不断的联系，我一定要亲自看看这个给我那么多营养的地方。

路上飘着旗子，黄先生告诉我说："这些旗子上写着，今年是莫斯科建立865周年。"

我发现莫斯科的车都开得飞快，可是都很脏，就问黄先生，黄先生说："在俄罗斯不许私人洗车，私人洗车犯法。洗车一定要到洗车场，洗车场必须把下水接到污水处理厂，才会被批准开洗车场和修车场。所以，俄罗斯洗车的脏水没有污染土地。"

这话我在火车上就听小陈讲过。但是再次听到我还是浑身发冷，我们国家公车加私车已经上亿辆了，随地洗车多少年了，已经有多少土地被污染！！！我们应该仔细思考一下，现在为了方便就随地洗车，污染的土地会延续若干年，清理的代价，要远大于现在处理水的代价。我们太不注意环境保护了，和俄罗斯比，我们有什么可持续发展性呀！人家这么大的国土，这么少的人口，有那么多的未开垦的处女地，却这么注意环境保护。老大哥真有值得我们好好学习的地方呀！

真不好意思，莫斯科的路都是石子路，让黄先生真累坏了。天要黑了，黄先生告辞回家。

莫斯科是一个文化城，光剧院就有 112 个；电影院 109 个；音乐厅有 31 个；博物馆 78 个；展览馆 142 个；图书馆 4000 个；大学 200 多个。仅看这些数据就很惊人了。

8 月 26 日

早上，男孩如约来接我去看美术馆，他还带来了他的女朋友，一个四川来的姑娘，也来俄罗斯一年了，面黄肌瘦的。今天，我要付他 300 美金，他是司机和导游。开车去美术馆要几十分钟，看起来相当远。莫斯科太大了。门票每人 360 卢布，这里是按照年代布展的，所以，可以看见俄罗斯十月革命后美术的发展脉络。美术馆宽敞高大，设施齐全。这里有几幅是五六十年代出生的人都看见过的油画，一幅列宁在一个铺着白布的沙发上低头看报纸；一幅是一个淘气男孩回家，姐姐、妈妈、弟弟在看着他的狼狈相。这里有几幅画，光用的太好了，阳光照在腿上，粉红色腿的炫目感觉让人过目不忘。

美术馆里，每间门口都有一个老太太坐着。她们每人都打扮得利索得体，有的涂着蓝色的眼影。有些老太太还是解体前的，甚至是上世纪初的打扮，老太太们都很亲切。当看到我在努力看一个躺在地上的人，是真人还是一件艺术品时。一位和善、文雅的老太太认真地向我解释："那人连续工作了四十八小时，累死了。"我想起黄先生说过，这里的地铁司机一个礼拜工作两次，每次一天一夜，就是四十八小时，五天的工作就做完了。剩下的时间可以去别墅种地。俄罗斯人多数住房并不宽裕，别墅也多是农村的小房，不要把它想成托尔斯泰小说里的乡村大房子。都是很小的，就是几十平米，

上百平米，几百平米的极为少见。有些已经破败不堪了，多数是把城里的旧家具拉去乡下。说别墅真有点过分，说在农村有个民房还比较靠谱，扯远了。

还是说美术馆吧，偌大的美术馆，我看不超过三十个人在参观，工作人员比参观的人多。我们很从容地把所有展厅都看完了。

美术馆边上，有个卖画的大棚，里面有画家在卖自己的作品，或者是卖家人的作品。我在里面选了两幅风景的油画，很像我在火车上看见的贝加尔湖的风景和俄罗斯的草原森林，那画家说这都是他的野外写生。我请他把画框卸下来，两幅画一共 6000 卢布（1200人民币）。我的照相机没有电了，没有办法与他合影，真让我后悔。

买完画儿，我们去旅游大厦的中餐厅吃了中餐。据这男孩说，团队的饭确实不能吃，都是最便宜的菜在充数。连长年在外的留学生都不能吃的旅游餐，可想有多差了。我才明白男孩带女朋友来是为了打牙祭的。我们点了一个麻婆豆腐、一个八爪鱼、每人一碗牛肉羹和米饭，就是 1300 卢布。

这楼里有一个黑人的聚会，黑人的音乐在楼里回荡，非常好听，主要是没有听过。若不是时间紧张，我真想进去看看。

我得给我的邻居买点儿邮票，女留学生告诉过我老邮票在邮局卖，这样可以保真，不能在街上乱买，假的很多。当然，这里邮局卖的是一些盖销票。我们问了许多人才找到邮局，没有想到邮局竟然关门，因为是周末。没办法，到圣彼得堡再说吧。这时，我发现路边有卖水果的，我买了一种在中国没有见过的黑色李子，我们洗了一些，非常甜。我还买了几样别的水果，一共 380 卢布，我是一个离不开水果的人。

回来的路上，看了胜利广场，那里有一把剑，可能有五六丈高。

上面有些雕刻。后面就是"二战"纪念馆，我们就没有进去看了。路过凯旋门，我问："这凯旋门是为打败拿破仑那次建的吗？那次是库图佐夫打胜的。"

男孩说："这条大街就叫库图佐夫大街。"

莫斯科的天上没有几架飞机，但是俄罗斯的飞机场排在全球的前十名，美国 14695 个机场；俄罗斯 2743 个机场；南非都有 740 个机场。可能俄罗斯的机场多班次少吧。

8 月 27 日

男孩说好 10 点来，11 点多才到，还是带着女朋友。我们去托尔斯泰的故居和墓地，因为托尔斯泰的庄园在图拉市附近，离开莫斯科有一百多公里。

一路上和在火车里见到的一样，大片的森林、草原和农田。在图拉市的小城里看见几处列宁同志的雕像。现在，有些人要把他请出红场。听说列宁当年的卫队里有许多是中国人，可见中国人多么忠诚老实了。

大路边，隔一段就有几摊在卖蘑菇的，看来是一大早去森林里采来的。

在路上，我们聊到俄罗斯的医生。男孩说："他们很多拒绝收红包，医生们觉得我们从事的这么神圣的职业，怎么可以用钱来玷污我们。"又一次地让我脊背发冷，我们国家连知识分子都被腐蚀了。

托尔斯泰是被评为全球所有的作家里第一名，《战争与和平》列为全世界最好的 100 部小说里第一名。托尔斯泰作品的印数也一直是世界第一。

到了托尔斯泰的故居，很不巧，今天是周一，故居不开放。据看过托尔斯泰房间的男孩说，里面有列宾和列维坦送给托尔斯泰的画作，契诃夫来这里住过的房间和床。没关系，我和托尔斯泰老爹作一次神交吧。庄园一进去，就是一个很美的池塘，里面有黄色的睡莲。浓密的树林里有一条土路通向他的家。可以说他的家在树林里，安静至极。

托尔斯泰一岁丧母，十岁逝父，由亲戚养大。托尔斯泰年轻时也荒唐过，在上等人中间赌博、逛妓院。1847 年托尔斯泰四兄弟分割遗产，到 1862 年三十四岁的伯爵托尔斯泰和十七岁的沙皇的御医的女儿索菲亚·安德列夫娜·托尔斯泰塔雅结婚后，才彻底搬到庄园里。索菲亚怀孕十六次，他们在这里有过十三个孩子，有八个长大成人。托尔斯泰的庄园占地五千七百亩，超过颐和园的面积。这是分给托尔斯泰的部分。"雅斯纳亚·波良那"庄园的名字是"明亮的林中空地"的意思。托尔斯泰说过："没有我的'雅斯纳亚·波良那'，我就难于设想俄国，难于设想我对俄国的态度。"托尔斯泰有两万多册十三种文字的藏书，托尔斯泰会多种文字，他还研究过中国的孔子和老子。大厅放着两台钢琴，他们全家都很喜欢音乐。托尔斯泰本人就弹得一手好钢琴，特别是给有一副好嗓子的小姨子伴奏，她是《战争与和平》的娜塔莎·罗斯托娃的原型。托尔斯泰的大儿子谢尔盖在他的回忆录里写道："他弹琴给我留下的印象是我儿时最鲜明的印象之一。常常在我们这些孩子上床睡觉的时候，父亲坐到钢琴旁，开始弹琴……有时候是和母亲一起四手连弹。"

托尔斯泰喜欢上了农民的生活，他成了素食者。他做过改革试验，给农民办了二十多所学校。他非常喜欢苹果，种了三十多公顷的苹果树，他亲手种的苹果树还在。他到了七十岁还滑冰，到了七十五岁还可以骑自行车。

一个朴素的两层白房子前，周围鲜花盛开，房子并不大，大概三百多平米吧。我们停了下来，托尔斯泰老爹的家就在眼前，那样的安静平和，我好像看见托尔斯泰老爹穿着农奴的粗布衣服在门外的台子上坐着，和契诃夫喝茶聊天；他们在客厅里观看列维坦的俄罗斯森林题材的作品；看着列宾的俄罗斯人物画。这个客厅来过俄罗斯最著名的一些人，高尔基、契诃夫等。他们朴实无华的交往，是多少人无尽的想象的题材。托尔斯泰老爹的夫人和厨娘在厨房张罗，给老爹和他朋友们做那些充满黄油洋葱味的饭菜，也许正在杀鸡做鸡肉沙拉。回国后在国内的录像节目中我看到了托尔斯泰家的内部，非常的简朴，一点儿不奢华。

听黄先生说托尔斯泰老爹家里地很多，农奴也很多，可他从来不过问家中事务，家里做农活的人就有上百，还有仆人，一切都是他夫人在安排。老爹每天在地下室里写东西，饭都是端到地下室去，创造了这样好的写作条件的，不是他的夫人吗？成天做具体事务的人能有多高雅，何况他们有那么多孩子，不食人间烟火的老爹，当然会有点烦他夫人。可是，两个人如果都撒手不管，这还成家吗？还能保证托尔斯泰老爹写作的清静吗？尤其是他夫人和他唠叨家中事务的时候，他想着他书中的人物的命运，两人南辕北辙，他烦夫人是可以理解的。但是，他写出伟大作品的同时，他夫人几十年做出的贡献也是不容忽视的，应该给予充分肯定的。他夫人说过："不会有人知道他从来不曾想过要他夫人休息一下，或给生病的孩子倒一杯水。"他妻子也做过誊清和保存文稿的工作。托尔斯泰小时候，父母去世的早，他们住在亲戚家里，人家只会让他们吃饱穿暖，不会给他们多少爱。没有被爱过，就不会去爱人。可能托尔斯泰的成长经历决定了他的性格，他们有过十三个孩子，应该有许多年是感情是不错的。托尔斯泰老爹在这里住了六十多年。

还有种说法是，托尔斯泰听了他的经济人的话，要把他的版权无偿捐出。他和经济人在他家的白桦林里签署了放弃版权的文件。他在日记中又把这一切都写了进去，他夫人到处找这些文件，想要销毁。我想她也是为了她的孩子们。托尔斯泰受不了，他说："我的一切都在她的控制之下。"

在托尔斯泰的小说里应该可以看到他的心境，如《复活》里的涅赫柳多夫，虽然有人物原型，但是如果没有亲身经历，会写得那样好吗？我看很难。他是透过写涅赫柳多夫，抒发自己的忏悔。他的贵族生活的经历给了他很好的素材积累，他可以游刃有余地写几个贵族家庭的变迁。但是他厌倦了这种生活，他想要放弃所有，过一种轻松的生活，并用此方法恕罪。他的夫人不能理解他的想法，在当时也毫不奇怪。他是当时的一个另类，一个怪人。

在他八十二岁时，他和儿子离开家，在火车上得了肺炎。只能在一个小车站下车，她夫人赶来请求他的原谅，但什么都太晚了，一代伟人就这样的悄然离世。

我们又向树林深处走去，路更窄了。在白桦林子的深处我看到了托尔斯泰老爹的墓，据说这是全世界最美的墓。我稍有些意外，又格外地喜欢。这个墓是那样的与众不同，它最好地代表了托尔斯泰老爹的人品和追求。奥地利作家茨维格有一篇文章叫《世界上最美丽的墓地》，写着"这是世界上最富有诗意、最感人、最使人倾心的坟墓"。这就是托尔斯泰的墓地。其实，还有许多人写过托尔

斯泰的墓地。这也是托尔斯泰生前自己选的墓地，他要家人给他做一副最简单的，像农民一样的棺木。

在一小块直径一丈多一点的椭圆形草地上，用土堆起来一个梯形的小土包，大概一米半长，一尺半宽，一尺高，小土包上也长满了草，和周围的草地连成一片。还有人插了几朵康乃馨在土包上。草地周围用树条插上简单低矮的围栏。没有墓碑，没有墓志铭，简单的超乎想象，又美得让人窒息。

我闭着眼睛在心里问托尔斯泰老爹："老爹，请告诉我，怎么写？"托尔斯泰老爹什么也没有说。但是，他又好像在告诉我，就是朴朴实实地写，像大地一样的朴实，像森林一样的朴实，不要想别的。

1918年3月，列宁签署了人民委员会关于托尔斯泰庄园不受侵犯和受保护的决议。

到过莫斯科的人，都要我去看新圣女公墓。我没有去，在网上看太多了，我选择了拜见托尔斯泰老爹的故居。我庆幸自己选择的正确，新圣女公墓和托尔斯泰老爹的墓比，就像拿清朝五彩粉彩和宋朝的汝窑比一样。

从托尔斯泰老爹墓地回来，我心中充满了欣喜。这个相当于北京延庆或者怀柔大地主的儿子，怎么在那时就有了平等的思想，他在那安静的小屋里，都想了什么？也许，比今天的人还超前。

晚上，该去圣彼得堡（解体前的列宁格勒）了。我还没有答应让任何人来圣彼得堡接我，我觉得他们要价太高，有一天300美金的，也有一天600美金的，都说自己在中国留过学。在莫斯科的这个导游就每天300美金，200美金车钱、100美金导游的钱，他连列宁没有后代都不知道，我还得给他导。我决定自己试试看，不要导游能怎么样。

晚上，我们来到火车站，火车站的建筑很好看，宏伟庄严，据说圣彼得堡的火车站和这个火车站一模一样，是一个设计师设计的。整个火车站里都是俄罗斯人，欧洲人很少。站台有英文广播，顿时觉得很亲切。我并没有因没人接我而煎熬，我很平静，甚至还有点儿期待出状况。这个站台也是露天的，真要下大雨大雪，旅客怎么上火车？打着伞吗？我要上的车叫"古拜"（红箭号），在快要上人的时候，来了一个亚洲面孔的帅哥。我问他："中国人吗？"

"是。"问他几号，他竟然和我的号差一个。上车才发现，包厢里就我们俩人。他比我大女儿还小几岁。在车上我向他请教，我从圣彼得堡去飞机场怎么要出租车（我为离开圣彼得堡做准备）。他给我查了手机，写了几个网址，并告诉我，有紧急情况可以找他，他会帮助我。我说："最好没事。"

他说："也是。"

他自己要了杯茶，也要给我要一杯，我谢绝了，晚上喝茶我会睡不着觉。我们聊得很好，睡得也香，他不太打鼾。我不知道自己打不打鼾。

到了圣彼得堡，他帮我出站，给我打了一个黑车。顺便说一下，俄罗斯各城市的出租车非常少，莫斯科才几百辆。圣彼得堡可能还少。基本上都是靠黑车。有人会看你的穿着估计你口袋里的钱，要个天价。也有人顺路，给点儿钱就拉你，运气好会不要钱。

莫斯科的空气这么好，可能因为树多，负氧离子多吧。我每天起床就开窗，晚上不到冷的不行，就不关窗。我已经吸上瘾了，怎么办？回北京很难适应那肮脏的空气了。

市场调查

西红柿	1 公斤	80–90 卢布
苹 果	1 公斤	50–70 卢布
香 蕉	1 公斤	45–60 卢布
面 包	1 个	50–70 卢布
矿泉水	1 瓶	60–90 卢布
可口可乐	1 瓶	70–100 卢布
猪 肉	1 公斤	400–600 卢布
鸡 蛋	1 公斤	80–90 卢布
牛 奶	1 瓶	40–60 卢布
厕 所	1 次	40 卢布
停 车	1 小时	500 卢布
汽 油	1 升	50–70 卢布

四　冬宫

8月29日

早上，我准备吃完饭就叫出租车，去冬宫参观。我坐电梯下来，电梯离地还有半尺，就停了。看来俄罗斯旅馆的电梯维修也不及时，这电梯很少停对地方。

俄罗斯的早餐是很丰富的，有各种面包，有些要自己切，那是在一个面包上盖一块布，为使手接触不到面包，要吃多少自己切。有蔬菜，种类没有中国多，没有热菜。奶酪就有好几种，干的、稀的都有，还有两种水果，西瓜和橙子。我取了食物，在找桌子时，看见两个中国面孔。我就走过去问："是中国人吗？"

"是呀。"他乡遇同胞是一件很高兴的事。

"贵姓？"

"姓陈。"中年人说着，递过名片。

我边吃边和他们聊起来。他们是昨天到的，六个人，其中一个是在延吉搞了十多年边贸的，是这个陈老板的客户和朋友，这次是他们这团人的翻译。另外几个，一个是陈老

板的老父亲，两个是他厂里的职员和一个职员的儿子。

我们很快谈到陈老板的发家的过程。

陈老板说："我是一百五十元起家。现在有一个五百多人的厂。"
我一听，眼睛都大了。

陈老板是1989年高中毕业的，在上中学时，就在想今后干什么，
他只想做生意。生意怎么做，他不知道，路该怎么走也不清楚。总
之，什么都不懂。他学生意是从在人家店里做伙计开始，这家是做
香烟批发的。每天可以卖五吨的香烟。仓库在二楼，他每天要把五
吨的香烟扛到二楼。虽然很累，也挣不到什么钱，那时一个月工资
才三百元。

每天除了扛香烟，他要一起床，就给老板泡好茶，点上香，还
要洗碗。这些事，不会因为他出去和朋友聚会，而有人替他做，都

会留给他回来做。这样的苦，他还是很高兴。因为这个老板教给他说："做生意就是要讲诚信。"

他说："我第一次学徒就找对了人，学对了理念。"

我觉得陈老板本身就有这些素质，有他父母给他的，也有他对自己的要求。

那时，他很内向，和人说上三句话就脸和脖子就红了。老板就说他："你能做什么生意呀？你回家捡牛粪去算了。"

他也知道自己这样不行。就想一定要改变自己。他有意识地和外向的朋友一起玩，可是还学不会。在批发香烟的老板那里，做了一年就不做了。因为家里要盖房子，回到家里，边建房子边思考自己的将来。他认准要做生意，可是没有钱，就想到去换煤气罐，本钱少，当时就可以兑现，不会压钱。这样要在居民区里大声地叫，这是他性格的转折点。他一百五十元起家，买了一个旧三轮车，就去送煤气罐。他父亲是拉板车的，没有什么社会背景，他说："父母把我们四个孩子都拉扯大，很不容易。后来生活好了一点。家里开了一个小杂货店，我管进货，我又是家里的独子。在当地我家条件是比较优越的。我为什么做伙计，我想天生我才必有用。可是我知道要成大事，必须先吃大苦，要改变我的性格。我每天4点钟起床，拿几个包子，就去早茶店、餐厅收空煤气罐。八、九点左右，又去普通人家收煤气罐，在居民小区，我大声喊，这样彻底改变了我。每天10点钟到煤气站，把气充上。12点吃了饭就去送气。到晚上八、九点，再到气库给打火机充气。送到中山县（他家在顺德），回来12点了才睡觉。从1989年到1993年就已经挣到了一百万。人家以为这钱很好挣，只有我知道，这钱是怎么来的。有几年，每天只睡4个小时，这是努力加头脑的结果。也曾经有人打压我，他们压

低价格，使我送一罐气，赔五毛钱。但是，几个月后；他们就支撑不住了，因为，他们送一罐赔五块。"

"后来，我的换气店是当地最大的了，有二十多个伙计。但是，我还是每天自己去送气，我上班比伙计早，休息比他们晚。钱挣了，这辈子也够吃了。我又在想，我一辈子就干这，有什么大出息？还有一个问题就是，我们是三个人合股做的这个送气公司。这里就有一个麻烦，谁说了算。人总会有不同想法，就会有分歧，我最后把一个人的股份买断，而另一个人，就是不肯走。"

"我把这个店送给了姐姐和妹妹。四、五台送货的车，价值几十万，都免费送给了姐姐和妹妹。对她们只有一个要求，就是给父母交水电费，给父母生活费。同时我又借给她们 20 万的流动资金。并告诉她们这钱是要还的。"

"刚开始，因为姐夫做锅勺锅铲，我也就跟着做。我利用晚上的时间去念广东省经济干部学院。有一次，我请院长吃饭，院长说：'我这指标也高,那指标也高,吃不了大鱼大肉,清淡一点就行。'

饭间院长问我：'你在咱们学院学到了些什么？'

我想想，好像什么也没有学到。院长说：'融资你知道吗？你不融资永远也做不大。你可以去银行融，也可以和亲戚朋友融。'他和我说完这些，我很快就忘了。"

"后来，又到四川去做铝门窗，赔了不少钱，我还挺高兴。你听过一个词叫'乐不思蜀'吧。人在四川就会没有斗志了，我坚决把四川那边停了。

一个很偶然的机会，有一个我不认识的客户找到我说：'陈老板，有个项目不知道你合不合适？'他说的是一种铁丝的花篮,送礼用的。我就到市场里去转，看见这种铁丝篮，我就问：'卖得好吗？'

'不好，没什么人买。'

我想是渠道的问题，还是产品的问题？这东西，作为礼品，不符合中国人的习惯。也许是个放错了位置的商品。我和那人说：'我要买一个。'

那人说：'不行，要买就买一箱。'

好吧，一箱就一箱。我给我的那些推销看。他们的客户也想要些新设计的产品。我做了市场调查，心里有了些数。就要求推销员，要现货现金，推销员都说不可能。我知道什么都是有可能的，客户有赚钱机会，就会给钱，只要货有独创性。我告诉他们要多少都发，一两箱也发。果然，我们的货都不压资金。"

"1998 年，我们是全国第一家做的。现在，厨房里那种放蔬菜、放刀、放筷子的，洗澡间放香皂的铁丝的产品，都是我们的。这个产品做大就死，因为运费很高。我有一种责任感，对家庭和工人，五百多人靠我活着呢，现在我是香港狮子会的成员。当时，启动资金不大，我投一百万，别人投七十万。现在，我们的货在国外的销售比国内还多。我经常出国办展览，每年我都带我父亲出来走走。前年我带我父亲去美国夏威夷，还去坐豪华游轮到过挪威。我爸爸去的地方也不少了。"

我有些好奇："你母亲呢？怎么不带她？"

陈老板说："我母亲不喜欢出来，她只关心她的鸡、猪和菜。她过年都不休息，要去管鸡、管猪。我们家吃的菜，主要是我母亲种的菜。她不喜欢做家务，我就给她请人做饭，整理家务。我们家是很民主的，谁喜欢干什么就干什么。我父亲说：'我要活到 120 岁。我就要活动，我还想送煤气罐，你不会觉得不好看吧？'"

陈老板对父亲说："你喜欢干什么就干什么。不要管别人怎么说。"

"我老爸都 72 岁了，还能扛着煤气罐上七、八楼呢。"

他父亲真的不像 72 岁，就像个五六十岁的人。

陈老板这一行人，只有长白山来的会点俄语，其他人我估计不超过三句。陈老板和我说："我是先认识他姐夫，后认识他的，就他会俄语，我们都叫他'团长'。他和他姐夫都在俄罗斯做生意。那年他姐夫来找我，要买我的货。我和他说：'我带你去周围几家看看，我不方便进去了。你看看人家的质量价钱，如果觉得我的合适，你再下单，不合适你就买别人的。'

他姐夫一把拉住我的手说：'我就订你这家了，其他家我都看过了。你这人太实诚了。'从此我们合作多年。他姐夫看见我投资地产，很赚钱。就要把在俄罗斯赚到的几百万都投进房地产。我帮他看好一块地，他也觉得好，他老婆说：'你放心呀？这么多钱？给一个认识时间不长的陈老板。'他姐夫说：'我放心，陈老板人好。'他还缺几十万，我说我借给你，等你有钱了再还我。但是，价钱还是谈不拢，那家找到我说：'送你几十万，你把价钱搞定。'我说：'我不要这几十万，你把这钱从价格中减去，不就谈拢了吗？'果然，一拍即合。从这块地，他姐夫挣了上千万。他们家人都对我特别信任。"

我们谈的很投机，陈老板就请我和他们一行一起去冬宫。昨天，他们还是在一个 SUV 上加几个凳子，陈老板是很省的。我来了，就又加了一部车。

我和陈老板一行去冬宫。在冬宫的正门前，天下起了小雨，冬宫广场可能比四分之一的天安门广场还小，广场中央耸立着一根很粗很高的大理石的亚历山大纪念柱，顶尖处是一位脚踩一条蛇，手持十字架的金色天使。彼得大帝骑着马的青铜雕像在广场上屹立。白、绿、金三色长方形的冬宫从外面看，并不是特别的豪华。我们在车里等着雨变小。雨终于小了，我们一行朝着冬宫走去，进了门，先看见的是一个大庭院，在院子中间一圈，有树有花，有休息的长椅。当年，只是皇家的一些人，那真是一个非常幽静舒适的地方。俄罗斯的冬天长，皇家住在这里的时间可能有半年多。

　　冬宫现在叫艾尔米塔什，也就是隐居的意思。整个冬宫包括：小艾尔米塔什；旧艾尔米塔什；新艾尔米塔什和可容纳 500 观众的艾尔米塔什的剧院，四个部分。

　　1762 年开始建设冬宫，建了七年，沙皇聘请的意大利建筑家拉斯特雷利设计，原是沙皇一家居住的宫殿。仅房间就有 1057 间，1886 扇门，1945 扇窗。艾尔米塔什的艺术品的收集从彼得大帝的女儿伊丽莎白女皇开始，收藏的高峰时是叶卡捷琳娜二世时期。1837 年 2 月 17 日冬宫着火，烧了 36 个小时，多数艺术品都被烧毁。十五个月后冬宫被重建。冬宫从 1922 年，被苏维埃没收后，改名叫埃尔米塔什博物馆。

　　进了冬宫博物馆的门，里面人头攒动，和中国的故宫差不多。这里是全世界人最喜欢的地方，因为它是世界四大博物馆之一，藏品之多，举世罕见。每张票 400 卢布；本国人 100 卢布；学生 50 卢布。可以照相，每周一休息。

　　冬宫共分几个部分：原始文化部；古希腊、罗马世界部、东方民族文化部、俄罗斯文化史部；钱币部；西欧艺术部、科学教育部、修复部。绘画从拜占庭最早的宗教画到马蒂斯、毕加索共 15800 幅。

　　一进冬宫，就是沙皇接见各国使节的地方，各国大使要走上高高的楼梯拜见沙皇。

　　各国的旅游团打着自己国家的旗子。老人们都瞪圆了眼睛也看不清，这是他们期待了多少年的参观呀。可是导游走得太快了，老人又怕丢了，他们的目光只能在展品和人头上快速前进的小旗子之间不停转换。通常旅游团只走几间屋子，就出去了，他们可以看清楚什么呀？这就不如我们自由行的随意了。但是，我们也不可能都看完，我就买了两张有中国旗（就是有中文字幕）的 DVD 盘，准备回家去反复看。（非常不幸，这些盘都在巴黎丢了）今年又托朋友在圣彼得堡领馆工作的儿子带了两张盘回来，才勉强补上在法国的部分损失。我衷心建议应该买一张冬宫的 DVD 和一张圣彼得堡的 DVD，谁可能去多少次呢。在家里看那些有极高艺术价值的 DVD 是最明智的选择。

　　这里即使没有展品，光看房间也很有得看，从大吊灯到墙壁装饰，再到地板，地板是九种珍贵木材拼花而成，每个房间都不一样。他们不怕这么大量的人流把这些珍贵的地板踩坏吗？我要是馆长，我就买中国布鞋，让参观者都换上，这钱包在门票里。

彼得大帝的蜡像的头发是彼得大帝本人的，蜡像旁边有一根木杆，木杆两米多的地方被

刻了一道线，那就是彼得大帝的身高。彼得大帝的一些生前用品都是彼得大帝亲手制作的。

冬宫里面，金碧辉煌，白色大理石的雕塑在两边一溜排开。乳白色大理石有人体肌肤一样的质感，和人等高全裸的男女的雕像，看来一点儿不淫秽，反而反映了人体的健康美，是很好的艺术享受。

在大厅里，有一个金属孔雀，在报时的时候会展开孔雀屏，还能转动身体。报时鸡不仅会叫出声，还会伸脖子。

展品实在太多，用琳琅满目和金碧辉煌，都不足以说明，真是目不暇接。金、银、铜、木头各种材质的工艺品多得实在看不过来。

长白山来的小伙子，大家叫他"团长"，他会说些俄语，俄罗斯导游的讲解都是他给翻译。他指着一张椅子说："这椅子不错。"

导游和他说："这是皇室方便时用的。"还比画着，把一块板怎么翻开，大家听了哈哈大笑，"团长"有点扫兴。

油画的题材多是圣经故事和情爱的场景，风景画不多。这可能与叶卡捷琳娜二世的个人爱好有关。这里有梵高、高更、达·芬奇、毕加索等350多人的作品。可是，我们没找到几张，展品多到超出想象，看得眼花缭乱。

在盔甲展馆，是15世纪到17世纪的欧洲各国的原物，还有孩子的盔甲。这是多么难受的一种防身服呀。一件就有二十五公斤，穿着它怎么打仗？真不知道。看起来，穿上就动不了，可能走路都困难。我记得纽约大都会博物馆里的盔甲比这里还多，多不止一倍呢。

挂毯也是纽约大都会博物馆的比这里的大，记得保存也比这里好。可是，它的艺术价值就不是我能够评价的了。

这里孔雀石的大花瓶有很多，漂亮的绿色，有一人高，是整块石头雕出来的，一个裂纹都没有。那么大件，是怎么加工的，真让人不可思议。今年，我妹妹做游轮也去了圣彼得堡，她听解说讲这些孔雀石花瓶是分成几部分做成，再拼起来的。1958年，馆里又添了八根孔雀石柱，做成一个亭子，真让人不太相信，自然界有这样漂亮的石头。就是用颜料也很难调出这样美的颜色。这些石料来自乌拉尔的矿山。

冬宫里的三角钢琴上也都画满了画儿，真是极尽奢华。超出人的想象。

这座博物馆和其他三座世界最有名的博物馆不同的是，它里面有皇室住过的房间，里面的东西还保持原样，有原来主人的心思在里面。但是，在这里，我想到的是可怜的女人，无论中国、外国，外国女人为了男人束腰，甚至影响了生育；中国女人为了男人裹脚，使骨骼变形。

我指着一只边上缺一个弧形的盘子，问我们这伙儿人，谁知道这是干什么的，谁也不知道，我告诉他们，这是刮胡子时顶在下巴上接肥皂水和胡茬用的。

有一条长廊全是将军的像，有上百幅，有些将军没有画像就镶一张绿呢子在画框里，这样绿呢子的空框有十三幅。元帅是全身像，库图佐夫元帅的画像比我原来看过的帅很多，也没有黑色的眼罩，当然还是那么胖。将军们只有头像，这些人物的画像非常精美传神。里面还有1872年打败拿破仑的叶卡捷琳娜二世最喜欢的孙子的画像。

当年，俄罗斯人那么少，有多少艺术家，在为女皇一人服务，真是无法想象。艺术家不在了，他们的作品震撼了全世界的人。这不仅是女皇的功劳，更是俄罗斯艺术家们的功劳。我们在冬宫盘恒了三四个小时，还有许多艺术精品没有看到，但已经是巨大的艺术享受了，比得上一年艺术系的课程。

在冬宫里有一座藏有 3.8 万册图书的图书馆，是叶卡捷琳娜二世的。叶卡捷琳娜二世很爱读书，还和法国的大思想家伏尔泰通信。她说自己："无时没有痛苦；无时没有耻辱；无时没有书本。"她对文学的热爱，在俄罗斯的历史上是一个高峰，世界也称誉俄罗斯文学是"世界文学史的青藏高原"，她思想的高度，决定了俄罗斯的高度。她利用她的权利在俄罗斯建立了学术团体，大力发展新闻出版业，这一基础，使得俄罗斯在 19 世纪涌现了一批世界级的作家、诗人、思想家。

中午，我们到一家中餐厅解决了肚子问题。人家都要打烊了，一看来了这么多人，又振作起来。在等待的时候，"团长"对陈老板说："我真是太羡慕你了，你可以孝顺老父亲。我的父亲已经不在了。我和我父亲的感情好极了，每次回家，我看见父亲都是跳起来，搂着父亲在炕上滚。哎，我父亲去世时，我都不在家。想起来，

真难受。我的老母亲也是血压高，不是这有病，就是那不好受，也出不来。我们当年在俄罗斯，孩子就是在我父母家。儿子和奶奶可亲了，今年回家过年，拿着他的几千压岁钱，要给奶奶，奶奶不要。走的那天，他把钱夹在衣柜的衣服里。上了车，才告诉奶奶，让奶奶买自己爱吃的东西。我都没想到我儿子这么知道孝顺。"在这些受教育不多，吃过苦的孩子里中国好传统，还是传承下来了。

我对坐在我边上陈老板的父亲说："你有一个好儿子。"

老人从心里发出来的笑，都堆在眼角和嘴角的皱纹里。

在中国成功人士不少，可是这么孝顺，带着父亲到处转的，我是头一次见到。

下午，我们去了滴血大教堂，在路上看了"阿芙乐尔"巡洋舰，这个巡洋舰没有想象中的大，当然，比颐和园里那小铁轮大了三四倍。我最近看见报道，"阿芙乐尔"巡洋舰并没有开炮，冬宫里只有一个女生队和一个少年士官队，毫无抵抗能力。所以，苏维埃武装势如破竹的就长驱直入了。

路边有人在兜售邮票，我想去买，司机说可能是假的。

我们到滴血大教堂，为时已晚，关门了。但是，它的外观太漂亮了，像是童话里的建筑；色彩的丰富也是在其他建筑上很少看见的。教堂周围的铁栅栏也精美异常，这里有穿着沙皇时代服装的一对男女在缓慢地走着，很好地营造了沙皇时期的气氛。

一路看冬宫，他父亲还有时推我的轮椅，他说一点儿都不累。他儿子一再说："串个门真累。叶卡捷琳娜的家太大了，一千多间房，走起来真够呛。"显然，老人身体相当的不错。他儿子年轻时可能干得太苦了，身体透支太厉害，体力明显不如他老爸。

参观了一天，我由衷地觉得各国都有各国的长处。

五　夏宫

8 月 30 日

昨天，小孙和小郭到了圣彼得堡，她们曾经要和我一起来欧洲，在办签证那天她们退出了。现在，她们只去俄罗斯和北欧三国。她们不问我，如果问我，我会建议她们去一些西欧国家，再从西欧回国，因为北欧的费用相对比较贵，好玩的地方也不如西欧多。

我给她们发短信说："我查好了去皇村的路，我正从夏宫回来。"

小孙回信说："你不是说咱们一起去夏宫吗！"

我回短信："是呀，可是因为语言不通，我要去涅瓦大街，司机给我拉到了涅瓦河，到了码头，我只好去夏宫了。"

我早上出来，看见一个人在酒店门口，在逗一只猫。我请他帮忙，把轮椅搬到台阶下。我自己去街头打车，他过来，问我要不要车，我说要。我碰上的这个人是黑车司机，他样子是火车上小陈他们说的黑毛，因为我看他不太白，面部特征也像中亚人。我不能因为人长得不白，就认定他一定有问题。我把事先准备好的条子给他看，上面写着第一条：去喀山大教堂，第二涅瓦大街。他说七百卢布，我答应了，但马上就后悔了，我应该和他讲价的。开车到了大教堂，我一看有许多人在排队。我给了他一千卢布，司机竟然不找钱，我和他要，他也不给。我说我要去涅瓦大街，他又拉我去，谁知到了涅瓦河的码头。我下车他又要七百，我给他四百，他还想要三百，我不会给他了，他也只好算了。他已经比我们谈好的价钱多要了七百卢布。去俄罗斯最好换成小面额的卢布，不然会有不找钱的事发生。我觉得在俄罗斯打车是北京的五到六倍的价钱，看你运气了，司机宰的狠点儿，就多要点儿。

我买了去夏宫的船票，来回五百卢布，单程大约半小时。船有很多班，不用担心坐不上船。

到了夏宫，门票350卢布。天空非常晴朗，人不多，多是外国游客。对面可以看见彼得霍夫市和波罗的海。这里河面已经变得很宽了。这就是彼得大帝最想要的出海口，俄罗斯在和瑞典打仗之前，没有东、西、南的出海口，只有朝北的去北冰洋的出海口，按照当时的技术条件是无法利用的。

俄罗斯是斯拉夫民族的国家，它在 9 世纪才立国，后来俄罗斯尊奉了希腊教，采取了贝山汀式的文化。13 世纪时，经过蒙古人的征服，它的文化又成为蒙古式，也就是鞑靼文化。15 世纪蒙古衰弱后，莫斯科的王侯强大起来，莫斯科成为俄罗斯的中心。

彼得大帝（1672–1725）是一个异常的君主，他一生的目的只有两个：一是欧化俄罗斯，用法兰西文化代替鞑靼文化；二就是为俄罗斯找一个出海口，即他说的“开一个窗户”。彼得大帝天分甚高，雄才大略，又具有坚韧的意志力。他为了达到他的目的，不惜屈尊去欧洲学习，在荷兰的造船厂工作。把人民欧化并不太难，发些诏书，就行了。可是出海口的获得，只能靠战争流血，虽然瑞典很善战，但是俄罗斯联合了波兰和丹麦，打败了瑞典和爱沙尼亚，获得了出海口。这里曾经是一个血流成河的战场，有着彼得大帝的得意和少年查理十二的眼泪。

现在，已经没有了战火硝烟，平静的河水淹没了历史。该上岸了，从木板的码头到庭院，我坐轮椅没有什么障碍，直接到了有许多喷泉的，具有法国庭院风格的夏宫。它中间有条人工挖出来的河，上面三座桥，都是看夏宫的最好角度和拍照的好位置。

夏宫在芬兰湾南岸的森林中，距离圣彼得堡市约三十公里，占地近千公顷。是瑞士人多梅尼克·特列吉尼设计的，是历代沙皇的离宫。这个喷泉群集中了法国和意大利的优秀建筑师和能工巧匠的杰作。

自北方战争（俄罗斯和瑞典的战争）打胜后，彼得大帝的野心得到了极大的满足，为了显示俄罗斯的“大国地位”，需要造一座宫殿显示他的国力。夏宫才有了雏形，经过历代沙皇的补充、投

入，夏宫变得越来越美了。"二战"时，它曾经遭到德国军队的破坏，现在都已经修复。并被联合国教科文组织列为《世界遗产名录》。

夏宫有"喷泉之都""喷泉王国""魔法喷泉"的美称，其中较著名的"金字塔喷泉"、"太阳喷泉"、"橡树喷泉"、"亚当喷泉"、"夏娃喷泉"……喷泉有人物、有动物，雕塑非常的准确、可爱，让人有种在天境的感觉。最有名的是"萨姆松喷泉"。

夏宫里共有 64 个喷泉；250 座包金铜像，37 座金色人体雕像，29 座浅浮雕，150 座小雕像；2000 多个喷水柱；在最大的半圆形水池中央有屹立着参孙和狮子的搏斗的雕像，参孙双手掰开狮子的嘴，水柱从狮子嘴里喷出，水柱高达 22 米。这就是著名的萨姆松喷泉，雕像高达 3 米，重五吨。这个雕像象征俄罗斯打败瑞典的"北方战争"。这些喷泉都是靠水的落差自己压上来的，并没有用任何动力。真是奇思妙想呀！

可是，这里的雕塑全换成新做的，真迹已经保护起来了。

夏宫的宫殿有三百米，是拉斯特雷利设计的。夏宫和涅瓦河隔开的铁栅栏也非常美。

所有的雕像都包金的，雕塑在阳光下金光闪闪，分成几组在人工河的两边。院子极为幽静，有很高的艺术价值。我在一个桥上碰到一对穿着古代服饰的男女。我多年不和景点照相了，我觉得和景点照相，是对景观的破坏。我的照片里只有风景没有人，有些游客实在躲不开，才留在照片里。那位穿着古代服装的男人，对我笑着，竟然还给我敬了一个礼，我也还他一个礼。大家语言不通，用肢体语言传达着友好。他对我笑，赞赏我一个人旅游，我也还他笑脸。

在夏宫有十分之一二的中国人，看来中国人是俄罗斯最大的旅游收入。

　　我在河边的小摊上，看见那些旅游商品，都像是从义乌发来的。在卖小吃的摊上，我买了一包没有皮的葵花籽，七十卢布。我一边吃一边想，这不会是喂鸟的吧？俄语不行，也不会问。我要赶回去等着小孙她们来，所以回到码头，坐了最早一班船回圣彼得堡。

　　在码头上要了正规的出租车，到旅馆时，表上显示 778 卢布，我给他 800 卢布，他不找钱，我也已经适应了。下半天就在旅馆休息，等着小孙她们的电话。到了晚上 10:00，她们说太累了，来不了，我才敢睡。早知道，就在夏宫里多待几个小时了。

六　普希金村

9月1日

沙皇村在圣彼得堡西郊24公里，和芬兰的一处"沙利玛伊斯"的庄园，息息相关。1708年到1724年沙利玛伊斯成了沙皇村。1937年普希金逝世一百年时为纪念普希金在这里度过童年，改成普希金村。普希金的全名是亚历山大·谢尔盖维奇·普希金。他在俄罗斯享有非常崇高的地位。俄罗斯人称他为"俄罗斯的首爱"，高尔基说他是"俄罗斯诗歌的太阳""俄罗斯文学之父"，现代标准俄文的创始人。直到现在，俄罗斯每年还在纪念他。当然，对他也有不同的声音。

1799年6月6日普希金生于莫斯科的家道中落的贵族家庭。八岁开始用法文写诗。家中藏书丰富，他也结交了许多名流。他家农奴出身的保姆，常常给他讲俄罗斯的民间故事。

1811年，十二岁的普希金被送进皇村中学读书后，连假期他都不离开。这所中学的宗旨是"培养特定的担任国家重要工作的少年"毕业后,每年校庆他都回来。他后来写道：

"全世界都是我们的异乡，

皇村才是我们的祖国。"

普希金因为思想激进，被沙皇流放过两次。《假如生活欺骗了你》就写于普希金被流放的时期，那时革命如火如荼，诗人却被迫与世隔绝。在这样的处境下，诗人仍没有丧失希望和斗志。他热爱生活，执著地追求理想，相信光明必来，正义必胜。诗中阐明了这样一种积极乐观的人生态度：当生活欺骗了你时，不要悲伤，不要心急；在苦恼时要善于忍耐，一切都会过去，未来是幸福、美好的。

他一生倾向革命，与黑暗专制进行不屈不挠的斗争，他的思想与诗作引起沙皇的不满和仇恨，但他始终不肯屈服。为了保护家庭的荣誉，他决斗而死，年仅37岁。

我七岁生日时，我妈妈送给我一本精装的普希金诗集。我最喜欢的是寓言诗《金鱼和渔夫的故事》。在我们小学的课本里也有这篇寓言诗，老师要求我们背。这诗一直提醒我，人不可贪心，否则，就要回到那个破木盆。现在不论做生意的，做官的都应该好好看一下这个寓言。越贪婪的时候，离回到破木盆的时候也就越近了。这个对世界都有教育意义的寓言诗，我相信已经被译成了多国的文字。

1837年圣彼得堡到皇村修了俄罗斯第一条铁路。

我早上起得太早，洗澡时，水还不太热，只好这样了。这里人起得很晚，所有场所也在10:00左右开。在酒店门口，一楼大堂吃过早餐。一出门，我又碰上了昨天的司机，我笑了，他也笑。因为没有别的车，我也没法选择，只能上他的车了。我给他看地址，他说七百，我有经验了，说五百，他也只好认头。按时到了小孙她们的住处，小孙把帮我带的书拿给我，我把这些书，装进双肩背，挂在轮椅的把手上。我把去皇村的两种方式给司机看，本来，很近的地铁站，他给我们绕了很远，弄得我们还要在地铁里换车，增加了很多麻烦，司机就为多要钱，我付了车钱。终于体会到，在俄罗斯的中国人为什么那么不喜欢黑毛了。

我第一次坐俄罗斯的地铁，每次换车，都有人出手帮忙。我把开封的绣花手绢给帮忙的人，很快就送完了，小郭把她带来的小礼物也给了帮忙的人，小郭从 2008 年奥运会就做志愿者，所以有些纪念章，她送给帮忙人的纪念章上有 "BEIJING 2008" "奥运五环" 的标志和中文 "谢谢" 的字样。

不管多麻烦，我们到了皇村，幽静、典雅的凯瑟琳宫，矗立在最显眼的位置，门票 100 卢布。圣彼得堡的所有房子都是淡黄、淡蓝、淡绿等，很干净的颜色。因为这里没有灰尘，所以房屋用这样的颜色，经过多年，还是很鲜艳，给人明亮爽快的感觉。

门口有一群少年军校学员，让人想起了《战争与和平》的罗斯托夫伯爵的小儿子彼加。进了门是一个退休年龄的专业演员，在吹

长笛，安静的大园林里，悠扬的笛声，游人不多，真惬意。我自己转着轮椅，小孙跑来跑去地照相，本来小郭跟着她。后来，她回来和我坐在一起，静静地体会园林的美与恬静。

这时，有两个年轻人穿着婚纱在拍照，双方的亲友都来了，他们在叫着我听不懂的俄文。以我看俄罗斯小说的常识，他们在叫："苦哇！苦哇！"意思是丢掉所有的苦，开始甜蜜的生活。于是，两个年轻人相拥接吻。亲友把篮子里的东西发给游人吃，我猜是面包和盐，就没有过去。主要是不会用俄语说"祝福你们！"。

普希金村里，金碧辉煌的叶卡捷琳娜宫，是彼得大帝 1708 年，给他的妻子叶卡捷琳娜一世建造的，也是他女儿伊丽莎白女皇、叶卡捷琳娜二世、亚历山大一世及尼古拉二世最喜欢的郊外行宫。它曾经是二层的木质宫殿。"二战"时，被炸毁，后又重建，成了现在这样恢弘堂皇的行宫。著名建筑师拉斯特雷利加建了皇家教堂及厢房。皇家教堂座于宫殿的右边，是后来修建的，由五个金碧辉煌的葱头屋顶组成，墙上有装饰性的雕塑。

在这里上一次厕所25卢布（5元人民币上个厕所，真够贵的）。进凯瑟琳宫要320卢布，本来小孙不想进去，我告诉她这里有最著名的琥珀厅时，她才同意进去。安检很严，需要存包，连外套也要存。脚上必须套上脚套。宫里还有专供残疾人用的电梯，我们首先进入的大房间，是舞厅，大概四百多平米，满眼金光。当小孙看见第一间屋子时，就觉得值回票价了，室内光线从两边的大窗射进来，又从墙上的镜子反射回来，把屋内照得亮镗高大，天花板上也画着小天使在云朵上飞，我们都有点儿惊呆了。这不就是《战争与和平》里面关于娜塔莎参加舞会的场景嘛。

　　"第一次穿长舞裙赴真正的舞会而不胜自豪，娜塔莎更觉得幸福了。她们都穿着白纱长衣，系着粉红的条带。

　　娜塔莎从进入舞会那一刻起，就陷入了恋爱状态。她不是爱上某一个特定的人，而是爱上所有的人。"多么精准的描写呀！

　　这时，我的头脑中响起了约翰·施特劳斯的音乐和《胡桃夹子》

旋律。谁都会联想到少男靓女翩翩起舞，在大厅里旋转。晚上，在这里上演《胡桃夹子》再合适不过了。音乐是有场地感的。

这里是宫廷舞会举行地，也是伊丽莎白女皇（彼得大帝的女儿）游戏的地方，在欧洲化装舞会并不少见，可伊丽莎白女皇是要，男人穿女装，女人穿男装，这就不多见了。当年奢华的场景现在是无法再现了。

宫殿里有红柱厅、绿柱厅、接待大厅、琥珀厅……

小孙她们在克里姆林宫看了一个珍宝展览，也300卢布，觉得很不值。到了这儿，她们觉得很值。这屋用"金碧辉煌"这个词有点俗，但也只能这样形容了。这本是避暑的地方，没有冬宫的艺术品多。但我和小郭都认为俄国皇帝比中国皇帝会享受。里面有油画、瓷器、木质镶嵌的家具，还有顶棚的壁画。每间屋子都有从中国定制的青花瓷板砌成的大壁炉，很壮观。宫殿其舒适，风景优美，艺术成就都是顶级的。

旅游团从我们的身边匆匆走过，我们可以慢慢看，他们就必须跟着导游快走了。我们走过小客厅、书房、餐厅……

　　到了最著名的琥珀厅，这里不许拍照。各国旅游团打着自己国家的小旗，在我们的前后，使我们不能自如地参观。我仔细看了墙上的琥珀，大概有四五毫米厚，每块几平方厘米。全部选用金黄色透明的琥珀，还有些是中国人称作蜜蜡的琥珀。这些金珀不是简单拼起来，而是按照花纹走向拼的，有些金饰和金珀相互呼应，更显华丽、高贵。使这间几十平米的房子，从屋顶到四壁都散发着柔和的金黄色的光芒。这里被人们称作最神秘、最美的《世界第八奇迹》。

　　琥珀厅原来的琥珀，已经被德国法西斯的部队给撬走了，画也都丢了。那些被撬走的琥珀，到现在也没有找到。现在琥珀厅的恢复，是从前苏联赫鲁晓夫时期开始，花了二十五年用了数百万美元重新建的，2002 年才开放。那些丢失的琥珀价值 5 亿英镑。琥珀

要四百多万年才能形成，加工也十分复杂。

其实，琥珀厅还有一个鲜为人知的故事。18世纪普鲁士王国（现今德国）经济发达，国家昌盛，弗里德里希一世要效仿法国国王路易十四的奢华生活，下令建造琥珀厅，1701年至1711年建成，面积55平方米，当时琥珀是黄金12倍的价值。琥珀厅里还镶了钻石、宝石、金箔、银箔，总数十万件，重量超过六吨。弗里德里希一世死后，他的儿子威廉一世即位，威廉一世与父亲的性格不同，他不喜欢豪华的建筑，而更喜欢美女。1716年，沙皇彼得大帝访问柏林见到威廉一世，两人相见恨晚，彼得大帝为威廉一世准备了厚礼。威廉一世准备的礼物较轻，他又想和彼得大帝结盟。他听说彼得大帝很喜欢琥珀宫，就慷慨地把琥珀宫送给了彼得大帝。1941年"二战"期间，德国进攻圣彼得堡，占领了凯瑟琳宫，当时凯瑟琳宫的工作人员用壁纸把琥珀厅的墙面贴了起来。还是被德军识破，装了27个箱子，把琥珀运走了。至今这些琥珀到底在哪里，一直是个世界级的谜。

有三种猜想传的比较多：

一、在奥地利中部的托普利茨湖底。战争结束前，有人看见德军往湖里沉了许多箱子。但是，战后有考察队找过，没有找到。

二、在加里宁格勒（最好的琥珀产自这里），据说，俄罗斯最好的琥珀矿有三米厚，一立方米可以开出一吨琥珀。1997年有个德国游客在这里捡到一块琥珀镶嵌物。德军撤退时曾放火，这里也遭到轰炸，可能已经被炸毁。这里也被地毯式的翻过，没有踪迹。

三、在德国的边境，靠近捷克有个叫诺伊多夫的小镇，这里的兹比罗赫城堡曾经是纳粹党卫军的司令部。曾经有个纳粹的高官说琥珀在这里，也有人说在战争结束前十天，看见有飞机运来十几箱东西。战后曾经有人在这里进行过查找，到现在也没有找到，这城堡地下有许多暗道。

琥珀厅留下谜团太多了。

我们又往前面走，有会客的小房间，有吃饭的餐厅，每间屋子的装饰都不重复，干净明亮，东西都相当的新，应该说八九成新，很难想象是几百年前用过的。地板的拼花也每间都不一样。

在院子里，还有卡梅龙走廊，这是以建筑师的名字命名的，旋转式的楼梯，有大露台，夏天乘凉应是绝佳之地。两旁装饰着古希腊罗马的芙罗拉（花神）及梅尔库勒思（大力神）的巨型青铜雕像复制品，很有气势。

还有修剪讲究的法式花园，巴洛克风格的"艾尔米塔什"亭子、人工石洞、土耳其浴室、卡古尔纪念碑及著名的喷泉"卖牛奶的少女"。皇村花园异常幽静，里面还有个中国式的亭子，依我看不太像中国的亭子，后花园有曲径通幽之感。

轮椅走天下

听说有些中国旅游团不带团来这里，恐怕是为了省车钱和门票钱。圣彼得堡除了冬宫，就是这里最值得来，若没有来，真是太遗憾了。

俄罗斯的古迹保护得这么好，应该归功于俄罗斯受过高等教育革命者，在革命成功之时，考虑到古迹的珍贵。在 1917 年 11 月，彼得格勒的工人和士兵苏维埃执委会就向市民发出号召："公民们，不要动任何一块石头，保存文物、建筑物、古旧物件、文献吧——这一切就是你们的历史，你们的骄傲。要记住，这一切都是产生你们崭新的人民艺术的土壤。"全部艺术财宝被宣布为人民的财产。

从这里出来，已经下午两点多了。我们走出来，到了一家类似麦当劳的餐馆，我请她们俩吃饭，为了谢谢她们帮我带书，她们说几天来，今早才吃了一顿正经饭，因为这家旅馆包早餐。

我们又原路返回，在地铁口出来才发现已经过了两站。我们只能打车回去，这次，我们请一个小警察要车，他打电话要的真正的出租车，司机才收 420 元，一分不多也没有抱怨。

七　离开圣彼得堡的前夜

9月2日

从莫斯科到圣彼得堡的火车上，小 J 给我留下了电话，告诉我万一有事，到圣彼得堡可以找他，他有车，随时可以赶过来。

有小 J 的垫底，我心里踏实多了。可我从皇村回来，我房间的门打不开了，我早上刚送了服务员一条丝巾，我叫来服务员让她开门，她耸耸肩。我只好找前台，前台说我少交一天的钱。我也懒得说，就补了一天的钱，这一天的钱差不多是 BOOKING.COM 上订这家旅馆两天的钱。我和前台要落地签证，前台不给，听说没有这东西出不了海关。我有点儿着急了。我真有点儿怵这家旅馆了。只好求救于小 J。

小 J 真好，马上来了。我把情况和他一说，他说你出关没有人跟你要落地签，那是你在一个城市超过七天才要。我以为在俄罗斯超过七天就要。我一块石头落了地。

我整理出一些不带的东西，没来俄罗斯之前，有人说俄罗斯的卫生纸不好，我还带了北京的卫生纸来。俄罗斯的

卫生纸，对我来讲没有什么不好，只是人家为了保护环境，纸不白而已。我倒是觉得很好，低碳环保，少用些荧光增白剂，对人体也好。俄罗斯的资源太丰富了，还比中国人意识超前，保护环境，做到了可持续发展，这些深深地教育了我。

我把多出的一卷卫生纸和咖啡给了小J。我要和小J换钱，好请他吃饭。他说："不用，我请你。"

我和他说好，到北京我请他们全家。

其实，我一天就两顿饭，第二顿已经吃完。小J问我吃过俄罗斯的饺子了吗？我说没有。他说这家宾馆有一道自己的特色沙拉，咱们来尝尝吧。我尝了一个饺子，和特色色拉，饺子皮很厚，馅也没有什么特别；特色沙拉还不错。小J说中国留学生来俄罗斯，看见超市里有冻饺子就买回去，一吃竟然是甜的，很不适应。我问小J："我在夏宫买的葵花籽，是给人吃的，还是给鸟吃的？"

他说："是给人吃的。"我放心了，不然老以为是喂鸟的。我有点嗓子疼，我说到餐桌上倒点盐，小J说去买。

小J在饭桌上和我谈到一些对中国有参考价值的事情。他说："普京上台以后，把警察部队都改了，不仅名字改了，连人都换了。只剩下没有不良记录的少数人。你看见现在警察都是年轻人，那都是刚从警官学校出来的学生，还是一脸稚气的孩子。是的，我几小时前刚看见一个年轻的警官，很认真，很负责。"

小J说："曾经出过这样一件事情，非常轰动。在莫斯科一个上校级别的警官，被秘密调查很久了。他有一天拿了一手提箱都是1000卢布一捆或者500卢布一捆的钞票。当他知道要抓他时，他把箱子打开，把钱抛向车外，想在被抓时，找不到证据。因为一心不能二用，就开不好车了，最后他被抓住。电视记者报道时，还能看见满地都是钱呢。撒钱的路段被封锁起来，这是真实的事。

　　还有一个将军级别的警官，他管理一个自由市场，不是正常地收取营业费，而是让一些没有资格的人进入市场，租给他们摊位，他收取个人好处。反贪部门长期跟踪他，一天去抓他的时候，他的桌子上放着几捆钱，慌乱之下，他把钱都扔进了马桶，当然是冲不下去了。又被电视台拍到，在电视新闻里播出。

　　"有了这几件事情后，警察是好多了。你在莫斯科的导游兼司机，他是因为中国的驾照过期，又没有办俄罗斯的驾照，并不是警察乱罚钱。"

　　我才知道那留学生没说实话。

　　"普京是在黑社会圈里混出来的，叶利钦要去世的时候，把普京叫来。叶利钦要他答应：'不要动我的人。'普京答应了。但是，普京在叶利钦去世后，给这些人打招呼说：'你们原来干的坏事我不管，要是从现在开始再干坏事，就不行。'在某个州有一半的土地都是叶利钦的，普京没有动他的土地。现在，城市周边，你看着什么也没有，其实早就都给人占了。"

　　小J接着说："普京和梅德维杰夫，两人配合得特别默契。梅德维杰夫知道普京比他的威信高，可普京从来给足他面子。两人也有不同意见，但是大方向一致。所以，这几年俄罗斯搞得很不错。普京还规定，当官的，只要家属包括子女移民外国，就不能再当官了。"

　　"圣彼得堡是旅游城市，这里好像有一个不成文的规矩，不偷相机，让你至少留下些照片，还有些纪念。有一次，我的车被撬了，里面的音响和跟相机放在一起，MP3被偷了，就是相机没被偷。那相机比音响值钱。这可能是圣彼得堡人对自己城市的骄傲吧，连小

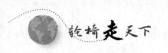

偷都遵守规矩。"

我被旅馆几次吓唬，有点担心晚上的出租车如果叫不来，我就惨了。所以，我请小J把我拉到机场去，他答应了。

我们出旅馆门的时候，我从没有见过的俄罗斯醉鬼，这次终于看见了，还是个女的。她进两步，退三步，横两步，斜一步，根本就上不了台阶了，最后是四肢着地，爬上来的。跟她一起的男同胞，急的直拍腿。

俄罗斯的夜是寒冷的，我晚上不敢出门，怕不安全。在空旷少人的夜里，心情略有些不好。俄罗斯每年自杀的人数世界第三，第一是立陶宛，前十名都是东欧和前苏联加盟共和国。可能和高纬度有关，在冬季，很少几个小时的阳光，会使人心情阴郁。

半夜，我们开车在圣彼得堡找商店买盐。终于找到一家开着的小店，小J进去买到了盐。给我倒了一些，准备到机场漱口用。

在车上，我和他说起美国德克萨斯州的盖文斯顿岛的一件事。使他想起列宁格勒保卫战时，德军围困列宁格勒872个日日夜夜。只有湖上可以给列宁格勒送给养，敌机经常扫射车队，就要有高射机枪打敌机。在当时已经没有人的情况下，不得已用了少先队员打高射机枪，进行防空。少先队员们打敌机，敌机也会打炮位。少先队员牺牲一个，就在一棵白桦树上系一条红领巾，最后白桦林系了一片红领巾。我听到这里，险些不能自持，太震撼了，我的心都在颤抖。我好像听到了肖斯塔科维奇的《列宁格勒交响曲》。没有想到在圣彼得堡，最后几小时，让我听到一个这样的让人震撼的保卫圣彼得堡的故事。

快到机场，小J说："你别太失望，圣彼得堡的机场小得像北京的长途汽车站。"我们到了机场，下来一看，还真是差不多，机场里的人少到五十个人可能都不到，设备也较简单。

我刚坐下，一个金发碧眼的姑娘就和我说中文："你是中国人吗？"

"是呀。"我眼睛都大了，这几个小时有人说话了。我让小 J 快回去睡觉。他看我有人陪，就放心地走了。

原来这姑娘叫奥尔加，是哈萨克斯坦人。我说："你长得不像哈萨克斯坦人，那些人比较像我们新疆人和蒙古人。"

她说："是的，我们是俄罗斯族的。我太喜欢中国了，我在兰州三年，学得是汉语教学。我喜欢铁板羊肉，还有铁板豆角。我老不说中文都忘了，我喜欢可以和你说中文。"

我问她："什么时候去的中国？"

她说："四年前，我学习了三年，已经毕业一年了。"

　　我又问她要去哪里。她说："安道尔。我的男朋友在那里工作，他是意大利人。我的妈妈和我说，你二十五岁了，该结婚了。可是我的男朋友还不向我求婚。"

　　我说："你跟他说，在中国有好多人喜欢我，有人要向我求婚了。"

　　她笑了说："谢谢你。"然后说，"给你看我的男朋友，他没有头发。"她拿出手机让我看她男朋友。

　　我问奥尔加："你喜欢他吗？"

　　奥尔加说："很喜欢，他知道我。"

　　可怜的姑娘，男孩子干什么不赶快求婚呢，为什么要折磨她呢？

　　"他是做什么的？"我问。

　　"我不会说，他是动物的医生。"她说着。

　　"兽医。"我告诉她。"他喜欢中国吗？"

　　"很喜欢，他也学过三个月的中文。"奥尔加说。我真没有想到有这么多人在学中文。

　　我把盐放到嘴里一些，又含点儿水，用盐漱口，再吐掉，渐渐地嗓子不太疼了。

　　我把我在俄罗斯写的文章，给她看，她说："我喜欢。你发到我的信箱里。"

　　我问："可以给你照张相吗？"

　　"可以。"她很高兴。

　　我告诉她："我也要去安道尔。到时我在网上告诉你，我到了安道尔给你做铁板豆角，还有中国的饺子。"（我后来没有去安道尔，因为没有火车到安道尔）

　　"真的吗？太好了。我真的很想在中国工作。有人想让我男朋友去上海，给他五块钱。"

"你写下来，肯定不是五块钱。啊，是五万。"我笑了。

"很好吗？"

我说："还有你也可以工作，很不错。"

我们俩都困的不行了，就都分别睡了一会儿。她几次去帮我问，开始换登机牌了没有。

终于到时间了。奥尔加主动说："我帮助你。"

我担心她的行李没人看，她非常执著，对坐她对面的一个乡下样子的女孩子说："帮我看一会儿，行吗？"

那个满脸雀斑，很老实的女孩使劲地点着头。

我们到了换登机牌的地方，已经有很多人了。奥尔加去前面问，我可不可以先办。航空公司的人说不行。我就老老实实地排吧，那么多带孩子的都在排呢。

我和奥尔加亲吻拥抱。这时，我前面的漂亮女士，把自己带的东西放到地上，就走了。过了一会儿，她回来了，从她先生手里把孩子抱过来，和他说了几句。他先生问我："会英文吗？"

我说："会。"

忘说了，她丈夫也很帅。

他说："你跟我走。"他推着我的行李车，到了另外一队的最前面，当航空公司的人接待我时，他才走。我只能用俄文说："谢谢！"这一切来得太突然了，我都反应不过来。那个漂亮少妇自己带着孩子，还帮我，真是不好意思。她显然很愤怒。她愤怒在俄罗斯对残疾人的无动于衷。

我被安排在飞机的二排，这对我太方便了。

在候机的地方，我看见一个四十岁左右的女人，她老是对我笑，

我猜她是芭蕾舞演员，因为她身上没有任何的赘肉，人很矮，但是极挺拔，随时都可以跳起来的样子。我看见，天开始下雨，我的雨衣在箱子里，已经托运了。而这里又没有廊桥，要坐巴士，然后再走上飞机。

我淋雨了，本来已经不舒服的嗓子就更疼了。

在飞机上，帮我联系办登机牌的少妇带孩子去上厕所，我终于拍到这个漂亮少妇和她的孩子的一张照片。只可惜礼品都托运了，以后要记得随身带点儿礼品。

到了巴塞罗那取行李的时候，我想找条丝巾送给她，可是看不见漂亮少妇的身影了。她们都是我对俄罗斯美好回忆的一部分。俄罗斯的女人不但外表美，心灵也美。

伟大的俄罗斯，你不仅是我文学的源泉，我看过的俄罗斯小说许多的场景都在现实中再现了，我真的是心满意足。

八 巴塞罗那

9月3日

西班牙国土 50.5925 万平方公里，人口 4612.52 万，其中，卡斯蒂利亚人（西班牙人）占 70%，还有加泰罗尼亚人、加里西亚人和巴斯克人。96% 的人信奉天主教。每平方公里 93 人，人均 GDP30625 美元。

飞机到了巴塞罗那，机场有专人来接我，我一人坐在拉残疾人车里。这人会点儿英文，他很热情，帮我把行李取完，就推我和行李到站口。女儿已在门口等候，她付了推我人的小费，就带我去坐一种机场大巴。大巴路过的地方棕榈树在告诉我，这里已经在南欧了。阳光明媚的巴塞罗那和圣彼得堡的阴雨天形成鲜明的对比。车在一个广场停下来，广场上的雕塑的斑驳，给人一种年代久远的感觉。旁边类似皇宫的是一个大博物馆。有些街角有几张桌子，可以喝点饮料和酒水，也有简单的三明治。

女儿找的房子在地铁边 50 米。我们一人一间，我们俩一天才 30 欧。每间大约十平米，房高三米五，门就有两米

多高，屋里除了一张大床，就没有什么了，床上有薄薄的被单。我刚从俄罗斯来，还不太适应，就把羽绒大衣拿出来盖上。一套房子有五间屋，我们住靠门口两间。厕所和洗澡间是分开的。厕所的水箱还是拉绳的，设施有些还是一百年前的样子。女主人是一个身材很好的姑娘，她没有工作，也还没有结婚，和男朋友住在这里，男朋友是一个长得有点滑稽的人。

楼里电梯小到一米乘一米五，但是，里面有一块七、八寸宽的厚木板靠墙横在电梯里，可以坐人。这还是我第一次看见可以坐着的电梯呢。楼梯都是白色大理石的，让我有点吃惊，栏杆扶手的铸铁做工很美。欧洲随便一个门窗的铸铁都很漂亮，而且绝对不重复。楼下的大门紧锁，可以按房号，叫房主人。门厅很宽敞，全是白色大理石。我真感谢女儿找到这房子，原来，这些类似于北京饭店老楼的房子，里面是这样的。这些房子不是什么饭店，而是城市中产阶级住的房子。如果不是住在里面，真不知道要多久才能明白呢。我又无意间发现，我们的旁边就有一家中国孩子开的商店，好像在卖文具。

我太困了，倒头就睡。醒来已经是下午两点多。女儿一直在等我。她给我拿来色拉和酸奶，还有面包。我匆匆吃完，赶快跟她走，她说有一种旅游巴士很适合我，一人一天24欧，一人两天31欧。她买了两张31欧的，一共有三条线，每条走不同的线路，但是都和红线相交，所以可以任意换线路。其实，我们是每天每个线路走两圈。车是双层的，上面景观好，风大又晒，我已经感冒了，有点儿发烧，坐下面，车上有十种语言的解说，你拿一个耳机插在面板上，调到7就是中文，上面左右两个按钮是调台的，下面左右两个是调音量的。

我从这里真正的进入欧洲大陆。1908 年，康有为在他的《欧洲十一国游记》中写道："未游欧洲者，想其地若皆琼楼玉宇，视其人若神仙才贤，岂知其垢秽不治，诈盗遍野若此哉！故谓百闻不如一见也。吾昔尝游欧美至英伦，已觉所见远不若平日读书时梦想神游，为之失望。"当然，今天的欧洲已经不是一百多年前的欧洲了。并无脏乱现象，但是小偷还是有的。

　　巴塞罗那在一块丘陵地上，它有许多的平房，楼房也不高，所以占地很大。年轻人走都够呛，老年人和带小孩的想都别想。坐观光巴士，不用作太多功课，车里面的中文讲解给你讲的清清楚楚。你看哪里喜欢，到站就可以下，随时拿着票还能上来。

　　巴塞罗那是海滨城市，因为 1992 年开过奥运会，所以有些体育场，建筑都很前卫，有创意。西班牙是超现实艺术家的摇篮，你只要想想西班牙艺术家的名字就知道了，毕加索、达利、高蒂、米罗等，这些怪才都出自西班牙。我生活的国家较保守，所以不太能理解这些天才的作品，在北京也看过，实在看不明白，就没有去毕加索的博物馆。三大男高音里两位出自西班牙，多明戈、卡雷拉斯都是我最喜欢的男高音。我喜欢的还有当代网球明星纳达尔，中国网球解说员常常把他叫作"劳动模范"，就是说纳达尔最不惜力，是在场上是最勤奋的运动员。

　　城里的房子都很有些年头了，但是因为是用大块石料盖的，所以还很好，非常有历史感。这些房子都很艺术，尤其可看的是大门和窗上铁栅栏，木雕和铁艺，没有重样的。在巴塞罗那有几个广场，当然不能和天安门广场比，可能只有天安门的几分之一大，但是通常有雕塑，有喷泉。喷泉边上，会坐着许多走累了的人。也许因为阳光灿烂，旅游人特别多。但是，没有什么中国面孔。也许到了

"十一长假"会来一些中国人吧。天色越来越晚，身上也越来越冷，我拿出披肩包上肩。

两圈转下来已经天黑了，我又想吃中国饭了，看见一家中餐馆我们就进去了。女儿嘟囔着："到国外就吃当地的饭吧。"我病了，不能吃那些冷的东西。

看来像中国南方青年在经营这家餐馆，男女都三十出头。我问那男的："你是在这里上学留下来的，还是就是来开餐馆的？"

他说："我们就是来开餐馆的。"

"哪里人？"

"浙江的。"后来我才逐渐知道，到了欧洲不用问，差不多都是青田或者温州的。

我看，加上我们只有三桌客人，就问："什么时候上人呀？"

"要到十点钟。"欧洲人，尤其是南欧的人，九十点钟吃晚饭很正常，他们睡得很晚。

我们是看不见了，希望他生意兴隆吧。

我们点的家常豆腐和虾，还有一碗蛋面汤。29欧，没有给小费的零钱了，老板娘不要了。在门口的桌子上放着许多免费的中文报纸，我们拿了一份。

9 月 4 日

第二天一早起来，翻了一下中文报，发现西班牙正在经历经济危机，商场为了竞争客人，竞相降价。如果经济危机缓不过来，西班牙就惨了。

今天，我们还是坐旅游巴士，不过是从红线换了绿线。在海边的哥伦布雕像光手指就有一米长，在远处真是看不出来，它和港口比例合适。

　　哥伦布是意大利的热那亚人，在意大利他的想法得不到国王的支持。哥伦布曾经向葡萄牙、西班牙、英国、法国等国的国王请求资助，都遭到拒绝。西班牙关于哥伦布的计划有一个专门的审查委员会，一位委员问哥伦布："即使地球是圆的，帆船必然从地球下面向上爬，帆船怎么能爬上来呢？"哥伦布语塞了。他又游说了十几年，才受到西班牙女王的重用，西班牙女王对于香料和黄金的渴望使得她批准了哥伦布的计划。女王允许他可以把十分之一的所得留给自己，十分之九的所得交给女皇陛下。

　　哥伦布在 1492 年率领 87 名水手，驾驶三艘百吨的帆船，带着西班牙国王给印度君王和中国皇帝的国书，去找"印度"了。他每次带回来的香料，都给西班牙皇室带来十倍以上的利润。他四次出海找到的都是美洲，可他至死都不承认找到的是美洲。

　　我们在海滩的餐馆里，叫了西班牙著名的海鲜饭和沙拉。这里的海鲜饭做的很好吃，很少有人在五六点钟吃饭，餐桌绝大多数都空着。

　　晚上，女儿去超市买吃的，我进到楼里，看见一个中国男孩，就问他："哪个省的？"

　　"辽宁沈阳的，来了五年了。"

　　我说："你来这里学什么？"

　　"就学西班牙语。我回去，都不适应了。和同学没有了共同的话题，国内节奏那么快，西班牙这边什么都是慢节奏，我决定在这里发展，不回去了。这里的老人很有钱，他们年轻时候买房子，老

了孩子都搬出去，房子再出租，所以都很有钱。"

"你做什么呢？"

"我学了美容美发。已经上班了。"

"呀，原来已经在自食其力了。这里的房子算便宜吗？"

"不便宜，每月800欧。"

我们互道"再见"！

9月5日

我以为这每层四家的八层小楼里，就我们和这沈阳男孩三个中国人呢。

我的房间窗户打开就是天井，也就是对着电梯间。哪知，我一早醒来注意听了一下，在电梯间至少有三拨人说中国话了。一个人走时是不说话的。这楼里到底有多少中国人住，真是搞不清，看来巴塞罗那的中国移民真不少。

这时，有电话来，我的直觉告诉我，是西班牙的和平统一促进会副会长林先生，我已经联系他两天了。果不其然就是林先生，他让我把地址用短信告诉他，说半小时以后到。

我因还有时差，老是早睡早起，4:00即起，已经在计算机上写了几个小时，把圣彼得堡的最后一天写完了。

我还有点儿时间，就上网看看，一看朱元春大姐来信了，问我什么时候到班贝格，我还要沿着欧洲西海岸走五个国家才能到德国的班贝克呢。她还问我怎么没有游记了，我都有点儿发烧了，只想睡觉，哪里还顾得上写游记呀。我已经比所有的游客都累了，晚上早上几乎都没有休息地在写，我想让大家看到最真实的欧洲，而且是参加旅游团不可能碰到听到的。

半小时后，林先生到了。林先生是个中等个，看来乐观豁达、非常阳光的人。我就不客气地把带来的书多数交给他，请他以后帮我寄，我不能提着书到处跑，他豪爽地答应了。我们在街角的桌子边坐下，他帮我要了一瓶苏打水，我们就聊了起来。

林先生是浙江青田人。他来的时候，是蛇头带出来的。当时家里举债11万元人民币，这在当时可是一笔巨款呀。一来就洗盘子，可他在巴塞罗那打工每月才一千多点人民币。每天干完活回到家，只有四壁的白墙和地上一个海绵垫，还有一个没有枕套的枕芯。他有时也觉得无望，想想借的钱，要是这样干下去，什么也不买也要十年才能还完。那以后呢，就这样下去吗？一个再硬的汉子也有被难倒的时候，他在卫生间里一人哭过。但是，不管怎么难，他还是咬牙挺过来了。他曾经给家里录过一盘录音带，自己尽量平和，没有说到什么太难的事。家里人接到带子，一放，全家人都哭了。

我说："那是你和家人血脉相通，你想掩饰是掩饰不了的，家人一听就知道是怎么回事。"

林先生这时的眼睛已经有些湿润了。

我赶快转个话题："那你的转机是什么时候呢？"

"是1997年，那一年我开了公司；结了婚；拿到绿卡，三喜临门。"

"就这样一帆风顺吗？生意上没有遇到什么坎坷。"我好奇地问。

他沉重地说："我们的第一次进货，从中国发了两个货柜。到了岸，我们也把它拉了回来。车刚到，警察的车也到了。开箱一看，都是不合法的货，当时就拉走了。我和我老婆互相安慰，我说：'会好的。'老婆也说：'都会过去的。'可是，我们都知道这都是东拼西凑的钱呀。"

我都跟着紧张："那怎么办？去警察局找他们吗？"

"我们都是纺织品，而纺织品是要配额的，我们没有，找也没有用。"

我着急地问："后来呢？"

"我们青田老乡真好，借些货给我们卖。我和我老婆还给人熨衣服。渐渐地缓过来了，生意越做越大，钱很快就还完了。我们是做男装，有西服，有领带。我最好的一年光衬衫就卖了一百五十万件。"他的这话，使我想起来，十多年前在纽约，朋友告诉我："在美国的日本人多是公司派来的，除了工资还有补贴；越南人有美国的贷款（因为越战，美国人有愧疚感）；韩国人有国家贷款；只有中国人自己奋斗。"如果有国家贷款，这些海外的华人发展就更快了。

林先生接着说："西班牙这一点儿很好，就是基本上没有行政成本，你该办什么照，就办什么，没有用钱的地方。我给你举个例子，有个小姑娘要办绿卡，我们就请了警察局长来吃了个饭，我们和警察局长都是很好的朋友。按照手续，很快就办下来了。小姑娘买了个手表要送给警察局长，被警察局长几次拒绝，小姑娘还是想送。最后，警察局长把旁边屋里警察叫来，说：'你再这样，我们就告你行贿，要判刑的。'小姑娘哭了，警察局长说：'你再哭，就把你抓起来。'你看，西班牙的警察基本上是清廉的。但是，在这里有些摩洛哥人不太好，他们老是做坏事。就是一些中东样子的，有点棕色的人。现在经济不好，做坏事的就多些。你的腰包要拉好。"林先生好心地说。我这辈子也没有带过这东西，这次出来带了一个，很难受，不习惯。其实，这个腰包是给贼看的，里面只有纸巾和作废的银行卡，还有相机、牙线、小零钱等。

林先生也讲道："西班牙南部，有些西班牙孩子就是不工作，一直在啃老。"

我和他说了俄罗斯普京整顿警察的事，他说普京还有一点儿好，就是他最近出台了一条，当官的家属不许出国，如果要出，就不要做官了。

我们谈得很高兴。我女儿出来了，这时，他在看他的车还在不在，如果有警察要拉走你的车，你只要腿快，追得上，警察会马上还给你车。这里警察真好说话呀。

林先生开车带我们去签火车票。我在北京换得都是 500 欧一张的，为了好带，可是很不好用，谁也找不开，在超市都拒收。请大家记得，出来换 100 欧一张的最好用。女儿去银行换，人家只换给她一张五百的。她去另外一家银行还要 20 欧的手续费。西班牙的银行上午开门很晚，下午又关门了。我和林先生说这事，他说："这不是抢劫吗？我带了 1000 欧，我先和你换。"女儿乐了。

林先生说好晚上八点请我们吃饭。我在美国的经验，中国人都喜欢看国内的电视连续剧，就把从中国带来的电视连续剧都给林先生了，我在里面加了 50 欧，是请他帮我寄书的钱。

我和女儿又去坐旅游巴士，她找不到昨天的观光车票了，只好再买。我们下车看了高蒂的两处作品。高蒂的作品以活泼，不对称为主要设计理念。高蒂确实是天才的设计大师，我们在他的卡萨米拉的建筑前停下来。这所公寓建成于 1910 年，它使高蒂获得了很高的荣誉。他的作品使旁边的设计暗然失色，吸引了所有人的目光。他每个窗的设计都不一样，真让人看呆了。我也注意看了他旁边的房子，已经很好，很漂亮了，绝对是上等的设计，但是非常不幸和高蒂的作品在一起，连看一眼这些作品的人，都少之又少。这些作品就是没高蒂的灵动、抢眼、出挑。高蒂的那些铁艺的树叶，到现在也极其少见。好像周围所有的建筑都是死的，只有高蒂的建筑充满了生命力。高蒂不仅可以设计，他还是一个好工匠，他可以自己动手做所有的工作。高蒂一辈子没有结婚，他是不是把这些建筑当成"情人"了，把自己所有的爱都给了这些建筑？

　　他在圣家大教堂施工时，每天下午要出来散步。1926年6月7日他像往常一样出来散步，却不幸死于电车下。五天后，巴塞罗那为他送葬的人排了有一公里长，巴塞罗那人太喜欢他了，说他是"加泰罗尼亚的光荣"。经过教皇的同意，把他葬在至今还没有完工的圣家大教堂的地下室里。他在"情人"的怀里安眠，这也许是他最好的归宿了。一代超级天才离世，至今无人能望其项背。

　　我让女儿进去看米拉公寓，我在外面转。我观察着过往的人，没有看见撞衫的，即使颜色一样款式肯定不一样，即使款式一样，颜色肯定不一样。这里是外国游客最集中的地方。男女充分地表达着爱意，情人和夫妻很多是手拉手的。有个大约八十岁的老妇人在画着这座建筑。

　　女儿还带我去了南布拉步行街的一个农贸市场，听观光车里耳机的介绍，这里是全欧洲最大的农贸市场。总面积就是中国一个普通农贸市场的面积。女儿前两天来过，觉得很不错。好吃好喝的太多了，用琳琅满目，用色彩斑斓来形容，也不能充分说明。看得出来东西都非常新鲜。竟然还有猪头羊头，羊头还剥了皮。许多不知名的饮食，有许多皱褶的西红柿，是在中国没有见过的。女儿早就忍不住了，她去买了几样，我们都尝了一下。

　　在市场南边上有十几张桌子，都坐着人。看来饭还不错，就不知道味道怎么样了。虽然，没到该吃饭的时间，我们也加入其中，要了两个菜，和游客一起吃起来。老板娘是个手脚麻利的人，会英文，我们要的都是海鲜，很新鲜，都好吃。旁边桌子的印度人吃完时，留下十枚左右的小费，看来几分几毛不等。老板娘，先往兜里放了几个（我猜是大的，因为我看见她在挑），才把其他的放在手里，我想他们是把小费倒在一起，晚上下班时再分，老板娘独吞了几个钱，积少成多，她占了别人多少便宜呀。

　　我们吃够了，去找卫生间，女儿先去，等我去时，她给我一个欧，说要交半个欧。我刚要动，就有人告诉我有电梯，到了厕所门前，残疾人的厕所在收费门的外面。也就是不收残疾人的钱，只收健康人的钱。我用一个独大的卫生间，可见西班牙人的厚道。

　　我们在圣家大教堂下了车，圣家大教堂从高蒂活着的时候，就在建，到现在也没有完工。现在建教堂的工程费，出自每个参观人的门票。这又是一个反常规的建筑，五个哥特式的尖顶，又和所有哥特式建筑不同，它的无规律，自由伸展，在向世人宣告，这是一个奇才的杰作。

我的轮椅坏了，走不了。女儿自己去参观内部，我在花园看圣家大教堂的外观，听手风琴的演奏，怎么会是前苏联的曲子？难道这人从俄罗斯来的？或者是解体前的俄罗斯加盟国家来的？两个老人自娱自乐地在演奏，并不像要钱的样子；花园里一位女士坐在地上，喂鸽子；另有一处，几条狗在一起玩耍。巴塞罗那给人轻松、祥和的感觉。夕阳中一切都慢慢地，没有急匆匆的脚步，真是一个适于人类生活的好地方。

晚上，林先生到我们上午分手的广场接我们，我说："你看这个轮椅，有个螺丝帽掉了，走不了啦。能不能找个修摩托车的地方，看看能不能配上。"

林先生说："先上车。"

我说："巴塞罗那很好，游客很多。"

"巴塞罗那是西班牙最富的地方，这里是加泰罗尼亚人的地方，正在闹独立，也有些种族的问题。"林先生介绍着。

天色暗了下来，他要去地下停车场停车，我们先下来。

我们要去的餐馆在海滨，是一栋两层楼的圆形建筑，周围有些树木，天渐渐地黑下来了。这时，一个面色略黑的人说自己是警察，拿着一个小本，给我女儿看了一眼。我要看他的证件，他一晃，也不给我看，我觉得他的眼神就不像警察，因为警察通常眼光很坚定，盯着你看，而他的眼光游移不定，老是在东张西望。这时林先生停好车，从出口走来。看着这人就不对，赶快跑过来把那人赶走，原来真是一个摩洛哥人，要是没经验的还不给他骗了。林先生说："这

些假警察，会说你带有假钱，让你拿出来给他看，他就用假钱换给你。还有说要罚钱的，看见这种半黑，也就是摩洛哥人要特别小心。"

林先生说："先吃饭，吃了饭再说轮椅的事。"

在一家中国餐馆里我们落了座，他说："这里原来的老板是和平统一促进会的前任会长，现在他儿子在经营这家餐馆，这里就像我家的厨房。"

这时，旁边一桌给孩子过生日的男主人走了过来，他是和平统一促进会的秘书长。林先生说："我们就像兄弟一样。"结果我们的这桌的单，也被这个秘书长给埋单了。看来，他们是常常互相埋单的。林先生点了饺子、小海螺、贝类和龙虾，还有茄子和丝瓜。秘书长在北京工作过，我们还聊到共同认识的人。我说："管理这个会要花些钱，还有好多麻烦事吧？"

林先生说："我每年要花六七万欧元，用很多的时间。"我猜他因为自己在最困难的时候，青田老乡帮了他，所以他也愿意为老乡们做些事的吧。

我看见，邻桌有几个西班牙人和秘书长一家人坐一起，就问林先生："那是他家朋友吗？"

"是他家孩子小时候的保姆。"林先生说。

我看着老保姆很喜欢大男孩，还拿出一件衬衫送给孩子。就问："西班牙人好交吗？"

"很好交，这里人热情。我们和官方关系都很好。"

我女儿问这里工资多少？

林先生说："一千多欧。这里厨师也就这钱，不过是除了吃住，一千多欧是净剩的。"

吃好了饭，我们又坐林先生的车回住地。

在车上，林先生说道："我现在回中国，时间一长就想回来。在巴塞罗那的中国人，有好几万。巴塞罗那每年有 300 个晴天。"难怪巴塞罗那人情绪都那么好呢。

林先生说："我有三个孩子，两个女儿、一个儿子。女儿很好，儿子很淘，小女儿还小。"

我说："你不用担心，男孩懂事晚一点儿，树大自然直。你没有接家人来过吗？"

"有呀，我妈妈来过，她后来住熟了，还自己上街呢。"

巴塞罗那的城市规划很好，像北京，横平竖直的，交通也有条不紊。

林先生把我们送回住处。他把轮椅拉走了。

9 月 5 日

早上，在约好的时间，林先生把轮椅修好，我高呼："林先生是大救星。"他乐了，又开车把我们送到火车站。我们再见时，我叫女儿："和叔叔再见。"

林先生说："我没有这么老吧。"

我赶快改口："和大哥哥再见。"

林先生说："下次再来住我家里。"

我们相约明年在北京开会时再见。

巴塞罗那的火车站服务很好，有直梯，有专人负责把我送上车。火车比飞机还干净，因为密封得好，声音不大。没有人说话，我们都在打哑语，我和对面的老太太点头微笑，老太太用手扇着，还耸

耸肩。我知道她想对我说"太热了",老头对我成四十五度角,点头致意,看来像一位教授。因为,他在桌子上摊开文件在看。

老太太拿出一个小铁盒,给老头一粒小糖,她也让我,我没要,我女儿拿了一个。我们像是四个友好的聋哑人。我去卫生间,看见前面四个老人在打牌,也是像四个聋哑人一样的。其实,在中国四个聋哑人在一起也很吵的。这车虽然较满,但是一直没有声音。

火车在法国的田间奔驰,被分成一块一块的草地,有些有牛,有些有羊。但是没有被啃得露出土壤的地方,所有的地方都有绿草。我还在一家的围栏里看见了南美洲的羊驼。

老头、老太太要下车了,才小声地说了一句话:"我们是阿尔及利亚人。"

我们也用仅限四人能听见的声音说:"我们从中国来。"

市场调查

西红柿	1 公斤	1.69 欧元
苹果	1 公斤	2.4 欧元
香蕉	1 公斤	2.29 欧元
面包	1 个	2 欧元
矿泉水	1 瓶	0.5 欧元
可口可乐	1 瓶	1.5 欧元
猪肉	1 公斤	7 欧元
鸡蛋	12 个	1 欧元
厕所		0.5 欧元

九 卢浮宫

9 月 5 日

　　法国国土面积 55.1602 万平方公里，总人口 6386 万；
每平方公里 116 人；宗教主要是天主教；人均 GDP40009 美元。

　　从巴塞罗那坐火车，一路上田园牧歌似的乡村风景，
在列车旁飞快地掠过。大片平原丘陵被收拾的干净整洁。牛
在划分好的区域悠闲的吃草休息。没有人告诉我，我自己在
猜，那些划分好的区域，是为了让草得到充分地休养生息。
等牛把一块地的草吃得差不多了，就换一块地，这样五六块
地轮下来，牛吃得是最好的草，又是对草地的最好保护。

　　列车快得我都看不清楚地里种得是什么作物。我当了
五年的农民，至少地里种得的什么，一眼可以看明白。我的
这点儿特长，在这里就是把眼睛瞪出来，也看不清，列车实
在是太快了。农家的小房子都不大，也就八九十、一百平米
左右，但是都收拾的干净舒适，一律的棕瓦红砖房，周围种
些花，有几棵树，可以说是度假小屋。但是我猜想他们并没
有多余的房子租给人住。这里也有塑料小棚，但是绝对干净

整洁，不像俄罗斯的私搭乱建，没有整体感。法国的塑料小棚给人整洁的画面感，不突兀，整齐优雅。这些都是生活水平的表现吧。

到了巴黎车站，在莫奈 1877 年著名的画作《圣拉查尔火车站》上看见过的火车站，进入了眼帘。一百多年前的火车站也就是这个样子。

在这里我看见一些无家可归者，有人在垃圾箱里找吃的；有个女的在一个纪念像下找虱子。黑人突然多起来，中东人也不少，显示了法国文化的多元性。大家有的步履匆匆，但没有人跑步。二十个车道垂直对着候车大厅，人们可以平地走到自己要上的车边。记得很像 50 年代的前门火车站。不像我们现在的北京站西客站，要上来下去的折腾。我们的设计师，想必是来过看过吧，为什么没有把百姓的需要放在第一位呢？

巴黎火车站外的出租车站，是设计的最为合理，出门右转 15 米，即可上车，而且不贵。我们的旅馆在一条小街上，周围有许多的街边酒吧和小餐馆。我和女儿放好行李，洗完脸，就出来。学着巴黎人，找了一家看来人不少的餐馆，这里的饭应该好吃吧。屋里已经坐满，我们有意体验当地生活，就坐在街边的小桌子旁，享受着巴黎的市井风情。

服务生是一个五十左右的男人，有着一种游戏人生的感觉，总是曲着左腿，很有舞台感，像是沙翁剧里的侍从，他笑对每一个人。女儿在大学时给自己找了一个法文老师，这个暑假又去念了一个法语班。她可以和服务生沟通，我不能。服务生在自己身上各个部位比画着，我还以为他们在说的是火腿什么的呢，哪知上来的是牛骨髓，这是一道我从没有吃过的菜，但是并无怪味，完全可以接受。

我们旁边一桌看来是同性恋，两个老男人，一个左耳戴耳钉，说明他在这配对中扮演角色吗？两人绝对不看美女。巴黎这里不兴握手礼，熟人全部是贴面礼，互相拥抱对方的男友，极其平常。

又上了一道生熏的三文鱼沙拉，大到我们俩都吃不完。我最想喝的热汤这里没有，只有冷水。主菜是鱼和米饭，还有煎制西葫芦。最后是甜点，冰激凌、木斯加蛋糕，这顿饭40欧。应该比国内便宜，份大、地道、新鲜。旁边的同性恋用面包把沙拉的盘底都擦干净了，我也看不懂是不是应该这样做，在国内肯定是看不见的。

9月6日

早饭后,我们出发。我想看卢浮宫,女儿要去埃菲尔铁塔。我们约好下午 3:00,在玻璃金字塔旁见面。我就在卢浮宫下车,在排队时,我后面就有两个中国小伙。我们三人结伴参观,总是在我需要的时候,有中国人出现。每人票价 11 欧,翻译机 5 欧,但是没有中文的,却有韩语、日语的。我真想给现任总统奥郎德写封信,让他好好算算门票是中国人(当然包括香港和台湾)多,还是韩国日本人多。

康有为在一个世纪前来过卢浮宫,他在 1908 年是这样描写的:"万国之博物馆,以法国为最。法国七博物馆,以此宫为最。夫天下之好奇异者,法国为最。法既久为霸国,文学既极盛,而又有拿破仑四征不庭,敛各国之瑰宝异物,而实之于此院。……此院之物,瑰宝异器,不可胜原,繁颐夥颐,过绝各国。其名画,名石刻,埃及、希腊、罗马之古物,堆积骈比,直与意国争长,而远非他国所能得其一二也。珍异填凑,应接不暇。既太多矣,虽极精美,在他处也稀世之珍,在此院亦了不觉。若按图细观,非一月不能得其梗概也。"

卢浮宫的西侧建于 1546 年,东侧建于 1667–1670 年。1794 年拿破仑远征埃及,抢回来大量的艺术珍品。整个卢浮宫有四十万件展品,其中,最为有名的是胜利女神;米洛斯岛的维纳斯;达·芬奇的《蒙娜丽莎》。其实,这三样都不是法国人的作品。每年参观的有 370 万人之多。

这两个年轻人是"美的牌"微波炉外形的设计师,在顺德工作。

我们一路走一路聊，最先进入的是埃及馆，里面埃及的东西太多了，有石棺、小狮身人面像、有文字的碑……我都怀疑法国把埃及一半的文物都拉回来了。什么时候看了埃及的博物馆才有发言权。康有为都说："埃及古器凡数室。"这下我明白了为什么贝聿铭把入口设计成金字塔样了。我一直不喜欢贝聿铭的这个设计，周围的是中世纪宫殿建筑，中间来一个玻璃金字塔的现代设计，看着很突兀。可是到了这里我才明白，贝聿铭为什么选择金字塔形，我认为有一种解释，就是你们法国从埃及拿了太多东西啦，这里应该叫卢浮—埃及宫了。我觉得贝聿铭老先生圆圆的鼻子上那圆眼镜后，两只眯成一条缝的眼睛在笑。其实，这里不仅有个大玻璃金字塔，还有三个小的玻璃金字塔，为地下设施采光用。

卢浮宫曾经归还欧洲各国艺术品五千多件，当时遭到90%的法国人反对，但是当时的总理密特朗支持。

　　金字塔的采光很好，使得卢浮宫的入口，人最多的地方，空气够，让人没有压抑感。卢浮宫共有 224 个房间，是世界四大博物馆之一。看完埃及馆，其中一个小伙子急着找《蒙娜丽莎》。在三楼我们碰到了一个法国老头，老人中等身材，戴个眼镜，其貌不扬，竟然和我们说中文，还有点儿话音，他会的那几句还真是挺标准。好老头告诉我们怎么左转，再右转，没有费什么事，我们就找到了《蒙娜丽莎》。这里有上百人，都挤成了堆儿。这里是最容易丢东西的地方。

　　我一直不喜欢《蒙娜丽莎》，人不漂亮，衣服也不漂亮，景色还不漂亮，还说笑不笑的。《蒙娜丽莎》没有眉毛，据说那会儿时兴把眉毛剃掉，当时可能很时髦、漂亮，现在的人看着就很不舒服了。我对那两个小伙子说："你们往前看吧，我看不看无所谓。"

　　他们就往前挤，我在后面的人堆里，什么也看不见。我就溜着边，向左边去，这时有一百多个相机对着《蒙娜丽莎》噼里啪啦的拍照。工作人员看见了我，她请人让开。把我带向所有人的前面，这些人被一个木质的很粗的栏杆拦在外面，我一人进入了那栏杆前，比所有人近一倍地在看《蒙娜丽莎》，我帮我的俩同伴也照了照片，应该比所有人照的都好点儿，但是一定不如印刷品。

　　我们在三楼的油画大厅里流连忘返，这里先不说艺术品，光看门的装饰和顶棚的画作就很可以欣赏一阵子，真有两只眼睛不够用的感觉。展厅有许多名画的原作，以前，只是看见过印刷品，这次才看到了原作。我们在雅克·路易·大卫画的《拿破仑加冕图》的大画前看的时间最长，这张画 6.1 米 ×9.31 米，实在太大了。画家的一丝不苟，所有人物都有鲜明的个性，人物的准确，色彩的和谐和亮丽，我们都大加赞赏。我们越看越有新发现，看到每个人的面部表情都不一样，就连地毯都丝毫不乱，这一百多人的巨幅大画，我觉得看两个小时还有的看。

　　画家把拿破仑的母亲和其他妇人画在了背景的包厢里，而包厢的上方是画家本人和朋友孟格斯、维安和格雷特里。拿破仑的两个妹妹站在侍从的女官之中，左起一和二。本来按规定是教皇庇护七世（皮奥七世），也就是站在拿破仑左边穿着金色大袍的教皇，应为拿破仑加冕。而拿破仑把皇冠拿过来，自己要戴在头上。画就定格在此时。皇后约瑟芬顺从地跪在拿破仑面前。整个画面恢弘、华丽。就工作量来说也是《蒙娜丽莎》的几十倍，美术总应该美吧。欧洲画家画人物准确，不是什么新鲜事。真不懂为什么《蒙娜丽莎》那么有名？有没有炒作，应该有吧。

　　我和一同参观的两个小伙子说："中国的绘画大师和欧洲的大师，概念真是差太多了。"他们都同意我说的。

　　我又说："董希文的开国大典和这画一比，是多么的呆板呀。"他们都点头。

　　画作多以圣经题材为主，有些画的光感也不是特别好。但是，人体的准确实在没话说。我说下次来之前，要读一下《圣经》，好知道哪幅画画的是什么题材。他们俩也点头同意。我知道在欧洲画家的颜料有些是严格保密的，他们用岩石磨粉的不必说了。还有用一些稀奇古怪的东西调制的，如鸡蛋，甚至精液等。所以有些颜色别人再想复制，都没有办法。因为，画家把他的独家配方带进了坟墓。

　　卢浮宫和冬宫的室内装饰比起来，冬宫以金碧辉煌为主，这里以古旧浑厚为主，色调上就有区别。油画好像冬宫还多一些，大画就是卢浮宫的专长了。但是我不知道展出的多，还是藏品多了，这需要查一下资料。

　　他们两个人觉得 11 欧的票价太值了。是的，在国内 800 人民币也看不到这么多顶级的艺术品。和他们一起来巴黎的人都去购物了。我们找不到路的时候，就又去找好老头，好老头很喜欢说中文，总能不厌其烦地告诉我们，怎么走。

我觉得让他们两个一直推着我，应该感谢一下，又见他们都没带水。我说要请他们喝咖啡，他们两个一再推辞。最后，他们借口要找他们的人就走了，我们告别。

我就一人在转，等到我有些肚子饿的时候，从轮椅后面的口袋里拿出女儿给我准备好的三明治和水。

吃完了，我还想再转，看见两个小伙子在卖食品的地方便餐。我和他们打了招呼就往前走了。显然他们也饿了，又不愿意让我请。回国后，把我的书寄给他们。谢他们吧！

又转了一个多小时，我也困了，可能用眼太多，就睡了一会儿。在室外的天井处，有许多的雕塑，非常完整，也非常完美。在这里睡觉很舒服，天气不冷不热。

欧洲的油画、雕塑以人物为题材的占多数，热闹的人物群像很多。中国的绘画以山水和花鸟占多数，除了神仙，少有人物，很安静。可是，现在欧洲到处都安静，中国哪里都很闹。这是怎么回事？我没有想明白。

我想欧洲对于人的关注，多于亚洲国家。欧洲的神，有家、有孩子。而亚洲的神几乎都没有家和孩子。无数的圣母玛利亚的画像，抱着自己的孩子，怜爱自己的孩子，无论是婴儿，还是已经死去的长着胡子的孩子。

在约定的时间，我出来等女儿。我已经在卢浮宫里待了五六个小时了。

顺便说一下，巴塞罗那的无障碍设施比巴黎好。真的无障碍，而巴黎的路边是倾斜的，每个路边都是有小台阶。坐轮椅还是有些

问题。

女儿去坐观光巴士，看了埃菲尔铁塔和协和广场、巴黎圣母院等。我在等她的时候，看见几个摩洛哥人在卖各种型号的埃菲尔铁塔的纪念品，警察一来，他们就跑。

女儿终于来了，她说巴黎堵车很厉害。我们走在卢浮宫外路边，这里的商店卖的围巾和衣服，怎么看都像是义乌的货。

在卢浮宫里说不上巴黎人是什么样，因为这里基本上是外国人。

我终于满足了亲眼看看卢浮宫的愿望。

我们吃饭回来，路过小商店，我要女儿去买最小包装的鸡蛋和土豆。因为，我带了"热得快"，我要用它做早餐。

十　布鲁塞尔

9月8日

比利时国土面积 30528 平方公里；人口 12300000；每平方公里 345.7 人；宗教以天主教为主；人均 GDP46878 美元。

比利时有两样世界闻名：一是钻石加工和钻石交易；二是信鸽。比利时的安特卫普的霍文尼斯街是全球最有钱的街。全球未加工的钻石 80% 在这里加工；50% 的钻石贸易在这里完成；99.5% 的钻石从这里出口。中国从 2005 年超过美国成了这里第一大进货国。最好的钻石产在非洲的纳米比亚的冲积矿床。2013 年 2 月 21 日在比利时飞机场曾发生窃匪抢劫了价值 5000 万美元的未加工钻石案。

安特卫普的詹森信鸽和列日的华普利信鸽是世界顶级信鸽，信鸽比赛也起源于比利时。詹森家七个兄弟都没有结婚，相继去世。

布鲁塞尔有闻名于世的滑铁卢古战场。

我们从法国巴黎火车站出发，在站里等待电子显示牌，

报我们的车停在几站台，总也没有消息，服务台还说车晚点了。这时我看见一个拿着纸杯的女人在要钱，我把她拍了下来。可能她也有点羞耻感吧，到我这里就把杯子收起来了。我对面女人朝我笑笑，我也朝她笑。我没有发现哪个国家的人不笑，只要你对他笑，或者问声好，所有的人都会笑。最重要的是，到哪个国家，要学会三句话：你好，谢谢，再见。所有人听见你说他们国家的话，觉得你尊重他，听到你奇怪的口音，一定会笑。最笨的办法就是用笑打招呼，不会没有反应，百试不爽。法国女人真的比较瘦，在欧洲哪个国家都是美女如云，大腿如林。让我这老女人都看不够，不知道男人怎么看了。

　　好不容易车来了，这车的小桌子上还有台灯，很温馨。只一个小时的车，还没坐稳，又要下车了。在 LILLER 换车的时候，我女儿被一个胖女列车员叫住，给她看票，她说让我们去问讯处，问回来是可以上那车，那车是免费的，我们买欧洲通票坐它都亏了，因为我们应该是一等座。可是，车已经开走了。女儿气得暴粗口了，等吧。这时，站里一个女的值班员来解释说，这车是比利时的，法

国管不了。在 LILLER 有个朋友的孩子，我就给他发短信，如果不远，就可以见一面。他可能没看见短信，没有来。

上了下趟车，我想去卫生间，只见里面一个男人横坐在马桶上，看来是要逃票的。查票的过来，我和他说："我的票在女儿手里。"

他说："知道。"

我又和他说："卫生间有一个人。"虽然，我说着，心想这人会不会报复我呀？可是已经说了，后悔已晚。那人被叫出来，列车员还叫我进去，这不是告诉那人是我举报的吗？

上车时，我轮椅的一个脚蹬掉了。我在修，我旁边的黑人青年主动帮忙。其实，只是勉强修好，一下车又掉了。这是一个新轮椅，一共也用不到二十天。在布鲁塞尔的候车室，我看见一个工人在修什么，地上一堆工具，就想借来用，那工人马上过来帮我修，看来可以顶一阵子了。

中国的东西做成这样有什么竞争力呀。这轮椅是去年我们社区叫我买的，厂家直销，没有中间环节，所以是外面价格的三分之一，听说社区还出了钱。做给残疾人用的东西，这样不结实，残疾人本来就有诸多的不方便，你还让他老修轮椅吗？这不是折腾人吗。我在家从来不用这轮椅，到了欧洲不是这里坏，就是那里坏。我没有看见一个欧洲坐轮椅的人，自己修轮椅的。

在火车站门口，几个出租车怎么叫也不打算走，我们就坐了最后一辆，这时，前面的过来训了这司机一通。这些司机看来都是中东人，好在我们住处离火车站不远。可是，路上堵车，堵得一塌糊涂（后来才知道，布鲁塞尔是欧洲最堵的城市）。我们都坐在后座上，前面的椅背上有一个牌子，写着司机的号码，让你有情况时，可以举报。出租车到了住地一共二十几欧，从离开俄罗斯，出租车钱就

没有叫我心惊肉跳过。成熟资本主义，还是不会乱要价的。我高兴得太早了，我们刚到不久，出租车司机又开车回来了，说把他车弄脏了，要250欧。女儿说，你去找警察吧。我们的旅馆管理员是一个非洲裔的中年人，人很好，看起来就老实，他也帮着说。

过了二十分钟警察真来了，叫我们都下去。警察看着我们，我想他已经有了倾向性，警察去到那司机的车上查看。过来和另一个警察说了一下，要了我女儿的护照，女儿和警察说，他开车走了，又回来找后账，谁知道他做了什么，想把一两天的钱全宰出来。警察和我女儿说："我给你开个罚单，你不用付。"还给我女儿挤挤眼。中东人这样做事，真够可恨的，警察大约知道他的小伎俩，所以没让他得逞。

我早就被折腾累了，就想睡觉，反正也没有电（后来才知道是服务员忘了开）。到晚上九点多才来电，我已经什么也写不了。一觉睡到早上四点。才把屋子好好看了看，房高近四米，四张床，这是我定的四人间，那两人不来了，房钱可是得照付。本来50多欧，成了100多欧。屋子很大，有个洗手盆，就是电源设计太远了。一个半圆桌、一把椅子、公用的浴室和厕所。我用"热得快"，在这里煮了三个小土豆和四个鸡蛋。我又想吃米饭了，我又想麻婆豆腐和冬瓜丸子汤了。俄罗斯就没有冬瓜，欧洲其他国家也没有见过。惨了，要喝冬瓜丸子汤，得等一个多月呢。在外国的华侨也太不容易了，别说语言那么难的事，就是吃，这样简单的事，也要有多大忍耐力呀，有些要等几年回家才能吃上。

在巴塞罗那那家人，就没有在屋里放电视；到了法国没有找到遥控器；在比利时看来电视是坏的。我真不知道他们电视都有什么节目。国内发生什么也不知道。信箱里有两百多封没看的信，没有时间。

今天一早，女儿把我放在皇家军事博物馆，她自己去其他城市了。军事博物馆在皇宫一样的宫殿里，不用买门票。在里面，我看见了比北京军事博物馆还多的多东西。人家"一战"时的军装军刀，什么都保存得好好的。战刀成扇形、圆形，固定在墙上，勋章、枪支数量之多，保存之好，让人不得不佩服。最让人惊奇的是修剪胡子的很复杂的全套家伙一件也没有丢，整整齐齐地放在盒子里，服装整套地穿在模特身上。休息用的行军床，还有搭遮阳布的金属杆。看来那么舒服，好像不是打仗用的，而是打猎用的。饭盒也不是坑坑洼洼的，东西都那么细致、讲究。他们是打仗还是在野营呀？我真有点不明白了。我们在宛平县的抗日战争纪念馆，我去看过，没多少东西，那可是"二战"了。这里参观的人不多。有几个家长带孩子来的。

这个馆 11:00 要关门，一个工作人员，唱着歌推着我。把我送到旁边的航空馆，那里飞机多到可能有几十架，虽然房子不大，但是很高，顶棚上吊着的，中间挂着的，地上放着的。我想如果宋庆龄坐过的飞机在比利时，可能就被保留下来了。这里面的飞机很多，有轻型飞机、有直升机、有客机。我没去过北京的航空博物馆，我猜比这里的少，数量和品种可能都少。我真的很惊叹，在 1914 年到 1918 年，比利时的军人就有这样讲究的装备，无论是锅碗瓢勺，还是机枪、大炮、水雷，所有的东西都不粗制滥造。我们首先要学习人家的认真精神，中国所有的事情都做成"神州"、"嫦娥"，中国才有救。

　　咖啡厅有些退伍的军人，他们穿着旧军服，也许是约好在这里聚会吧。

　　这边馆 13:00 也要关门。我只好出去，在蓝天下，欣赏着皇宫。没有人大声说话，哪怕在户外，巨大的广场只有不到十个人。

　　中国人说话声音高，都是人口多的过，你要让那么多人听见，你就得喊着说。可是，因为人多大家才应该小点声，这样每个人才不会听起来吃力。

　　我在一个卖冰激凌车上，要了两个冰激凌球，一个常规的香草的，一个柠檬的，一共 2.5 欧。只有我一个人在吃冰激凌，周边没有什么人。

　　我要选轮椅好走的地方，越过树林。我好像听见有非洲音乐的声音，反正我有时间，顺着声音找过去，原来是一个正要开张的露天音乐舞台，大约晚上有真人表演，这时只是放音乐，还有许多小吃摊。我看了几家都不太想吃，看见一家炸饺子，好像还不错，1.5欧一个，我买了三个，这家女主人问我要不要饮料，我说我自己有水。她不太会说英文，我问这摊上一个小男孩是哪个国家的，他说是哥

伦比亚的。我已经会做了这种饺子了，哥伦比亚土豆猪肉馅炸饺子，玉米面和白面的皮，大约是先做熟馅，再包好，吃时再炸。我回家要请客了，告诉同学们 12 元人民币一个。

音乐很好听，我们已经脱离世界太久了。这次伦敦奥运会，我们的记者问主办方，为什么用小众音乐。全场都跟着唱的，怎么是小众，我们自己小众，还不知道。

各个摊位都有人跟着音乐在扭，我们这摊年纪最大的妇女也在扭，我跟着扭了几下，释放一下自己，也和人沟通一下，她更高兴了，扭得更欢了。哥伦比亚说什么语，我都不知道，但是音乐、舞蹈是世界通用语言，因为扭动，大家好像拉近了距离。我们至少在音乐、舞蹈上可以无障碍交流。

听够了，吃完了。我叫了一个出租车回住处，9.2 欧，十元不用找了。

我自己安全回家。黑人管理员在对我笑，我问他叫什么？他说叫 PASCAL，是十八年前从多哥来的。在多哥他的性格已经形成，没有在这里长大的黑人油滑，我们已经是朋友了。我喜欢黑人朋友，我的黑人朋友太少了。

我已经有许多的脏衣服，既然天气不错，还有些时间就洗衣服吧。因为在屋里就有洗手池，洗衣服不费事。屋里衣架不够，我自己带了两个轻便的衣架还是很有用的。

晚上，女儿回来，带了生菜、火腿、酸奶和面包，吃过饭。十点左右，朱先生来了，他是一个四十左右的中年人，一脸阳光。他一直在接待国内来的人，刚接待了两个喇嘛。他说："你们想去什么地方？"

我说："你觉得那里好，你就去，我们跟着。"

我和女儿上了他的车，这时穿过城区最繁华的地方，到处都是年轻人。原来这两天补考结束，年轻人们该放松一下了。所以，年轻人都涌入了狭小的市区，把街边酒吧咖啡屋的小椅子都占满了。这可是一个让店老板累死又乐死的日子。

朱先生说："你们要不要看小于连。不看要后悔，看了更后悔。"

女儿看过了，说："我还到处找，人家说，这个就是，我一看就这么一点儿。"她拿手比划着。看来实在不大。

朱先生说："我带你们去世博会的遗址，还有点儿看头。"他开车往城外走，开了有半个多小时，到了世博会的遗址。果然，不俗，看到1958年世博会的标志物，九个大而亮晶晶的大球——原子塔，确实有震撼力。九个大金属球，在一个很大的支架上，很可观。

看完这个景观，朱先生又带我们去他朋友开的餐馆喝葡萄酒。他说那酒很贵，很可惜我喝不出好，一百多欧元一瓶，在中国卖七八千人民币。他朋友已经打烊，给我们准备好了一大盘水果，餐馆里就我们四个人，很清静。

小朱11岁就来比利时，他叔公在这边。在80年代，他父亲做鸡血石的生意，当时就很有钱了，每年有六七万的收入，他妈妈那时每月才22元。他爸爸有次和他说，咱们的钱够买十处房子。

我问他："怎么辨认昌化鸡血石和巴林鸡血石？"

他说："昌化鸡血石不怕烧，烧了不变色。巴林鸡血石就不同了。一烧就变紫了。我看过台湾的鸡血石，比我们这边的差多了。"

我说："你爸爸是不是把好的都留下来了？"

他说："哪里，好的都换钱了。要是放到现在可不得了啦。"

他在比利时上中学，所以历史很好，又成天接待国内的客人，有些东西背得很熟。

"1831年比利时建国，是荷兰给它一块地，法国给它一块地，德国也给它一块地，英国给它北海。皇帝是德国裔的，皇后是英国籍的，到现在已经是第六个皇帝了。上个皇帝没有孩子，就传位给弟弟的儿子。比利时得以建国，是因为他们比较吵，周围国家都给你们一块地让你们自己吵去吧。"听着怎么这么不真实，我得回家去查查。"比利时是一个恢复能力特别强的国家，它被荷兰打过，被法国打过，西班牙、德国都占领过。可是战争一过，很快就恢复了。比利时也是一个国家有三种官方语言，它的官方语言是法语、德语、荷兰语。比利时南部的人喜欢花钱，像法国人好享受。北部就不很一样。"

"我一来就要帮我爸爸做生意，没有条件好好读书。我的弟弟、妹妹都是老鲁文大学的，欧洲除了牛津、剑桥就是老鲁文了。我妹妹懂七国语言，她是在这里生的，大使馆有些文件都找她翻译，她学的是生命科学。老鲁文的经济系特别有名，我弟弟是经济系的。"

"布鲁塞尔才一百多万人，65年以上老房子装修，政府给补贴，文物级的补贴更多还减税，平常21%的税，如果装修就只交6%的税，很优惠吧？在比利时建造新房子时，国家规定大部分房子盖成尖顶瓦片房。功能是容易排水和减轻冬天下雪的重量压力，瓦片可以一百年不坏。瓦片下面放置20公分厚的保暖棉，以达到最佳保暖效果（比利时人说，房顶是重中之重）。近几年建的房子房顶都加太阳能板，国家补贴50%的费用，以降低二氧化碳的排放。所有的窗户的保暖玻璃都是两层或者三层效果在0.9W到1.1W之间。新房的墙内有10—15公分厚的保暖板；地板也有15公分的保暖层，以上保暖设施的开支，国家按照发票补贴10%到15%。这样房子可以节能80%以上。比利时还有一项环保排污系统，在比利时有双管排污下水系统，第一条是排放所有的污水；第二条是雨水排放管。比利时所有的新房子，都按照比例造一个蓄水池，蓄水池的功能是接雨水，雨水经过过滤用于厕所和花园灌溉、清洗。多余的雨水直接排入雨水接水管，全区多余的雨水都流到城市雨水大蓄水池，用于农业的灌溉。这两根排水管减轻城市的污水处理和暴雨时保证陆地不淹水。"朱先生不无得意地说。我脊背又发冷了。

他做餐馆生意的朋友说到国内旅游团，他说："缅甸、柬埔寨来都吃每人 11 欧元的餐，国内来的非要 6.5 欧元的，根本没法做。国内生活水平已经够高了，出来的人都是有几个钱的。难怪有句顺口溜说：'跟旅游团跑的比马快，吃的比猪坏。'"

大家聊得正高兴。警察来了，说朱先生车停的不是地方。他为了让我少走点路，把车停到了便道上。

我们只好赶快走，我在车上问他太太是老家人吗？他说："是我同学，有一年我们全家去意大利旅游，我们双方父母都认识，我和这家的女儿又曾经是同学，我爷爷和她的爷爷也是熟人。"两家家长都愿意，就结婚了。竟然是三代的世交呀，也太巧了吧。

小朱的爸爸原是比利时的侨领，现在老了，就让他来做，刚才去的餐馆老板原是他爸爸副手，现在也被推到前台。所以，他们是侨界的搭档。

回到了我们的住处，小朱给了我一份他们刚出的报纸，那是他出钱支持的。又从车子的后备厢里拎出一盒月饼，我们一再推辞，还是盛情难却。

朱先生说："以后提前一个礼拜打招呼，我好好招待你。"我觉得已经很好了。

第二年，我们在北京饭店一起开海联会，又见面了，他说："你再来，我带你去一个小镇，那儿可好玩了。"

十一　阿姆斯特丹和海牙

9月9日

　　荷兰的国土 41543 万平方公里；人口 16730007 人；每平方公里 404.5 人；荷兰人占 80.9%，印度尼西亚人 2.4%，德国人 2.4%。宗教是以基督新教和天主教为主；人均GDP68600 美元。

　　荷兰的正式名称应该是尼德兰王国，荷兰只是尼德兰王国的两个地区，也就是南荷兰省和北荷兰省，古代中国就称之为荷兰，沿用至今。尼德兰的原意是"低洼之国"的意思，国土 40% 的土地低于海平面。它也是世界第一个承认同性婚姻和安乐死的国家。荷兰的商船数目曾经超过欧洲商船的总合，当时全世界有两万艘商船，荷兰占了一万五千艘。17 世纪中叶，荷兰东印度公司有 15000 个分支机构。

　　荷兰花卉交易现在占世界 40%–50%。同时也是马铃薯薯种，薯类加工大国，占世界市场一半以上。荷兰还是农业出口大国，人均一头牛一头猪。飞利浦和联合利华都是荷兰的企业。

荷兰也是最早有国歌的国家，在 1567 年，荷兰人民为了抵抗西班牙人的统治和压迫，唱着《威廉·凡·那叟》冲向敌人，并且大获全胜。从此，荷兰人就十分喜爱唱这首歌，这歌也就被定为了国歌。

我们清朝原来没有国歌，李鸿章出访，人家奏国歌，他也灵机一动唱起家乡小调。后来，他又做了一个国歌，人称《李中堂乐》，歌词是：

> 金殿当头紫阁重，仙人掌上玉芙蓉。
>
> 太平天子朝天日，五色云车驾六龙。

李中堂 1896 年 6 月访西欧还写过一首诗：

> 劳劳车马未离鞍，临事方知一死难。
>
> 三百年来伤国步，八千里外吊民残。

一个忠君爱民好宰相的形象表现得淋漓尽致。

9 月 10 日

凌晨才睡，我还是五点就醒了，起来洗漱，吃早餐。然后，就上网订柏林的旅馆，首选离火车站近的。我订好旅馆，又再写昨天参观的事，终于写完了，不能欠债，否则就记不住了。怎么等女儿也不起来，她昨晚自己出去了。我只好整理照片，存储够，怎么计算机就是不工作了。可能我分了几块存，把分区的给用完了，只好删。女儿起来了，又说学费没有交，有事没有办，我只能等。

从早上开始,荷兰的黄先生就一直在打电话。他知道我腿不好，就要来火车站接我。阿姆斯特丹的火车站很难停车，而车站的门又

有两个，我们等错了地方。女儿不耐烦就去办明天去柏林的火车票。黄先生找到了我，他不像浙江人的秀气，有着山东大汉的魁梧，和我见过的青田人不同。我问他是哪里人，原来是浙江文成人，文成也挨着青田，大约有一百公里，分属于两个市，青田属于丽水市，文成属于温州市。黄先生有种儒雅，不像吃过什么大苦的样子，手指细细嫩嫩的。真吃过苦的人，手指会变粗，也会变形。

实在等不到我女儿，黄先生又去找，看见她要交费了，可是，女儿还不出来。原来，我们订了柏林旅馆，就不能做夜车了。她又退了，去订明早的。所以耽误了不少的时间。出了火车站，满眼的自行车，成千上万，都不足以形容。太多了，我都怀疑这些人还能找到自己的车吗？荷兰有一千七百万辆自行车，而荷兰人口只有一千六百万，能骑车的人均两辆多。在荷兰至少有1/4的人骑车上班。

黄先生说："荷兰喜欢自行车有几百年的历史了，从发明出自行车，他们就骑，主要是路平，像巴黎，布鲁塞尔丘陵地，也骑不了。"是呀，我见过的欧洲城市都是丘陵，只有阿姆斯特丹因为是人工造地，所以是平的。

花了半天时间，总算上了黄先生的奔驰。别以为奔驰有什么了不起，在法国、在布鲁塞尔、后来的柏林都是奔驰和宝马做出租车。我真不明白，用好车，什么时候能把买车的钱挣回来呀？其实，因为出租车购买量大，折扣多，所以并不贵。

黄先生的车上有一位，到阿姆斯特丹大学读社会学博士小女生。是中国出钱，荷兰也不要学费，每月还给1200欧。黄先生说："荷兰最低生活费，吃饭350欧就够，500欧已经吃的非常好了，加上房租，大约吃穿用没什么问题。"

"我怎么听了半天，才听出来有英文，什么调呀？"车载的收音机放着当地交通台。

"这是荷兰文，是英文、德文、加法文的混合体。"黄先生说着。知道我们三个都听不懂，他换了音乐台，黄先生竟然喜欢的是古典音乐。他的音响设备很好，音乐干净、纯度高。街上的荷兰文字，有许多都是字里都有两个在一起的相同字母，这也许是荷兰文的特点吧。

黄先生开车带我们看了皇宫所在的广场。广场不大。因为今天是星期天，人特别多，天气也热，有 25℃，我也学着阿姆斯特丹人在街边坐下，要了一杯啤酒，喝了起来。我一人是喝不了的，女儿和王小姐都帮助喝了一些。付钱时，黄先生抢着把钱付了。他说这里要是女皇生日，人更多了。

我问他："女皇好吗？"

黄先生说："好的。女皇没有什么权利，就是一种象征。"

"那她也要做一些亲民的事情了。"我又问。

"是的。"黄先生答道。

我又问："政府还要给她钱了。"

"对，要给的。"黄先生觉得这没什么。

女王的生日每年的四月三十日，全国一半人会穿上橙色的服装，那是王室的颜色。这天可以摆跳蚤市场，尤以阿姆斯特丹为最，满街是自家不用的东西。我希望中国可以发展一下跳蚤市场，可以用很少的钱，买到自己要用的东西，出让的人，也可以腾地方，还拿回一些小钱。

我看见阿姆斯特丹几乎每过一条街，就有一条小河，看来比苏州的河多多了，河边多是四五层的连体住家，小河很有风情。

阿姆斯特丹有一千二百八十一座桥，九十多个岛，一百六十条

运河，有"北方威尼斯"之称。真是不能想象，有这么多的水系和桥梁。

黄先生说："这全是人工河，这河边的房子都是地底下打了涂了沥青的木桩，再运来土，盖的房子。"

我很好奇："那木头朽了怎么办？"

他说："几百年了，没有朽。"

"什么木头呀，几百年了也不朽。还能支撑这些四五层的小楼。"我问。

黄先生："不知道。"

这时，黄先生说："这条街是老唐人街，背后那条就是红灯区了。"唐人街不大，而且是单面有房子，不像别的国家街两面有房，只是路的一边有几家写着中国字的餐馆和商店。

接着，黄先生开车带我们去看风车，我问他："风车还在工作吗？磨面吗？"

他说："只有一个在磨面。其他都是给人看的。"

他接着介绍："这里平均比海平面低一米，最低处和海平面相差十一米。"

我有点担心，就问："你们不担心被淹了吗？"

他说："五几年有过一次，荷兰自从建了拦海大坝，再没有淹过水。"

"我写了一本插队的书，放在巴塞罗那，你给我地址，我让那边朋友寄给你。你插过队吗？"我问。

"没有，我去当兵了。你插完队做什么了？"他问。

我说："上学，在山西又待了三年。"

"你是哪年上的？七二年？七三年？"

"七三年，在山西大学学数学，计算机专业，也就是计算机软件专业。"我答道。

他说："我也是七三，上的是浙江大学的历史系。"

我自作聪明的接着说："然后，到中学教历史。"

"不是，教的是政治。尽说假话啦。"黄先生还挺风趣的。

我们几个对现在考研还考政治奚落了几句。

我到荷兰最想知道的事，是羊角村的茅草房。我问黄先生："那茅草房冬暖夏凉吧。"

"是的。"

"它怎么做的那么漂亮？"

"那是一种海草，很贵的，那是富人才住得起的房子。"

我太失望了。我还想在中国搞点这种房，因为我朋友有块很大的地，我想在里面盖这种房，又环保，又舒服，看来没戏了。

赞斯风车村，离阿姆斯特丹北十五公里。在去看风车的路上，河道里的芦苇间有小船慢慢地划着，我们是没有时间玩了，这可是比白洋淀还要好玩，而且比白洋淀面积大多了，是自己开船。要是去阿姆斯特丹时间长可以考虑这个项目。

到了看风车的地方，我看见风车有好几个，在那里，只有一个在转，可能就是它在工作了。

我走不动，也要保留体力，路还长呢。他们去看了牛、羊、鸡等，说都很肥。我看见风车就满足了。

看完风车，胡先生又带我们去看海牙国际法庭。我说前些年有个北大教授王铁崖来做法官，是个老头。黄先生说："走了，来了个女的。"

我记得电视新闻里报道过现在的海牙大法官是一名中国来的女法官薛捍勤。

海牙国际法庭还挺气派，只是我们这边逆光拍不好。黄先生又

让我们过去看各国的礼物，我想什么礼物可以放在户外呢？原来是
190个国家送的石头，在地上砌了一个小圈。呀！是这样的礼物，
中国的石头在右手，第二块，是一块碧玉的毛坯。把中国的石头放
在这里，我心里很平衡。

　　我问："海牙的这些房子住人？还是办公？"

　　黄先生说："办公。这里是市政府，荷兰的首相在那个小亭子
里办公。"

　　这真有点儿太简朴了，虽说傍着河，很养眼。屋子毕竟不大呀，
我估计有个五十平米。

　　黄先生说："饿了吧？"

　　真是饿了，从早上吃了饭，到现在只在火车上买了点薯片，就
再也没有吃过东西。黄先生把我们拉到一家海鲜馆。他点了一个烧
鸭，一个麻婆豆腐，一条清蒸鲈鱼，一个牛排，一个芥兰，一个空

心菜。这是从巴塞罗那以来吃的最好的一顿。我说："这芥兰挺粗还很嫩。"

"荷兰没有这种菜，这是从泰国空运来的，比肉还贵。这鸭子，也应该是英国的。空心菜这里也不产。"最后上来的橙子也不是阿姆斯特丹种的。

我说："我们吃了一顿联合国饭。"

我们又聊了几句："您自己的事业怎么做起来的呢？"

"我比较顺利，我是劳工输出来的，洗了八个月的盘子，就开始自己做了。"黄先生从容不迫地说。

"也要借钱吧？"我问。

黄先生说："我们浙江人，都特别团结，到现在借钱都不打条子。"

这真让我大为吃惊。我好奇地问："你们那一带到这里的人，是解放前就有吗？"

"是，我们的'同乡会'成立在1947年，你们刚去的广场边上你们下车的那个旅馆，就是欧洲第一个打出五星红旗的地方。刚来的人都是做石雕的，在这里卖石雕。然后老乡带老乡，就一个一个的出来了。我做的是洋快餐，我五个孩子，三个女儿一个是律师、一个是保税官、一个是教授，两个儿子都在给我看店。"难怪黄先生和其他人不一样，有种沉稳自信，那是他受教育多，判断力好，眼光准确，所以少走弯路的结果，书是不会白念的。

看着还剩不少饭菜，我说："打包，我最见不得浪费了。国内刚不饿肚子，又开始浪费。"黄先生也同意，我们毕竟是同时代的人，他自己去拿了饭盒，我说东西太多，分三份，北京来的小研究生明天也可以少做一顿。结果黄先生等于请了我们三人两顿。

黄先生说他每年接待大概五六十拨，几乎每周一拨。他个人的花销也很可观。这些海外华人，爱国之心每人都是那么的真切，可是，最近连持绿卡回国定居都受限了，很大地伤害了他们的心。他们觉得国家把他们当外国人，可是他们许多人如果持中国护照，出国光办手续就要耽误许多天，还不算来回跑大使馆领事馆。可是持外国护照，买了机票当时就能走。他们在国家受灾时，主动捐款，从没拿自己当外国人。外国也没有例子这么做，我们干吗老和自己人过不去！改革开放华侨引进国外先进技术，穿针引线做了不少工作，现在国家强大了，和外国建立联系了，就不注意华侨的感情了，我都能觉得他们委屈。

　　他开着车，我们又聊了起来。"荷兰以日耳曼人为主，做事认真。上班就好好上，周末就好好玩。"

　　"荷兰人的创造性很好，它的电子工业很发达，可是日本老偷荷兰的发明，稍微改改就成它的了。（小日本做事从来不正大光明，老是畏畏琐琐的）。荷兰的造船业很发达，它的牛奶最好喝。这次经济危机对荷兰和德国影响不大，因为荷兰和德国底厚。"

　　"这个老牌资本主义国家当年海盗时抢了不少东西吧。"我的阶级斗争影响又凸显出来。我明白，这些年的努力和做事认真才应该是荷兰处于不败的基础。

　　"全荷兰人口160万，华人占1%。阿姆斯特丹就有两万，海牙有一万。"黄先生介绍着，他是这里的侨领，又是我们中华海外联谊会的理事。他的名片是平常名片的两倍大，头衔很多，印了满满一名片。

　　我订的旅馆离城市有一段距离，如果做出租车要一百多欧，黄先生送我们都花了半小时，他说好明晨接我们，我有点不忍，又怕

叫不着车，耽误了火车，就答应了。

到了旅馆已经十点多了。

这也是条教训，如果买欧洲通票游，要订离火车站近的旅馆，对自己有利。还要抄下旅馆地点去买火车票。因为，一个城市几个火车站的不少。你要买到你订旅馆的那站下。对自己最方便。住时间长，可以考虑环境好的地方。

我在睡前，看了比利时小朱给我一份《华商时报》，这是他出钱赞助的。上面我数了一下，光是餐馆出让的就有三十一家，当然都是中国人的餐馆和外卖店。头版有两条《比利时出现电话诈骗事件请大家提高警惕》《十年里比利时房价翻了一番》。

第二天天刚亮，黄先生已经到了，女儿还在楼上磨蹭。这家旅馆虽然远，可是很优雅。我吃的是昨天剩的饭。胡先生又从早餐桌上拿了两包饼干给我，旅馆的早餐还没有开我们上路了，今天周一，怕堵车。

我说："阿姆斯特丹的房子都是四层的，就是一家吗？"因为我华盛顿的同学原来的家就是这种形式。

"是的。"

"你家也是这种，成天爬上爬下四层楼？"

"是呀。"难怪黄先生步履矫健，看来他每天强迫锻炼呀。

"有地下室吗？"问完我就后悔了，地下室还不挖到水里去了。

我为了掩饰我的无知，就转移话题："荷兰秋天的草，像春天一样的绿。"

黄先生说："冬天也这么绿。"

在美国我都没见到这么好的草，就难怪荷兰的牛奶好了。

后来，我看见有关报道，荷兰有墨西哥暖流经过，所以冬天最

142

低温度是零上三度，在同纬度的国家里是温度最高的。

"梵高是荷兰人。"我想起来了。

"对。"

"听说荷兰吸毒挺多。"

"是，有些是合法的。"

我说："我在纽约大都会博物馆时，看见梵高的《向日葵》的真迹，画上颜料之厚，是所有画家的数倍，梵高有个卖颜料的弟弟真好哇。多少画家连颜料都买不起。所以他的画与众不同，特别的立体。还有梵高 1888 年 9 月创作的《在杜芳的露天咖啡屋》我也都看到了。"

我昨天看见的吊桥和梵高 1888 年 3 月创作的《阿尔附近的吊桥》一模一样。只是现在的草堆和梵高当年不一样了，完全是割草机割草后卷成卷，还包了塑料布。使我们再也看不见梵高画上的草堆了，有些遗憾。梵高这位最特别的画家，一生悲苦，是上帝给了特殊的禀赋，就要他受苦吗？

黄先生说："荷兰是一个三百年没有贪污的国家。"这真是很了不起呀！

到了火车站，还有二十分钟，因为无法停车，我让黄先生赶快走，别让警察把车拉走。并把朱先生给的月饼转送了胡先生。

今年，我和黄先生在中华海外联谊会上又见面了。

十二　柏林

9月10日

在阿姆斯特丹上车，半小时后换车。一个中年女人主动来帮忙。我用四十多年前插队时，向学德语的同学，学到德语和她"再见"。我还学过一年德语，今年又捡起来，说的最熟练的是"非常感谢"。用这两句，一般有人帮我，就够了。我们把东西都放好，才能踏实坐上五个小时，这次是一等车厢，是那种在老电影里看过的，面对面六个宽沙发座，脚前宽敞。有个玻璃门隔开包厢和走廊。只有窗前有小桌，在小桌旁的位子靠窗一边的墙上有电源插头。

女儿要把行李举过头顶，要放到行李架上，对面的老头和我打哑语，问要帮助吗，我点头，他就起身，帮女儿把行李推上去。接着，就是我们三个哑巴不再交流的几个小时。

窗外很多牛在绿草如茵的地里休息，它们也觉得太热了吧。进入德国牛就少了。是一方水土养一方牛吗？大约是吧，要不然，怎么没有听说德国奶粉和奶制品呢。

我抓紧时间在小桌上写点东西。但是，好景不长，过了一个多小时，上来两个样子很酷的大男孩，进入荷兰和德国，男孩变高了，一米八左右的男孩很平常，长腿，年纪不大，可胡子不刮干净，他们俩就是这样。谁知道他们的票是不是在窗边，反正我知道我不是。我只好给他俩让座，两个大男孩很酷地插上电，在玩他们的手机，谁也不看谁。中国人看见我坐那，通常会说："别起来，别起来。"德国习惯如此吗，说不清。

列车开的很平稳，结果给我们五个人都晃悠的睡着了。中途查过一次票，两个大男孩下车了。我也不想再去坐窗前的位子，一会儿又来个刻板的德国人，再让我起来，可就尴尬了。

下车时，德国的列车员不让我下来，让我等一个电动升降机，把我从三个台阶上降到地面，列车员慢慢地拉我下来时，还用了吻手礼，不过他拉着我的手只吻了自己的手。（我回来和朋友说起这事，他问我有做女皇的感觉吗？我说没有，只是不知道该不该还他一个屈膝礼。）又是那中年女人来帮忙，爱帮人的人，就是爱帮人。谢她，她也不当回事。

其实，我觉得在欧洲受过良好教育的人，看见有人需要帮助，自己时间、体力都允许的情况下，不出手帮忙，他们认为和自己的身份不符。

德国的国土面积 357021 平方公里；人口 8020 万，其中 1/5 是有移民背景的，每平方公里 229 人；宗教是基督新教和天主教为主；人均 GDP41168 美金。

柏林有好几个站，我们要下的站是最大的，离我们订的旅馆也是最近的，打车 5 欧元。这是一条很有用的经验，就是订在火车站附近的旅馆，然后拿着这个火车站的名字去买火车票。这样可以保证你在最便利自己的地方。

在办理入住手续时，那女服务员不要卡，只要现金，随她吧。我们给了现金。

我不想走了，因为已经是半下午，就在这里洗澡洗衣服，写东西吧。

已经晚上八点多了，我觉得我老同学应该下班了，就给他打电话，他竟然不相信是我。我说："是不是咱班从来没有人来看过你呀？"

"是呀，谁都没有来过。"他说。

我很庆幸，做我们班纪念册的同学真认真，只要错一个数字，我就找不到老同学了。

"我已经在柏林了，你在哪里呀？"我说着。

他说："我在斯图加特。"我没有想到他不在柏林，我拿出地图一看还远着呢。

"我怎么见你呀？先告诉我你的 E-mail 吧。"我们最好在网上联系。

第二天，我还是早睡早起的习惯。女儿晚上自己去逛，几点回来我都不知道。

女儿要在网上处理一些事情，我只能等着，反正我有一大堆的文章可写。原来她昨晚已经把柏林逛的差不多了，她觉得没啥好玩的，和北京差不多。好不容易，女儿发话，要出去了，但还没洗澡，要我先去楼下的德国餐馆用午餐。

我下了楼，把轮椅放边上，总比在屋里闷着强。小服务生来问我要什么。我看了德文菜单，也没几个认识的，终于看见面条了。从离开了莫斯科就再也没有机会吃面条。就要了两份意大利面，准备给女儿一份。谁知这么大份，没什么菜，可能是一两个蘑菇切的片，一两朵绿菜花，起司可真没少放，在炉里烤出来的，很腻，一共 23 欧左右。我给了钱，给服务员 1.5 欧小费，女服务员很高兴。我要了一杯咖啡，问多少钱，她手放在腿下面晃，意思是不要钱。我不知道是因为给了小费，女服务生高兴不要钱，还是这里就这规矩，吃饭再要咖啡不要钱。

女儿出来一看这么大份，就把另外一份送回房间，她也说腻，我没敢再要咖啡了。

女儿要先去银行，我自己一个人往观光车站那边走，看见一个男老师带着五六个幼儿园的小孩出来玩。旁边有个无家可归者在台阶上睡觉，也没有人去打搅他，看来睡得很香。我的轮椅左脚蹬又掉了，这是第几次坏，我已经记不清了。在等车的站里，有座位，我就坐下，把轮椅放躺下修，没有工具全凭手。我真后悔，把拴火车包厢门的铁丝，扔在圣彼得堡旅馆了。用它拴上，还是能管点用的。

　　这时，来了一个提着包的亚洲女人，我问是："中国人吗？"是因为看见她手里提的月饼了。

　　"是呀。"

　　"你是青田的。"

　　"你怎么知道的？"

　　"唉，你们青田人太多了，开餐馆吧？你那中国团多吗？"

　　"是，国内的那些人那么有钱，手表都是六七万的。唉，一天到晚吵死了。"

　　"听说跟团，吃的不太好。"

　　"你知道人家越南、老挝团都吃一人11欧的，中国团都是5.5欧，能好吗？真丢人。"

　　女儿来了，我将就着又坐着坏轮椅走，到了旅游观光车边，把轮椅放上车，就去找个地方坐好。我是不上二层的，太晒，上下也麻烦。司机问女儿："是学生吗？"

　　她说："是。"

　　又问："你妈妈是老人吗？"

　　"是。"

　　结果原来每人15欧元的票，就成了一人12欧元的票了。

　　观光车在柏林的道路上转来转去，总有树林在左右出现。回来一查，柏林是全德国城市森林面积最大的城市，占地达29000公顷，这是最大的空气净化器。勃兰登堡门、柏林电视塔都很规矩的站立在广场上。确实，德国的建筑缺少一点儿浪漫。什么都是认认真真、规规矩矩的。没有看见像巴塞罗那那种有创意的和有现代感的建筑。

　　德国是欧洲经济状况最好的国家，它的经济状况好，荷兰就好，奥地利也好，其他供货国家都好。因为它会用荷兰和奥地利等国的材料。难怪默克尔老是站在几巨头的中间呢。

德国人自己说，德国原来不如英国等国家的工业发展快，可是整个欧洲中世纪都有很严格的学徒制度，德国一直很刻板地坚持学徒制，这些娴熟技术的学徒、技师、大师，奠定了德国坚实的工业基础。德国人缺少浪漫，严谨是德国的过人之处、制胜法宝，与英国比也有明显的优势。

德国后来居上，发展的速度让世界震惊。今天，德国的化学工业居世界前茅；钢铁工业欧洲第一；电子工业占世界的半壁江山。

在德国发展过程中，柏林也付出了巨大的代价，原来只有40万人猛增到200万人，工人们住在叫兔子笼的地方。说到这里有一个人要提一下，那是熟悉鲁迅的人都知道的珂勒惠支（1887.7.8—1945.4.22），生在加里宁格勒（当时的格尼斯堡），她是一个七个孩子家的第五个孩子，卒于德累斯顿。1925年她认识了史莫特莱；1930年，鲁迅收到徐梵澄从德国寄来的五种珂勒惠支的画集，画家高度的思想力量和精湛的技巧引起了鲁迅的注意。鲁迅也通过史沫特莱和她联系。1931年8月17日，鲁迅在上海举办木刻讲习会，内山完造的弟弟讲课，鲁迅还把一幅珂勒惠支签名的版画送了他。鲁迅还在去世前自费出了《凯绥·珂勒惠支版画选集》，只印了110本，40本赠送，30本在国外发售；国内剩下的几十本就成了稀有珍品了。鲁迅办版画展就是人人都知道的了。所以，中国几乎所有的第一代现代版画家都是她的间接学生，她是中国写实版画的"祖师奶奶"。

珂勒惠支和一位在柏林平民区行医的医生结婚。就在这期间，她是在自己的画作和版画中，反映这些生活在他们周围的工人，及其家人悲苦生活的艺术家。有些人说："这有什么好看的。"可她的1904—1908创作的一组七幅板画《农民战争》获得盛名，并得到维拉罗马纳奖金。法国的罗曼·罗兰说："珂勒惠支的作品是现代德国的最伟大的诗歌，它照出穷人与平民的困苦和悲痛。这个有丈夫气概的妇人，怀着忧郁、纤秾和悲痛的情调，将这些尽收眼底，表现在她慈母般的手腕之下，这是做出巨大牺牲的人民的沉默之音。"

1898 年她被大学聘为教授。1918 年 11 月，珂勒惠支被选为普鲁士艺术院会员，她是进入艺术院的第一位女士。她的大儿子在"一战"中死去，她的小儿子也是一名医生。

旅游车又在前行，到了柏林墙，也就是很薄的水泥板竖在那儿，中间有些破洞，并不是太高，可能有三米。最上边做成较圆滑的样子，是为了当年要爬过去的人不要太痛苦吗？从 1961 年 8 月 31 日到 1989 年被推倒，共有 5043 人成功越过柏林墙逃到西德，3221 人被捕，239 人死亡，260 人受伤。一道割裂了一个国家的墙，终于拆除了。现在这墙，是 1993 年春，取得柏林市民的同意后，重建的象征性的墙，仅长七十米。但是，它完好地体现了原貌，岗亭、"死亡地带"、铁丝网都有，让人不要忘记曾经的痛苦。

还有就是裸体公园，我没看见裸露的人体。看了那么多的裸体绘画和雕塑，对活人的裸体已经没有什么兴趣，我想会有好多很难看的裸体吧。

观光车上来一个解说员，他和我热情的打着招呼。顶层人多，他上到顶层，又说又唱，这是在其他国都没有看见的。

观光车转完一圈，我们又去施普雷河坐观光船，但需要要等几十分钟。女儿等不及，跑到河对面，去坐船了。我又在修轮椅，徒手也只能修成这样了，就在周围来回看。我和已经到岸的船长说，我想上船，他说不行，德国人就是死板，又不打扫卫生，船上又没人。可能这就是德国的规矩，我用中国人的思维，在这里碰了壁。

河边屹立着漂亮、庄严的柏林大教堂，绿色铜锈的圆顶很美，周围的雕刻也更有艺术价值。

在德国，有一个人要提一下，就是马丁·路德（1483–1546）他是16世纪欧洲宗教的改革者，基督教新教路德教的创始人。路德的父母是农民，但是父亲在做了矿工之后不久，就成了铜矿的矿产主。路德才有机会，进了有名的大学学习法律。他在一场暴风雪中，经历了神的保佑。路德毅然地中断了学业，去修道院当修士。但是他的心没有平静。当时，罗马教会利用人们想在死后升天堂的愿望，卖一种赎罪券来发财。路德看出了弊端，他在1517年10月31日，写了九十五条反对赎罪券，带动了大众反封建的斗争，沉重地打击了天主教和封建势力。宗教改革引发了宗教的战争（1618–1648年）。德国三十年的战争，死了八百万人。从此，天主教成了少数，德国的前身"神圣罗马帝国"没落了。二百年组成了德意志，进入现代社会是"二战"以后的事情。

　　我一边欣赏着教堂，一边和等船的意大利女人聊天，她和丈夫从米兰来。我告诉她我从北京坐火车来，怎么一路到这里，她很有兴趣地在听，她老公没有看我们，可是也在听。等到可以上船了，她老公主动帮我把轮椅搬上船。

　　游河时的讲解，我会的那点儿德文，根本听不懂。回程时，实在太累了，在船上睡着了。

　　我下船，在码头上等着女儿回来。一个身挂着烤箱卖香肠的年轻人，在兜售面包夹香肠。德国的香肠是有名的，我买了一份，味道不错，对我来说咸了点儿，不过味道不错，就又买了一份，我真是有点儿饿了。

　　女儿回来，要去吃德国有名的猪肘子，到处找不到，只好打车回家。又在楼下又解决了一顿。这家餐馆可能很好，早上我就看见很多老头、老太太们来买了外卖，带回家。

　　女儿要了两大盘，一盘鸡胸肉、一盘猪肉色拉，一碗土豆香肠蔬菜汤，一共二十多欧元。餐馆的柜子顶上，几个鬼从棺材里伸出头，真不懂外国人为什么对这些鬼那么感兴趣。这家旅馆所处的位置是最方便的，有谁要来我可以介绍他来这家，离火车站近，楼下还有好吃的正宗德国餐馆，对面有超市，很方便。吃过饭，女儿去对面买了些水回来。

　　柏林逛完了，女儿很不满意，觉得柏林不好玩。可是，我如果记得不错，柏林是我去过的欧洲首都里地势最平的了，欧洲城市多数建在丘陵上。柏林确实比其他欧洲国家少点儿浪漫，可能和德国人的性格有关吧。但是，可以说，德国人是靠自己的意志力立于各民族之林的。

十三　布拉格

9 月 12 日

捷克斯洛伐克国土面积 78866 平方公里，人口10562214 人，捷克人 64%，斯洛伐克人 30%，每平方公里134 人。是以天主教为主的国家。人均 GDP20444 美元。

PRAGUE 是德语门槛的意思。在 9 世纪下半叶，神圣罗马帝国查理四世在布拉格建都。历代国王建造的城堡和宫殿联在一起，成为欧洲最大的政治、经济中心。

歌德说过："若将都市比拟成宝石，打造成一顶王冠，布拉格是其中最珍贵的一颗宝石。"

17 世纪，神圣罗马帝国被外族占领，逐渐衰落。18世纪中欧局势稳定，经济继续发展。一八四五年通铁路；19 世纪 90 年代通电车；一九一八年建立捷克斯洛伐克首都。

布拉格整个城市依山傍水，伏尔多瓦河从城中穿过。布拉格古迹之多，国家重点保护历史文物多达两千多处。老城区的每一条大街小巷，几乎都可以找到 13 世纪以来的各

种形式的建筑物。一三四四年的圣维特教堂；一三五七年伏尔多瓦河上的查理大桥；一三四八年的欧洲最古老的高等学府查理大学（布拉格大学）。捷克斯洛伐克多次被分裂被践踏，是一个多灾多难的国家。

捷克以生产机床、汽车以及动力化工和冶金设备为主，还有钢铁、化工、纺织、食品和木材加工等。制鞋业和啤酒酿造业也很著名。捷克斯洛伐克的农业机械化程度很高，以小麦、大麦、甜菜、马铃薯和亚麻为主。

一早，我们又像赶集似的，八点多赶到柏林火车站。本来电子显示牌显示我们去布拉格的火车在一号站台。我们在一号站台等车，到了差八分钟的时候，广播说一号站台临时改在了六号站台。第一次是德语，第二次是英语。我根本就没听见，要不是女儿，我自己一人肯定落车了。我们去乘电梯，本来往下才能到站台，电梯一个劲往上走，我都急死了。好不容易上了车，怎么没座呀？到处是人，我在欧洲的火车上还没见过这么多人呢。我找了一个有空座的地方坐下，对面的人说，他们六个人，一会还会上来几个。我说我就坐一会儿。女儿找到我们的座位，在头等车厢，非常空，四人一个包厢。

我和一个帅哥一个包厢，女儿说我们行李多，坐到另外没人的包厢去了。我又拿出计算机赶快写，不写就忘了。帅哥拿出带来的早点在吃。我也想起来，我还有葡萄，就拿出来吃，吃完，一盖盖，没拿住，圆饭盒盖滚到帅哥的座位底下了。帅哥一身笔挺的西装，单腿跪下，帮我拿出来，我赶快用德语感谢。我们开始说话，我让他香肠和面包，他让我口香糖。我想起还有几条绣花手绢，就送他两条。他说："只要一条就好。"

我说："不，两条，送你妈妈。"

他问："是丝的吗？"

我说："不是。送你女朋友一条。"

他给我看戒指。我说："送你夫人一条。"

我问："可以给你照相吗？"

"可以。"

我拍完，给他看，他觉得不错，我说："我正在写书，如果能出，我给你一本。"

他很高兴地给我留了地址和名字。德国人没有说的那么可怕，他们也会笑，也很友善。帅哥在德累斯顿下车了，我们友好地告别。

我去把女儿叫了过来。

火车快进入捷克境内，突然风景漂亮起来了。一种超出想象的美。每个包厢都有人出来拍照，我把轮椅对着包厢门固定好，就坐在窗对面，隔着走廊欣赏风景。

在火车边上是一条河，捷克作曲家斯美塔那的《伏尔塔瓦》在脑子里响起。我觉得斯梅达纳是音乐家里逻辑性最好的，他的音乐，

可以每一句都能解释清楚。如伏尔多瓦河从源头是如何从潺潺溪水，慢慢汇集，河水逐渐壮大。再流出山谷时的豁然开朗，包括水面上的波光粼粼，都能听得清清楚楚。斯梅塔纳是我最喜欢的作曲家之一。他的《我的祖国》也是我最喜欢的。

回来一查地图，果然"伏尔塔瓦"河从这里并入易北河。河边呈十五度角向岸上展开，绿地如茵，红房顶散落其间，后面是长满绿树的山。漂亮的让人无语，太美啦！

在站台上的捷克文，那么复杂，有中国四声一样的标注。听说捷克文是全世界最难学的语言，有的字还没有元音。真到了捷克，我和女儿都傻了，她不认识，我也不会，什么也听不懂。捷克所有人就像在说绕口令，语速之快，超乎想象。

出国旅游前，最好提前做些准备，每人分工学习一下当地语言。我虽然学了几句俄语，到了俄罗斯，还是一个聋哑人。但是人家帮我，我会谢谢，会再见，会说好、很好，还有点礼貌。出来后，逼得我这个哑巴英语说了话。现在，学过的句型会自己蹦出来，想和人聊天也不会太难。每个出来的小团体最好有一两个会中级英文。

出门旅游很重要是语言，光看一个景，和当地人没有交流，那质量也太低了。

我最早接触捷克是在 50 年代，那时北京刚有电视，节目很少。可是，有一个电影老在放，就是捷克作家雅·哈谢克的作品改编的电影《好兵帅克》，里面帅克憨厚、可爱的样子，我还依稀记得。

捷克人红棕色的脸，有些人还有点儿脏。是生活水平的表现吗？还是因为山区晒得比较厉害？

还没有出车站，就有换钱的窗口。我们一分当地的钱也没有。当然只能换了，一换出来，女儿就大呼受骗了。按照牌价一美元换二十几克朗，那人少给了女儿六百克朗。女儿问怎么这么少，他也不答，假装听不懂英文。社会主义国家怎么都这样没出息呀，做事这样不规矩。资本主义初级阶段是不是都有这个的过程呢？成熟的资本主义国家很少有这些事。

好吧，给你们后来人提个醒，就是换钱时先看好牌价，算好应该给你多少，再换。少给你当时就说。在捷克满街都有换钱的，为了保证不被坑，最好的办法是在国内换好再去。在国外有私人换钱的，千万别换，因为你不认识字，哪国钱根本分不清。正规换钱的地方也很多，牌价不一样，看好、算好再换，确保少损失。

女儿说我们住在车站附近，但是走了很远，还没有到，天又下小雨，很冷。我们把雨衣都拿出来，我的雨衣小，就和女儿换了，她就一个人去旅馆。我穿着雨衣坐在一家麦当劳外的桌边坐下，周围都是在说绕口令的捷克人。

我们坐了两站地铁，地铁之深，电梯成差不多四十五度往下走，可能和前苏联学的，能防原子弹，比北京的地铁深四五倍。

天下起了雨。到了布拉格最著名的老城广场，这个广场已经有

九百年的历史了。它的铜像精美程度不输法国、俄罗斯，而且群雕个头还大。建筑也很恢宏，有这样好的艺术，怎么搞成这样了。

晚上，回到住处，我每到一处都仔细看他们的装修，没有马虎的地方。从俄罗斯到布拉格的旅馆，新旧不说，做事都认真。装修，没有叫人看着难受的，都很会搭配，有点条件就豪华一下，没有条件也朴实、实用、不乱来。

我坐在街头酒吧等女儿去找观光巴士。我看见几个亚洲面孔，我问他们："是中国人吗？"

"不是，我们是越南人。"他们笑着说，我以为越南人都是矮个，这几个人都一米七多，是中国人中等个，真不像越南人。

我想起了捷克革命者伏契克的《绞刑架下的报告》，他都快上绞刑架了，他在囚车上还希望看到一双漂亮的女人小腿。我不禁笑了起来，人类对于美的向往是多么的执著呀！

还没进广场，附近所有的咖啡馆和餐馆在户外部分都有坐垫和毯子，毯子可盖腿。座位上都有遮阳伞，现在都成了遮雨伞了。我看见三个从西安来的人，把红毯子披身上。我原来以为他们买了同样的披肩呢，再一看周围的椅子上都放着红毯子。我和他们一说，逗得他们大笑。每家餐馆椅子上的毯子颜色都不一样，显然这是这里常用的，否则，可能没有人要在户外吃东西了。

看完广场，我们就坐观光巴士。布拉格太漂亮了，难怪我看见那么多外国人来，这里有比别的地方多，像我一样挂双拐的人。只是要注意这里的地都是小方石块拼的，是 1.5 平方寸的花冈岩石头块，还不平整。城市也是丘陵地，上上下下真够累人的。

叫出租车也要小心，先讲好价，再上车。不然又是宰你没商量。

还要嘱咐大家一句，这里的水晶虽然有名，但多数是假的。看着亮晶晶的，一冲动，就会买回一堆义乌货。

捷克原是欧洲的中心，布拉格是现存最完整的中世纪建筑群，也是第一个整座城市被评为世界遗产的城市。我觉得整个欧洲都很热爱中世纪建筑。

捷克人是波西米亚文化的代表，捷克人的艺术细胞是深入骨髓的，有种说法：捷克人不是音乐家，就是歌手。每年 5 月 13 日到 6 月 3 日是"布拉格之春"国际音乐节。

在观光车的解说里，介绍布拉格的建筑，捷克人还在怀念他们的老皇帝，女大公。其实，无论谁，只要给人民做好事，人民会永远记得他的。"二战"时，捷克皇帝上了希特勒的暗杀名单，他夫人是英国人，正在英国的火车上，听到德国士兵说几天后要进攻捷克，就马上打电报给丈夫，她丈夫立刻带着儿子逃了出来。整个"二战"期间，捷克皇帝和全家都躲在英国。

捷克的洛布科维茨王子用他的财富帮助过贝多芬，所以贝多芬把自己作的《第五交响乐》《第六交响乐》献给洛布科维茨王子。

女儿到哪儿都要吃当地的美食，我还是想中国饭。烧茄子、冬瓜丸子汤（不要冬瓜了，全欧洲冬瓜都不好找，白菜丸子也可以），我问了离老城广场教堂最近的那家，是不是捷克 food。女招待说是，我们就进去了。我问卫生间在哪里？服务员特别让我上他们的卫生间，其他客人是不许进的。

我看见一张台子上有许多布拉格的明信片，就挑了两张。在菜单上，女儿终于看见了她要的猪肘，我要的香肠。两个头汤都是牛肉块，我的清汤，女儿的是浓汤。上来的面包黄油，黄油像个冰激凌一样大，也是圆圆的，里面还有切碎的辣椒，但是不辣是调味的，还有一个生菜色拉，一份捷克饺子。这是什么饺子呀？像是没发好的馒头片和糯米面饼，略有点奶油味，我们把这些饺子都留在桌上了。肘子上来，真是一个带骨头的大猪肘，好像煮熟又烤过，把外面烤焦，烤得恰到好处，边上配酸黄瓜和泡辣椒，是用一个案板托上来的，为了好切。女儿盘里有节香肠是酸的，我还是第一次吃到酸香肠，是那种酸黄瓜的酸。我们再努力也吃不到一半，结账是当地钱九百多，加小费一千多。剩下的带回来也够吃两顿了。

雨还在下。我们只能打车回去，女儿见车就去讲价，那人说500，女儿坚持400，这司机就把我们让给黑车司机了。车到了我们的住处，旁边就是警察局，高大的女警察，正在检查一个司机。虽然我们都穿雨衣，还是冻得不行。幸好我们住的是公寓，我们烧了开水。

布拉格120万人，500平方公里。建城有一千多年了。莫斯科才865年。布拉格真是一座旅游城市，被人称作"千塔之城"，光五星级的饭店就有五十家左右。这里所有的房屋要改造，都要经过文物部门的批准。所以，直到现在老城区都保持着中世纪的风貌，才有旅游的发达。这又是让我汗颜的地方。

布拉格城市有轨电车值得坐一次，1857年的有轨车还是马拉的，只有十九公里长。到了1891年有了电车，1905年马拉车才退出运营。现在有一百九十公里的长的轨道。布拉格还有一座电车博物馆，有市长的专用车，极其豪华。

我在公寓式的旅馆，想到了一件对于我们国家来说，极为可怕的事情。我住过的旅馆，多数是小旅馆，没有一家的水龙头在滴水，没一个固定件是晃晃悠悠的，全都安装得正正规规，极为结实，还横平竖直的。小旅馆可以设施简陋，但绝对不会不干净，有异味。床单都是漂的白白的，熨的平平的。所有的洗手池浴缸都不会有水滴痕。我是在广播局宿舍长大的，50年代住在那里的人都知道，我们的门锁是捷克的，一直到前几年广播局宿舍拆掉，五十年了，有许多锁还在使用。这是一件多可怕的事呀。我们在中国的人都知道，中国旅馆洗手间漏水很平常，固定件稀里哗啦也不稀奇。这样算下来，我们的浪费，我们的国力输到哪去了！这不是越追越远了吗。

9 月 13 日

早上起来，不下雨了。因为我的手机和奥地利联系不上，用了女儿的手机也不行。我想可能是捷克的电信系统出问题了。但为了排除是自己的问题，就请北京朋友充 1000 元给我的手机。先去维也纳，再用旅馆的电话与当地的朋友联系吧。

在要退房时，女儿又被叫走了，我们没有弄脏、损坏什么呀？我都要得病了，怎么老有人要吓唬我，我忐忑不安地等着女儿回来。

一会儿，女儿回来了，提着两个香蕉、四个苹果和一瓶酸奶。原来是老板送给我们的，我们又有水果了，一天没有水果真的很难受。世上怎么还有这等好事？我又在肯定世上好人多。我找出两块汴绣手绢送老板，老板很高兴。这时，又一张中国面孔出现了。我一问原来是一个温州老板，我说："你是一个人住这里还是全家。"他也住我们这家公寓式的旅馆。

他说："全家。"那就说明他还在创业阶段，还没钱买自己的房子，他看我们要上出租车，就主动来帮忙拉行李。我坐上车后，对他说："祝你生意兴旺，早日创业成功。"他也高兴得和我们挥手告别。

在去游船的路上，女导游和欧洲其他国家的人不同，不说话，也不帮忙。要是在别的国家，你买了她的船票，就是照顾她的生意了，总会帮你解决点儿困难的，这和捷克曾是社会主义国家有关吗？我希望是她与众不同。

要到船边，有个大下坡，我下来走，女儿推轮椅。

到了游船跟前，有人出手帮忙了。看见我走的很辛苦，这四个人都对我笑。我在船边的木凳上坐下来，问旁边的女士："是第一次来吗？这里真是太漂亮了。"

她使劲地点头。我问她从那里来，她说美国。我指着女儿说："她也是从美国来的。"

她丈夫故意问我女儿："这是你姐姐吗？"

"不，这是我妈妈。"大伙全笑了。

可以上船了，有个服务生给每人一小杯底的酒，我喝了一口，真好喝。那几个人也觉得不错。我说："我还想要一杯。"

那个强悍的美国女人，马上开玩笑地招呼服务生："快来，我们都没有喝够。"其实，服务生早就不在了。我们都放松了，她老公拿下头上的帽子说："2008 年北京奥运会上买的，北京奥运很棒！"他太太也竖起大拇指说："很棒！"

我想他们对北京奥运的记忆很深刻，心里有些得意。就笑着，谢他们。

我想照一张老头帽子的照片，另一个老头，就是刚才出手帮忙的抬轮椅的，才从船顶上下来，他以为我要拍集体照。就让我等一下，他冲到位子上，摆好泡斯。我拍完帽子，用手把桌上的胡椒瓶举起来，示意他们做干杯状，四个老人非常合作。

船缓缓地开动了，自助餐也开始了。每天吃的都是生菜，我都快成了兔子了，对这些洋餐真的兴趣不大，那些生菜在胃里支棱

着，再喝点儿凉水，我都要生病了，真想中国饭呀。一路上，过的桥都很漂亮，最漂亮的是查理大桥，桥上有许多雕塑，这座大桥是1375年建成的。过了桥，有许多天鹅在河边游，还有野鸭，掺杂其间。两岸楼上的装饰极为精细漂亮，常有些全身雕像立在屋顶上，身体比例之精确，实在让人佩服。

两岸的红房顶的房子也很美，这就是那个被前苏联的坦克占领过的布拉格吗？也是那个在全欧洲第一所大学诞生的布拉格？布拉格的漂亮是很有名的。

从船上下来，本来还想去别的地方转一下。在一个马路边，轮椅彻底坏了，是轮椅小轮的塑料辐条断成几块。对面街上一个捷克老妇人，看得眼睛都要瞪出来了。她可能从没有看过轮椅这样坏的，那轮子就像是再生塑料做的。这个国产轮椅，一共用了不到一个月，太丢人了。我们盖的房子有些二十年就炸掉了，人家两三百年的还在用。我们的劳动多么没有价值，我们的劳动也没有积累什么财富。

没办法只好去火车站，把我放下，女儿去买轮椅。她怕人偷我挂在轮椅背后的东西，就把我推到靠墙的地方。但是，还有一小段，就是顶不到墙。我太累了，就睡了一会儿。等我醒来。看着人来人往，有一男一女，引起了我的注意。男的大胖子，中等个，女的有几分姿色，是有些妖气的那种。他们不赶车，也不接人，老在这个可以看电子显示牌的地方不走，我觉得，那男人老往我这里挪。我就进了商店，过了十分钟再出来，我看见他们还在，我就一直看着他们，这两人终于走了。他们知道我有防备，下不了手。显然，这两人不是什么好人。

女儿在火车来之前，买来了一个二手轮椅。她要把坏轮椅扔掉，去问警察放在哪里合适，警察竟然不会英文，她只好把坏轮椅放在垃圾箱边上了。

美丽的布拉格，再见。

十四　维也纳

9 月 13 日

奥地利国土面积 83855 平方公里，阿尔卑斯山覆盖了 2/3 的面积，森林覆盖 47%，主要河流是多瑙河。人口 8414638，民族主要是德意志族。官方语言是德语，但是和德国的德语有些区别。73% 的人是天主教徒。奥地利的国旗有两种，一种是红白红，一种是在红白红的基础上加国徽。后一种是政府机构，部长、总统才用的国旗。奥地利的工业国有化程度高，国有企业控制了 95% 的基础工业。汽车工业主要生产载重汽车，越野车，拖拉机，牵引车，装甲车。采矿是奥地利的传统工业，服务行业占劳动总人数的 56%。人口密度每平方公里 100.3 人，人均 GDP49809 美元。

音乐之都奥地利形状很像一把小提琴，因为位于欧洲的正中位置，所以她又被称为欧洲的心脏。

奥地利是高山之国，山地面积占国土面积的 70%。阿尔卑斯山覆盖奥地利的一半以上的国土。最高峰大钟山 3797 米，最著名的河流是多瑙河。

　　奥地利 12 世纪形成公国，1876 年与匈牙利合并成奥匈帝国。"一战"后，奥匈帝国解体，奥地利自成共和国。"二战"后，被苏、美、英、法四国占领。1955 年奥地利独立，宣布为永久中立国。

　　奥地利人没有法国人浪漫，可是奥地利国家文化不允许低俗。音乐、歌剧、音乐家、作曲家都在欧洲领先，奥地利被这些欣赏高雅文化的艺术气氛充斥，这是在其他地区绝无仅有的。

　　1744 年玛丽亚·特蕾西娅女皇统治时期，六岁的莫扎特曾为女皇演奏钢琴，女皇本人还和亲友演出过中国元剧。艺术需要国家领袖的赞助和支持，像中国的京剧有了慈禧太后的喜爱和支持，迅速壮大。相声在得到毛泽东的喜爱后，迅速超过其他艺术。前苏联的斯大林热爱芭蕾也使得芭蕾在俄罗斯的艺术里更为突出，瓦格纳有皇帝的支持做出了不朽的歌剧《尼布龙根的指环》这样的例子不胜枚举。

　　1916 年茜茜公主的丈夫弗兰茨·约瑟夫皇帝逝世，结束了他68 年的统治。1918 年哈布斯堡王朝的末代皇帝卡尔一世在放弃帝制的文书上签字，从此奥地利共和国成立。

　　从布拉格上车，一个大男孩可能想下车吸烟。看见我们，就接过轮椅回到车厢对二十几个和他同样大的男孩说："你们看我拿上来一个什么。"全体男孩友善地笑着他。他帮我把轮椅放到位，就礼貌的再见后，回到自己的座位上。

　　我们好不容易坐好了。检票的列车员来说，这节车厢不到维也纳，还要走过六节车厢，才是去维也纳的车厢。欧洲的列车会在半路重新编组，所以一定要坐对车厢，不然南辕北辙，不知道去哪里了。我们只好艰难前行。这时一个中国面孔在座位上老想起来，果然，他出手相助了。他来帮我们把东西放到门口。在等停车的时候，我和他聊了几句，他是从台湾来的，姓何，父亲先来德国做厨师，他在十一岁时来德国，学的是机械制造，今天代表公司去踢球。他有三个孩子，大的十五岁，二的十岁，小的十个月。德国每生一个孩子就有补贴，生到第三个，补贴还多于前两个。

我问："生第四个，是不是还会多？"

小何说："我也不知道。"

我问："你太太不工作吧？"

"对呀，她从来不工作。"

"等孩子大了会去工作吗？"

"不会。"

我说："我两个孩子，我还去工作，上班很远。不过，孩子都是靠保姆。"

"是为了经济的原因吗？"

"不全是，因为我是中央电视台的软件工程师，而且，那时女人在家的很少，如果在家会觉得很奇怪。"

"嗯，你的工作很好。"他以为我舍不得放弃职位。其实，那时如果不工作就被认为是堕落，看来他是听不明白了。

车到站了，我们下了车，小何帮我把轮椅拿下车，我和他握手告别。

列车员和女儿拉着行李在前面走，我是跟不上了。列车员又回来推我，还让前面的列车员把门打开，那人说到时间了。这个列车员说，那也得等。我想列车可以在路上把时间追回来吧。坐到这节车上，才可以有几个小时的轻松。我们在国内买的通票都是头等车和二等，所以舒服很多。

在欧洲坐火车，很少有直接到的，都要换几次车，有些要换

三四次之多。在火车票上，上下车时间都写得很清楚。到时间，只要站名对，下车就是。但有时下趟车的车道在其他站台，要看电子显示牌。残疾人都有专用的电梯，换车还比较方便。

到了维也纳天已经黑了，司博士在站台等我们，他一路开车一路介绍："德国许多大公司老板是维也纳人，如保时捷的老板，还有影星施瓦辛格都是奥地利人。"

我指着女儿说："那是她们州的州长。"

司博士接着说："德国的有钱人也跑到维也纳来躲税，因为德国税还是比维也纳高。可是，奥地利福利太好了，上班的人和在家的人，拿到的钱相差不多，以后，还有谁想工作呀。"

司博士已经帮我们找好了旅馆。这家旅馆极干净、简洁，还不贵。两人间 67 欧，一人间 48 欧。洗澡间和厕所分开，极其干净，玻璃门上连一点儿水迹都没有，好像刚装修完。电视里在报维也纳天气，放着维也纳音乐，很乡村、很轻柔，有种祥和安宁感觉。

早上，我从窗子看出去，楼下是一个小院子，院子里有一个罩着塑料棚子的小游泳池，是为了提高水温而建的棚子吧，维也纳的温度已经只有十几度了。

我打开信箱，又看见朱元春大姐的信，还是问我什么时候到班贝格。我告诉她，快了，在维也纳待两天，我就去班贝格了。

这间旅馆的早餐也很好，有水果。餐厅几乎都满了，但是这里没有人说话，我听到的，只是刀叉的声音。

司博士是公派的留学生，他拿到博士后，就把全家接了出来，现在他自己开一个公司，总想着把奥地利的先进技术引进中国。他太太开一家餐馆。他们一家四口都是中国籍，他说到这点颇为得意。

第二天，十点多司博士来接我们在城里在最著名的地方转了一下，维也纳是一座非常美的城市。尤其是歌剧院，演出场所很多。我的脑中顿时响起了维也纳童声合唱团优美的男童歌声。司博士听说我在国内总看节目，还在网上给我查了一下，结果一张票都没有了。他说："因为七、八两个月太热不演出，演出季刚开始，这些看节目有瘾的维也纳人早就忍不住了，票被购空。维也纳对没有钱学音乐的学生很宽容，站票 15 欧，可能还给你最好的位置。中场休息后，就没有人收票了，剧场随便进。我想我要住维也纳，就住在歌剧院附近，可以常去。他说维也纳所有的场所都是为老百姓的，市政府这儿成天有活动。维也纳看不上那些君主立宪的国家，还有什么国王、女皇的。"

过运河时，司博士介绍说，你看人游览的地方和运输的是分开的。确实，河上有两个功能区，中间隔着。

他还介绍了他们学校，学校在好多地方都有房子，还指着一座大房子说："那是最好的医院，捷克总统病了，也来这里治病。这里有全球最好的骨科医院，因为这里的人都会滑雪，所以，滑雪圣地旁都是骨科医院。这是金色大厅。"我只在新年音乐会的电视节目里见过金色大厅内部，从未看见过外面。外部是一个长方形的较内部朴素的多的建筑，真让人不能想象金色大厅的外装修会这么简单。

我说："听说国内来的演出，是自己出钱包场。"

司博士说："对，发票。纯粹的自娱自乐，大卡拉 OK。"

我女儿说到在布拉格挨宰的事，司博士也说了一件他朋友在布达佩斯遇到的事。"我朋友一家三口去布达佩斯玩，买了票，因为看不懂文字，超时了，还在使用，被警察抓到，要罚他们 250 欧。这朋友说，我们又不是故意，我们只是看不懂你票上写什么，就是不肯给，一再交涉。旁边一个卖烟的亚洲人看见，去警察那里说了几句，警察才把脸放松了，这人用英文告诉我这朋友说，你们卖两包烟给警察就没事了。我朋友就用 3 欧元买了两包烟，把 250 欧的事给抹了。警察得了实惠，烟摊老板高兴。"

司博士来这里二十多年了，他对维也纳的历史有兴趣，他能够把维也纳介绍的清清楚楚。和布拉格比，维也纳真的很富，你可以感到人们生活的富足和从容。

"这里是美泉宫；这里是国家歌剧院；这里是医学院，它里面的设备都是最好的，有些还很好就淘汰了。这是维也纳皇宫。"司博士不停地介绍，我们眼睛都不够用了。

女儿去火车站了，她从现在和我分开。以后，就靠我自己了。司博士把我拉到他太太开的餐馆里。好大的厅，还都是亚洲菜，有日本寿司；有印度的咖喱；还有铁板烧……周一到周五中午才 7.8 欧；晚上，9.8 欧；12.8 欧的就有烤鱼、烤肉等；孩子 5.8 欧，比俄罗斯便宜太多了。我推荐去维也纳的人想吃点中国饭，至少是亚洲饭的，去这家店，楼下还有一个大超市，什么吃的都有，琳琅满目。吃完饭去购物，省时省钱，很合算。这里生意原来很好，总统、总理、名人、名主持人都来过，因为环境好，有室内座位，室外的露台还有座位。我送司太太一条头巾。

可是，维也纳在公共场所禁烟后，这里改造申请很难，即使申请下来施工也有难度，因为这里是文物单位，要保护的，现在来的人少了许多。

司博士的太太姓郭，是这里的老板娘。她问我想吃什么，让大师傅去做。我刚在旅馆吃了早餐。就只想喝西红柿鸡蛋汤，一会儿，鸡蛋西红柿汤上来了，还真和中国的不一样，有些胡萝卜丝，没关系，胡萝卜对身体很好。热汤下肚舒服多了，已经喝了太多天然矿泉水了。

在人不多时，小郭过来陪我说会儿话。我说我做饺子很好，她说："好，今天晚上做饺子，你就坐这里调馅就行。"我说我去厨房，省得你拿东西来回跑。她说，今天人不多，维也纳人都出去外面玩了。我和大师傅做就行了。

下午，CCTV4开始播钓鱼岛的新闻，我国出动海监船，保卫我国领土钓鱼岛。我俩的神经都紧张起来了。我干脆坐到了电视机的下面，但是，餐厅只有一个声道，播音乐就不能听见电视的同期声，平常放的都是中国音乐。小郭看看客人不多，就把声道换到电视的声道。她也着急，不知道钓鱼岛的事态会怎么发展。小郭说："店里的中国人都说，如果打起来，我们都捐钱，每人100欧是拿得出来的。"

半个下午，小郭都是一会儿来看一下电视，一会儿和我聊几句，她根本没有心思做生意了。

　　五、六点，小郭自己买肉，并把菜肉都剁好，我把馅调好，她说闻着就香。包饺子的时候，她可不让我插手，她和大师傅一起包。我还给她写了台湾麻油鸡的做法，她让大师傅也试做了一下。香喷喷的饺子上来了，最传统的大白菜馅。真好！麻油鸡我没写放水，大师傅放水了，做出来不一样了，他们以后再试吧。我看见店里的字画不太好，答应回国后送他们一幅国画牡丹。春节时，牡丹图寄到了维也纳小司手里。我再去时，应该在墙上了。

　　小司两个孩子，大女儿在上大学，还有个老来子，很乖，很聪明，普通话和北京的孩子无二。只是想法大同，他有次和妈妈回东北，看见有个妇女吃着葵花籽，还满地乱吐，他问妈妈为什么警察不来管她。他们的大女儿都二十多了，在外地上学，也已经不习惯中国了。她爸妈要她找个中国对象，她说："中国人习惯不好，吃东西吧叽吧叽的；乱吐痰；大声说话……"她已经无法适应了。这我都能理解，我请朋友吃饭谁要是吧叽吧叽的，我会心神不宁，百爪挠心的，又不能说。大声说话确实是在国外很难容忍的习惯，要这样过一辈子确实不行。

小郭和我说："这里人特别认真，你让他来装个柜子，离开墙有条小缝，工人自己都看不过去。一次，邻居老太太和我说，你把你的工人辞退了吧。我说为什么，她说你看厕所也搞不干净，门前也不干净，这是一个不爱干净的人。我刚来时，不工作，在家里看着我的那些邻居老太太总是在擦玻璃，他们家里都干净极了。"

晚上，司博士都忙得脚打后脑勺了，他要回中国参团去西藏，还有许多事情要处理。他抽时间把我送回旅馆，路上还不忘带我去看舒伯特的故居。一出门，我看见一个金光闪闪的大圆球，有点像没有完工的电视塔。司博士说："这是大设计师白水（德文名字意译是白水）先生设计的废品焚烧炉，这是一个非常有名的废物利用的项目。白水比贝聿铭有名的多，贝聿铭主要做博物馆之类的项目。"

司博士说："你知道人家都说：

人民富，政府穷——美国；

人民穷，政府富——中国；

人民穷，政府穷——非洲国家；

人民富，政府富——奥地利。

奥地利有全球最好的钢铁工业，只要德国好，奥地利就好，德国几乎只用奥地利的钢材。"

这里的人是日耳曼人种，和德国人一样，做事就认真做，休息就好好休息。也不多干，因为，挣多了交税多，都给别人了。我真能感觉到奥地利人的沉着、稳重。

维也纳的咖啡是世界闻名的，只是我没有时间去尝尝，我也怀疑，我有没有这个鉴赏能力。

世界十大水晶品牌，排名第一的是奥地利 1895 年的施华洛世奇 Swarovski；第二的是法国 Baccarat；第三的是瑞典 Kostaboda。奥地利就出产水晶，水晶原来是战备物资，现在人造水晶出来了。才有大批水晶用于装饰和首饰。

我回到旅馆已经快十二点了，查了一下明天要去的小谢那边的火车，因为站太小，我的火车时刻表里都是大站，查不到，只好给小谢和司博士一人发一个 E-mail 就睡了。这里不能洗衣服，维也纳的天一直阴着。

北京的朋友给我写信说，你说在圣彼得堡和布拉格被宰时，好像有准备。我说："我在欧洲不被抢劫就是胜利了。"出门在外心理准备充分一点儿好，没碰上事，就赚了，碰上已经有心理准备也没什么了不起。这样不影响心情，还是可以玩得很好。其实，在我的内心里还是庆幸我碰上这些事，如果出书，对要去欧洲旅游的朋友有一定的借鉴作用，若我什么也没有碰见，对读者就没有多少的参考价值了。

第二天，我去餐厅吃过早餐，在十点左右把房子退了。接着就等司博士来接我。前台工作人员老是一会儿对我笑，一会儿对我挤挤眼。

司博士风风火火地来了，他说维也纳少有这样的好天。又把我放到她太太的店里，这里有吃有喝，还有 CCTV4，我在这里把电源接上，在大屏幕下坐着，把昨天的事记下来，还能随时跟踪新闻。

过了十二点，司博士把儿子送回来了，中国孩子在哪儿都轻松不了，他去学钢琴了。在维也纳不学音乐也有点说不过去。他儿子马上来找我，我们昨天就已经是朋友了，昨天我和他先打枪，再玩智力游戏，最后画画。

我们准备去火车站，司博士还有意绕到贝多芬故居让我照相，他说贝多芬就在这里去世的。贝多芬十七岁定居维也纳。他与莫扎特有过短暂的接触，现在被全世界称为"乐圣"。

司博士说到莫扎特，他说："那些学音乐的研究生说，就是你什么都不干，光抄莫扎特的谱子，就得抄十年。"天才就是天才，没话讲。

司博士还介绍："达赖喇嘛老来维也纳，是因为他的英文老师是维也纳人 Heinrich Harnes 汉利希（海尔里希）是个法西斯分子，"二战"时到了西藏，他是接受纳粹的命令到西藏的。因为，希特勒认为亚利安人来自西藏，让他去找线索。到现在德国有的地方每年有活动，穿中国衣服，一直认为他们来自中国。雅利安人确实是印欧人种，从中亚走出去，分成几支，走向西北方的就是今天的日耳曼人。走到伊朗的就是伊朗人。

汗利希当达赖喇嘛的英文老师有七年，所以达赖和奥地利的关系很好。汉利希写了一本《在西藏七年》(Sieben Jahre in TIBET)，在西方还拍成了电影。我们在胡总书记来时，我们先向警察局申请好地方，组织人挡住他们的雪山狮子旗。"

司博士送我去火车站，我们在火车站的 VIP 的工作室，把我个人的欧洲通票激活了。司博士非要一手推着我，一手拉着行李。我说我自己行，他还是坚持。我上了列车，司博士说在纽伦堡换车有十八分钟，应该够了，到那会有人帮你。我要做好没人帮助的准备。我知道从五站台到十二站台有多远，如果全靠我一人，是很紧张的。

上了火车，我旁边的座位坐了一个修女，她年纪不小了，一个人昏昏欲睡。天渐渐地黑了下来。

十五　班贝格

9 月 15 日

我从奥地利去德国的路上，看见很多农村。他们的房顶上十分之一有光伏太阳能板，也有一整块地都是光伏太阳能板的。风力发电也经常可见。干净能源的建设是比我国多得多，我去年去黑龙江只看见风力发电机，没有看见光伏太阳能板。

我在纽伦堡换车时，我看见已经关上的车门，外面的人按了个钮，门就开了。两分钟后，我就用上了，我的车厢门也是关的，我在车门外找到一个圆的绿色按钮，一按那绿钮，门还真的开了。车比站台低一寸，我把放着箱子的轮椅往车上一推，就在车门里坐下，不往里走了，这里很宽敞，有六七平方米。因为，不到一小时我就要下车。半分钟后，火车开了。真险呀，如果我不注意观察，我会按照中国习惯，以为门关了，就别想打开了。真是要活到老，学到老呀。我还得祈祷不要换了站台，没有时间看电子显示牌，如果真改了我不知道，那就惨了。我也懒得问，怕是坏消息。到了

20:25 到站，还不错，这就是我要去车站。

　　我不慌不忙地下车，远远看见一个中国女人向我走来。是小谢的太太来接我了。谢太太开车带我回他们的餐馆，进门就看见一个横幅写着"和气生财"。

　　小谢看见我就叫："姐。"真是叫得我热乎乎的。其实，这是我们第一次见面。我们家都叫名字不叫姐。我们认识是朱元春大姐问我，德国那边有人想出版一本在国外教育子女的书，我认识不认识什么出版社的人，我给了她安徽教育出版社总编的电话，他们联系后一拍即合，对方同意出版。小谢是德中作家协会负责出版工作的。他和我先生保钓时的朋友很熟。最让人吃惊的是，小谢已经在网上把我和我先生的情况查了个透，在德国还有这么一个了解我的人哪，有点儿不可思议。

　　小谢问我想吃什么，我也不客气，要了碗热汤面。原来在国外开餐馆不仅可以养活全家，还有很重要的一点，就是自己要吃什么就可以随时吃到，这在人的一生里真的是非常重要的，尤其对我比较注重吃的人，更重要。

　　小谢问我："要鸡肉还是猪肉？"

　　"我要猪肉和青菜。"

　　一会儿，一大碗猪肉片和青菜面端上来了。这里的三名服务员两男一女都是中国留学生，大家见面都很高兴。他们已经到了下班时间，和我打了招呼，就都走了。我吃完，也和小谢他们回家。

　　路上，小谢说："正好，明天不开店，我们可以出去转转。"我都不知道明天是星期天，他们会有空陪我。我怎么运气这么好哇！

　　小谢是海南文昌人。我前两年去过文昌，文昌最有名的是出了宋氏三姐妹，其实，文昌出了四个半国母：一个宋庆龄，一个宋美龄，一个谢飞（刘少奇夫人），一个吴作栋夫人（新加坡前总统夫人）；一个洪森夫人（柬埔寨总理夫人）。

小谢家，从小遭迫害，妈妈早逝，父亲被关，所以家中几个孩子极为团结友爱。他把没有多少文化的小弟带到班贝格，对小弟及他一家很照顾。还寄钱给在国内的兄弟姐妹，真的很有中华传统。他不是富人，在这里，不要讲中国人不多，连德国人也才七万。他正对门，离他的店三四米，就是一家中餐馆。生意很不好做，他要一天工作十几个小时，还办一个杂志。他的店里全部雇用中国留学生，他深知中国一个家庭培养一个留学生多不容易，他能做多少尽量做。看见那些留学生在他店里，毫无顾忌地主动和我打招呼，就知他是一个宽容的老板，学生们在这里没有压力。身在国外，能够碰上这样的大哥或者小叔真是很难得。中国还在资本主义萌芽期，还有些机会等你去发现。在国外，多数中国人在开餐馆，其次，做中国的进口贸易开店。老祖宗给我们留下的美食文化，让一些外国人喜欢，他们想起，会来一次。但是，这种人毕竟是少数，还要小心维持。我在中国开餐馆的朋友就和我说过，开餐馆叫做勤行特累，我没有体会过，以后要机会，到开餐馆的朋友那儿工作两天，体验一下，才会知道他们的辛苦。

这时，到了小谢的家，小谢两口子非要把他们的卧室让给我，我真是不好意思，我想爬三楼去住客房，他们不同意。卧室边上就是书房，在这里有网线，我可以随时上网，太方便了，客随主便吧。已经过了十二点，我刷完牙，就睡了。

9 月 16 日

第二天早上五点起来了，先洗澡，再洗衣服。小谢他们做了一顿很丰盛的早餐，有中国的卤蛋；德国香肠；咖啡和炒苦瓜，还有我没吃过的鲜无花果。最特别的是面包，是有葵花籽在里面的黑面包。因为，小谢夫妇都是基督徒，我就和他们先做祷告，感谢主给我们这么好的食物，感谢主所给予的一切……

吃完饭，我赶快上网络告诉朱大姐，我已经到了小谢这里，她已经问我好几次了。小谢还告诉我，他们教会里，有一个教授，他做过德国的文化部长，在冯至先生获奖的时候和他一起吃过饭，后来这个教授和小谢说，我再去，他要请我吃饭。我也赶快告诉冯大姐一下。晚上，看见冯大姐给我写 E-mail，她老公说也要学我，下次来欧洲要自由行一下。

我翻箱子，找到了朱大姐带给小谢的椰子糖，这是小谢家乡的特产。兴奋的谢太太和我拥抱，小谢也来抱抱我。我这趟把糖带来，值了，有人这么喜欢。我也请谢太太挑了一条丝巾，我只能带这种

轻薄的礼物，只好礼轻情意重了。

小谢一人先去教堂，我就赶快写，如果拉太多，就会忘记，现在年纪大了，我的"存储器"也有点儿问题了。所以好记性不如计算机，我抓紧时间写。

我写完后下楼，去看小谢家的后院，我是最喜欢有一个小院的。我看见一个我看不明白的东西，一问，原来是接雨水的箱。在比利时小朱和我们讲过的蓄水箱，自来水管里的干净水最好不浇花浇菜，而是用雨水浇。一个富有的国家，也这样的节俭，我们还有理由浪费吗？

小谢出去一个小时就回来了，我们开车出去，原来小谢买的这部奔驰才两天，他太太还不太熟悉。他们告诉我这个小城在德国相当于中国苏州的地位，有小威尼斯之称，是浪漫主义的摇篮，这个城市有天主教和德意志的风格。这座城市从1993年就是世界文化遗产。小城已有千年历史，早在9世纪就筑有城堡。确实，有许多的小河，穿行其间。这座小城也像欧洲多数城市，是丘陵地，靠近市中心是欧洲运河的起点下端，全长3500公里的内河航道把沿途十几个国家连起来。

小谢夫妇特意带我去看，写《胡桃夹子》的作家E.T.A.霍夫曼（霍夫曼是有希望的人的意思）的塑像，他的塑像在一个剧场的后边。小城的交响乐团是很有名的，原来是布拉格交响乐团50年代到这里演出集体叛逃，全体团员都留了下来。市政府每年给他们很多钱来让他们排练，所以，班贝格有一个国家级的交响乐团。

小谢告诉我，那是1919年8月12日在这里颁布的一部宪法的房子，房子上面有块铜牌写着这房子的历史。两派争论是要走社会民主的路，还是走社会主义的路。最后选择走社会民主的路，就产生了《巴伐利亚宪法》。《巴伐利亚宪法》颁布后不久，这个州长就被暗杀了。

我有一个理论，就是从封建专制过渡到民主制度是有一个鸿沟的，而这个沟是要人来填的，填不满，是走不到民主制度。从上到下搞民主可以少死人，如果从下往上搞就要血流成河了。

这个州长虽然颁布了宪法，但是，他还在鸿沟的边上，最后还是掉到了鸿沟里，成了民主道路的奠基人，而他是用自己的死换取了许多人的生命。

在不远处，我们看见了希特勒常去的麦色史密特饭店，这个饭店今天还是五星级的高级餐厅，是政要常常出入的地方。当年，饭店的主人的弟弟是希特勒的高级飞机设计师，和希特勒的关系很好。它外面的街在希特勒时期叫希特勒街，现在叫长街，其实不过两百米长，中国人叫它长安街。我们看见的房子都有两三百年的历史，很有德国的味道，许多几何形方木支架露在外面，是中世纪的房子。小城非常的幽静、典雅，确实有许多像苏州的小桥。

我在欧洲没有看见一个很丑陋的房子，但是在中国大陆和台湾就有些很丑陋的房子，台湾最让人受不了的是，从台北到宜兰的路上，看见把罗马柱外挂在墙上，真是不伦不类的。北京也有些大屋顶，粗制滥造看了让人很不舒服。最丑陋的是上海的东方明珠，别提有多丑了。

小谢说："德国有两项哪国也比不了，一是音乐，二是哲学。"这话不错，大作曲家有很多是德国人，最好的哲学家也多是德国人。

司博士也说过："有人说是因为德文的动词在后面，所以你不能一边想一边说。只能想好了再说，训练了德国人的逻辑性。"不管怎么样，我认为德国人，认真是第一位的。

我们开到了主教教区原来的夏宫——湖宫，这里异常的幽静，有种在天堂的感觉。教皇挺会享受的，他每年夏天来这里度假。远处的丘陵如诗如画，注意呀，我以前都说如画，这次是如诗如画。

小谢说："我们这里好久没有这么好的天了，人这么多。"我刚想说人这么少呢，偌大的庭院（面积大约比中山公园还大）可能也就一百人左右。

1007 年，皇帝亨利二世把班贝格设为主教区，常来巡幸，死后就葬在了这里。主教坐镇这里，在七座小山丘上修起教堂，很像罗马，罗马也是在七个小山丘上修教堂，所以叫它七丘之城。班贝格历次战争都很少受到损失。"二战"时，这里地处偏远，在德国的东北角，没有受到任何损坏。只是这里有钱人自己跑到岛上，然后把桥炸了，弄得自己很不方便。

湖宫的周围种了整整齐齐的四个方块的树，如果从天上看湖宫是一个十字架的样子。树木都剪的很整齐，一切都一丝不苟。塑料花盆里的树都摆在线上，极其整齐。屋里展示了一些德国的铁艺装饰品，有动物植物，漆得五颜六色的。

走到庭院里，我们又坐下来说话，我觉得小谢推我会累的。在院子前部的室外餐厅，小谢非要让我尝尝当地的美食，说实在的，我对洋餐有点儿怕了，去他餐馆随便做点儿，比什么都好。客随主便，小谢介绍说巴伐利亚州物产丰富，特别讲究吃。他帮我点了鱼和米饭，他和我的一样，她太太点的鸡肉和南瓜。菜上来确实不一样，味道好，因为有米饭，我把鱼汁浇在饭上都吃光了，生菜只要别吃一大盆，还好吃。小谢还一定要我尝尝这里的啤酒，他说这里的啤酒新鲜，确实是没有喝过的好，只可惜我酒量不大。没想到这顿饭，改变了我对洋餐的看法。德国人认真，做饭都好吃。

大家聊得很开心，跟着两位这么有学问的朋友，我学到了不少。他们是 1988 年从国内出来的，自费留学，在这里学习。因为原来在国内大学学的就是德语，所以他们没有太大的语言问题，比别人好多了。小谢拿到硕士，在念博士的时候，导师车祸死了，他再也找不到合适的导师了。他念的专业是罗马法学史，到这里已经二十四年了。小谢是一个很勤奋的人，他看书多，朋友多，有些中国人叫他"谢大侠"。他还参加了当地的基督教民主党，他是我见过的、进入主流社会的第一人。主流社会是看不见的。但是，他是明显的进去了。我们有些共同的朋友，我在中国去他的家乡海南岛很多次，因为我有朋友在海南，没建省时我就去过。小谢的夫人也是硕士，在孔子学院教中文，她也是看书很多，知识渊博。这种夫妻共同进步，才会更有黏合力，才会互相欣赏，日子才开心。

他们又开车带我去看 17 世纪建的圣麦克尔教堂，我看见那么多的台阶实在上不去就算了。就去看旁边的玫瑰园，里面的空气极其清凉加上玫瑰的香味，负氧离子可能特别多，冲到肺里好像肺喝了一杯清凉的美酒。

教堂边上是监狱，都处在高处，可以欣赏全城美景。难道是当年建造的人，想用美景和教义感化犯人吗？从玫瑰园看下去，城市的红屋顶尽收眼底。

我们又开车去一座城堡，这里的露天地面是六棱形木柱的拼花地面，真不知道过了这么多年，地板怎么没有坏，看来还很结实的样子，只是有些木头裂了口，并无腐朽的迹象。

　　小谢要去给他们基督教民主党拍电影了。就是竞选的宣传片，他们那党的头也来了。

　　谢太太带我去一处咖啡座，我们可以从这里看远处的农田，就是我说过的如诗如画的那些地方。现在是坐下来看，太享受了。天气不冷不热，微风拂面。谢太太指着一个明显的建筑说："那是我们市的市立医院。"

　　谢太太领我在一个桌边坐下，看美景，吃苹果派，喝咖啡。本地的基督教民主党副主席的太太也和我们坐一起，她没有孩子，拉着她的宝贝狗，这狗有十五岁了，是她上学时就养的。小狗很想到我这边来，她可能怕狗吓到我，就训了小狗几句，小狗很委屈地哼哼着，到她位子下卧下来。其实，我和狗都能成朋友，我朋友家的狗都喜欢我。

　　这位副主席的太太，看样子不过四十多岁，是个内科医生。她对我们说她去过的印度，她说："我的一个印度同学家，仆人好几个，家里豪华的不得了，印度的贫富差别太大了，这种事在德国根本不

可能存在。"还说，印度有两千多个宗教和民族。又说到中国人口太多，说有十三亿。

我说："第六次人口普查还没有公布，也不知道现在到底有多少人。现在城里的孩子，不想要小孩，不想负责任，只想自己玩。"

副主席的太太说："在这里，都想有一两个自己的孩子，但是有些人生不了，因为天气太冷等原因。"

谢太太和我说："在中国是低素质的人口比例增加，高素质人口减少，成反比的趋势。这对一个国家一个民族来说也是一件危险的事。而德国怕高素质人口下降，就给做高管的女强人，带薪假期让她们去生孩子，就是在生孩子期间给她原来的高薪。"这样代价太高了，但是可能这样才是社会成本最少，保持高素质人的出生率的办法。

谢太太又和我说："希特勒时期，希特勒搞过极不仁道的做法，就是让高个男人和女人发生关系，生孩子，这些没有爱情为基础的孩子，生下来就被送去养育院，心理都有很大的问题。"

我在德国看见，德国有一种小个人种，比侏儒高些，比正常人矮，身体比例很匀称，这是其他国家没有见过的，比例可能有百分之几，我看见过几次。

谢太太给我介绍说："这里两个主要的党，一个是做事的，搞建设的，是基督教民主党；一个是监督的，专挑毛病的，是社会民主党。"这样才可以形成一个平衡的态势。

她还说："默克尔是一个极油滑的人，她对谁都笑脸相迎，迎合别人，让人不反感她。但是，一旦发现政敌，就一定要搞倒搞臭这人，出手很阴险。"

一个多小时后，小谢来了，其他拍电影的基督教民主党的党员

骨干也来了，我们围坐一圈，大家友好轻松。所有人都和我握手寒暄。他们工作效率真够高的，人家真是做事认真，不浪费时间。而且也简朴，自己出钱，也就一人一杯，或咖啡，或啤酒，或苏打水。

工作结束了，小谢夫人开车顺路去送一个女党员。

我和他们讲在布拉格受骗的事，小谢笑着说："最多的骗子在中国，最精的骗子在美国。"

到家了，最重要的是打开电视看钓鱼岛。哦，今天刮台风，渔船没有出海，冲突时间推后了。箭在弦上，随时要发的。相互都已经拉开了架势，我们等到了很晚还没有新闻。不知道出什么事了，只好睡觉。

9 月 17 日

早上起来，写些昨天没有记完的事情。怕谢太太饿了，还得等我，就下楼吃饭。没有想到还有芒果，早餐是起司、香肠加面包，营养很够了。芒果真甜，谢太太说是她妹妹给的。这样一个德国小城，也能吃到泰国的水果。

一会儿，我们要去医院接小谢的弟弟。他在医院手术，今天要出院。我们在车上聊着，谢太太说："总来我们店的有个千万富婆，每次就吃最便宜的。她还带着九十岁的老母亲去街上卖花，她有六栋房子。每次在店里吃完饭，还要在店里上厕所洗手。"

我说："这是葛朗台的后人吧。"

"东、西德合并后，因西德占人口的百分之六十多，东德的人少，西德就养着他们。在我们城的东边是东德人，国家养着他们，他们还不满意。"谢太太说。

我们开车去昨天在山上看见的医院。这是班贝格市立医院。医院比我在美国伊斯兰星看见的干净，人很少，医务人员都从容不迫的，毫无紧张、急迫的样子。

医生在十二点左右要和小谢弟弟谈一次话，才能放他出院。我们就走出医院，在医院外边，谢太太指给我看，那是药店，她说："开药店赚死了，因为药很贵，你买药都报销，自己只出 5 欧元。"她有一段时间帮一个病人买药，一周就用掉 2000 欧。

然后，我们就去逛商场，买东西，做市场调查。我有些调查表发给当地的朋友让他们有空帮我做一下，到现在还没有收到一个回信的。给女儿，她管过一次，就不爱管了，年轻人烦这事。这次是我自己第一次做市场调查。

这里的东西有便宜的，有贵的，白面包便宜，黑的贵，价钱差一倍左右，穷人也有能吃的东西。什么好的和差的都有一倍的差价。成熟资本主义国家的价格是稳定、合理的，和处于转型期的急着发财的原社会主义国家有很大的差别。

我说："我在美国看得出来，中国人都挑减价的东西买。"

谢太太说："在这里印度人和中国人，开着车跑，专买减价的。德国人主要是受基督教的教育，不会光买减价的，他会想到商家的利益。"

说德国东西贵，我看有些比中国的还便宜。如巧克力便宜极了。因为女儿已经从美国给我买了一堆，放在北京家的冰箱里。我什么也不要买。有些衣服做得很好，比中国的还便宜，当然是 Made in China 了。

我们拿了些东西，我说："让我来付钱。"三十多欧元，我们买

了点儿吃的和毛线，我还买了郁金香的球茎。

昨天，我的第二副老花镜也坏了，那是我来之前刚买的，以为够用了，一半时间还没到，两个眼镜就都坏了。今天想去修或者买。

我们开车回到医院，我留在车里写东西，谢太太去看她小叔子。昨天，谢太太说她们社区有个残疾人，都能自己去上班，社区给他两个车位。谢太太还专门带我去看。今天，在我的右边，我就亲眼看见了。一个从大腿根截肢的姑娘，见我在看她，就朝我笑，她自己开了车门，坐到车里，又把两个车轮拿下来，放到车里，再把座折叠放后座，她做得非常熟练。她只用一分钟全部自己搞定，和我再见后，开车走了。

几十分钟后，谢太太回来了。说医生要再监测二十四小时，她小叔子还出不了院。我们就开车回家。

路上，拍到了霍夫曼的故居，离他的雕像几十米。谢太太还去帮我拍了黑格尔的故居。

中饭，谢太太做了米饭、广东香肠和芹菜。然后，我们都休息了一会儿。

下午四点左右，她去给我的轮椅打了气，还上了油。我们就一起去接她的外甥女，轮椅好用多了。在幼儿园的对面，有家眼镜店。一个瘦瘦的漂亮女人，接待了我们，我拿出眼镜，人家认真地看，还问我："对镍过不过敏？"

我说："过敏。"镍越少的镜架越不结实，我问有没有现成的，她说有，拿来十几副，有些是树脂的，要我挑，因为便宜，我觉得质量可能比较国内的好，就买了三副，一共38.9欧。售货员去认真地把几副眼镜洗干净，她还说："你买得多，免费帮你修一副。"我以为我要成瞎子了，没想到成了大富翁。我有四副眼镜了，太高兴了！

　　谢太太接了外甥女，我们一起往回走，大家都叫她外甥女"小人精"，很像一个卡通娃娃，她说的话像个五六岁孩子说的。其实，她才两岁八个月。谢太太把"小人精"的包挂在我车上，她一定要自己背。背着包，还要一手抱一个毛绒玩具，真够她累的。在半路上，有一个儿童游乐园，十二岁以下的孩子和家长才可以入内。家长们把这里又修了一下，在门口的木桩上刻了两个愁眉苦脸的人，"小人精"说那两个木头人："很可怜的。"园里有一棵苹果树，上面长满了苹果，但是没有一个孩子要。

　　我们进去，这里已经有些人了。有个白种女人抱着一个黑娃娃。我说那是领养的吗？谢太太说："不是，这里有些人喜欢嫁给美军，因为美军待遇好。"

　　美军从"二战"后，就在这儿设立了军事基地。海湾战争后撤离了一些，这次伊拉克战争后又撤离了一些，快要全部撤走了。美国觉得，已经帮助德国完成了民主建设，可以撤了。

"小人精"平衡能力很好，自己去坐滑梯，爬上爬下，也不用人帮忙。

这里也像其他欧洲地方一样，没有什么声音，只有孩子们的声音。大人都窃窃私语。在一个安静的环境里，人不会浮躁吧，但是，在一个吵闹的环境里，人就是不浮躁，也是烦躁的。

晚上，九点左右我写累了，就到下楼的客厅去看电视，看见大陆船因为"三巴"台风，今天才出海。可能台湾那边也会出海捕鱼。形势非常紧张。明天大批渔船去后，将会怎么样还不得而知，我知道有许多中国人，无论在国内还是在国外，无论有没有中国籍，只要有中国血统，就 99.99% 都会关心钓鱼岛的。

小谢下班回来："姐，好吗？"他每天都这样，比我亲弟弟对我都好。他名字就是盛情接待朋友的意思。

9 月 18 日

又是一大早上就起来，我没有碰计算机，就先下楼，我想大批渔船该到了。擦枪走火，随时可能。还好平安无事。那不也说明，日本不太敢挑衅吗？心情一好，就作了首打油诗。

> 万帆竞争奔钓岛，
> 全球华人心跟到，
> 倭寇偷买人家物，
> 必遭断臂把霉倒。

可以好好地吃顿饭了，每天吃饭时间都是我了解西方的最好时机。

谢太太今天讲的是我从未听说过的。她说德国医生现在发现，人的牙齿和颈椎有很大的关系，如果你的嘴是地包天，那一定会得颈椎病。所以，你去看颈椎病，医生连你的头部牙齿都要拍 X 光。她说："我有个年级很大的朋友，看见他在矫正牙齿，问他怎么回事，他说为治颈椎病。"

谢太太给我讲《圣经》，她说："很多事情上帝早就料到，早就已经说清楚了。"

我问她："你用了多少时间弄明白了《圣经》。"

她说："我用了十年学习《圣经》，有时翻英文版《圣经》，有时翻德文版的《圣经》，因为中文《圣经》有的地方翻译得不对，看不明白。"

我告诉她，徐梵澄先生曾经想过，要用与《圣经》出现的年代相仿的中国古文翻译《圣经》的事，我跟徐先生说："你翻译出来，全国能看懂的不超过一百个人。"他就放弃了。

我知道在国外，要进入主流社会，你不懂宗教，不信教，根本进不去的。人家拿你当另类，你怎么融入主流社会。

谢太太新约旧约都很熟。她说原来上帝造人只有男人，从他的肋骨抽出一根，做成女人，女人就是要扶助男人的，男人要为女人舍命，要爱女人。《圣经》原话：

你们做妻子的，当顺服自己的丈夫，因为丈夫是妻子的头，如同基督是教会的头。教会怎样顺服基督，妻子也要怎样凡事顺服丈夫。你们做丈夫的，要爱你们的妻子，正如基督爱教会，为教会舍己。丈夫也当照样爱妻子如同爱自己的身体，爱妻子便是爱自己。为了这个缘故，人要离开父母，与妻子连合，两人成为一体，这是极大

的奥秘。你们各人都当爱妻子，如同爱自己一样，妻子也当敬重她的丈夫。

你们作儿女的，要听从父母，这是理所当然的。要孝敬父母，使你得福，在世长寿。这是第一条应许的诫命。你们做父亲的，不要惹儿女生气，只要照着主的教训和警戒养育他们。诫命的第一次出现在《出埃及记》。

十戒是：

一、"我是耶和华你们的神，除我以外你不可有别的神。"

二、"不可为自己雕刻偶像，也不可做什么形象；也不可做什么形象仿佛上天、下地，和地底下、水中的百物。"

三、"不可妄称耶和华你神的名。"

四、"当纪念安息日，守为圣日。"

五、"当孝敬父母。"

六、"不可杀人。"

七、"不可奸淫。"

八、"不可偷盗。"

九、"不可做假见证，陷害人。"

十、"不可贪恋人的房屋；也不可贪恋人的妻子、仆婢、牛驴、并一切所有的。"

这些是每人应该做到的，无论国界，无论宗教。

人有正确的分工，社会才会平静。你老是在颠覆次序，社会就不安定嘛。就我的理解，宗教信仰都是教人学习生活，怎样生活，活好来到世界的这几十上百年。

谢太太先帮我剪了头发，又帮我染了头发，一照镜子竟然还是前长后短的新潮发型。

晚上，我们开车去谢太太教书的学校，今晚她有课。我们先去幼儿园接了"小人精"。在路上，去了她妹妹的店——"长城行超市"，把"小人精"给她妈妈。小谢妹妹看来已经怀有身孕，还有两个月就要生了，她还在工作。"小人精"说："婆婆，我家东西很好的，你买一点儿吧。"我的注意力都在她妈妈的身上。我也不能买东西，还有那么多路要走，我是什么也不能带的。"小人精"只有两岁，就会帮妈妈拉生意，真是太精了。

　　谢太太教书的学校，离开班贝格有四十公里。在路过布腾海姆（Buttenherm）时，谢太太告诉我这里出了一个大名人，Levi's老板的祖先是从这里走出去的。这个村还有他家的一个房子呢，现在成博物馆了。他们原来是犹太人，很受当地人的欺负，不许他们开店，只能挑担子卖东西。1890年前后，他们就用一个星期坐马车到不来梅，以后去了美国，结果在美国大发。我三十多年前就知道，Levi's老板，是我先生在美国加州大学柏克利分校的校友。

　　爱兰根市是谢太太教书的地方，有十万人，多数都是西门子公司的人，西门子公司在这里的部分是医疗和能源，这里也是大学城。这个晚上，有两个年轻人来上课，他们都去过中国，在中国工作过两年。那男的还娶了一个苏州媳妇回来，我都有点儿同情这个苏州姑娘了，她一个人在这个地方多孤独呀。两个学生都有中等水平，说的比看的好一点儿。因为，在中国住过，说话机会多。

　　小谢几年前出了一本和一些朋友合写的书，在他书里写道："对德国的印象是'宁愿赔钱教育千万个，绝对不让一个诺贝尔奖潜在者漏网'。"这就把全体国民的水平都拉高了！

　　德国每个孩子都会两样乐器。你只要加入中学的交响乐团，就可以不交音乐课的钱。德国是六分制，一分最高，六分最低，四分

及格。小谢的儿子参加了三次青少年科技活动比赛，德国教育部每年给中学生举办的"青少年科研活动比赛"，他两次获得巴伐利亚地区的物理冠军。

在他儿子小时候，他有一次带儿子参加教会的义卖活动支援非洲儿童。他儿子把自己不要的玩具拿去卖，卖了80马克，按规定交给教会32马克。他儿子拿着剩下的钱，准备再去买玩具。在路上，他问他爸爸，那些钱会给非洲孩子买什么？他爸爸说他们没饭吃，他们很饥饿，绝不会买玩具的。儿子的眼泪就流下来了，说："爸爸咱们把剩下的钱送回给教会吧。"小谢很高兴儿子这样有同情心。

他们是一家有基督心肠的人，在中国叫菩萨心肠。

9月19日

早上起来，看昨晚定的旅馆有没有回复。结果有了，等我把信息报过去，就再也没有回信了。打电话过去，电话里说："没有这个电话。"我告诉谢太太。

谢太太说："可能是骗子。我们这里有朋友儿子刚去美国，E-mail来信说没钱了，要家里汇钱去。钱汇去了，再问儿子，儿子说，没有要过钱。这个看来是假的，不能理。"我觉得打搅小谢他们太久了，想到慕尼黑住一天，或者实在不行就住这个小城的旅馆。

我说在本地找一个旅馆吧。谢太太问了朋友说，小镇因为开会旅馆都住满了。谢太太说："再待一天，明天直接从这里去机场，你知道你的航空公司叫什么吗？叫爱琴航空。"

"太有意思了。"我还没听过，有这么浪漫名字的航空公司呢，

200

我以为是爱情航空公司呢。

我说："你觉得欧洲会放弃希腊吗？"

"不会，因为希腊和非洲那么近，你放弃它，它把门一打开，非洲人都放进来，欧洲国家受不呀。"

我觉得有道理。

"今天咱们去农村。"谢太太说，我最想去农村了，在美国我都没有去过农村。

我趁她熨衣服的时候，就把昨晚上的事情写下来。谁想到谢太太把我的外套衬衣都给熨了。我已经极不好意思了，她还这么热情，我真不知道怎么感谢他们。

我们到地下室，拍了他家的热水炉，她说这是用废物燃烧后，通过管道送来的热能，你自己设置好加热时间，低于这个温度，炉子就自己加热。

在去农村的路上，谢太太看我对环保那么感兴趣，就带我先去看了废物焚烧厂。在门口，有几辆很大的搬运车，先过地磅，开进去多少重，出来再称，帮你烧多少，是要交钱的。在倒垃圾的地方很干净，没有异味。天空也没有什么黑烟，看来这个焚化设备很先进。国内应该到这里来学习一下。

谢太太还在路上告诉我，在德国有个土地保护法，一个工厂被拆除，它占的地要做其他用处，地要全部化验，把地里的重金属、化学物质清除掉，才可以另做他用。国家鼓励节能，主要生产低耗能的电器，和建造低耗能的住宅。又一次让我脊背发冷。

我们出来就往山上开，路边很像俄罗斯，都是大树。山路起伏不平，就更加好看，路过一块地，黄得像是涂了颜料。后来我在黑龙江也看到了这么黄的颜色，那是水稻开花的颜色。

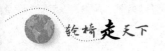

　　谢太太说："这些都是私人的森林。地里种的玉米、油菜榨出的油是用来发电的。"

　　我们在一个大教堂前停了下来。这是十四圣人教堂，是天主教的，外表看不出有什么特别。这十四个圣人是真有其人，他们生前给人看病，做了许多好事，死后他们都埋在这里。教堂建于 1445 年，里面极尽豪华，光线极充足。天主教供奉的是圣母玛利亚，在最主要的位置，是圣母的像，周围都是大小天使在飞。顶棚及墙上都是颜色淡雅的宗教故事画。大理石的柱子，是我从未见过的，从淡蓝到淡粉再到淡黄，有美丽的花纹，这种极珍贵的大理石柱子，完整没有裂纹等瑕疵，而且体量巨大。真的和整个教堂极和谐。这和美国的教堂不同，美国的都是以花玻璃为主要装饰。这里的教堂穹顶几丈高，椅子都有雕花。在二楼有回廊，楼下两边都有四五个忏悔屋。每次做完礼拜，都有许多人排队做忏悔。主教在里面也不看是谁在说话，只是代表主和你沟通，解决你的问题。也有来感谢主的，比如家里有好事，生了一个孩子等等。

　　教堂的中间部分，是一个盖得很豪华的房中屋，里面有个井，用玻璃盖上，旁边都用蕾丝花边围住，传说牧羊人在这里发现了一个圣婴，所以井被保护起来了。和青海的塔尔寺一样，都是先有塔后有寺。这里是先有井再有教堂。

　　我们走到耳室去参观，在下台阶时，有个女人专门给我指出，这里的台阶是修复过的，意思是：这里也许不太结实，你小心点儿。我谢过她，她很和善地对我笑笑。

　　告诉你，怎么想也不过分，这里华丽无法用语言表达清楚。在留言簿上我写道："这是我看见的最漂亮的教堂。北京　詹志芳　2012.9.19"

从教堂出来，对面的山之美，很像夏威夷火奴鲁鲁岛的大风山，有种人间仙境的感觉，只是大风山看下去是海，而这里是各种绿色的山和田，还有红黄的房屋镶嵌其中。真的有点不太真实的感觉，我在天堂还是在人间，实在不太好分。

　　我们又开车去一个修道院，修道院在经济上支持教会的基督教民主党，这四天在这里开他们党的代表大会，有点像我们的党校学习班。有很多成功人士，都是各行各业的经理人才。他们有专业知识，才能保证老百姓的要求得到最合理的解决，不会让老百姓的钱白花。

　　我们先去厕所，告诉你们，记得在德国，门上写着"DAMEN"（中国汉语拼音大门）的就是女厕所，另外的当然是男厕所了。

　　我们坐下来，点了菜，谢太太就和桌上的另外两个党代表聊天。他们说，这党就七十个席位。旁边一位年纪大男士西服革履，很有绅士风度，他问服务员："我的菜什么时候上？"服务员也没有听见。又过了半天，他又问，服务员说："呀，我忘了告诉大师傅了，对不起！"竟然，没有做他的菜，开会的时间也到了，绅士站起来说："我还会再来的。"这人境界太高了吧。服务员还收了他的可乐钱。我想在中国绝大多数人会说："我再也不来了。"这位绅士是真绅士，付完钱，也没有生气，就走了。

　　我们的菜上来了，我的是炸猪排和土豆泥，还有生菜，很好吃。谢太太的是一个大肘子和我们在布拉格吃的一样，只是小一点，也是烤焦皮。有两个土豆球作配菜，还有一份酸菜。都是 20 欧左右。

　　吃完了，我们都很撑。看了一下修道院，今天还有军人来保卫，看来很重视这次会议。

　　修道院是修士写经、抄经的地方。修士在这里也酿酒、看病。这里的修士、修女，还往国外派，去外国培养他们的门徒。

天下起了小雨，我们要真正的进村了。

在一个小村庄，有二三十户人家，家家漂亮，比中国的度假村还美。每家都有花从阳台上垂下来，颜色搭配的特别好看。这里有许多那种几何图形外墙的二层小楼，那些外露的柱子涂上深色油漆，每家和每家的建筑都不一样。村里没人，只看见三个孩子在玩沙，有一个人开着卡车要下地，也许去把南瓜拉回来？快过鬼节了。

谢太太说："我父母都是山东的南下干部，他们从小就是儿童团团员，我妈是队长，我爸爸是团员。他们来德国看我们，都要求到农村看看，我带他们来了，他们还在问：'哪是农村呀？'"

我说："这儿就是。"我妈妈都哭了，说："我们太对不起农民了。"

我也下过乡，插过队，看到德国这样的农村，真是差距太大了。我们还是"二战"的战胜国，德国还是战败国呢。

全世界的啤酒花绝大多数产于这里，而且就那么一块地，出了这地，啤酒花就不是味儿了。就像中国的沁州小米，也像四川的涪陵榨菜，出了那块地就不是那味儿了。

回到城里，谢太太带我去修表带。我的表是两块表组成的，可以同时看见北京时间，和我所在地的时间。可是表带太多年了已经要断了，中国还没有卖的。修表的女表匠很认真，帮我们找到唯一的一种尼龙表带。我很怕没有，竟然找到了，太好了。她认认真真帮我换上，我以为会很贵，才8欧多，和北京差不多。她认真地说，你表是银色，表带扣是金色，不太配。我觉得一是配上太难，二是，表和扣不在同一个面出现，颜色不一样没有关系，能找到已经很不错了。那八个小螺丝特难拧，看得我都累得不行了，我以为我是一个老古董呢，年轻人都不带表了。谁知我们后面排了两个年轻人。看来带表还流行呀，我所有的坏东西都在这里修好了。

谢太太接了"小人精",又带着我们在树林里休息了一会儿。我按照徐先生说过的,在德国太累了,就抱住大树休息一下。我抱了一会儿大树,那是要几个人才能抱住的大橡树,我想是树的全身在白天释放出氧气和负氧离子,使人放松吧。"小人精"自己在后座上唱歌,她音很准,声音也好听,若有动画片让她配音就好了。她德文和中文几乎同样好,说话,还会用那些转折词。真是一个"小人精"。我觉得她去演阿林格伦的《长袜子皮皮》最合适。我有了一个想法,若我这书,每个国家教几句简单的话,请她来讲德文部分。

我们又开车走了,谢太太为了给我惊喜,没有告诉我去哪里。到了才说,是去另外的村里看牛。我在一个农家的牛舍里看见有上百条奶牛,只有一个人在伺候这些牛,他还老不在,在给牛推上草料后,又不知道干什么去了。我待过的村里的牛只能用瘦骨嶙峋来形容,这里的牛胖的是我们牛的四五倍。牛也很聪明,它用舌头卷着吃,这样不会一下子把草推远,它就吃不到了。牛舍里没有我在村里时的牛粪味儿,只有草料味儿。我们不敢进去,怕给牛带去病菌。所以有许多细节没看见。

刚下过点儿雨,这里有点冷了,我们开车回去。天上出现了彩虹,是整个的宽宽的。在中国我多少年没有见过彩虹了。北京的朋友,我相信也许多年没见了吧。

刚进城,谢太太说:"你看,这些高些的楼,都是给穷人的。"我想起来了,谢太太说过有个妈妈很暴力,给她已经成年的女儿一个大嘴巴,她女儿打电话叫警察。竟然,政府分了她女儿一套很便宜的住房。

我说:"是挨嘴巴就可以住这里了?"

轮椅走天下

"是呀，为了让这些人不闹事。"谢太太回答我。

"是这样算下来，社会成本最小吗？"我问。

谢太太说："你说对了。这城总共人口七万，土耳其裔的德国人就有四五千人，他们的孩子连高中也考不上。一万大学生，一万老年人，真正能工作的也就两万人。你看我们蔬菜的品种少，我们是不吃荷兰的蔬菜的，荷兰蔬菜是无土栽培，用营养液泡大的，1欧2公斤，我们也不要。德国北方有矿，有工业。南方是森林，农业、畜牧业多。而希腊人、土耳其人和爱尔兰人在这里都是农民。"谢太太概括性的把德国介绍了一下，我才心里大概有了一点印象。谢谢她，这个有知识的朋友，可以迅速学到许多知识。

谢太太是小谢的供货商，只要他少什么，告诉太太，很快就有货补上。但是，我看见她在超市买东西，不是从批发商那拿，我也不知道是因为小宗还是什么原因。到店里，给小谢补上货。这时，谢太太和一个德国老女人在寒暄。我也没太注意，因为小谢来和我说，晚上要和我好好聊聊。他有些舍不得我走的样子，我也很喜欢他们夫妇，可飞机票一个多月前定好，非走不可了。

开车出来碰上红灯，我们又看见那个和谢太太打招呼的女人，她站着和另外的人说话。谢太太介绍说："她很有审美，每天都把自己打扮得漂漂亮亮的，你知道她是干什么的？"

我不知道，我看见她还涂了眼影"我猜是设计师，艺术家。"

谢太太说："她是打扫卫生的。"太出乎我的意料了。我又看了那女人一眼，对，她用淡紫色眼影，也一身紫丁香色的套装，一件藕荷色的花边衬衫。她虽然没有有钱人的好身材，是劳动损害了她的身材，可她有自信，有自尊，靠自己的双手吃饭，真是劳动者的好代表。

我回来把文章敲进计算机。小谢下班了，我楼下和他聊一会儿。我看见小谢已经困了，他每天工作十几个小时。他还是和我聊了许多，说道中国人同化犹太人的事，我觉得是来中国的犹太女人太少，多是男人，必须娶中国女人了，女人对孩子的教育起到很大的作用，娘家又近，同化是不能避免的了。其实，在外国谁同化谁的都有。只要近了，互相的融合是不可避免的。当然，我们还聊到许多国内的形势，对国内腐败的担心。

　　明天就要离开了，和他们两口子真是依依不舍。多好的人，但我还有别的任务，我不能再待了，必须走了。

9 月 20 日

　　一早，天还黑着，我就起来了。先在我的枕头下放了 300 美金，真是太麻烦这小两口了。我只睡了两三个小时，麻烦谢太太也要早起送我。天有些冷，穿了外套还是冷。到了车站还有点儿时间，谢太太一定要去买牛角包给我吃，说是这里的最好吃，比维也纳的还好吃。确实是好，当然也是因为黄油放的多了。我们站在站台上，真冻得要发抖了。

　　车来了，我上了车，谢太太也跟着上来，我怕她被拉走（在芝加哥就有朋友送我，结果下不去了）急着催她下车，没有时间和她拥抱。

　　再见，班贝格！
　　再见，小谢和谢太太！

十六　雅典

9 月 20 日

　　我和谢太太分开，还有两小时的时间才到慕尼黑。天渐渐的亮了，我看着窗外，越往南走，德国的风景已经没有北边那么好了，工业化的地方越来越多。每个小村庄都有一个小教堂，它在村里的地位最高，也最突出、高出所有的房子，都是哥特式的。几天后，我还会回来，和我的大学同学汇合，他陪我去海德堡。

　　在慕尼黑，我要换轻轨去机场 2 号航站楼。我把行李拿下来，当然，都有人主动帮忙。在慕尼黑的火车大厅，我看见一个漂亮的中国男孩，我问他："从哪里来？"

　　他说："浙江。"他也问了我去哪儿。他看看自己还有半个小时，就主动帮我找 S8 轻轨。我看见了电瓶车，以为和芝加哥火车站一样，就想上去。小伙子一问，这车去不了，因为轻轨在下一层，下一层的电梯在哪里呢？我们找了半天电梯，终于找到了。原来在门外。这个过程中，我发现小伙子德文还不错，一问，才知道，他姓周，几年前他来德国学习过，这次是来玩。我给他我的名片，让他回国和我联系。我怕把他的车耽误了，叫他赶快走。他有礼貌地说："阿姨，再见！"

上了 S8 的电梯，我让一位拉着行李推着婴儿车的母亲也上来，她对我笑笑，我说："很累吧？"她点点头。

在站台上，站满了人，S8 老不来。终于来车了，有人又帮我把大箱子拉上了车，我想让那母亲，可我必须跟着我的箱子，我就进了车厢。这时，车门关了，那个小妇人推着婴儿车一脸焦急失望的样子。她几次按车门上的绿键，门就是不开。我很想向她抱歉，可她顾不上看我，她只是看车头，希望能够晚些开车，或者车门再打开。我只能祝愿她千万别晚点，也许她也赶飞机。

车走了，我也不知道要坐几站，就问身边的人。那人站起来，走到车门下，用手指着门上的图，说咱们现在在这里，要坐到头，大约十几站呢。我还不知道 2 号航站楼在哪里下，我身边的小伙子说："慕尼黑 1 号航站楼和 2 号航站楼在同一个站下。"我放心了，等着到终点站吧。

到了慕尼黑飞机场这站。原来是要通过 1 号航站楼再过一个大广场，才到 2 号航站楼。我走得已经非常累了，太远了。看了半天也不知道我的那家爱琴航空公司在哪里。我就近问一家航空公司，爱琴航空公司在哪里？那女工作人员让我等着，她去问一下，因为我比谢太太给我制定的时间还早一班来，我以为还有时间，哪知已经非常晚了。因为，轻轨等了半天，又坐半个多小时的车。这家与爱琴航空公司毫无关系的航空公司派了一个人，也许是最清楚爱琴公司的吧，他帮我去找我的航空公司。那男人又亲切，又友好，他拉着我的行李，我要有机会一定要坐一次他们航空公司答谢他们。他没有问人，也没有走冤枉路，在还剩半小时的时候，我们到了爱

琴航空的办事处。女办事员一脸严肃。帮我的人小声跟我说："你的双肩背要拖运,她要你二十多欧,算了吧。"我赶快找出还剩下的最后两块汴绣手绢送给帮我的人,他很高兴,还祝我有一个愉快的旅行,我也用我仅会的那点德语和他说:"非常感谢!再见!"

接待我的女工作人员有点儿生硬地说:"你已经很晚了,你知道吗?"

我说:"我知道。"我这时只有老实听她训了。我可能是最后一个上飞机吧。虽然,这个办事员很不高兴,但她还找人来推我。那人很瘦,也是总替我着想,我拿出5欧元塞在他手里。他们也许不可以收,他赶快收了起来。我们走到最远GATE,才是我那航班的门。有专门送残疾人的车在等我,我看见还有一个胖老头在车上。

终于,赶上飞机,我踏实了。可能因为我晚了,给我的还是5A,很前面。我坐下,看着窗外,突然我发现机场上空有老鹰在飞,一数,竟然有十二只。我在小时候,大概五六十年代看见过最多有两三只老鹰在北京上空,80年代以后再也没有看见了,可见德国的环境保护得多好了。

几分钟后,飞机进入跑道,没有等好久,很快就起飞了。进入一千多米的高空,我在窗上给太阳能电筒充电,因为阳光充足,很快就充好了。

　　从天上看，可以非常清楚地看出，树林有很多是人工种植的，因为颜色不同，树林的边沿平整。原来风景如画，不完全是上帝造的，优美的环境是辛勤的劳动成就的。我就不懂是这样把草种成同一品种，树也是只有那么几种好。还是像中国这样保留了物种的多样性好，这是植物学家的事情。不过，看来人家这样统一规划很美。

　　再往南，就看见大雪山了，这里应该是阿尔卑斯山，从云中看阿尔卑斯山在闪着白光，雪线清晰可见。电视屏幕上的地名我看不懂，我猜可能到了瑞士和意大利之间，有些山是常年积雪。渐渐地下面也不那么绿了，秃山开始多起来。又过了一会儿，可见海洋了，岛屿边上看得出来有一圈油。这里的山几乎都是秃的。飞机到了希腊上空，可以看见希腊城市的街道成等平行线，看来城市规划得很好，不知道是谁，什么时候设计的。

　　飞机落地了，我和胖老头又坐同一个残疾人的升降车，我问他："哪里来的？"

　　他说："美国。"

　　我告诉他，我从中国北京来。上来一个小伙子，他们竟然可以说通，看来老头是希腊裔的美国人。

　　希腊人看起来，比欧洲其他地方的人，五官向中间集中了一两毫米，头发、眉毛也黑粗很多，人也不太白了。我说的是大概率，不是每人都这样，因为欧洲地理的关系，混血很常见。

　　这里的气温，就像从沈阳飞到了海南岛，一下子阳光灿烂，热了许多，犹如掉到了蒸笼里，这里的人还是夏天的打扮，我早上在班贝格，还冻得发抖呢。

　　希腊国土面积 131990 平方公里，和我国的安徽省差不多，岛

屿有 2500 多座；人口 9903268；98% 是希腊人，其余是马其顿和保加利亚人等每平方公里 85.3 人；宗教以东正教为主；人均 GDP27073 美元。

我回来后，看了一些书，研究欧洲文明史的陈乐民先生说："欧洲文明的源头是希腊，希腊的文明源头是同两河流域的交流。不是说从两河流域的文化发展出了一个希腊文化，而是说希腊文化受到两河文化的影响。因为当时两河流域的文化程度高于希腊，这样在以后才有了希腊文化。"

"'源头的源头'究竟在什么地方呢？这个源头恰恰是现在闹得不可开交的伊拉克及其附近的地方。两河流域就是幼发拉底和底格里斯河，这两条河贯穿伊拉克，再流到叙利亚。"

黑格尔常说只要一提到希腊，就有一种"家园之感"。他一再强调希腊的精神是自由、是雄伟的、美丽的。

希腊的文字也是从两河流域传过来的，就是从腓尼基字母过来的。腓尼基的地理位置大致相当于现在的黎巴嫩，那个地方的字母只有子音字母，被希腊人加上了一些母音，构成了后来的希腊字母，希腊文字实际上也是欧洲文字的祖先。

出了飞机场，上了出租车，司机看着很友好，老是在搭讪说话，可我方位感特好，他至少转了两次 180 度。结果，我到旅馆竟用了 45 欧。

城市很像台湾的城市，没有什么规划，破旧程度也差不多。山像北京的山，有点癞痢头的感觉，树不能把土地全都覆盖。我问司机这里鱼多吗？他说鱼很贵，对他来说，一公斤 14 欧多，是挺贵的。我问他旅游巴士多少钱一张票，他说 20 欧一小时，那也太贵了吧。这里多数房顶上都有太阳能热水器，该不会是中国运来的吧，因为太像了。

我原来定的这家旅馆是 22 日开始住，因为机票便宜，就改在 20 日。我没有通知旅馆，前台告诉我没房。这不是淡季吗？我并没有着急，觉得还有希望，就在沙发上坐等。过了几十分钟，说有房子了，太好了。到了房间，我看见在欧洲所有旅馆没有见过的、类似中国压脚被的、希腊特色菱形块的线毯。我没有洗澡就睡着了。等我醒来，天都要黑了。我已经没有水喝了，就下楼去买，买回来水（欧洲多数都是苏打水，对于胃酸过多的人有治疗作用）。我问前台怎么上网，那人竟然告诉我在一楼有台计算机，给我一个小时。以我的常识这计算机会是希腊文的，我根本看不懂。算了吧，我还想用自己的计算机。

到欧洲自由行的人，如果时间长，就要到一个便宜，天气好的地方休息一段时间，选希腊最合适了。我选的这家旅馆才 28 欧一天，还包早餐。前面都像打仗似的，到了希腊可以好好休息一下。

我想起订这家旅馆，一是便宜，二是它可以看见卫城。我就上到顶层，果然可以看见卫城，我坐在那里，对于卫城的崇拜和向往已久，使我盯着它不动眼珠。现在，卫城离我们这儿，大概有五公里。在一个山上，那山是一个平台，面积 280 米×130 米，不知是人工修的，还是原来就平的。总之它是全城的高处，比所有的地方都高出上百米，是一个天然的大祭台，如果在这里举行什么活动，全城许多地方都可以看见。射灯把山的凸凹都打出来了。那个和上天沟通的地方，就是离天最近的地方，卫城白色建筑在正中间。我仿佛回到了远古，看着卫城，默默地想象着几千年前，希腊人用什么样的智慧在设计、建造它，直至今日它还这样的恢宏，摄人心魄。我想象着希腊美女梳着粗大的辫子，穿着白色简单的衣裙，在祭坛上，跳着

优美的舞蹈……真有点时光错位了。

卫城下面的山坡上灯光闪烁，成扇形展开。超出想象的美和庄严……我架起小三脚架，照了许多张卫城的照片。

我看见其他客人在吃饭，才想起我在飞机上吃了一点儿小点心，已经十个小时没有吃过东西。我就去看看有什么可以吃的。顶台上有个厨房提供晚餐，一看有羊肉串，就要了一份，7.5 欧，加上小费 8 欧多。肉不少，面包也不少，就是只有三片黄瓜和四分之一个西红柿，我吃不了这么多，留到明天就又是一顿。

我回到房间，看了一会儿新闻，这里没有 CCTV4，没有钓鱼岛的消息，只能看当地的新闻。有什么地方在游行和警察有冲突，我也听不懂，就睡了。

9 月 21 日

早上四点多起来，洗澡、刷牙。八点去吃早餐，虽然没有奥地利的早餐丰富，营养是足够的。这里连奥地利旅馆价钱的一半也不到。我昨晚看见楼梯的墙上有路由器，就到前台去问密码，谁知前台通知我要搬家，从 505 搬到 308。只有二十分钟。我忙问这是最后一次吗？她说是的，不然成天让我搬家可受不了。

好吧，我回来收拾东西，就搬吧。到了三楼一个老年游客。看见我不方便，就帮把我的行李全都搬到门前，我用英文说："非常感谢！"我还不会希腊话的感谢，也不知道他是哪国人。

他说："不用客气"真是好老头。也许他看起来老，实际还没我老，也未可知。这间房子虽然楼层低，可是在晒台就可以看见卫城，这也是意外惊喜。

服务员来打扫房间，我那出一条丝巾送她，她很高兴。

在房间折腾一天，洗了衣服，又坐下来写。到了快下午六点，我想起从早上到现在，肚子里的早餐早就消化了。我在晒台看见楼下有个小超市，决定自己去一下。

我若拄拐去，拿东西就费劲了。我决定坐轮椅去。感觉上雅典有点儿乱，设施也较陈旧。到了门外，门外 5 米处就有一个车站，先抄了有几路车，用短信告诉女儿，女儿来了好坐公交车。然后，就观察别人怎么过马路。还是和其他欧洲国家一样，要过人行横道，只是没有按钮。

在小超市的门前，我应该从进口进，可是进口太小，来了一个老板样子的人，过来把我推到出口处进去。我买了两个伊丽莎白香瓜和一些葡萄，又抄了几个数据。在买酸奶时，我犯了难，不认字呀，又看不见里面。希腊字母有的看着像俄文。我万一买成奶油或者羊奶，真的没有把握，那就买一个，买一送一的，错了损失也不大，买了够吃两顿的火腿。想买面包，没有白面包和黑面包，只有甜面包圈和看起来像涂了巧克力的面包，四个一包，就拿了一包。一共 9.35 欧，比在顶楼吃饭便宜，还没有小费。回家先看酸奶，是酸奶，就是无糖的。没有关系，没有糖更好。体验了一次做睁眼瞎的痛苦。那个面包圈太好吃了，里面还有巧克力酱。葡萄也甜，我就把葡萄皮也吃了，不是说皮很有营养吗。主要是在欧洲吃绿色很少，太缺乏维生素了。伊丽莎白香瓜也很好。吃饱了，喝足了，再写。

我先看一下信箱，德国的谢太太来 E-mail 说："什么都好，就是三百美金不好。"我并没有多给她，她把班贝格所有的面都展示给我，还带我去了农村，是我很难得见到的。

　　我写到了十一点才睡，因为不太习惯楼下就是马路，吵得不得了，折腾了好久才睡着。

9 月 22 日

　　早上起来去吃饭，已经没有空桌，就和一家人用一个桌子。雅典这家旅馆的早餐，有咖啡，有热牛奶，有凉果汁，还有就是火腿和起司，面包有黑、白两种，我永远挑黑面包的。四种果酱一种黄油，有麦片，煮鸡蛋和炒鸡蛋，还有一种看来是蛋青打的东西，我没吃过，看着就不好吃。最后就是桃罐头和蜂蜜。你想看见一点儿绿，都没有可能。

　　在等电梯时，一对老夫妇在前，这个电梯很小，门上写着只能上三人的，我猜想有一百年了。没想到电梯来了，老头对我把头一摆，意思说一起上吧，他是背对着我的，怎么看见我的。门打开里面还有人，他俩就不坐电梯自己上楼了。把电梯让给了我。

　　写了一天，有点累，怕女儿觉得这里不好要换旅馆，就又上顶层再看看卫城。卫城在两千五百年前建造，没有任何现代设备的帮助，在那么高的地方，建造起来，就今天看也很了不起。计算之准确真令人叹服。那种庄重，符合黄金分割，都让人不可思议。难道我们几千年没有多少进步？我要了一杯咖啡，2.5 欧，加小费 3 欧。我还在赶写在俄罗斯的日记，一天也没出门，吃了一个买来面包圈，葡萄也吃光了，下午睡了一会儿。

　　女儿说晚上九点会到。已经过了约定时间，我打了个电话，她已经在地铁里了。过一会儿她到了，说累死了，如果她直飞，就四百多欧，从巴黎转机三百七十八美金。我很高兴，她会节约了，可又心疼她这么折腾。

她还没有吃晚饭，我也没吃，正好可以向她展示一下雅典的骄傲——卫城。就带她上顶楼，她果然有点儿吃惊，啪啦啪啦照了好多张，接着就去问有什么好吃的，有牛羊肉串，和一种蔬菜饼。两人 20 欧。她觉得味道还不错。

回来后，她就睡了。

9 月 23 日

我早上吃了早点，女儿还不想起。我就又在写，不知道为什么网又上不去了。十点多吴先生来电话了。他已经在楼下，我就急急忙忙下楼。一看是这么年轻的人，不过四十多岁，我边等女儿，一边和他聊了起来。

吴先生也是青田人，是 2001 年才来的。他那时已经在家乡做得很不错了，有时一天就有一万元的收入。他到希腊就是来玩，正好碰上希腊大赦。在希腊的外国人只要去银行缴 300 块钱的税，就给你身份。吴先生也意外获得身份。1998 年到 2008 年是中国人在希腊发展的黄金期。他当时看见已经在这里的人，做批发生意，看你顺眼才给你货，不顺眼就不给你。这里生意这么好做吗？他就在这里租商铺，当年他就把太太接来了，开始了在希腊创业的生涯。他们做进出口服装，他涉及的领域很广，办报纸、开饭店。但是，这几年，希腊经济危机使他受到很大影响。希腊人的信奉是"工作并享受生活"，在这里的中国人是没有休息日的早出晚归，欧洲人

轮椅走天下

都说中国人是赚钱机器。

吴先生说："2008 年我进的集装箱是 98 个；2010 年就成了 40 几个；2011 年是 27 个；2012 年到现在才 7 个。而且，欧元贬值，两头都亏。我这个楼原来是希腊的国家统计部的，我买下来。楼上做库房，楼下做商铺，现在有三分之一的人退租了。希腊有一万多中国人要么去其他国家，要么就回国了。"

我问他吉卜赛人的事，他说："这里也有，世界上有规定，不能赶他们走。这里有几个家族，每个家族都有几千人。可是这些人是以偷盗为他们的光荣传统，偷东西是整个集装箱的偷。我就有一次两个集装箱的羊毛衫，40 万元的东西，被他们一晚上偷光。后来我看见他们在卖我的羊毛衫，就去警察局说，都没有用。你们住的那儿到我们这里，再往东，就是最老的城区，原来治安不好，今年八月'宙斯行动'后，好了很多。"

吴先生说着也很无奈，华侨在国外太难了。

"不过，我们希腊华侨在欧洲，是为国家做事情最多的。奥运会的圣火必须要在雅典点燃吧，希腊警方出动了很大的警力。但是，我们还是接到要有两千人来破坏点火仪式的消息。我们多少次的开会，制定一个一个的方案，最后都被推翻，中国大使馆也来人和我们一起商量。最后的方案是，我们提前三天，由领事带着五十多个身强力壮的练过功夫的小伙子，进驻雅典圣火点的地方，当天出动十部大轿子车，把五百多人拉到会场。但是，刘琪讲话的时候，还是有人闹事，很快警方就把人带走了。圣火传递前三棒也有人在捣乱。我那棒在警察局前，所以没事。"

我们在国内根本不知道，华侨在国外，为了保护祖国的荣誉，要做这么多努力。吴先生现在说得轻松，我听着都紧张。

他又接着说："在利比亚开战的时候，有一万在利比亚的中国公民要撤出，从希腊走的就有四千多。那时是冬天，有些旅馆都关了，我们找到旅馆的主人，把整个旅馆包下来，保证了这些人的吃住，没有出一点儿问题。这不是我们国力的表现吗？"

　　"后来，国家表彰我们，请我们回国，问我们有什么要求，我们想了想，国家主席、总理太忙。我们还是解决一下华侨在国外的问题吧。福建福青县的人，古时候做海盗的就多，他们是带着作案工具来国外的，到了欧洲杀人、绑架，然后带着钱就回家了。我们就向公安部反映，公安部很重视，派人来处理。"吴先生说。

　　我接着说，我知道的情况："公安部来人三天，就解决了，先把福清同乡会的会长抓起来，说你就是后台，拿你是问，吓得福清会的会长，把实情都说了。"

　　我们都乐了，还是警方有办法。

　　吴先生又说："前些天钓鱼岛的事一出来，我们就又组织一百多人去日本驻雅典大使馆门前示威，打着五星红旗，让日本人滚出钓鱼岛海域。"吴先生拿出他们出的报纸，头版头条就是雅典华侨在日本使馆门前示威，吴先生在最前面。

　　我深知，华侨出了国，爱国热情数倍增加。祖国是他们的母亲，是不许任何人有一点儿欺负和侮辱的。我在国外时，哪怕你是再好的朋友，你敢说中国不好，我马上就和你翻脸。

　　我又问吴先生："希腊危机是怎么引起的？"

　　"希腊人被土耳其人统治了四百年。四百年间，土耳其人不许在公开场合说希腊语。可是希腊人在每个礼拜天的教会活动里，由教士教孩子们学习希腊语言文字，希腊语言文字才得以保存。"多顽强的民族呀！

　　"但是，他们为了少给土耳其人缴税，逃税成了他们的光荣传统。我们在中国，你的店面一年多少钱的税收是固定的，国家总有收入，你挣多，是你本事，你赔钱，是你不会经营，你就关门，换别人。希腊不是，靠你自己报，国家就有很多钱收不上来。希腊也没有什么有钱人。"

　　"希腊不是有个船王，和肯尼迪的遗孀结婚，把他前女朋友大歌唱家卡拉斯给气出了癌症，最后死了。"我说。

　　吴先生说："这些有钱人都在国外注册，可以逃税。"

　　"那不会少收点儿，也比把钱让人家赚强。"我说。

　　吴先生说："这就是希腊政府的事了。希腊是总理管事，总统没事，是摆设。"

　　我在意大利的同学和我说："希腊头脑发热规定 52 岁退休，国库严重流失。德国就不一样，让全国人民讨论是先享受，还是理智对待，结果德国人谨慎选择还是六十多岁退休，国力没有减弱。"

　　这时，女儿下来了。吴先生拉我们去中国城吃饭。这餐馆太像中国县城的那些餐馆了。我们落座了，周围都是中国人，都在说中国话，太舒服了。

　　菜更好，有炖羊肉、辣凤爪，炒得一种像萝卜又不是萝卜的东西，有点像茭白，很好吃。炖牛肉和小黄鱼，很新鲜，还有温州鱼丸汤，在外国吃中餐真是享受。

　　吴先生又说："南欧有许多非洲来的人，我们叫他们半黑，不是特别黑，例如摩洛哥的那些人。非洲一有战争，难民就涌向欧洲，滞留欧洲是他们的愿望。希腊的治安就差了，抢东西、绑架都有。我们和使馆沟通，和希腊公民保护部交流，公民保护部高于警察，负责把治安搞好。希腊政府在今年八月底刚搞了一次'宙斯行动'，抓了一万六千多人，社会治安一下子就好了。雅典说有三百多万人，实际上有五百多万人。整个希腊一千两百万，雅典快占了一半。"

我说："雅典都是几层小楼，怎么没有高楼？"

"雅典是一个地震多发的地方，所以他们早就知道不能盖高楼。"

"你碰上过地震吗？"我问。

他说："有过几次，都是小地震。你们看雅典这么旧，那是因为即使房子坏了，要想拆，批准是很难的，塌了都不批，希腊非常注重保护古建筑。希腊不是农业国，但是希腊的地特别好，中国所有的水果在这里都有，就是没有温州的杨梅。而且，地很肥，种的东西收了，不用翻地，就可以再种。一周不下雨，地里也不干。"

"希腊对自己的文明很骄傲，他们说：'不自由，毋宁死。'他们发展旅游，游客特多。出租车司机都觉得自己的国家值得骄傲，不会乱宰人。希腊四季分明，就是夏季长，四月到九月都是夏天，冬天也下雪。现在经济不好，中国买了希腊最大港口几十年的使用权，也算是打开了欧洲的大门。"吴先生介绍说。

"我在商店看这里的水果比德国还贵，这里不是物产丰富吗？"我不明白了。

吴先生说："我们这里买车子缴税比周围国家多百分之十几。意大利的咖啡卡普基诺 1 欧。我们这里就 3 欧。但是，租房子便宜。希腊 2500 多个岛，674 个有人。我一会儿送你们到卫城。"

吴先生说："你们晚上不要出来，上次有个浙江的团来了六个人，晚上三人出去，一个男的，两个女的，被二十多人劫了，什么都没有了，护照也给拿走了，找到我，我只能带他们去使馆作一个临时的护照。他们也没有兴趣玩了，败兴而归，所以要特别小心。"

女儿想明天去游岛，就问了吴先生一些游岛的事。吴先生说：

"你们明天叫个出租车去码头，那里随时都有船去各个岛。在码头买票就行了。"

吴先生下午还要接待一个浙江省的团，就开车把我们送到卫城下面。他临走时和我说："在希腊有什么事，随时可以给我打电话。"

见过吴先生，我感到，从中国到欧洲成功的人，都很聪明，而且眼光独到，行动迅速，所以才成功了。他是我见过没有在欧洲吃多少苦，但是受欧元危机的影响比较大的一个。

吴先生开车送我们到卫城下面，他说："拍卫城最好的角度一个在这个餐厅；一个在那个山上。江泽民在这个餐厅吃过饭。"他还有事，就开车走了。

卫城山上到处是低矮的橄榄树，这种树叶子细长，样子并不特别，也不能遮阳。但是，它是养育欧洲人民最基本的物质。

我们自己游，先找了一个出租车上山，出租车司机说："20欧。"我们同意了，开了还没两分钟呢，就到了，因为卫城在大修，我们到不了神庙的根前看。原来维修时，用的铁钉生锈后，发生膨胀破坏了建筑，这次要全部换成钛合金的。地中海周围的国家都产大理石，这里的居民楼的楼梯用大理石很普遍。神庙当然要用好的大理石了。帕特侬神庙每年从欧盟拿到500万欧，用于重修。其实，这钱还差很多，工程技术人员都拿工人的工资。多有奉献精神呀。

司机又把车开走，我们也不知道上哪儿。他开到另一个山上，让我们从这里拍卫城。哦，原来，他把这叫上山。这里就是吴先生说的拍卫城最好的地方了。我们在这里拍了几张照片后，女儿异想天开地走上了悬崖边的矮墙，我看得心惊肉跳，也不敢出声，怕女儿吓着掉下去。还好有惊无险，女儿安然无恙地走回来，我们又上车。司机再开回去，我们要坐观光旅游车，旅游车还在卫城的山上，司机又多要 5 欧。

　　雅典的观光车，一天一人 18 欧。两天一人 22 欧。有两条线，在卫城山上换车。车上有中文解说，原来雅典不像我前几天看见的，也有些很像样的房子。总之，雅典人穿的没有我见过的其他欧洲国家的好，城市也没有其他城市辉煌，但是它最有历史。不要看希腊的照片，以为希腊的房子都是白色的，不是的，是奶白的、粉白的、黄白的，如果是纯白的会刺痛眼睛的。施工队在一个公共汽车站旁挖掘出一处古迹，就用棚子遮住，成了一个露天的展馆。

　　卫城修建于公元前 432 年至 447 年，距今两千五百年了，可还是那样的摄人魂魄。伊拉克里翁神庙的六个少女石柱，是建筑师想出来的绝妙办法。因为神庙都是大理石构件的很重，要是做成很粗的石柱会很蠢。于是建筑师，设计成六名少女在顶着食物篮在跳舞的样子。宽松的衣服使得截面积变粗；一前一后舞蹈动作的脚也让截面积变大；最绝的是粗大发辫是健美女性特征，也增加了头部的截面积。使得整个神庙不仅好看，还结实。

有这样一个传说，说宙斯要任命一个保护雅典的神，海神波塞东拿出的是战马；智慧女神雅典娜拿出的是一棵橄榄树，结果宙斯任命雅典娜来保护雅典。宙斯当然不愿意雅典征战不断，而希望雅典充满智慧欣欣向荣了。

在市政府大楼前，正好赶上换岗。三个希腊士兵穿着白色宽袖的裙装，头戴红帽子，脚上是红色带一个黑毛球的鞋。走路也像表演，颇有中东军人的样子。

我在游览车上，看见街上有些卖圆圈面包的车，我在介绍中东的节目上常常可以看见，是他们日常吃的，人们一买都买五六个。等车到了一个站，通常要十几二十分钟再走，司机会告诉乘客，我让女儿去买点儿面包尝尝。女儿说："不干净怎么办？"

我说："不会的，那么多人都在买呢。"她很勉强的买了两个不同的，那车上有五六种呢。我一尝，比想象的好吃多了，是一种很筋斗的面包圈，还有芝麻撒在上面。这种面包在摩洛哥叫"库波斯"，

希腊语叫"古娄里"。我又让女儿买点小吃，我女儿买的一种小包的南瓜子，也比北京的好吃。所以到哪里都要吃点儿当地的东西。这些都是参加旅游团无法享受的乐趣。

在奥林匹克公园附近，有许多的人，有些全副武装的警察在外面，好像里面有群众聚会。

游览车上的中文介绍，公元前114年，为祭祀一位王子，也是

雅典的恩人，修建了巴特农神庙。1686年土耳其人用巴特农神庙做手榴弹库，被炮火击中后，结果手榴弹爆炸，巴特农神庙受到很大的破坏。5世纪中叶，改为基督教教堂；15世纪又改为清真教堂；1801年至1803年英国人奥尔根把帕特侬神庙的石雕贩卖给了大英博物馆，至今没有要回来。

民主和戏剧诞生在雅典，个体是独立的人格这些精神诞生在雅典。

我们两条旅游线都逛过了。天也黑了，回旅馆吧。

街上有些人长的和希腊的雕塑一样，直直的鼻子，浓浓的眉毛，大卷的头发。欧洲人和中国人最大的不同，我觉得除了那些人人都知道的高鼻、深眼，就是他们的眉毛离眼睛近，亚洲人就远多了。这里可能因为地中海饮食习惯，没有看见大胖子。

9月24日

起来先上网，看信件。再写一会儿，洗个澡，就去吃饭。在餐厅我吃完，要把轮椅带下楼，可是电梯老不停。我正在着急，一个老头过来，问我："会英文吗？"

我说："会。"他背对着我在吃饭，他怎么看见的，我很奇怪。

他说："你看着我的饭，我到楼下说一声。"

"呕"他为了帮我去楼下找前台，又怕服务员把他的饭收了。

前台工作人员跑了上来，叫服务员去顶楼把电梯开下来。餐厅服务员跑步上楼，累得下楼时气喘吁吁，她平时就老和我挤眼睛。我只能说："so sorry。"世上就是好人多，这就是我敢于出来的基点，不然，真不敢来欧洲。

女儿也起来了，我们叫了车去码头。希腊总是阳光普照，蓝天白云的，但是和北京的蓝天白云不一样，北京所有的颜色都加了灰色。而欧洲的还是北京五六十年代的颜色。我来这么多天，成天暴晒，就没有下过雨，真像海南岛。

女儿刚下车，就被两个人拉着，去自己的旅行社买票。女儿扭不过一个很有海盗样汉子的攻势，跟他进了一个屋里，一会儿又出来了。我问她："怎么回事？"那个海盗样的人显然一副沮丧的样子。出租司机笑着和我说："他抢了半天，也没用。"

女儿说："那都是去远处的，要住几天，我哪有那么多时间。"

女儿又进了一家，出来手里拿着两张票。问好了在几号码头，司机把我们送到码头上。我们就过去等，卖票的说要等半小时。这里没什么人，想找一个同路都没有。

码头的远处几艘白色大船停在那里，我想可能是去远处岛屿的，也有运货的船。欧洲多数船是白色的。我们在码头上等船，一些像吉卜赛的小贩，来卖东西，一看就是义乌货，他要卖我表，我给他看我的手腕上有，他又要卖我太阳能手电，我拿出来我的和他的一模一样，只是颜色不一样。他们无奈，只好走了。在欧洲对这些吉卜赛人要小心点，他们以偷盗为传统，不要让他们近

身。码头上播放的音乐和中东音乐较为接近，在雅典的公共场合都放着这种很有中东味的希腊音乐。地上都是鸽子，我真想手里有点儿面包就好了。

都过了一个小时，船也没来。我去旁边的船上问，他们也说等着吧，就是这儿。

又过了好一阵子，我们等到的是一条瘦长的全包的船。我猜是类似班车的船，每天这些岛都有几班船。同船的有一名东正教的教士，戴着高高的黑帽子，全身黑袍子，一个大十字架挂在胸前。船开了大约半小时，先到了一个小岛，我要下船，一个看来有钱的老妇人（我发现南欧有钱女人爱穿一身白）和我说："别急，让他们先下。"等到剩三四个人了，我才下。用不着排队，不挤。下了船，老妇人有车来接她。看来老妇人是这班船的常客。

在欧洲，我发现有钱的、受教育高的爱帮助人，而且还很爱笑。所以，情商高的人才可能比别人机会多，当然也和他们压力小有关。我从没看见一个乞讨的人和谁笑，他们愁还愁不过来呢，当然，

也没有余力帮助别人。

　　小岛的海边都是私人的白帆船，资本主义国家和转型期的社会主义国家最大的区别就是，资本主义国家的河边、海边、湖边都是私人游船。而社会主义国家就没有。显然，资本主义国家比这些社会主义国家的人积累了更多的财富。

　　突然，我又发现我的轮椅有个小轮没气了，我就不走了，去找地方打气。因为这个意外，我看见了别有洞天的小岛风情。靠近码头的房子是商铺，越往里地势越高，小路很窄，怎么开汽车呀，汽车在离着两边的房子不到一尺的路上开。海边的房子，从第二排开始就是住家和很有情调的酒吧和咖啡吧，幽静、阴凉，有种马上让你安静下来的感觉。雅典在太阳地里是暴晒，只要有阴凉就很凉快。我在这里看见一个小卖部，有水果和蔬菜。我看了一下价钱和雅典差不多，就买了四个油桃、两个橙子、两个柠檬。

小巷里老有东正教的教士在走。他们看起来和欧洲其他地方的神父和牧师很不同，都是大胡子。黑长袍黑帽子，脖子上挂一个大十字架。俄罗斯的神父和这里的完全一样。

　　我找到一家修摩托车的，师傅说："轮椅前轮内胎破了。"这个岛只待一个小时，没办法了。我只好回到和女儿约好的地方等她。在这个岛边，我看见一些卖干果的，还有卖小点心的。我买了半公斤开心果，红色的，壳比在中国和美国买的都薄，很新鲜，好吃。15欧一公斤，我先给他们7欧，又再找半欧的硬币，她们说不要了。这里人怎么这样做生意？比80年代的山东人还大方。

　　到了约定时间，看到女儿，我们一起去等船，我在座位边的海水里看见许多小鱼在游，水很清澈。一个希腊女人过来问我们，是不是上这船。女儿告诉她是。她会英文，告诉我们下一个岛的名字是鱼钩岛，说着还用手做成鱼钩状，在自己脖子上用力一钩，南欧人就是热情。

　　在鱼钩岛，海岛巴士已经在等着了，我们上车，有几个中国人看来要自己走。车开了有二十多分钟，路过一些空无一人的房子和餐馆，才到了岛的另一头。我们问好有几班车，和能赶上我们回程的班船的起航时间。还有三四个小时。

　　在这个鱼钩岛，我们享受了真正的清凉，在树下凉风习习，一点儿不热。虽然，太阳很毒，天空晴朗。已经过了暑假最热的季节，很多餐馆都关了。看来度假的旅馆也没什么人。我们找到一个还在开的餐厅，这里只有一个服务员，一个厨师。就要了一份蔬菜色拉、一份鱼、一份虾。虽然人少，东西还很新鲜，真好吃，还不贵，二十多欧元。

　　在芭蕉叶编的遮阳伞下，白色的沙滩上，有几个白人在晒太阳，海水蓝得像假的。我让女儿下水，她虽然有游泳衣，可她有点儿洁癖，怕水脏，思想斗争半天，也没有下水。

　　今天是周一，所以没什么人。一个小教堂蓝白两色。我还没有进过东正教堂，但是在雅典的东正教堂外，我从门缝看过，有很大的画和天主教堂和基督教堂都不一样。

沙滩上，一共有十二三个人。在室外餐厅吃饭的就七个人。我想这里的旅馆不会太贵，有几个说的来的朋友，在这里住几天，还是很享受的。但是如果只有一两个人，就有点儿可怕了。

这时，海水里一个人也没有，好像时空都凝固了，表也不走了。阳光很毒，微风拂面，一派宁静，如同走到了天边，脱离了尘世，净化了身体，就像是没有了世俗，没有了躯体一样，人融化在了海天里。还有这种地方？我从世界上人口最稠密的地方来这里，觉得有点儿成仙的感觉。

在芭蕉叶做成的大伞下，有个穿比基尼的女人，躺着晒太阳。我从没有见过黄种人和黑种人，穿这样少晒太阳。使我想起一个笑话，说上帝在用泥巴造人的时候，把做好的人放在炉里烧，第一次，烧的太欠火，是白种人；又烧了一炉，太过火，是黑种人；第三炉，才烧出合适的，是黄种人。所以，黑人和黄人，不用晒太阳。只有欠火的白人才需要经常晒太阳。

晚上，回到旅馆，已经累得不能动了。女儿出去买了水和三明治，还有水果。

9月25日

早上，好不容易上了网，本想改航班到德累斯顿，到老同学家住一晚，打国航的电话没有人接。只好29日到海德堡去见大学同班同学了，他陪我三十日在海德堡玩一天，也已经帮我订了旅馆和去奥斯陆的卧铺票。

女儿还想去看看古希腊阿果拉遗址，我很高兴她对这些感兴趣。那古时的柱子做的精确程度完全不输现代。我们到底进步没有？我实在怀疑。这里是希腊政治、经济中心，同时还是民主的摇篮，世界上第一次地民主选举也在这古迹里举行的，到了这里有一种神圣的感觉。

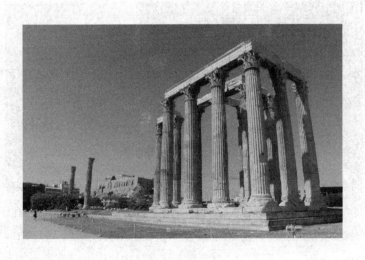

坐出租车回来，出租车司机觉得我女儿很漂亮，就说他儿子有多好、有多帅，学经济的，还给我看他手机上他和他老婆的照片，我们恭维他说："漂亮。"他来劲儿了，说："我儿子比我还好。"我和女儿都笑得都不行了。这里人真率真、直接。和中国人太不同了。

我们在街角的露天小店吃饭，这里是警察最爱来的地方，我好几次在晒台看见警察坐在这里吃饭。我到旁边的小店去买东西，我前面的一个女人拉着车，不好进。她把堵在一边的车拉开，我也从那进去了，买了梨和生菜。买好东西，我们就坐露天在街角的桌子上吃饭，又是生菜和面包、橙汁。在商店碰上的女人买完东西也出来了，用希腊语告诉我，蜂蜜再减价，动员我去买，我早餐的蜂蜜从来不碰，怎么可能买，看她这样好心，真不想薄她的好意。就说太大了，她还在劝我说很值得。希腊人太热心了。难道她看不出我们是外国人，是游客吗？

下午三点，女儿去了机场，又剩我一人了。

女儿走后，我一分钟也没睡，都在写。到了晚上十一点，该睡了。

9 月 26 日

我早上起来，有点小雨。赶快看信，因为昨天的电视里有钓鱼岛的新闻，听不懂，只看见高压水龙在往小船上喷水。我看过中日双方舰船比较，日本船比我们的吨位大。所以，就是日本方面在喷中国船了。画面上有五艘船，一条大的四条小点的。急死我了，赶快用 E-mail 告诉国内的朋友，及时把钓鱼岛的事情告诉我。

国内的朋友马上就回信了。原来，台湾鱼船抵达钓鱼岛两海里

处被日本船阻挠，台湾渔民认为已经完成使命，回到宜兰（我父亲的老家），他们在宜兰受到热烈欢迎，还好没大事。

德国谢太太来的 E-mail 说希腊在罢工。我没有感觉呀，我已经在很市中心的地方了，而且我们昨天出去了，什么也没有看见。

我下楼吃早饭。又到大厅去看吴先生给我的《中希时报》。上面还真有不少消息呢。

在 9 月 17 日到 9 月 23 日的报纸第三版，有华人在日本驻希腊大使馆前示威的活动报道。"为了保护中国领土的完整，为了中华民族的尊严，希腊华侨华人于当地时间 9 月 13 日下午 3 点，在日本驻希腊大使馆门前举行了抗议活动，向日本政府非法侵占我国钓鱼岛的卑劣行径表达了强烈的抗议……示威群众高呼口号，唱国歌，还焚烧了日本国旗。"这就是吴先生说的，他们组织的行动。

《中希时报》还报道，"希腊央行行长乔治帕拉沃帕罗斯已经决定将自己的薪酬降低三分之一，以帮助希腊央行消减成本，恢复希腊经济的竞争力。"

"希腊法官周一（九月十七日）举行了罢工活动，带动了国内从医生到税务人员的一系列各个领域的罢工活动，反对薪资消减和劳工改革。法官们或将在本周内持续罢工，这将令成千上万起案件搁置。"

"《希腊近四分之一的人口失业》15 岁到 24 岁群体失业率最高，为 55%。希腊统计局 6 日发布数据，显示希腊 6 月失业率达 24.4%，意味着近四分之一的人口没有工作。比前一个月又上升 0.9%。"

"警察都上街了，抗议减少工资。"

"《希腊缺钱皇家墓地都开卖》《希腊数百岛民装瞎申请补助》

《希腊政府宣布全面低价甩卖国有资产》……"

报上最让人难受的是，"西班牙华人在巴塞罗那市郊开的酒馆，有吉卜赛人闹事，四个吉卜赛人喝了三十多瓶啤酒，一瓶威士忌，老板娘劝他们别喝了。他们与老板娘扭打起来，老板娘的丈夫为救妻，误杀吉卜赛人。这对夫妇都说是自己杀的，两人都入狱。

被杀的人是吉卜赛名门望族的后代，32岁，家中四个孩子，这个家族在巴塞罗那居住50年以上，他祖上还是族长，他的叔叔阿姨曾经是吉卜赛著名的歌唱家。被杀者本人也不寻常，1980年出生，1998-1999年是西班牙人足球队青年队的足球球员。据说他还是族群首领的接班人。

中国这对夫妇也才三十多岁，都是青田人，有一个孩子在青田老家。"

吉卜赛在西班牙流荡了两千多年，但是流淌在他们血液里的性格没有变，热情奔放，酗酒狂欢，还有就是"偷鸡摸狗"之类的事时常发生。西班牙人眼里，中国人忍耐力极强，如果不是真的忍无可忍，他们绝不会反抗。电视台采访当地群众，群众面对镜头都说："是他们骂中国人。""是他们找中国人的麻烦。""我看到他们几个人冲进酒吧。"网民都同情这对夫妇。可惜民意不是法律。

德国谢太太又来 E-mail 说希腊罢工的事，我到晒台去看了看，才发现街上车少了很多，还有少量的公交车和出租车，看来没有全面罢工。我们旅馆还有早餐，也有人打扫房间。

我走的那天，可别全面罢工，飞机不飞就惨了。

吃了些梨之后，我用我带的"热得快"，把生菜和火腿煮了一饭盒汤，就着面包，觉得比洋餐好多了，主要让自己吃够了蔬菜，而且还是热的。

9 月 27 日

昨天，我给吴先生发短信，说修轮椅的事，他可能忙，还没有回。我想既然该写的都已经写完了，今天给自己两个任务，第一修轮椅，第二看博物馆。我怎么完成这两项任务呢？我想先去问问当地人。吃过早饭，我就推着轮椅到了楼下带喷水池的街心花园。看见两个老太太坐那里，我就去问，哪里有补轮胎的。她说："你去那边两条街再往右拐。"

我想想还是去找中国同胞吧，就叫了出租车去了中国城。我下了车，就到处找中国脸，看见一个瘦瘦的中国男人，就大叫："老乡。"那人看着我，我就推着轮椅到了他们的店前。我和他说："我的轮椅坏了，你知道哪里修吗？"

他说："往那头走，过两条街，希腊没有补胎的，只有换新的。"

"能有我这个型号吗？"我问。

他又看了看说："差不多。"

"这个店是你的，还是你给人打工呢？"我指着"金燕时装贸易公司"的牌子问。

"我才来两年，我是给人打工的。"他说着，就回店里做事去了。

"你是东北人呐。"我听出来了。

他又出来时，我问他："你姓什么？"

"姓张。我是辽宁人。原来在铝业公司工作，不想干了，就上这儿了，老婆还在大连呢，在苏宁上班。"

这时，出来一个年轻面善的胖胖的中年妇女，我和她说，我的轮椅坏了，也不知道哪里可以修。

她看看也不知道，她看来从不骑自行车。我们就开始聊，她老公 2000 年来希腊，她是 2001 年来的，是温州人。姐姐先来，她后来，给姐姐打工六年，2010 年开起这批发店。生意一般。正说着，她突然盯着对面的街角，和小张说："那个拿着对讲机的是便衣。"我也看见了。

我看见远处，有个很像吴先生的人。她说是她老公，走近了，我才看出来不一样。她和她老公说我的轮椅的事，她老公说，应该到医药公司去，那里有轮椅。她就让她老公去给我跑一趟。我到她店里看看有没有我可以穿的松紧带的裤子，竟然有，我就买了一条。她要我 5 欧，我一看牌子 8 欧。她说，那是给外国人的价。还这样内外分明呢？我问"'金燕'是你的名字吗？"

"不是，我姓燕，我老公姓金。"她说。

我说："原来是组合的。"

这时，来了一个人，很像印度人，拿着三个白色泡沫箱，他一个一个的打开，我看见虾、小鱼和螃蟹。女儿抱怨到海边没有吃到螃蟹。我问："螃蟹多少钱一公斤？""4 欧，买吧。"我买了七只，想让这几个新认识的朋友都一起吃。这是一个穿黑色无袖裙子的漂亮女人帮我挑的。

燕姐说："这是我房东，人很好。"

我冲动完了，才想起来，怎么做呀？

黑裙女士说："我问问我家保姆。"她打手机，她家保姆说，楼上煤气还有。她就帮我拿到楼上去蒸了。我继续和燕姐聊,她说："我原来在温州也是做生意。"

我问她："现在生意怎么样？"

"不好做，现在经济危机嘛。我们又不偷懒，勤勤恳恳地做。"

我看见街上边的橘树结着好多绿橘子，就问："那橘子能吃吗？"

"他们希腊人都不吃，说这是净化空气的，掉了就让它掉。"燕姐说。她老公推着我的轮椅回来了，说打气了。我摸摸，现在没事，心想别一会儿又瘪了。燕姐指着旁边："你去她家看看，她家都是法国货和意大利的服装。"

"你们在这里都习惯了？"我问。

燕姐笑着："这里空气好，天气好，好睡。人也有礼貌。"

我到欧洲，除了和谢太太去过一次中等超市，就是自己前两天去过一个特小的超市，还没有逛过什么服装店。她家的大铁门，就像北京的垃圾站的门，我根本就没有想到里面买衣服，还是法国、意大利的货。过去一看"瑞征时装贸易公司"我发现她这里有许多轻薄的全棉衣服，就买了十几件，后来想想再多买点儿，就十九件了，她也给我批发价。要在外面每件都是两倍的价钱。

这时，来了一个白人。突然，黑裙女士说话声音都高了。她在

说希腊话，我听不懂。后来一问才知道，是一个中国人和希腊的会计师，合伙宰他们，一次就要吃掉他们一千多欧。幸亏她精明，对方没有宰成，现在又要给她加会计师的钱。她说，现在生意这么不好，为什么加钱。对方一看宰不成她，才松口了。如果没有这么精明的老板娘，就要挨宰了，中国人在外国还杀熟。她老公老老实实地帮忙，不太说话，我知道很多男人都不如女人的语言能力好。可以说他们家是女主外，男主内，女主人每周都要去法国或者意大利进货，男主人看家。他们还请了一个福建籍保姆，接送孩子做饭。

我看见她这里有计算机，我在旅馆上网很难上，老是掉下来。我就在她的计算机上发了几封信。

螃蟹好了，她催我吃，我说一起吃，他们说："我们老能吃，你吃吧。"我也不客气，就一个人吃起来，也不管什么胆固醇了。这螃蟹很满，肉有点儿甜，没有在中国的那些螃蟹的怪味。比美国的蓝腿螃蟹还好吃。和我五五年在北戴河吃的螃蟹味道有些像。

她家孟加拉籍的工人薛力夫要去帮我寄衣服，太麻烦他了。他说下午两点邮局要下班了，就把衣服结结实实捆了个棒球卷。（这些衣服都因为我和薛力夫的失误，没有寄到北京，希腊邮局也不给了。）

等他回来，我说剩钱给他做小费，他不要。我要走了，问了才知道老板姓董，老板娘姓林。我说："有朋友来雅典，我介绍他们找你们，吃螃蟹。"

小林说："好，没问题。"（今年，我真有几个朋友去希腊，我让他们去找小林，小林请他们吃饭，还给我带面霜和衣服，真是太客气了。）

他们每天九点开门，晚上九点关门，真辛苦。我问他们博物馆在哪里，两家都说没有去过。

我要去博物馆了，一看轮椅的轮子又瘪了，就按辽宁人小张说的，去上面两条街找换轮子的，还真让我找到了。那家老板，问换哪种，我说就这个吧，28 欧一个，实心的。我想干脆两个都换，别过两天那个又坏了。老板说那个还好着呢，不管，都换 56 欧。

老板帮我打车，我就去博物馆。到了，轮椅放了下来，怎么走得这么累呀，仔细一看，有个轮子根本就不动，蹭着车轮架的边。我又打车回去，老板一看，二话不说，又开始弄，最后换了两个小一号的，我真成了修轮椅的专业户了。老板说："你到了博物馆了？"

"是呀，一用，不能走了。"

他说："Sorry！"

他又帮我叫一个车，我再去博物馆。雅典打车 1.19 欧起价，差不多就是 10 元人民币，车多，司机不会英文的少。

这个博物馆叫"希腊国家考古博物馆"。这里有轮椅上去的地方，一路上坡儿。我上去，担心没有人开门，我不是白上来了。小窗户上，有人在向外看，我知道没有问题了。那人打开门，我问："我要买票吗？"

"不用，就剩二十多分钟了。"他向我挤挤眼，他是在放水，觉得我就看那么一会儿，还买什么票呀？

我快速地看着，怎么回事，这里也有这么多的埃及东西，埃及有多少东西呀，难到欧洲各国都有吗？真是埃及的悲哀。

我看见了很像在卢浮宫见过的埃及的陶罐，难怪陈乐民先生的书里说，希腊文明来源于两河文明。原来是物质文明和精神文明两种文明。其实，到各国最应该看的是博物馆，本国东西多和精美，就说明这个国家的文明史显赫。希腊当然是有显赫的文明的国家了。

希腊的雕塑之精美，让人叹服。这里有好多大大小小、男男女女的维纳斯，希腊的历史真辉煌。还有一些，很像我们三星堆的金面具，金器也很多。还有就是瘦长的陶罐，许多是尖底。

我因为没有时间好好看标签，就把标签拍下来，回来一看，有些标着公元前 230 年。那就距现在有两千多年了。

在工作人员的一再催促下，我才离开了博物馆。在博物馆里我只待了半个多小时，已经对希腊有了一个初步的了解。博物馆的院子里都放着大型的文物，显然，文物太多了，屋里已经放不下，大的建筑构件、石柱、石墩、石座等，不是太精美的，都放在了院子了。

我已经口干舌燥，在烈日炎炎下修车，来回的折腾。我看见博物馆侧门对面的小吃店里有榨汁机。就在小吃店要了一个鲜榨橙汁，1.7 欧，是五个橙子的汁，VC 应该很够了。

在希腊就剩明天一天了。我还要去燕姐他们那儿，把他们的故事完善一下。

吴先生来短信问我："要去修轮椅吗？"我用短信告诉他已经修好了。吴先生真是一个好人。

晚上，在网上看见一条消息，吃完海鲜再吃柠檬，等于自杀。我就是吃了螃蟹又喝了橙汁呀，哪样也不少，不会明天早上起不来了吧，还好我买了保险。

9 月 28 日

我一早醒来，唉，怎么我吃了五个螃蟹又喝了五个橙子的汁，什么事也没有，头不昏，肚子不疼。于是去餐厅吃早饭，往日看见的亚洲人都是韩国人、日本人，终于看见一男一女两个中国的年轻人。我说："坐一桌吧。"

这两个看起来就是好孩子，和我坐一桌吃早餐。我说我在这里好几天了。问他们："是不是'十一'长假出来的？"

他们说："是。我们去了修道院，到了岛上。可是赶上了罢工，地铁不开；公交没有；火车也不开了。我们有两天基本上没有睡觉。火车站存行李的都关门了。我们俩拉着行李，走了两站，是地铁的两站，才有车。在宪法广场地上有烧焦的东西，还有很辣眼睛的气体，可能用了催泪瓦斯。"

我一直在写东西，根本不知道。我也很同情这俩孩子，这么倒霉，累死了，拖着大行李走那么多路。没想到，下面还有让我吃惊的呢。

女孩说："我们俩在机场，因为两天没怎么睡，我就靠着行李，把我们的摄像包和三脚架都放在行李边上。他看见人们都走了，就让我去问。我问那人，那人使劲盯着我。我老公也看着我，就这么一会儿功夫，摄像包和三脚架就都没了，四万多呢，我们早就被人盯上了。我都想罚他，他不好好看着东西，把东西丢了。"女孩委屈地说着，还用手比画着要打她老公，老公抱歉地赔着笑脸。她老公无奈地说："半年白干了。"

唉，怎么这事发生在中国人身上？！我有点为这俩孩子不平。没人告诉他们吗？欧洲小偷多，要注意。两天没睡觉，反应就是慢了。怪谁呢？怪希腊罢工吗？

我按照计划去看小林、燕姐他们。在楼下我把钥匙给前台时，那个浓妆艳抹的女士，通知我十二点以前要搬出去。呕，我忘了和他们说我多住一天。快去找燕姐和小林她们想办法，看看她们附近有没有小旅馆。

我到了小林的店里，她还没有来，她老公和薛力夫在，我就和老董说，我住不成了，请他想办法。他让薛力夫去问一家旅店。薛力夫回来说，已经住满了。老董让他顺路，再去问另外一家，还好有房子，我很喜欢那很薄的格子衬衫，忍不住又买了几件衣服。小林来了，她让薛力夫帮我搬家，薛力夫开着车，我们到了原来的旅馆，就剩半小时了。薛力夫帮我拉着行李。路上我问他家里几个人，他说："爸爸妈妈都在巴基斯坦，只有我和哥哥在这里，老板娘人好。"小林说过，人家的工人就600欧，她给薛力夫1000欧，她说薛力夫会开车。

我们又回小林那里，她帮我把螃蟹蒸好，又让薛力夫带我到了新的旅馆，这家贵2欧，可是设备好很多。今天又买了几只螃蟹，是小林请我的，一共六只螃蟹。

　　小林和我讲她是 2003 年 5 月 1 日来希腊的，因为弟弟早就来希腊了，弟弟在这里非常有名，生意做的很好。她先给弟弟打工五年，2008 年才开了自己的店，2009 年生意就不好做了。她已经在法国和希腊都买了房子。她的两个姐姐在法国做生意，也都买了房子。只有大姐一人在温州，家里有老妈妈。大姐的孩子也在法国。小林的女儿在雅典的英国学校念书，小儿子还在幼儿园，明年上学。

　　我和薛力夫把行李放好，我给他 5 欧，他怎么也不要。我只好作罢。

　　薛力夫一出门，我就开始吃螃蟹，六只螃蟹一口气吃下肚，太爽了。天怎么这么热，本来还想去博物馆。我头有点疼，和昨天今天的螃蟹没有关系吧？也许和天热有关系，吃了半个去疼片，就睡觉。

　　睡到下午四点多起来。叫了个车去小林那里，先上网，看见奥斯陆的戴先生帮我订酒店和船票的信息。赶快回信。在小林这里头不疼了。

　　这时，来了一个雅典人，小林就叽哩咕噜和他说，那人不太说话。一问原来是一位律师，小林这里的邻居漏水，把她的衣服泡湿了好多。让他赔，他们也不理。律师说："他们只会吃钱。"看来华人在这里因为语言不好，人生地不熟，也没有少吃亏。

　　我和小林说："我要给薛力夫钱，他不要。"

　　小林说："他不可以要，是我让他去的，这是工作。"

　　"这钱给你，你以后给他。"我说着，要把钱给小林，小林坚决不要。

　　我又在这里要了一份鱼香肉丝和米饭，3 欧元。

晚了，我和这几个新认识的朋友再见，希望他们来北京玩，我给他们留了我的联系方式。

我回旅馆了，想上一会儿网，还是上不去。我扔掉一些衣服，才把新买的而衣服放进箱子。

市场调查

西红柿	一公斤	1.66 欧元
黄　瓜	一公斤	1.55 欧元
苹　果	一公斤	1.39 欧元
香　蕉	一公斤	1.63 欧元
面　包	一个	0.60 欧元
矿泉水	一瓶	0.50 欧元
可口可乐	一大瓶	1.80 欧元
猪　肉	一公斤	6.00 欧元
鸡　蛋	一盒	1.60 欧元
牛　奶	一盒	2.00 欧元
停车费		10.00 欧元

9 月 29 日

我早上起来，把东西收拾好。刚开门，就看见管理旅馆的女士在电梯间。她主动帮我把行李弄到下楼。又给我叫了出租车。出租车的司机很好，我问他："车上这么多的小照片都是你孙子吗？"

"是的。你是哪里来的？"他问。

我说："中国北京。"

"我有一个儿子在中国三年了，也在北京，他和一个中国姑娘结婚，生了一个小孩才几个月。"

我指着照片问是哪个，他说还没有照片。

他看我要照相，就给我停下来。真是好老头，现在也是中国的亲戚了。

这次，到机场太早，我去买了一瓶水，还没喝几口，推我的人来了，把我推到了安检那儿，说水不能带。我说喝几口再扔吧，还没等我说呢，安检的就把我的水给扔了。我问的时候，他要到垃圾桶里给我找。算了吧，找出来也不能喝了。

在等飞机的时候，来了一个大眼睛的像中国妇女的在排队，我问："中国人？"

"对。"她回答。

"温州的？做服装的？"我又问。

她说："是温州的，我不做服装，我做窗帘。"我们俩就坐到一起聊了起来。她已经在这里十几年了，我心里明白，她就像吴先生说的，在黄金时期赚到钱的人。我说："现在生意不好做吧，下降了多少？"

"大概有五分之三。吴先生我们都认识。"她说着。

我说："这次回家，然后再去哪里？"

"我要到非洲去看看，看有没有什么机会？"她真让我肃然起敬，没有多少文化，就敢到处闯，实在太厉害了。

等到上了飞机，因为是国航，我就方便了，我和空姐说："给我点水吧，我很渴。"看见中国的空姐怎么各个都那么漂亮呀，因为好久没怎么见中国面孔了吗。不过，和其他国家的空姐比，中国

空姐确实漂亮。因为，中国人多，可以挑出漂亮的女孩，而且，空姐也是一种收入不错的工作。

空姐马上给我端来了水，太舒服了。在飞机上我看到了中文报纸，真亲！我都一个多月没有看见国内的报纸了。

落地后，我的计划是去看慕尼黑啤酒节。因为，我来回来去都路过慕尼黑三次了，这趟飞这里，就是为看啤酒节。谁知，边防把我留住了。虽然我以前很想被拘留一下，好看看拘留室是什么样的。可是，我并不想在今天呀，我也有点儿"叶公好龙"。那警察问我还去哪里，我就照实说，我给他看我欧洲通票才用了三张，还有十二张呢。他听不明白似的，最后把我带到他们的总部，这个总部里办公环境很拥挤，我真想照张相，可是我怕人更加怀疑我，只好忍着。他先向上级汇报，又和一个女的说，不知道那女的是不是他的上级。我想他们可能怕我移民，我这样也不像呀。坐着轮椅，到哪里去打工呀？我想起来，同学也许去了海德堡，但是他的德国夫人还在家。我就告诉警察，给我同学家里打电话，刚开始手机不通，我又让他打家里，警察问我："她会说德文吗？"

我告诉他："她是德国人。"

结果电话通了，警察的脸开始松了，有了笑容，他还把我叫去接电话，我以为是同学的太太，她曾在中国工作过，第一句就是："哈罗！你会说中国话吗？"

电话那边，我同学就开始说："警察不知道你是干什么的，一个残疾人还到处乱跑，我和他说了你是写书的，他就没有问题了，你就告诉他，你还去哪里，就没事了。"

我又开始得意忘形，想给警察拍张照。警察说："不行。"

给我轮椅服务的黑人一直在陪着我，他也不着急。放行后，我觉得这是最难的一段路，他都一手推着我，一手拉着行李，直到把我送上轻轨。我给了他 10 欧小费。

　　他说："谢谢！"

　　真该谢谢的是他。

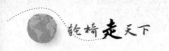

十七　海德堡

9 月 29 日

我坐轻轨时，因为有十天前的经验，知道没有多少时间，就坐在门口，没有往里挤。突然，我看见了汉字，在一个人的胳膊上，我请他把小臂伸出来，好拍张照片。原来是"爱康性傲"四个字，每个字超过一平方寸，还是规规矩矩的仿宋体，挺有学问的。这个文身的小伙子，很是得意。周围的人也都伸着脖子过来看，他用德语讲着，我就听不懂了，不过我知道他在解释这四个字是什么意思。从眼神就看得出来，周围的人都很有兴趣。看来，这些人都被中国字的高度概括，和它的美学效果所吸引了。

下车时，一个和男孩光头长了两天差不多发型的女孩，脖子上一条白围巾，她把自己的行李给了她的男朋友，那个卷毛络腮胡一脸单纯的大男孩。她帮我把行李拉下火车，还帮我推。他们又帮我把行李拉到站台。然后，那女孩要了我的车票，看完之后，她知道那段旅程对我而言，有点儿难度，问我："你行吗？"我当然有困难，可是我必须行，就说：

"OK！"他们俩看着我哈哈大笑。他们知道我还要换一次车，才七分钟，要从一号站台到十号站台，觉得如果没人，我赶不到。他们说："你上车，就问谁去乌尔姆。然后让他帮你，没有问题的。"好吧，我就听天由命吧。我从箱子里抽出一件昨天买的有蓝色蕾丝衣服，送那女孩，她高兴极了，又搂我，又亲我。她那么好心，这么晚了还陪着我，她应该接受这个小礼物。

我因为机场警察盘问我半天，我就没有时间去看啤酒节了，可是一进火车站，就有一股浓浓的啤酒味儿冲进鼻翼，到处是穿民族服装的人。行吧，我就算看见了啤酒节，虽然不是人山人海，终归还是看见了，我又不太会喝啤酒，也吃不了德国大肘子。

天开始下起了小雨，我就在这里过啤酒节吧。整个车站里都是穿着民族服装的青年男女，我忙得都看不过来了。女孩子穿着泡泡袖的白色绣花上衣，裙子色彩鲜艳，还有一个小围裙，没有同样的。男孩子戴的类似礼帽，但没有那么正式。穿着背带的大短裤，胸前有块皮子拉住背带，裤缝处有些还绣着花。小腹部都是翻毛的皮子，也绣着花，特有德意志的味儿。这可能是几百年前，德国人的平常服装吧。

　　中国也应该有个民族服装节，大家随意爱穿秦朝、汉朝、唐朝、宋朝等服装的，那天都穿出来，既可以拉动内需，又可以带动旅游，还可以增加民族的凝聚力。那天全球的服装设计师都会来找灵感。

　　这时，正对面，来了一个亚洲男孩，提着月饼和茶叶，我就认定他是中国人了，我问他："中国人？去哪儿？"

　　"我去乌尔姆。"不是海德堡。我心里老是在想海德堡，就没有在意。卷毛大男孩说："他要去的就是你要换车的地方，你要我去追他吗？""好哇。"那个卷毛大男孩飞快地跑去，把中国男孩给叫了回来。他同意把我送上下趟车。这两个帮我的德国大学生比我还高兴，他们俩又拥抱又亲吻，还来抱我。这时都快晚上10点了。

好了，我有人管了，两个德国小朋友把我送上车，和他们再见。我和中国男孩小魏坐在一起，我们一路聊得非常开心。他是清华大学毕业的，和我女儿是校友。他娶了一个在德国长大的中国女孩，一直两地分居。他在上海，夫人在德国。现在公司把他调到德国总部，他才可以每周和太太团聚一次。我让他看窗外，那成四十度角的坡地种得很整齐，那是用机器种的吗？我觉得这地开拖拉机都要掉下来，这清华男孩也觉得不可想象。我在旧金山住时，有一段路就这么陡，每次女儿开车，我都向后靠，觉得很危险。

我们正聊得高兴的时候，发现火车很长时间不走了，我要给我同学打电话，小魏说："用我的手机。"他知道国内手机和他在德国手机的通话差价，我也不客气了，跟我同学说："火车可能晚点，在这儿停着不走。"

同学说："今天中午，火车在斯图加特出轨了。"

过了一阵，火车又走了，和我坐一起的小魏，他常坐这趟车，回家过周末。他说我们的车换了一条路，绕远呢。不管怎样，火车在走，那就可以到。而且，我同学已经知道我们车的事，就没有什么问题了，唯一的问题就是什么时候到了。

我们接着聊，我看见刚才上车时，帮我拉上来箱子的短发女士和一个烫头的女士面对面坐在走廊的地上，因为是玻璃门，所以什么都看得清清楚楚。她突然搂住对面的女士，亲她，两个人亲热了半天。我问小魏："你知道在同性恋里怎么看谁扮男，谁扮女吗？"

我一直不明白这里面的事情。

小魏知识挺丰富地说："头发短的是男的，长的是女的。你看头发短的年龄也比头发长的年龄大。"一会儿，她们又抱在一起。

我问小魏："你知道我在德国要买什么吗？"

"不知道。"他说。

我猜他就不知道"我要买拉链和裤钩。中国的拉链老坏，一是工艺差，二是材料差。好多东西都是只有样子没有质量。我在欧洲走了那么多地方，从没有看见一个中国品牌的招牌，我只在俄罗斯看见一节写着'中铁'字样的车厢。从这点看，中国还是发展中国家呀。"

小魏也很有感触："我有一套很好西装，到重要场合，我老担心拉链或者裤钩出问题。中国的衬衫也是，没穿两次扣子就掉了。"

"你去买点儿，回家全都换了。省去多少担心。你买衣服回来，先把扣子都加固一下。中国人这样做事，永远也赶不上了。中国最大的问题，永远是外行领导内行。解放初，可以理解。现在几十年过去了，还是这样就太说不过去了。"我们都在替国家担心。

该换车了，小魏帮我换到另一个车上，他说："我给你同学再打个电话，让他知道你上了这车。""谢谢！小魏。"

到了海德堡，我一眼就认出了我的同学，我们已经三十六年没有见过面了。他是我们班里年龄倒数第二小的，改革开放后，到德国留学过。后来娶了德国太太，就来德国了。

他拉着我的行李，到离火车站只有三两分钟的旅馆。我在一楼，他说："这是我夫人订的旅馆，她说订晚了，就剩下这两间，你在一楼，我在三楼。旅馆一再道对不起，两间残疾人的房子都有人了。"

我说："我是半残疾，不厉害，普通房子一样住。"我从没有订房子的时候要过残疾人房间，所以我根本不知道什么是残疾人房，在中国没有这个概念。

他说："你先洗洗。我一会儿再来。"我去卫生间，洗了把脸，刚才在慕尼黑倒车，弄得浑身大汗。

他拿来了我去奥斯陆的车票，怎么要倒四次车。我真有点头疼了。去奥斯陆一夜的卧铺才交20欧元。（我后来才知道这是极便宜的，我一直怀疑是不是同学给我出钱了。还是德国对残疾人有照顾？我到现在也没有弄清楚。）

我们去火车站里吃饭，因为时间太晚了，许多餐馆都关了，我说就吃越南粉吧，他觉得太简单了。我觉得有点越南粉，也比洋餐好吃许多。同学就听我的，买了两碗粉。我坐轮椅，他站着，因为餐馆把桌子椅子都收了。我们吃完饭，我说："这里今天有什么好看的？"

他说城里有露天音乐会，我们问了几个出租车，出租车司机都说开不进去，公交车上都是年轻人。我说："算了吧，回来再挤不回来，那是年轻人的事，不去了。"

他说："喝啤酒去。"

好吧，入乡随俗，我说我只能喝半杯。

酒吧里灯光昏暗，勉强能看见人，屋里还有不少人。老同学给我叫了一个最小杯的，我还是浪费了一半。我们谈到许多当年在学校的事，有些事他要是不说，我一辈子都不会知道。哎，有些当事人都已经不在了，时间过得太快。

我说："今天怎么铁路出了这么多事呀？"

"也许有人卧轨，这里也有人会卧轨的。你去我们那个城住我家就好了，我们那里也有啤酒节。"他答道。

我说："你不早说。"

"我们都不参加，这些都是比较底层的人才去的。"他说着。

我问："和那些足球迷差不多？"

"是这样。"他答道。

一聊就过了十二点。我们回旅馆，我把从中国带的丝巾和雅典买的衣服要送同学的夫人，他说："我夫人很难伺候。我回中国给她买了许多条丝巾，她都说不好。"

我觉得很累了，就和老同学说："明天早上九点半再见。"

本想多睡会儿，没想到，六点又醒了，洗了澡。

七点多老同学来电话，问我起来没有。我说："早起来了。年纪大了，睡不多了。"

我们先把我的行李存了，把房子退了。我们商量去哪里吃早饭，我说去找那个昨天看见的汉堡王吧。他觉得还是在旅馆吃，比较好。在地下一层的餐厅里，他帮我拿饭，又是一顿地道的洋餐，不过，这里水果还有几样。其他桌的年轻人都拿很多，我们俩都年过半百，吃不动了。

饭后，老同学又带我去火车站里，他告诉我每个车站都有志愿者。我要有困难去找志愿者，志愿者胸前别着标志。在志愿者的屋里，我看见有六七个人在吃早餐喝咖啡。从里面出来，老同学说："这些人是无家可归者。他们可以在这里免费吃东西喝咖啡，他们也有做人的权利。"在火车站外面，也有些无家可归的人。我和老同学说："日本有些做过经理的人，也去做无家可归者，他们做了以后再也不想做什么经理了。可能这样的生活没有压力，特别放松。"

我们先坐出租车，去海德堡的城堡，我说："还真有一个城堡呀？"

老同学说："这里还是德国第二有名的城堡呢，第一有名的是新天鹅堡。"

　　城堡并不远，对着壕沟的墙就有几丈高，这里面真有种中世纪的感觉，虽然城堡有些地方损坏了，有的地方倒塌了。海德堡的残迹上有些黑色，好像有火烧的痕迹．在冷兵器时代建成这样也真是安全无忧了。

　　园子里有个歌德的雕像，却没有说歌德和这里的关系。

　　约翰·沃尔夫冈·歌德（1749.8.28—1832.3.22）是《少年维特之烦恼》和《浮士德》的作者。歌德的父亲是帝国议会的议员，父亲受到良好的教育，家庭富裕。母亲是法兰克福市长的女儿，比他父亲小21岁，歌德只有一个妹妹克利斯蒂娜，其他的兄弟姐妹都早夭了。歌德在1758年九岁时，也得了天花，幸好痊愈。歌德的妈妈常常把歌德放在腿上给他讲故事，他从很小就对文学有兴趣；1763年他十六岁时，喜欢上了戏剧。在这年他在一场音乐会上见到了年仅七岁的莫扎特。

1765 年 9 月 30 日歌德离开法兰克福，到莱比锡学习法学。

歌德毕业后，到帝国最高法院去实习，在那里他看到了德意志糟糕的一面：腐败。那是两百多年前的事情了。

1779 年歌德成为枢密院的雇员，他在职时，进行了政治改革，在议会中歌德的权力越来越大，他的威望也越来越高。1782 年大公把一所妇女广场边的房子租给歌德，十年后，又把这房子送给歌德。歌德在这里一直居住到死。妇女广场的花园也是歌德设计的。

歌德对动植物的形态学、解剖学、颜色学、光学、矿物学、地质学都有研究。他还是一位画家。

他的重要作品：《诗和真》《意大利游记》《亲和力》《威廉·麦斯特的漫游时代》《东方和西方合集》《浮士德》。

歌德四十岁后，身体变得僵硬和难以行动。1794 年，歌德开始了和席勒的友谊，这份友谊一直延续到席勒逝世。

在埃尔富特召开诸侯会议时，拿破仑一世召见了歌德，并授予他荣誉军团勋章。

歌德的个人魅力，在于他的博学和多产，他的作品就有五十多部。歌德是德国的骄傲。

歌德的名言：

谁要游戏人生，他就一世无成。谁不能主宰自己，就永远是一

个奴隶。

凡是有才能的人，总会受到外在世界的压迫。

说了歌德，就再说几句席勒。席勒全名约翰·克里斯托弗·弗里得里希·冯·席勒（1759.11.10—1805.5.9），是德国著名的诗人、哲学家、历史学家、剧作家，是著名的"狂飙突进运动"的代表人物，也被公认是在德国历史上地位仅次于歌德的作家。他被称为"德国的莎士比亚"、"伟大的天才般的诗人"、"真善美的巨人"。

席勒的父亲是外科医生，母亲是面包师的女儿。他从小就对诗歌感兴趣。1773年他被本地的大公选入军事学校学习法律，后来又学医。在校期间心理教师阿尔贝（德国这么早就有心理学了），向席勒介绍了莎士比亚、卢梭、歌德。1776年开始发表诗作；1777年开始创作剧本《海盗》；1780年开始当军医；1782年他的剧作《海盗》在曼海姆首演获得极大的成功，因为剧本有反抗封建暴政、充满狂飙突进的精神。当时，剧院如同疯人院一样，人们的兴奋程度就可见一斑了。

1782年，又创作了《阴谋与爱情》。我想起来，在五十多年前的一个暑假，我妈妈给我们每人五角钱，我想我妈妈是让我们买冰棍的。我们几个孩子开始计划这钱怎么花，我在《北京晚报》的夹缝里看见首都影院在放映《阴谋与爱情》。爱情在一个小学生心里是多么奇妙的事情呀。我们统一了意见后，就去西单的"首都影院"看电影。电影已经开演，还没有学生票，大人票是两毛一张，花了我们一大笔钱哪。电影院里黑乎乎的，什么也没有看明白。看了一个伟大的作品，可惜年龄太小什么也不懂。回家还不能说去看了爱情，想起来真滑稽。

1784年，席勒见到了歌德，两人成为好友。1788年，席勒在歌德的推荐下任耶拿大学历史教授。

席勒终身创作几十种。最值得一提的是《威廉·退尔》。歌德在瑞士时听说的 14 世纪的英雄猎人，他把这个故事赠予了席勒。席勒没有去过瑞士，却把这个传说写得极为生动。瑞士人后来为了感谢席勒，把退尔的传说地的四州湖边上一块巨大的石头，命名为"席勒石"。

中国人最熟悉席勒的，就是贝多芬第九交响乐，合唱交响乐《欢乐颂》，可惜只是席勒的几个章节，并且翻译又大打折扣。如原文：

亿万生民，互相拥抱吧，

把这一吻送给全世界。

被邓易映给译成了"亿万人民，团结起来，大家相亲又相爱。"

还有一事要提一下，席勒曾经写过："德国，它在哪儿，在哪里？我不知道到哪儿去寻找它。"也就是说席勒所在的时代，德国在很长的时期，都是由公国、封地、邦国构成的分裂的国家，还没有统一。

席勒的语录：

只有恒心可以使你达到目的，只有博学可以使你明辨世事。

不知道自己的人的尊严，他就完全不能尊重别人的尊严。

我们继续参观，从城堡可以居高临下地看见，河从城边流过，城里的步行街，人们摩肩接踵。又是一个漂亮的德国小城市。看完城堡，我们坐缆车，缆车成六十度角下降，快速地下到步行街。步行街全是小石头块路。我们首先到了一个小广场，就是昨晚开音乐会的地方，周围有卖吃的喝的，扩音喇叭里有音乐，家长们带着孩子，台子前，也许一会儿有表演吧。我想去卫生间，那种活动卫生间都快满出来了，根本无法上。周边是一些小店，有卖纪念品的，我去买了一张海德堡的明信片，要送徐先生的亲戚。

我们找海德堡大学，可这所大学分散在许多的建筑里，并不集中在一起。首先找到海德堡大学的音乐学院，后又找到一家心理学院，心理学院的大门前，有两座石雕，一个人用布蒙着头，半倚在地上；另一座头低到胸前的坐着，样子很痛苦，这两尊石雕是在刻画有心理疾病的人吗？

这时天已过午，该解决肚子问题了。我说："中午我请，别和我抢，找一家中国餐厅吧。"

昨天，老同学就问过出租车司机，他们说有一家中国餐馆，很远。是不是就在这里呢。我们从上到下的找，就是没有，实在找不到了，我也心疼老同学推我会太累，我说："吃这个鱼吧。"老同学是山西人并不爱吃鱼，也没有办法就陪我吃。

吃过饭，我们不死心，又在找海德堡大学，总有一个主楼吧。我们沿着石子路小街又往上走，这条街大约成10度角，我这老同学也快六十岁了，他可是累得够呛，可是他为了满足我的愿望，还是坚持帮我找。

　　我们又到了那小广场，这时有一个应该是过季的流行歌星在唱些孩子们喜欢的歌曲。家长们把孩子放在肩上，有些孩子脸上还画着不知道是老虎还是猫的彩装。孩子们有兴趣地看着，到了高兴处，还大家一起唱。我们也跟着看了一会儿。还得去找海德堡大学，我们走出来。

　　功夫不负有心人。终于在广场的后面的一条小路里，找到了一个学生监狱，通过这个学生监狱，又找到海德堡大学的博物馆和它的一个礼堂。也就是海德堡大学的主楼。在门口的学校小卖部，我又去买了一支圆珠笔，也是要送徐先生的亲戚的。其实还有运动衣和杯子，衣服会穿破，杯子更不保险。圆珠笔可以换芯，应该有最长的保存期，还好带。

　　学生监狱建于1823年到1914年之间，在老大学楼的后面，奥古斯丁胡同2号。当时学生年龄较小，很淘气，会赶邻居的猪，打碎路灯……关上两天到四周，白天可以去上课，下课必须回监狱。监狱生活还算舒适，被监禁的学生通常会用题字涂鸦来消磨时间。他们把蹲监狱当成好玩的事，在墙上画了许多画，都被保留下来了。大学在建校五百年的时候有了学生自主管辖权，从1886年开始，这种权利受到限制。这特殊的监狱生活是那个时代的独特见证。

　　通过学生监狱，才是海德堡大学的展览馆，我觉得我们是从后门进去的，因为拐来拐去很不顺。在广场那边的应该是正门，看起来比较宽敞气派。不知道不是周末的话，正门开不开。

　　进入的海德堡大学展览室，都是关于这所大学的历史。海德堡大学楼建于 1712 年到 1728 年之间。参观它的三个展厅是一次穿越德国最古老大学历史的旅程。

　　第一展厅展示了 1386 年选帝侯最初建校，到 1803 年巴登州大公重建大学的历史；第二展厅展示了浪漫主义时期和现代自然科学建立时期的历史；最后一个展厅展示了大学 20 世纪的历史，例如第一批女学生和大学在第三帝国扮演的角色等。

　　我在留言簿上写道："敬仰贵校已久，今天终于得见。我的老师徐梵澄先生曾是这里的学生（1935–1937），他是中国著名的学者。詹志芳　2012.9.30"

　　礼堂在二楼，现存礼堂的外观完成于 1886 年。由建筑师约瑟夫·杜尔姆为大学五百周年校庆而建。是富丽堂皇的新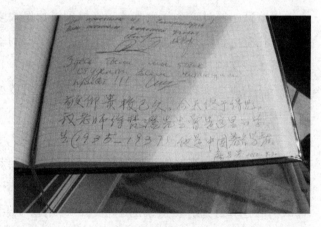文艺复兴风格，非常庄重，不太大，全木质，从地板到墙壁和房顶都是深棕色木板。礼堂今天仍旧用来举行各种重要庆典，例如周年庆、开学和毕业典礼。我记得徐梵澄先生和我说，在德国不是拍手，而是跺脚。在这礼堂授予学位时，教授们、学生们跺着地板，该是一幅多么壮观的情景呀。

　　正墙中间是巴登大公弗里德里希的半身像，天花板的四幅画代
表了四门学科：神学、法学、医学和哲学。

　　海德堡大学成立于1386年，原名鲁普莱希特——卡尔大学，
这是两名办学人的名人，鲁普莱希特是学校创建的元勋，巴登州的
卡尔大公是再造学校的赞助人。学校有过七名诺贝尔奖的得主，《能
量守恒定律》就是海德堡大学提出来的。海德堡大学"二战"时躲
过了盟军的轰炸，是因为英军的空军司令曾经在这里就读。

　　周一老礼堂不开放。

　　出来一看，这楼现在还在使用，有四位副院长的办公室都在这
里，门边钉着牌子，其中还有一位是女副院长。这所学校是欧洲第
三老的大学，第一所在布拉格，第二所在维也纳。

　　我心满意足地出来了，总算没有白来。幸亏有老同学的德语，
不然根本不可能找到。因为，我视为老师的徐梵澄先生在这里读过

书，我的曾外公可能也在这里读的医学博士，这个学校的医学院是非常有名的。老同学曾让我做三种选择，问我想去哪里，我毫不犹豫地选择了海德堡。

我们看看还有时间，就在一个风景好，可以看见河两岸的，人又少的地方聊天。这个城也像欧洲其他城一样是丘陵地，今天可把老同学累坏了，他总是推着我。让我自己走，十分之一的路也走不了。

我问他："你在这里过得怎么样？"

老同学说："德国什么都好，就是没有中国文化，这点儿不好。"

他还说："在中国婚姻通常都是条件，并不是真有感情。我们和我太太什么都一致。"真祝福他们，不然远离家人，可太难了。

"你们家吃什么饭呀？中国饭，还是西餐？"我问，我知道他太太在中国留学过。

"中国饭，我太太做。我洗碗，倒垃圾。"老同学说。

"你太幸福了。"我为他高兴。

"你们家是不是那种东西特别少，没有什么装饰的？"我觉得他们家会这样。

他说："是呀。"

他还说："在德国生活很简单，没有那么多的人情事故。送礼都是三两块钱的，不必记心上。谁也不会送中国那么多的礼。都知道谁家什么也不缺。送了反而成了人家的累赘。如果你住院，来看你的就是想看你的，没有面子事。但是，即使是夫妻，也分得很清楚。有次，我上班没有赶上火车，给老婆打电话，让她开车送我。她还在睡觉，她觉得你这人怎么回事，自己的事都安排不好。公司里也是，谁也不帮谁，你问人一次可以，再多就不行了。"德国人真和中国人不一样，中国人知道家人有困难，会毫不犹豫地冲过去帮忙，而德国人讲自立。

我问老同学："你会开车吗？"

"会，可是，我开得不多。因为我们公司就在火车站边上，我们家也离火车站很近。我开车不带人，若有事故，不连累别人。"

"我在我们公司这么多年，没有听说一件桃色事件。从没有听说谁和谁有什么不正当关系的，也没有领导和下属的桃色事件。"他这样说。让我太惊奇了，德国人自律性这么强。

我女儿有个德国籍的男朋友，也在的德国生活十几年，大概从三岁到十九岁。应该所有的价值观都是在德国形成的。我就问我这同学："德国人的婚姻观是什么样的？"

他说："这个题目大了点儿，不太好回答。"接着他说："一般德国人婚前都比较随便。按说中国现在也随便。只是在德国一切都堂而皇之，在中国就成了偷偷摸摸了。在德国一旦找到合适的，会同居或者结婚，找到就不肯轻易放弃。比方说，一般人不肯因为'一夜情'毁掉自己的婚姻，因为找一个合适的不容易。情妇、二奶远不如中国多。但是，一旦两情不合，德国人宁愿分手也不凑合。什么道德，什么不道德，德国和中国的概念是不一样的。"可能感情已经不在，人还在一起觉得更不道德。

老同学又说："我的德国同事，按照中国标准都是怕老婆的，谁也不想混到老婆离婚带着孩子走的地步。换个说法，德国妇女地位很高。"

看来德国的社会比较安定。我们俩看着河水在夕阳下闪闪发光，游人开始离去。

老同学又想起了什么："我们公司有次问我有一个活儿，做不做。我一看很麻烦，又要找钱，还有许多麻烦事，我就没接。一个

中国来留学的二十岁的女孩，才到我们公司工作不久。她接了。我不比她强一百倍也有五十倍，我都不敢接的事，她接。有一天她约我一起吃饭，她和我说，现在她压力可大了。这事做不好，她也别待了。"

"我和夫人每年也出去玩，都住四星酒店。五星级的酒店住的都是王八蛋。"

我乐了："你说那些人是剥削阶级吗？"

"是呀。"他把他夫人给他准备的苹果、糖果都给了我。

我们突然看见了一家中国餐厅"亚洲酒店"，他去看，结果大门紧闭，他到旁边《四季》旅馆去问："你好！这里是亚洲酒店吗？"

看门的人用很古的德文说："此乃四季酒店，尊贵的先生。"

同学只好说："对不起，打扰了。"

我们叫了出租车回去，从旅馆把行李取出来。我要把苏打水的瓶子扔进垃圾桶，老同学说："不要扔，这些商店回收。一升水 0.8 欧元，可退 0.25 欧元；0.7 升的 0.74 欧元，可退 0.15 欧元；0.5 升 0.83 欧元，可退 0.08 欧元。"真是好政策。

回北京后，我又写 E-mail 问我的这个同学："听说德国在大量使用手机后，对电话亭，不是拆除，而是变成交换图书的空间了。有这事吗？"

老同学回信说："我在明斯特见到过一处，是在不用的公共汽车站，放着几十本书，随便拿，随便放。我在的地方有时也有，就是有什么活动的时候。有的旅馆里有阅览室，书是客人留在旅馆的，什么文字都有，就是没有中文的。"看的出来，他每次翻那些书时，多期待有本中文书呀。

我们回旅馆取了行李，就去火车站里等车，怎么我那趟车又晚点了。老同学又去问询处帮我打听。我让老同学走，不然回家太晚，他夫人要担心了。他非要把我送上车再走。

　　火车终于来了。我上了车，老同学才去坐火车回家。

　　火车在半路又出事，停下来不走了，让我们换车。唉！

十八　奥斯陆

9 月 30 日

挪威的国土面积 385155 平方公里；人口 4752735；每平方公里 12.6 人；宗教多是基督教路德宗；人均 GDP81085 美金，世界排名第三。

我上了海德堡到奥斯陆的火车。到了换车的站，没想到，起了个大早赶了个晚集。我本来有三十分钟的倒车时间，对我来说已经很好了。我等车的地方是车的最前部，万没想到我的卧铺在最尾部，这车还挺长，十几节车厢，快到时，列车员发现了我，帮我推行李，我太累了，就在前一个车厢上去了。等我气喘吁吁到了我的房间，一个瘦高个子，很典型的德国人在我卧铺房里坐着，他接过我的票仔细地看，好像非要看出点儿毛病，非常不幸，他什么毛病也没有看出来，只能让出这间屋。他可能是这车的列车长，也许这间常常没有人，这间卧铺就作为他自己的休息室了。临走时，他说："你是上铺，你知道吗？"我点点头，心里想，没人来，我就是下铺。我说上帝喜欢我吧，一夜就是没有人来，我就一直睡下铺。

　　再换车，就没有这么好了，不可能老有地方睡，而是几小时换一次。我上了给残疾人、带小孩人的车厢。这四五米长的半个车厢，只有我和一家人，两个三十岁左右的夫妇和三个孩子，两个小孩自己可以走，一个在婴儿车里，才几个月。我惊奇地发现，妈妈又大肚子了。天呀！这是个虔诚的天主教家庭吧。看见他们，我又就觉得自己好多了。车走到半路不动了，停了有半个多小时，我知道不对了，可能是我老同学说的有人卧轨了吧。又开了一会儿，在汉堡，要我们统统下车，换到另外的车上，一个小伙子跟我说了句德语，我向他笑笑，他把我的箱子拉走了，我没有半点紧张，我知道99.99%他是帮我，不是要我的箱子。而且，重要的东西包括计算机都跟着我，我毫不紧张。果然等我坐残疾人的电梯过那站台，小伙子拉着箱子笑着在等我呢，我用德语谢谢他。

　　上了这车，几小时又要换车了。我下来，可是看不见电子显示牌，就问别人我的那趟车在哪个站台，人家也不知道。我这时看见一个穿制服的中年人，正站在一边吃三明治，就过去问他。我并不认识什么制服是什么职业，这么多国家我根本没有可能弄明白，只是觉得有公职的人会比较可靠。他诡异地笑着，指最中间的站台说："就在那儿。"我觉得他神态很奇怪，但是我在欧洲从没有人骗过我，我还是应该相信他，大不了我有通票，再办一张就行了，只是耽误了时间。我就去坐在站台的椅子上，天飘着点儿小雨，我拿出雨衣套在身上。这人也走过来，和我说十五分钟后车会到。等车来了，他又和我说这车要打扫二十分钟。这车都按照他说的程序走，我想这是一个常坐这车的人，他太有经验了。终于可以上车了，我才发现他是这车的列车员。他帮我把轮椅和行李拉上车，还把我送到我

的位子。我也太有眼力了吧,他那么诡异的笑就是说你真会找人呀。我笑着谢他,他也很开心地笑,再不是原来那种诡异的笑了。

车又不走了,大家都下车。怎么又出事了,铁路自己出的事,就有两个人主动来推我,到了问询处,我说我要不换车的票,那人马上答应了,给我办了车票。我还有时间,两个工作人员把我推到休息的坐位上,说等一会儿车快来了,再来推我去。我就在车站里,到处看看有什么好吃的。我很少有这么从容的时间到处看。因为是清晨,天几乎还没亮,有些店没有开,我就在开门的几家转转,买了一杯混合果汁和一块有生鱼的面包,鱼竟然一点儿也不腥。我又要了一杯橘子水,都不算贵。人吃好了,心情就爽。而且,我还知道不用我忙,有人来帮我,就更踏实了。

到时间了,还是那两个人,又来把我送上车。这下就等着到奥斯陆了。

窗外跨海大桥,小帆船,大轮船,接替出现在眼前。戴先生的电话一直在和我联系,我告诉他有可能晚点。

下午,到了陆地,我第一次在欧洲看见了几只鹿。天越来越黑,火车又晚点。不知道在奥斯陆等我的人还能否有耐心。这几天看见网上说奥斯陆一直在下雨,也不知道到那里天气会怎么样。我已经很有运气了,一直没有碰上什么下雨天,即使有也是小雨,一会儿就过去了,无伤大雅。

从站台出来,已经近晚上 10 点,一个好心的中年绅士,一直帮我拉箱子。到了火车站门外,我说有朋友来接我,他才放心地走了。

在黑暗里,周围没有一人。我在异国他乡,并没有什么不安,心安理得地等着同胞来接我。地上的水,说明才下过雨,潮湿的空气很清新。天黑黑的,也不知道是阴天,还是没有月亮。戴先生的电话来了，我说我已经在站门外。他叫接我的施先生赶快过来。挪威的贺女士一家不在，又把我托给戴先生，戴先生又不在奥斯陆，到他家的乡村农场去了，就委托了一位施先生来接我。

施先生很快地找到了我，他带着我，沿着火车站外沿，转了一个九十度，就是一家四星级的宾馆，离施先生接我的地方，也就40多米。施先生用挪威话，帮我办好了房间。我住的是给残疾人准备的房间，卫生间的淋浴室有固定在墙上的塑料椅子，可以坐着洗澡。我还是第一次看见残疾人的房间。

施先生中等个子，一脸朴实，是很老实的人。他的穿戴还像是国内出来的人。

已经快十一点了。施先生只能简单地介绍一下自己的情况，家里还有个二十岁的女儿在等他，他的老父亲也在住院。他交代给我我的船票号。明天11点前退房。还给我问了WiFi的PASSWORD。

施先生的父亲原来是海员。解放后，留在大陆，三年困难后，申请去香港。获得批准后，只身前往香港多年。施老先生是一个非常顾家的人，没有海员的坏习惯。施先生出生在上海，在上海上中学，文化大革命中，他被送到安徽插队。1979年7月他去香港探亲，正好香港政府说1979年12月底以前到港的，都可以留下来，他就留在了香港。刚开始给人送股票，一个月一千多港币，他那时已经订婚，第二年回来上海结婚。每个月给老婆寄几百港币，在当时就很不错。有一次，他寄了一千港币，老婆看半天，还以为看错了。

后来，父亲来到挪威，他们也跟来。慢慢地把妹妹和老婆都办出来了，他和两个妹妹都各自开餐馆。年轻时，一箱啤酒，能一搬就走。老了以后，总是腰疼，后来连路都走不了啦。他妈妈和妹妹陪他回国治病。到了香港，先去香港的医院，大夫看片子，说你的

椎间盘突出很厉害，在磨神经，如果把神经磨断，人就截瘫了。他们决定马上手术，手术很成功，他的腰好多了。现在他的腰椎，又坏了，他就把餐馆转让了。妹妹们的餐馆也都关了，大家都在休息。也许这些年打拼得太累了，身体都有些吃不消吧。

我说："挪威的福利很好，政府给你多少钱，够在家养病吗？"

"不够，我和老婆给大女儿看小孩，她还贴我们一些，才够了。要到六十七岁，才能领到全额退休金。"

我必须放老施回家了。他很抱歉，说："明天我不能来了。"又嘱咐我把船号收好。

已经十一点多了，我还没有吃饭，听一个到欧洲闯荡人故事，我宁愿不吃饭。我用"热得快"做了一饭盒水，把剩下的最后一节法棍泡软，就着中国的白菜腐乳吃掉，又把老同学给我的小吃也吃掉，就饱了。折腾两天，有点困了，这家旅馆很舒服。已经有暖气了，我还是洗完澡，把衣服也洗了，放在暖气上，才睡。

我的床头就有电源，这样贴心的设计，真不多。这里真为残疾人想得周到，我躺在床上，抱着电脑，上了一会儿网，过了一点钟才睡。

10 月 1 日

第二天起来，我先打开电视，看了一会儿，刷完牙洗过脸，就把行李收拾好。

想到今天时间不多，要早点儿出门，就去二楼餐厅给自己一个能量大补充。这里有烟熏三文鱼，还有其他鱼，我往盘子里夹了两种鱼。我还是选黑面包，有服务员帮我端盘子，我挑了一个单人的座位。过一会儿，服务员又来问我要什么，我说："咖啡和火腿。"服务员再来，我说："谢谢！不要了。"吃得差不多了，我去拿橙子，看见两个中年妇女好像中国人，就过去问："是中国人吗？"

"新加坡人。"

"我可以坐这里吗？"

她们笑着同意了。

我拿着橙子，就在她们桌子边坐下来。

"你们来几天了？"

"好几天了，今天走。"

"什么时候的飞机？"

"晚上六点多。"

"我也是下午的船，咱们还有半天，一起出去吧，出租车钱还可以分担。"我说。

她们欣然同意。

我问后才知道，她们姓苏，祖籍广东。苏妹妹没有结婚，在做社工，帮助需要的人。苏姐姐做一个公司的人事招聘的工作。我想做姐姐的，是因为妹妹没人陪，才单独陪她来的吧，真是一个爱妹妹的姐姐。

她们俩说："我们前些年，陪老父亲去了老家、北京等地，父亲非常高兴。他也是第一次去呀。"

这时，从窗子看出去，港口来了一艘大客轮，我说："说不定，这就是我下午要上的船。"她们也同意。

窗外，有个很大的建筑的差不多完工了，我问："这是什么地方？"

"这是新建的歌剧院，这一带就叫歌剧院区。"她们知道多一些。

我有些好奇："你是不想结婚吗？"

苏妹妹大方地说："不是，我只是没有碰到合适的。"

那就好，不是一个有点怪癖的人。看来姐姐是很心疼妹妹。

苏氏姐妹在这里已经玩了几天，很多地方都去过了。我们就选了她们没去过的"维京人博物馆"。我提醒她们带雨伞，因为，我看见天还是阴沉沉的。我们分头回房间去收拾东西，然后把行李存放在前台。回房间，我先把雨衣拿出来，带了一个多月，就在布拉格用过一次，和那个忘记名字的车站披了一会儿。

我们去火车站那边打车。火车站的电梯，也不知道怎么回事，按哪个按钮，也不动。她们俩就出去看看怎么回事，电梯突然自己关门，升上去了。她们俩只好走楼梯上来。我说："奥斯陆的电梯太聪明了吧，知道你们不是残疾人，不让你们坐电梯，你们一出去，它就走了。"我们三个哈哈大笑。

苏妹妹说要换钱，我也没有挪威钱，就拿出 100 美金给她们，她们也是 100 美金。我说这就做公款，等回来再算。她们也同意，就由苏妹妹管钱。天已经在下小雨了。

出租车司机是一个黑人，竟然会说几句中国话，他去过广州。雨越下越大，我们一看"维京人博物馆"地点很偏，怕叫不到车回去。就和黑人司机说好："下午一点来接我们。"

我穿上雨衣，才发现她俩没带伞。我说："不是让你们带伞吗？"

她俩说："宾馆的伞让人借光了。"

出租车司机给我们指下面，我们以为那里有残疾人的门。可到了一看根本没有。回来可麻烦了，是上坡。这时一个很壮的中年男人问："要帮忙吗？"

我说："是的。"

他在中雨里推着我很快地跑到了博物馆门口，还高兴地和他一起来的人说话。我只能用英语谢谢他，我不会挪威话。

博物馆的门票对残疾人有优惠，优惠多少，我不知道，苏妹妹管账。博物馆不大，里面有几只木船，我总觉得这些船像什么。呕，想起来了，像蓝鲸的肚子。还有维京人早年住过的类似窝棚样的木板小房子，要想在里面站直是很困难的，这房子一定是夏

天用的，冬天肯定不行，要冻死人的，看来维京人早年生活相当的艰苦。展品里还有些墓葬出土的富人雪橇等器物，是非常精美的木雕作品，东西不是太多，都看完半小时就够了。可以想象，当年在挪威没有多少人，因为生存条件太恶劣了。姐妹俩感叹，有钱人在哪里都一样会奢侈，陪葬的东西那么精致。

出了门，刚才还在下雨，现在已是阳光灿烂，白云蓝天。红了的枫叶，黄色树叶，在蓝天的映衬下，煞是好看。我说："你们在新加坡只有绿叶，从来没有红叶吧。"

苏妹妹说："我就是要看红叶，才这个时间来。你知道那人是怎么推你的吗？我给你学。"

她学着，两脚抬得高高的，非常带劲地跑着。我理解那人，做好事，就是快乐。

大地静得只听见鸟叫，一种全身的放松，吸着凉凉的纯净的空气，真是享受，我脱口而出："在这里养老不错嘛。"

苏姐姐说："这里生活指数这么高，谁在这里养得起老呀？"对了，我又掉回到现实里，还有钱的事。我们自由空间太小了。

她们俩说："这几天都在下雨，没有过今天这样的好天。"

我说："你们去走走。我在这里呼吸点新鲜空气就很好了。"我红叶看多了，这对我没有什么吸引力。北美的红叶，那种红，不知道怎么形容，真是漂亮呀。

在玫瑰花坛前，两个年轻人热烈地抱在一起，尽情地释放着感情。

下午 1 点整，黑人司机来了。我们三人回酒店，她们俩在看手机。我问她们："李光耀真的不贪污吗？"

"就报道出来的，是没有。"苏氏姐姐说。

苏妹妹看见大堂里有一个雕塑，一男一女在拥抱，男人大衣下面没有腿，她说："这个雕塑是什么意思呀？"

我说："我猜，就是不要相信男人说的话，他们说话是不能落实的。我在温哥华女皇花园看见三个人的铜雕塑，一边是两个女人，那男人在前面拉着看来是他夫人的手，在后面又拉着他女朋友的手，很有意思。我第一次去旧金山，看见一个银行前一个大黑石头，很像心脏，女儿说，这是建筑师故意做的，说银行家都黑了心。这家银行也不生气，留着这个大黑心石。"我很欣赏西方的这些大度，可是他们有时也很固执。

我的手机不上网，也没啥好看的。我就坐在沙发里睡觉。

她们把剩下钱分两份。给我多一些，说博物馆的票照顾残疾人，我的票便宜一些。她们俩到机场的轻轨钱够了，还有钱给新加坡的朋友带点面包，她们那朋友说，这是了解各国人民生活的方式。我到码头的打车钱也应该有富裕。她们的飞机比我的船早，她们先走了。

　　她们走了一会儿，我也叫车去了码头。船就是我们在酒店看见的那条，轮船像个旅馆，甲板上有最少八层。我拿着我的号去办船票，很容易就办好了。我的房间在六层。我用手机谢谢挪威的朋友们。希望明年在北京看见他们。

　　这船好大呀，足能装下上千人。船里有几部电梯，我推着行李在六层找了半天，才找到我的房间。我是单人间，没有窗户，有一个小浴室和厕所。我卧铺边上有一个小桌子，有三个电源，可以用计算机，我把相机和手机充上电。

　　这时，船开动了，这么大的船，动起来很稳。

　　我想看鲸鱼，就出去到船尾部，那里有三个木质水池，里面冒着热气，泡着老人和孩子。

　　在船尾，风很大，我待了一会儿，就冷的不行了。我把轮椅放在甲板上，就回去穿上羽绒大衣，觉得还不错，不冷不热的。等我回来，坐在边上抽烟的两个人问我："你是波兰人吗？"

　　我说："我是中国人。"

　　他们看了我轮椅上的字，以为我是波兰人呢。

　　这时，我听见一种从未听过的音乐，找了半天，才发现由于风刮的，挂旗子的绳子打在空心钢的旗杆上，发出像音乐一样的声音。

　　孩子们只穿着泳衣，从这池换那池，高兴得又叫又笑，老奶奶拿着大毛巾在后面追。

　　我来之前，看过天气预报，奥斯陆下中雨，没想到天晴了，瓦蓝瓦蓝的天，白云像棉花一样飘在天上。看着从船边流过的景致，那山那水，已经是秋天的风景，红绿黄相间。山上散落的各色小房子，房子相差不多。我想，这山上难道都是路吗？他们怎么回家？怎么上班？这里没有美国湖边、河边、海边那样豪华的大房子，看来人们的生活水平相当平均。

　　水里一条鲸鱼也没看见，可能是我们还在河里，没有到海里，天渐渐地黑下来。我坐电梯去各服务层看看，船里有些的商业区，有卖衣服和化妆品的店；有卖吃的店；有酒吧，上船的人有种过节的感觉，人人都在笑。听说挪威是幸福指数很高的国家。只是挪威人看来长得有点儿粗糙，很多人像渔民。

　　我在舱里的商店，想买苏打水，可是没有，只好买矿泉水。商店里的衣服都在减价，人挤人的，我稍微看了一下，并不便宜。我坐在宽敞的厅里的大窗户前看外面的景色，其实我还在期待看见鲸鱼一类的海洋生物。这时来了一个人说："我不知道你是否喜欢冰水？"

　　我举着自己的水，告诉他我有水，他还是要给我。收下吧，人家好心，又不是什么贵重东西。"非常感谢！"过了一会儿，那人又和几个人过来，非要让我尝尝他买的花生，好吧，给他个面子，向他竖一下大拇指，对他笑笑，说："很好吃。"

　　又过了一会儿，来了个老头，看着我的眼睛说："我喜欢你的眼睛。"

　　这儿的人真直接，这是在其他国家没有碰到过的。他们这样明确，毫不掩饰地表达自己，挪威真是一个很真的社会，和中国太不同了。

　　我看好有一个自助餐厅，就登记了。看来人很多，应该不错吧。

　　该吃晚饭了，我刷卡用了两百多挪威钱，吃了顿自助餐，我只选鱼和蔬菜、水果。那些洋人真能吃，看来一人要顶我三人吃的。船在不停地小晃，我怕会恶心，就拿了两个梨回房间了。

　　天已经全黑了，即使有鲸鱼我也看不见了。

还是早点睡吧，明早真正到海上，我还想去看看有没有海豚或者鲸鱼一类的。我竟然很快就睡着了。

第二天一早，天还没亮我就起来了。穿上羽绒大衣，又去看鲸鱼，这次还是无功而返。也许这里海域就没有鲸鱼吧，连海豚也没有。天不亮，只是船上的灯照着木池子，有一个北京人在水池子里面泡，他说自己是北京的体育教师，女儿嫁给了捷克驻京使馆的工作人员，现在随着洋老公来到哥本哈根。女儿叫他和老伴出来玩玩。

天逐渐地亮了。出来的人也多起来。我看见了哥本哈根的海上风力发电机了，排成一排，足有二十个。该下船了。

十九　哥本哈根

10 月 2 日

丹麦国土面积 4.31 万平方公里；人口 10647763；每平方公里 115 人；宗教以天主教为主；人均 GDP82000 美金。

旅客都从自己的房间出来，多数人都有大行李。没有人抢，没有大声的喧哗，排队进电梯。又排队下到底层，等待出船。

我也慢慢地随着人群走，十点左右下船。一个看来受过高等教育的女士，她没有什么行李，问过我要不要帮忙后，主动帮我拉着行李，上电梯，下电梯，一直到门口，我谢过她。真的很遗憾，我没有小礼物送她了。我叫了出租车，就去订好的旅馆，天阴沉沉的。

管理旅馆的男人已经不年轻了，大约四十多岁，留着一种在丹麦很流行的发式，把左边剃光，分头梳向右边。还真有点儿精神焕发的样子。他说："你订的是昨天。"

我和他说："我通过 BOOKONG.COM，已经两次告诉，我改日期了。"

他说："我没有看见。"

我也不着急，主要我觉得现在不是旺季，应该有办法。就在沙发上坐下来。服务员在打扫房间，换床单被罩。那个在前台的男人在看电脑。

他有一条狗，全黑，两只眼睛很特别，有种傻傻的样子，神情很像我原来的猫，它叫 OE，我很喜欢它。它真的不像狗，特懒，老睡觉，还很胆小。走路慢慢的，我以为它很老，一问那人，其实才七岁。管理旅馆的男人不笑，当我夸他的狗时，他高兴地笑了，看来他是把 OE 当儿子养的。

他还是让我住了，也许我夸他的狗，他高兴了。有空房，他拒绝我就真有点笨了。等服务员把房间打扫好，我就住进去了。

这家旅馆很奇怪，大堂有两幅很大很旧的中国人物绣像，有中国说的八平尺。房间的被子有一些巴掌大的黄色中国字，深蓝底色的被子。完全不同于一般旅馆全白的被单、床单，我猜这旅馆的老板是中国人。我这间是离前台最近的一间。

我去问前台："火车站怎么走，顺便问一下，这店的老板是不是中国人？"

他说："不是，他只是热爱中国文化。"这时，他拿出一张旅游用的哥本哈根的地图，告诉我火车站的位置。谢过他，我回到房间上网。如果在法国没有订好房间，又会有麻烦。怎么巴黎这么难找普通的旅馆呀。最后，终于订到了一个青年旅舍，正好这是我没有住过的，去体验一下，也好介绍给别人，到底是什么一种感受。

到了下午，我去找饭吃，没有想到，旅馆门前就有两个很大的大棚，里面都是丹麦的名吃，哥本哈根人都已经穿上了羽绒背心和秋大衣，是北京深秋的打扮。市场里有各种火腿和起司、肉类、鱼类，有生的，也有熟的。东西很新鲜和干净，让人看了就有食欲。我点了两种虾、鱼饼及一种没有见过的绿色海菜。虾很大，也很新鲜。还有面包随便吃，我一顿根本吃不了这么多。一百多丹麦钱，大概就一百多人民币，我都是刷卡。在哥本哈根时间不长就不要换钱了。我在小摊上吃饭，那些虾，有着中国没有的橄榄油味和白醋味，虾肉很有弹性，相当新鲜，我把剩下的打包。

露天地方也有卖蔬菜、水果的，我又买了梨和香蕉。

　　我先坐出租车，去火车站办理火车票的事。在这里碰上一个年轻的中国男孩，他也买火车票去意大利看姐姐。

　　我想去看看哥本哈根，看见一种双层车，以为是观光巴士。坐了上去，结果错了，原来这是双层公共汽车。我没有换丹麦钱，给司机卡，他说不能刷，就不要钱了，也让我坐。

　　回到火车站，我问一位小个子漂亮的女士厕所在什么地方，她指给我看，并说要收钱，我问卡可以吗？她说不行。她走出去十几步，又转回来。从兜里找出几个硬币给我，我要给她欧元，她不要。我找出相机的时候，她已经在人群中消失了，丹麦人真好。

　　回到旅馆，天已经黑了。回来上网，写东西。一会儿，就困了。

　　哥本哈根因为阴天，让人兴致不高。吃早饭时，看见一个中国面孔，是一个福建福州来的小伙子，他在这里上大学，学的是工业设计，晚上在这家旅馆打工。我想用一下店里的计算机，他给我用了，都是丹麦文，没法用。我问："他老板怎么有这么多中国东西？"

他说："这个老板不仅喜欢中国东西，人也像中国人，不休息，老是在工作，他在另外的地方还有一家旅馆，他老在那边。"这孩子9点下班，昨天那丹麦男人上班。

我吃过简单的早餐，又回去写了一会儿，才出门。又去转市场，找了点儿昨天没有吃过的，如在乡村的土炉子烤的有许多干面的面包，真是又筋斗又香。我又去找了一些好吃的海鲜，七十多丹麦钱。肯定比餐馆便宜，因为这里只能算大排档。其实我都想买点儿东西回去煮，这里东西太新鲜了，真诱人呀。可是我的房间离前台太近，怕味道出来，人家来找我，就放弃了。

　　在大棚外面，我乱转，想买昨天的梨，因为很甜。怎么也找不到了，卖梨的老头好像也没来。突然，我看见"三峡酒家"几个字，我想这些菜配米饭应该不错，就准备去买点米饭。从餐馆的高台阶上，下来几个人，原来他们是上海来的旅游团，在这里吃饭。我就向他们介绍自由行的好处，导游一听，不高兴了，催他们快上车。又下来两个女孩，她们是常住丹麦的中国人，帮我跑上去问，餐馆竟送了我一盒米饭。她们说老板是东北人，人很好。我就有了兴趣，上去看看吧。餐馆在十几层楼梯上。

　　只见桌上都是吃剩的菜。我要了一碗蔬菜汤，三十多丹麦钱。汤很差，不好喝。我帮着他们收了脏盘子。

　　原来老板不在，只有帮他收银兼服务员的小陈。我问："你是什么时候到的丹麦？"

"二十多岁，家里人让我来，我就来了。在广州我是有工作的，来了学了点儿丹麦语，就开始挣钱，就再没有读书了。"小陈很漂亮，又温柔，大约四十多岁。

她说："丹麦冬天老这样，总是在阴天下雨，弄得人心情很不好。"

小陈的老公是在丹麦长大的中国人，现在患肾结石，在中国吃中药。丹麦医生治，就是把他的肾切掉，他不愿意。他们的孩子已经上大学了。

我很想等着看这家餐馆的老板，等了半天老板也不来。我就叫车回旅馆取了行李，请那丹麦人帮我叫一辆出租车。每次我从外面回来，这丹麦人都帮我把轮椅搬上台阶。这次他帮我把行李搬了下来，我坐出租车去火车站。

在火车站里，我在看电子站牌，可能时间还早，我那趟车还没有排出来，我总看不到我的车在几站台。昨天办票时碰上的中国男孩，也来看电子站牌。他还认得我，就过来和我说话。这时一个在吃肯德基的漂亮中国女孩过来和他打招呼："我和你在一个餐馆打过工，你不记得我了。"我原以为男孩只是出来玩的，看来他在丹麦有点儿年头了。

男孩想了半天才想起来。看来女孩很喜欢这男孩，男孩要送我去站台，她也一直跟着。我说："你们有事就先走吧。"女孩很高兴地和男孩走了。

　　丹麦最不能容忍的就是政府官员贪腐和特权，2005 年 5 月，一位官阶较低的移民官，接受了中国留学生的相当于七万五千人民币的贿赂，这件丑闻是丹麦三十年以来最大的贿赂案。丹麦的王室都很简朴，女王还常常自己出去买东西。

　　丹麦有世界上最大的风力发电叶片公司；它还有船运公司和生物制药公司；它的工艺设计世界闻名。猪肉、培根、火腿与草种子的产量都是世界排名第一。

二十　二次到巴黎

10 月 5 日

换了车，我一人坐在最靠门的地方。一会儿，列车员来了，查过票，要我交二十多欧，我发现这车厢里怎么有两名列车员？这是我在欧洲从没有见过的。通常一列火车就是三个列车员。

原来，他们要给我们送饮料，送饮料的车和飞机上送饮料食品的车一样。饮料送完了，又是甜点和水果、小牛角面包等。还不停地来到我跟前送甜点，我不想吃甜点，吃了嘴里会不舒服，我只要了一小块三明治。服务员送了几次甜点，我觉得有点亏，就要了甜点，并把放我桌上的小蛋糕都装入食品袋里。

列车服务比飞机还好，真是第一次体验。我注意看了一下车厢里的人，多是白领。最让我惊奇的是，在这车的窗子玻璃上贴着 Free Wifi Inside。我在车上没有多少时间，不想把计算机拿出来了。

我下车，换了另外一趟车，在欧洲想坐一趟车直达，

是很少的，老是要换车。夜车很少换，可以睡好。一个女列车员，看了我的票，拉上我的行李就走，上车后，她一直在关照我，过了法国的国境，她下车了，还在窗子外和我再见。

我在巴黎下火车，在候车大厅里听见了钢琴声，顺着声音走过去，只见一个女钢琴家在弹琴，水平还不错。一会儿，她弹完了。换一个大男孩，大男孩怎么也进入不了状况，老是从头弹，我就走了，难道是让大男孩在这里锻炼不要怯场吗？

我上了出租车后，在等红灯的时候，一个乞讨的人，正好在车边，我就拍了一下他的肩膀，把车上的甜点给了他。

　　我后来和插队的朋友说这事，她说在美国的无家可归者，还会说："too sweet!"

　　巴黎所有的旅馆都满了。我好不容易找到 39 欧一晚的青年旅社，我只订了一晚，我老在一些游记里看到住什么青年旅社，我也要尝试一下。在巴黎离火车站近，不等于真的近，因为巴黎有七个火车站，六个大的火车站和一个小的车站，去不同的方向，是不同的火车站。要弄清楚，不是太容易，除非你原路返回，或者这个火车站的沿线站，那就住在这个火车站附近。否则，没有什么意义。就像你住北京站附近，要去八达岭，还得去北京北站，远着呢。

　　我坐出租车来我订的这家青年旅行社的时候，看见周围有好几家像中餐的小饭馆。心想一会儿出来找个地方吃中餐。

　　我一进入六十五号，四个十六七岁的大男孩正在屋里聊天。啊！我和这么几个孩子一屋吗？给我剩的还是一个上铺。我尴尬地笑着，几个男孩也觉得这事有点离谱。其中一个说："你是六十五号吗？"我拿出卡一看六十四号，我松了一口气，他们也放松了。

　　在六十四号，我看见还有一个床的上下铺都空着，就选了下铺，把发给我的被单放下。旁边床上一个大学生样的男孩，我问他："从哪来？"

　　他说："新西兰。"

　　我把东西放好，把床单铺上，整个欧洲都有一个的标准，床单要白，要熨平，无论好的差的旅馆都是如此。

　　已经下午四点多，我把东西放下，就去找中国餐厅，我先到了一个法国的咖啡店，买了瓶饮料，看见一个服务员像中国人，就问她："这附近有中国餐馆吗？"她指着一条小街，说走过去，就可以看见有家"仰望"。我坐在街边看着巴黎的各色人物，我突然看见一种我从未看见过的裤子，立裆几乎到了脚踝，上面看像窄裙，下面看分腿，我想这裤子比较贴切的名字应该是企鹅裤。后来，我看见土耳其的游牧民族女人穿的裤子和这种有些像。穿这种裤子的女士并不多，通常都留着半厘米的短发，很潮的女士。

　　我找到了这家叫"仰望"的中餐外卖店。这家有十几样菜，我点了一个虾和肉，我还想吃点青菜，老板娘说可以炒，她问："白菜行吗？"

　　当然行了。白菜上来，是木耳白菜帮，那也比洋餐好吃。这里一家四口人，三个在这个店里，女儿从法国大学毕业，学的是会计，女儿和妈妈在外面张罗，老公在里面炒菜。他们是今年才开的这家小店。据他们说，进入欧元以后，法国人就没钱了，我在吃饭，很少有人进来买东西。这和北京所有的餐馆都是人比起来，真替他们捏把汗。小本经营，再加上不景气，真难呀。还好，老板娘是一个温柔、爱笑的四十岁左右的年轻女人，看来像三十多岁。希望喜欢她和她家菜的人，多来几次吧。我和老板娘说好明天要麻婆豆腐，她说会去买一盒豆腐等我来。有同胞的地方就是好，他们会理解你的需求。回旅馆的路上，我看见了一个极简单的垃圾箱，只有一根铁棍支着一个铁圆圈，垃圾袋就挂在上面，有垃圾丢进去，都看得见。

我叫车到了火车站，去办西班牙的火车票。我和别人一样排队，不一会儿，就有一个工作人员发现了我，把我带到显然是给 VIP 客人服务的地方，一位很亲切的女士接待了我，很快办好了车票。

回到旅社，同屋的那个新西兰大男孩，是一个高高个子，漂亮的孩子，他洗完澡，吃了饼干喝了点儿自来水，就出去了。屋里只有我一人。但是想想随时会有人来，还有男人，就放弃了洗澡的想法。

一觉睡到晚上六点多，又来了一个三十多岁的男人，我问他是哪里人，他说："斯洛伐克。"我以为是斯洛文尼亚。他着急地纠正我，这小伙有一副喜剧演员面孔，两个眼睛总在笑，老在挤眼睛。

我告诉他："我是第一次住这种青年旅社，有点不习惯。"

他说："这在欧洲很平常，欧洲比较开放。"

我说："我可能是这里年龄最大的。"

他说："不是，有比你大得多的人还来住。"

我和衣睡，盖上毯子就行了。半夜，大男孩回来了，他眼睛发

直，脚底下拌蒜，我再也不敢看他。他浑身的酒气说明没少喝。欧洲自从几次大瘟疫以后，没有人敢喝水，都喝酒，酒有杀菌的作用，这习惯延续至今。所以，欧洲的酒鬼特多。听说，那几次瘟疫死了欧洲三分之一的人。

下半夜，又来了一个四十岁左右的男人。他洗完澡也睡了，就在我的上铺，还好这屋没人打呼噜。我虽然不是太自在，但是也没有不安全的感觉，有些像火车上的卧铺，比卧铺的距离大多了，这屋有三十多平米，有三个上下床。

本打算第二天再去德国一个地方，实在走不动了，只好放弃了。

10 月 6 日

我最早起来，因为我睡的最多。一看大男孩的床已经空了，他后半夜走了，我竟然不知道。我的上铺是最晚来的，两条黑乎乎的毛腿，什么也没盖。

我下楼去把行李存了。再上网，我住过那么多家旅馆，这家旅社最为谨慎，每天都换网名和密码。所以，每天得去要新的小条子。在一楼，厨房有个冰箱，可以放吃的，有灶台、有锅碗可以煮东西吃。我有"仰望"就够了，不想自己去买东西来煮。看见一张中国脸，就问："中国人？"

"台湾人。"中年男人说。

"都去哪了？"

"伦敦。"

"贵吧？"

"是很贵。"

"我就不去，奥运嘛。"

我旁边一个中国的袖珍女孩说："今年许多票都没卖掉。还把许多东西都卖了，伦敦赔了。"她太过瘦小，所以，我叫她袖珍女孩。

"你是哪里来的？"

"我在英国读书，毕业了，十一月毕业典礼，我就出来玩。"袖珍女孩在吃早饭。

我又问那台湾的中年男人："去卢浮宫了吗？什么感觉？"

"就是小偷多，所有的门口都贴着，注意小偷。我的钱包就被偷了。"他说着气愤的指着他在胸口的小包。

我说："你是不是没拉拉链？"

"我拉了，不过昨天带子比这个长，我是今天才弄短的。"这时来了一个洋人，三十多岁的样子和他打招呼。等那人一走，台湾人又接着说："他是我的同屋，他昨天也在卢浮宫给偷了。"啊？这概率也太高了吧！一屋不过才四五个人，就有两人同一天在卢浮宫被偷。

我的同屋那个斯洛伐克人也下来了，他向我挤挤眼，我对他笑着点点头。

台湾人话匣子一开就关不上了："法国就是不写英文，我就要瞪着眼睛看，在台湾注意扒手的标志，是画一只手，这里不一样。偷东西的，把他手砍了，看他还敢不敢偷。"

我说："损失大吗？"

"二百多欧吧。可是里面有三张卡。那个洋人比较敏感，他马上发现，追过去。看见他的皮夹子在地上，还好，卡还在。你知道他们都是团伙作案，一个人会拍你一下，另外的人就下手。"

我说："你挂失了吗？"

"挂了，我在台湾银行工作，复制卡是很容易的。"他一脸的无奈，旅行碰到这样的事，是很扫兴的。

我赶快说："你今天去看看，还说不定昨天有人捡到，卡还在呢，小偷通常只要钱。我就不用钱包，你看我用什么。"

"这不是以前的钱袋吗？"我是用一个小布袋装钱，经常自己也找不到，即使小偷摸到，也不会以为是钱包。

"对呀？我还腰缠万贯呢，大钱、护照、银行卡都在里面。我还有两个这样腰包，我可以给你一个。"

"哪里有卖？"

"在大陆网上就有，叫什么我可不知道了，是女儿给买的。"

"不用了。我要出去了。"他说着推门出去了。

我就喜欢这种爱说话的人，他可以告诉你所有的细节，不用问。

我问前台女孩："今天有空床吗？"

她说："没有。"

等下午我回来，就会有人走，我毫不担心，因为我不知道巴黎在开汽车展，所有的旅馆都很紧张。

我又到"仰望"去吃了饭，就问他们怎么做观光游览车。女孩告诉我，还给我写了怎么问路的条子。老板更热情亲自跑出去看，离他家店四米的地方就是汽车站，是42路，他还看清楚，下班车还有15分钟才会来。

我说："看见来车，我就出去，都来得及。"

老板说："不行，车来你必须举手，否则司机以为没有人上，就开走了。"入乡随俗，哪里都有自己的规矩。

老板又回去问他老婆多少钱一张票。

他亲自送我上车。到了歌剧院，下来就有几辆游览车，根本不用问人。一天19欧，两天22欧，我买了两天的。准备第二天再去，其实根本没有再坐，不要以为便宜就买两天的观光票，我买了两次，都只坐了一次，以后就买一天的票了。

　　我坐上去，心里盘算着，第一圈，我只是看；第二圈，我记录车上的解说；第三圈补充没记清的解说词。

　　巴黎，在我看过的所有城市里可能是最浪漫、最漂亮的了。它有法国人的浪漫和艺术气质。

　　观光巴士在欧洲都是双层的，我总选下层，上下方便，也不会风吹日晒的。

　　车站有许多人，有点儿乱哄哄，插上耳机。巴黎第一歌剧院就在边上，这里是主要上演芭蕾舞的地方，有 2130 个座位。下面进入旺达姆广场。再走是和平街，这里四面都是豪华的首饰店，最为有名的卡尔第耶，在这街的九号，这条街被称作"珠宝商之巷"。

　　进入了戴高乐广场，戴高乐将军的塑像就在广场边上，戴高乐的雕像很有动感，将军迈着大长腿，一副步履匆匆的样子。广场中央是凯旋门，欧洲有一百多座凯旋门，巴黎的凯旋门是最大的。这个凯旋门，是 1802 年拿破仑下旨按照罗马的式样盖的。凯旋门上有四幅的巨大高浮雕，分别是《马赛曲》《胜利》《抵抗》《和平》上面刻着 286 名将军的名字，整个凯旋门是 48.8 米 ×44.5 米 ×22 米。游客可以上到顶层观看。拿破仑生前没有看见凯旋门，他死后，他的灵车从凯旋门下通过。

　　贝多芬和拿破仑同时代，很崇拜拿破仑，他的《英雄》交响乐也是为拿破仑作的。今天，《英雄》交响乐的第四乐章《欢乐颂》已经成了《欧盟盟歌》。

　　拿破仑的伟大，就他自己说："我真正的光荣并不是打了 40 场胜仗。因为，一次滑铁卢的失败就把它们全抹杀了。但是有一样东西是永远不会被人忘记的，那就是我的《民法典》。"

　　1800 年到 1804 年，《法国民法典》的制定与颁布和拿破仑有重要关系。那时的法国参政院曾召开了 87 次会议，拿破仑出面主持了 35 次。有时，为了其中一个用词一句话，拿破仑甚至与立法者彻夜进行讨论。因此，这部民法典又被称为《拿破仑法典》。今天，《民法典》是仍然在欧洲各国发挥着作用的法律体系——大陆法系。拿破仑追求欧洲统一，他用武力形成的统一，很快又分崩离析了。

拿破仑有句名言：

一切不道德的事情中最不道德的，就是去做不能胜任的事情。

他还有一句名言：

在那些厌恶压迫的人们中，却有许多人喜欢压迫别人。

维克多·雨果去世时，法国人民为了缅怀这位大作家，为他举行国葬，1805 年 5 月 22 日，他的棺棺在凯旋门下停了一天。雨果 1802 年 2 月 26 日生于贝桑松的军人家庭，他父亲是拿破仑部队的将军。他在中学时代就对文学感兴趣。1830 年他的《欧那尼》公开上演，这个剧的成功，标志着浪漫主义对古典主义决定性的胜利。1830 年，他的长篇《巴黎圣母院》奠定了他作为小说家的声誉。1846 年 6 月巴黎人民举行了革命，推翻七月王朝，成立共和国。开始雨果对革命不理解，当大资产阶级阴谋消灭共和国时，雨果成了坚定的共和主义者。法兰西第二帝国成立，雨果遭到迫害，流亡国外。这时期，他写了《悲惨世界》《海上劳工》《九三年》。他三十岁时，邂逅了二十六岁的演员朱丽叶·德鲁埃，两人同时坠入爱河，以后不管他们在一起还是分开，朱丽叶每天给雨果写一封情书。直到朱丽叶七十五岁时去世，她写了将近五十年的情书，共寄出两万多封信。这也就是浪漫的法国人能做到，我看在全世界任何一个国家也难找到这样的人。

雨果的名言：在绝对正确的革命之上，还有一个绝对正确的人

道主义。

另一句名言：人类第一饥饿就是无知。

还有就是：谦虚比骄傲有力量的得多。

"二战"时，希特勒下令保护巴黎，如果希特勒没有学习过绘画，巴黎还能是这样吗？

接下来就是著名的香榭丽舍大街。香榭丽舍法文的意思就是"田园乐土"，长约 2.5 公里，是双向八车道的大街，在欧洲已经是很宽的了，还是和北京的长安街不能比。香榭丽舍大街九十九号是电影明星和政界人物，经常光临的咖啡吧。辉煌的大皇宫为 1901 年的世博会而建，小皇宫是美术馆。中国人最喜欢的地方，就是卖名牌商品的香榭丽舍大街，排队的多数是中国人，有 Lafayette\Ferrari\Chanel\Armarni\Versce\Dior\LV，名牌店，因为我没去，说不出什么。据传那里的店员多数用会说中文。有人不看卢浮宫也要买名牌，巴斯德说过："我认为一个人的摆阔和他的无知成正比。"

塞纳河上许多的桥，阿尔马大桥是最宽的，是为纪念打败俄国而建。戴安娜王妃就是在下面的隧道里出的车祸。

眼前豁然开朗，巨大的"战神广场"展现在眼前，著名的埃菲尔铁塔就屹立在这里。法国人爱称它"铁娘子"、"云中牧女"。塔高 324.79 米，共分三层，第一层 57 米；第二层 115 米；第三层 27 米，共有 1711 个台阶。设计师居斯塔夫·埃菲尔，早年以设计旱桥闻名，他说："埃菲尔铁塔把我淹没了，好像我一生只建造了它。"

埃菲尔铁塔 1887 年 1 月 26 日动工，250 名工人经过冬天 8 小时 / 天、夏天 13 小时 / 天，到 1889 年 3 月 31 日竣工。1889 年 5 月 5 日开放。用了 18038 个构建；10100 吨钢铁；250 万个铆钉。这样巨大的工程，因为从开始就严格编号，所以安装时没有半点差错，中间没有任何改动，真是奇迹呀！我们国家原来也有专给故宫设计建造的家族"样式雷"，曾经也做到过，计算精确到盖完房子，只剩两三块砖的纪录。

但是，铁塔盖好后，受到各界名人联合抗议，其中包括小仲马、左拉、莫泊桑等。

还有一点要说明一下，这里成为了自杀之地，平均4人/年。

协和广场的方尖碑，观光车上的耳机的解说词是"埃及送给法国的"。我很怀疑，哪有送这么沉重和重要的礼物的？回来查了一下百度，是法国1831年从埃及抢来的，重量230吨，光运输就用了三年。

这个方尖塔高 23 米，是一整块石头雕刻而成。它是出自卢克索的文物，碑身雕刻着拉美西斯二世法老的事迹。确实非常精美异常。摆在广场上，很气派。埃及现存的方尖塔已经不到十座了。方尖塔原意是男性生殖器的崇拜，就像中国的各种塔，也是同样的意思。

清朝思想家、政论家、文学家王韬 1867 年到 1869 年游历欧洲，写了《漫游随录》。他写方尖碑极为详细："法京中多前王拿破仑遗迹，至今游人观览者，犹想见其功烈之崇隆，势位之烜赫焉。有埃及石柱一，高可十六七丈，（可能是目测不准确，否则也太不成比例了）广可七八尺，下阔而上锐，四周镌埃及上古文字，几于剥泐不可识，相传三千年之古物也。昔时埃人掘地所得，以为至宝。八十年前，法王攻埃克之，入其都城基改罗，见此石耸峙突兀，爱之，乃以巨舰载之回国，从地中海达于京师，辇致之费不赀。"

清朝第七任驻法大使薛福成记载 1884 年在巴黎看见方尖碑时："驰观巴黎风景，其街道之宽阔，实甲于地球。有石表峨然矗立，拿破仑第一伐埃及时所得，竖立之道中，以旌其功者也，高二十七丈。（这里显然有误，应为七丈）"

两位一百多年前的清朝官员文人，绝对不可能相约不诚实，何况他们到欧洲的时间又差出了十六七年，他们都说是拿破仑抢来的。

我想一般中国人都没有看见过国书吧，我在这里把薛福成一百多年前在法国递交的国书也抄录一下，以飨读者：

大清国大皇帝，问大法民主国大伯理玺天德好，贵国与中国换约以来，夙敦睦谊。兹特简二品顶戴、候补三品京堂薛福成，出使为驻扎贵国钦差大臣，亲赍国书，以表真心和好之据。朕稔知该大臣忠诚素著，明练有为，办理交涉事件，必能悉臻妥协。朕恭膺天命，寅绍丕基，中外一家，罔有歧视。嗣后，愿与大伯理玺天德益笃友睦，

长享升平，谅必同深欣悦焉。

伏尔泰就葬在伏尔泰河畔，伏尔泰是 18 世纪法国"启蒙运动"的领导人物，他二十多岁时，讽刺过路易十五，路易十五还不生气（好有气度呀！），伏尔泰被关到巴士底狱十一个月。后来，他又因为写讽刺诗，被驱逐出国，他到了英国，这三年他提高了许多。他在那里碰到牛顿的葬礼，英国的王公大臣都跟在棺材后面，而法国的哲学家笛卡儿却凄凉地死在瑞典。

当时有个争论，恺撒、亚历山大、铁木耳、克伦威尔，这几个人谁最伟大？他写下了："倘若伟大是指得天独厚，才智超群，明理诲人的话，像牛顿先生这样一个十个世纪以来的杰出的人，才是真正伟大的人物。至于那些政治家和征服者，哪个世纪也不缺少，不过是些大名鼎鼎的坏蛋罢了。我们应当尊敬的是凭真理的力量统治人心的人，而不是依靠暴力来奴役人的人。"就这一句话，他就是一名超级大师，但是当时这些言论被禁。五十岁后，他更辉煌了，全欧洲闻名，他活了 84 岁。伏尔泰启蒙了法国人，才会有 1789 年的大革命（几乎和乾隆同时代）。

伏尔泰欣赏孔子，他认为孔子是用道德的说服力来影响别人。而不是用宗教的狂热和个人崇拜。伏尔泰还认为中国的文官制度可以让低层人民晋升为统治阶级。

伏尔泰名言：

没有所谓命运这个东西，一切无非是考验、惩罚或补偿。

我不能同意你的观点，但我誓死捍卫你说话的权利。

人类最宝贵的财产——自由。

人们本质上是平等的。

车子继续往前开，新桥其实是巴黎最古老的桥；国王的巴士底狱……别看现在巴黎游人如织，它在几百年前可是最脏的城市，满街的粪便和尸体，在凡尔赛宫连皇帝都要在小树林里去方便。而现在巴黎成了全球最受游客喜爱的城市。

巴黎并不高楼林立，而是四五层为主的楼居多，不过因为欧洲楼层比中国高，所以应该是中国的六七层高。巴黎最高的多是教堂、博物馆、剧院等。

天下起了小雨，观光车上层没有雨具的都下来了，有人还站着，车上人满为患。

坐到第二圈，趁着人下车的时候，我和车另一侧的夫妇换座位，他们还很感谢我，我们都可以看到两侧不同的景致了。

在巴黎转了三圈，天也黑了下来，我在歌剧院站下车。本想打车，可是这里人很多，根本就打不上。不仅因为下雨，还因为这里不是巴黎的王府井就是西单，要不就是大栅栏。人多的不得了。我看见一个无家可归的人，前面铺了一块布，上面趴着一条狗搂着一只猫，就像一个大哥哥搂着一个小妹妹，真太可爱了。我就抓了几个硬币给他。我养过猫，他是怎么训的，让两个小动物这样听话？真不敢往下想了。

终于又看见42路车，上吧，大不了坐一圈。上车买票，看见像"仰望"的霓虹灯就下去，进门一看不是，就找出"仰望"老板给我的他店里的菜单，给这家店的人

看，他们说还远着呢。只好再上车。我要买票，1.9 欧，给司机 20 欧，他找不开，就让我坐也不要钱了。我把带来的丝巾送了一条给司机，说送他太太，他特高兴。所以，我在巴黎转了四圈。到了一个地方，司机要我下去，说让我走进那口。

我以为这是地下通道，其实是地铁。我冒着雨，下地铁，怕滑，走得很慢。忽然，我觉得没雨了，原来是一个姑娘不给她男朋友打伞了，而给我打，又是一对好心的大孩子。男孩显然是印度裔的，女孩是白人，哪国的就不知道了。他们陪我到另外的地铁，女孩还给我买票。无以回报，只留下他们的地址。

我出了地铁，还是不认识，不行了，我十个小时没吃东西了。我就坐在一个有很多人的餐馆外，这里有布棚，雨又不大。服务生问我吃什么，我指着别人桌上的菜，就是它。菜上来了，别提多难吃了，还都是凉的，饼是糊的，共 19 欧。唬弄好了胃，看见一个

中东人在卖鲜花，在饭馆外的没人买，我也不能买，没人送呀。饭馆里面在办婚宴，看来是东欧人，一大堆人又跳又唱的，包括新娘新郎都在跳，应该有人需要花。我就指着窗里，让买花人去，他摇摇头。

我休息好了，该回旅馆了。找到"仰望"的菜单，叫了个出租车，到了"仰望"和老板说："我明天来。"

我就回旅馆了，一问还是没床。我实在是没有好好想，住青年旅社的，都是为省钱，为了有个睡觉的地方才住在这里。绝对不会有交了钱不睡就走掉的。我回来的也太晚了。

就在一楼的厅里上网吧，这里的信号好一点儿。

这时，袖珍姑娘来了，她说："我明天六点的火车。你去睡我那儿，我上网。反正也十二点半了。"

我当然不同意了。她说："我帮你问问这附近的其他旅馆。"她先问我们的前台，前台说，这附近全满，不用找了。我还有三百七十多封信，没有时间看呢，就上网吧。她推让了几次，看我很坚决，就去睡，她和前台说好，她走我去睡，明天十一点以前退房，前台说没有问题。

一层厅里没有人，很安静，我上网看信。

这时，来了四个大男孩。他们看见我都很高兴。有个大孩子在玩我的轮椅，一个孩子问我："你是六十四号吧？"我才反应过来："噢，你们是六十五号的。"

"你想起来了？"这伙孩子都高兴地笑了，原来他们早就认出我了。而我还昏然不知。

我说给你们照张相吧。照完相，这伙孩子去睡了。

　　3点了，我真有点儿困了，就把几把椅子排成一排，躺在上面，直直腰，挺舒服。还没有五分钟，来了一个男孩，很有点派头，走路动作都是精雕细刻过的，衣服也不随便。他要开我后面的保险柜。我只好起来，他拿出他的书包和电脑。我问他："日本人？韩国人？"

　　"中国人。"

　　"哪个省的？"

　　"美国来的。"

　　"美国哪里？"我问。

　　"旧金山。"

　　"我两个女儿都在旧金山。你父母是从台湾去的美国吧。"

　　"是呀。你怎么回事？睡这里？"他问。

　　"没有我的床了，没关系。"我说。

他拿出钱包，从里面拿出他的门卡，说："你去睡我的床。"

这怎么行。我说："我六点就有床了。"

"你睡到六点，我再去睡。"

"我不是你们房的人，我一去把人都吵醒了，我可不能干这种事。我没事，你们年轻人觉多，我们年纪大的人睡不了那么多。"

"我妈妈就这样，老是说没关系，她为我和哥哥这么操劳。我就不能看见她这样。"

"你什么时候这么懂事的？"

"我小时候很淘气，现在我懂了，不能再让我妈妈那么辛苦。"

"你哥哥也这么懂事嘛？"

"是呀。"他父母真是好福气。

"这么晚，你去哪里了？"

"听讲演。"

我看见他眼睛都睁不开了，劝他快去睡，他还坚持。我说我写书，需要这样的经历，他信了，去睡了。

　　我在椅子上躺下来。除了有点硬，有点窄。也没什么不好。但是，越躺越冷，就把羽绒大衣拿出来穿上。这样还真的睡着了。

　　快6点了，我担心，袖珍女孩起不来，还去三十二号叫，没想到叫错了，就按照她留给我的电话号码打电话，两次都没人接。快六点半了，袖珍女孩才出来，原来她在四十二号。我问她："晚不晚？"

　　她说："不晚。"

　　我把昨晚找羽绒大衣时找出的贴身腰包送她，告诉她护照都可以放进去。她很爽快地接受了。

　　太好了，我拿了她的门卡，就去她的床睡。她住的是女生屋，她已经把自己的铺位铺好了，真是一位有礼貌的好孩子，我很快就睡着了。9点多醒来屋里人都出门了，我才洗了个澡，太舒服了。又一条经验就是要订青年旅社要早订，可以订到女生屋，不必住混合屋。

10 月 7 日

　　我十点四十分出门，看见一个黑女人在打扫卫生。我就把剩下的挪威钱和丹麦钱都给她了，她很感谢，还帮我拉行李，一直在给我叫电梯。电梯来了，我谢她就下楼。拉着我行李去"仰望"。门没开，我就在门口等，过了半小时老板来了。他说平时周末是不开的，今天他来是有事。我还有可能等不到他们，真有点儿悬。他去给我做了麻婆豆腐和炒白菜。老板有空就过来聊几句，他说："法国福利太好了，上班也是一千多欧，不上班也能拿到 1000 欧。"

我本来应该去再坐观光车的，实在有点累，票只能废了。

他家计算机的界面都是法文。我在他家小儿子的帮助下，上了一会儿网。这时，几位他们老乡来吃饭，我这桌来了三个中国年轻人，他们都是在法国留学后，留下来工作的。其实，在欧洲挣钱都不多。欧洲高福利，税收很高，他们多数也就一千多欧，加上点儿提成，也不会多到哪里去。法国房租很贵，有时一半工资要交房租。

其中一个苏州来的男孩，脸比女孩都嫩。他说："法国可能有过想把老房子拆掉的阶段，可是没钱就没拆，留下了一个大古董。"我不这么认为，欧洲人一直很喜欢、非常爱护这些古董房子。

这时，客人开始多起来，老板娘根本忙不过来，说了小儿子一句，他把桌子一踢，就走了。这孩子正处于反抗期。

我在餐馆一角睡着了。老板娘小叶才知道我昨晚没床，说："你来找我，我给你想办法呀。"没事，我去火车上睡。以我在火车上过夜的经验，我经常是一个人一间，车一开就睡吧。

老板和老板娘要关门去教会，我就叫了出租车去火车站。

到了火车站，离开车还有几个小时呢，我叫了一杯可口可乐，3.8 欧，在外面买就 1 欧。但是，你坐人家的椅子，不好意思不买东西。

在昨夜下雨后，天就变冷了。这个火车站是露天的，我越坐越冷，找出一件衣服，还是不管事。我觉得我都要冻病了。

终于等到车来了。

再见，巴黎。

市场调查

西红柿 　　　　1 公斤　　　　1 欧元

黄 瓜	1公斤	0.5 欧元
苹 果	1公斤	1 欧元
香 蕉	1公斤	1 欧元
面 包	1个	0.8 欧元
矿泉水	1瓶	1.5 欧元
可口可乐	1瓶	1.5 欧元
猪 肉	1公斤	3.5 欧元
鸡 蛋	30个	4 欧元
牛 奶	1瓶	0.8 欧元
停车费	1小时	2.4 欧元

二十一　马德里

10月7日

　　天阴沉沉的，冷风穿透了衣服。我在巴黎火车站等了三个小时，都快要冻病了，因为不愿意当众开箱子，所以也不能拿最暖和的衣服穿，只是从箱子边上拉出一件夹衣，穿在外套里。我又不愿意白占人家咖啡屋的一个座，只好要了一杯可乐，这里是外面小铺的三倍价钱，越喝越冷。其实，这种天气穿羽绒服都不热，我带了羽绒大衣，为了上瑞士雪山时用。所以，又一条经验，就是把可能穿的衣服放在箱子的最外边，只要开一小角，就可以把要用的衣服拉出来。

　　好不容易火车到了，西班牙的列车员一点儿不帮忙，我在别的乘客帮助下，把行李拉上车。这时，一个腿有毛病的印度青年上车，拉着行李没人帮他。我没有行李了，就帮着把他的拉杆箱抬上车，这人在行李里放了什么呀？不会是黄金吧，怎么这么沉呀。这时列车员来了，他竟然不许我把轮椅拿上车，还说，每人就一件行李。（我都奇怪，他说的西班牙语，我怎么听懂了？）这是说的什么话！残疾人能离开残疾器具吗？！我旁边一位显然不是西班牙的乘客，都听傻了，大有不敢相信自己耳朵的样子。

我也不管他，列车员一走，我就和这位乘客把我轮椅拉上来，显然他也看不下去了。我想，列车员敢把我轮椅扔下车，我要他好瞧的，那我就不走了，和他在西班牙打官司，我铁赢呀！

我的房间就靠着门，一进房间我有点傻了，我在德国坐卧铺才加20欧，一人一间，比这屋大一倍。这屋四个床，还有两个阿根廷的小女孩，都是大学刚毕业。我们的行李在两床之间，挤得连放脚的地方都没有。我觉得是不是卖票的不知道欧洲通票的规矩，卖给我的是全票价，就问对面的女孩，她们俩也有欧洲通票，也是77欧，那就没什么好说的了。我们都对这么贵的票价，这么差的条件不满意。我们想把上床放下来，好放行李，这样可以让脚下好受点。问了列车员，被告知现在不行，说上铺放下来，下座的人就很难受了，会直不起腰。忍着吧，列车员说要到九点半，才能把床放下来。

我看见玻璃窗下有个从未见过的方形绿色盒子，大约高三寸多，长宽各一尺二。就问靠窗的女孩，窗前那个盒子里是什么？靠窗的女孩把那盒子打开，一看是一个脸盆，还有水龙头。我说："看看有水吗？"女孩拧了一下水龙头，真有水。

那女孩说："就这洗脸池还可人点儿。"我们三人大笑。

我们聊了一会儿，我说："可能巴黎是世界上最漂亮的城市了。"

她们都同意。我称赞我正对面的女孩头发真漂亮，她的头发是栗色加黄的。她让我摸摸她的头发，我们的距离顿时拉进了。

我拿出了在希腊买的开心果，请她们吃，两人都客气地拿了一点儿，就再不肯拿了。我没有想到这一斤开心果，到我回北京还有，还能请来看我的朋友吃。可能是太咸了，每次吃不了几颗。

查票时，列车员把我们三人的护照都收走了。那两个女孩觉得在这里太难受了，就去餐车喝咖啡。

等列车员来了，不是那个不让我带轮椅的。我请他把床放下来，他人很好，一直在笑，马上帮我把两边的床都放下来。原来西班牙的床，是锁在墙上的，要有专门的钥匙才能打开放下。列车员还把爬上铺的梯子放好，我向列车员道了谢。然后，就把我的行李放在对面的床上，房间一下子宽敞了。我在洗脸盆里洗了脸，刷牙就有点困难了。因为，两个女孩巨大的箱子顶在洗手池旁。我赶快睡下，已经太困了，再不睡我就要生病了。

半夜，一个女孩把另一个架回来，看来是喝醉了，我看了一下表十二点多了。过了一会儿，另外一个女孩也回来了。过比利牛斯山，因为天黑，没有看见。

10 月 8 日

我们相安无事地睡到天亮，我又用水池洗脸。拿着牙刷去卫生间，可是这车的卫生间小到不能再小了，根本就没有地方刷牙。我回到房间，拉开窗帘，快该下车了，俩女孩都睡着不起。护照这时才还回来，我出去看了看我的轮椅，列车员也不敢把我的轮椅怎么样，只是把它推到两车之间较宽敞的地方。

我下了火车，推着行李找出租车。出租车很好叫，我把地址给司机，司机把我带到一个根本不像旅馆的地方。旅馆管理员出来说："你不能住这里。"

我说："为什么？"

"因为你在楼上，这楼没有电梯。"

还有没有电梯的旅馆呢，我说："你告诉我网络的密码，我上网再去找一个。"

他说这里没有 WiFi，不能上网。

没办法，出来吧，旁边就是一家中国人开的食品店。这家人是从温州来的，女老板对人较冷淡，男主人好很多，他们的儿子也在这里看店。我在店里买了面包夹肉和南瓜子和虾片，还有可乐等。发现他家有计算机可以上网，马上上网找了一家旅馆，还不贵，50欧一天，于是叫了出租车就走。

到了才知道，我住到了马德里的王府井来了。到了房间，我发现，我的腰有点儿不对头了，有些扭伤。也许，昨天拉轮椅时太用力，或者帮那印度人时有点儿拉伤。我洗了澡，贴了止痛膏。然后把脏衣服都洗了。

我的两条腿肿得像两根大萝卜，硬得都按不动。我不能出去了，就在屋里看电视。马德里的电视频道里有个电影台，一天到晚放电影。第一个电影就是海盗的电影。欧洲的发展与海盗有关系，所以他们从骨子里，还是很留恋海盗的辉煌日子，也经常会做出说出些与海盗有关的言语。我很难得给自己放一下假，一个月休息一天不算奢侈吧，何况我还把腰扭了。

下午，我要出去吃饭。我到楼下一看餐馆太多了，我就找了个近的，指着图片上的说："要这个。"一份牛排。这时，我才注意到挂在墙上的电视，正放着血腥的斗牛场面。他们不怕影响顾客的胃口吗？我旁边的西班牙人丝毫不受影响，看着电视，大嚼牛排。我只能不看那电视。

这份牛排 12.5 欧，有面包和一碗蔬菜，还有一根香肠，最后

一大块牛排。很好吃，就是有些地方嚼不动，我把吃不了的打包，当明天的早餐。我一人出来有一人的好，我还可以沿袭我在中国的每日两餐的习惯。而且，不用考虑别人的爱好，只想自己爱吃的。也不用考虑钱，随心所欲。

回旅馆要了密码，该上网写文章了。写一会儿，吃点南瓜子，再写。

10月9日

一早，女儿来短信，说："祝你生日快乐！出去吃点好的。"要不是女儿提醒，我早就忘记我的生日了。

我下楼又往前走一家，点了色拉和海鲜饭，27欧。女服务员和我说了半天，我听不懂得西班牙语，最后她只能放弃了。先上来的是蔬菜色拉和面包及橄榄油。我几天没有水果了，就把色拉都吃了，又学着西班牙人在面包上涂橄榄油。等了有二十分钟，饭上来了。怎么是夹生饭呀？我已经饱了，就把海鲜饭打包拿回去，当明天的早餐。我在写这篇游记的时候，怕写错了，翻看了一下网上的文章。没想到看见一个叫大酷宝宝的，反应比我厉害多了。他文章的最后，写了一段关于海鲜饭的文字："还有一个不得不提的难忘的事情，就是西班牙著名的海鲜饭真TM难吃啊！！饭都是夹生的，哎，为这些没有美食的民族默哀三分钟吧。"

下午，我去坐了观光巴士，转了两圈，把马德里主要地方看清楚了。我只能这样游，最省时省力。当然，马德里没有巴黎大和漂亮，还有点儿风骚。我说过班贝格是淑女，巴黎就是风流女郎。而马德里呢，有点野性和贵族气交织在一起的感觉。欧洲很多王室的规矩都是学西班牙王室的，但是西班牙的农民气息也较重。

马德里的主要街道，有一些喷泉小广场，这里是皇家马德里足球踢胜了的时候，人山人海庆祝的地方。还有皇马的主场百纳乌体育馆，那是足球迷一定要去的地方。当解说说到了富人区时，我竟怎么也看不出来。中国的富人生怕人家不知道他有钱，房子都豪华的不得了。可是，在欧洲常常从外表看不太出来，里面也许会非常奢华。

旅游车开过的地方，就数我住的地方最繁华。我住的地方街道不过一丈多宽，对面是一家甜点店，里面几十种甜点。往左边是一家古色古香的熏肉店，里面挂满了火腿和香肠。右边是一家专卖西班牙大披肩的商店。边上就是观光巴士的起点站和终点站。我这边都是餐馆一家挨着一家。满街都是游客，成天川流不息的。

坐观光巴士转了两圈后，我下来在面包店了买了蔬菜色拉、橙汁和面包。这里的面包看来有点儿像在哥本哈根吃到的乡村面包，全手工制作的，面包外面都是白白干面。

早上，我打开海鲜饭一看，米心都被泡开了，没有前一天那么难吃了。葡萄牙的陈先生来电话，问我什么时候到，我也不知道，去里斯本的票在巴黎根本就买不到。我去这里的火车站看看吧，到了售票处，

怎么这里的售票员不会英文，（可是出租车的司机会，他们的工作真该换换）我就用火车时刻表和他说，才买到票。明后天的都没有，只有今天晚上的。我就订了当天晚上的火车票。

我回到住处，马上收拾行李，准备去车站。我去退房时，管理旅馆的小伙子兴奋的眼睛直放光。他说："还有两天呢。"

我说："我必须现在走，火车票都订了。"

小伙子说："没问题。"

他这里常有人要住，我就看见过几次。可能一会儿，我这间就租出去了。那他就可以拿着我的房费当零花钱了，这对他来说是一个小馅饼了。

我发短信告诉葡萄牙的陈先生，我明早到里斯本。陈先生此时去了巴黎，要他女儿去接我，并说给我订好了旅馆。他会赶回来。我在巴黎，他在里斯本；我去里斯本，他又去了巴黎。现在交通太快捷了。

马德里，我还没有好好看过你，只是坐观光巴士转了两圈，我真得想看看，孔武有力的佛拉明戈舞，可是在这里看比北京还贵，而且晚上安全不安全，我没有把握，只能放弃了。皇宫和普拉多博物馆我也没有看，因为腰扭了，留在下次吧。

二十二　里斯本

10 月 11 日

葡萄牙国土 9.2090 平方公里；人口 10647763；每平方公里 115 人；宗教主要是天主教；人均 GDP23222 美元。

我从马德里坐了一夜的火车，到了里斯本。一出火车站，我的脸都舒展了，眼睛也大了。原来火车站外就是码头，在地图上看里斯本离海还有一段路。没有想到里斯本有一条内河通往大海，几条白色的大游轮在码头上停着，还有些小一点儿的白色船。

清朝外交家散文家黎庶昌，1876 年到 1880 年以参赞身份出使欧洲，后写了一本《西洋杂志》，他写到里斯本时，是这样写的：

十六日早六点抵利司奔（里斯本），住店曰"格朗诺得尔桑脱拉尔"。利司奔者，海叉深汇为巨泽，宽数十里，马得黎河下流达火河者，自东来注之，三面有山环绕，可中泊船数百艘，天然一大船坞也。

我们都是清晨到达里斯本，看见同样的景色。过了一百多年，有这样惊人的相似之处，好像世界没有什么变化。

　　这里是麦哲伦的故乡，麦哲伦出生于葡萄牙北部山区一个破落的骑士家庭，他 1517 年就向葡萄牙国王提出环球航行计划，可是，葡萄牙国王没有回应。西班牙的国王为了获得更多的财富，为麦哲伦的船队配了五条远洋海船，旗舰"特立尼达号"排水 110 吨，船员两百多人。当然，他们出海的目的也不怎么高尚，就是为了买到便宜的香料回来发财和掠夺黄金。证明地球是圆的，不是西班牙国王的目的。麦哲伦对土著的手段也是极其血腥。

　　葡萄牙人说："没有看见里斯本的人，等于没有见过美景。"它是世界上最壮丽的自然港口之一。

　　我给陈总的女儿打电话，她说她在医院，孩子病了。我就自己叫车去他的老店，开出租车司机是印度人，竟然用一根拐着弯的树枝在嘴里刷牙。他一有红灯停下，很有瘾地在嘴里捅几下。我想他是不是一天都在这样捅个不停呀。我在电视看见过印度人用树枝刷牙，今天才得见真人秀。

　　我下车后竟然发现，葡萄牙的地上铺的是白色大理石。一小块一小块的，光滑无比。陈总已经在离他家老店最近的地方，给我订了旅馆，距离不过二三十米。老板娘让店里的工人阿华和小王帮我把行李送到房间，我就没有上楼。我问小王："是不是全家在这里？"

　　他说："我还没有结婚，曾在匈牙利工作十年。"小王是给店里送货的工人，他还有事先走了。阿华带我去旅馆的餐厅吃早餐，餐厅已经空无一人。她和这里的人很熟，也就在旅馆里一起吃了饭，饭后我和她去了陈总的店里。

　　陈总也是改革开放后来到葡萄牙的，这家店是他起家的店，他还有几家店在城里不同的地方。他在华侨中热心公益，所以才被选做浙商总会会长。在店里，我发现一些中国的雪菜罐头、榨菜肉丝的罐头，我想买了当下午饭，还要了两碗方便面。老陈的女儿说送你了。我要给钱，阿华说："不用了。"

　　我看见进来的黑人很多都买花生米。就问阿华："黑人很喜欢花生吗？"

　　阿华说："他们是炒熟去卖的。"

　　这时，阿华叫一个来送菜的中国女人和我聊天。我一问，她是山东来的。我就说："我跟你去送菜。"

　　她也很爽快："走吧。"就把我推上了他们的送货车，她儿子开车。他们有一个农场，种些中国的芹菜、芥菜、萝卜、韭菜等。送了几家，菜没有了。滕大姐说："这样好不好，今天你就住我家，明天再给你送回来。"

　　我说："行呀。"我一个人无牵无挂，可以看看这些人在这里是怎样生活工作的。早知道就不办住旅馆的手续了。他们赶着回去，下午她老公和儿子要去市政府办些手续。

大姐姓滕，四十多岁，有北方人的爽快。她说："我今年给葡萄牙人骗了十几万欧元。"

原来她做豆腐，选了现在的地方做工厂。她问房产主，这里有没有"李先生"（音）就是有没有做工厂的执照，那人说有，其实根本就没有。他们的工厂已经开工，葡萄牙政府来查，就把刚开工的工厂给封了。这几年经济不好，政府查得很严，尤其查中国人严。中国人不懂当地的法律，看不懂葡文。所以，中国人被骗的事就时有发生。

滕大姐做饭。我说我来做，她不肯。我又吃了一顿中国饭。有丸子汤，有炒芹菜。她和儿媳妇两人特别和谐，有说有笑的就把饭做了。滕大姐的儿媳妇来葡萄牙才四年，生了两个女孩，这两个女孩争着叫我奶奶，两个小孩都喜欢和我玩。

滕大姐的老伴老徐回来了，他匆匆吃了饭，就和儿子去政府部门办手续。一会儿，滕大姐的妹妹、妹夫来了，他们都是滕大姐办到葡萄牙的，俩人开蔬菜水果店。滕大姐和老徐两人的亲戚六十多人都在这里，都是他们帮忙办出来，滕大姐和老徐还借钱给他们发展。现在这些人都能够自立，并把借款都还给了他们。老徐是葡萄牙山东同乡会的会长，胡总书记到葡萄牙时，接见了葡萄牙的各个同乡会的会长。老徐得意地把和总书记一起拍的照片给我看。他和中国驻葡萄牙大使关系也很好，大使每年都带着随员去老徐的农场转转。

老徐在山东莱西是给人打工的普通人。他竟然给我朋友的哥哥打过工，世界真太小了。因有到国外的机会，就出来看看，他来的较早。小时候，父亲让他学过木匠，所以在葡萄牙发展很顺利。他第二年就把滕大姐给接了出来。我发现在国外发展好的都是夫妻配合，共同奋斗。两个人都比较能干，这样成功的机会较多。

滕大姐就是看准在葡萄牙做豆腐有发展，就回中国学的手艺。

滕大姐说要带我去新的厂址看看，我马上准备好，和他们一起去看新厂房。这厂房也在城市的边上，真是不错，院子都种好了花，一家人住在这里很宽敞。也有小孩儿玩的地方。这地方原来是被法院没收，后拍卖的，便宜了很多。她儿媳的父亲在这里帮他们的工程收尾。这里现在还不通电，也没有网线。（几个月后，滕大姐从里斯本给我打电话说，还没有通电，也不能上网）

看完新厂房，滕大姐的妹夫又开车，带我们去他的店。他们的店还不小，看来生意也不错。我说想去看看周围的店，边上有一家卖衣服的店，也是中国人开的。这家店在经济危机的压力下，开不下去了，要关店，回中国了。我就进去看了看，买了一件衬衣给我的小时工，又买了两打圆珠笔。滕大姐非要送我一件衣服，我只好笑纳。

滕大姐的妹妹要拿些水果给滕大姐，滕大姐心疼妹妹，就找一些不太好的葡萄拿回来，她妹妹硬塞了两个大芒果和一些李子给她姐姐。

开车回来，滕大姐和儿媳做饭，我和她们的大孙女玩牌。我到谁家，谁家的小孩和狗都喜欢我。滕大姐又想起那个骗她的房东，气愤地说："我的房东来，我就指着他说：'你是我在葡萄牙见过的最坏的人。'"那人不吭声地听着。

滕大姐的儿子说："萄牙人偷了你店里的东西，他第二天还好意思来，在中国，就再也不会来了。"

晚上，滕大姐大摆宴席，还说今天没准备，要是早知道，就会做得更好。已经很好了，每人一碗排骨汤，还有两种虾、茼蒿。我本来一天就吃两顿，今天吃了三顿。本想到欧洲减肥，成天黄油、起司、火腿怎么减肥呀？看见中国饭又吃多了。

晚上，我一个人住在楼下，门还关不上。但是，滕大姐说："这里治安很好，不会有事情。"我就睡下，葡萄牙的晚上还挺冷，可能离海太近了吧。我盖着厚厚的被子，很快就睡着了。半夜醒了，再上一下网，这时老徐出来，他到院子里打电话。他和国内通话，是要国内发一个集装箱的货，因为有些做豆腐的东西，葡萄牙没有或者很贵，光在中国就要几万的税。到了葡萄牙还要缴钱。

葡萄牙比西班牙天亮晚一个小时。我早早就起来了。在欧洲的感觉是月亮比中国大，星星比中国亮。他们家在里斯本的城乡结合部，有点像乡下，早上还有鸡叫。

天麻麻亮，老徐问我吃什么早饭，我说把米饭一烫就好。他说：

"我们不吃这个，吃面行吗？"

我说："行，只要是中国饭就行。"

滕大姐起来了，今天换了一身漂亮的白衣服，他们要去办什么手续。就把我送回陈氏老店。临走，滕大姐给我装了两个大芒果和一些葡萄。老徐还贴心地放了一包纸巾。

他们把我送回旅馆，还有一个小时退房，我就抓紧时间洗了个澡。然后，退房，把行李寄存在楼下。就去到老店找阿华，阿华是一个混血儿，她祖父那辈就有非洲血统，她的父亲又是葡萄牙人。她生在非洲，十几岁来葡萄牙，嫁给葡萄牙的一个警官，丈夫官阶还不低。她本可以在家，她还是出来工作。她家在中国人圈里，是干净出名的。滕大姐就说："可不能让阿华看见我家。"她家有两个小孩当然有些乱。阿华的女儿在银行工作，嫁给葡萄牙人，女儿两口子喜欢旅游，现在还不要孩子。前两年，他们两口和女儿两口回中国，一起去了北京、西安和杭州等地。

中午，我和阿华出去吃饭，本想吃中餐，太远了，我走不到，就在附近吃葡国菜。我要的鳕鱼，她要的一个大肘子。据说，葡萄牙鳕鱼的做法就有365种。我的鱼只吃了一半，她把个大肘子都吃了，好胃口。我请阿华，麻烦她不少，应该请她。阿华姓马，爱笑，长得像印度人，人很高大，脸上总带着笑窝，头发都是卷儿，她中文讲得很好。她把她的先生、女儿和她自己的照片都给我看了，如果不是她家太远，我真想去她家看看。她每天来回要四个小时，还要坐船。我和阿华在一起不过两三个小时而已，我们好像已经是很熟的朋友了。

她说："我给你叫个麦先生，他也写书。"

我去了一下卫生间，出来就看见一个六十多岁的中国男人和阿华在说话。

阿华给我们介绍完，就去上班。临走，她和麦先生说："你们聊完，给她送到旅游巴士那儿去。"

麦先生是欧洲华侨问题专家，有本专著出版。我们聊了许多，麦先生很健谈。他在广州的出版社工作，现在退休，到欧洲来。每年，半年在国内，半年在欧洲。他有两个儿子都在德国，都给他钱。他在这里住得很适应，他说："在葡萄牙每月有400欧就够租房吃饭了。"会这么便宜吗？

他怕太晚了，就送我去坐观光巴士。我们相约互换自己的书。

在广场，我上了观光巴士。里斯本已有一千五百年的历史，地处大西洋东岸，在一个海湾的口上，整座城市沿着海湾的山坡建造。里斯本唯一和其他城市不同的是，地上的石块是白色大理石的，光

溜之极。其他城市地上的石块看着像花岗岩，麻麻磕磕的，颜色也是灰黑的。看来这样的路比沥青铺的要环保和耐磨。

里斯本城市建设很旧，看来国家也没什么钱。但是它古朴，有种非欧的情调，有些房子上贴瓷砖。不是一般的瓷砖，而是很漂亮很复杂的那种，几层楼都贴。很有点阿拉伯风情。它的南部特点也很明显，高大的棕榈树，随处可见。观光巴士走一圈两个小时，我坐了两圈。

　　里斯本阳光灿烂，这里的游人没有西班牙多。有近五百年历史
的贝伦塔，还有很像旧金山金门大桥的特茹河跨河大桥。我们还路
过一个监狱，有一半的路程是沿着河路走。

　　下了车，我往回走，在路边看见几个黑人妇女坐在地上卖花生米，正像阿华所言。

我回到陈氏老店，请老陈的女儿给老陈打电话，看他能不能赶到，如果可以，我就等他一会儿。他女儿说关机，那就是在飞机上了，看来是来不及了。阿华要下班了，她又叫来一个黄先生，让他给我叫出租车。黄先生已经有七八十了，可他还是愿意帮助我。我们聊了一下，他是广州一所大学教授，文化大革命没有挨整，也没有当过右派。我问他："为什么来这？"

　　他说："我这个人反应慢，不爱说话，反右、'文革'就没事。"他住得很近，常常来店里买东西和看华文报纸。他也说在这里租房连吃饭，一个月三百多欧就够。这样的空气，比在中国的养老院性价比要高了。这里就有码头，东西应该便宜。

　　黄教授的孩子都不在这里，就他一人生活在里斯本。什么样的想法使他独自一人在这里，老先生不说，我真想不明白。

　　阿华下班了。

　　老陈女儿送我的雪菜罐头和榨菜肉丝罐头，还有方便面，我想想太重了，就又放回货架。

　　到了非走不可的时间，还不见陈先生，我只好去了火车站。小王正好来送货，老板娘叫小王帮我叫车，黄教授和小王帮我把行李放到出租车上。我给黄教授一个芒果和一些葡萄，谢谢他，也祝小王早日成家，并开成自己的店。

市场调查

西红柿	1公斤	1 欧元
黄瓜	1公斤	0.7 欧元
苹果	1公斤	1 欧元
香蕉	1公斤	0.99 欧元

面包	1个	0.2 欧元
矿泉水 小瓶	0.12 欧元；大瓶	0.47 欧元
可口可乐 小瓶	0.4 欧元；大瓶	0.7 欧元
猪肉	1公斤	2.7 欧元
鸡蛋	1公斤	1 欧元
牛奶	1瓶	0.57 欧元
厕所		0.5 欧元

二十三　再去巴塞罗那

10 月 13 日

因为没有从里斯本直接去日内瓦的火车，我要去日内瓦，必须经过马德里到巴塞罗那，再去日内瓦。到巴塞罗那的车票就一百多欧。

一到车站，就碰上一个在香港大学读博的大男孩，他一直帮我拉行李，我让他放好自己行李，来找我。他一会儿过来了，正好，帮我把葡萄和芒果给吃掉，他是双胞胎，他的女朋友也是双胞胎，我说："你不怕生出三胞胎、四胞胎呀？"我们俩聊得很高兴，他怕行李丢了，就回去了。我一个人在一个带洗澡间的包厢，墙上有两瓶矿泉水；还有两只一次性的杯子；还有一次性擦脚垫。

我在马德里换车，还有点儿时间，就在车站里转，正好看见一个从中国来学习的中年人，他是华为派出来的，今天没有安排，他就自己买火车票出去转转，他主动帮我拉行李，把我送上车。是中国人就不能给小费了，只能谢谢他，愿他玩得好。

我从马德里换车到巴塞罗那。在一等车上，列车员只会西班牙语，我听不懂，从后面来了一个高个的中国中年男人，看来五十左右，他会西班牙语，而且相当的流利。他帮我翻译，原来是这车有午餐和送水及小点心，但是要交点儿钱。这么贵的票，服务也相应高。

这个中国人竟然是北京人，暂时就叫他小 B 吧。他在我对面坐下来，聊了一会儿。他说："你等会儿，我把我夫人叫来，她听到北京话，要高兴死了。"

他从后面把夫人叫了过来。他夫人小 C 是一个瘦瘦的，非常低调的人，也是北京人。她从小在白堆子外语学校学西班牙语。我妹妹是文革前白堆子外语学校的学生，学的是英语。小 C 是 80 年代到西班牙来自费留学，后来老公小 B 也来了。小 B 是个极聪明的人，没有正式学过西班牙语，就是在街上和西班牙人聊天，到现在已经有相当水平。其实，这应该是最好的学习外语的方式了。

小 B 的母亲是北京外国语大学的西班牙语教授，当天晚上是他母亲执教六十周年纪念日，许多大弟子，从四面八方汇集到北京。

小 B 的妈妈是越南西贡华侨，一解放就回到祖国。她从小学法文，回国后又学了西班牙语，在校执教多年。她来时，是一个把手绢都送洗衣房的大小姐。为了工作，小B虽然是独子，妈妈却很少管他，从小住全托幼儿园。上小学，就把他放到"少年之家"，她自己去了干校，小B就自己管理自己。

我说："小孩子其实有许多潜能，因为父母的过分溺爱，都被压抑。你没人管，使你的能力都得到锻炼，对你的一生很好哇。"

他上高中时因为功课好，被分到重点班，他妈妈到学校说："不要让他上重点班，他会骄傲的。"硬是把小B放到了普通班。但是，没多久，学校还是把他调回了重点班。

小B说："她是我妈吗？！我都想和她断绝母子关系，可是一想，我没钱，没法活，还得靠她。就打消了这个想法。等我上大学时，我妈给我一个月六十元说：'这钱不是我给的，是党给你的。'我妈现在老了，八十多岁了，她说：'你没什么不满意的，我没什么麻烦你。'"

小B说："我也没什么麻烦你的，我小时候你也没怎么管过我什么。"

他说是说，对他妈妈的敬佩之情，都在言语中，他不停地说着他母亲就是证明。有时调侃一下母亲，开开母亲的玩笑，那是和母亲比较亲。当然，他内心还是渴望得到母亲更多的爱，但在那非常时期，多少家庭被生生分开呀。他对母亲的爱，还表现在他利用母亲不在的时候，把父母的房子给装修了，也未经同意就扔掉了一些东西，让父母心疼了许久。

我们竟然还有共同的朋友。这朋友还是小B特别崇拜的人，世界之小，怎么转来转去，都能认识。

我说："我妈妈也是，从台湾到大陆。后来九七年可以回台湾了，她说：'共产党把我从小姐改造成劳动人民，现在要我再从劳动人

民变成小姐，变不回去了。'"我们一路聊得很高兴。

我说："我在电影《茜茜公主》里看到，茜茜公主的丈夫对茜茜公主说，奥地利王室的规矩是从西班牙王室学来的。我在西班牙的街上还可以看见一些贵族的影子，在莫斯科也有。"

小 B 说："是的。"

我又拿我一路碰上中国人时活跃气氛的话题考小 B："给你们做一个智力题，我给你们两个条件，你们看这里面有什么关系。宋美龄有严重的皮肤病，她在搬去长岛的时候带了一百箱衣服。这里面有什么关系？"

他们俩想不出来。我说："我一看见她带了那么多衣服就明白了，她是染料过敏，她太爱漂亮了。为什么要我们买来的衣服先洗了再穿，就是要把染料尽量洗掉，还有以前小孩子的尿布都是白色的旧布也有这个原因。"他们认为有道理。

我又接着出了一个题目："我在插队的时候碰上一个女孩，长得像外国人，头发也卷得和中国人不一样，卷特别紧。我问她有没有外国血统，她坚决反对：'我们家是老北京。'你们猜是怎么回事。"

小 B 说："是八国联军的后代。"

我说："你太聪明了，当时被强奸的女孩，不可能都跳井和上吊，这些女人可能藏起来一段，孩子生下来送人，再露面。没有孩子的把那孩子抱回家，还觉得孩子很好看呢。中国人觉得这事是很难堪的事，会尽量回避说。"

我和他们说，前些天我生日，在餐馆点了海鲜饭，竟然是夹生的。小 C 说："西班牙人都吃夹生的，你要吃熟透的，就要和服务员说。"我想起来了，服务员和我讲了半天，我听不懂。所以，就按西班牙的习惯，给我上了夹生的饭。到欧洲要品尝海鲜饭的人，要对服务员特别说明，否则就要留下遗憾了。世界之大，无奇不有。我要不是碰到他们，要冤枉马德里的餐馆多久，真说不定了。所以，遇事不要随便下结论，多做点儿调查研究再下结论也不晚。

大家东拉西扯，聊兴正欢，我说："在欧洲的茶花女，一个妓女的爱情留下不朽名著。可是，我们古时的妓女可比欧洲妓女水平高多了，像李香君、柳如是还有小凤仙，都不仅爱国，还参政议政。"小 B 和小 C 都笑了。

该下车了。

到了巴塞罗那，我去签去日内瓦的火车票。有了小 B 夫妇做

翻译，顺利多了。人家说去日内瓦的火车，只有二、四、六、日，这几天有，其他时间都没有，我只好要了周日的票。那就要在巴塞罗那再住一天了。

既然已经认识小 B 就和他们去住他们的酒店吧。虽然贵点，也比一个人在旅馆，连说话的人都没有要好，何况我们很聊得来。酒店名字是卡洛斯一世酒店，小 B 要赞助我这家五星级的旅馆的住宿钱。我

说不要，他说已经记在他卡上了。

小B在订房间时说："我都要海景房。"

客房接待人员说："海景房都让日本人订光了。"

小B说："日本四面环海，他还看什么海呀。"

没办法，我们的房子都不对海，对着网球场。

大堂里有人在弹钢琴，大堂从底层到顶层全空着，所以有极大的空间，卡洛斯一世的画像就在前台的墙上。

到了房间，我们约好晚上一起吃饭。我就把几天攒下的衣服都洗了，巴塞罗那天气很好，差不多可以干，实在不行，还有吹风机。

我坐在洗澡间上网，因为这里洗脸台的插头好用，在房间要钻到桌子下才能插上。这就是五星级酒店不周到的地方了，住这里的按说都是比较尊贵的客人，你让人家跪在地上钻桌子，太不尊重客人了吧。

西班牙的晚餐要9点才开始。我跟着他们坐车到了一家韩国餐馆。他俩都是美食家，我跟着他们，免了不懂语言的麻烦。要是没有他们，就是告诉我这里饭不错，我也找不到。因为，这家餐馆在胡同里。

这家韩餐果然地道，首先上的是韩国人送的四样小菜。他俩和老板娘很熟，我们是第一拨客人，陆续又来了许多人。后来上的是牛仔骨(韩式牛排)可比洋牛排好吃多了。一锅豆腐和韩式蚂蚁上树，当然，还有米饭。韩国和中国地理接近，口味相似，很可口。其实，我在北京很少吃韩餐，觉得菜肴品种少。

路上看见水果店，在国外要吃水果，还要找，没有像中国到处都是水果摊，我常常没有水果吃。一看有种瓜在中国没见过，就要买。他们说是当地的香瓜，可那皮是一棱一棱的，有小哈密瓜那么大。他们买了一个。

我回到宾馆就切瓜，他们俩竟然不吃。成了我向他们要瓜了，不管了，我就自己吃。还真很甜，瓜子像香瓜和哈密瓜的籽，肉像哈密瓜和白兰瓜，皮可真不像。

10 月 14 日

第二天早上，我 6 点就起来了，一直在写。把那瓜也吃光了。到了快十点，怎么还没有动静，我记得他们的房号是 819，去了一敲门，敲出了个睡眼惺忪的白人女士，我只好道歉，再也不敢乱找了。

我就下楼吃早饭，早餐相当丰富，负责餐厅的女主管，叫来一个男服务生，叫他负责我，都是他在帮我端早餐，吃过饭，我拿了一个梨。

我回来到房间，怕超时，有了圣彼得堡被罚的经验，还是先把房退了吧。退房还要排队。

退完房，我在大堂里，正给小 B 发 E-mail，还没有发出去，远远地看见他从电梯里下来了。我说我的手机没收到短信，我已经给好几个人发信，让他们在国内给我手机充钱了。怎么没有来，难道一个也没有收到吗？他让他北京的助手，给我又充了五百元。人家马上就充了，我还是没有短信。仔细一看才发现，我的手机没有信号。他们俩鼓捣一会儿，有信号了。短信一个一个进来，一看都三千多元了。小 B 开玩笑说："这真是一个集资的好办法。"

他说，他昨天和母亲说了我的事，他母亲说："好人，好同志。"他笑着说："好同志就算了吧，好人就行了。"我们都在笑。她妈妈

还嘱咐他："为人要低调。"真是儿行千里母担忧，他都这个岁数了，他妈妈还在嘱咐他。

他出去了一趟，采访了一个人，现在要把文章写出来，马上发给国内。我还没有看见一个在国外活得这么自在的人呢，出门五星级酒店，还是 VIP。

我和小 C 聊着天，等着他回来，我问她："你知道为什么文人都好吃吗？我觉得是文人的味蕾比普通人多，所以其他感觉器官也比别人敏感。别人看来没什么的，他就有一堆感慨。或者，别人没看见的，他看见了，你说有没有关系？"

小 C 点头，同意我说的。

我又和小 C 聊女儿，他们两个女儿，我也两个女儿。小 B 的妈妈是北外的西语的教授，我妈妈是北师大日语的副教授。他们俩的女儿都在英国，我的两个女儿都在美国。我们两家有许多相像的地方，有许多可聊的。

这时，小 B 回来，文章已经发回国了。我几十年来一直有一个问题，就问小 B："塞万提斯的《堂·吉诃德》为什么那么有名？他写那书有什么意思？"

小 B 说："我们去过他的家乡，他是一个极其有才华的人，可是怀才不遇。他写那书的意思是，人是斗不过现实的，但是还是要斗，要勇往直前。"

经他这样一解释，我才想到是这么回事。塞万提斯确实了不起，很有英雄气概。他了结了我一个几十年的疑问。

小 B 问："你上次来巴塞罗那，在哪里吃的海鲜饭。"

我说："在一个海滩边的餐厅。"

"那你吃过海鲜面吗？"

"没有。"

他就去打电话去一家海鲜面做得最好的餐馆，结果人家都满了。他说："还有一家吃海鲜的地方，就四张桌子，饭做得好极了。"

小 B 打了电话，让他们在别人没来时，加一桌。我们就打车准备去，这时从酒店里跑出一个服务员和小 B 说了一会儿。在车上小 B 说："海鲜面那家也要给我们加一桌，我们已经订这家，就这家吧。"

出租车走在街上，我看着一个月前见过的街道，像是看见了熟人，很亲切。

餐馆在一个小屋里，果然只有几张桌子，不要以为是中国可坐十人的大桌，不是，是不到一平方米的小桌。

菜一道一道地上，先是海螺；又是海胆；再就是蛤蜊；还有非

常新鲜的鳕鱼，都很好吃。有一道在刚烤好的面包上擦西红柿的做法，更美味，但时间一长就不好吃了，因为西红柿的水把面包泡软了。小 B 和服务员很熟，看来他们是常客。

这家店已经有很长的历史了，这里的服务员，以自己在这里工作为荣。墙上从地到顶放着许多酒和食品，你也可以买回家。门口有个柜台专卖火腿的地方，有许多名贵的火腿、香肠，西班牙的火腿很有名。要都搞清楚可能要听十小时的课。

我问小 C："我在电视上看见，鳕鱼被腌得很咸，再把盐泡掉，和米饭一起做，好吃吗？"

"好吃。"小 C 点点头。我相信，小 C 对美食的鉴赏能力是不容置疑的。在巴塞罗那都是他们请我，我和他们说，回中国我请客。

吃过饭，他们俩把我送到火车站，又在咖啡厅给我找了一个座，帮我叫了苏打水。他们又陪了我一会儿才走。回马德里的火车在另外的车站，还很远。

在巴塞罗那幸亏碰上他们，不然我那个塞万提斯的疑问还要背负很久。

在火车上，碰见瑞士的列车员人特好，一直关照我，他是最主动帮我拉行李的。一会儿告诉我要吃晚饭了，一会儿又来问我要不要把床放下来。这车加了二百多欧，包晚餐和早餐。我要的一人一间。后来，我才知道我这样做是很值得的。我在瑞士碰上两个合肥科技大的小博士生，就遇上一个韩国女孩，她住四人一间的，早上起来一看行李全被人偷了，她的钱护照都在里面。她只好找警察，警察给她开了一个条，和她说："有这条子坐车不要钱，去找你们大使馆吧。"这两个科技大的学生，把面包拿出来给她吃，那女孩都哭了。所以，不要图便宜，安全更重要。

天渐渐黑下来了。

二十四 瑞士人是欧洲最好的人

日内瓦

10 月 15 日

瑞士国土面积 41284 平方公里；语言四种：德语、法语、意大利语、罗曼什语；人口 800 万；每平方公里 188 人；宗教是天主教、新教；人均 GDP81160 美元。

我坐上了去瑞士的火车，包间里有带淋浴的卫生间，我不洗澡，那里可以放轮椅。列车员是一个胖老头，他特别关照我，什么事都和我说得清清楚楚，到吃饭的时候，就来叫我。我用一个塑料片做的钥匙，把门锁上，就去餐车。

在餐车里，人几乎满了，我在门边的小桌子边坐下。餐巾和刀叉摆得很讲究，斜着摆，是我在欧洲从没见过的。难怪瑞士的酒店管理那么有名了，确实是用了心思。

我点了鱼和色拉，还有布丁，别人都是点牛排。盘饰很漂亮，味道也好，服务员穿着也较讲究，像是餐厅服务员一样经常左手背后，动作规范，让你有受到尊重的感觉。

饭后，我回去就睡下，因为没有什么可以做的。虽然，要过阿尔卑斯山，可是天黑看不见。

　　一大早，天还不太亮，应该已经到了瑞士，列车员又来叫我吃饭。早餐是些面包、起司和火腿片，我要了一个鸡蛋，漂亮的女服务员，很麻利的送着餐，脸上永远带着笑容。来吃饭的人并不多，欧洲人晚睡晚起，不下车的人都没起来呢。

　　再过一会儿下车，列车员来帮我，把行李轮椅都送下车，因为车还要走，时间有限，我们都有点儿紧张，我忘了把包厢的塑料钥匙片给列车员了，心里觉得对不起他。

　　日内瓦火车站在大修，所有人都要绕一个大圈，才能出站。这对我是一个考验，因为我还没有走过那么长的路。这时，一个金发碧眼的女士，一看就是白领，因为她穿着上班的正装，她拉过我的行李箱，一直到大门口，我请她把地址留下来，她一直和蔼可亲地笑着，并留下了地址。

　　黎庶昌说到瑞士："瑞士在法国之东，奥国之西，意大里（利）之北，德国之南，山水佳胜，为西洋冠。"

　　我下了车没有订票，因为我还不知道女儿来多长时间。女儿已经给我订了一个住处，我就叫车去这个地址。司机把我放到一个路边，我问："是这里吗？"

　　那司机说："是。"司机很酷，留着中世纪长发和胡子，但是好像长期吃不饱，两腮都陷下去了，我看他就像看一部描写中世纪的电影里的演员。他也打手机问朋友，说就是这里。我只好让他走了。

　　我拿着地址去问，根本就不是，这里只有一个小商店，我看里面卖的最快的是香烟，许多人都是只买一包烟。没有中国人的大手笔，买整条的。我没办法，只好和老板说："请帮我要一辆出租车。"老板可能是把他孙子的画钉在收款台边收款台边上了。

老板很好，给我叫了车。司机拉着我到了一个像公寓的地方。我翻开第一个门的脚垫，没有看见钥匙，给房主打电话，没人接。没办法，再回小卖部吧。外面有些冷，我把行李搬进小卖部，为了老板不要不高兴，我买了两把瑞士军刀和四个三棱巧克力。瑞士是世界上巧克力的消费第一大国。世界闻名的瑞士军刀，竟然只用一个印刷简单的小纸盒包装，刀上连一个小塑料套都没有，只有两片塑料纸贴在表面，充分说明东西不在包装，在实际质量，足见瑞士人不喜欢张扬和良好的环保意识。

　　怎么办？我想起来，每次我进入一个国家时，中国大使馆的短信就会来，告诉你要尊重当地的风俗习惯，遵守当地法律，保管好个人财物，少带现金，防盗防抢劫。然后是当地使馆的电话。

　　我打给使馆问问吧。一个女士的声音传来，我问了一下，她说："可能那人晚上会在。"我怎么能等到晚上呀？

　　我和老板说："请再帮我要一个出租车。"他马上给我叫了。

　　这次，我去路上看见的"北京楼"餐馆，"北京楼"应该是北京人开的，找老乡商量一下怎么办。下了车，我就推开餐馆的门。

　　这个餐馆是我在欧洲看见过的最精美的中国餐馆，当然我有些孤陋寡闻。餐馆还没有开门，员工们正在吃饭，我就坐一边等着。员工在一桌，一个漂亮的中年妇女和一个有些老态的男人在另外的桌子上吃饭。

　　等他们吃完来问我，我才说："你们吃的炒面有卖吗？"

　　"有卖。"

　　"我要炒面和汤。"

　　我去过卫生间，就顺势走到他们吃饭的地方。看来年纪有些老的男人在收拾。我就问："谁是北京人？"

　　他说："这里是广东人开的餐馆，不是北京人开的。"

　　我问："你是老板吗？"

　　"不是，我是给老板娘打工的。"他一边擦着桌子一边笑。

　　"你是她爸爸吧？"

　　老人笑着对老板娘说："她要高兴了。"

　　我才知道我犯错误了。"对不起，我不知道你们是一家人。"

　　"没关系，外国人也有这样说的，中国人你是第一个这样说的。"老人好脾气地笑着说，他坐下来陪我说话。

　　我说："你在广东，怎么到欧洲的？"

　　"我是七一年去了香港。"

　　我自作聪明地接着说："你是游到香港的。"

　　他也不反驳我，还顺着我说，当我问到他多大年纪时，他不过比我大一岁。我奇怪了，他怎么成了这样子。

　　他说："我有肾病，我透析过，现在不用透析了。"

　　"你吃枸杞吗？"

　　"医生告诉我：'不能吃，那些药里，有对你病不好的成分。'"

　　我想起来，最近在网上看到，中药里有些重金属。

　　我的饭来了，广式炒面，有许多的牛肉，我和老板说："我给你这饭提个意见，你这里放点胡萝卜丝和青蒜丝就好看多了。"我后来在面下翻到胡萝卜花。

　　老板说："你要知道这里绿菜很少。"我真不知道。

　　等我交钱的时候，老板娘要欧元，我很奇怪，这不是日内瓦吗？不是应该收瑞郎？

　　老板娘说："这里是法国。"啊，原来我在法国呀！第一个司机就是把我送到瑞士边界就把我放下了。

我和他们说起我的问题，我说："不会我女儿碰上了骗子吧，把钱收走了，房子也找不到，人也找不到。"

　　他们把我的地址要过去看了看，说这个地方应该就在我们附近。老板娘去打电话，说有一个常常拉老板看病的一个出租车司机，就住在边上，他应该知道，一问果然有这个地方。太好了，我今天有地方住了。

　　老板娘说："一会儿，让这个司机送你去。"

　　我还有半天可以逛日内瓦，就问他们日内瓦有什么可看的。老板说："你去日内瓦湖坐船吧。"

　　我和他们说，晚上还来这里吃饭。

　　出租车来了，找了下面一条路，不对，又返回来找，找到了上次那司机送我的地方，我只好挨着门的翻脚垫，果然在第三个门前的脚垫下，找到了钥匙，把行李都放在屋里。

　　我就又上了车，一直到了日内瓦湖边，日内瓦湖真是漂亮。什么叫山水，有山有水就是漂亮，日内瓦湖在日内瓦市中间，几面都是房子，远处是雪山。我是第一个买船票的，卖票的人还把我轮椅放到她的活动房子里，让我可以放心的游湖。我为了看得好一点儿，就坐在船后露天的地方。这时，来了一个姑娘，我问她是哪人，她说："黎巴嫩。"

　　我告诉她我是从中国北京来的。

　　我们赞叹着风景的漂亮。船开着，先到那著名的水柱边，这根水柱有一百四十五米高，很壮观。船又向前开去，我突然一回头，发现，在斜阳中的湖波光粼粼，照片效果非常好，我就告诉黎巴嫩姑娘。她也拍了几张照片。

　　湖的南边有一个小美人鱼，和真人差不多大小。谁都知道哥本

哈根有美人鱼，很少有人知道日内瓦湖也有个美人鱼。阳光灿烂，雪山巍峨，好美呀！瑞士真是名不虚传。

这时，黎巴嫩姑娘使劲叫着我，让我看水里有双重彩虹。船溅出来的水花，在阳光下形成了彩虹。

当船转弯回去时，高高的水柱也形成了彩虹。这是对我早上不顺利的补偿吧。我真是心花怒放，看见美景，真是对人的一种巨大的奖赏。

船靠了岸，我不愿意挡人路，就最后下，那黑人船长对我很好，我们聊着，他把我送下船。刚走到湖边，我看见两只天鹅游了过来。清澈的水可以看见湖底，两只天鹅里的一只，老是头朝下，我猜是在吃水底的水草。它大头朝下，我忍不住笑起来。黑人船长看着这个中国妇人，怎么这么会自己找乐呀。看见那天鹅一次一次的钻下水，我真是看不够。后来，天鹅游走了。我才去取我的轮椅。卖票的人，很友好的把轮椅搬出屋。

我在湖边流连忘返，看见两个滑着轮滑的警察，一男一女，并肩巡逻，这也是日内瓦一景。

在路边，停着一辆四处漏风的游览车，我就上去了。一个不太黑的人是司机。他拉着我和另外两个年轻男女在城里转，还不时回头给我们解说。我们看到了在日内瓦联合国机构，联合国卫生组织，和那个巨大的椅子，总之是这个小城的骄傲的地方。有些地方因为

二十四 瑞士人是欧洲最好的人

没有讲解，我也不知道。

一圈转完，天还很亮，我还不尽兴，就自己在湖边转。精美的路灯，路边的雕塑，甚至小卖部我也进去看看，我希望能够买到瑞士风景的 DVD，当地人拍的一定是最好的，可惜没有。

天色渐渐暗下来。我才去叫出租车，很难叫，出城的车很多，进城的很少。等吧，没办法。终于来了一辆奔驰，司机下来，我看着怎么像是公司老总呀。后来，我才发现，瑞士有些出租车司机确实很像大公司经理。

回到"北京楼"，老板已经吃完，老板娘差不多要吃完了。她把她的私家菜给了我，鸡片炒盖菜还有一碗米饭，吃了这些我就饱了。我叫的卤鸭面里有许多肉，是不是特别给我多放，我也不清楚，我实在吃不了，就把肉剩下了。这时，我发现厨房的门里，老有人往外看，我就问老板娘："他们是在看来的客人多不多吗？"

她说："他们都在看你，看看作家长什么样？"

我太惊奇了，从没人拿我当作家，实在有点儿受宠若惊。

老板娘陪我说话，我请她讲讲自己的故事。

"我们都是柬埔寨华侨，七五年红色高棉一来，我就和家人跑了，衣服、金子都换了南瓜和米。每天米很少，多是吃南瓜。我们向山区走，到靠水井的地方。那时，每天晚上要排队打水。我们在湖边的泥水里洗澡，我和弟弟、姐姐，还有母亲。五十多天才到了越南的难民营，有亲戚朋友的可以接出去，我们被亲戚接了出去。当时，我还不到二十一岁，按照香港政府的规定，我可以去香港。姐姐当时结婚有两个孩子，不可以去香港了，就留在了越南。"

"我父亲跟西哈努克很好（昨天西哈努克去世了），他先跑的，去了香港。我在香港待了十八个月，起初做缝纫和电子表。我父亲很有钱，但是，我们住家里是要交房租的。我父亲一直很用心，让我们有能力养活自己。厂里发现我会法语，就让我去坐办公室。"

我问："那工资也高了吧？"

"没有，就是不用在生产线上了。"她说。

"姐姐还在越南，姐夫的亲戚在法国，就把他们都接到法国。

我姐姐已经有两个孩子，又要生一个孩子。最后，这个孩子在出租车上生的。妈妈要去法国给姐姐做月子，我家就我这个女儿最小，本来妈妈想留在身边。我想去法国，就和妈妈说：'我跟你去，我会法语，我很容易适应。'我只准备了简单的行李就和妈妈去了法国。我第一个星期就是玩，第二个星期，我就去看看工作，马上就有了工作。妈妈过了一个月要回香港，舍不得我留下，我就求姐姐帮我说话。经过姐姐的说服，妈妈最后同意我留下了。妈妈一人回到香港。"

我说："那你和老伴怎么认识的？"

"我们是朋友介绍的，相差七岁，他也是柬埔寨华侨，他比我们早到澳门，七一年就去了（原来老板上午都是在逗我），他七岁父亲就不在了，二十一岁母亲也去世了，他是独子，和老外婆相依为命。我两个姐姐的婚姻都不幸福，最后都是离婚。我们认识一年，我觉得他人老实就嫁给他了。父亲没有来得及赶来，是姐姐做的主婚人。后来，父亲来了，就鼓励他做生意，父亲说'工'字不出头，老打工是不行的。一开始就做餐馆，我们当时没入籍，商业银行借不到钱。爸爸帮了我们 10 万法郎，我们自己有 8 万法郎，又和银行借了 25 万法郎。爸爸是和我们要利息的，要我们一年还清，我们真的做到了，一年就还清了父亲的钱。父亲真是用心良苦。几年后，爸爸又把钱分给孩子们，每人 10 万法郎。"

我说："你们很顺利呀。"

"不是的，一开始很难，人家都说我们太大胆了。我们决心已定，就坚持做下来了。"

"那时我们租了一个房子，只有两间卧房，一间给老外婆，一间给大师傅，我们三口人住在客厅。刚开始出来做事，不够圆滑，

有矛盾没有处理好，后来和大师傅沟通不了。大师傅是一个比较粗鲁的人，最后都用武力了。"

我有点担心："大师傅好找吗？"

"好找，后来换了大师傅做了两年。考虑到我姐姐做生意，顾不了家，我们就把原来那家餐馆给我姐姐做。我老公看见这条街只有一家越南餐馆，没有中餐馆。这家店的前面，有一个红绿灯，法国人去瑞士上班时，可以看见我们的店，在这里做有希望。就把这个店顶下来，开店到现在，果然一帆风顺。父亲八四年因肺癌去世，他年轻时抽烟。妈妈住在美国和两个弟弟过。"

这时，客人开始来了，她赶快去招呼客人。

我仔细的观察餐馆。顶棚上的灯饰是从巴黎的中国店买来的，很有中国味道，椅子是从泰国清迈买来的，都已经十多年了，是螺钿的。隔扇也是巴黎买来的。墙上还有从印尼巴厘岛买的人物木雕。放酒的柜子里，还都是些中国的小清玩。老板是一个非常有心的人，他在厕所外放了一个雕花屏风。他原来有一个巨幅的刺绣，被客人看上买走了。这里处处可以看出老板的用心。一般的中餐馆，有几项中国元素就行了。"北京楼"即使在北京也是装修很用心的餐馆。我看没有了刺绣的墙空着。就说："我送你一幅牡丹吧。"

老板说："不用了，老了，过几年就不做了。太累，每天她要走许多路。"看来老板是很心疼老婆的。

这时，来了一个法国女孩，要了几样中国菜，老板娘和她很熟的样子。她说："我妈妈很喜欢做中国菜，我想多存些钱，带妈妈爸爸到中国看看。"我很欣赏她的孝心。

老板娘向她介绍我说："她到欧洲是要写书的。"

我说："我给你照张照片吧，说不定会把你写进去呢。"

她使劲地笑着，她的菜送来了。

我说："你的妈妈饿了，快回家吧。"

"不是妈妈，是男朋友。我上大学的时候，我有个男朋友，他和别人结婚了。"外国人和中国人真是不同，我们刚认识，她就把这样的事告诉我。

姑娘走了，我要付我的饭钱，老板拒绝了。老板说："明天我们去她姐姐那边帮忙，她姐姐的伙计走了，这边要关门。"

老板娘说今天人不多，要开车送我回去。我上了她的车。老板娘开着车在路上找了几圈也找不到,最后我们又回到餐馆。她说:"胖子已经睡了。"胖子就是送我去的那个出租车司机。

没办法，只能再叫一个出租车，老板把门关了，说："今天客人不多，早点关门。我们跟你去，也认识一下这个地方。"当然，老板是怕我一个人如果找不到，还有他们。

这个出租车司机很快就找到了。老板和老板娘跟我进了屋子看了一下，觉得还不错。每个屋子都看了看，说："这里是一个男孩的屋子，不是你女儿的男朋友的家吧。"

还了老板娘的出租车钱，送他们走。我才好好地看了看这套房子。一个卧房一个客厅，厨房、浴室、厕所、储藏室一应俱全。还有小后院。我躺下来就睡不着了。老板娘的一句："是你女儿男朋友的家吧。"我想着如果是女儿的男朋友，他们在这里会幸福吗？

过了 12 点，才昏昏沉沉地睡着了。

日内瓦

10 月 16 日

第二天，女儿来短信说下午三点来。我先洗澡，然后洗了两件衣服。日内瓦比较冷，我担心厚一点儿的干不了，就把薄的洗了，挂在后院的椅子上。空气又冷又清新，瑞士预期的年龄在全球排第六——80.4 岁，最高的是安道尔。

我不敢出门，怕回不来，女儿来了撞锁，就把前几天没有写的写出来，不要拉得时间太多，忘了就不好补了。

"北京楼"今天关门，吃什么呀？不管了，等女儿来了再说。我一般总有一些面包在身边，不想出去买，就可以自己解决一下，我有从北京带了白菜腐乳，有些辣。面包通常是法国面包棍，因为它不爱坏，我也喜欢它的筋斗。其实，冰箱里有许多东西，我不想动。

快3点时，女儿真来了。我找了三次，她怎么一下子就找到了，难道她来过？当妈的，都快成侦探了。

我赶快审一下："你怎么来的？"

"那人告诉我坐什么车，怎么走。"女儿说着。

我又问："你昨天在哪里？"

"在一个日内瓦的朋友家。"显然，不能再问了，再问，非急了。

我只好缓和一下气氛："那你日内瓦湖都看见了？"

"我都看了，住的地方，就对着雪山。你这么多国都是怎么走的？"

女儿关心我，我有点感动了："我把箱子放到轮椅上，再把双肩背挂在把手上，我就可以推着走了。累了就把箱子拿下来，坐一会儿。所以，我老有椅子。在这里认识了一个饭店老板，很不巧，他们今天关门。怎么吃饭呀？"

女儿拿出给我买的蔬菜色拉和火腿及面包，还有两片巧克力。这就

是一个人的量，我说："这做我的早饭吧。我知道有一个小超市，我们去买点东西。路上还可以看见雪山。"

女儿就推着我，去买东西。在小店里，看见东西不多，但是完全可以满足我们的需要。我觉得我在屋里很碍事，就出来了。在门外的菜摊上有标签，就做一下市场调查吧。我突然看见老板的后脑上有两个中国字"玛丽"，我就抓拍下来。女儿买完东西出来，说："老板给我看他后脑上的刺青，写着他老婆的中国名字。"

我说："我在窗外也看见了，还拍下来了。"

女儿给我做意大利面，我们不会开煤气，用微波炉做的，别提多难吃了，女儿没怎么吃，我也吃了一半就倒了。

女儿说："我在尼斯的房主是个餐馆的老板，他说你喜欢欧洲，我喜欢美国，咱俩结婚吧，我就可以去美国，你也可以去欧洲了，我们不用接吻。"

我赶快问："这人多大了？"

"三十多吧。"

"那你说什么了？"

"不行！谁跟你结婚呀！"女儿很坚决地说。

我才放下心来，欧洲人对婚姻，我真不想用随便，但是比我们容易多了，中国觉得是一件大事，他们觉得是一件很轻巧的事。

我拿出忘了还给列车员的塑料片钥匙，交给女儿要她一定还给车站，还把我的车票也一同给她，好让车站知道是哪趟车的。希望这个钥匙能够尽快还回去。

女儿该走了，她亲了亲我，就走了。又剩我一个人了，这将是我在欧洲见她的最后一面。

女儿来短信，说钥匙已经还给车站了，我才放心。

英特拉肯

10 月 17 日

"北京楼"要到中午才开门。我洗过澡，吃了早饭，就开才始往"北京楼"走，一是要和新朋友去告个别，另外，想叫胖出租车司机送我去火车站。

果然，餐馆没有开门。但是，那个瘦瘦的跑堂已经在做准备工作了。我算是这里的熟客了，他马上就把门打开，让我进去，还给我泡了茶，是他自己从家里带来的。

我问他："老板什么时候会来？"

他说："还要一会儿。"

"你是从哪里来的？"我问他的情况。

他也不避讳，就说："我是从越南来的。"

"家人都在这里吗？"我有点不客气了。

他很痛快地说："我没有家人，就我自己。孩子在法国长大，你指望他们养你老，做梦吧。"他看得很透。

"你病了怎么办？"

"我前些年就住院开刀，医生说我老是搬重东西，肚子的膈膜破了，肠子从里面都出来了。做了手术，现在，医生要我多走动。"

"那是疝气吧。"我说。

"我就靠法国政府的医疗。"

"你一个人不寂寞吗？"

"我养鱼、养花。老板扔掉的蝴蝶兰，我拿回家养得又开花了，给了我哥哥，没多久就给他养死了。我从中国偷偷带来的金龙鱼，才半尺，让我养到两尺多长，鱼缸里实在放不下了，我才把它放到河里。你看这些乌龟也是我在养。"门口有一个两平方米左右的小水池，里面有几十个比巴掌大的乌龟。

"你怎么来法国的？"

"全家一起来的。我在家里最小，到了法国念了一些书，就工作了，我有好几个哥哥。"

"你们家不培养你吗？"

"靠谁呀，都得靠自己。"

这时老板来了。他已经行走不太利索，还是亲力亲为做些力所能及的事。我问他在瑞士最应该去的地方是哪些。他给我写了三个，第一个是英特拉肯；第二个是洛桑；第三个是苏黎世。

我等老板娘来了，就请她叫胖子来送我去火车站。我送老板娘一条珍珠项链，这本来是准备有什么场合时要用的，也没有用上，快回中国了，就送她吧，她欣然接受。

我们用法国式的贴面礼告别。

在火车站，我很快就办好了车票。到英特拉肯不过两个小时，路上是无尽的美景，那些悠闲的牛在平坦的草地上吃草，睡觉。这里的牛真是幸福呀。湖光山色，不能用美来形容，要用天堂般的来形容了。我觉得天堂也不过如此。

这时，有两个中东样子的人来问："这里可以坐吗？"

我说："可以。你们是哪来的？"

"伊朗。"

"哦，你们是我第一次见过的伊朗人。我是从中国来的，中国和伊朗是友好国家。"我有点儿兴奋。

他们一听也高兴了，问我："中国比欧洲好吗？"

　　我怎么说呀？我只能说："有的地方好，有的地方不好。所有的国家都有许多问题。"

　　他俩觉得有道理，那个年纪大的把他的名片给了我，我一看这伊朗人还是个药学博士呢。他告诉我："我在英国念的博士，你到伊朗就来找我。"

　　我笑着谢谢他们。看来他们是出公差了。一会儿，他们都下车了。

　　换车后，我对面坐着的像中国人，听他们说话，我知道他们是台湾来的，就和他们聊了起来，大家同根同种，没有语言障碍，所以聊得很高兴。我告诉他们我父母和先生都是台湾人让他们大为惊奇，我和他们说，我基本上是自己一个人在旅行，并把欧洲通票拿出来给他们看，我走了多少地方，我说欧洲通票的纸太差了，都要烂掉了。他们也同意，把他们的通票也拿了出来，走的地方没有我多，可欧洲通票更破烂。他们该下车了，我们有点依依不舍地告别。

等我到站时，别人都走了，只剩我，车很快就要开。三层高高的台子，我根本就下不去，我想想那个箱子里也没有怕摔的，我就把轮椅带箱子推下去，再自己下去，这个轮椅也很结实。一个胖胖的姑娘看见了，就来帮助我。她帮我把轮椅扶正，轮椅的脚蹬一半掉到站台下，她一直扶着，等火车开走。才帮我把箱子放好，她问："去哪里？"

　　我说："办火车票。"她就把我带到办火车票的地方，她说法语，我一点儿也听不懂。可是，听她的口气，我就知道，她对车站的人发脾气了。她帮我办好后，告诉我明天来坐车，有人会帮助我，还告诉我，需要帮助要提前一天给车站打电话预约，我很感谢这个胖姑娘。

　　我叫了出租车，司机是一个面善，也有些公司经理相的人。我真有点儿怀疑，是不是退休经理在做出租车司机呀？他们喜欢工作，受不了待在家里无所事事吧？他把我拉到我订的高尔夫旅馆。我怕明天不好叫车，就和他说好明早9点来接我。

　　旅馆接待我的姑娘问我明天去哪里？我说去洛桑。她就要看我的火车票，从没有哪家旅馆要看我的火车票的，只有要护照看的，要就给她看吧。不会是到警察局备个案吧，一个国家一个规矩。

　　她让一个很朴实的工人拉着我的行李，送到房间。在欧洲的五星级旅馆也没有人给我推行李，走了那么多地方只有这家旅馆管送行李。

　　啊！跟网上说得一样，真的是在房间里就可以看见雪山，房间并不奢华，很舒服干净。我订旅馆时，就是因为可以看见雪山，没有想到在屋里就可以看见，躺在床上也可以看见。我在床上发现两块放在一起的漂亮巧克力，味道还特好，不是敷衍。还有一个小电

水壶，这么贴心呀。我记得在莫斯科有过电壶，再就没有一个旅馆有电壶了。瑞士的酒店就是有自己的独到之处。我都快走完行程了，只有这家最让我喜欢。它不是最豪华的，不是最实惠的，但是它是最贴心的，有朋友要来，我一定介绍这家。

过了一会儿，有人敲门，是那个管理旅馆女孩，她用英语和我说："你明天去火车站，有专人管你。我已经联系好了。"还给了我一本瑞士铁路的手册，里面印着怎么和火车站联系，残疾人有哪些权益。真谢谢这姑娘服务太周到了。

我到了窗前的椅子上坐下来，看着巍峨的雪山，下面就是图恩湖。好美呀，如同仙境一般。这里更冷一些，我赶快穿好羽绒大衣，就出门了。

在湖边，有些人在喝酒聊天。我一个人坐在湖边欣赏着景色。看见一个父亲带着一个两岁左右的男孩，孩子捡树枝，扔向湖里，父亲也帮着捡。我问他："是哪里人？"

他说："就是这里人。"

人家祖上积了多少德呀？才能把孩子生到这里。看来，像我这样远道来的不多了，多是当地人。果然，我又看见一些开车来吃饭的人。那些带着花来的，肯定是当地人了。

在湖边有个牌子上写着：禁止喂湖里的动物。一个年轻人还是把天鹅给骗上了岸，他把面包一块一块扔到地上，一只天鹅几只鸭子跟着，一边吃一边就上了岸。

可是，这人一骗腿儿上了自行车，走了。天鹅在那里就傻眼了，它怎么也找不到扔面包的那个人了，也找不到地上的面包了。天鹅疑惑地东张西望，好一阵子缓不上神来。

一家中东人来了，最小的儿子在吓唬天鹅，他姐姐是个脑瘫的孩子，我向她笑笑，她也对我笑。

　　远处来了一队练习两轮思维车的人，一个教练在最前面一举手，大家都陆续停在不远处，最后一个没停住，一下就翻倒在地，我笑出了声，发现这样不太好，有点幸灾乐祸。我不是幸灾乐祸，是有点意外，那人摔得也不重。又一队思维车也来了，教练在教他们怎么做。

　　湖边，一个中年男人带着两个六十岁多的老妇人去驾船游湖。两个年轻人驾着轻型帆船回来了，他们赤着脚，把宝贝船装上船架，拉走了。扑嗵，一个小孩掉到了湖里，没有大人的惊呼，只有关心的眼神。小孩自己爬上了岸，抖抖身上的水，回旅馆洗澡换衣服去了。我虽然穿的不少，还是有些冷了，主要是天已经暗了下来。

　　我回到房里，发现暖气来了，屋里暖烘烘的。在卫生间有一个木制的条凳，换衣服很方便，这是我去过的旅馆里最贴心的设计。

　　因为上网很慢，我就睡了。

雪朗峰

10 月 18 日

　　一大早，我就起来了，写了一会儿。为了不要迟到，我去吃早餐时，发现只有一对夫妇在吃早饭。看来那个男人喉咙做了手术，说话很吃力。都是他夫人在帮他拿吃的东西，说话也很轻柔，照顾得很周到。这在中国很少看到。

　　一个手脚麻利的太太帮我拿早餐。这里的早餐有比同等价钱的

旅馆有更多的选择，瑞士是最著名旅游国家，但是做到像瑞士这么好的服务真不多。我对她说："瑞士人是欧洲最好的人。"

她说："我是德国人。""你在瑞士就是最好的人。"这位太太高兴地笑着，问我还要什么。

我的饭够多了，就谢谢她。

这时，那个中东家庭来了，我和脑瘫的女孩笑笑，她也对我像熟人一样，笑着摆摆手。好像有中国人来，一家三口。我和他们搭讪，他们是从廊坊来的，女儿在英国念书，要毕业了，女儿利用父母参加她的毕业典礼之际，帮他们制定了旅行的日程，母亲很感谢女儿的安排。说到他们昨天去了少女峰的事，我请女孩把去少女峰的路线帮我写下来。我马上决定不去洛桑，先去看雪山。

回到房间，把行李放在轮椅上，就去退房。女孩给我一块包装很漂亮的大巧克力。我告诉她我改主意了，要去雪山，她说火车站已经安排好接你了。她很遗憾的样子，显然，她昨天为我费了不少口舌。我也很遗憾，只能说："实在对不起。"我不能当面错过雪山。

出租车来了，我和司机已经是熟人，我和他说不去原来的火车站了，去看雪山。他马上知道，是去英特拉肯的 OST 车站。

到了车站，我要坐的火车在第三道，要走地下通道，才能到。出租车司机看了我车票，竟然把我的行李放在轮椅上，帮我把行李推到了火车边上，还帮我把所有的东西放到火车上。我和他说："请在下午 3 点来接我。"他答应了，给了我一张名片。出租车司机这样帮我，这是在其他欧洲国家从没有碰到过的。

在火车上，我碰到了合肥中国科技大学的两个小博士生小 G 和小 Z。他们在瑞士做试验，试验做完了，导师让他们出来玩玩。我们三人临时组成一个旅游小组，当然是他们俩照顾我。

到了 LAUTERBRUNNEN 站，从这里可以去少女峰，也可以去雪朗峰。少女峰是中国人爱去的地方，雪朗峰是韩国人和日本人爱去的地方。我看见小 G 老是拿着地图在看，我就不管了，跟着走，雪山都差不多，去哪个都行。小 Z 是一个很温和的孩子，他也不管路线问题。所以，我们一个领导，两个盲从，这是最好的搭档，不会有路线问题的争吵。小 G 决定我们去雪朗峰，先找地方把我的行李、轮椅存了。我把羽绒大衣拿出来，带了几万里路，就是为了现在用。我吃过早饭，就已经换上了毛裤和呢子裤。小 Z 主动负责了我的大衣。缆车先坐到 GRUTSCHALP，又坐车去 MURREN。

因为，我们都有瑞士通票没有买票的问题。到了 MURREN，再往上就要收每人三十几瑞郎了，他们俩决定不去了，因为有点贵。

我说这钱我来出，咱们都上。他们不同意，最后我说我出一半，他们勉强同意了。我们就又上了缆车，他们一上车，就张罗着，给我找坐的地方。结果一条三人座的凳子，人家全起来了。我坐下，叫让座的人也坐，谁也不坐，我用中文自己叨唠："我没有这么胖。"结果被一个棕色头发的中年男人听懂了，他夫人也听得懂，两人都在笑，旁边人莫名其妙地看着他俩，他翻译给周围人听，缆车里的人都笑翻了。

小G问那人："你来过中国吗？"

那人说两年前，他在上海工作了两年。

这缆车上，还有一对小夫妇也是从中国来的，大家聊起来。小Z问他们："你们是不是刚结婚？"

他们说："你怎么看出来的？"他们是从苏州来的。那老外说他也去过苏州。

我用英文说："苏州有好多好吃的。"那人点点头。

缆车差不多成六十度角往上升，绿色山谷里的小红房顶越来越小，峭立的山峰从缆车边上划过。到了一站，站台上显示，室外温度只有 13 摄氏度了。

我们热热闹闹的下了车，别人都去赶下趟往上去的缆车，我们三人到了一个都是积雪的露台上，这上面只有一男一女在喝红酒，男的是德国人，女的是阿根廷人。两个小博士其实还是大孩子，在台子上滚雪球，小 Z 拍摄雪球从山上坠落山崖的过程，雪山的美使我们震惊，空气冷而清新。那个德国人告诉我们对面最高的是少女峰。这时小 Z 不知道去哪里了，小 G 问我："他去哪了？"

我说："他可能被少女抓走了。"

　　小 Z 回来，我们说给他听，他说："我也巴不得给少女抓走呢。"

　　小 Z 拿出他们买的苹果请我，我也不客气。玩够了，我们又往上，再乘缆车去 SHILTHORN（雪朗峰）。

　　雪朗峰高 2970 米，这里拍过 007 的电影《女皇密令》，雪朗峰因此而闻名世界。在这里有种死这儿算了，天堂也不过如此的感觉。

　　我们到了雪朗峰顶，外面风大的几乎站不住。小 G 一个人扶着铁栏杆从一个 45 度角的陡坡走下了山，我拍了一会儿，我让小 Z 赶快拍，风很大，小 G 抓着栏杆上来都有点儿颤颤巍巍了。小 Z 在露台上用面包喂一只乌鸦。小 G 在拍另外一只乌鸦，这只乌鸦逆风可以像直升机一样悬停在空中。

　　我们在屋外环顾一圈，真有"会当凌绝顶，一览众山小"的感觉。风实在太大了，回到了屋里，上面是一个很大的 360 度旋转餐厅，这也是因为拍 007 的电影，瑞士要电影公司赞助才建成的。周围是纪念品商店，小 Z 在这里给女朋友选了一顶帽子。餐厅的服务员带着我们到了只给残疾人用的直梯，我们少走了不少路。

　　回程，我们从 SCHILTHORN 换了缆车，到了 LAUTERBRUN-NEN。再换火车到 INTERLKEN，我一看时间来不及了，就照着出租车司机给我的名片，给他打电话，请他 4 点在车站接我。在车上小 Z 拿出他们买的面包分给我，到了站，他俩把我的行李和轮椅取回来。出租车司机也来 INTERLKEN 站台接我了，这太让我感动了。我要把小 Z 他们顺路带到火车站，他们说他们和我的方向是相反的，不在一个车站。两人把我替他们出的十几瑞郎硬塞给我，说是我让他们上了雪朗峰，他们觉得很值得。我和他们说好，我早他们一天回北京，让他们在北京倒火车时来我家，我给他们包饺子。（他们真来了，我们包了白菜馅的饺子）

我到了英特拉肯火车站，司机把我的行李放下，我真是太感谢这司机了，我也没有算，就把所有零钱都给了他当小费，我不知道我的箱子里还有一条丝巾，早知道一定翻出来送他，我也想好了有机会给他带个中国特色的礼物。（今年，有朋友去瑞士，我请她带了一幅开封买的非常有中国味儿的汴绣，上面绣着有小亭子、小桥、柳树、荷花，送给这位瑞士的司机。）

　　我和他说："瑞士人是欧洲最好的人。"

　　他和我说："希望你明年再来。"

　　我回答："我也想再来呀。"

　　我坐在第一道路边的花池上，一个妇人过来，和我说了半天法文。我告诉她我中国人，请说英文。看来她不会英文，我就帮不了她了。

　　我想去买点吃的，可是旁边人女中学生都在说话。我想考查一下这里的治安，就把行李放在路边，计算机也在里面。竟自去买吃的喝的了，我在商店里逛了一会儿，找到吃的喝的，付了费。我回来时，行李还在，看来说在瑞士要丢东西都很难，是真的了。

LAUSANNE

10 月 19 日

　　车到站时，天都黑了。我办好了明天去意大利的火车票。

　　在出租车里，把我在网上订的旅馆地址给出租车司机看，他说："这个旅馆不在这个城市。"我问那个城离这里有多远，他说有两

个小时的火车。原来，洛桑是 LUZERN，我下的站是 LAUSANNE，念起来差不多，我以为是法文和德文的区别，真没想到我会下错车了。真是晚节不保，我本来很得意，从没有落过一次车，也没有下错过车、坐错过车。这些纪录都不保了。

算了吧，我再坐两个小时去洛桑，下班火车还不知道几点呢。因为从这站去米兰的车票已经订了，明天再坐两个小时的火车回来，太麻烦了。旅馆扣钱就扣吧，我让司机就地找个旅馆，他把我拉到一个 TULIP INN。我进去，看见一个中国面孔在前台里，主管是一个老外。老外让这中国男孩把我送到房间去，我看见前台放了一大盆苹果，就拿了一个。欧洲苹果吃不了，掉一地的事很多，可能老板家也是这样，还不如给房客吃呢，欧洲的苹果只有中国苹果的五分之三大。

中国孩子拉着我的行李，送我到屋里。我问他是哪里人，他说是台湾来学酒店管理的，刚毕业，今天是上班的第一天。我还想问他一些问题，他说要赶快回前台了，他怕给老板留下坏印象。

我在火车上吃过饭，所以没事了，就想上网，在网上给自己在米兰订个房间。可是，按照密码怎么也上不去，只好给前台打电话。是台湾小伙子接的，我告诉他上不了网。他就又来了，我说："怎么那么巧是你接的电话？"

他说："那人一看是你的房间，就直接给了我。"

他拿着我的电脑往外走，走了一半就回来了，说有信号呀。等到我房间又没有了。他在屋里找了半天，找到一个地方还可以。我只能坐得很不舒服将就着上网。

订好房间，我洗了澡就睡了，今天走了太多的路，整整一天太累了。

离开瑞士

10 月 20 日

早上，我去吃早饭，又看见一张亚洲面孔，一问是越南人。小姑娘很友好，帮我拿早点，我吃好了，对她笑笑。

我去退房，用旅馆的电脑上网，因为我的电脑很小，是上网本，为旅行方便出国前才买的。欧洲的旅馆通常有一两台公用的电脑，有时打印一页要 0.5 欧。所以，英文好可以不带电脑，用旅馆的，但有时会排队。前台桌上放着一碗各色水果糖，我拿了两粒。

我本想用上午的时间在去湖边看看，后来一想不划算。湖，这几天看多了，还是趁着没有忘，把文章写出来吧。

离火车开还有两个小时，我让值班的姑娘帮我叫出租车，我又往书包里塞了两个苹果。车来了，我坐上去，和每次一样我会和司机聊天。这个司机和我说："我不会英文。"

我也不会法文，没有办法沟通，只能冷场。

他突然说话了，我说："我是中国人，请说英文。"

他说："我说的是英文。"你不是不会英文吗 ?! 听说欧洲有些人很不喜欢说英文，即使他会说。

我告诉他，我要去一下商店。他给我停在一个商店前，我进去买了一点儿东西，没有买到我想要的。就出来接着上车走。

在火车站，我买了水和午餐。在商店里用剩下瑞郎买了一块手表，我真没想到，手表用一个纸袋包装。这和中国的豪华月饼盒形

成鲜明的对比。我们真该反省一下了，只用几天的盒子，有必要用那么多材料包装吗？人家人均 GDP 八万多美金，我们人均 GDP 才五千多美金，我们哪里有资格浪费呀！向发达国家不仅学习民主和科学技术，还要学习人家的环保意识。节俭环保代表每个国家和人民的文明程度。

我庆幸我没有把瑞士排在前面，如果我最早到了瑞士，我可能就不想去别的地方了。

二十五 米兰和热那亚

米 兰

10 月 20 日

火车在瑞士的土地上奔驰，瑞士的列车员都很绅士又很热情。负责这节车的列车员，把我安顿在最靠车门专给残疾人留的座位上。我在欧洲的火车上，多数是坐在这种靠门的位置，上下车方便，去卫生间也方便。有包厢的车就不一定了，要对号入坐在自己的包厢。

因为我舍不得瑞士的美景，就一直盯着窗外。远处阿尔卑斯山的雪峰巍峨屹立，牛儿还是在悠闲地吃了睡，睡了吃。干净的环境，绿地上红瓦的小房，没有奢侈，只有朴实和宁静。

列车走了一个小时后，列车员紧张地来找我，要我换个位置，他有礼貌地说："对不起，下站有一个更重的残疾人要上来，你能换个位子吗？"没有问题，我当然要让了，就搬到一个离门远一点儿的地方。旁边一个很帅的男士，说

实在的有点儿像电影明星。我好像在某个电影里看过，可是想不起来是什么电影了。他帮我把轮椅等放好，我笑着，用意大利语谢他。

列车一停，上来了一个坐电动轮椅的大男孩，他没有人陪同，全靠他自己。我想正是瑞士铁路的服务高质量，才让他这样放心大胆的上路。我稍微看过在英特拉肯火车站胖女孩给我的乘车须知，里面讲残疾人只要提前一天预约，到火车站就会有专人管你，有升降车把你送上车，有专人接你下车，车上的列车员也会照顾你。大男孩自己操纵电动轮椅，一路无须有人陪。我看大男孩和其他孩子一样玩性很大，他在那个较大的空间自己玩起了轮椅，在原地转圈。还戴着耳麦，嘴里哼哼唧唧的唱着，他比健康人都活得快乐。看他这样，我真高兴，他的幸福指数不低呀。

火车弯来弯去，在山间穿行，不时地穿过山洞隧道，火车正在穿过阿尔卑斯山脉。一会儿，列车员又来到我面前，给我敬了一个礼，他说敬佩我一个人旅行。我说："也要谢谢你呀。"

他说："到了意大利，我就要下车，我会和意大利的列车员交代，你不用担心。"

我已经走过十多个国家，觉得不会有什么问题，就说："别担心，太感谢了。"

车到站，轮椅男孩要下车了，站台人员已经推来了升降机，列车员和车站服务员小心翼翼地帮他下车。一切都是那么的体贴周到。我看到了欧洲人文关怀的一面。

这时，我对面那个很帅的男人也对我说："下车时，我会帮助你，别担心。"不知是他的女朋友还是夫人，是一个娇小的漂亮女子，也在对我笑，意思让我放心。我又用意大利语感谢他们。

　　我真的不担心，米兰是终点站，我没有什么时间限制，即使没有人帮我，我都下得去。这火车也和欧洲所有的火车一样很安静。通常，在欧洲的火车上有三分之一的人在看电脑；有五分之一的人在看书；也有我这样的游客，只看景。

　　意大利的国土面积301338平方公里；人口60813326；每平方公里201.8人；宗教主要是天主教；人均GDP36267美元。

　　火车到米兰，已经是下午了。明星相的男子和另外一个绅士果然主动帮我把行李和轮椅放下车，我们用意大利语笑着告别。意大利的列车员跑来，我已经安顿停当了。

　　我推着行李，找到出租车排队的地方，上了车就去我订的旅馆。在网上订旅馆说离火车站很近，走起来，可真不近。也许说的不是离这个火车站近。幸好米兰的出租车不太贵，但也用了三十多欧元才到。

　　一路上，经过的商店和其他国家也没有太大的区别，最大的区别可能就是商店名称的文字了。但是，通过服装店时，里面模特的衣服确实和别的国家大不一样，漂亮许多，很吸引眼球，这是在其他国家没有的感受，真不愧为服装之都，希望有时间进去看看。我只在雅典和布拉格火车站进过服装店，就再也没有时间进服装店了。但是我想这些衣服并不适合在中国穿，也就不遗憾了。

　　高卢人于公元前600年左右来到米兰，后来这里成为凯尔特人的首府。

　　米兰市建于公元前四世纪，至今也有两千多年的历史了。公元395年成为西罗马的教城。1158年和1162年（神圣的罗马帝国）的两次战争，整个米兰城几乎全部被毁坏，1796年，米兰被拿破仑占领，次年成为米兰共和国的都城。

到了旅馆，管理员热情地接待了我。把我安排在离大门很近的一楼。我开始想明天到底应该去威尼斯，还是其他地方。我找出火车时刻表和地图。我看见去威尼斯来回要六个小时，而去热那亚只要四个小时。我又上网查了一下热那亚，那里曾经是欧洲的文化城市，又是克里斯托夫·哥伦布的故乡，就去热那亚吧。因为我担心威尼斯老是过桥，对我很不方便，在电视里看威尼斯太也多了。而且，我也喜欢去别人不太去的地方，就把火车发车和返回的几个时间记在记事本上。

　　我实在没有时间去梵蒂纲了，留在下次吧。康有为去梵蒂纲时有机会见教皇，可是他没有见。看他是这么写的：

　　"是日于宫中遇大僧正四人，意语'嘉顿今路'衣红衣如袈裟，盖教皇之下第一高位者。

　　见我衣中国长衣，举手礼讯，盖彼知为中国上流人也，殷勤有加。吾询问教皇，本欲约见。唯教皇尊贵已极，见者必须膜拜。我不欲行礼，故大僧正虽极殷勤，而不复与教皇约见。此教皇自彼约至今为三百六十四代之教主也。"

　　我在想是谁发明的握手礼，简直堪比计算机互联网，大大拉近了国与国和人与人之间的距离。

　　我明天的计划作好，想起来在米兰若能听一场歌剧应该是个不错的选择，就去前台问："歌剧票怎么买？"

　　小伙子笑着说："现在太晚了，你要不要订个皮扎呀？"

　　我一人怎么吃一个皮扎呀，虽然我女儿说意大利的皮扎很好吃。我还有在瑞士火车站买的半个三明治，可以对付了，就说："谢谢，不用了。"

　　我剩下的只有看电视和洗澡了，米兰的这家旅馆的毛巾怎么没

有毛呀？这是我在欧洲看见唯一没毛的毛巾。我把洗发膏和护发素都准备留在这家旅馆，如果不是想到在飞机上要刷牙，连牙膏都想留在这家旅馆里。

10 月 20 日

第二天，一起来，我去吃早餐，这里的早餐和其他地方不同的是多了蜜制李子，李子还是俄罗斯那种黑李子。一间只能做十几个人的餐厅，竟然还有三个警察也在这里吃早餐，难道警察在这里固定吃早餐吗？我只住两晚，不会知道的。但是，我看见服务员和警察那么熟的样子，就知道他们是常客。

吃过饭，我就让旅馆给我叫了出租车，我去了火车站。在清晨，街道安静，好像米兰人起得比较晚。从他们吃晚饭的时间就可以看出来，睡得肯定也晚。

先办了去热那亚的火车票，离开车还有一个小时。我就在车站里面转，看见一个像中国人的就问。原来是香港人，我问他："来了几天？"

他说："三天。"

我说："有什么好看的？"

他说："就是圣母大教堂好看。"

女儿也说过米兰就是圣母大教堂可看。

我说："我还有 50 分钟够吗？"

"不够，那里还有一个广场。我得走了，我太太是安徽人，她一点儿外语也不会。"香港人笑着和我再见。我要去热那亚了，等从热那亚回来再去圣母大教堂吧。

我去找我要乘的火车，车在最后一道，我看见旁边有卖水的，就去买了一瓶苏打水。没想到就这两分钟的时间车开走了。我一看我的表，比火车站的钟晚了一小时。

在欧洲每到一个国家，总有短信进来，问你："要不要改夏时制？"我难道按错键了，把时间调晚了一个小时？我最得意从没有误过一班火车的纪录，在最后一天被破了，真是晚节不保呀。但是，这也是好事，可以提醒后人，注意手机的短信，不要按错键，调错了时间。

我只好再去办一张车票，好在我是通票，没有钱的问题。这次要两小时以后。正好有时间去看圣母大教堂了。可能是上帝要我多留两小时，看了大教堂再去热那亚也未可知。

康有为对意大利的印象很不好，他曾经写过："意人至贪，多诈，而盗贼尤多。一英商告曰：'到罗马、奈波里（拿波里）客居，各行李当慎检，金钱不可置箧笥中，多遭肤箧。吾译人偶不留意，在奈波里置二金钱于房中内衣，一出房食餐而即失。吾尝在奈波里灭灯寝卧，一管房妇入室燃灯四顾，我展被举首视之，彼妇立即灭灯走出。'后雇一西仆奥人罗弼告我曰，昔在奈波里客舍夜寝挂衣，失去金数镑，与英人之言谐同。行客过此，不可不慎。与内地风俗略相近，而尤甚矣。吾之游火山地，乞儿数十，追随里许，此与印度无异，此皆吾所亲见闻者。"时至今日，意大利小偷也还很多，需要特别注意。

公元 1386 年，圣母大教堂开工建造，它仅次于梵蒂冈的圣彼得大教堂。1500 年完成拱顶，1774 年中央塔尖上的镀金圣母玛利亚雕像就位。1897 年最后完工，历时五个世纪。它不仅是米兰的

象征，也是米兰的中心。拿破仑 1805 年在米兰达教堂举行了加冕仪式。

圣母大教堂是世界上最大的哥特式建筑，教堂 158 米×93 米×108.6 米，总面积 11700 平方米，可容纳 3.5 万人。著名的《米兰赦令》就在这里颁布，这个赦令使得基督教合法化。在这里达·芬奇、布拉曼特为它画过无数的设计稿，达·芬奇还为这个教堂发明了电梯。达·芬奇送给教堂的蕾丝花边，一直被叫作达·芬奇花边，其实，那是达·芬奇到塞浦路斯买的，想也知道一个男人怎么会做花边呢。

米兰大教堂也是雕塑最多的教堂，尖塔最多的教堂，被誉为大理石山。每个塔尖站立一个神的真人大小的全身雕像（135 个尖塔），教堂外有 2000 多个雕像，内部有 600 多个雕像。真是一个奇迹。我在中学参加过跳伞训练，可是看见这些神站在尖顶上，还是觉得腿软。

极尽繁缛的大教堂屹立在那里，看见这样的建筑，无数的尖顶插入云端。首先想到的是要多少人工呀，用了多少石料？周围都是百年以上的楼房，在西边有一个玻璃拱形天棚的市场。

这里是欧洲著名的不安全的地方，米兰圣母大教堂外抢劫、偷盗每天都在发生，到这里要非常注意，不要穿金戴银，本来这些人就很注意中国人，中国人又爱带现金。

我在大教堂的外面，看见几个军人在检查参观圣母大教堂的游客。没有美国那样侮辱人格的检查，什么脱鞋，搜身呀。而是以

查看为主。我什么也没有带，只有一个小书包，所以没有任何麻烦就进了教堂。天主教堂都是供奉圣母玛利亚的，这教堂的外部比班贝格的十三圣人教堂豪华多了，可是里面却比十三圣人教堂差了。十三圣人大教堂采光好，这里面很暗。十三圣人教堂的豪华程度，比这里高出几个等级。出门时，一个日本女学生帮我推轮椅，我用日语谢谢她，学过的任何一种语言都会用得上。

日本、韩国的高中生，在上大学之前，只要家里情况允许，都会去国外看看。当然，在欧美不用等到高中毕业，可能儿时已经和父母旅游了。现在，中国也开始了，不过还是从大城市的少数学生中开始。

　　在广场上看得出一些有企图的人在这里逛来逛去，我因为穿着一般，又没有任何首饰，是不在这些人的抢劫目标之列。到国外不要穿得太好，你穿什么款式也和当地不一样，也没有给国家争光的事，只要安静就是给中国人争光了。最好也不要戴任何首饰，假的也别戴，这样容易吸引盗贼的目光。

　　我想起在中国的甘肃有个叫骊靬的村子，有些白皮肤、金发或红发、碧眼的人，有些学者说他们是公园前36年的罗马军团留下的145名罗马士兵的后代，也就是意大利人的后裔。

　　到了意大利，我想起了阿利盖利·但丁（265–1321），他是意大利伟大的诗人、作家、现代意大利语的奠基人。欧洲文艺复兴时代的开拓性人物之一，以长诗《神曲》留名后世，全诗长达14233行，分三部，每部三十三篇。他被认为是西方最杰出的诗人之一；全世界最伟大的作家。也是文艺复兴的第一个作家。

　　但丁名句：

　　人不能像走兽那样活着，应该追求知识和美德。

　　爱情使人心的憧憬升华到至善之境。

　　走自己的路，让别人说去吧。

　　最聪明的人是最不愿意浪费时间的人。

　　一个知识不全的人可以用道德去弥补，而一个道德不全的人难以用知识去弥补。

　　看完大教堂，我心满意足地回火车站，坐车去热那亚。

热那亚

从米兰到热那亚的火车要两个多小时。意大利的农村可没有法国、德国、瑞士的好看，有些零乱，很像中国的农村。路过的城市也不太光鲜，陈旧而不规范 。从瑞士过来，那种如同仙境一样的风景，和这里真是差别太大了。

在热那亚的车站我找不到电梯了，这是欧洲其他城市从来没有碰到过的。一个胖胖的推着车卖零食的姑娘主动跑去叫人，回来后安慰我，不要急，一会儿有人来帮你。果然，一会儿，一个姑娘拿着一串钥匙来了，她推着我往山洞那边走，也就是背离出站口。热那亚的火车站是从一连串的山洞里钻出来的，它离最后一个山洞只有两百米。那里的电梯都要有钥匙才能打开，有点儿像战备的电梯。

姑娘把我推到出租车站，我给她5欧元小费。其实，在欧洲许多地方是不要小费的。可我没有时间弄清楚要不要给，就都给。热那亚真是热，比我到过的欧洲所有地方都晒。我坐出租车去找观光车，这里的观光车要10欧，但不是无限次地坐。在等车的时候，我去买了苏打水和巧克力。这可能是我坐过最贵的观光车了，因为路程短。我把主要的景点看了一遍，很多路是在小巷里钻来钻去，也有一段海滨，白色的十几层的游轮正在上人。给我印象较深的是一个大喷泉。

　　在一个大商场前，看见一行在旧金山住的台湾人，我在美国
认识一些台湾人，总是觉得自己比大陆人高贵似的。用我的眼光看

是一群家庭妇女和退休职员，他们也是自助游。问她们话，也爱答不理的，一副没什么教养的样子。在美国遇到的台湾人，也是越受教育少的越难沟通，受教育高的反而容易沟通。我和这些人里唯一的男人，看来是高级工程师模样的说："你们刚才去的商店有卖 CD 和 DVD 吗？"

那人说："没有，应该在书店有卖。"

我说："到意大利应该买点儿歌剧。"我知道那些台湾人一辈子也没看过几次歌剧，就故意刺激他们一下。在中国，我每年要看几次歌剧，加上芭蕾和话剧等总有十几场。

热那亚的旅游车，一会儿沿着海边转，一会儿又钻到崎岖的小街里，两边都是商店，我想从商店一出来，可能就要碰上大巴，真是一件很危险的事，连点儿缓冲的地方都很少。这里原来是走马车的路。现在走汽车，太局促了。转完了一圈儿，我在海边最繁荣的地方下了车。

我该吃饭了，这里一溜儿都是餐馆和商店。最抢眼的是皮扎店。

　　我选择了海鲜：而不是皮扎。到了海边看见海鲜不吃，我真的做不到，我要了三种海鲜，一种大墨鱼；一种中等大的虾；还有虾仁色拉；面包随便拿，一共 15 欧。这几样海鲜都是倒些白醋和橄榄油，非常的新鲜，所有的肉都硬蹦蹦的。我真有点儿眼大肚子小，只吃了一半，就吃不下了，打包带走。饭后，我又到冰店，要了冰激凌，意大利的冰激凌是有名的嘛。我很多年没有这样吃冰激凌了，一次三个球，真的很细腻，味道不错，才 5.5 欧元。

　　看看表，还有些时间，我想明天将坐飞机回北京，可以买些东西了。就在附近买了三件睡裙准备送妈妈和妹妹，还有两件衣服送朋友，她在北京给我做冬瓜丸子汤，等我到回北京。也给楼里帮我看家的朋友带了小礼物。

　　到了该回米兰的时候，我叫车回到了车站，因为时间还早，我就到处看看，有个很像中国人的男人，就过去问："是中国人吗？"

　　那男人说："是。"他带我到了他的家人坐的地方，他的女儿在奥地利的使馆工作，他爱人一直在维也纳帮女儿看孩子。他和妹妹及妹妹的女儿从北京来，女儿有假期，就带他们一块旅游。

　　因为等车还有点儿时间，我们在一起就聊了起来，真没想到他妹妹和我爱人在社科院的一个所工作。他女儿也在社科院工作过，世界就这么小。我们还碰巧在一个站台上车，他们的车先来，我的车后到，我们就一起去站台。

　　在通道进站台的口，是一个有十几阶楼梯的斜坡。我已经找好年轻人帮我搬轮椅，这刚认识的男同胞不顾已经七十的年龄，一人帮我把轮椅搬上了站台。一到站台，我又看见上午帮我叫人的胖姑娘，我们像熟人一样地打招呼。这家中国人都奇怪，我怎么在热那

亚有熟人。

看着他们一大家子上了火车。再过一会儿,去米兰的车也来了。我坐上去,我对面像是一个离家出走的女孩,她老给朋友打电话。

到米兰下车,天已经黑了。我在车站里突然看见一家书店,就进去,里面真有 CD 和 DVD 卖。我转了一圈,买了三张 CD,两张是帕瓦罗蒂的歌剧片段。因为,他是意大利人嘛。又在前台买了几支彩色圆珠笔,我喜欢文具。

我刚进旅馆,前台就告诉我,下午有朋友来找过我,我还以为联系不到这位在米兰的大学同学了呢,就连发三封 E-mail。谁想到她来旅馆来找我了,我马上给她打了电话。告诉她我是受不了欧洲的饭,要提前六天北京。听见她在电话里很困的样子,因为她才从北京回米兰,时差还没有倒过来,就让她快睡,约好明年到北京再聊。

我回房后,先把行李收拾好。把不想要的东西都留在旅馆。然后就看意大利的儿童歌手大赛,这些小孩怎么有这么好的歌喉和非常自然、毫无雕琢的表现,很可爱。

睡前去洗澡,以后将有二十多小时不能洗澡了。

10 月 21 日

早上,我去吃过早餐,就把钥匙给了前台,我在欧洲所有的旅馆,从来没有查房的事。没有人,要你等着服务员去数毛巾、床单。欧洲旅馆对客人是充分相信和尊重的。

我请前台帮我叫了出租车,来的是个女司机,她也毫不犹豫地搬起我的轮椅和行李放进后背厢。真没想到飞机场这么远,用了

130 欧的车费。

　　我有点儿对不起意大利，是意大利给我的申根签证，我应该在这里待的时间最长，可是却只有两天，不过，我还要再来好好游一次意大利。

　　再见！欧洲，我还要再回来。

二十六　柏林机场

10 月 21 日

飞机从米兰飞到了柏林。我一个人在机场里转，看见有一个地方，在卖水果杂拌，就买了一杯，3.5 欧。

在卖水果的摊位外，有一个中国旅游团，我就找了一个面善的大姐聊天，原来我们要上同一架飞机。他们团有许多人都去排队退税了。

我问她："我听在欧洲开饭馆的老板说，中国团队吃的很不好，你们团怎么样？"

她说："确实，刚来时，不好意思抢，老这样吃不饱，也不行呀，后来就都抢了。"

看来欧洲的餐馆老板说的一点儿不假。

我告诉她，我是怎么样一个人游的……

她很吃惊，可能没有想到，我这样，还能自助游，而且，并不比他们贵。

我吃完一杯水果，不过瘾，就又去买了一杯。

我回到这位大姐跟前，她已经把我的经历告诉了他们同团的女士，那人来问我："你一个人游有问题吗？"

我说："只要你英文没有问题，就没有问题。"

她说："我在大学教英文。"

我说："那你太没有问题了。"

"不行，我以后出来，还得跟团。"

怎么我说不动她呢，她们怕什么呀？真不太明白。

他们的领队是一个七十岁的老导游，这种年龄还在工作，有点儿奇怪，难道他喜欢欧洲。

过了一个多小时，那些退税的人，开始有人回来了。他们这团有人买了两套锅，有的买了菜刀。这些东西值得排那么长的队去退税吗？我不知道。最后回来的是那大姐的丈夫。

开始换登机牌了，我上了飞机，这架德国飞机上的空中先生竟然会中文。

坐我右边的是一个中国去荷兰的留学生，她已经毕业，现在回国工作。

我们聊到印度，我说："听说印度很脏，不能喝不是瓶装的水。否则，会闹肚子。"

她说："我的教授就去了印度开会，就拉肚子，他把内裤带回荷兰，到实验室一查，有八种荷兰没有的细菌。"

飞机起飞不久，天就黑了。

飞机里的人都睡了。

我长时间的坐飞机，真是很累，换什么姿势，也不舒服。

我在欧洲没有大病过；也没有出什么事；没有丢过一分钱，一路都有好心人在帮助我，我真的心存感激。我也没有看见过一个欧洲人像我这样坐轮椅一个人旅游的。

飞机在北京机场降落了。我完成了两个多月的旅行，很完美，唯一的遗憾就是没有好好游意大利。留在下次吧。

欧洲，我还要来的！

二十七　后记

　　我走马观花地用两个多月，看了欧洲 14 个国家，很多重要的环保政策没有看见；许多重视人的尊严的措施也没有看见；还有好的文化传承没有了解到。我有机会还会去欧洲，因为我觉得欧洲有太多需要学习、需要了解的。

　　从欧洲回来差不多一年后，回想对欧洲还有一些要说的。有些是放在哪篇文章里也不合适的，那是要走完全部国家后的总结，就写进"后记"吧。

　　我们出国旅游不只是要看西洋景，而是要知道我们的邻居都在怎样生活；我们在世界上的位置；我们和人家比有哪些好的地方，有哪些不足的地方。

　　我们的祖先在许多方面都比欧洲发展好，只说航海，拿郑和和哥伦布的航海的规模比一下。郑和 1405 年到 1433 年，七下西洋；200 艘船；最大吨位 1000 吨；船长 151.8 米、宽 61.6 米。哥伦布是 1492 年到 1504 年，四次出海；17 艘船；最大吨位 100 吨；船长 24.5 米、宽 6 米。我们当时有世界上最强大海军。可是，中国是一个爱好和平的国家，没有占领和掠夺任何一个国家。英国、西班牙、葡萄

牙和荷兰等就不同了，他们强夺了许多国家的财富、领土，甚至杀死了很多当地人。

我们中国人曾经是做事很认真地，去过西安，参观过兵马俑的都应该看到过，那块放在有机玻璃里的秦砖，其细致和精准，就像数控机床切削的。

准备去欧洲人，最好先看看《圣经》，我不是鼓励大家信什么宗教。教我《古文观止》的老师徐梵澄对我说过："任何宗教到最后，都是很黑暗的。"我也觉得，教皇穿着的蕾丝，比女人身上的还多，喝水的杯子都是金的，和皇帝并无二致。难道这些不是教徒捐献的吗？教皇都在挥霍教徒的财产，还有什么资格给人讲什么教。"9·11"以后美国全国多数公司都不加薪，有些还减薪甚至失业，我朋友教会的牧师竟然加薪，这些宗教界人士不能和民众同甘苦，为什么还要信他呢。我也听过牧师讲教，没有什么了不起。我说看《圣经》，是当文学作品看，为了在欧洲欣赏油画、雕塑等时，好知道那是在描述的什么故事，其中的人物是谁，才不至于懵懵懂懂，什么也不明白。

世界四大博物馆卢浮宫、大英博物馆、大都会博物馆、艾尔米塔什（冬宫）博物馆。我去过三个，我的感觉是大都会博物馆和艾尔米塔什博物馆的展品比卢浮宫多，我不知道没有展出的藏品哪家更多。于是就查了一下，第一名是大英博物馆馆藏600多万件；第二名是大都会博物馆300多万件；第三名艾尔米塔什（冬宫）博物馆270万件；第四名卢浮宫只有2.5万件，如果不是网络上的资料搞错了，卢浮宫的藏品不到上述三大博物馆的百分之一。北京故宫的藏品180万件，其中贵重文物168万件、台北故宫24万件，加上文件书籍67万多件。

俄罗斯的俄罗斯族人从人种上、生活习惯上有些像欧洲的地方。但是，总体感觉它还是一个更接近亚洲的国家。俄罗斯整个国家的活力不够，人民很像"文革"中的中国人，脸上少笑容，当然，他们绝对不是不笑。每个民族都有自己的民族性，这和传统与地域有关。俄罗斯一直因为是最北的国家，所以每年有多半年是冬天，到现在还是莫斯科五月一日停止供暖，九月一日又开始供暖了。自农业社会时，就是刚要起动，大干一番了，天又冷了。俄罗斯地大人稀，有许多资源，也不用太努力。解体后，他们以为放弃共产党的领导，走资本主义道路，西方就会接纳他们，但是他们想错了，西方还是把他们排斥在外，西方觉得俄罗斯是亚洲国家，亚洲国家又觉得俄罗斯是欧洲国家，这让俄罗斯很纠结。不过他们想称雄世界的野心并没有泯灭。

　　欧洲保护古迹需要我们很好学习。连康有为都在感叹：

　　惟罗马亦有可敬者。二千年之颓宫古庙，至今犹存者无数。危墙坏壁，都中相望。而都人累经万劫，争乱盗贼，经二千年，乃无有毁之者。今都人士皆知爱护，皆知叹美，皆知效法，无有取其一砖，拾其一泥者，而公保守云，以为同荣。今大地过客，皆得游观，生其叹慕，睹其实迹。拍影而去，足以为凭。

　　而我阿房宫，烧于项羽，大火三日。未央建章之宫，烧于赤眉之乱。仙掌金人，为魏明帝移于邺，已而入于河北。齐高代之营，高二十六丈者，周武帝则毁之。陈后主作绮临春之宫，高数十丈，成饰珠宝，随灭陈则毁之。余皆类似。故吾国绝少五百年前之宫室。

　　我们还在拆古建筑，现在的领导人知道你们拆的古建筑，比新的建筑更有价值嘛！

　　欧洲的环保比美国做得好，在所有水域二百米内，禁止使用任何化学杀虫剂、农药等，发现重罚。我在美国休斯敦的朋友家后院，有条河，河边上的绿地有野鸭下的蛋，但是没有人敢吃，就是因为，美国可以使用除草剂。我们国家泛着泡沫的五彩河流在电视里见多了。这种让人脊背发冷的事，也太多了。

欧洲在一百多年前，就实行全民教育了。薛福成写过："西洋各国教民之法，莫盛于今日。凡男女八岁以上者不入学堂者，罪其父母。男固无人不学，女亦无人不学，即残疾聋瞽喑哑之人亦无不有学。其贫穷无力及幼孤无父母者，皆有义塾以收教之。在乡则有乡塾，至于一都一省。以及国都之内，学堂林立，有大有中有小，自初学以至成材，及能研究精微者，无不有一定程限。文则有仕学院，武则有武学院，农则有农学院，工则有工艺院，商则有通商院。非仅为士者有学，即为兵为工为农为商，亦莫不有学。……近数十年来，学校之盛，以德国为尤著，而诸大国无一不竞爽。"一百三十多年前，欧洲教育已经蔚然成风。时至今日，我们能够做到他们当年的水平吗？这不仅让人汗颜，而是全身冰冷了。

欧洲的社会总体来讲，感觉比美国、加拿大健康。我在美国、加拿大很少上街，我还是看见过一些精神病人，头上插着小旗，穿着怪异，手舞足蹈的。朋友在温哥华给我指："这条街坐在地上、躺在地上的多是吸毒者"。我在美国、加拿大的街头会觉得不安全。但是我在欧洲两个多月，成天在街上，没有看见过一个精神病。我也未感到不安全。我在欧洲也很少看见有耳钉、唇钉、眼钉、舌钉、鼻钉、肚脐钉的孩子，文身的也不多。而这些在美国、加拿大就太多了。美国、加拿大的年轻人好像没什么目标。所以，我觉得，欧洲社会比美国、加拿大更健康。因为，欧洲贫富差距小。而且，你能感到美国在两党后面有一个黑社会，否则怎么会暗杀了六位总统多数的案都没有破呢。

美国像是一个占领者，全国各地到处插着国旗，好像要告诉所有人，这是我的领地。也许，这是美国白人对印第安人的心虚。在欧洲就没有这种情况，我有时想看看这个国家的国旗是什么样，国徽是什么样，到处看还是找不到。所以，有些国家的国旗、国徽是什么样，我到现在还是不知道，还需要上网，去查一查。

欧洲虽说各个国家相对独立，其实经过多年的战争，地理距离接近等原因，人种早已有些混杂。各国人，包括中东人和黑人、黄种人在欧洲国家走来走去，没有什么障碍，通婚也很平常。甚至，英国王室是法国裔；法国的拿破仑是意大利裔；俄罗斯女皇叶卡捷琳娜是德裔……欧洲各国王室的通婚，已经说不清，是哪国血统了。

你会觉得黑人多的国家，开放程度高，种族歧视也还是有。

关于欧洲的人种，康有为说有三种："盖欧洲之人分为三大类，曰罗马人种，曰希腊人种，曰德意志人种。德意志者，所以别乎罗马、希腊两种人而言，不限以地也。凡欧洲中部北部人民，皆此一族，故奥地利、荷兰、比利时、瑞士，从前皆在德意志列邦之内。"可是现代欧洲人种的划分好像是拉丁民族、日耳曼民族、斯拉夫民族。当然还有一些小的民族。

日耳曼民族，并不是只在德国，而是在许多国家都有，日耳曼人有众所周知的做事认真，精益求精。虽然少些灵活性和幽默。但是，总体来讲，利大于弊。德国经济好，带动一些欧洲国家也好。单从经济上看，现在德国是欧洲的支柱。

欧洲经过文艺复兴，对文学艺术很尊敬。去剧院要穿夜礼服，就说明欧洲人对艺术的尊重。现在没有那么严格了。

整个欧洲几乎都是丘陵地，所以很美。他们不干"愚公移山"

轮椅走天下

那样的事，比我们尊重自然。而且，欧洲是唯一没有沙漠的有人大洲。所以，空气干净，多国的草场，在整个冬天都是春天一样的嫩绿。很多地方像公园，其实不过是农场。

我回想了一下，欧洲几乎所有的城市的地面都是石条立柱，四周围全是缝隙，一下雨，水和土都可以流入缝隙雨后再无灰尘。这和我们北京北海边上团城的梯形砖有异曲同工之妙。中国多数城市都被水泥砌死，道路被沥青覆盖。土地得不到水分，灰尘没有地方去，只能车一来，就飘起，永远乌烟瘴气。为什么现在的城市不爱下雨了，下雨是要有条件的，含水的云飘过城市，城市有水汽蒸发上升，天上水滴增大了，过于沉重，才会有雨下来。而我们的城市，因为没有水渗下去的地方，当然也没有水蒸腾出来的可能了。所以，有水云到了城市也不下雨，就是这个道理。人要顺其自然。

在欧洲各行各业都有自己的行业规范和操守，我在欧洲各国坐出租车，都是司机主动搬行李和轮椅。我一到北京，出了机场，推轮椅的特殊服务员是一个女孩子。出租车司机是个四十多岁的大男人，他双手插兜，难道让我自己把行李和轮椅帮上后备厢吗？或者，他看着女孩子把这些搬上车？我最后只好开口："司机同志，帮忙搬一下。"司机才不情愿地搬轮椅和行李。我们各行各业应该定一下行业规范，服务行业，你就服务到家。出租车出现这么多年了，还是乱象丛生。

我因为做过放疗的，所以很容易坏肚子，就带了两瓶黄连素。可是，我在欧洲一粒也没有吃过。我到处乱买东西吃，一是我很好吃，要尝当地的食品；二是我饿了，只能看见什么买什么。我看见的农贸大棚一类的商业场所，东西都很新鲜。我有时也会尝尝生鱼三明治，都没有任何问题。但是，我在美国去一些自助餐厅，偶尔会坏

404

肚子。中国就更过分，常常不知道什么原因肚子就坏了。我回来给女儿发 E-mail："朋友请吃饭，又坏肚子了，太脏了。"女儿回信："不光脏，还有毒。"

我在欧洲所经过的火车站，没有一个需要检票的，都是上了火车后查票。通常一列火车就三个列车员。在车厢里不许接听手机，只能在两车厢之间的地方打电话。大家都非常注意不要出声影响别人。如果你不看车厢里，还会以为没有人呢。欧洲的飞机场也不像美国还要脱鞋检查，对人的尊重远超过美国。

我在欧洲住过二三十家旅馆，没有一家要检查完房间，再给我结账。所有的旅馆都认为，房客不会拿任何东西，或者，他们已经在房费里把可能的损失算进去了。我在北京饭店住，也要等着查完房，才能走，根本不把对人的尊重当回事。我看还是把损失算进去，让客人觉得受到尊重，更胜一筹。欧洲卫生间都是放两三卷卫生纸，他们不怕人拿。因为所有的公用洗手间都有纸，也不像美国的公共场所的卫生纸那样薄、光溜、不吸水。欧洲体现了对人尊重。中国有些旅馆，放在卫生间的卫生纸越来越少，有些只给五分之一卷纸，这是对人体生理需求的不尊重，就是对人的不尊重。

欧洲和美国的旅馆最不同的是，美国所有的旅馆几乎都有本《圣经》，欧洲就没有，也许这样更尊重不同的信仰。

依我的口味，我觉得俄罗斯的饭最好吃，也许它比较接近亚洲口味，蔬菜较多；或许因为我们这代人最先接触的洋餐就是俄餐。总之，去了俄罗斯的人不要放弃吃俄餐，尤其是美食爱好者。其次，是各国的海鲜，我在欧洲吃到的海鲜都比中国的新鲜，少怪味，而且不贵，甚至还便宜。我想这是很多老饕想不到的。我只是没有吃到松露，有些遗憾。肥鹅肝我不想吃，那不就是鹅的脂肪肝吗？我

已经有些脂肪肝了，肥鹅肝就免了吧。我一个在法国住过多年的朋友，要我一定要吃一次法式大餐。我就一个人，怎么去吃大餐，一个人吃饭就有点儿傻，真要吃那么多道，我这年纪已经消化不了啦。

欧洲和美国比，欧洲人环保得多。美国每家都有烘干机，我第一次去美国就觉得很过分，很多妇女不工作，把衣服晒到阳光下，又消毒又节电，有什么不好。欧洲就不是每家都有烘干机。

我第一次去美国是八月，全国除了穿制服的人，满街人都是大短裤和体恤，就是品牌不一样，还有在其他地方很少看见的胖人。欧洲就比美国有品位得多，尤其是法国，满街体型超好的女孩。我在欧洲没有见过一个像美国那样胖的人。我觉得欧洲人和美国人要是随机选出同样数量的男女，称一下体重加在一起，欧洲人比美国人的体重会少四分之一到三分之一，欧洲人比较理性。

美国除了少数大城市公共交通好一点儿，其余城市都很差。没有汽车在美国很难活，欧洲公共交通很发达，没有汽车根本没有问题。

欧洲有些国家已经多年没有人贪污了，整个社会对金钱有一个比较正确的认识。而在中国，解放后全民的长期贫困，使得很多人对金钱的渴望到了一种病态的程度，高官带头掠夺，下面全面跟进。我们应该多宣传些正确的金钱观，毕竟金钱不是最重要的。

其实，欧洲各国除了原来的社会主义国家，社会基本都有一个序列，每个序列都有向上参照的榜样，提高自身修养，争取再上一个台阶。中国和社会主义国家都打乱了这个序列，没有了参照的榜样，再转型到资本主义，一切向钱看，社会更混乱。

我在欧洲一边走，一边想，如果成吉思汗守住了他占领过的四十个国家的领土，我在欧洲可能说北京话就可以走半个欧洲了。或者拿破仑看住了那些他征服了国家，我们也可以只说法语就畅行无阻。其实，少几个国家对百姓并没有什么不一样，只是少了几个皇帝。而且这样还离世界大同又进了一步。

成吉思汗的部队所到之处，就把当地反抗的男人杀掉，强奸了他们的女人，可是现在这些欧洲人从自己的 DNA 里查到有成吉思汗的 DNA，他们觉得是一件荣幸的事，在欧洲有很强的英雄崇拜。

中国现在像大唐盛世，街上都是挺着大肚子、满面红光的人。但是中国失去了世界领先的地位，我们没有先进的社会结构。中国人和欧洲人相比并不笨，但是很多的聪明才智用到了麻将桌上和弄钱去了。低素质人口太多，教育投资过低，贫富严重失衡，政府部门的干部制度落后，导致优秀人才进入不了领导层，卑鄙小人平步青云，贪污腐化已经到了让世界震惊的地步。

我和在欧洲的朋友说："中国人做事这样不认真，真让人看不到希望。"朋友说："别急，日本原来也是这样，但是现在日本全改了。"我相信还是有希望的吧。

最后，我思考的问题连我也没有完全想清楚。为什么欧洲有文艺复兴，有民主制度的形成。我以为，欧洲有一个资产阶层和文化阶层，民主是吃饱穿暖以后的精神需求。而中国从解放就打倒了资产层；到了五七年又进一步打击了知识阶层；六六年接着打击了所有这些剩下这些阶层里的人，更何况还有七年完全没有大学生的招收，造成文化教育的断档，都是空前绝后的。新中国成立以来坚持的阶级路线，也就是从底层培养，上大学也要出身好，提干也要出身好。这些人是从最低层需求开始，对高层精神需求全无感觉，他们掌握权力后想到的是满足自己的物欲。欧洲是从高个里培养，我们是从矮子里培养，什么时候能追得上呀。我们的干部从对钱的认识开始培养训练，代价太大，产生普遍的贪污腐化也就不奇怪了。

民主意识是要有一个酝酿时期的，这个时期在一个保守国家会很长，尤其是没有一定数量的资产阶层和知识阶层的国家，路会更长。

我最希望看完这本书的人，对中国的环境保护有危机感。我觉得所有的中国人都在一个大污染环内，你呼吸的空气是污染的；你吃的东西是污染的；你喝的水是污染的……我们的国民没有办法保证健康，我们的后代就没有办法保证健康。我们几千年的努力，就要功亏一篑了。那我们就彻底输了。

可能有人会说我崇洋媚外，我觉得看到别人的长处，改进提高自己，是理智的选择。我们应该看到差距，奋力赶上。有些习惯并不难改，想改就可以改，人人从自己做起。学习一些文明习惯，把自己周边环境搞好，国家的整体形象才会改观，我们的硬件并不差，就是软件差得太多了。

我希望更多的人走出国门。

· WALK THE WORLD ·

轮椅走天下

下

詹志芳 ● 著

中国广播影视出版社

前　言

中南美洲对于中国大多数人来说是遥远而且神秘的，许多人搞不清，什么是玛雅文化，什么是阿兹特克文化，什么是印加文化，等等。印第安人是中国去的后代吗？

我是带着几个问题去的中南美洲：

1. 印第安人的文明分成几个重要的部分？

2. 印第安人是从哪里来的？

3. 复活节岛的石人像是岛民自己做的吗？

4. 纳斯卡线条是印第安人画的吗？

5. 德国法西斯的后代在南美的情况。

6. 古巴的医疗的情况。

7. 中国人在中南美洲的历史和现状。

我是带着这些问题去的中南美洲。我去的地方不多，如果加上美国和巴哈马，是九个国家。但是，比较主要的印第安人的遗迹都看了。

我就自己粗浅的认识，说几句，印第安人是从亚洲去的后代。因为，有些人是四五万年前就去了。那时还没有国家的概念，所以，也谈不上什么中国人的后代。稍微准确点儿，可以说是从北亚洲去的。范围到什么地方很难说，那是几万年前的事了。当然，他们也是分几批去的，因为没有文字记载，我的专业知识也不够，时间也不多，有些事不能验证。这些等着专家去考证吧。

印第安人不是落后的族裔，他们曾经有过非常辉煌的过去。在

1

墨西哥城的"人类学博物馆"里有许多实物，这些艺术品并不输给其他文明。只是，在1492年哥伦布等欧洲人去了美洲以后，印第安人遭到了非常残酷的杀戮和掠夺。他们的人口锐减，财宝被抢走。甚至，有用整个屋子的黄金和白银也买不回一条命的实例。有些白人做过把船上得了天花人的毯子送给印第安人的卑弊的做法。美国原有3000万的印第安人，现在剩下150万，只有原来的1/20了。中南美洲也一样，印第安人被杀、被抢、被骗，现在绝大多数还在底层生活。而外来的白人，占据着这些国家的政府高位和矿产等资源。

复活节岛的石人像，有人说当地没有石料，是外星人做的。我亲眼所见，他们有石料山，在山上有没完成的石人像，有扔在半路的已经做好的石人像。所以，那是复活节岛民的杰出作品，是人类活动的一部分。

印第安人的历法是很复杂的，他们有很好的数学，有很好的天文学。纳斯卡线条有人怀疑是什么外星人做的。我毫不怀疑，印第安人有这种能力，他们可以完成这些工作。

从中南美洲回来，我心里充满了对印第安人的敬意和同情，同时也有对殖民者的愤恨和鄙视。他们破坏了一个多好的文明，我甚至觉得人类应该增加一个文明，即印第安文明，应该是五大文明。

要记住不要去人少的地方，晚上不要出门，夜里有人敲门也不要开。最好住在市中心，相对安全方便。

最好带含化纤的衣服，洗了容易干。带洗衣粉比洗衣皂要轻。多带黄连素，有些人会水土不服的。

这次，美洲之行得到了许多朋友的帮助。在北京时金宏给我们讲了他了解的玛雅文化；郁小培给我录了一些简单的西班牙语对话；

陈铁力也就是书中的大使夫人,她一直在做我的西班牙语后援。感谢旧金山游辉立博士,就是书中的菲利浦,安娜博士是他的夫人,他们在旧金山给我提供了住处,还请了许多朋友,在他家有一种在自己家里的感觉;常方原中央歌剧院的演员,她也几次带我吃饭购物,在她家里聊天听音乐,她给我们做了几次有许多糖和黄油的水果派。在墨西哥城我得到了内森及他的父亲谢悉和他母亲盛兰帮助,我们住同一家旅馆,我们一起出去,小内森经常推着我。感谢住墨西哥城的李燕梅和她的丈夫陈红阳,他们给我介绍了许多墨西哥城的情况,带我购物吃饭。感谢侯立瑞和他的朋友们,给我介绍老华侨在墨西哥的奋斗史和他们自己的生活状态。感谢在伯利兹的李明仁博士和卞伯仲博士,他们夫妇给我介绍了许多伯利兹的情况,还带我去看我感兴趣艾米士,在他们家吃的中国饭,让我不再水土不服。最要感谢的是宋风和韩平伟夫妇,宋风和他夫人一直是我的西班牙语后援,他们从初中就学西班牙语,在"文革"中,中国第一批派往墨西哥的留学生。从我到墨西哥就一直关注我,把他在墨西哥的朋友介绍给我,给我发邀请信。到了智利的圣地亚哥以后,他在百忙中,又数次安排我参观多地,使得我书中有了许多很少有人去的酒庄、陶艺村、聂鲁达的故居等,还陪我去使馆,教会了我喝葡萄酒,安排我和当地作家会面,我记不清吃了他们多少顿饭了,本来想旅行减肥,到了圣地亚哥成了三顿饭,不减反增。从他那里我得到的知识最多。还有朱前方,他是小宋的朋友,他也是尽力帮助我,满足我的要求,我在圣地亚哥吃的饭,基本上都是他和韩平伟做的。感谢在智利中国作家包容,他送我他主编的书,对于我了解智利华侨史很有帮助,还安排我去复活节岛。感谢台湾中文学校的杨信娥老师,她给我介绍了他们学校,还帮我联系了周麟大使和

夫人。感谢黄毅和杨萍，他们也送我接我几次。还要感谢在瓦尔迪维亚的姜冰水和夫人，他们在生意很忙的情况下，还接待我，不停地给我讲当地的事情。感谢复活节岛的JOHN，他一直尽心尽力要我看全复活节岛的各处遗址。感谢秘鲁的杨嘉敏和她的老板及同事们，他们给我解决了在北京都很难解决的问题。也要感谢马丘比丘的印加人，他们的热情服务，让我想起来就很感动，他们的服务是我看见最好的。感谢在巴拿马的李丽惠，我在巴拿马的两天，她全程陪我，还给我讲了她家的故事。当然，也要感谢李丽惠的老板朱先生，是他安排李丽惠来陪我。感谢台湾驻巴拿马的大使周麟和夫人，和他们的交谈，我听出来他很隐讳地说，大陆同胞有事情，他也会出手相助。他给我讲述的清朝设立驻外使节就是为同胞服务等知识，扩大了我的眼界。在古巴，我得感谢我房子的管理员朱利安，他总为我想，推我到处去，帮我买水和水果，请我吃古巴做法的意大利面。还有"天坛饭店"的老板陶炎，他给我介绍了古巴的基本情况。他的朋友邵振林，也给我介绍了古巴的一些情况。还要感谢在古巴学医的研究生吕天，他给我介绍了我最想知道的古巴的医疗的情况。最后，是在迈阿密机场碰上的好心人程锡河和他的夫人连工香。以上，都是对我这次旅行有帮助的人，在这里一并感谢。没有你们，我的旅行会困难重重。有了你们，我的旅行充满了乐趣和爱心。

目　录

一　美国　旧金山

　　美利坚合众国面积 1997 年还是 9372610 平方公里，到了 2006 年修正为 9631420 平方公里了。多了 25 万多平方公里也不知道是从哪里出来的，冲击平原吗？上升出海面的岛屿吗？中国是 9634057 平方公里，比美国多了 2000 多平方公里。美国人口 321163157 人（2015 年），人均 GDP 是 54629 美元。中国人口 1374620000 人，人均 GDP7575，美国是中国的 7 倍多。美国 34 人／平方公里。中国 145 人／平方公里。

　　四万多年前，印第安人从亚洲来到了美洲，人口高峰时达到三千万，现在，被杀的剩下 150 万了，只有原来的 1/20。可见，美国白人血债有多少。一万年前，另外一批亚洲人来到美洲，那就是后来的爱斯基摩人。一千多年前，维京人有些学者认为他们的人也来到美洲。还有一种说法，以色列人也从海上到过南美。

　　美国是移民国家，白人占 80%，剩下有色人种占 20%。宗教主要是基督教、天主教、摩门教、犹太教等。基督教徒占 51.3%。美国建国 1776 年 7 月 4 日，至今 239 年。

美国总统乔治·华盛顿在鲜花围绕下，除却光环，华盛顿是一个伪善的杀手。他把印第安人同狼比较，说两者都是掠食的野兽，仅仅形状不同而已。他实施的种族灭绝政策，教导士兵从印第安人尸体上剥皮，这样可以制作出高或者可以和腿等长的靴子。华盛顿用五年的时间使得总共 30 个印第安城镇中的 28 个被摧毁，准确地说是"屠城"，印第安人说他是"小城摧毁者"。

阿伯拉罕·林肯，林肯是一个高人，不仅理论水平高，人也很高 1.93 米。事实上，林肯是每十分钟屠杀一个印第安人的刽子手。1862 年林肯下令一次性绞死达科塔地区的印第安部落的 39 个首领，平均十分钟杀死一个。

托马斯·杰佛逊美国第三任总统，是《独立宣言》的主要起草者。他策划了大规模屠杀印第安人的一系列事件。他指示士兵："在战争中，他们会杀我们中的某些人，我们要杀他们的全部。"

詹姆斯·麦迪逊美国第四任总统，是美国宪法的奠基者，他在全国公布了屠杀印第安人的奖励表标准：每上缴一个印第安人的头盖皮，美国政府奖励 50~100 美金。杀死 12 岁以下的婴幼儿和妇女奖 50 美金，杀死 12 岁以上和男人的奖励 100 美金。

奥西多·罗斯佛，在罗斯佛眼里，印第安人成了他的移动靶和打地鼠的道具。他对印第安人采取种族灭绝的政策，而且偷了大量印第安的土地。他还说："这是不可避免的，而且最终是有利的，只有杀掉印第安人才是好的。"被美国人杀掉的印第安人达 5000 万。是希特勒杀人的 50 倍。

这就是那个成天对其他国家讲人权的国家元首们干的事！！！

我先抄一段梁启超在 1899 年过旧金山时，写的关于印第安人的文字：

"二十九日，至博奇梯拉。余本不欲下车，有乡人数辈苦相邀，乃一宿焉。此地华人百余，有维新会，有会员而无会所，余匆匆演说一次，亦未能睹其成。

此处红印度人最多，政府设法保护之，免俾绝种，每来复颁食一次焉。余至日，适遇颁食之期。全日颠塞。其衣皆红绿两色，为种种式样以文其身，各以一木箱负其婴儿，诡形殊状，见所未见，亦一眼福也。

当威廉滨初至美时，滨士维尼省之士人，殆二十余万云。其余东部各省亦称是。其总数虽不可全考，史家谓总在三四百万以上云。观殖民时代与欧洲人种之血战，可见一斑矣。十七世纪之中叶，土酋有名腓力者，骁勇绝伦，统帅诸部与白人为难。各殖民地乃设总会于波士顿，共商捍御之法，其势力之大可想。其后英法七年战争，法人亦勾连土人大扰英属地。集华盛顿之将略，始亦以功攻剿土人著者也。是时新英格兰附近诸地，土人如织。乃曾几何时，至今洛杉矶以东，无复一土巢矣。余行半年，走万里，欲求一遗民之迹不可得见。据千八百九十年统计，谓全国今尚有二十四万八千两百五十三人云，率皆被迫逐窜于西部。今则西部亦日辟，深山大泽，悉化尘世，无复寸土以容此辈。今此十三间之锐减，又不如若何？要而言之，若三十年后在游美国，欲见红印度人之状态，惟索诸于博物院中之绘塑而已，优胜劣败之现象，其酷烈乃至是耶？君子观此，肤粟股粟矣。

3 月 11 日

一早，我被女儿从旧金山来的电话吵醒了："你还不起来呀？"我因为赶稿子，最近都睡得很少，血压也高了。终于，稿子杀青。我准备了两年的美洲旅行，主要是中南美，今天该启程了。

我赶快起来，把最后的脏衣服放进洗衣机，再去做早饭。我甚至做了一盒饭带到机场，准备在候机时吃掉。还有两个"峨嵋酒家"的包子，我也没有想好，什么时候吃，先放进了包里。还有三个苹果和葡萄，都一起拿走。在路上没有水果会有点儿难受的。

我的新邻居这些天都在帮我跑银行，给我做饭，替我做了不少事。减轻了我的负担，感谢她。我走了，她可以松口气了。

朋友按时来接我，他去叫出租车，我们就下楼，和门卫们告别。天还算晴朗，一路顺利，到了机场。我们刚下车，就有人问："要帮忙吗？"

"好哇，帮我把手杖插到这里吧。"我也不客气了，我的轮椅有一个可以插拐杖的地方。

然后，我就自己转着轮子向门过去。在一个小坡前，刚才帮忙的人又过来了："我帮你推吧。"显然，他一直在关注我。

我说："把你的箱子给我。"我推着他的箱子，他推着我，碰到障碍，我就拎起他的箱子。推我的好心人说："你就拉着吧，箱子就是拉的。"

进了大厅，我和好心人告别。马上就要离开中国了，让我记住中国的好人吧。我们到的早，在换登机票的地方，接待人说："你们先去坐一会儿，一会儿'大使'去接你。""大使"就是在肩上斜挂着一个红色的绶带，专门为有困难的旅行者服务的人员。

我和朋友去找地方坐下来等。我跟一个看起来像大学生的女孩说："你能换个地方吗？"她的位子靠边，我坐着轮椅好和朋友说话。

她瞪大了眼睛看着我，朋友说："她不是中国人。"

我换成英文和她说："你能挪到那个位置吗？"她马上同意了。

"你从哪里来？"我又问了一句。

女孩说："菲律宾。"

我们坐下，我拿出苹果，给了菲律宾女孩一个，她愉快地接受了，可能她渴了。我和朋友一人一个，就不用买水了，我还减轻了负担。

到了十二点，我是一天两顿饭的。送我的朋友有糖尿病，他该吃饭了，我就把"峨嵋酒家"的两个包子给了他。我很高兴，我不经意带来的包子没有成为我的负担。

终于，到了可以换登机牌的时候了，被叫做"大使"的姑娘帮我推行李，朋友问好了我回程机票的日期就走了。

北京机场在换登机牌的前面加了 X 光安检机，这是以前从未见过的。在进入候机门的地方，也加了一个 X 光安检机。搜身也更加仔细，对恐怖袭击的防范真严啦。

在换登机牌时，我要第一排的位子。可是，海航的人说："一排的票都锁上了，只能给第二排的。"好吧，没有差多少，只是没有第一排间距大。

坐在登机门，我把葡萄拿出来，都吃掉。座位上零星坐了些人。

看看到了我吃饭的时间，我把带来的午餐拿出来，津津有味地吃起来。我带的是米饭和鱼还有芹菜。想着飞机上没有味道的饭，我觉得自己太英明了。吃过饭，我把饭盒扔掉。回来，和我右边的中年夫妇聊了起来："你们是去玩的吗？"

"不是，我们是去西雅图看孩子的。"那女的回答道。

我接着问："你的孩子在上大学？"

"一个上大学，一个上中学，我们两个女儿。"她说。

我有点儿奇怪："那你们怎么不等放假再去呢？"

"我们经常去。"那女的有点儿得意地说。

我有点儿明白了："你们在西雅图买房子了？"

　　"嗯。"她不太愿意说。

　　看着这两个中国人，他们和我十年前去美国碰见的，有了很大的不同。中国人现在可以有这种从容了，送孩子到美国受教育，在美国给她们买房子，自己去了也有地方住，看来没有受过多少教育的中年夫妇，我只能判断他们是坐生意的了，应该生意做的不错。

　　我左边坐的老夫妇，看起来受过高等教育，也不是去看孩子，而是去看老朋友的。十几年前，我因为有绿卡，每年要跑美国两次，在飞机上看见的都是给子女看孙子孙女的，或者把孙子孙女带回中国，再送回美国的。

　　今天的中国大不一样了。

　　我中心不免有了几分得意，我才八年不去美国，变化就这么大了，再过十年还不知道要怎么样呢！

　　我最先上了飞机，我坐好后。等着看看第一排的人都是些什么人。我观察了一下，一对年轻的夫妇带着一个半岁左右的孩子；还有一个已经怀孕大约七八个月的孕妇；这些人都比我有资格坐第一排，还有两个年轻力壮的小伙子，我就不明白他俩为什么坐第一排了。

　　飞机起飞几个小时后，我听见孕妇和她身边的青年小伙子聊："我先生在美国工作，我听说美国有些月子村被查了。"

　　小伙子说："我就是管这个的。"他显然说走嘴了，和我猜的差不多，这俩小伙子吃饭都和我们不一起。我们吃饭时，他们就去前面了。

　　孕妇带了许多鱼肉肠，可能是家里怕她营养不够，影响胎儿，就带了她根本吃不了的鱼肉肠。她下了飞机也是扔，根本不可能带

出机场，她动员旁边的青年人帮她吃掉一些，这人一点儿也不动脑子，人家吃饭都不和你们一样，他怎么会吃别人给的东西呢，显然有纪律嘛。

我心服口服，第一排的位子我真是没有资格坐。那对夫妇在墙上把一个给婴儿换尿布的板拉下来好几次，给孩子换尿布，这对他们很方便。

在飞机上我看了两个电影，我平时基本上没有时间看电影。一个电影是《自由之光》竟然是瑞德边境的一个瑞士公安局长格吕宁贝格，在二战时放了三千六百多犹太人进入瑞士。最后，他被捕，被判刑，到死也没有被平反，他死于贫困。原来，在什么地方做好事，都很难被承认。我真佩服这人，希望有一天能够到瑞士给他扫墓，向他表示敬意。更希望瑞士政府承认错误，给格吕宁贝格平反，并给他以英雄的称号！我也希望到瑞士去旅行的人去找找他的墓，都去给他扫墓，给瑞士政府施加一些压力。最好有人去以色列的时候呼吁一下，让以色列人给瑞士一些压力，以色列人在银行业是很有发言权的。

飞机到了西雅图，天阴沉沉的，我来过西雅图，这里是美国有名的爱下雨的地方。过美国边防时，我这次是美国的十年免签，他们一看我原来有过绿卡就客气多了。让我按了十个指头的电子指纹，没问几个问题就放行了。给了我在美国半年的滞留期。

美国这边也增加了安检，我托运的大行李过 X 光机，被查出有什么不可以带的东西，我打不开箱子了，密码怎么也不对，边防人员还算客气，用刀子翘开了锁，拿出了三斤小米，扔进了垃圾桶。

我以前只知道不可以带肉、水果、花椒、中药等，没有听说过，不可以带小米，这是头一次碰上。行李又被托运，我的手指被用检验纸擦过，箱子也都擦了一遍，是为了检查毒品和爆炸物吧。

服务人员送我到轻轨，我送他一条丝巾，他有点儿惊异地睁大了眼睛，后来我在美国的电视节目上看见一条丝巾 33 美元呢。而且美国人不送礼。我不喜欢有许多东西，我带了许多条丝巾，我想快一点儿发出去，让我自己轻松一点儿。他对我说："你去 C 站台。"

我竟然要倒四次车才可以到 C 站，一路我问车里人，都会有好心人告诉我，有人还陪我到下趟车。在最后一趟车上只有一个黑人青年人和我，我走哪里他跟到哪，看来有点儿不怀好意了。我不用眼睛看着他，只用眼角扫他。但是，他没有做什么，我也不能假定他就是坏人，还说不定是精神病呢，美国的精神病特别多。

我去坐电梯，电梯上有标志，专门给残疾人坐的，我就把轮椅横在门口，让他进不来。我升上两层后，一开门，他就在门外。门口还有一个老人被服务员推着，我让他们进来，也没有那人的地方了，他算是进不来了。

被推的人戴着福尔摩斯的帽子，前后都有帽檐，细格呢上衣，满脸细细均匀的笑纹，优雅的风度，一看就是一位英国绅士。他有点儿夸张地跟我说："你自己转轮椅，太棒了！"他那种笑，是要有许多富裕空间，可以去爱别人的人，一辈子都在一种从容不迫的环境下生活的人才有的笑。我回他以微笑，说："谢谢。"我们有点儿像朋友了，我要有时间很想和他聊聊应该是很有意思的。

我自己顺利地到了阿拉斯加航空公司的候机门。我在旁边的摊位买了一瓶水，一个多美元，我不知道西雅图的消费税。所以，不知道这瓶水的真实价格。我只是想把大钱换小钱，好给小费用，推我一次，我应该给两美元的。其实，我来美国有十次了，我从来也

没有弄清楚过什么东西到底多少钱，因为有消费税，还各州不一样。

看见两个像中国人样的旅客，就过去问："是中国人吗？"

他们说："不是。"他们像蒙古人样的扁脸，身材高大，可能是爱斯基摩人。

阿拉斯加航空公司的工作人员把我送上飞机，我又给了她一条丝巾，她很不好意思。因为，她推的并不远，我说："你收下吧。"

我在飞往旧金山的飞机上睡着了，我邻座的女士一直在计算机的报表上工作。飞机只提供了一小包饼干，美国飞机不提供餐饭，已经许多年了。我早有准备，我带了一些紫菜，不是甜的，又不占地方。

到了旧金山，有人帮我推到取行李的地方，我在行李上贴了一些不粘胶的 Logo。所以，我很快就找到我的行李。

领完行李，我也给了服务人员丝巾。就坐在外面等女儿来接我。我给她发短信说我边上有一个《INFORMATION》的牌子。没有两分钟女儿就来了。看来，她精神还不错，前两天还胃疼呢。

我们叫了出租车去餐馆。到了餐馆，我建议在外面坐一会儿，即使在路边，也比北京的空气要好几个等级。我在飞机里闷了十几个小时，看着天空清亮，有种说不出来的舒畅。坐在室外，我看着旧金山，从我第一次来到现在没有任何变化。要是在中国，任何一个城市，几年不去，就大不一样。有些没有楼房的城市，已经高楼林立，绝对认不出来。美国有些城市，我去过多次，没有什么变化。

我把给大女儿的东西翻出来，单独放。我这次来只穿了一件在所有毛衣里最旧的黑毛衣，因为我准备到秘鲁去买羊驼毛衣，买到后，就可以把身上这件扔掉了。小女儿给我买了一件黑色的羽绒服，她怕我冷带来了，幸好这一路没有冷。但是，旧金山的晚上是很冷的，我在这里住过几次。

　　小女儿告诉我，她给我订了一个旅馆，我在里面住两晚，然后，她就去德国出差，我再去住她租的屋子。我一个人很习惯，她们白天上班，没有人来招呼我。可能，换别人会不高兴，来了就一起吃顿饭，然后就不见人影了。可我挺高兴，因为我有的是事情要做，我那么多西班牙语的单词还记不住呢。大家都有自己的轨道，要求别人按你的轨道走，那就是不讲理了。我们像三颗行星碰在一起极为难得。既然大家都有自己的事情要做，就好好享受在一起的短暂时光吧。看几次还不是就那样，知道彼此都好就行了。

　　这家餐馆叫"顺峰鱼村"，我们是第二桌，不一会儿，这里的桌子多数都坐满了，都是中国人。小女儿说："国内有钱人都到美国来买房子。"

　　这里，和十年前真是大不一样，那时的中餐馆中国人不少，像这样只有一桌有两个洋人，看来还是中国人请吃饭谈生意的，简直比北京的餐馆还夸张了。中国人真有钱了，可是看脸还是没有什么文化的样子，大约都是土豪吧。希望，他们有了钱，让孩子多读点书。

　　在等大女儿的时候，我拿了一张免费的《星岛日报》，看了看"星岛地产版"，有篇文章《三藩市买屋需年赚15万》"依据各种尺度衡量，美国经济正在走出大衰退后逐渐好转，但许多民众仍收入不足而无法实现拥有自住房的梦想。"

　　"美国各大城市中以匹兹堡地区的收入要求最低，年收入只需达31716元就可负担中位房价135000的房屋。"

　　"三藩市是住屋可负担最差的都会地区，需要142448元年收入才能负担742900中价位的房屋，接着是圣地亚哥（需要95433元收入）；洛杉矶（需要89665元年收入）；纽约大都会区（87536

元年收入）；波士顿（需要 84900 元年收入）。"

十年前，我回中国女婿都没有出来打个招呼，大人不记小人过，我还是邀请他来一起吃晚饭。大女儿出现在门口了。没有看见她老公，我问："小黄呢？"

大女儿说："他不来了。"

还是大女儿体贴，我好不容易来一次，别让我不高兴呀，我是容易生气的。大女儿漂亮多了，我问："你化妆了？"

她笑着点点头。

小女儿说："都好多年了。"

我十年没有来了。最后一次来美国，也是八年前，还没来旧金山。

"点菜吧。"我和所有的妈都一样，老怕孩子们饿了，"多点两个，我明天在旅馆里没有饭吃。"

"现在，吃螃蟹不是季节。"她还记得我爱吃螃蟹。

于是，我们点了海螺，这是在北京较难吃到的菜。我点了狮虎虾，菜上来才知道就是大一点儿的虾。五个菜量不小了，我们要了三碗米饭，最后剩下了一碗半，正好我打包带走。

我给了大女儿五千美元现金，她不肯要，我放进她书包。等我从南美回来，有剩下的美金，还可以给她。

我说："我腰里放一万美金，太难受了。也不安全。"

"那先放我这里，我帮你保存。"她才收下。

我把给她带的大红枣和茶叶，还有一个竹子做的小竹筏，我觉得特可爱。现在，要给她们带东西，都想不出有什么可带的，中国人把什么都运到了美国。

两个女儿都健康，大女儿还升职做了部门经理，都不用啃老，就很好了。我很满意，钱多钱少不重要，只要做喜欢的工作就好。

大女儿送我去旅馆，两个女儿帮我装箱子轮椅，不用我动手，真有满足感。

　　大女儿又送妹妹回家，把我的两个大行李也拉走了，我很轻装地进了我的房间，这里竟然有微波炉，小女儿说她特意选的，真谢谢女儿的细心，我不用吃冷饭了。

　　两天后，我带着随身的包去她住的地方，她在我到后，一个半小时去德国。

　　女儿走后，我已经没有力气洗澡了，就先上床。可是，睡不着，就看电视吧，美国的霹雳舞长进不少。

　　旧金山怎么这么多救护车的声音，还有救火车，一晚上好几次，这家旅馆临街，吵死了。北京很少听见救火车、救护车的鸣叫，我家又特别安静，什么声音也没有，只有早上鸟儿在我的窗前聚会。

3 月 12 日

　　我到了清晨才开始困了，早餐也懒得去吃，一上午就睡过去了。我知道我倒时差很慢，所以设计在美国待半个月。我清醒的时候，研究了一下怎么上网，先把手机上了网，发了几条消息，就又昏过去了。

　　到了下午，我才能起来去洗个澡，一天连门都没有出。幸亏我戴的表，可以看北京时间和旧金山时间，我还是按照北京时间吃饭。睡觉只能随意了。

　　"我有个相机，老是提示写保护，怎么回事呀？"我用微信问女儿。

　　女儿回信："你把存储卡拿出来，那里有个小滑锁，你碰了。"

　　我把卡拿出来，一扳，果然好了。困扰我多天的问题，这么容易就解决了。不然，我这个备份相机，关键时刻罢工，我就惨了。生孩子养大了当师傅也不错。

　　想起女儿给我买的羽绒服，也不知道合适不合适。取出来穿了一下，正是我想要的黑色，也合适。女儿眼光不错，听说还是减价时买的。

　　美国时间晚上十二点，我精神来了。起来念了一会儿西班牙文。

3 月 13 日

　　我一直写了六个小时，看看还有四个小时，就到了我和女儿约定的时间了。我也不敢睡了怕睡过了，就看电视吧。本来应该去吃早饭，不知道餐厅在哪里，算了吧，女儿说给我买了许多东西在冰箱里，还是去了女儿那儿再说吧。

　　终于，等到十点半，我去退了房，又请前台帮我叫了出租车，就往女儿住处去。路上，看见一个大楼插着同性恋的彩虹旗，看来是个同性恋的总部。我第一次来美国，女儿给我租的房子，房东就是一个同性恋。她家就挂着彩虹旗，我没有见过，问了大女儿才知道是同性恋的标志，在人家住了一个月，也没有搞清楚，她在同性恋里是男的？还是女的？我和那房东互教互学了一段对方的语言。晚上，我们常常上课，她学习过中文，看见中国人住她家，来了学习兴趣，我也乐得有人教我英文。她原来有丈夫离婚了，有个女儿跟着丈夫。有一天，她来和我说，今天不能上课，她的朋友要来。我想就是那个同性的朋友吧，我也没有看见是个什么样的人。

我真希望看看旧金山的同性恋大游行，这种事，我在北京是看不见的。同性恋占人口的11%。他们真应该有自己的空间，我也希望中国能够尽快地正视这个问题。

　　到了女儿住的街，这条街比别的街漂亮，房子也比别处精致。女儿租的房前，有个精巧小花园，种着各色的小花，都开得正欢。

　　我按了门铃，女儿出来了。她搬上我的行李和轮椅。

　　这屋里有一股洋人喜欢的用小炉子熬香油的味道。不是中国吃的香油，是香精兑的油。

　　这是一栋快一百年的房子，很精致小巧，甚至可爱。在这条街上是最漂亮的。在房东的精心维护下，还是不错的。到处铺着同一种花色的小地毯，厨房卫生间也还干净，后院还有一个露台，可以烤肉。我喜欢美国房子的多样，每家都不同，经常会给人惊喜。

　　这里的设备，真是物尽其用。电源开关、门把手、插销大概都有半个世纪了。也可以看的出来，墙壁是刷过多次油漆，因为墙壁已经不能保持平整，有些油漆流淌的鼓包。美国有它浪费的一面，也有它很节约实用的一面。

　　女儿打开冰箱告诉我有些什么东西，哪些层是她的，因为她和另外一个女孩共用一个冰箱。她已经把冰箱塞得满满的，有许多水果、蔬菜、肉、虾、酸奶、果汁等。甚至，她还给我炖了整只鸡十全大补汤，又帮我做好了米饭。我本来想买点儿当归给两个女儿补补，又怕她们嫌苦不肯吃。看来中国人都会自己补，我放心多了。我只管自己就行，她们已经不用我管了。

　　女儿给我热饭，洗水果。使我有点儿受宠若惊。

　　吃过饭，女儿嘱咐我，每次吃完饭要把碗洗干净，否则房东会洗的。房东是秘鲁人，做房地产生意，看来有点儿钱，他的房租比别人都便宜。他每天上午十点到下午四点不在家里，并嘱咐我不要和他多说话。

女儿说："隔壁邻居前几天死了一个孩子。"她还想告诉我说不定这里有黑社会的存在，就是说，那孩子是非正常死亡。所以，让别人知道自己越少越好。

我想和房东练习西班牙语的计划流产了。好吧，就听录音，自己学吧。女儿还告诉我，她刚从墨西哥回来，那里的人真的不会说英语。我只能赶快恶补一下，幸好国内有一个后援，她是从小学开始学西班牙语的，后来又到古巴学习，是位大使夫人，我可以用微信向她请教。就怕没有 WiFi 就没有办法了。我想看看到中南美到底能出什么状况，我既担心又兴奋。

在北京我不用爬楼，到了这里我需要爬楼。而且，楼梯还转弯，我都有点儿怕，这房子高，有三米多，所以楼梯也多。

女儿已经收拾好东西，说出租车马上就到了。她给了我一个拥抱，就拎着行李去机场了。我很适应，没有什么不舒服，拿起遥控器，看看电视吧。怎么旅馆的旧电视我看着没有问题，怎么这个超薄的电视，我就不会用了呢，看来美国这几年还是有进步。电视等有时间时再试试吧。

下午，我不饿，就没有下楼去吃饭。

我又困了，咬牙到下午四点，才睡。这样，每天晚一点儿，就慢慢接近美国作息时间了。

半夜，我还是常常醒，就看一会儿微信，看一会儿信箱。来了几个不认识的电话，我没有接。如果是骚扰电话和诈骗电话，让我花漫游费就太冤了。

3 月 14 日

我坚持睡到早上四点钟，起来写了两个小时。

今天，我准备洗衣服，我自己没有几件衣服好洗，就帮助女儿洗吧。

我提着衣服下楼，我以为我下楼有困难，结果什么事也没有，我很顺利地下了楼，我把衣服提到洗衣间，我看见洗衣机和我八年前看见的一样，没有换成我不认识的，那我还应该会用。衣服在转着，我去厨房热饭，十全大补汤里面有萝卜和土豆，没有绿菜，打开冰箱，找到蘑菇和莴苣，用水一煮，撒点儿盐，加上米饭，营养够了。

我每天先吃水果，才吃饭。所以先吃芒果和葡萄。把饭端到玻璃桌上。这时，房东从后门进来了，我们简单地打了招呼。他看来是一个五十多岁的南美人，典型的南美脸，身材很像亚洲人，他看见我甚至有点儿紧张。我用西班牙语和他打招呼，他都没有听出来。我的发音没有那么差吧？他把买的东西放进柜子，连柜门都没有关就走了，他真的紧张。

我把衣服放入烘干机，我忘了应该设多少时间，就凭感觉，设四十分钟。

我觉得，一天一顿饭，身体很舒服。我在北京一天两顿，还是会有些消化不了，身体有些肿胀的感觉。昨天，只吃一顿，还感觉不错。我就决定，每天只吃一顿饭了。

我去后院的台子上去看看，柚子树上果实累累，女儿说过，品种不好，皮很厚。至少，看着赏心悦目。马蹄莲开得正欢，前院的

小花姹紫嫣红，真让人心生嫉妒。我在北京就一直向往有一个小院子，没法实现。我拍了几张照片给国内的朋友看。有人回信："气候好。"

我说："他们的土地才用两百多年，我们的用了几千年了，地力不行了。"

我问小女儿："到了吗？"

女儿回答："到法国了，正去火车站。"她的飞机是在法国落地的，再坐火车去德国，好快呀。

衣服烘干了。我拿出来，装到袋子里，回楼上。

我抓紧学点儿西班牙语吧。每天逼着自己学那几句最需要的话，不要到了中南美，吃饭去卫生间都成了问题。

中午，我又困了，我咬牙帮女儿整理东西，才没有睡过去。

今天，我解决了手机和计算机的充电问题。也把电视摸索的能看了。大事解决了，心里舒服不少。

救护车的声音，又在近边响起。真有那么多的病人吗？

3 月 15 日

昨晚，我又是到了清晨才睡，一直睡到中午十二点多。起来，先洗澡，又把女儿的床单被罩都拿去洗了。

女儿留给我的十全大补汤，忘记热了。今天，看来有点儿坏了，就都倒掉了。

我在火上把米饭煮成粥，放上虾和蘑菇，还有莴苣。看着那灶台，想着多少父母自己勒紧裤带，把孩子送到国外，等他们自己来的时候，不仅要帮着看孙子，还要挨孩子的训斥，被说成这也不懂，那也不会，有些回国就得了癌症，我知道的就有一些。真有条件，还是应该自己先去，再由你教给孩子，不要让孩子看不起。中国的教育这些年确实出了问题，对父母不礼貌是普遍现象。真的不要对孩子过分的好，他们是不会领情的，还觉得是自己的本事呢。

吃了饭，我开门，坐在前门廊，大略地数了一下，前院的花就有十几种。

街对面的大门设计成蜘蛛网状，这种多样性和开放是美国好的地方。美国可能也是世界上创业最容易的地方。

真要让你爱上一个地方，确实要比较长的时间，慢慢体会它好的地方，才会接受。而且，接受就像接受一个人，好的坏的都要接受。

我铺好床单，又把鸭绒被换成毯子。这几天，睡不好，和被子太热也有关系。我以为房东在烧暖气呢，用微信问了女儿才知道，没有烧。

女儿在德国的小学同学去看她，照片马上就传过来了。女儿还给我看了她在法国买的松露和鹅肝，我问她："贵吗？"

她说："二三十欧。"是呀，欧元又跌了。对于拿美金的当然是好消息。

我赶快学西班牙语吧，年纪不饶人，不求记得太多，每天记一点儿就行了。

正在阿根廷的菲利浦说他们二十号回来，回来接我去他家，让我先和另外的朋友联系。我的西班牙语的压力和要准备一些其他的事情，还是先不麻烦那朋友了。

今天，我要按照美国时间睡觉，不管困不困。美国时间十点，我上床睡觉。前半夜只能算闭目养神，后半夜才进入深度睡眠。

3 月 16 日

早上，起来头还有点儿晕。

我以为今天是周二，是倒垃圾的日子。我就提着垃圾下楼，开了大门，左找右找也找不到垃圾箱。房东看见了，和我说放在门廊就可以了。我回来，仔细看了手机才发现，今天是中国的周二，美国的周一，我搞错了。

吃过饭，我把箱子从储藏室拉过来，收拾里面的东西，把给两个妹妹的东西分了一下。小妹妹还给我寄了钱，我和女儿说不要她的钱，女儿说不取就行了。

拿出血压计量了一下，134/90，很不错。怎么这么好。我在北京可是比这高得多呢。

到了中午，实在困的不行，还是睡了。可是，睡的不踏实，我老是提醒自己该起来了。不然，时差会倒不过来的。

两个小时后，我咬牙起来了。就算睡午觉吧，头还是沉沉的。

我在网上查找去南美的攻略。在北京时，因为陪一个朋友办了两次美签，耽误了时间，我其实是一个南美国家的签证也没有。所以，我是带着一大堆未知数开始这次旅行的。很冒险，也很刺激。

我在网上查，别人没有签证是怎么旅行的。竟然查到一个三十年前认识的朋友，在伯利兹开的旅馆。最先知道他们开旅馆是一个朋友的哥哥和嫂子旅行到那里。说有一对台湾夫妇，还在大陆工作过。我说可能我认识，请朋友问她哥哥，那人叫什么名字，果然是熟人。再问电话，他就没有了。我今天竟然在网上看见他的电话，如果没有错，我想我能够见到多年不见的朋友了。实在让人有点儿等不及了。

哎，我的西班牙语，快点儿背吧。

晚上十一点，我睡下，怎么也睡不着，只能闭目养神。

3 月 17 日

到了早上六点多才昏昏睡去。一觉醒来已经十二点多了，还想睡，不行，必须马上起来，不然就前功尽弃了。

下楼，不想做饭。就拿起女儿留给我的菜单，点了那个什么皇的外卖，我不想给他们做广告，因为实在不怎么好吃。送餐很快，一个云吞，一个干炸龙利。加小费一共 22 美元。女儿给我买的水果我吃的差不多了，我准备去买点儿。

我吃过饭，就试着把轮椅从门廊的五个台阶弄下来，我以为我会拉不住，别把房东精心栽种的花压坏，还好我的体力不错，轮椅顺利地着陆了。

我刚走了六七米就在左手边，看见公共汽车站旁边有一个鲜花堆放的纪念处，就是女儿说的那个男孩吧，不知道什么原因。这里放着花和蜡烛，在地上还画了许多的心。写着："我们爱你。"

按照女儿说的出了门右转红绿灯再右转，过三条小街。旧金山的无障碍做的比法国好，和巴塞罗那差不多。我没有费多大力气就到了，大概有北京的一站多路。

一个街角都是烧坏的沙发床垫。我往上看，原来这楼着过火。这家人怎么样了？没办法知道，这么大堆的垃圾已经有些日子了。

小店里有蔬菜，也有水果。水果都是自己挑，在这里买东西的人好多是南美人。我拿了两个仙人掌果和两个大芒果。又拿了一个朝鲜蓟，这是中国没有的蔬菜，我在做饭的节目里看见教人怎么做朝鲜蓟，决定自己试一次，还有四个西红柿，一共 7.53 美元。售货员问我要袋子吗？我说要。

她竟然走出来，帮我把袋子挂在轮椅上。

我又在旁边的墨西哥餐馆里买了一杯橙汁，大概五六个橙子榨的汁才3.5美元。售货员好心地给了我几张餐巾纸。这个店极其一般，连北京的麦当劳都不如，甚至可以说破旧，却可以为人想的这么周到。

这里看来是南美人的居住区，到处是南美的面孔和餐馆。本来加州就是墨西哥的嘛。

我心满意足地往回走，在路旁一个像是无家可归者的白发老人，推着一个购物车，我把她拍了下来，正在要用微信发出去的时候，老人在我身边停了下来，我以为她要跟我要钱，谁知道她竟然问我："需要帮助吗？"

"不用，谢谢！"

我为自己的小人之心而惭愧。我趁机仔细地看了一下她车上的东西，有许多是可以回收的，难道她是捡废品的？啊！一个自食其力的劳动者，真正该尊敬的人，她还有余力要帮助我！

到了住处，我真没有办法把轮椅拉上五个台阶，就在门口等，看见远处来了一个小伙子，等他走近，就问他："能帮我吗？"

他毫不犹豫地说："可以。"

门自己开了，是女儿的室友，我以为她要出门，原来是她看见我就来帮忙开门的。她把我的轮椅推到楼梯底下，我把蔬菜水果拿到厨房的玻璃桌上。

女儿的室友和我女儿一样马大人高的，现在的孩子都营养好。女儿一直说她的室友是广东人，我以为是一个瘦小的姑娘呢。

　　她介绍自己："我姓费，上海人，在广东长大。阿姨你要出去，我有车。"

　　"你还要上班呢？"我说。

　　她说："我刚辞了工。"

　　回到屋里，我又困了，为了不睡觉，打开电视，看见直升机正在追着一个车在拍，车子开得飞快。我知道这不是电影，出什么事了？那被追的车子以最快的速度在快车道里飞驰，它的左轮碰到了土地，两边的摩擦力不一样，车子翻了两个半圈，整个车都变形了。一个白种高个子的男人从里面出来，六个警察拿手枪对着他。他膝盖着地，双手高举。警察过去，把他推倒在地，扣上手铐。再回放的镜头里，我才发现，车子的左前轮早就没有轮胎了，大约被警察打坏，甩出去了。这人够笨的，明知跑不掉，就应该停下来。在新闻里看大片，真够刺激。

我又想起了我的西班牙语，我常常会用到的应该有："能帮我一下吗？"赶快问问我的西班牙后援大使夫人，她正在印度旅游呢，她可是比我胆子大多了，我到现在还没有考虑去印度，我觉得我的肚子会不接受印度。我用微信发给她，她应该正在睡觉，等她醒了，会用语音教给我。这个微信太有用了！

晚上，十点多，趁着有点儿困，赶快睡下。昨天，就是错过了这个困劲，一晚上睡不着。

3月18日

三点多，我又醒了。我知道我不仅有时差的问题，还有就是声音，这里太吵，离街道太近了。一会儿救护车；一会儿救火车；一会儿又是垃圾车；还有大功率的摩托车。我在北京的家，可以说一点儿声音也没有。所以，我真不适应，我能做的就是把手机关掉。快七点了，再睡一会儿，希望能睡着。这一觉又睡到十二点多。还想睡，可是不能再睡了，只好起来。

洗了澡，到楼下，先把衣服洗了。再做馄饨，在里面放上芦笋。在另外的锅里放上培根。我把朝鲜蓟的叶子剥了，把芯里的毛毛去

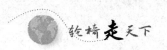

掉，就没有什么了，我把这些切成条也放进锅里。先坐下来，把大芒果吃掉，又吃了一个桃子，这桃子如果不是小费告诉，我还以为是她的呢。我再小心地切开仙人掌果，因为它上面有些刺。原来里面是玫瑰红的，有些籽，可是非常甜，下次要再买几个。我慢慢享用午餐，其实是我每天唯一的一餐。

这几天，只吃一顿饭，觉得身体轻松不少，不再有肿胀和消化不动的感觉，舌苔也开始变薄。那种没有饥饿感，又要吃饭的痛苦没有了。我仔细想想，原来吃那么多，对于消化系统也是个不小的负担。它没有能力消化那么多，我还在不停地吃，真是撑着比饿着还难受。

我是因为懒得下楼，楼梯的拐弯，使我害怕，万一我不小心摔了，对谁也不好，我准备了两年多的旅行就泡汤了，那太遗憾了。所以，才每天改吃一顿饭的。没想到因祸得福，我找到了使自己舒服的方法。

我想起来有些国家签证还要护照的最后一页，还要信用卡的反正面，就在女儿的打印机上，都做了几张。怎么女儿的复印机比我的清楚？

中午，一不小心又睡着了。睡了两个小时，会不会晚上又睡不着了？

下午，我都在念西班牙语，好不容易记住的几个词。心里好过多了，没有浪费时间。

晚上，想订智利的旅馆，怎么也上不了网，只好给在智利的朋友发邮件，请他在发邀请的时候，把我的旅馆订在他家附近。

在邮箱里看见我先生伯克利的同学菲利浦发来的邮件，问我要不要和他们一起吃日本料理，他们以前订的。我去年九月才去的日本，已经吃了很多的日本料理。再说，我的心思都在旅游上，对吃没有那么大的兴趣了。

菲利浦又问我要去哪里？

我说："要去买一个计算机和墨镜。再去渔人码头看看海狮。"听说很臭，不过要去了才知道。我想买一个没有盲角的眼镜，因为我知道中美洲的阳光会很厉害，我得个白内障就不划算了。

他说："反正是周末，你说去哪儿就去哪儿。"

他还提供我一个计算机的型号，我一看是苹果机，我怕和我原来的系统不兼容，等他从南美回来再商量吧。我有些问题可以问他，他刚去的地方都是我想去的地方。

他又问我："要不要住我家里，我可以送你去机场。"

等他回旧金山再说吧，机场最好别送，我知道他家离机场挺远的。我为了在洛杉矶换乘去墨西哥城的飞机，所以买的机票是早上五点多的，他要送我得起多早呀。我就告诉他："到时候帮我叫一辆出租车就行。"

我先生的这个同学，我几乎每次来旧金山都要去他家，他还会把其他的朋友叫来。

纽约的大学同学在问我要不要到纽约，我没有完成南美的旅行，是其他什么也不能考虑的。包括我的两个妹妹，也没有办法考虑。

3月19日

吃过饭，水果不多了，就去前两天去过的商店买水果，路过修指甲的店，我竟然看见有男士坐在里面修指甲，真有点儿新鲜。我

买了仙人掌果、芒果、橘子。回到家，看见微信里菲利浦说明天来
接我。

中午，我又困了，忍不住又睡了两个小时。起来就念西班牙语。
看一会儿电视，上网发邮件，我的这个计算机实在是太慢了，我喜
欢它体积小，可是这么慢浪费我许多的时间。到了十二点才睡。

3 月 20 日

我吃过早饭，在手机上看见菲利浦的短信，他们已经在休斯顿
上飞机了。三小时后，菲利浦来电话说下午两点半来接我。我一看
时间不多了，就把东西收拾好，请女儿的室友帮我搬到楼下。

我打开房门，看见房东正在院子里给街门刷油漆，我有点儿担
心，别把裤子弄上白油漆。我和他说："我很喜欢你的花园。"

他也很高兴，指着两尺多高的小橘树说："那个可以吃，很甜的。"

我说："我想要一个。"

房东让小费去摘，两尺高的小橘树上有四五个橘子，个儿还不
小呢，有苹果那么大。小费摘了两个，给了我一个。我放在了包里。
让这树轻松点吧，它负担太重了。

这时，菲利浦的车来了。我和女儿的室友及房东再见，就上了
菲利浦的车。

菲利浦说："还有点儿时间，我带你在附近转转。"

在车上，他说："你女儿住的这种房子叫维多利亚式的房子。"
我想起来，菲利浦的大学在英国剑桥念的。

他接着说："这个区是南美人居住的区，叫 MISSION 区，原来

房子很便宜，十多年前先被同性恋的人看上，逐渐住进来许多同性恋的人。后来软件公司搬到附近，那些做软件的工资高，也看上了这里，结果房子涨了几倍。你女儿租这个房子价格是很便宜的。"

菲利浦先带我去了同性恋街，这条街上挂了许多的彩虹旗。街的中间有一个漂亮的剧场，菲利浦说街上那些人都是同性恋，每年这里还有大游行。

然后，菲利浦又把车开到旧金山的第一座天主教堂。这是西班牙人来了以后，看见这里的阳光最好，就在这里盖了一个教堂。当然，老的教堂已经不在了，现在是重建的。我看这座已经很恢宏的教堂，想着西班牙人来这里时，这里没有什么人，也没有什么建筑，他们盖的教堂应该也是比较简陋的，那在当时也已经很不容易了。

菲利浦说："我建议你买苹果机，我给好几个朋友建议，他们都用的很好。"

"没有兼容的问题吗？"我问。

他说："他们都没有问题。"

"好吧，就按你说的。"我同意了。

我问菲利浦："南美安全吗？"

"你就是不要成为第一目标。哪怕第二，也不要第一。"我有点担心了，我穿着蜡染的外套，可能全南美就我一个人穿这种衣服，我又坐轮椅当然是第一目标了。

菲利浦接他的儿子去洗牙，他儿子上车和我打了招呼。我们在车库里等，也就半个小时，牙就洗好了。在美国这种预约式的服务真省了不少时间，中国也快点儿进入这个模式吧。当然，还要建立在全民守时意识的形成上。不然，会空置许多资源。

我们过湾区大桥时，菲利浦说："这是新建的桥，那边是老的。"

到了旧金山，就看见这一点儿变化。

菲利浦开车上山，他家我已经去过好多次了。到了地方，菲利浦和他儿子帮我把行李拿下来。我住菲利浦妈妈原来住的房间，这里面有独立的卫生间很方便。

菲利浦介绍我认识照顾他妈妈的小丁，小丁天津姑娘，人高高大大的，很有耐心，她照顾菲利浦患帕金森的母亲，陪她用助行器走路，给她做饭喂饭，让她念报。十年前，我来菲利浦家，那时他妈妈面如婴儿，穿得漂漂亮亮地和我们一起吃饭，很有兴趣地听大家说话。菲利浦的妈妈今年 88 岁了，怎么现在瘦成了这样，反应也迟钝许多，动作很吃力。小丁把她当成了幼儿园的孩子，她还配合。

这时，菲利浦的太太安娜回来了，难道她下了飞机就去上班吗？在美国也太拼了吧。她和照顾菲利浦妈妈的小丁说："你明天不要来了，休息一下。"

她又和我说："我们这些天不在，都是小丁在家照顾。"

安娜跟我说："你应该买一件冲锋衣，现在的不闷，又挡风，还可以当雨衣用。"我正想不要穿我这件蜡染的衣服，虽然它很软，我喜欢。中国人说，听人劝吃饱饭。我这人就是喜欢按照老祖宗的话去做，那些传了上千年的话，肯定百试不爽。

"那就不用带雨衣了。"两件衣服并一件，可以少带一件衣服，不错的选择。

安娜问我想吃什么，我说："我在中国不会想美国的什么东西，只是想螃蟹和那像葫芦一样的梨。"

她又说："小丁在排绿卡的队，快排到了，她姐姐死了。你说该怎么办？"

"找人结婚呗，没有别的办法。要不然就回国。"我说。我可是知道姐妹关系办移民，排队时间可长了。

她家的猫已经好久没有看见她了，一见她就要吃的，一直叫个不停。不过，比我的猫文明多了，我的猫是命令我给它喂食，还要吃煮的鱼，谁让它长得漂亮呢。成天颐指气使地，从不让我先吃饭。安娜家的猫给一点儿猫粮就可以了。

3月21日

我一早醒来，觉得谁开灯了，怎么这么亮呀？睁开眼睛才发现他们家有天窗，看见安娜才知道菲利浦又出去走路了，还负重。他刚从南美爬山回来，也不休息，真有点儿虐待自己了。我相信即使医生也不会同意连续运动的，该休息时，就要休息，否则，抵抗力会下降的。

安娜说："菲利浦来电话说，一会儿出去吃早茶。"

说着，安娜推着菲利浦的妈妈去洗澡。然后，给她做了麦片粥，让她自己吃。老人家慢慢地把半碗粥都吃下去了。安娜说："她能吃，就让她自己吃，不然她连这点儿功能都没有了。"说的有道理。

她在放苏晓玫弹的巴赫，她问我："觉得怎么样？"

"我的朋友和她同班，比她弹的好。我不喜欢郎朗，我觉得王羽佳比郎朗好多了。"我说。

安娜说："不是好一点儿。"

太好了，我们对音乐有相同的看法。我认为好的艺术有一种韵在里面，高手可以掌握这韵，一般人只会照音符弹。王羽佳已经有一些，没有傅聪足。郎朗基本还没有进入这个境界，这和许多综合

素质有关，尤其是文学素质有关，也是匠和家的区别所在。文章也一样，最好的文章有音乐在里面，也就是韵。像韩愈的短文，至今无人能超越。

安娜看着老人家慢慢地吃，一边和我说："他妈妈从上海去的香港，原来上教会学校，所以英文很不错。那时，她在香港做文秘工作，她是很时髦的，老了以后，光衣服就处理了几大包。"

安娜又接着说："我妈妈是一个非常聪明的人，她和我父亲年龄差很多，后来父亲到广州做生意，她一个人在家里带着我们几个孩子，她听说父亲在广州又有了一个女人，她就把东西收拾了一下，一个人带着我们几个去广州，找我的父亲。她很有心计，一直在等那个女人的电话，有一天真给她等到了，那人问我母亲是谁，她说：'我是他太太，已经带着孩子们来广州了，请你不要再找我丈夫，停止骚扰我们的家庭。'果然，那个女的再也没有找过我父亲。后来，我姐姐来到美国，又把我们都接到美国，我才十二岁，就在做工了，工厂的灰很大，我做得很快。姐姐一家住在厂里。明年我要退休了，我已经工作五十多年了。"我以为安娜一直无忧无虑地读书，哪里想到她做过童工，她继承了母亲的聪明，顺利地拿到心理学博士。童年的苦难对孩子不是坏事，使人懂得珍惜。

我说："我还记得，你们八十年代到北京，说他妈妈开一辆红色跑车，老开快车。"

安娜说："她还老是红灯不停呢。把我们孩子都吓死了。后来，人家让她考了三次，三次都不过，她还要开，我们说你不可以开了。她才不再开车了。"

菲利浦这时走路回来了，他说："咱们到旁边一个小城，那里有一家'东海'。"

安娜开车，我坐在她旁边，去那个靠海的，这里的最好的港式早茶馆。安娜动作敏捷是我很少见到的，说明她的脑子特别快，真比我见到北京的那些老司机都敏捷。而且，不是快一点儿，是很多，极为少见的。

　　开了二十分钟吧，到了这家在海边的"东海海鲜酒楼"，安娜把我和菲利浦放下，她去泊车。不用等位，不过剩下的位子已经不多了。满屋子都是中国人，外国人不过 10%—20%，菲利浦点了许多的点心，因为他们在南美已经三周了，很想中国饭了。安娜说："好想吃中国饭，他妈妈知道我们来吃中国饭也很高兴，我们就可以给她带回去了。"我快要吃不上中国饭了，这对老饕都是不小的考验。记得两年半前在欧洲，没有中国饭吃，使我做出提前回国的决定。这次有了这个心理准备，应该好一点儿。

　　吃着饭，我看周围有许多中国人还有学生样子的中国人，这些人家里有钱了，不仅可以出国上学，周末还可以在中餐馆里打牙祭。中国人真有钱了。这是我以前来美国没有见过的，那时没有在餐馆里见过学生样的。

　　我问菲利浦："这些是土豪吗？"

　　他竟然说："这些不是，土豪嫌现在人多，都在晚上来，他们要吃大餐。"

　　吃过饭，菲利浦带我去买计算机，到了一家苹果专卖店，我想要小点儿的，可是 11 寸的没有插相机存储卡的口。我们就选了 13 寸的。我们很快选好了计算机和外接 CD，还有一个很紧的套子，可以保护计算机，我喜欢，一共 1500 多美元。

　　接着，我们去买墨镜，在一家体育用品店里，在菲利浦的推荐下，我很快地选了一款墨镜，菲利浦说他就用这种，220 美元，是有点儿贵。可是，我的眼睛应该更值钱。而且，这眼镜还很酷，像滑雪运动员用的那种，据说是什么高科技，没有盲角。

菲利浦帮我挑冲锋衣，我看女式的好像没有我这个号。菲利浦帮我拿了两件男式的，我试了一件，合适，第二件都没试，就去付钱。要准备的都买好了。

在回家的路上，菲利浦要去买柠檬，他在咳嗽，他觉得用柠檬泡蜂蜜可以治，我是喜欢看药方的，从来不记得有这个方子。也许，他觉得柠檬的 VC 比较多，其实是不够的，我觉得要吃四个柠檬才够。

回到菲利浦家，我们把计算机接上，除了几个手法没有接触过，很容易上手，比想象的简单。

我在我包里发现了女儿房东的橘子，打开一吃，还真的很好吃。难怪，房东得意地推荐呢。

菲利浦把他妈妈扶出来，用剪刀把刚带回来的食物剪小，一点儿一点儿地喂他妈妈。看见人可以虚弱成这样，真不能想象我老了怎么办？孩子们在美国，我去养老院吗？养老院谁会这样照顾你呢？他妈妈真是一个有福气的老人，我想我们这一代，孝顺完了下一代，又孝顺上一代，谁会来管我们呢？还是能自理最好，不能自理的时候就研究一下怎么安乐死吧。最好，到时候，已经立法，可以安乐死了。

这时，他家的猫又在要东西吃，我问菲利浦哪里有猫粮，他说："冰箱边。"我没有看见，又怕喂错了，让它先饿会儿吧。我家的两只喜马拉雅猫吃了不对的猫粮差点儿死去。被我每天硬灌泡软又用搅拌机打碎的糊糊，才救活，不知道花了多少钱。

晚上。菲利浦陪我熟悉新计算机到很晚，我催他快去休息，他们从巴西回来有四个小时的时差。我成天倒时差，知道有多难受。

我到十二点以后才睡。

3 月 22 日

一早，菲利浦两口子又去走路。回来，给我带了牛角面包。他们回来说："咱们去'丰年'吃饭。"

安娜开车，路过一家叫"红灯笼"的店，菲利浦说："这就是你姓常的朋友妹妹开的店。"

我说："听她说过好几次了。咱们去看一眼吧。"我记得我住在大女儿伯克利的房子时，见过这家店。那时，没有时间进去看。

菲利浦说："现在，没有开，可能过一阵子会开。她的衣服可贵了，有的上千呢。"被他这么一说，我更想去见识一下了。

"丰年"是一家不错的中国餐馆，里面的顾客，从面孔看基本上是伯克利大学的教授和学生。这家餐厅在街角，安娜把车开去洗，我和菲利浦就进去坐下来。菲利浦说："这里有赛螃蟹。"

我说："中国的赛螃蟹都是鸡蛋。"

他说："这里的不是，是真的螃蟹肉。"

我说："不要叫多了，晚上还有一顿呢。"菲利浦说，今天还有你姓常的朋友的弟弟和弟媳也来。

菲利浦叫了一个打卤面、一个豆苗、馒头，又叫了梅菜扣肉打包。

这个餐厅装修不讲究，但还是坐无虚席，看来菜还是很受欢迎的。赛螃蟹端了上来，这么大一盘子，总要两个大螃蟹才能抠出这么多的肉，也还算物有所值吧。果然，味道不错。打卤面味道一般，

主要是面不筋道。

回去路上，菲利浦问我还有什么要买的？我说没有了。

我回来就坐在餐桌的一角，这里墙上有插座。一会儿，院子里来了一只小鹿，让我好兴奋。安娜说："这家鹿在我们这里好多年了，生了几只小鹿，我们共用这里。我想这里原来是它们的家园，现在我们闯入了，就不能干涉它。还有大的鹿，它们老是把长出来的兰花苞吃掉。它们会躲在那些小树后面，原来这里没有这个豁，都是它们搞的，我也不管，随它们去。"等我拿出相机，它又慢慢悠悠地走了。这天，它出来三次我都没有拍好，我只拍到它的背。弄得我一下午都心神不宁的，老是看它有没有出来。我知道伯克利有鹿，以为是很难得见到的，万万想不到菲利浦家会有。第二天照片发出去，菲利浦笑话我，说是梦幻鹿。真泄气，我是看见了，我也以为我拍到了，北京的朋友还没有看见呢。菲利浦他们太奢侈了，与鹿同住，我可是没有这种福分，见到鹿背就很知足了。

安娜看我这么着迷，说："等小丁来，她拍了好多，让她发给你。"等小丁来，我要点儿照片，借花献佛给北京的朋友发过去，这伙人一定会雀跃。

　　安娜不知什么时候买了我喜欢的梨，真是说者无心，听者有意。他们把我想吃的螃蟹和梨都买给我。真有点儿受宠若惊了！

　　晚上，朋友的弟弟和妹妹都来了，她弟弟我在伯克利和北京见过几面，妹妹完全没有见过。她穿着肥大的橙色裤子，上身是八旗子弟的镶皮坎肩。她再戴个瓜皮帽和戴个水晶眼镜就更配了，一副八旗子弟的样子。菲利浦拿了一瓶葡萄酒。

　　她见面就说："你和你先生看的那个《货郎与小姐》我参加演出了，不知道你看的是哪一场，有李光曦的，就是我演的。"世界怎么这么小，我三十四年前，看过她演的歌剧。我们俩一起唱起了："卖布，卖布嘞。卖布，卖布嘞。""有钱吗？""有，有。""有钱我就嫁给你。"唱完我们俩哈哈大笑。

　　看来她是做了功课，把我写的文章看了。我不记得给过菲利浦这本书，她从哪里找到的？她姐姐会有，可不会带到美国来呀？

　　我说："我还留那票呢。"

　　我们又聊到她弟弟的《海外拾珍记》，我没有看过。菲利浦说他有，等会儿他借给我。

　　那书还是王世襄先生提的书名呢。

　　我们又说到菲利浦一家的南美行，他们去了智利、阿根廷、巴西。菲利浦说智利的风可以把人刮倒。他和安娜都已经年过六十，一把年纪还在外面露营了几天。真让人佩服。菲利浦又说，智利南端有一种人不穿衣服，因为他们在海上打鱼，衣服湿了干不了，索性不穿。在陆地上，他们住的地方老是有火堆，西班牙人来了，

叫他们"火人"。现在，这种人，只剩下一个，也七十多岁了。

阿根廷，他们去了乌斯怀亚，在那里他们看见了企鹅。他们说企鹅和人一样，窝做的不好，就没有雌企鹅来。还说他们女儿在乌斯怀亚碰到一个中国人换钱，他给的比别人都多一点儿，这人二十年前来到乌斯怀亚就不走了。阿根廷的经济很不好，货币贬值了40%。对于游客倒是好消息。我记着，准备到乌斯怀亚去找那个中国人。

我问他帝王蟹贵吗？他说挺贵的。差不多500人民币一只吧。还比北海道便宜一半。别的螃蟹呢？都很贵。我在网上查，很便宜的呀，可是我没有去过，他们去了刚回来。我就不敢说了。

前些日子，阿根廷的女总统来北京，怎么不和中国签互免签证的协议呀。让中国游客多来点儿也增加旅游收入嘛。做点儿无烟囱的经济有什么不好！我没有想到，这对我的影响很大。

朋友的妹妹说："应该有人写本书，专门讲照顾老人的。照顾老人有多辛苦，我每天看我妈妈，什么也干不了。"

我说："菲利浦他们照顾老人应该是一百分。"

大家除了吃饭，说话中间停顿都不超过二三秒。菲利浦两口子做的三文鱼和菠菜大受欢迎，安娜炒了黄豆芽和豆干，他们还有中午买的梅菜扣肉。最后一道白菜豆腐香菇粉丝汤是菲利浦做的。受到朋友弟弟的好评。我见过的中国知识分子都是美食家，尤其是文科的。菲利浦是法学博士，也属文科的。

饭后的甜点是朋友的妹妹自己做的派，真的很好吃。我遇见做点心最专业的应该是我同学的日本太太，她做的英国茶点实在太好吃了，起酥上的糖霜是柠檬味儿的，还很脆。这个派做的不多，有点儿没有吃够。这样才好，如果做多了，就没有那么好吃了。

临走，菲利浦和他太太让朋友的妹妹给她妈妈带点儿梅菜扣肉。我觉得在美国大家比较互相关心，也许因为是少数族裔，所以，大家互相爱护。

等他们都走了，我说："哪天咱们买点饺子皮做饺子吧。"我想露一手，因为我向一位高手学了拌馅。我女儿老说我做的饺子不好吃。安娜说："好，叫老杨他们来做。"

3 月 23 日

今天，菲利浦出门上班，怕我有问题，就说："有什么问题给我打电话。"

我说："不会有了。"没想到一会儿，计算机就打不开了。只好问菲利浦。

他说："要不然叫你朋友的妹妹带你去店里问问。"

我停了一二十分钟，再开就好了。原来，别的机器在输入密码后，用长键就行，这苹果机，必须用回车键。

我赶快告诉菲利浦让他放心，以前来美国没有觉得菲利浦这么热心，这次住他家才体会到。

菲利浦下班回来，拎了一下我的行李，说："可能超重了。"

安娜去拎了一下，说："不会超重。"

我就去精减点东西，我把三块肥皂拿出来，还有一袋芝麻糊。安娜说："我给你点儿洗衣粉，这样比较轻。"果然，洗衣粉轻了不少。

我整天在家里，看信看资料，背西班牙语。小丁听说我想要鹿的照片，就给我发了许多，我马上转发给国内的朋友们，真的招来

许多赞许的微信。有些人不知道是小丁拍的，我也不解释，将错就错吧。

这时，鹿出来了，我终于拍到了它的录像，有两段可以用的。这时我才说，这是我拍的，以前都是朋友拍的。我知道国内的朋友肯定羡慕不已。自己也觉得很幸运。

小丁非常耐心地伺候老人家，劝她走走路，看报纸，还逗她说话。

3 月 24 日

我这两天在新计算机上看了不少信，如果用老计算机会浪费许多时间。

小女儿来电话，要和我一起吃饭，我说："不用了，你来菲利浦叔叔家来吃饺子吧，菲利浦叔叔中午去听音乐会，然后去接你。"她答应了。

朋友的妹妹来电话说："你别吃饭，我带你出去吃饭。"她很准时到了，我们就去山下，她一路上说这家餐馆有两道菜怎么好吃。怎么她又来了"丰年"？嘿嘿！"丰年"周一休息。她只好另觅他处，她问我："你能吃咖喱吗？"

我说："能呀！咖喱对身体好，咱们别吃多了，晚上还有饺子呢。"

我们找到一家印度餐馆，一位包着蓝头巾的锡克族服务员来写单子。

"你爱吃抛饼吗？"她问。

我说："太油了。"

"我们店旁边原来有一家做抛饼的店，我常常忙完了，也饿了，就点一个，特好吃！"她兴趣盎然地说。

　　我要的咖喱羊肉，她要的咖喱三文鱼。味道很一般，我们不熟不好意思说。饼上来了，不是抛饼，还有点儿糊。特像我在巴黎点的那张饼。我看着就想笑，只能让他们重新做一张。芒果汁很好喝，是鲜榨的。

　　吃完饭，朋友的妹妹带我去她的店"红灯笼"，我上次来旧金山住在伯克利，看见过"红灯笼"也记得朋友和我说过，是她妹妹开的，当时没有时间进去看。这次，补上了。在门外，她的伙计也拉家具来了。他给我们开了门，满屋子的古董家具，可能民国的比较多，还有她自己设计的中式服装，她穿了几件给我秀了一下，挺中国的。有中国元素，也有时尚元素。有些面料是她回中国定制的，只能做几件衣服。但是，要上千美金也太贵了。

　　我们又去一个花圃坐了一会儿，她这时才和我说："今天，我去看我妈妈，她拉的哪里都是，我给她洗，给她收拾。"难怪她希望有人写照顾老人的书呢。

　　中国人还是很有传统的，一是节俭好储蓄，在国外遇金融危机，中国人都比外国人好，有存款。二是中国人很勤劳，让他每天上班都可以。三是中国人就会做饭，什么也干不了的时候，就开个餐馆，无师自通，也能开的有声有色。四是，孝顺，不会把老人扔下不管。

　　我们天南地北地瞎聊，最后我去买了二十几袋的花籽，准备回中国，美化我窗外的大露台。

　　看看还有时间，她就拉我去她家。她家在山顶上，是一座很现代的大房子。偌大的房子应该有五六百平米，就他们两口和一只有哮喘病猫。她的猫和菲利浦家的猫是一个品种，可是它因为吃过激素，比菲利浦家的猫大了近一倍。他们在自己的三层楼里设计了电梯，老了就方便了。

　　我和她的洋老公大卫打了招呼，她的洋老公就走了，去看他的电脑。他知道中国人来了都说中文，没人理他，他表示过："没礼貌！"朋友的妹妹说的可高兴了，她老公和中国人结婚这么多年，一句中国话也不会，是件特好玩的事。她老公做餐饮，是米其林评级的餐厅。他热爱海洋，每周都要出海，自己买了一艘游艇，她不去，晕船，两个人各干各的。

　　在她有两百平米的大客厅里，有一架三角钢琴，她出国前，是中央歌剧院的演员。在我的要求下，她唱了几句。在她家的阳台上，整个湾区尽收眼底。今天，有些多云，还逆光，所以湾区看的不是太清楚。另外一边是一个内院，有一个细长的游泳池，大约三米宽二十米长。两张躺椅在户外，边上是一棵很大的枇杷树，许多枇杷已经黄了，可是还没有熟。这地方开 Party 应该很好。

看看快到时间了，我们赶快去包饺子了。在路上看见一些火鸡在到处游荡，这在中国早就被人吃光了。加州有法律，不许私自抓火鸡和鹿。中国也有法律，可是还是有人连老虎都敢打。

一进门，才发现，老杨夫妇已经把饺子都包好了。女儿也来了，我提议包饺子，结果一个也没有包，不是成了和人家要饺子了，真有点不好意思，不过我脸皮厚，马上就忘了。

老杨还带了几个凉菜。老杨八十年代到美国上学，也不知道怎么就开起了饭馆，菲利浦这个美食家常去光顾，就成了朋友。

饺子出锅了，大家交口称赞："好吃！"老杨两口子忙了半天，听到这话就满足了。菲利浦开了一瓶葡萄酒。

我和朋友的妹妹谈到中央歌剧院的楼乾贵，他和我住是一栋楼，我们两家来往还很多，我说："他有一次去前苏联演出，演出完，有个中国留学生来后台找他：'楼老师，您唱得蓝蓝的白云天上飘是什么意思呀？'啊？我是这么唱的吗？"楼乾贵说完哈哈大笑，我还记得他的样子。他那么胖，什么指标都正常。他老伴去世后，他被儿子接走了，他还是老给我打电话，让我给他留着国外的巧克力。他去世有一两年了。

我问她："你还记得 W 吗？"

"她是我的钢琴伴奏。"她又兴奋了。

我指着女儿说："她是我女儿的钢琴老师。她老伴最近去世了。"

最后，老杨夫人的一曲河南豫剧，把晚餐带到高潮。安娜笑我要买饺子皮。我在北京常买饺子皮，包着省事，我不喜欢弄得到处是面。再说，我手艺不怎么样，我不会一手转一手擀。

女儿懂事地买了小点心来，大家吃过点心，就散了。

我让女儿带了一个双肩背，因为我的是有轮子的，其实没有什么用还重，我又让她把小计算机和蜡染衣服还有沉重的钥匙带走。

菲利浦把女儿送到地铁站。

3 月 25 日

我一天都在看信，查资料。鹿没有来，它可能发现这家有新人来，怕不安全就不来了。晚上，我早早就睡了。因为，明天四点三刻去机场，我就要去墨西哥了。

真的很困，因为这几天都睡得很晚。菲利浦在不停地咳嗽，我几次想起来和他说，叫出租车吧，不要送我了。想想他也不会答应，就算了。我在咳嗽声中昏昏睡去。

二 墨西哥 墨西哥城

3 月 26 日

墨西哥的经济实力在世界排名 13，在美洲排名第 4。闻名遐迩的玛雅文化、托尔特克文化、阿兹特克文化均为墨西哥的印第安人创造的，墨西哥面积 1972550 平方公里。1846—1848 年美墨战争，使得墨西哥丧失了德克萨斯州，后来又失去了新墨西哥州和加利福尼亚州，墨西哥丢掉了 1/3 的土地，墨西哥人现在还恨美国。人口 1.23 亿，60 人/平方公里。人种是印欧混血种人和印第安人。人均 GDP10361，是中国的 1.37 倍。宗教以天主教为主。

墨西哥城 54.78％是印欧混血人种；22.79％是欧洲人种；18.74 是土著人种。所以，街上真正的白人占少数。墨西哥人总是爱说："上帝离我们太远，美国离我们太近。"

15 世纪到 16 世纪早期，阿兹特克人控制了现今墨西哥中部和南部的广阔地区。他们原是北方游牧民族，可能是在 13 世纪时迁徙到墨西哥河谷的。他们在河谷浅水区的岛上定居，开始修建城市铁诺奇迪兰（今墨西哥城）。

　　我两点多醒了一次，接着睡。四点多起来。把东西收拾好，放到门口。并把被罩床单撤下来，放到洗衣机里。又写了一封小小的感谢信，贴在电视上。菲利浦准时起来了，他像每天一样，给我和他自己泡一杯蜂蜜柠檬汁。我吃了一根香蕉，拿了一个橘子。

　　我们俩趁着夜色出门了，山上的路东拐西拐的，我还渴望鹿能出来，可惜它们都睡了。在菲利浦家的几天，他们家和鹿和平共处，院子常有鹿出没，使我大饱眼福。

　　在高速公路上，车子不多，我们很快就到了飞机场。

　　托运一件大行李要 22 美元，我办完手续，和菲利浦再见。就进去等着服务生来推我。我在机场换了 52 美元的 600 墨西哥比索。为了出机场时叫出租车用。

　　飞机准时起飞，我旁边做了一位会说中文的中年女人，她曾经到清华大学学习过蜡染和编织。我们聊了一会儿，原来她的父亲是中国人，母亲是波兰的犹太人，"二战"时，全家从欧洲来到美洲。现在，父亲住墨西哥，妈妈住美国，她和妈妈在一起，不过她每年都回墨西哥看父亲。她对墨西哥的情况特别熟悉，她在我的本子上，给我列了应该去的地方。还告诉我机场的汇率最高。

　　我在墨西哥办入境时，边防给一张扑克牌大小，纸也不太好的入境卡，这个不能丢，出境时还要的，一定要收好。

　　我在机场换了 550 美金的墨西哥比索。这里的汇率是 14.38。在美国机场换的汇率才 11 点多。机场有人要帮我推行李，不过三十米还要小费。我没有小钱，就给了他 50 比索。三个多美金，有点儿贵。出租车要 280 比索。上了车，我就说："欧拉，搜依低斯西那。"（你好，我从中国来），司机很高兴，也回我："欧拉。"

　　出了机场，空气清新，刚下过雨，天上一道大彩虹。许多树上开满了蓝紫色的花，后来我才知道，这叫蓝花楹，是墨西哥城的特色。路堵的很厉害，我就用手指着蓝花楹说漂亮，西班牙语有阴性阳性，我不知道这树是什么性，就阴性阳性都说"博尼达，博尼斗，马格尼非克"。我念了一年多的西班牙语终于用上了。司机听我夸墨西哥的花，也很高兴。不停地和我说，我就听不懂了。我和他说英文，他听不懂，看来小女儿说的对，墨西哥人真的多数不懂英文。我已经身在墨西哥城了，开始了神秘旅途。

我们路过一些小街，露天卖的东西，怎么那么像义乌货，是便宜货。不要光说中国没有大名牌，中国人给世界上很多穷人生产了他们需要的东西。名牌有多少人买的起，中国这么多人生产只给少数人用的东西，中国工人还不饿死了。

这里的人偏黑红色，身材有些像亚洲人，都比较矮，也有些像欧洲人。突然，我看见一个屁股奇大的中年妇女，屁股简直就像两个排球，上下滚动。我的手太慢，没有抓拍到。我为了来美洲搞清楚印第安人是不是从中国来的,专门看了人类学的书,书上怎么没有说到这种人呀?蒙古人种的特征是眼睛外角向上挑;鼻孔圆形或者横的椭圆;头和身材比例1:5到1:6等等。

　　车停在了我订的旅馆前,交了钱,我进去,前台上一大瓶鲜艳的各色百合花。经理是一个老派的西班牙后裔,穿西装,头发梳的一丝不苟,有点儿绅士范。我想这可能是他的家庭产业,在没有太多文化在脸上,只有多年较优越生活的痕迹。这种老派人物在西班牙的街上我没有见过。就像在北京看不见穿清朝服装的人一样。但是,这里有人穿一百多年前的服装,也有穿得很现代的人。我用西班牙语问好,我首先拿出写着西班牙文的纸条给他看,纸上说我有一个快递,经理说快递还没有到,他给了我门钥匙。我又用西班牙语说:"格拉厦斯!阿丢斯!"(谢谢!再见!)他有点儿吃惊,我竟然会点儿西班牙语。

我向要去墨西哥城的人，大力推荐这家旅馆——普林西帕尔酒店，它是西班牙风格，有两百多年的历史了。有一个长方的大天井，有玻璃屋顶，雨水不会漏进来。天井旁有绿色植物。沿着天井是走廊，很宽敞。楼有五层，最下面还有餐厅。并且，价格便宜，房屋高大，毫无压抑感。

　　我在网上一看就喜欢了。我住了才知道,它周围有许多的餐馆,离宪法广场很近,三四百米吧。住这里可以说住在王府井边上。我们出门左边是一家不错的餐馆,右边就是一个食品店,还有快餐摊位及一个卖冰激凌的摊位。再过去一家就是水果店。订旅馆订在市中心,是最安全和方便的。

　　我进了只能上两个人的小电梯。到了我订的房间,一看屋子有四米高,东西很简单,卫生间有点儿小,但还算干净。这里的三人间 580 比索 / 天;两人间有 405.6 比索 / 天;一人间 125.73 比索 / 天,不过八十人民币。除了没有吹风机和小毛巾,其他基本上都有。

　　我找不到电视的遥控器,怎么回事呀? 哪里都翻了,就是没有。

　　这时,小宋的快递到了。我们配合的太默契了。在北京时,因为知道我除了美国以外没有任何国家的签证。我请小宋写了一个邀请信,他回智利马上给我做,要跑三个部门,还挺麻烦的,真感谢他。本来有个朋友要和我来,可是她两次美签都不过。在我们准备做其他签证时,被来的客人把时间耽误了。

　　墨西哥城比旧金山热多了。可是天一暗下来,温度骤降,女儿说过,我有心理准备。墨西哥城面积 3000 平方公里,人口 2000 万,海拔 2240 米,也有说 2259 米的,比昆明还高 540 米左右。周围环山,地处高原,四季如春。南端有海拔 5452 米火山雪峰,常年积雪,巍峨妖娆。所以,这里人有点儿二八月乱穿衣。全国的 50% 的工业;45% 的商业;68% 的银行业都集中在这里。

　　历史悠久的墨西哥城,在 1176 年前就是印第安人阿兹特克族的聚居地。1325 年阿兹特克人在科斯科科湖中心的小岛建立了特诺齐提特兰城,也就是阿兹特克人的首都。1521 年西班牙殖民者侵入后,遭到严重破坏。西班牙人又在废墟上建了墨西哥城。1821

年墨西哥独立，定都墨西哥城至今。

我下楼去前台拿一日游的介绍，回来研究。因为已经做过功课，知道哪里最要去，当然是特奥蒂瓦坎古城一日游了，那里有最为有名的太阳神庙和月亮神庙。一人700比索，50美元左右，车接车送，包午餐。不算贵！在中国会比这个价钱高。

我下楼，前台已经换了一个西班牙和印第安混血的人，我问有没有打印机，他说有，给了我几张打印纸，我问："贡多瓦勒？"（多少钱？）

他说："不要钱。"让我有点儿吃惊，在马德里要0.5欧一张A4纸呢，墨西哥人真厚道热情！

我在他们的计算机上订了智利的旅馆和机票，为了签证用的。我穿上了女儿买的羽绒衣，没有增加裤子，腿下冷风嗖嗖。

回到房间，我把带来的插销板插上，才发现原来遥控器在墙上粘着呢。也许，有人乱放，找起来麻烦，就想了这个办法吧。今天，智利非常干旱的北部地方发生了山洪。这是我以后才知道的，我看不懂电视新闻。

3月27日

一早，我给昨晚值班的人一条丝巾，他有点儿不好意思。我先去买水果，这里的水果卖相太差了，芒果都有黑点儿，橘子也是不太新鲜的样子。总之，比美国的水果难看多了，难道他们把好水果都卖到美国去换外汇了？

我在网上查到智利使馆的地址，接着叫出租车去找智利使馆，好不容易找到了，却说领事馆在另外的地方，给了我一张小条，只好接着找，幸好墨西哥的出租车不贵，我转了小半个墨西哥城。反正第一次来，也是观光吧。领馆工作人员很客气让我在网上填表，说最快五天出来。

墨西哥城有些地方像中国的县级市，有些地方是现代化大城市的样子。智利领事馆在的区比较好，有些五星级的酒店和写字楼。

街上很堵，但都没有堵死，还能开的动。这里的司机也像中国的小城市的司机老按喇叭。出租车表都不打，不打是想宰人的，有时宰出一倍的价钱。人也乱走，不像欧洲那么规矩。我倒没有感到不安全，只是满街穿着防弹衣手拿盾牌的防暴警察，搞不清这里出了什么事。

最为奇怪的是，这里的公共汽车常常开着车门，就开车。人要掉下来算谁的呀？

我让出租车停下，去吃饭，这家餐馆在每张桌子上放一大扎粉红色的饮料，我一尝是仙人果味的。我点了鸡汤还有通心粉，和一份炸鸡排，80比索，加小费95比索，不过7个多美元。

吃过饭，我去了一下卫生间，女卫生间上写着"DAMAS"也就是大妈们了，太有意思了。

墨西哥的西班牙人和当地人混血的较多，因为生活方式和生活习惯不同，不像亚洲人。少数女人有些屁股超大，那些好像都有黑人血统。年轻的男人有许多胯骨比中国人窄一些。男人头发基本上是黑的，都打着发蜡，梳子印清晰可见，很老派。女人有许多是黄头发，也不知道是不是染的。

我回来，有点儿累了，就睡觉。晚上，我到了街上，出门往左手走，没有想到我们这条街这么热闹，音乐声奇大，年轻人也多，都走到街当中了。对面楼上楼下热闹成一片。我先进了一家小美术馆，不要票。美术馆的房子有上百年的历史了。房子真高，有三四丈，门外墙上的雕花和木门上的雕花极精致。房子中空，有三层楼高，里面的画作也不少，好像没有什么特别有名的，都是当地画家的作品，还有用贝壳做的画，人不多。我进去的较晚，半个小时后就关门了，我也刚好看完。今天晚餐的前菜还不错，而且不要钱。

天黑下来了，到了路口，我又再往左转，这里更热闹了，这里有真人站在台子上，穿着老式的服装，把自己打扮成剪刀人或者什么戏剧人物。跟他们照相要十个比索，不到一美元。后面一圈人在看变魔术，人围了一大圈。

转过一圈，我就进了旁边的餐馆去吃饭。这家餐馆人不多，我在这里看见一个从来没有见过的东西，就是在桌子边有一个木头的架子，可以放包和衣服。我有点儿不放心，就背着书包。我要了一个卷肉的面包和一种起司鸡肉汤，我拿出了带来的不锈钢筷子。这餐加小费90比索，7美元。味道还不错，外面雨下大了。雨给这餐馆带来了好生意，外面的艺人就惨了，他们快速的收拾东西赶快跑。因为没有收起筷子的习惯，我的筷子第一次用就忘在餐馆了。我也懒得去要了。

3月28日

美洲大陆上第一支已知的文明，出现在墨西哥湾东岸的韦拉克鲁斯。公元前2000年，中美洲地区便出现了农耕、村庄和陶器，约公元前1500年出现了奥尔梅克文明。

奥尔梅克人的主要建筑似乎是土筑的金字塔，旁边还有巨大的石像，可能是他们统治者的像。其中最大的一个是拉木塔，直到公元前400年仍然繁荣。农民、渔民、商人和工匠都在此谋生。公元前800年后的几百年内，奥尔梅克特有的艺术风格影响遍及整个中美洲和萨尔瓦多地区。

　　一早起来，我今天跟团一日游。去参拜向往已久的太阳神庙、月亮神庙。有点儿梦想成真的感觉，那么的不可思议。我小时候，在杂志上看到的地方，今天就要亲眼目睹了！

　　旅游中巴很准时，开车接其他人时，我看见中国城的牌楼离我们旅馆不远，我记住方位，想找个时间去看看。

　　我们到了宪法广场的大教堂，这个教堂被认为是殖民时期的一颗明珠，是整个拉美世界最大的天主教堂，也是南美最大的教堂。它历经三个世纪才完工，集合了文艺复兴式、巴洛克式、新古典主义的风格。里面金碧辉煌，恢宏庄严，我这个不信教的人，都觉得很震撼。有许多人在做祷告。这个教堂的穹顶高63米，主要的地方都包金。钟声很好听，好像半小时敲一次钟。有几个不同质量的钟形成一种合奏，高低有致。穿着17世纪服装的小婴儿来受洗。有男

人穿着西装三件套的，我觉得他们是把祖父的衣服穿出来了。

一面超大的墨西哥国旗在广场上飘扬，我目测了一下，至少有天安门广场国旗的四倍大。宪法广场像在筹备大型活动，一些大型机械骷髅走来走去。还搭了台子。天上的直升机在不停地盘旋，声音很大，许多游人驻足观看。还有直升机在旁边待命，防暴警察满街都是，有一些女警察。男导游不错，常常主动推我，还和我聊天。

我注意了一下，我要看的国民宫，里面的壁画非常有名，可惜它在修缮，没法一览风采了。

有一种擦皮鞋的车，它有高高的棚子，擦鞋的要上三层台阶坐到上面，下面的人才能方便给他擦鞋。他可以在上面看报纸，吃冰激凌，棚子四周挂着许多各色的鞋带，煞是好看，真没有想到擦鞋还能擦出这境界。我真想上去一试，又怕别人等我，还会有机会的。

出来后，我们又去教堂左后面的一片废墟，是一个天主教教堂，这个教堂是阿兹特克人的心里的世界中心，1521年被西班牙人摧毁。

这里只剩下了地基，不过从建筑面积看，原来相当宏伟。可恨的西班牙强盗！

我很注意，没有看到一个中国人，中国人来这里的还不多。

车子又开到一个被烧毁的教堂前，我突然看见对面街的一个旅馆楼顶上的霓虹灯是"革命1910"，我问导游："这家旅馆叫'革命1910'吗？"

他说："是呀，1910这里革命，杀了一些人。你记得中国的1988吗？"

我告诉他："是1989。"

他用手做了一个开枪的动作，连一个墨西哥导游都记得，这事影响太大了。

车把我们拉到一家银饰店，这里的东西不多，档次不高，价钱还不便宜。墨西哥的琥珀很有名，而这里的琥珀实在不敢恭维。

银饰师给我们表演刻银技术。他几分钟就刻了几块牌子。后来，他把这些牌子发给几个姑娘。有个小伙子说："给中国人一个。"我向小伙子竖起大拇指。那人果然给了我一个，刻得很流畅。

在其他展柜，我看见他们在放北京电视台的《鉴宝》节目，里面讲墨西哥的琥珀。我赶快把学到的一点儿西班牙语拿来秀，"漂亮。"我也夸导购小姐"漂亮"，她特别高兴。马上问我："中文的漂亮怎么说？"我用国际音标给她标出来，教她念，她很快就学会了。她又问："便宜怎么说？"我又给她标出来，看来墨西哥已经在做准备迎接中国游客了。那个雕刻师好像是这里的经理，他过来和我握手，用英文说："见到你很高兴。"

我说："见到你我也很高兴。"

在这盘恒了快一个小时，我有点着急了，我要去特奥蒂瓦坎呢。

　　终于，要大家上车了。导游在车上问我："月亮的中文怎么说。"越来越多的中国人已经引起了他们的注意。

　　车子向城北开去，特奥蒂瓦坎离墨西哥城有 40 公里。城外的山坡上都是五彩缤纷的小屋，这里是普通劳动者的住房，看起来并不舒适，很简陋。墨西哥城是世界上最大的城市，是说面积，因为住的多是平房。

　　往前开，路边开始有些农田了，农田里种着巨大的仙人掌，有一个半人那么高，大约一丈高。这些仙人掌是墨西哥人当菜吃的，那些新长出来的可以吃，老的就不能吃了。

　　一个小时后，车又拉我们去购物，我在周边逛，看见了比路边更大的仙人掌和龙舌兰。我们车的司机问我："能听英语吗？"

　　我说："行。"

　　他带我到一棵龙舌兰边，拿起人家扔在地上的一节龙舌兰，说："龙舌兰可以造纸。"用带弧形的小刀，把龙舌兰的皮剥下来，递给

我，我一摸很像塑料布，还是比较厚硬的那种。接着，他像变魔术一样，把尖头一圈割开，一拉，拉出一缕线一样的东西。我用手拉了拉，这线还挺结实呢。

　　写到这里，我想起，我在做去南美的准备时，请了一位姓金的朋友来给我们讲南美，他提到了邓拓写的《燕山夜话》里面有《谁最先发现美洲》的文章，就写墨西哥。

　　邓拓写道："中国古人所谓'扶桑'便是指的'墨西哥'。过去一般人把扶桑当成日本，那是错误的。古代史书中称为的'倭国'的才是日本，而'扶桑'则是墨西哥。

　　何以见得呢？打开唐代姚思廉编撰的《梁书》卷五十四，我们在《东夷列传》中就会看到如下的一段重要记载：

　　'扶桑国者，齐永元年，其国有沙门惠深，来至荆州，说云：扶桑在大汉国东二万余里，地在中国之东。其土都扶桑木，故意为名。扶桑叶似桐，而出生如笋。国人食之，实如梨而赤，绩其皮为布，以为衣，亦以为锦。作板屋，无城郭，有文字，以扶桑皮为纸。……

无铁有铜，不贵金银。"

我看见的龙舌兰这不是和这里写的一样嘛！

我坐车上，有人提着塑料袋来兜售小吃，他说是花生，让我们尝，一尝很像北京的琥珀花生。导游看看该买东西的已经买了，才开车。

我们到了特奥蒂瓦坎。特奥蒂瓦坎的意思是"神之地"它坐落在两座火山之间的平地上。公元1年至150年，这里建造了中美洲的第一座城市。有5万人，听说最昌盛时公元450年有20万人，修建了大量的建筑，包括太阳金字塔和月亮金字塔。在公元650年到700年间，受到外族侵略，所有建筑被毁。特奥蒂瓦坎就此荒废了上千年。

下车进门，那壮丽的月亮神庙就在眼前，我把旧金山买的墨镜赶快戴上，又抹了一点儿防晒霜。这里的门票51比索，包括月亮金字塔和太阳金字塔。

月亮金字塔比太阳金字塔晚两百年建成，月亮金字塔到太阳金字塔有一条叫作"死亡之路"的长4公里、宽45米的大道。月亮金字塔比太阳金字塔更为精细一些，两百多级台阶，每阶的倾角都不一样。月亮金字塔南面有蝴蝶宫，是宗教人士和上层人物住的地方，是特奥蒂瓦坎城里最华丽的地方。在圆柱上刻有极为精致的蝶翅鸟身的图样，至今颜色鲜艳。在宫殿下面挖掘出装饰着美丽羽毛的海螺神庙。这座古城的地下水系密如织网。

美洲大陆第一座大城市特奥蒂瓦坎，位于墨西哥中部高原东北部。公元250年到650年之间的鼎盛时期，特奥蒂瓦坎8平方英里（21平方公里）的地域超过15万居民。两三个世纪以来，它都是主要的宗教和商贸中心。它盛产火山晶体黑曜石，玛雅人经常从这里买。

与其他的美洲大陆的城市不同，特奥蒂瓦坎城市规划严密，呈网格状分布，包括了多层的居民住宅、工厂、许多广场以及大金字塔为主体的祭祀场地，是前哥伦布时代最大的建筑群。8 世纪时，墨西哥北部的托尔特克人在他们的领袖米斯格尔的领导下洗劫并焚烧了特奥蒂瓦坎，导致了这座城市的毁灭。

这里人较多，我目测一下，太阳神庙和月亮神庙及空场也就两三百人。

导游知道我爬不上去，就把我一个人拉到太阳神庙去。我真有点儿替墨西哥心疼，不应该让人爬，应该做些高台子让人远远地看。等着吧，中国人来了这些神庙很快就矮了。

两千年前盖了这个太阳金字塔。太阳金字塔是印第安人祭祀的圣坛，是世界第三大金字塔。塔高 66 米，共五层，248 级台阶。塔基长 225 米、宽 222 米；用土方 100 万立方米。太阳金字塔大约成 30 度角。

两个神庙一个大，一个小一点儿，四方的建筑，一层一层的堆上去，我记得我们插队的村外有一个文章阁也是这样的，不过比较高瘦，这个比较矮墩。如果这里没有人，不是这么闹哄哄的，应该相当的庄严。神庙嘛，就不应该让人这么爬上爬下的，哪里还有什么威严。墨西哥人太诚恳了，把自己这么宝贝的圣庙让游人践踏。我们让人看的长城都是明朝的，还不断地重修过。

1971 年，考古学家在这里发现了一条长一百多米的隧道，从金字塔的西侧通向中心的正下方的一个洞里，这个巨大的洞穴有四个密室，里面有些宗教物品，这正好说明了阿兹特克人相信太阳金字塔是献给太阳神的说法。在这里还发现了有用石头雕刻的水管和排水系统，其精巧复杂程度让今人都感到惊叹。更神奇的是，每年的春分、秋分的中午，在金字塔的第一层都会出现一条逐渐明亮的笔直的线条，光线变化的时间始终都是 66.6 秒。所以，有"永恒的时钟"的说法。太阳神庙和月亮神庙成 90 度角，太阳神庙大，月亮神庙小，和月亮神庙一排的还有几个小神庙。这可能是在说，太阳神是主神，而月亮和其他的都是次要的神。太阳神庙前有一个大祭台，在这里都发生过什么，让人浮想联翩。

太阳神庙边上有个公元前 2000 年的城市，这个城市太讲究了，所有的墙都用棕色石头和黑色石头（不会是黑曜石吧）间隔着，中间白色的黏土上，还有小块黑色石头点缀着。屋子里就更加考究了，墙下面，用中国人的说法叫墙围子，有一圈描绘精美的画，颜色还在，我相信已经比当年淡了许多。那些大鹦鹉描绘的准确、艺术。可以想见，那时大鹦鹉是随处可见的。真比我们下乡时，农村的墙围子艺术水平高多了，相差了四千年呢！这里不是一间房子这样，而是许多房子都这样。四千年前就住这样的房子？真让人不可思议。那时的人们不计工本地造出这样的房子，想来生活很容易，吃的东西也许很多，才可以有闲工夫精雕细刻地造这些精美绝伦的房子。

我从特奥蒂瓦坎出来，心中充满了满足感。对这样的地方我有种敬畏，我老觉得墨西哥人的先祖在那里，看着我们这些不知好歹的人，肆意践踏他们认为最神圣的地方。每个民族都有自己辉煌的过去。要尊重他们，要看到他们异常优秀的地方。

我比别人看得快，因为我不上金字塔。就去了门外的一排商店。知道这里贵，我买了两件墨西哥风格的衣服。但是以我旅游的经验，看见喜欢的如果不买，可能终生就没有机会了。

车子载我们到了一个餐厅，我们快到下午四点才享用午餐，是自助餐。我没有吃几样，没有什么不可以接受的怪味。而且，和中餐有点像。外面下雨了，雨还不小。水果很好，尤其是菠萝很甜，哈密瓜熟了，小李子也很好吃，我对水果更感兴趣。

吃饭当中，有三个墨西哥人戴着巨大的墨西哥帽子，穿一身黑，裤缝处都有装饰，人手抱一把吉他。一张嘴就是和声，原来是男生三重唱，声音很和谐。唱完了要小费，我看见别人给都是10比索或者 1 美元，我也给了 10 个比索。我要了一杯橘子水，里面有生姜，很好，可以驱寒。椰子汁上面有一层肉桂粉。这时，又有两名武士出场，他们头戴这长长五彩的羽毛的冠，快速地旋转、跳步，脚铃哗哗。一手持盾一手持武器，另外一人有节奏地打鼓，声音急促、震撼人心。那些以前在书上电影里见到的墨西哥人，这次亲眼得见，有点儿激动。觉得时空交错，自己进入了电影的感觉。大家对他们的表演报以热烈的掌声，我给了 20 比索。

　　吃过饭，我们往城里赶，幸好我们这边不堵，对面出城的一线堵得很厉害。

　　进城后，先停在一个卖宗教用品的商店，是为有信仰的旅客停的，让他们去买蜡烛和宗教画像。我们车上都是拉美国家的人，所以，信天主教为多数。我没有下车。导游给我一张小的圣母像，问我去不去看瓜达卢佩圣母大教堂。雨已经停了，去吧。

　　这也是一个很有名的教堂，教堂的外面是多棱的尖塔，里面宏大现代。导游先带我去看圣母像，然后带我到大厅，这里在为一个十五岁的小女孩做成人礼。这教堂的男声独唱真好听，教堂空间大，音效很好。大厅里有上千人，房子很高，光线很好，给人一种现代舒适的感觉。教堂四周有一些忏悔室，里面有神父和教徒谈话，他们代表神给信徒单独做思想工作。每个室外面排着十几个人。

　　中国那些贪官，做了坏事还不知道忏悔！

　　参观到此结束，我给了导游25美元的小费。天已经全黑了，回到房间已经快八点了。虽然，去了四个商店，我还是觉得很超值。

3 月 29 日

一早，我下楼去填智利签证表，印第安混血的前台和我打招呼，还教我说西班牙语的"早安"。我坐下来，开始填表，不知为什么网进不去了。突然，我听见像两个中国人在说英文，回头一看像是中国人，就问："是中国人吗？"

他们说："是。"

我告诉他们我是北京来的。那女士指着她丈夫说："他也是北京来的。"她丈夫好高呀，大概有 1.90 米。

他们说："我们赶着去看节目，对不起，先走了。我们住 102 。"

"我住 205 。"我说。

我没法把表填完，已经快冻僵了。就回房间，反正还有时间，大不了就墨西哥深度游。

今天，是周日，有许多商店不开门。

我先去"人类学博物馆"吧，这个博物馆在世界上非常有名，绝对不能错过。

我叫了出租车就走，墨西哥的出租车的起价是 8.74 比索。按照飞机上那个华裔女孩写的博物馆名称，给司机看。

司机问我："谢谢的中文怎么说？"

这么多人想学中文，是中国人要大批来了吧？司机绕了半天，把我放在一个看来不太像的地方。原来他把我拉到了自然历史博物馆。先看了再说吧，因为我是残疾人，所以不要票，普通人 24 比索。这里相当于北京的天文馆和自然博物馆。每个馆都是一个半圆扣在地上。第一个是天体的投影，把太阳系的星球都用自转的方式展示给观众，给小朋友看是很好的，这里人不多。另外两个馆就是动物的了，有许多的标本，算精心制作。

我还是想看"人类学博物馆"，看完就出来了。看看到了中午，就在一个街边摊解决午餐，我一看有TACO，就要了两种口味的，有点儿淡，用的香料也不如中国多。每张桌子上都有两种蘸料，在墨西哥吃饭，桌上都有店家自己配的蘸料，通常是一种绿色，一种红色的辣椒酱，这餐才35比索。我竖起拇指，告诉厨娘好吃，她们都高兴地笑。

街边摊的老板帮我叫了一辆出租车，说好价钱70比索。这司机把我拉到一个很近的地方，我下来一看根本就不是，这点儿路也就20比索。我只好问警察，他帮我截了一个出租车，并向司机交代，把我送到。

我到了向往已久的"人类学博物馆"，这里是全世界最好的"人类学博物馆"，我仰慕已久了。占地 12.5 万平方米，展览面积 3.3 万平方米。它在墨西哥城的查普尔特贝克公园内，1964 年由墨西哥著名的建筑师佩德罗设计，他也是昨晚去过的瓜达卢佩圣母大教堂的设计者。博物馆里有 60 万件展品，分上下两层，12 个展室，这个博物馆得益于，墨西哥在不同的地区出现了不同的文明，这些文明又互相交错，长的多达上千年，少的也又几百年。墨西哥有丰富多彩的文化和色彩斑斓的历史。这点要好好向墨西哥学习。

　　进门后，能够感到震撼，一个巨大的玛雅柱子顶着一个巨大的方顶，水从圆顶四周泻下来，形成水幕，不仅可以净化空气，应该有时光像流水的寓意吧。

　　我租了一个翻译机，70 比索，要把护照押在那里。这里一共 12 个展厅。进入第一个展厅，这里从人类的起源说起，还有一些

出土的文物，这些人实在像亚洲人，上吊的小眼；扁平的鼻子；蒙古的头型；面积较大的脸庞；5：1的身材，都太像亚洲人了。让我不明白的是，出土的碗都很小，锅也小，真想不通，那时的人吃的很少吗？当然，有一种可能，这是陪葬的，不是真正实用的。

印第安人已经懂得不对称美了，有一些碗和器具上面的画是不对称的。

还有一些人有一个大眼圈，很像三星堆的人物造型。我在一幅壁画的底部，看见了中国龙的造型，实在太像了。那龙头和中国的图腾一样，长度也差不多。我简直觉得他们是从中国抄来的。还有一些雕刻很像红山文化的玉猪龙，墨西哥文化分阿兹特克文化和玛雅文化，在墨西哥城附近的是阿兹特克文明；在奇琴伊查的是玛雅文明。

　　这里画了印第安人来的中南美的路线，是从亚洲经过白令海峡来的，有几万年了。那时，还没有国家，有人喜欢说，印第安人是从中国去的，这都属于自恋。准确地说，应该是从北亚洲去的。从亚洲去美洲也分了几次，几万年的事要说清楚不容易。

　　我是做了功课，看了几本书，才来的。看了这些展品，还是让我吃惊不小，主要是它的精美程度，远超出我的想象。古代，中南美的文化已经非常辉煌了，尤其是石雕和壁画，精美程度都让人震惊。只可惜他们没有什么文字，记载不太清楚，有的一些文字也出现的太晚了。这样，给参观者留下了无限遐想的空间。确实神秘，让人不可思议。并且，美到让人窒息。

　　中南美的印第安人最突出的是他们的天文学历法。中国是用月亮周期的历法；埃及是太阳周期的历法，而玛雅人是银河系周期的历法，这需要什么样的财力、数学和持之以恒的才能完成的研究呀！真不知道这些人在怎样年复一年地做这事。说明玛雅人是有超强的数学能力和一丝不苟的认真精神，令人佩服的五体投地！

　　玛雅人说 2012 年 12 月 21 日是他们的银河周期的一个节点，这天不是世界末日，而是下一个周期开始的日子。

　　正对大门的一个主要展馆里，太阳神的巨型石刻，挂在正中，它的精细程度，可以看出阿兹特克人、玛雅人是很有艺术创造性的

人。这间屋里的石盘、石柱，每一件都精美绝伦，值得看半小时。可是时间有限，我不能这样看。这里确实有少量的玉雕，这种只有亚洲人喜欢的石头。我来前朋友说玛雅人喜欢玉石，此言不虚。有种说法：印第安的印是殷墟的殷，印第安的安是安阳的安。我还特地去了一趟安阳看殷墟。我没有找到妇好墓和印第安文化的关系，因为我不懂玉器加工设计，但是大小差不多。

来这里的人要注意，在院子里还有一些大件展品，不易搬到屋里，也许是复制品了，不比在屋里的展品差，不要错过。

在这里，我碰上了我们住一个旅馆的中国夫妇和他们两个可爱的小男孩。我才知道父亲姓谢，清华毕业生，美国博士。母亲姓盛，美国硕士。

世界各国到墨西哥来的人都会到这家博物馆参观，这是人类在美洲的艺术创作集大成。

我亲眼所见，阿兹特克文化和玛雅文化，不输给任何文化。人类在哪里都伟大。他们前赴后继地在自己的文明上添砖加瓦，在这个世界谁也不应该贬低谁。

　　我们从博物馆的大门出来，对面是一排商业的摊位，这里有卖纪念品的，有阿兹台克太阳石的小复制品。有卖饮料的、还有卖老玉米的。这个太重要了，因为墨西哥是玉米的原产地，我买了一根，卖的人，在玉米上加了起司。我并不想吃有其他味的玉米，只想吃原味的玉米，这是那种没有转基因的玉米，一种久违的味道。为了吃到原味，我只好再买一根，不让她撒起司了，吃到了原产地的玉米，觉得很幸福，这是我来美洲的目标之一。

　　前面有人在一根棍子上，做着像五月花柱的旋转，几个人上下翻飞。这边又来了一个戴着墨西长羽冠和脸上画着花纹的健壮的汉子，在跳那种快步舞蹈，不知道是祭祀舞蹈还是吓唬动物的舞蹈，双脚都是铃铛，旁边有人给他打鼓。跳了一阵子后，他停下来，给人做熏香。看样子有好几种香，一位白人女士请他给做，他提着一个小桶，里面冒着烟，味道我这里都可以闻到。香在那女士的身上缭绕，真不知道能起什么作用，治病？调节心情？好运？

我回到旅馆，打开电视，至少有三个台在放电影，都是耶稣受难的内容，虽然听不懂，也可以看个大概。

3 月 30 日

我上午在家里填表，小谢他们四口来邀我一起吃中饭。我们就到了出门左手的较高级的餐厅。这里只有肉和起司，蔬菜只有柠檬和辣椒。结账时，我说孩子两人算一个，因为他们太小。小谢两口子不同意，只好随他们，按照人头算。一人不到 200 比索。

然后，各回各屋休息。三点多，小谢说他知道一个地方，那里都是音乐，我们就出门一边走，一边逛。小谢的小儿子内森，主动帮我推轮椅，我觉得他太小了，他不过 8 岁，别给累坏了，小谢说："有种理论要虐待小孩。"好超前的父亲。我自己是这样做的，可是不忍这样对待别人的孩子，就自己多转些，让他轻松点儿。

我们出门往左走，到了大街上又往右转，离我们的旅馆也就不到 600 米。那里有一个老邮局，老邮局从里到外都很豪华，宽敞高大。这么多年了还亮丽动人。这里真值得一转，应该已有百年历史。它的精致程度，让我们有点儿吃惊。这里还在使用，我去买了一整版的邮票，是墨西哥风光的才 50 比索，又买了几张特奥蒂瓦坎的明信片，给我的小朋友内森一张。

我闻到了面包的香味，跟着味，我们找到一间面包店。在面包店里，我买了法棍，又买了一些小点心，小盛也买了一些。

我们接着往北走，在路边，一种从来没有见过的植物，不知道是水果，还是蔬菜，很像佛手瓜，但是大得多，浑身都是刺。就买了一个，很便宜，20 比索。

在路边，有些穿着黑衣黑裤白衬衫，戴着大草帽，手拿吉他和小号的小乐队。我说："这么多乐队呀？"

"晚上更多。"小谢说。

果然，当我们进入一个小广场，这里四、五个人一组的同样装束的小乐队，有近十个。小谢说："还早，我们进到里面去看看。"

我们走向小广场里面的一条小街，两边都是墨西哥民间艺术家的铜像，其中，有两个是女人。这些雕像与人同大，栩栩如生。可惜，都不认识。

我们回到广场，这里已经音乐声起，我们近距离一看，围着桌子的小乐队，一般两把吉他两把小号，一个男声独唱。通常是坐下来喝酒的旅客点歌，小乐队给他们演奏几支歌，我看见旅客给了小乐队几个十元的硬币。小谢邀请我去喝啤酒，我没有酒量，也不想让他破费，就没同意。

看看天要黑了，我们往回走，在一个卖瓜子的摊位上，我买了一种我没看见过的细长的瓜子，10 比索。回去给大家尝，真好吃，买少了。

在一个门开着的房子里，音乐飘出来，有几对中年人在跳舞，他们热情地邀请我们，我们谢绝了。

回到房间，我把那个都是刺的瓜切开，一尝怎么是煮熟的萝卜味，给了小谢他们一半。说不上好吃，也说不上难吃。

晚上，小谢来帮我填表。这里的网一会儿有一会儿没有，我提心吊胆的，就怕到最后断掉了，还算顺利，小谢帮我把表填完了，我用手机把号码拍下来。

3 月 31 日

小谢一家去了特奥蒂瓦坎。我提醒他们要涂防晒霜，小盛说："他们男人不肯。"小盛给他们买了草编的礼帽。

我十点出门，一个人去智利领事馆。在这家小小的领事馆，我坐下来等。签证小姐叫我过去，我怎么也找不到手机了，我没有办法告诉她号码，她查不到。我告诉她是昨天填的表，是从北京的领事馆进入的，不是从墨西哥的网页进入的。她拿着我的材料进去找领事，我希望，小谢帮我填的表和小宋给我写的推荐信可以起一些作用。小姐说，你填一下这个表，我填完了。她说，你在 E-mail 看，我们会通知你，下周会有消息，好歹没有拒签。

我一人回来，休息了一会儿，就到街上去转。怎么满街都是人，难道他们不用上班吗？墨西哥的蓝领和白领泾渭分明。尤其是那些劳动人民多是印第安人，吃着冰激凌一脸满足感，全家笑着走着。白领多是白人，他们不会在街上吃东西，一脸严肃，衣着整齐，头发都打着发蜡，一丝不苟。

这边都是卖吉他等音乐商品的店，吉他真是太多了，我怀疑每个墨西哥男人都有一把或者多把吉他。街上要钱的人，不是伸手就要，而是两个穿着和军服差不多的衣服，身背一个音乐箱，用手摇着，像美国卖冰激凌车上的音乐。另外一个人用帽子要钱。有一男一女的，也有两个都是男的。他们服装是统一的。

我在街上，看见有车上卖芒果的就买了一袋，25 比索，很便宜，七八个不到两美元。天上直升机来回地飞，声音很大。我拍到几张。

快到街头了，我看见很多人在排队，有人问我排不排，我摇摇头。走到最前面，才看清楚是自动提款机。这边都是步行街，我往回走，看见卖鲜榨汁的，就买了一杯。我不会说要什么，就指给他们看菠萝，他们看得一头雾水，那个男的明白了，就用菠萝和牛奶还有冰做了一大杯，25 比索，也就不到两美元，很大的杯呢。在街口，警察推着我过路口。这里路很窄，不太堵。直升机在天上飞来飞去，它们在广场干什么呢，我真想知道。

就往广场方向去，在一个不远的地方，我看见一些红灯笼，依我的经验应该是中餐馆。果然，是一家中国餐馆"中华酒家"，是自助餐。我看见标着大人 85 比索（7 美元），小孩 55 比索（4 个多美元）。

服务员都是当地人，只有收银员是中国人，就过去问："这里中国人不多吧？"

"没有哇，挺多的。"她显然不知道欧洲有多少中国人。

"中国城那边有中国餐馆吗？"我问。

她说："那边没有什么中国的餐馆，也没有多少店。"

我问："这里几点关门？"

她说："晚上 8 点。"

"这天上老飞直升机干什么呢？"我问

"这里在拍电影《007》。"她说着，我真大吃一惊，等这集《007》上演，我要看一下。

我去看了一下菜色，有排骨，有虾。几十种菜，我太有成就感了。等着小谢一家回来，他们爬太阳金字塔和月亮金字塔回来会很累，我们来这里好好吃一顿晚饭。

我回到旅馆，这几天睡的不多，就睡下了。

我醒了，就盼着小盛一家快回来，左等不来，右等也不来，我都怀疑他们会不会在外面吃完饭，再回来。看看马上就到八点了。

这时，外面一阵乱，小谢带着他们一家回来了，我从床上坐起来，告诉小盛："我找了一家中国自助餐，八点关门。不知道咱们还能赶上吗？"一看表还有半小时。

他们就和我出去找这家离我们不过两百米的餐馆。路上黑乎乎的，我到路口一看，心都凉了，那些红灯笼下面也是黑乎乎的。小盛不死心，就走过去看。一会儿，她出来叫我们过去，原来，还可以吃饭。

我们迅速拿了剩菜，老板要大师傅问我们还要什么，他自己和朋友在吃饭。我说要："绿菜。"

他一会儿炒出来一大盘白菜，我以为会剩下一半呢，结果都吃光了。小盛发现，仙人掌酸酸的也好吃。墨西哥服务员也老来打招呼，我用仅会的一点儿西班牙语和他们交流。

我吃得快，就去和收银的小黄聊天，她说她家在广东江门的恩平，2006 年就来墨西哥了。我说："这里的中国人都是老乡吗？"

"是呀。"她笑着说，看来她很习惯这里了。

旁边一个大个子的男孩指着一个小个子的男孩说："这是老板仔。"

"你是这里生的吗？"

小个子说："不是，我是在危地马拉生的，后来又回江门上学。"他的普通话很好，对中国的情况也熟悉。他旁边的两个朋友要走，就拉他，他有礼貌地和我说："再见！"和两个年轻人走了。

我说："街上怎么这么多人呀？"

台子里的一个大个子男孩说："这几天是墨西哥的复活节。放四五天假呢。"原来如此，我说怎么有这么多人呢。

我又问拿男孩："你来多久了？"

他说："我才来三个月。"

"想家吗？"

他很坚定地说："想家干什么？不想，"看来他的思想准备很充分。

4月1日

小盛来了，他们昨天太累了，就起的晚些。她说小谢带着两个孩子去吃洋早餐，她不喜欢，就没有去，我这里有些中国的食物还有我带的萧山萝卜干和面包，她也带了点儿东西。

小谢把孩子送回来，就背了一大包衣服去洗衣店。

我们昨天没有吃好"中华酒家"，今天又去了。我把一幅春联带给小黄。昨天我们是最后一拨，很多菜都没有了。今天我们是第一拨，这下扯平了。今天，还有叉烧肉呢，这里的小四季豆只有北京的三分之一大，非常嫩，竟然还有豆芽。水果很多，有西瓜、两种哈密瓜、还有凉瓜、果冻、酸奶。

下午，我们要去看农贸市场，女儿也建议过，她发到我的手机上两个地址。我们叫了两部车去市场，我怎么也没有想到，这里的市场这么大，我在中国都没有见过这么大的。里面东西之便宜，是普通水果店的1/4的价钱。东西之多，过我的轮椅都有点儿困难。没有小谢和他小儿子，我根本就不可能进去看，干净整齐，我以为这里人不吃什么蔬菜呢，没有想到有这么多蔬菜，还有一些从没有

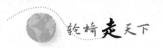

见过的。有些水果巨大，菠萝就有中国大菠萝的两倍大。我还看到
一种外皮像猕猴桃，但是有四个猕猴桃大的硬硬的水果，就买了一
个准备回去尝。我买了四个土豆两个西红柿和蘑菇，都非常便宜。
这里最多的是腌辣椒，像卖海带一样，超常的宽大，这些辣椒是腌
制过了。这里有许多种土豆，干净还堆放整齐。我还买了一些巴西
的虾干，我曾经在电视里看见过，看着就好吃，个很大，差不多两
寸长。这里有仙人掌果，看着没有旧金山的好，也买了一小袋。小
盛又看见什么东西了，她不走了，我们就等着她。原来是一种咳嗽
糖浆的蜂蜜，一小瓶，才一美元，她买了两种。

　　有人在把新鲜的仙人掌上面的皮和刺刮掉，那都是一些刚长出
来的，很嫩的仙人掌。
　　我带了"热得快"，就买了饭盒和金属勺子。天开始下雨，本
来计划还去看另外一个市场，不去了，我们叫了车，三十多比索就
回了旅馆。

小谢带着两个美国胃的儿子去吃汉堡。我和小盛在房间里做蔬菜汤，有蘑菇、土豆、西红柿、虾干。用"热得快"加热，我还带了陶瓷刀和日本买的很薄的案板。我把那个像猕猴桃的水果切开，里面有个大核，味道像柿子。我用微信发给国内的朋友，大使夫人告诉我这叫人心果。这里的朋友告诉我这叫MAMEY（中文发音叫马耐）也可以榨汁。半小时后，热腾腾的汤好了，我和小盛，很满足的喝汤吃法棍。

智利的朋友介绍了一对当地的中国人，他们后天来。她先生做旅游，正好我要去坎昆，可以问他一些情况。

我回来看电视，有游行，也不知道在哪里？为什么？剩下都是耶稣的，我只记得耶稣的妈妈流泪，看着耶稣受难。好像有一个是耶稣的女朋友，还算漂亮，可能是单相思，因为她和耶稣没有眼神的交流。回国后，有朋友告诉我，在《新约》里说是一个叫玛丽亚·马格达雷娜的妓女，受到耶稣的感召，在耶稣受难时，用眼泪为耶稣洗脚，用自己的长发给他擦干。

4月2日

小谢说今天要去看墨西哥国家自治大学的壁画，这也是我的计划之一。他想带孩子坐一下墨西哥城的地铁。我就叫了出租车先走，小谢细心地给我抄了一个地址。我拿着，给司机看。谁知道，这个地址谁也不知道。路上，看见几个人在叠罗汉，为了向过往的车子要小费。转了半个多小时，我觉得是在教授们的独栋小院的住宅区里转了几圈。我突然看见了那个我在宣传品上看过多次的大壁画，

就叫车子停下来，打车用了150多比索。我自己从一条小路滑向那幅画，因为这里地势高。还看不见小谢他们，他们应该在写好的地址等我呢，就打电话给他们，改在大壁画边上见面。

墨西哥国家自治大学有悠久的历史，它也是整个拉美地区排名第一的大学。成立于1551年，是拉美地区历史最悠久规模最大的综合性大学，也是世界上规模最大的高等学府之一，有学生30万。尤其是中央图书馆（Biblioteca Central）外立面上10层楼高的马赛克画，是世界级的壁画大师迭戈·里维拉、斯奎罗斯和奥罗思科，他们把朴拙的印第安艺术风格和浪漫主义、现实主义，用让人炫目的手法相结合，使得巨幅画面气势磅礴、异彩纷呈。有强大的视觉冲击力，也增加了墨西哥大学的艺术气氛和历史沉重感。壁画正中有一只鹰，站在都是仙人果的仙人掌上。仙人掌的一边一条蛇。还有许多看不明白的内容。写着极端、哥白尼等字样。这是我在智利的西班牙语后援小宋告诉我的。

一会儿，他们一家四口在远方出现了，我求人把我的轮椅搬下一个大坡，幸好我和大使夫人学了"帮帮忙"的西班牙语"波尔法沃尔"。很好用，听到这话都会有人帮助我。

　　小谢要推我去看，我不愿意麻烦人，因为这里上坡，路也不是太好，我就把相机交给他，请他帮我照几张照片，可以回去好好看。我就坐在树荫下，看这个大壁画，我在画里看见了革命的字眼。这画的信息量太大，有许多是我仅有的一点儿知识还不能看懂的。

　　我一人坐在树下，对面就是一个大操场，有许多人带着狗，好像狗比人多。大学怎么这么清静呀？难道复活节都进城了？

　　我听见了轻柔的歌声，回头看去，一个帅哥在弹吉给一个女士唱歌，真浪漫，我轻轻地靠近他们，歌声一结束，我就情不自禁地鼓起掌来。他们都友好地对我笑笑，如果是中国人可能就走了，或再也不唱了。墨西哥人不同，他受到了鼓励，唱得越来劲了，一首接一首。

　　小谢他们回来了，我们选了一张长椅坐下，小内森来到我面前，他已经和我熟了。小盛带了许多吃的，有花生糖、豆腐干、橘子，我只带了橘子，充水用。

　　休息好了，内森又来推我，我太喜欢内森了，他是一个情商很高的孩子，乐于助人。只有他控制不了的时候才叫他爸爸帮忙。我们往校外走，幸好是一路下坡。但是路绝对说不上好。小谢也费了不少力，才把我弄出了大学。

　　我快点儿回家吧，好让他们轻松地去玩。小谢帮我叫了出租车，司机懂点儿英文，我们在车上聊了一会儿。在快到旅馆的地方，我又看见一家中国餐馆，我就请司机停下来，付了他100多比索，我有点儿认识墨西哥城的路了，我认为他没有给我绕路。

这家也是 85 比索一个人，小孩 55 比索。有炸鱼、叉烧排骨，我要了一点儿米饭，墨西哥没有中国的好米，都是机米。后来，我才知道整个南美都是这样的米。

看见三个亚洲面孔，我问："是中国人？"

她们回答："韩国人。"

韩国人真和中国人不一样，一个穿着很洋气的姑娘一盘腿做在了椅子上吃饭。我在中国从没有见过这样坐式的人。我听见说中国话的了，一问这次是中国人。我说："坐下一块儿吃吧。"

"我们三个人坐不下。"他们说着，端着饭往里面走了。

我快吃完了，正要去拿水果，他们又端着饭过来了，要和我聊。没问题，我往里挪挪，我们四人正好一桌。小柯看来最活跃，我们俩也是最先打招呼的。我问他在北京哪里？

他说："朝阳区。"

"我也是朝阳区的。你在朝阳区哪里？"

"大悦城。"他说。

我告诉他："我在东三环北京青年报社边上。"

"我知道了。我在呼家楼那站下就可以了。"他显然知道。

"我们晚上要去喝啤酒，你们也来吧，晚上 9 点。"我说。

他们一脸狐疑："为什么晚上 9 点？"

"我们还有两个美国来的小朋友要等他们睡了，我们才能出去。"我解释道。

他们高兴地答应："好！你们都去哪里了？"

我说："这里的广场正在拍《007》的电影，墨西哥全国正在过复活节，'人类学博物馆'你们一定要去。这边往前走，有一个上百年的老邮局，可看，里面卖的邮票，一整版才 50 比索，这是送人最轻最好带的礼物了。往那边有个音乐广场，路过卖瓜子的一定要买一种细长的瓜子，很好吃，中国没有哦。我们昨天还去了一个大农贸市场，大到我在中国都没有见过的大，比新发地还大，有棚的。那里的水果是外面价钱的1/4。我用微信发给你们。"他们听了摩拳擦掌。

然后，我告诉他们在欧洲旅行，最好买欧洲通票，比较便宜。这是专门给外洲的人的优惠。小柯去过欧洲，可他显然不知道。

我给他们讲了一点儿我在欧洲的经历，他们听得津津有味。

吃完饭，小柯非要帮我付钱，他说前两天炒股赚了几千元。

我说："晚上，我来付。"

他们说："晚上，小杨付。"

"到北京，我请你烤鸭。"我对小柯说。

出门前，他们跟我说："我们都是网上认识的，因为要去的地方差不多，就凑到了一起。"小柯要去排队取钱。

出门没有多久，我看见一家面包店，进去买了五个面包，想着小内森和他哥哥泰德回来会饿，这家面包店的每个面包都可爱，后来我才知道，整个中南美的甜点都好吃，五个面包2美元。

小于和小杨送我回旅馆，我说你们来看看我们的旅馆，已经有两百年了。他们上来跟着我回到房间，认了门，晚上好来。

一下午，我都在赶写这些天的游记，累了就睡一会儿。六点左右，小谢一家回来了，他们说很累，很好玩。小盛借走了我案板和陶瓷刀，去给孩子们切水果。我把买的面包给他们，小内森真可爱，他有点像女孩，他妈妈还可以把他抱在怀里爱抚。

晚上，小驴友们来了，怎么多了一个女孩。听声音是广东人，原来，她是学西班牙语的，他们是四人组合。

我们一起去左手马路斜对面，卖巴西烤肉那一家。这里生意太好了，几十个小桌子都满了。等了一会儿，服务员帮我们拼了两张桌子，又找来几把椅子，小谢叫了五杯啤酒四个 TACO。这时，我旁边的墨西哥人拍拍我的肩头，要送我一些草莓，小盛一吃，还很甜，有香味。我可不敢吃，不知道洗了没有。我问那人："你的篮子卖不卖？"他的那个放草莓的篮子是桶状的，很精巧。

他说："不卖。"

我对面的墨西哥人和我说："这个篮子送给你。"我真有点儿不好意思了，想到书包里有绣花手绢，就送给他们四人每人一条，告诉他们是中国的。

我和他说："给你太太。"我请学西班牙语的女孩告诉他，他才听懂了。

那人说："我没有太太。"

四个小驴友因为刚吃了饭，所以什么也吃不下，喝了一点儿啤酒就走了。墨西哥人和中国人一样，说话大嗓门。我们听对方说话都费力，在墨西哥喝酒要放点柠檬，杯子边上抹一点儿盐。说这样才能喝出最佳味道，我没有体会出来，可能在这么乱的地方，我的感觉器官不工作了。

我们旁边送我篮子的墨西哥人也要走了，那个男人突然亲了我的脸。我第一次被不认识人的亲，还是土著墨西哥人！

篮子给了小盛，他们要回美国了，我回去还早着呢。

我搬了一个房间，隔了两个门。我放小费服务员没拿，我给了服务员一条丝巾，她很高兴。

4 月 3 日

清早，我和小谢一家出门，右转再右转的一家早餐店吃墨西哥早餐。小谢帮我要了牛奶和墨西哥油条、墨西哥粽子。

墨西哥油条是像中国油条，多棱面炸的甜点，只有中国油条一半长，一半粗，这种油条叫 Churros。墨西哥粽子是玉米皮包着的玉米渣蒸的软软的点心，都值得尝尝。而且都高温消毒，不会有问题。这里的牛奶用一种可爱的陶罐盛着，很有乡村风味儿。如果墨西哥是最后一站，我要买一个陶罐，回北京喝牛奶，那太有情调了。

中午，我们去一家三明治店吃饭。因为两个孩子喜欢吃美国饭，在这家三明治的店里，我们找了一张桌子坐下来。服务员拿了两个帽子让孩子们戴上，是这店的广告。这里花生随便吃。

下午，我等小李一家，他们是智利小宋介绍给我的。他们来了，小李给我带了墨西哥的玉米皮包的辣糖，没有想到很好吃。他们开车拉我去一个现代化的超市，我以为墨西哥没有现代化的超市，只有那种农贸市场，没有想到竟然有一个和美国、中国都一样的大型超市，而且，还要大很多。

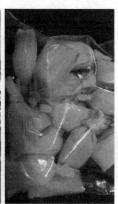

里面的水果、蔬菜种类都很多。还有做好一盒一盒的色拉，我买了色拉和意大利面，还买了一些杯面，因为我听小盛说，她出差就喜欢吃杯面。还有一些鱼罐头、面包、菠菜等。

这里的东西干净整齐、琳琅满目，多到看不过来，我相信我们只看了一小部分。我想找鲍鱼罐头，我记得80年代有人从墨西哥给我爸爸带的鲍鱼很好吃，到了墨西哥就想找，可是一直没有看见什么大超市。我怎么也找不到，小李帮我一起找，他们也找不到，就去问服务员，服务员说买的人少就不进货了。

我怕耽误他们太多时间，要回去，他们开车把我送回旅馆。

4月4日

一早起来，我想着小谢一家要回美国了，就用"热得快"给小盛做泡面，把菠萝也切了。看见小盛和内森把泡面吃光，我很高兴。

我没有什么礼物给内森，只有一支自动铅笔比较好，内森推了

我好几天呢,送他做个纪念。我还在"人类学博物馆"买了两个本子,送给内森和他哥哥泰德。

小谢来了,我抓住他给我下载了离线翻译软件。他给我留了电话和 E-mail,我没想到把他耽误得没有时间吃早饭了。我也没有想起来,把我买的东西给他们带上。不过,飞机场都有,只要他们时间够,还是可以吃上饭的。我和小内森拥抱了一下,泰德竟然也让我抱。我希望以后在北京可以见到他们。

碰到小谢一家,真是运气,他们每个人都那么亲切。

我一直一个人留在屋里写。下午两点我才出门。满街都是人,我先右转,到了红绿灯再左转,听见有人在唱歌,走近一看,是两个女孩用美声唱着歌剧的片断,还不错,我就抓了几个硬币放到她们面前的帽子里,她们鞠躬答谢。我又往前走,是一个男孩在跳踢踏舞,声音清脆悦耳,我又放了几个小钱。沉甸甸的钱袋慢慢变轻了。我在一个盲人手风琴手的面前驻足,这人比中国专业手风琴的水平还高,有个和他年龄相当的女人在收钱。我当然给钱了。路对面,有两个坐在地上的男女在打一种我从未见过的乐器,那男的打的是一个大的全封闭的锃光瓦亮的铜鼓。女的打两个尺寸不同的小鼓。这两个人都脏乎乎的,不知道是不是一种风格,给完他们我就没有零钱了。

这时,可以看见宪法广场了,我左转,沿着广场边上的商店看过去,这里是一些卖手表和首饰的地方,所有物品都闪闪发亮,我对这些没有兴趣。

广场里面热闹非凡,各种音乐声此起彼伏。各个国家的音乐舞蹈都有。一些印度人在跳舞,男孩子边跳边打鼓,女孩子穿着漂亮鲜艳的纱丽,她们总是伸长右臂,看得出来,他们很高兴。幸好他们不要钱，他们卖书，有些人买。下一个街角有一个冰激凌店排长队，看来这家生意很不错。我也想买，但是，我不想排队，就接着往前走。今天天气太好了，幸好我抹了防晒霜，戴着墨镜。这个街角有人扮成机器人；有人扮成超人；还有扮动物的，都色彩鲜艳。

我在一家 CD 店前停了下来，想想应该买两张墨西哥音乐回去听，把墨西哥的快乐带回家。可我怎么挑选呀？我向店员指指天花板，那里在放的音乐，这人很聪明马上就明白了，我又挑了一张在货柜上摆得最多的。

回到我住的旅馆门前，我在旅馆右手边的店里买了一个巧克力的冰激凌，他们这里是现买现做，所以酥脆可口。

我回到房间，把脏衣服洗了。打开电视，我听不懂，光看画面，还是耶稣受难的电影。

四点多，小李来电话说，他们现在正在一个大商场，那里有鲍鱼罐头，15 美元一个，问我要几个。我说六个吧，我不想带着罐头走，有点重。他们说带儿子看电影，七点多来接我去吃饭。乐得我有时间多写一会儿，把落下的补上。

七点多，他们到了。我上了他们的车，去一家叫"江南"的中国餐馆。这个地方有点儿远，开车要二十多分钟。我问："墨西哥城比北京还大吗？"

小李说："有人说是北京城的四倍大，我觉得也就三倍。"那也真够大了。小李是北京人，她老公小陈是新疆兵团的。小李在经营一家汽车配件店，老公在做旅游。经常去坎昆。

我问他："去坎昆就只能坐飞机吗？"

"有长途车，太受罪，不值得。我们都是坐飞机去。"真的没有火车呀，在北京时，我问过了，在地图上怎么看不见铁路线。我想

起来我几年前看见《参考消息》上登过一则飞机场的信息："中国民用飞机场515个，军用机场246个；墨西哥机场1852个；阿根廷机场1369个；玻利维亚机场1066个；巴拉圭机场899个。"看来他们的交通都靠飞机了。

我说："昨天晚上吵死了？广场那边闹到半夜。"

小李说："这是墨西哥最大的节日，胜过圣诞节，圣诞节放假一天，而复活节放假三天呢。"

原来，我是在墨西哥相当于春节期间来的，太巧了吧。请要来墨西哥的朋友注意，最好在这个时间来，可以看到墨西哥的多元文化。

难怪，每天街上这么多人呢。

"墨西哥没有钱的人，有没有钱的玩法，他们带着吃的、帐篷，像今天都会出去，经常一大家子几十个人，开着二手车就走了，在沙滩上搭帐篷，在外面野餐。有钱人有自己的玩法，住旅馆去餐馆吃饭。可是，快乐程度是一样的。这几天，路上堵死了，比平常慢一倍。"小李说。

"昨天晚上，蚊子咬死了，我就起来装上蚊香，喷驱蚊药，再涂清凉油。这里怎么没有纱窗呀？"我问。

"这里很少有人家有纱窗的，你那市中心都有蚊子了，我们这边还没有。"小李答道。

说着，到了他们觉得很好的中国餐馆。

这家"江南"餐馆有三层，一楼是散座；二楼大桌；三楼包间。他们说这里有个河北师傅很会做饭，可惜今天休息。

小陈进门就拿了份中文报纸。

我看了一下菜单每个菜都是两三百比索，这么贵呀，二三十美金一个菜。

我说："美国一个菜十几二十美元。"

小陈说："美国餐馆比我们这里便宜。"

我实在没有想到，墨西哥的工资水平并不高，东西竟然这么贵。

小李的儿子是个小帅哥，没有什么独生子女的坏毛病，我和小李说："要好好培养。"

他们点了羊肉串、海带丝，还有豆苗、韭菜墨鱼仔和牛杂火锅豆腐汤，最后是麻团。看过这里的菜单我估计这顿饭要一千多比索。服务员都是墨西哥人。

饭前，餐馆送的小菜很好吃。

我想问清楚，昨天他们提了一下的曾经被抢的事，我问小陈："那是哪年的事？"

"有十年了，那天该发工资了，钱都在保险柜里，不知道谁跟外面的黑社会有联系，五六个蒙面人进来，拿枪顶着，我们十几个人都趴在地上。他们让会计打开保险柜，把钱都拿走了。"小陈说。

"损失大吗？"我问。

"八千多美金吧。"小陈说到这里有点沮丧。他接着说："在这里做生意的，有谁没有被抢过呀？每天有现金的，都有被抢的经历。"小陈愤愤地说。

我们每人两个羊肉串，很好吃，肉很嫩，没有北京那么大的烟味。

"小李，你那次被拿走多少钱？"我转向小李。

小李说："也是八千多美元。我的会计拿走的，她先生还威胁我，说我少缴税，要去告我。"

我忙说："报警了吗？"

"人都不知道哪里去了。所以，员工每周休息一天，我们是一

天也不休息的，还要半夜和中国联系，经常是你睡熟了，中国的电话来了。这里的人很不老实，你都要看着，弄的人很疲惫。"

我问："这里普通人什么工资水平，我看他们都很敢花钱的。"

"我们刚来时候人均五千左右，现在都是六千到八千了。他们是很敢花钱，员工穿的都比我们好，我们俩当老板，穿的最差。比如买玩具，我们买一个小的，他们就买一个大的。但是，我们上学校要上私立的，他们就上公立的，省好多钱。这里公立学校从书本到学费是全免的。"小李说着。

"反正，你们这里的生活费不太高，应该没有问题，我看这里人比日本人都敢花钱。"我说。

小李显然不同意我的看法："谁说生活费低呀。我们家就三口人，每月生活费要人民币两万呢。不过，我们每周都做几次海参，我都是买最大最好的虾，我姐姐来说我们吃的太过分，我们都习惯了。孩子上私立学校，每月也要不少钱，他还上好几个业余班。"

我问小陈："墨西哥的中国人不多吧？"

"怎么不多？大概在墨西哥的华侨、华裔有 20 万人。你说的那种给老墨吃的中餐自助，在墨西哥就有上万家。这里就有两百多家中餐馆。墨西哥北部有些早年来的华工都已经三四代人了。来的华侨以广东、福建为主。拿着墨西哥的护照全南美都免签。现在，全世界对墨西哥免签的国家达一百二十个国家呢。"

我们吃的差不多了，这样的菜色在北京属普通，顶多也就是这里的 1/3 价钱。

小李说："墨西哥北部靠近加利福尼亚的地方，可以看鲸鱼。前些日子，一条观鲸船，不知道是碰到了鲸鱼，还是激怒了鲸鱼，鲸鱼一下子跳上了船，造成一人死亡，多人受伤。"

我把小陈看完的中文日报带回旅馆。下面是报上的一些内容：

《圣周到啦！》：传说耶稣被钉死在十字架上，死后第三天复活了。每年在教堂庆祝的复活节，指的是春分月圆后的第一个星期日。从复活节前的那个周日，直到复活节的七天称作圣周，每年圣周的时间并不固定。在墨西哥各地庆祝活动千差万别。不管是庄严肃穆还是轻松活泼，圣周都显示了墨西哥人热烈奔放的民族性格以及宗教的虔诚。圣周五的大游行是全世界最大的。耶稣受难游行起源于1843年。

《墨西哥摔跤巨星选手战死擂台 颈遭致命伤》：墨西哥摔跤界巨星选手小阿奎尤日前在赛事中遭对手飞踢撞上绳圈，疑似致其颈椎过度屈伸损伤，当晚伤重不治身亡。

《墨西哥多家消防队因争抢灭火互殴 警察劝架遭打》：近日，墨西哥首都墨西哥城发生一起令人啼笑皆非的事件：多家消防公司的消防员抵达火灾现场，结果却因谁来扑灭灌木丛的大火而争执不下，甚至演变成身体冲突。然而，随着警方的介入，该事件升级成消防队员和警察之间的激烈冲突。

25 岁的目击者阿塔纳西奥·里瓦斯·马托斯称，其中一组消防员开始用水枪喷洒另外一组消防员，而后者随后报复性的向对方投掷砖块。当警察赶到事发现场并试图将互殴的双方分开时，却成了双方消防员殴打的目标……据悉，墨西哥官员正在调查。

4 月 5 日

早上写累了，我开鲍鱼罐头，一个罐头 218 比索，合人民币

94 元左右，每个里面有四只鲍鱼，很好吃。我以为会胃疼，结果没有不适的感觉。过了两个小时，我才敢吃泡面。

中午出门，我选择了广场，出租车司机拿着我给的 50 比索不想找钱，我看见武装警察就在边上，就让他找钱，他只好乖乖地找给我了。这次才 30 比索，我给了他小费。

教堂就在边上，我还想听会儿钟声，我在广场盘桓了半个多小时。看见教堂对面的街口有许多人，就去那边。原来这里有一个老歌唱家在边跳边唱，唱得不错。我和大家一样，免费听。这个人已经有五六十岁，他一连唱了十几首歌，我还让他签了个名，可惜那个本子在危地马拉丢了。男女尽情表达着爱意，老头老太太都是手拉着手。

回到屋里，我用微信问了一下，四个小驴友都在哪里。安娜在瓜纳华托，剩下的三个在奇琴伊查。安娜一个人在那里，她是唯一学西班牙语的学生，她问我去不去，离我的主题远了点。我告诉她那里原来是银矿，她说要给妈妈买个银饰。

下午，我去买了一个很时尚的项链，准备送给帮我买机票的小朋友。

4 月 6 日

一早，我准备去危地马拉领馆，11 点出门，因为危地马拉使馆是下午一点关门。问了几个司机都不知道危地马拉领馆在哪里，不知道还拉，拉了又要钱。在这样的国家要心平气和，一点儿小损失不要放在心上，只要安全，只要目标能达到，就是胜利。最后，一位看来很老实司机把我拉到了危地马拉领馆的门口。一路通过改革大道，这里有那只著名的黄马和自由女神像。这就是墨西哥的长安街了，很塞车，但是没有车祸。这里基本上都是单行线，所以，只能往一个方向开。蓝花楹在街上很显眼，我喜欢看这种美丽的花，它的颜色很少有。我看见就拍，司机为我放慢速度，从这点儿可以看出他是一个善良的人。快到了，他下去问了几次才找到危地马拉领馆。领馆在一个富人区，虽说司机不会英文，我那几个西班牙单词还是可以用的。我们到时，已经超过了两三分钟，门卫问："干什么？"

我说："办签证。"

他说："太晚了。"

我说："才不过两三分钟。"

"已经一个小时了。"门卫说。

怎么回事，不会是夏时制吧？我用微信问小李，她回信说："昨天刚变的。"

只好回去，我一路上夸墨西哥城的蓝花楹，司机很高兴，我又夸"人类学博物馆"，他更高兴了。我们俩像聋哑人连说带比画。

我和司机说："明天十点来接我。"他答应了。如果今天不是周一我还可以再去一次"人类学博物馆"。我觉得我还有好多东西没有看清楚。他没有宰我钱，以我在墨西哥城的经验老年司机不宰人，他们还坚守老规矩，年轻人爱宰人。

我进了旅馆右边的食品店里，这里的服务员这几天老看见我，和我有点儿熟了。看见我拿了食品，就走出来，帮我去付钱。我叫了她的色拉和 TACO。她老是对我笑，让我等一会儿。整个中南美人拇指和食指离开一点儿，就是等一会儿的意思。这顿饭才 35 比索，

也就 15 人民币。我要了一杯果汁，她说："不要钱，这都包在饭费里了。"果汁有种淡淡的酸甜，很解渴。

我一边吃一边看着街上的人，这里拉丁血统多，印第安人也不少，混血儿很多，像中国人的不多。印第安人从身材看比较像中国人，只是脖子更短，脸较红褐色，从面孔看较像青藏高原和云贵高原的人。

我吃完了，她来问："finish?"

我说："西（是），finish。"

她赶快来收拾，因为这里只有三张桌子。昨天卖我冰激凌的老妇人也热情地和我打招呼。

下午，我做了一个泡面，打开一个番茄沙丁鱼罐头，这里的沙丁鱼的肚子里都是鱼子。

我订危地马拉的旅馆，打印了一份西班牙语的，一份中文的。又把墨西哥的入境卡也复印了一份。

好了，该睡了，明天还要去签证呢。广场上的声音没有了，只有教堂的钟声，看来节日过完了。

4 月 7 日

一早，我就起来，做好了去危地马拉领馆的准备。到门前去等出租车，结果过了二十分钟都没有来，我知道他不会来了。墨西哥人说话不算，即使是看来可靠的人，迟到也是常态。我只能叫车走了。这个司机也不错，他也没有宰我。昨天的那个小门卫帮我把门打开。我看他像中国小伙子，就问："中国人吗？"

"是呀。"他说。

我问："签证好办吗？"

"好办。"他很肯定。

"要办 A4 呢？"我问他。

他好心地说："你交 50 美元就是 A4，交 35 美元就是危地马拉一国的。"

"你是中国公司派来的？"我问他。

"不是，是这里公司。"他说着。

我下车坐上轮椅，小警卫把我推到签证处的门里，这里没有几个人。有一个年轻的签证官，头梳的油光水滑，人还亲切，看了我的材料，说还要一个信用卡的复印件和护照照片。他一看我这样，就拿着我的信用卡去复印了。

一会儿，就要我交钱，我说："我要 A4。"A4 可以去危地马拉、萨尔瓦多、洪都拉斯、尼加拉瓜。

他要 50 美元，给了他 60 美元，他一张一张仔细看，有一点儿破损，就要我换，三张竟然换了两张，他找回了十美元。

他又到后面去整理材料。过了一会儿，要我填张表。这时，来了两个中国小伙子，一问原来是华为的。我交了表，就拿到了签证。华为的小刘出来送我，我问他们什么时候去危地马拉。

他说："中旬吧。"

"我希望在危地马拉见到你们。"我真心地说。

我在门口等了一会儿没有车，小门卫说："我帮你叫车吧。"他进屋用电话叫了出租车。小刘的西班牙语不错，他和小门卫可以沟通，小门卫告诉他："要 10 分钟。"我送了他一条绣花手绢，门卫有点儿不好意思了。

车来了，这是没有顶灯的车，司机张嘴就要七十比索，好吧，这里很难叫车的。

我昨天已经问了在北京的大使夫人西班牙语的动物园怎么说，她用微信语音教了我几次，上了出租车我就说："动物园。"

他点点头。司机看我喜欢拍花，还停下来让我拍。他还主动在一个墨西哥的雕塑前停下来，我把相机给他，他跑过去拍了一张。

到了动物园，司机帮我把轮椅拿下来。我和他说："格拉厦斯，阿丢斯。"（谢谢，再见。）

动物园不要票，我进去，人真多，也不知道是因为现在放春假不要票，还是从来不要。

在门口的地方，有许多的摊位，像是义乌货。有卖一种五颜六色的带子，我怎么也想不出来干什么的。

这里有一种猴子，特别可爱，它们头上有像中国古代的女孩的两个发髻，身手矫健、极其敏捷、上蹿下跳，一刻不停，实在可爱。还有一种像猪的动物，五只排着队走，一走都走，一停都停。那么默契？像是被训练过的。

我有点儿困了，怕走太远，不回来。这个动物园比北京动物园大，有些地方造成热带雨林的样子，人之多，远超过动物。许多孩子脸上画上了动物的像。我这时发现了那些五颜六色的带子，原来是牵着孩子的。一个人拉着三、四个孩子，太聪明了。

蓝领阶层，总有一个男人提着十斤油桶那么大的塑料桶，里面一看就是自己兑的饮料。在动物园里的许多人用手机，还是滑屏大手机。墨西哥人的生活质量不差。

我觉得我不行了，要中暑了，墨西哥的太阳太毒了。我要出门打车，怎么找不到大门了？

　　我到了有许多摊位的地方，一个摊位上有几个年轻人，我送他们每人一个剪纸，告诉他们是中国的。一个男孩指着个女孩说："你带她去。"女孩很听话，推着我，一会儿就到了大门口。她还帮我叫车，这个司机说："180 比索。"

　　我觉得我快病了，就上了车。在车上我几次睡着了。总算到了旅馆，警察局就在旅馆对面，就给了司机 100 比索，这已经比正常的多了 30 比索了。他看这么近就有警察局也就没有说什么。我的一条经验在博物馆前和动物园等这种场所叫车，都会被宰。

　　我在旁边的店里买了水，回到房间，喝够了水，就睡下了。

4 月 8 日

　　第二天早上十点我才起床，洗了澡。为了让服务员打扫卫生，我下楼去吃饭。

　　我又过去一家，买了水果和酸奶。服务员还没有打扫完，她有时看见我回来就用她的钥匙帮我把门打开。她样子像是印第安人和西班牙的混血。

　　今天，我给自己放病假。

　　智利小宋介绍了一个小侯，他正在过危地马拉，这几天将开车赶到墨西哥城，我决定等到他再走。说实在的心里还是没有数，南美的治安到底怎么样？

4月9日

　　我觉得智利的签证应该下来了，可是在信箱里就是没有发现，倒是看见一封信里介绍世界十大名吃，第三名竟然是墨西哥的巧克力，中国的烤鸭才排在第五位。什么时候看见墨西哥巧克力得尝尝。

　　我决定去智利领事馆看看，虽然还有点儿不舒服，腿也有点儿软，还是决定去。

　　我到了智利领馆，一位可爱的姑娘拿出我的表让我看对不对，我指出我妈妈的名字拼的不对。这可麻烦了，来来回回好几次，我有点儿后悔，还不如不指出来呢。不过，他们终于给我签证了，75美元，一个月的滞留期。

　　回来的路上，看见学生在游行，我让司机停下来。这在所有的国家都不新鲜，只有中国难见到。我上了一个擦鞋的车，早想坐上来试试。这下好了，我坐在上面可以录像也可以拍照。警察被调动得跑步前进，警车也呼啸而过，如临大敌。这时学生和老师举着旗

104

子和标语牌过来了，大约两三百人，愤怒的学生老师喊着口号，电视记者也跟踪拍摄。

我看不懂西班牙文，也听不懂西班牙语，不知道为什么游行，回国一查，可不得了啦！

"2014 年 9 月 26 日墨西哥格雷罗州伊瓜拉市 43 名师范学校的大学生，参加左翼政治活动后失踪了。伊瓜拉市市长阿瓦尔卡夫妇畏罪潜逃，格雷罗州的州长被迫引咎辞职。"我知道墨西哥的黑社会是世界五大黑社会之一。学生集体失踪，暴露了该国政治的腐败和官员与毒品集团的勾结。从那以后，墨西哥游行不断。我看见的只是一个非常小规模的游行。

我真不知道我要是在墨西哥就知道这些事，我还敢一个人走南美吗？没来之前，所有的人都提醒我南美治安很差，走私贩毒非常猖獗。走着看吧，看见有危险就离开。

　　我写这部分的时候，又查了一下网络。真是骇人听闻！原来黑社会贩毒集团"联合战士"把学生都杀了，又焚尸灭迹，把最后的遗骨又扔到圣胡安河里了。在寻找这些学生的时候又发现了一百多具无名尸体。从去年到今年，墨西哥各个城市每个月都有成千上万的人走上街头，抗议游行，要求严惩杀人凶手，警民经常爆发冲突，尤其是伊瓜拉市的冲突不断。现在，被揭发出来原市长夫人安吉拉·皮内达是"联合战士"的资助人。这是什么社会呀？！43名大学生最少关系几百个家庭，那么鲜活的生命就结束了，培养这些孩子容易吗？说杀就杀了，还焚尸灭迹！写到这里，我久久不能平静。

　　我说怎么满街都是穿着防弹衣拿着盾牌的警察呢！

　　我坐在那擦鞋的车上，擦鞋的工人卖力地擦着鞋，他用了三种不同的鞋油，擦完又用布带拼命地勒，皮鞋比新的时候还亮。那工人的脸上洋溢着我久违的表情，一种对自己工作的满意和自信。虽然，他做着一种简单的工作，但是，我可以体会到他对自己工作热情。学生们走远了，我也该从座位上下来了，一问25比索。值得尊敬手艺人！

　　我在附近找车，有人让我上一辆没有出租牌照的车，我可不上，谁知道是什么人，一个人在国外要小心点儿。这个拉人上车的，只好给我叫了一辆出租车，可是，他一打表，不是8.74比索，而是26比索。我也不理了，知道已经没有多远。可是，到了地方，他要了我60比索，显然他的计价器是坐了手脚的，这种人不能惹，谁知道他是什么黑社会呢。出门在外安全第一，钱的事小。

　　我回房间休息了一会儿，就下楼去找我认识的那家中餐自助餐厅，我已经几天没有吃到中餐了，就像没有好好吃过饭。

小黄一看我来了，很高兴，问："那几个人呢？"

我说："他们孩子放春假，都走了。"

我拿了几块叉烧肉、绿菜花、虾，就坐下来吃。小黄问我要不要饮料？我要了一瓶橘子汁。

这里还有一个中国人小关，她是上菜的，人很好，总是乐呵呵的。我问她："还有扁豆吗？"我对墨西哥的扁豆有兴趣。

她说："你等会儿，我让师傅去炒。"

果然几分钟后，她端来了一大盘扁豆，她给我盛了小半碗。我看见做饭的师傅端着白米饭，就问小黄："有白米饭吗？"因为自助都是炒饭。

小黄让墨西哥女服务员去操作间拿。小关还帮我端来了汤，她们俩有点儿像来了亲戚。

我吃好了，等小关有点儿时间了，小黄在柜台里，随时说话都方便。我问小关："来几年了？"

她说："四年。"

"全家都来了？"我问她。

"是呀，我们一家四口。"她说。

我又问："你们老家在哪里？"

"开平。"她说。

我去过开平，就说："有好多碉楼的。"

她笑的更灿烂了："是呀，就是我们村。"

开平有许多著名的华侨村，正在申遗呢，一百多年前就有大批人到了美洲，挣了钱回去盖碉楼。清朝时，当地土匪多，华侨怕家人挨抢，就把碉楼盖得高瘦，四周还有突出的小碉堡，地板有枪眼，可以一夫当关万夫莫开。窗子通常是铁板的。对付小螯贼，可以说是森严壁垒了。

"这里比在家里好吗？"我问她。

她还是笑着说："比在家里好，就是累。"

我问："一个月多少钱？"

"我刚升了职一个月8000比索。"她很满足地笑着。

我一算才人民币3468.5元人民币，真的不能算多呀。北京的保姆都四、五千了。不过墨西哥的物价比中国便宜，还可以了。

小黄比小关小，她觉得这里和家里差不多，老公孩子都在这里，只好在这了。我问小黄："这里有中文报纸吗？"我知道所有的餐馆都会有免费的中文报纸，免费是因为上面有许多的中文广告。

小黄说："我给你拿去。"

她拿来一份《墨城华报》，听说这份报纸是台湾人出的。

我和小关说："让孩子好好上学，才有出路。"

她有点遗憾地说："大儿子已经19岁，去工作了，他不爱读书。"

"那小的要好好培养。"我说。

她高兴地点点头，说："我给你拿点儿水果来吧。"

我说："我要哈密瓜，红色的。"

小关告诉我："这里的哈密瓜不好吃，一点儿也不甜。我们那里的又甜又脆。"

我问："那西瓜呢？"

小关摇摇头："也不甜。"

我不要了，我不喜欢不甜的水果。

就要了一瓶可乐。等我结账时，发现小黄没有收我的可乐钱。我坚决不让她请，还给了墨西哥女招待 10 比索，因为她几次招呼我。

我和小黄小关再见，可能这辈子再也见不到她们了。

我回去的路上，有几处音乐组合，有弦乐四重奏，还有残疾人要钱的，我的硬币又给出去不少。

回来旅馆，我用楼下的计算机订了坎昆的旅馆，用中文和西班牙文打出两份。又让北京的小曾，把我去坎昆的机票出票。

回到房间，和小侯联系好，我怕他们开这么多天的车，太累了，就订晚班的飞机，让他们从容一点儿。

明天我要去看看艺术馆，不看会后悔的。

《墨城华报》上面的几条消息：

《LAPO 警员被控带墨西哥公民非法入关》来源：新华网 周一联邦检察官对洛杉矶警局（LAPO）一名十年警龄的警员以及另外一个人提出控罪。他们试图将该墨西哥人藏在汽车的后备箱中，并试图开车越过奥塔伊梅萨边境线。

《墨西哥逮捕多名警员涉嫌索商人 200 万元》来源：国际在线据外媒报道，墨西哥当局称，警方再北部边境城市马塔莫罗斯拘留

了 7 名涉嫌勒索的警员。墨西哥国家安全委员会发布声明称：这 7 人在马塔莫罗斯机场被捕。

《墨西哥 3 名嫌犯把 500 多万现钞塞裤内》来源：中国新华网 墨西哥当局今天表示，警方在墨西哥市机场发现 3 名男子的腿部异常粗壮，搜身后有了惊人发现：这 3 人身上绑了 280 万墨西哥比索，（18 万 2000 美金，约 577 万现台币）现钞……当局查获这些现钞后，将 3 人带回警局。

《13 岁"少年杀手"墨西哥被捕持 AK47 为团伙卖命》来源：中国新闻网 墨西哥一名检察官 15 日称，警方逮捕了一名携带 AK47 步枪、手枪、子弹盒和大麻的 13 岁的孩子。墨西哥东北部来昂州的检察官蛤维尔·佛洛勒斯称，专家对他们所发现的武器进行了分析，并未发现与任何犯罪行为有关。然而，法新社援引墨西哥当地媒体称，这个姓名并未公布的男孩是"少年杀手"为当地一个名为"Sinalocos"的团伙工作，并参与了蒙特雷市南部的几起谋杀案。检察官称，这名男孩已经获释，但面临着持有武器和毒品的指控。据报道，这男孩是与一名年纪较长的男孩，以及一名 34 岁的成年人一同被逮捕的。

《踢爆墨第一夫人豪宅 记者失业惹众怒》来源：国际在线 墨西哥最知名记者之一揭发墨第一夫人争议豪宅新闻，却遭到电台炒鱿鱼。支持者愤怒，认为解雇这名女记者不羁是残害新闻自由。

《墨西哥男子遭警方屈打成招 入狱 23 年沉冤得雪》来源：新华网 一名墨西哥男子在 23 年前因地方警方严刑逼供被迫"伏法认罪"，墨西哥最高法院 18 日宣布没有有力证据可将其定罪，批准将其无罪开释。

《加拿大男子在墨西哥被殴打致死》来源：新闻网 墨西哥

LOSCABOS 度假时发生惨剧，一名加拿大男子被打死在沙滩上。据悉，这名 50 岁的男子被钝器殴打致死，当地检察官办公室周三表示，死因是严重的头部和骨头伤害。据当地媒体所言，受害者名为 Merty Gary Atwoon 加拿大外交、贸易和发展部拒绝对此人的身份、来历或者死亡原因发表任何意见。

4 月 10 日

我想着该去看看"Bella Artes"。就上街，这次我叫的出租车是一个好老头，他把我送到，没有敲我一分钱，我赶快把最后一条机绣手绢送他。

"Bella Artes"是一座在改革大道末端的一座剧院和美术馆结合的建筑，很古典很漂亮，它的右边是一座公园。我是从它后面的一个下坡自己慢慢遛下来的。在"Bella Artes"前面有一些雕塑，我先去拍了照片。一进去，就有管理人员来，带我去买票，我想去队尾，那人让队伍停下来，叫我最先买。我谢过等在后面的人，就放进去一张一百比索的票子。卖票的问就是我一个人吗？我说："西（是）。"

她撕下一张票，连同一百比索还给我。这里多少钱一张票我就不知道了。我看了一下每楼都在展什么，还没有看明白，就被别人推走了，他把我推到一个楼梯边，那里有一个电动的简易电梯，也可以叫升降机。我在纽约"大都会博物馆"用过这种电梯。他去拿了一把钥匙，可是不太会操作，他按了这个键，又按那个键。自动扶手一会儿开，一会儿合，幸好我反应比较快，要不就打到头了，

试了五六次也试不好，我们俩都乐翻了。他只好去叫了一个明白人，那人要我按住一个键要一直按住，我不能拿自己的性命开玩笑，这玩意儿不是真的电梯，就是底下一块铁板，一个扶手把我圈在里面，剩下的地方都是空的。我想我一撒手有可能就遛回去了，就使劲地按住。他让我松开手，我还是把前后左右都看清楚，了才放开手。谢过他，我就开始自己参观这个美术馆。昨天，我在网上查了一下，有人说没有什么好看的，有人说很值得看。

我先来到第二层，看的是现代建筑展览，怎么回事？有些我见过，还是国内获奖的作品。不是国内建筑师抄这里的，就是这里的建筑师抄国内的。或者，他们做过同样的梦？我又看了艺术馆建馆的设计图纸及模型。真精细呀，看设计图也是一种享受。

我又上了一层楼，这里的第一张画，就让我瞪圆了眼睛。我用手机拍了照片，发出去。手机响，我一看菲利浦已经帮我查到了，这是墨西哥最著名的壁画家迭戈·里维拉（Diego Rivera）的画作《托洛茨基和第四国际》。

托洛茨基（1879、10、26~1940、8、20）犹太人，富农家庭，他受到过很好的教育，前苏联是把列宁的像和他的像并排挂在一起的。托洛茨基是世界历史上最重要的无产阶级革命家之一，列宁的最亲密的战友，第三、第四国际的主要缔造者。对古典的马克思主义不断革命和世界革命有独创性的发展。他曾是三个人民委员，也就是三个部长，有非凡的讲演能力。但是，他也应了中国的一句古话："秀才造反十年不成。"在取得权利时，是没有什么可客气的，知识分子理论能力强，该夺取政权时就别客气了。列宁去世后，斯大林夺权，把托洛茨基赶出了苏联，他流亡过多国，最后到了墨西哥，在这里成立了第四国际。他儿子到法国做阑尾手术，死在了法国，估计是斯大林他们干的。他住过迭戈·里维拉家，和迭戈·里维拉的妻子芙列达·卡罗（Frida Kahio）有染。搬出后，托洛茨基被斯大林派人暗杀，那人二十年后放出来，回到苏联，获得英雄般的待遇。

迭戈·里维拉（1886~1957）他年轻时在马德里和巴黎学习绘画，回到墨西哥，他在形象的刻画、色彩配置和空间的处理方面都显示出了高超的功力。形成立体主义、原始风格和前哥伦比亚雕塑相融合的风格。他经常地和各种女人约会，为这事，他和夫人争吵不断。

芙列达·卡罗（1907~1954）是迭戈·里维拉的夫人，画家，她有1/3的画作画的是她自己，可见是一个自恋的人。她小时候患小儿麻痹，又遭车祸，身上11处骨折，后又被截去一条腿。她长的漂亮、娇小，有两条浓密的眉毛，几乎连在一起，甚至还有点儿小胡子。她自己也有许多男友，她勾引所有她看上的男人。她还是一个双性恋者。

《托洛茨基和第四国际》画上左边的是列宁，右边是托洛茨基，可见托洛茨基在墨西哥人民的心目中地位是很高的。下面一排，我觉得是六个兄弟党在宣誓。但是，这画好像画了六个耳朵不好的人，

用手拢着耳朵。左数第三个的那个人很像是一个中国人，戴着礼帽，亚洲面孔。没有共产党员的光辉形象，有点儿像电影里的特务。不过，那时这样的打扮可能极其普通。作为背景的是苏联红军的整齐的队列。

第二张，把我给看晕了，我回到北京这么久，也还是没有回过味来，这里都画了些什么呀？！内容之多，简直让人消化不了。这幅画，菲利浦也帮我查到叫《男人在十字路口》，是迭戈·里维拉的作品。原来在纽约洛克菲勒中心，受到艺术家们的抗议，纳尔逊·洛克菲勒责令其修改，遭到拒绝后，在画作完成前它被销毁了。迭戈·里维拉只有黑白照片，他在墨西哥又重新画完了。画里有列宁的形象和苏联劳动节的游行，有宇宙的控制器等等，真是一幅疯狂的作品。

这层楼的画作太震撼了，我从一进门，就心跳加快。

后面几幅，有三幅一组的，管理人员不让我照相。我见到墨西哥人在拍照，管理人员就不管，我只能遵守，但是很不服气。我只能对着画讲了，第一幅：在这幅画的最上面有一个巨大的头颅，显然是统治者，龇着牙，他下面的人腰缠子弹带在挥动鞭子，其余是一些牛头马面的吹鼓手。

第二幅：几个玛雅人头戴着羽毛的头冠，在自己的家园，有人拨动琴弦，有人手拿着匕首，准备保卫家园，远处隐约有敌人已经来了。

第三幅：骄傲的白种女人在牛头马面的帮凶簇拥下，有人给提着钱袋（显然是抢了玛雅人的黄金）有人挥动黑色的旗子，庆祝他们的胜利，一群丑态百出的人。

我看的热血贲张，满腔热血已经沸腾！我看过几本玛雅历史的书。那么辉煌的玛雅文化，就被西班牙强盗都给毁了，玛雅人对待金子，没有世俗的观念，玛雅人认为那只是供奉给神的器物。西班牙人竟然抢了以后，都熔掉，运回国，献给皇家，自己再拿走奖励。现在博物馆里的展品，我猜是后来考古的发现。一个和平的民族被西班牙强盗整个整个村庄的杀光，强盗们毁坏的是文化、文明、技术、科技……那么好的天文学也失传了，我的眼泪流了下来。我从来没有因为看画流过眼泪，这是第一次。一种愤恨充满了我的胸，印第安人太善良了。

旁边一张，就是英勇的印第安人骑着马，用匕首与火枪在与敌人拼死战斗的画。眼泪又忍不住涌出眼眶。

墨西哥的画家不仅是战士而是勇士。他们在努力表达这片土地的心声。中国的画家多画鱼虾山水，比墨西哥画家的社会责任感

差之千里，这些画留着教育墨西哥的世世代代，会流到他们的血液里的。

边上的一幅巨画，是表现胜利的，戴着巨大珍珠项链的贵妇被推倒在地，贵妇每个指头上都是宝石的戒指，保险箱被打开了，象征财富还给人民，民众在熊熊烈火和红旗的映衬勇往直前，印第安勇士拿着他们特有的匕首杀向敌人。

这简直就是革命博物馆，让我浑身热血沸腾，到墨西哥如果没有看到这几幅画，就太遗憾了。

我回到二楼，在精致的咖啡厅，我要了卡布奇诺咖啡和蛋糕。刚从上一层的战斗情景中出来，坐到这里像个资产阶级，很不协调。可是我要体会各种人物的感受，包括资产阶级。我安慰自己，这里已经属于人民，一般人都可以在这里享受。我环顾四周只有我一个黄种人，其他都是白人。显然，我在欺骗自己。

高大舒适的大厅，一个比门还大的窗开向公园，盛开的蓝花楹林是一幅很美的图画。我慢慢地品尝，蛋糕细滑，还有一些极细的杏仁碎屑，卡布奇诺一般，一共 65 比索。

　　我心潮澎拜地往回走，我知道离开旅馆不远，我想试试，自己回去。结果又碰上了一家自助中国餐厅，我问老板娘："哪里人？"

　　她说："广州的。"

　　"我老去广州，什么时候来的呀？"我接着问。

　　她笑着说："已经二十年了。"

　　我要了一份外卖带回去吃，伙计一看我和老板娘说话，就给了我好多的炒饭，哪里是炒饭，就是酱油和菜拌饭，三个春卷、一个炒扁豆、一个蔬菜汤。够三个人吃的。

　　我回到楼下那个我常去吃饭的地方，问那个每天和我打招呼的服务员，可以在这里吃吗？她点点头。

　　我坐下来，开始吃饭，味道真不怎么样，春卷什么内容也没有，一点儿洋白菜。就是扁豆好，因为熟了。

　　我先去楼下把账结了，三百美金还我 1000 比索，一天 100 多人民币，十几美元，真超值。

　　我回房间，这时小侯来电话了，他们已经接近墨西哥城了。我希望在他们来之前，把文章写完。

　　我正在想是我该下楼等他们呢？他们的车不好停，还是在这里等？

　　他们敲门了，一共两个人一个小侯一个小刘，我还以为最小也要 40 多岁呢，没有想到是两个 80 后。

　　我们坐下就聊，完全没有代沟。这两个孩子说：我们 80 后最倒霉了，一工作就赶上拼爹，我们俩也拼不过人家，那就拼命吧。

我们去过四十多个国家了，在南美我们就是买矿。"

真了不起，谁说 80 后不行，肯定是后浪推前浪，一代更比一代强。

我说我刚看了的那些画，我的血还没有凉下来呢。

他们说："有些地方，90 年代还在杀印第安人呢。只是这 20年才停止。"

我说："看了这里的人类学博物馆，在国内也看了点儿人类学的书，我拍的照片微信给国内的朋友，他们说：'怎么那么像中国人哪？'我说我专找像兵马俑的拍，还有的像藏族，那里还有一条龙，太像中国的龙了。"

"我们也要去，我也想过这事，这里的人比较矮，我们想我们被匈奴打来打去很多次，人种早就不纯了。他们在一个相对比较封闭的地方，血统比我们纯，所以，我们长的不太一样了。"小侯说。

这话有道理。我知道山西北部，有些眼睛黄色的人，有些身材一看就不是蒙古种而是高加索种。我去呼和浩特之前，以为那里的人都像外蒙大脸，颧骨突出，结果到呼和浩特一看，竟然有不到 1/10 的人像新疆人或者俄罗斯人。确实是中国人种早就不纯了。

他又接着说："我们在墨西哥北部碰上一个第三代的中国人，他们家原来是书香门第。爷爷到美国念书的，那时，美国人歧视华人，他一溜达就到了墨西哥。本来他想回国了，可是听说他的家人都因为水灾去世了。他就又返回来，船碰上风暴，他九死一生地爬上了岸。就在当地一点一点地做起来，最后做到了几百人的大厂。1910年革命，他被赶出家门，成了一文不名的人。他又慢慢干，又发了，结果二三十年代的一场革命来了。那时，他已经有了一个墨西哥媳妇，媳妇带着孩子跑到外省的亲戚家，他自己在地窖里待了整整一年，最后，他跑出去，找到了他的家人。他又一次从头来，到这一代都看不出什么中国人的样子了，也不会说中国话，连自己姓什么也不知道了，他发展的不错。中国人真是顽强，我们在这里没有看见中国人给人扛大包的，给人送货的。都是做个小生意，自己做老板。"

我接着说："我在欧洲看见赤手空拳出来，平均六年就做老板。所以中国人出来苦不了多少年。老祖宗交给我们的要储蓄、勤劳、会做饭，使海外的同胞都受益匪浅。"

"应该还有些政策，让更多的人出来，减轻国内的压力，中国土地都污染成什么样子了！"他们说。

一百多年前的清朝官员也这样认为。

小侯说："应该在中国办一个国家级的厨师学校，这里的中餐把名声都搞坏了，太难吃了。"我十多年前也想过这事。

"我问一下，危地马拉危险吗？"我得把我要问的问明白。

"怎么说呢，应该是危险的。你就在人多的地方，千万不要去人少的地方，晚上，不要出来。有一次我们前后两辆车在枪战，我们的车加在中间，很危险。"他们说着。

我想只能靠运气了，希望我的运气好。

小侯说："我要在墨西哥申请一个大学，好好把西班牙语学会。"一个有追求的孩子。

我和这两个跟我女儿差不多大的孩子聊天，觉得他们这一代比我们有思想，少框框，为他们高兴，也为国家高兴。他们说明天中午来送我，好吧，因为我还跟他们没有聊够呢。他们走了。

我就给小李打电话："明天有朋友送我，你忙你的吧。"她经常一个人带孩子，也不容易。

4 月 11 日

早上起来，先洗澡，然后就是收拾行李，都搞好后出去吃饭。我又到了那家有玉米粽子和油条的餐厅，要了牛奶和两个煎鸡蛋。一共 65 比索。吃完饭我把小费加在一起放在桌子上。

回来的路上，我又和旅馆边上做快餐的大妈打招呼，我没法告诉她，我要走了。

回到屋里，小侯来微信说他们已经来接我了。

小侯准时到达，说："咱们就不吃饭了。"

我刚吃完，看来他们没有吃，可能来不及了。我把剩下的两筒鲍鱼罐头给他们，太重了，我不想背着走。

小侯帮我把行李搬下楼，我上了他们的车，怎么不是小刘，是一个姓曹的大个子。小曹天津人，开车技术堪比赛车手，更妙的是，他娶了一个墨西哥的媳妇。我说让我看看，他打开手机，把照片给我看，是一个漂亮的姑娘，是白种人。他还入了墨西哥籍。他说："我没有办法适应中国那种成天要哈着领导的日子。"

"我也没有办法适应，也过了这么多年。"我说。

他声音大起来了："我都动手了。"

我可不会，我是谁也打不过。

他是 2001 年来到墨西哥的，他说："我遇到的危险可多了，我还和黑社会坐在一起过。"他开车说话两不误。

"你和黑社会坐一起干什么？"我很好奇。

他笑了："谈生意呀，他们掌握矿山。"

我还是对他和他媳妇感兴趣："你们是怎么认识的？"

"在交友网站上，她老板是中国人，她对中国人印象很好，有兴趣。"他可乐了。

"有孩子吗？"我想看看那个混血的小孩。

他在笑："还没有。"

"你多大了，快点儿了。"我看看他应该也不小了。

他都四十了，女的比他小不少，得要孩子了。

"你带她回中国了吗？"我问。

小曹说："还没有呢。"

"他们的家人没有反对吗？"我就是好奇心重。

"我们这些北方人就是有点儿大男子主义，有一次我和我媳妇说话，别人实在看不下去了就训我说：'你怎么可以这样和女士说话？！'还有一次，我在车上和我老婆说话，我老婆说：'咱俩再一起你怎么说都行，我妈妈在车上，你不能当着我妈妈这样和我说话。'"小曹也知道自己的毛病。

我说："你改改，文明点儿。"他笑了，他是那种很有血性的男人。

"墨西哥的节怎么过不完了，昨晚又吵死了。"我抱怨着。

小曹说："他们每个周末都这样，小区里也是要闹到半夜。"我才明白，原来墨西哥人这么乐呀？难怪有种说法："墨西哥人是世界上最快乐的人。"

所以，请要来墨西哥的朋友们注意，如果赶不上复活节，赶上一个周末也可以。

说着就到了机场。小侯下来帮我搬行李，让小曹先出去等。

"有事，你打电话。小曹的西班牙语不错。"他说着。

我还有两个多小时才登机，就在机场里面转。我进了一家店，

不知道是卖什么的，看着像一块一块的蜡，后来在一个盘子里看见许多小丁，还插着牙签，我才知道是吃的，就拿了一块一尝，原来是蜜饯。这里有整大块的菠萝和整大个的无花果，还有好多就认不出来了。这里的蜜饯真大块儿。

我又进了一家店，在这里我看见了金币巧克力，我买了几块，因为这是世界第三好吃的东西，还超过北京烤鸭，我得尝尝。就叫售货员来，她真是太聪明了，她没有拿大袋的，只拿了最小的包装6块的。我吃了一块，不觉得比瑞士巧克力好吃。

我又去买了一个小三明治和一罐蓝莓饮料。

登机了，飞机不新，却很舒服，座椅之间的间距大，腿可以伸开。飞机晚点，反正没有人来接我，飞机冲上云端，我戴上墨镜，太耀眼了。墨西哥城也是一个污染比较大的城市，我去这么多天，从来也没有天特别蓝的时候，所以钻出云层，我就有点儿不适应了。

再进入云层，我看见了树林，成片看不到边的树林，和树林中间闪闪发亮的湖泊。其中，有些湖是花花的、白色的，什么泡沫就不知道了，没有清澈的水。

坎昆到了，这个世界出名的旅游胜地，中国人知道的不太多。

一个棕色的女服务员一直推着我，我给她一条丝巾，她高兴的脸都发红了，我告诉她："这是中国的。"

那个帮我拉行李的男人，眼里透出羡慕的目光，我也就送他一条。他们都有点儿受宠若惊了。

一辆中巴拉着我们一车人到各个旅馆。坎昆真是一个度假胜地，沿路都是五星级的酒店，比三亚还好。我前面是一个漂亮的一岁多的小女孩，我给了她一个剪纸，她爸爸告诉我他们是从多伦多来的，我告诉他们我是从北京来的。

　　我是最后一个下车的，我办好手续，到了电梯边上我的房间，有一个可以睡三个人的大床。卫生间也比我在美国的汽车旅馆大三倍，是墨西哥城那家旅馆的五倍大。

　　于是，我决定再多住一天，我可能再也不会来这里了。我上网又加了一天。我想给在伯利兹的朋友打电话，就用微信问小侯，怎么打？小侯很快回答说："510"那就是国家号了。我有点儿不相信，这么容易吗？我一试，果然通了，那边是32年没有见过面的朋友，他们是在台湾长大，获得日本农学博士的夫妇。对方欢迎我去，还告诉我怎么坐夜车过边境到伯利兹的"ORANGE WALK"，说要多穿点儿，夜里会很冷的，他们还告诉我了信箱。多刺激呀，我一个人独闯伯利兹，还是一个和中国没有外交关系的国家，一个世界著名的制毒、贩毒非常猖獗的地方。长途大巴在ADO，我也不知道这是发音还是字母。

三　坎昆

4 月 12 日

　　坎昆的意思是"挂在彩虹一端的陶罐"，是欢乐和幸福的象征。1972 年开始开发，到 1975 年就开始接待客人了。坎昆是国际著名的旅游胜地，在尤卡坦半岛的东北角，加勒比海的边上，年平均温度是 27.5 摄氏度，分旱雨两季。全年晴天 240 多天，阴雨天 50 天左右，热带气候。

　　坎昆全长 21 公里，宽 400 米，是一个蛇形岛屿，西北和西南与尤卡坦相连，隔海与古巴相望。沿路都是白色的知名旅馆，这里与迈阿密几乎相同，但是价格比美国低一些。有著名的白沙滩、珍珠沙滩、海龟沙滩、龙虾沙滩。

　　早上起来，阳光太大了，我觉得有必要在房间里戴墨镜。我到晒台看了一下，断定我这房间朝北，如果朝南，该有多晒呀。我在墨西哥城大概 19 天，从没有见过这样蓝的天，回来中国看了朱祥忠大使写的《拉美亲历记》里面说："驻墨西哥城的使馆工作人员每月有污染补贴。墨西哥城的孩子画画从不画蓝天，只画灰色、棕色、黑色的天空。"就可见墨西哥城污染有多厉害了，可是还没有北京厉害。

打开电视，正在放一个中国的武打电影，怎么我一个人也不认识呀？这个电影是哪里拍的都不知道，香港的？台湾的？新加坡的？我看中国电影少，其实外国电影也不多。听说话总应该可以听出来是哪里的？可惜他们都说西班牙语。幸好电影很快就结束了。

我坐下来，就写，一直写到下午三点。我把所有的比索倒出来一算，还有两千多呢，怎么花呀？我下定决心，加的一天房钱用比索付，把大头花出去。昨天登记入住，他们非要我付美金，奇琴伊查一日游也要的美金。

我下楼把续房的手续办好，真的交了900多比索，比我在墨西哥城订的贵了不少。我叫了车就去吃饭，我和司机说："CHINESE FOOD"。

司机把车开到一家"香港"的自助餐厅，这么点儿路要了我50比索。我坐下来，东张西望没有找到一个中国人，可能后厨有中国人，反正前面一个也没有。饭做的有模有样的，就是不好吃。这顿饭要了200比索。这里可是墨西哥城两倍多，也不到20美元。吃好了，我在门口等车，有个姑娘来问我："要不要帮忙叫个车？"

我说："好。"我以为是服务员呢，其实她也是来吃饭的。后来，我才发现她的妈妈抱着她的孩子，我送她和她的孩子剪纸答谢。这一家人都对我报以笑脸。

我和司机说："去ADO。"原来ADO是长途汽车公司的名字，我买好了14号夜车去ORANGE WALK的票，共552比索。这里和中国的长途汽车站差不多，人很多。

我开始转坎昆，坎昆真漂亮，海洋的颜色是深蓝，和那种接近祖母绿的颜色，和我们的南海颜色差不多，所有的旅馆都是白色的。

我也去看了贫民游泳的地方，破破烂烂的。我也去看了来度假的人游泳的地方。我想海水并不因为你有钱就更好些，在海里就公平了。坎昆是比三亚更大，是更成熟的旅游城市。它商业化得更厉害，在三亚找个商店都有点儿难度，这里有整条的商业街。

我坐的这辆车实在破，在北京是看不到的。司机是个好人，黑红色的脸庞，我指哪里，他去哪。我要拍照时，他就给我停车。我想按照开车去餐厅那人那么要价，我还不得给他 500 比索。下车时他给我写了 300 比索，我赶快多给他点儿。

我回房间就拉肚子，我想是那个餐厅不干净。我怀疑黄连素带少了，不管了，到伯利兹，让朋友给我想办法买点儿药。

我打开信箱，伯利兹的朋友说："我认识你先生和你父亲，我们会在早上开车在 ORANGE WALK 等你。过了伯利兹边境的第一站下车，过边境坐大约一个多小时。"我把危地马拉的旅馆给退了，因为我不知道要在伯利兹待多久。

好吧，我做好了准备夜闯伯利兹，应该是一次惊险刺激的旅程。

4 月 13 日

一早起来，我就做好准备，去向往已久的奇琴伊查。我坐在门口等着来接我的车，门口海风吹过，不冷不热真舒服。一对母子也在等车，我们聊了起来，原来是母亲 69 岁的生日，儿子带母亲来度假，墨西哥人也同样的孝顺嘛。我以为我们是同一个旅行社，谁知道是不同的旅行团。他们的车先来了。大男孩说，我们会在奇琴伊查见到的。

我带了一条丝巾准备给帮助我最多的人。我在面包车上看见一个漂亮的母亲带着一个男孩，我就给了男孩一张剪纸。哪里想到后面两个孩子也是她的，我又发给其他的孩子剪纸。那漂亮男孩，老是朝着我笑。

　　我们车上有两个导游，一个抹着浓妆的女士，屁股超大，坐在我旁边，我老怕她坐到我腿上，看来她很有经验，从未坐上来过，不过我猜她有半个屁股在椅子外面。另一个男的，一副油子相，这两个人我都不想给他们丝巾。

　　女导游上车就介绍印第安人的数字，还有黑曜石。并拿出了样品，确实很漂亮，用黑曜石刻的印地安头人的像真美，石头里有种闪烁的光。可是，我没有办法背着块石头走那么多地方。最后，她说道印第安人是从亚洲来的，因为印第安的小孩子生下来，屁股上有一块青，长大就没有了。

　　第一站，车子把我们拉到一个商店，这里卖黑曜石、银器。这时，太阳大了起来，因为没有一点儿的云彩遮挡，温度很快升高。我什么都不想买，就去卫生间，怎么到了一个浴室？这么多间的浴室没有人。我猜想一定是这里特别热的时候，没有心思买东西，先招待你去淋浴一下，就会有购买兴趣了。

我回到车上，没有想到女导游去看了浴室没有人，真的带着我们车上的人去淋浴了。

我后面的夫妇，大概是德国后裔吧，男的足有两米高，女的也有一米八。他们和我不去洗澡。洗完澡的人什么样的都有，有些真不雅，别人不在乎，我也装做没看见。接下来又带我们去吃饭，我的肚子还不好，还是饿着吧。看着饭也不好吃，一种各种颜色的拌饭、鸡、佛手瓜一样的蔬菜。这顿饭 12 美元，我只能放弃。

橘子水要 20 比索，在墨西哥城可以买三大杯鲜榨汁了。我等着到伯利兹的朋友家吃点儿白粥和咸菜、酱豆腐。我旁边的两个女士和我聊起来，她们是巴西来的。这时，来了两个盛装表演舞蹈的孩子，女孩穿着白色长裙，身上三层都绣上了色彩鲜艳的花。男孩戴着帽子也是一身白色，双手背后彬彬有礼地跳着墨西哥舞。我把剩下的比索给了他们。他们听到哗啦啦的声音，很高兴。

好不容易又上车了，下午三点才到奇琴伊查，我看看还有三张剪纸就给了一个黑人家庭，他们有三个孩子。

在上坡的地方，都是我第一个给剪纸的男孩在帮助我，导游根本不管。我在摊位上买了三件墨西哥风格的花衣服，一件送伯利兹的朋友，一件送智利的朋友。到了人家家里总不能没有礼物呀。在这里有人碰了我一下，我在这儿没有熟人呀？回头一看，原来是旅馆门前等车的母子，真让他说着了，我们又见面了，我想起来，今天是她妈妈的生日，就把丝巾送他妈妈了，说："祝你生日快乐！你是我姐姐。"她儿子给她翻译，她抱着我就亲。

奇琴伊查是古玛雅城市遗址，建于公元 435 年。在尤卡坦州南部，南北长 3 公里，东西 2 公里。有建筑数百座，是玛雅文化和托尔特克文化的遗址。"奇琴"是"井口"的意思，天然井是建城的基础。

奇琴伊查最著名的是卡斯蒂略金字塔，也叫羽蛇神金字塔，它呈 45 度角，高 27 米。它是玛雅文化的标志物。

在春季、秋季昼夜平分点，日落日出时，建筑拐角的金字塔北面的阶梯投下羽蛇神的阴影会随着阳光向北面滑行下降。

古代中美洲的城市中，在旧的金字塔上加盖一个大的新金字塔，卡斯蒂略也同样，北面阶梯上有一个入口，但因一次致命的坠落，就不再开放了。

卡斯蒂略金字塔在我的眼前出现了，它在古代应该是怎样的圣殿呀！现在，这些人肆无忌惮地走来走去，随便说话，导游还在讲什么地方有回音，还带着人们拍手。要是我管理这里，我会把票价提高，只让少数人进，这里的空旷会产生神圣感。

我有点儿不敢靠近它，我真得觉得有玛雅人的眼睛在看我们。我能感觉到神秘、诡异、敬畏。在金字塔最高的地方，有类似中国

古代的饕餮纹，很像一个脸。夕阳西下，卡斯蒂略金字塔完整地、庄严地、高贵地屹立在那里。这是玛雅文化最有代表性的文物了。我有意离开人群，我要让印第安人知道，我和他们不一样，我尊敬印第安文化，我是同情印第安人的。

　　我不愿意让别人等我，我就早点儿出门了，那里有几个戴着面具的青年，可以说个个青面獠牙，有的甚至就把骷髅挂在脸上，光着的上身，身上画上纹饰，戴着羽毛的头冠，这些青年真有点儿吓人。他们跳着不知道是祭祀舞还是像中国西部的傩戏。我要从一个坡下去，没有人帮忙，有两个装扮好的印第安人来帮我，我赶快让人帮我照了一张相。他们来推我，真让我受宠若惊！

　　回来的路上，大家都睡了，我也是一个觉接着一个觉，天快黑时，我们过一个小城，这里就是尤卡坦，可是太小了，比中国的县城都小。有些人去买冰激凌和一些像卖煎饼的摊位买吃的，我都没有兴趣。

　　快到坎昆的时候，女导游说："请大家准备钱，20美元、10美元、5美元都可以。"这就是要小费吧，贪婪之心，都在脸上。每个乘客下车，她都看一下那个篮子，有四个人只给20比索，也有给1美金的。我给她2美元。

　　到了我的房间，我的门又开不开了，我只好又下楼去前台，他们要我补198比索。可能我来了再加一天，就没有优惠了。算了，

给她吧，我没有力气和她计较。我问她："换美金吗？"

她说："要去商店换。"她用嘴指着电梯旁的小店。

我过境也许会要交钱，不管了，就交美金吧。

4 月 14 日

一早去洗澡，回来，我量了一下血压，别提多正常了，80-120，心跳 70。

昨天，网络一直不正常，我就早睡，所以血压就正常了吗？还是没有吃什么饭，就正常了呢？

我晚上才去伯利兹。白天，我要静静地看大海，就叫了出租车，司机把我拉到一个很偏僻的地方，看见大海了。可是，这不是我要的大海，而且这里好像不安全。我叫他接着开，怎么办，他听不懂我说什么，还好，我还会画画，就给他画了一张大海的图，他一看就明白了，终于把我拉到我想去的地方，就是靠近市中心的海边，

三　坎昆

有一家餐馆，这里有一条吊着的大鲨鱼，做招牌。

我让司机下午 5 点来接我，他答应了。司机很老实，转了这么长时间，他才要了 200 比索，我给他 20 美元，就是 280 比索，我觉得他值这个钱。虽然他的车很破。

我在看海的一边坐下来，要了饮料。有一个船员来问我要不要坐船出海，我看了看，那些小艇上什么遮盖也没有，我不去。我知道在这样的阳光下，我会被晒掉皮的。我在桂林就有过一次经验，整个脖子像被熨斗给烫了，火烧火燎的。而且，这船开那么快什么

也看不清楚，我不是小孩，不需要这种刺激。他又问我要不要去潜水，我不去。晚上，我还有重要使命呢，这会儿就安安静静地放松一下。

我坐在阴凉地，我多要点儿可乐吧，让他们不会觉得亏。我一会儿一瓶，这里确实热。有几个年轻人要去潜水，教练教他们怎么用呼吸器。

来了一拨人，他们订了一条大木船，人都上去了，全都站

在甲板上这也没有什么意思。大船一会儿就开走了，船上桅杆的顶上挂着一面黑旗，上面画着一个骷髅和交叉的两根腿骨，像是一条海盗船。

柜台里的黑人个子高高的，人很亲切。

我请他给我菜单，我点了鱼和米饭，180比索。先上来了一些炸三角，和两种酱，这是墨西哥标准的前菜，不怎么辣。

鱼和米饭来了，我一个人吃不了那么多的鱼。这个台子上还有一对夫妇在吃饭。我实在吃不下，只能剩下。

最后一算账，竟然440比索，我给他钱，我觉得找错了，我问黑大个："不是1:4吗？"

他说："这里是1:2。"他们这儿也一国两制呀？

快到五点了，我出来等车，等了20分钟也没有，墨西哥人说话是不算数的。幸好我没有急事。黑大个去给我打电话叫车了。车来了，这些服务员热心地帮忙把轮椅放上去。回到旅馆50比索。

我感觉坎昆的价格比墨西哥城贵两三倍。

我回去先躺下来，在网上看了几封信。最好能睡一会儿，晚上才有精力去伯利兹。

八点钟，我叫了车去ADO长途汽车站。

长途汽车站里没有了白天的闹哄哄，只有稀疏的二十几个人。人少、天黑都是出事的必要条件。我要随时小心，但是，也没有觉得特别害怕。这里比北京的长途汽车站干净。

有六个美国青年坐在我的后面，不会和我一样也去伯利兹吧？

快10点了，服务人员把我轮椅和箱子放到下面的行李箱里。我最先上车，就选了坐第一排，我的双肩背包里有毛衣和羽绒服。那几个美国大男孩真的和我一个车。我看了一下，这车上只有一个印第安人，其他都是美国白人。还有一个光头的男人，带着一个高个子穿皮夹克的瘦女人，两人带了许多的东西，足有六七个大箱子，他们的样子不是毒枭，就是美国缉毒小组的人。全车一共不到二十人。

车上路了，路上还有路灯。这里没有沥青路，就是土路，还不时有一个要减速的包，司机倒是很专业，在这种地方都减速，稳稳地过去，没有让我们都跳起来，这东西还不少呢。一会儿，就觉得冷了，先穿毛衣。过了一个小时，不行，还得换羽绒服。

车开出很长的路，都有路灯，虽然很昏暗，但是总还有。我想墨西哥政府还有点儿钱。

四　伯利兹 ORANGE WALK

4 月 15 日

伯利兹在中美洲，是中南美唯一说英语的国家，面积
22966 平方公里，原始住民是玛雅人，十六世纪初，伯利兹
成了西班牙的殖民地。1786 年，英国取得了对该地的实际
管辖权，当时称英属洪都拉斯。1981 年脱离英国独立，新
首都是贝尔墨邦。伯利兹 1987 年与中国建交，1989 年 10
月 11 日，又与台湾建交。听说中国没有人愿意去伯利兹当
大使，拖了一段时间。台湾乘虚而入，不过台湾是花了大
把的金钱，1999 年到 2000 年伯利兹的 500 万外援有 1/5 是
台湾出的。洪都拉斯一直不承认伯利兹独立，它认为伯利
兹是它的共有领土。台湾称伯利兹为贝利斯。伯利兹主要
是印欧人种 Mestizo 和克里奥尔 Creol 人。前者是欧洲白人
与美洲原住民的混血，后者是欧洲白人与黑人的混血，人口
340844 人（2014 年）。

下半夜，已经到了早上四点多，过两国的边境线。墨
西哥这边，我们这车人睡眼惺忪地下来，在一个二十平米左

右的简单房子里，灯光不甚明亮，大家逐一走到边防官的桌子前，你没有把入境卡，那张扑克牌大小的纸片丢了，交上就没事，每人收 25 美金的离境费，盖章放行。

　　大家都上车，又开了两分钟，到了伯利兹一方，这是一间大空屋子，昏暗的灯光，让人有点儿不安。我在网上查到伯利兹可以落地签，但是不是官方信息，是穷游网上的驴友信息，只有一两条。谁知道会出什么事呢？我最后一个办手续，我前面是一个美国小伙子，问他什么职业，他说："英语老师。"到我了，女边防官问我："有伯利兹的签证吗？"

　　我说："没有。"

　　她让我填了一个表，填完她拿进去向领导汇报，要了我一百美金，有点儿贵了，不过，只要她让我过去，我也不嫌贵。她来来回回走四趟，过了十几分钟，我觉得过了半小时了，心里七上八下的，如果不让我过，在这个漆黑的夜里，我去哪里？看来周围也没有旅馆。里面那个黑人，可能是她的领导，他示意我去那边的大走廊，黑乎乎的，他不会是想敲诈我吧？我心里真打鼓。他向我要了五十美元，给他，不就是要点儿钱吗？没想到他把一百美金退给了我。我有点儿惭愧，太小人之心了吧。那女边防官递给我护照，我心里的一块石头落了地。

　　检查行李的人也不那么认真了。我前面那两个带了六七个大箱子的还没有检查完。我的行李也没有怎么看。有个黑人帮我把行李推到车边上，我正在想，应该给多少小费呢，他的手指已经在捻了。我给了他 50 比索，因为一共也没有三十米。他显然不太知足，我也不管他，就上车了。车上这么多人，我料他也不敢怎么样，他快快地走了。

轮椅走天下

进入伯利兹，黑乎乎的，没有了路灯，路况更不好了，又增加了几分恐怖。黑灯瞎火的，不会有什么人拦路抢劫吧，这里可是南美走私贩毒最猖獗的地方，我提着心。路还转来转去的。我不太敢睡了，因为朋友说，再过一个多小时就到 ORANGE WALK 了。我和司机说过我到 ORANGE WALK，我怕他忘了，开过去，我就惨了。

天开始麻麻亮，真是过了一个多小时，车子停在一条土路的中间，我下车，看见了两个朋友来接我了。这时，我才真踏实了。在这种天涯海角还能看见朋友真有点儿梦幻。他俩说："你来电话，我们还以为是诈骗电话呢。"原来，他们也害怕呀。分别三十年了，没有多大变化，我是第一个从中国来看他们的人。人生三大乐事：金榜题名、洞房花烛、他乡遇故知。前两项，就别想了，最后一项还真有可能。

他们一边说，一边把我的行李放到车上。这个镇子比中国的镇子还小，房子之破，去过美国镇子的人，知道一些镇子上有一两座极破的房子，伯利兹好像把那些破房子都拉来似的。他们的旅馆在这镇子的长安街上，女主人卞博士要我吃当地的早餐 TACOS，我说："我就想喝粥和咸菜。"

不好意思，卞博士去煮粥了。

他们家三层水泥的楼房，一层自己用，还有公用电脑和一个小卖部，卖些饮料之类的，中间是他们自家的餐厅兼客厅。李博士前年中风，现在恢复的差不多了。我马上用微信，给他们拍照，发回北京，让大家看看还认识这对老朋友吗？很快有人回话了，北京的朋友们很高兴，我找到这对丢失已久的朋友。

我拿出送给卞博士的礼物，丝巾和墨西哥衣服。

　　这时，进来一个穿白色工装裤的高个子男人，朋友告诉我这就是 AMISH。AMISH 是几个世纪前从荷兰、德国边界通过俄罗斯、加拿大、墨西哥来到这里的人。我在加拿大的露天动物园见过这种人，他们比较保守，这是世俗的说法。但是，我觉得他们有些地方是对的，真想和他们住一段时间，搞清楚点儿他们的宗教和他们的理念。他们不用电灯、电话、汽车，只穿棉布衣服。女人穿深色的小花长裙，戴布帽子。卞博士看我感兴趣就说："今天就带你去看，正好今天工人没事，他开车去。"

　　我吃上了想了几天的粥，这两个朋友是学农的博士，自己会做酱菜，卞博士说："我做酱菜从来没有失败过。"我想她是用做实验的认真劲儿，就不会混入细菌，当然不会坏。

　　她做的咸菜还有点辣，出了美国，这是最舒服的一顿饭了。

　　李博士去拿了两个大海螺（CONCH）要送我。我怎么带呀？

谢谢了！实在没有办法拿。他说："以前这种螺很多，人们到海里找这种海螺，拿回来不是吃，而是找有没有珍珠，有一种粉色的珍珠非常值钱，有一个台湾女人每年来收这种珍珠，找到的人就发了小财了，这种螺已经很少了。有一个我们这里的人去海底找螺，他一抬头，看见一条公共汽车那么大的鱼在他的上方，他差点吓昏了。"

卞博士又去拿来了三块圆形小石头，黄白色的，两块大点儿，一块小点儿。她说："有一年一对美国夫妇，是中学地理老师，他们住在这里，向我们借了斧头，每天出去找这些石头，他们找到几十个，给了我这三个。你知道恐龙灭绝的事吧，有种说法，是一个伯克利大学的教授提出来的，他说是一个大陨石撞击地球时极高的温度融化了地壳，引发了地球几年的雾霾，大部分植物死了，恐龙也死了。你知道那个陨石掉到哪里了？就在尤卡坦的梅里达，飞溅了许多岩石，把地表打出许多又圆又深的地下洞（enote），你刚去过的，那些烧酥的外壳又崩溅到四周，伯利兹最著名的'蓝洞'就是外围的一颗，我们这里有一些

这样的洞，我们家的地里就有。这两个老师，就是来找掉到这里的碎片，这就是他们送我的。他们说，这些石头的成分和当地石头的成分和 ORANGE WALK 的完全不一样。却和梅里达的地质成分一样，而且陨石撞地球产生的高温，把碎片都熔成了圆球状，这几块石头飞的真够远，我坐了六个多小时车，才追上这石头。她又拿出了马雅人的石刀，她说在什么农场挖出来的。"

我开玩笑说："我也要去挖一个。"

她说："现在已经很难挖到了。"

李博士说："这里什么人都有，在这里看见比尔·盖茨也不新鲜。原来这里许多年前很多人种大麻、贩大麻。大麻为 Orang Walk 带来可观的财富，外地人都传说，Orang Walk 的人真有钱。有人说这里卫生间没有手纸了，就用一百美元的钞票当手纸。我们开旅馆多年，遇到各式各样的客人，就是没有见过你这样坐着轮椅的游客，你要破吉尼斯世界纪录吗？"

我真没有想过这事，不会吧，这事难度并不大，不会成为什么纪录的。

"我这里还住过一个加拿大富翁的女儿，长得像电影明星一样漂亮，身材也好。她来时，胳膊上包着纱布，她说被人打了。后来，我才看见，她的胳膊都被扎烂了，她是一个注射毒品的人。有一天，有一个人来说，你家的客人在公园里，一丝不挂的躺在那里，警察还来了。后来，她家的一个律师助理来和我说，她有什么没有给钱的，弄坏的，他都赔，马上写支票。听说她父亲每天给她 600 美金，所以她住在这里，有人想要她的钱，有人想和她上床，有人卖给她毒品。后来，她又来过，说她喜欢这里，这里就是她的家。我不让她住了，她太麻烦。"

"你看见刚出去的这几个年轻人，在世界上走了五年了，他们是住帐篷的，实在几天没有洗澡才住一天旅馆。他们自己带着煤气炉，自己做饭。"

我看见他们有一辆很旧的SUV，这些十几岁孩子不上学了，自己出来玩个没完。不过，他们若能用些心，可能比上学学的多。

卞博士先带着我去TACOS的工厂，这工厂不大，不超过十个人，每人照顾一个工序，设备也很简单。当地人都吃这东西，买一包就能过一天。这和墨西哥的TACOS差不多，就是一种不大的饼。

卞博士说："你看这个老板娘，她亲力亲为。玉米要先用碱水泡一晚上，泡软了之后，也就不容易坏了。然后，用机器粉碎，再一个一个地做出来。十磅一包。老板娘家盖了咱们刚才路过的漂亮房子。"

我看见了那个在这镇上算是漂亮的房子，也就是广东农村比较好的房子，还不是广东最好的乡下房子。

"这里的水不能喝，因为挖地没有多深，就是白白的石灰岩，水都成了碱性很高的硬水。我们刚来时喝雨水，每家一个接雨水的大罐子。在旱季的时候，有人卖水还发了财。我们现在的家有一口玛雅人的井。"

我们又上车，她家的雇工开车，车开到了一个加油站，我们的车要加油。卞博士接着说："这里的有钱人，都和毒品有关，你看这家连锁店就是国家副总理家的。他的伯父做过部长，外号大麻部长，他家的大人被抓到墨西哥，家人还可以陪着，所以副总理是在墨西哥长大的。那边那个橘红色的旅馆就是大毒枭开的，这个毒枭有个很好的朋友，两人像兄弟几乎无话不说。他们到了美国，一下飞机这个朋友亮出身份，他是美国缉毒小组的卧底，这位大麻部长被美国抓起来了。那边橘红色旅馆也是大毒枭开的。曾经因毒品在墨西哥坐牢多年被关在小岛上十几年，算是劳改吧，家人可以陪着，他出来的时候还有3100万，就开了这家旅馆，里面还有游泳池。我老公中风后，医生让他游泳，跟毒枭一说，他很痛快地就答应了，别人游一次5元，我先生游一次才3元。毒枭说他自己才游过三次。旅馆的伙计对我老公很客气，肯定是老板关照的。"

"我们家原来有几条狗，最漂亮的那条狗，清晨去玩毒蟾蜍，被蟾蜍的毒液喷到嘴里。它就用爪子抓我们的门，我们带它去看病，医生说来不及了。后来，当地人说：'你给它喝柠檬水就好了。'后来，我们又有一条狗也被毒蟾蜍刺到，我们就用柠檬水给它喝，它不喝，只好给它灌了，结果真好了。柠檬厉害吧？！"

真厉害！

"你看外海的那些小岛有些贩毒人买了，用飞机把毒品扔到岛上，有时没有扔准，扔到了海里，捡到的人就挣了大钱了，也有游客捞到的。北方公路有一段非常笔直，路两边都插上杆子，就是为了不让飞机降落。有时会有小飞机运来毒品扔在这里。毒品再转运到墨西哥。还有甚者有用潜水艇运送毒品被发现的。在河边，你看见有人好像在钓鱼，其实，那都是有人在树林里种大麻，那是放哨的。"

我们开车去看那些 AMISH。车子一下了跳了起来，原来是一个砌在地上让人减速的水泥包。卞博士说："这里人叫这个是'睡觉的警察'。"路上这东西还不少，要小心。尤其，这地太白看不清楚。

路过一个大院子，里面有几幢别致的木屋，她说："这是一个做杀毒软件的叫 Mcafree（迈咖啡）的房子。他的软件卖了 16 个亿。警察曾怀疑他私藏制毒设备和非法持有武器而闯入这个院子将他逮捕！虽然后来释放了。他在个人网页上骂伯利兹的政要而这些政要都说不认识他。他在美国杀了人，就躲到这里来了，还有四五个保镖和他在一起。他老是跑到镇上去和酒吧女鬼混，有一个女人拿着枪对着他，他还是喜欢这个女人，把她带到了美国。2012年他的邻居被枪杀，而迈咖啡嫌疑杀人，他逃到危地马拉，被关在危地马拉一阵子，后来，被遣送回美国。这位软件公司的创办人、科技大亨、大学教授，又变成了谋杀嫌犯的精彩故事据说被电影公司看上要拍电影呢。”

我们已经到了她家农场边。正说着，看见路边有许多的黑水牛。她说：“美国、墨西哥都到这里来买牛，一千美元左右一头牛，这家的牛老是跑到我们家的地里去吃草。”

“你看，这就是我家的地，都荒了。这里也有一个蓝洞，水里还有鳄鱼呢。鳄鱼老是爬上来晒太阳，工人还敢去游泳，他们不怕，还潜水。”

我说：“是小鳄鱼吧？”

“可是不小，鳄鱼肉有阿摩尼亚的臭味，给狗吃，狗都不吃。给猪吃，猪也不吃。有一个笑话说，鳄鱼原来有舌头，狗有一次借了它的舌头没有还，它就没有舌头了，狗的舌头就特别长。所以鳄鱼爱吃狗。”卞博士说。我怎么听说广东人吃鳄鱼肉，他们是怎么处理的？或者不是一个品种，广东的鳄鱼肉不臭？

快到 AMISH 的村子了，这里的路都是白色的，那些珊瑚的尸骨都露出来了。看见一些十岁左右的孩子们，自己赶着马车，两三个孩子一辆车，他们都穿戴整齐，比镇子上的人穿的好，戴着直檐的新草帽。正好卞博士家有东西要加工，卞博士就下去走近一个 AMISH 的家，AMISH 的女人穿着快到地面的连衣裙，暗色的，有小碎花，戴着布帽子。她们很害羞，不太和外人说话。AMISH 的房子比镇上的好，和美国普通家庭的差不多，就是没有美国那么多花样。家的周围也干干净净，还种着花。

这里真是既神奇又诡异！

我们又来到了 AMISH 的医院，不过是三间小房子，这个医院的大夫都出自一个家庭，还是自学成才。有看全科的，有看牙的，基本上是父亲教孩子。这里看病不要钱，你吃他的药可以，不吃也行。

再往前走，是他们的小学校，今天没人，难怪路上那么多孩子赶车呢，不知道是他们的什么节日。

"他们都只上完小学就不上了。"卞博士说，"那是他们的教堂。"教堂外有许多的木杆插在地里，看来就是拴马车的了。

我问："要是有人跟外面的人结婚可以吗？"

"教会就会开除你，你只能来看你的父母，不能在教会里出现。教会是一个很有权威的地方。你看他们的教会没有十字架。有的 AMISH 的孩子得了重病，要看病需要钱，教会一说，当天就能捐出几万元。他们得十一奉献（就是在自己收入的总数里，要拿出1/10 给教会）很严格。所以，教会掌握了很多的钱。如果这家的男人让马雅女人拐跑了，教会就会把这家的孩子养到十五六岁成年，他们每家都有十几个孩子，最多的生 28 个孩子。他们的宗教是门罗教。"

"AMISH 做机械的东西，做的很好。修理方面也很在行。他们造一些木头屋子，你买了，他就把房子拉到你指定的地方，把房子放好。"

"我们有一次要跟一位老先生买一块地，他邀我们去看地。来的时候拿着报纸包着个东西，我们问他这是什么，他开玩笑说地里有大老虎所以带枪自卫。后来，才知道工人在他地里发现了古物，他独吞了，工人绑架他，把他活埋。都快埋到头了，幸好警察及时赶到他才得救，从此他到哪里都带着枪。"

"这里有个日本人种海岛棉，这是一种纤维最长的棉花，用这种棉花做的衬衫特别贵，都是大老板才买的起。全世界只有墨西哥边境到 ORANGE WALK 之间的棉花才是海岛棉。这个日本人不让

别人种，因为多了就卖不了这个价钱了。我老公原来想养鱼，有个台湾人从危地马拉来说，他那里有人会养，让我老公跟他到危地马拉去看，结果他先到了一个当地女人那里，说这是他的情人。又带我老公到山上的破屋子，一进门就拿着枪到处乱指。原来，他在台湾是杀人犯，逃到危地马拉，他怕有人埋伏在房子里暗杀他，我老公一看就不待了，跑回家。我们正在过圣诞节，到处都在放烟花。他说：'这是我过的最恐怖的圣诞节了。'"看来中美洲是藏龙卧虎之地，什么样的人都有。

"玛雅人玩一种橡胶球，谁赢了就把谁杀了，把心脏拿出来祭神，玛雅人觉得神对血很感兴趣。即使是玛雅的王，也会刺伤自己的生殖器，用流出的血祭奠。他们求雨的时候，也会像中国的'河伯娶妻'去找一个十三四岁的女孩，把她打扮的漂漂亮亮的穿金戴银，然后抢来抢去，最后扔到有蓝洞的地方。"卞博士一路热情地给我讲述当地的事情。

回去的路上，卞博士去买了些橙子，很便宜。她说："我们刚来时，买了香蕉就吃，这里人都笑话我，原来这里有一种香蕉只能炸着吃，不能生吃。"这种香蕉不叫 Banan 而叫 Plantain。

我第一次听说有这样的香蕉。这里真是一个神奇的地方呀！

4 月 16 日

昨天，卞博士帮我买了 NEW RIVER 的游览票。她告诉我："船上的饭还挺好吃呢。"我下决心不吃当地的饭。我的肚子到了中美洲就是不舒服，我猜我是水土不服。

这时，从楼上下来一个一头卷发的小姑娘，她是从荷兰来的，这个孩子也够大胆的了，一个人跑到这个地方来。卞博士说："你们一个船，一会儿，有车来接你们。"

车子来了，这车真够破，椅子的皮子早就裂开了，里面的填充物都掉出来，门几乎是关不上，所有的东西的都哗啦啦的，不是这里响，就是那里响，这么暴热的天气，一点儿也指望不上空调，窗子都摇不动，唯一可心的是，这车子还能走。

我问女孩多大？她说："十四岁。"

什么家庭呀？可以让十四岁的女孩一个人转了半个地球的乱跑。幸好有 WiFi，可是真有事，WiFi 也没用呀。

我说："我去过荷兰，有许多的自行车。"我一直想不明白，荷兰那么多自行车，怎么找到自己的车。

"是的。"她点头。

到了河边，已经有几个白人在这里等了，小码头上有三条狗，在来回地转。我给它们抓抓头，挠挠脖子，它们很舒服。一会儿，又回来找我。

　　船来了，一共八个人，除了我都是白种人。一个开船的当地人，我最后上船，看这船，那么深，我想想怎么下去？一个小伙子伸出胳膊，我只能抓住的他的胳膊，这个白人小伙子的胳膊，感觉像是抓住了猴子的胳膊，都是毛，没有什么皮肤的感觉。我已经没什么选择，只能坐在了最船头的地方，也好，我的视野最宽阔。就是晒点儿，船篷已经到了我的边上。等到太阳在头顶时，我将暴露无遗。

　　船在深绿色的水里平静地滑动，两岸都是热带植物。我看见有些仙人掌寄生在一些干枯的树干上，也许是它们的寄生导致树木的死亡吧？水鸟在枝头，悠闲地东张西望，睡莲优雅地躺在水里，盛开着娇艳欲滴的白花。一切犹如仙境一般，除了鸟叫没有别的声音。船在最美的地方，停下来，要大家好好地欣赏。船上的人都有点儿被这美景震慑了，环顾四周如入无人之境。这里没有半点人工雕琢的痕迹，纯天然，纯自然。

确实，在背静的地方，小船上有人在钓鱼。这条河，您根本看不出来它往哪里流，水太平静了，这可是一个拍电影的绝佳地点。我们在河道里弯来弯去，有种人间天堂的感觉。我第一次有这种感觉是在夏威夷的大风山。在山顶，看海时，真觉得是天堂。第二次，在瑞士的雪山上。

幸好，今天天上有云，不然我会被晒掉皮的。几条船都到了这里，他们难道走的不是和我们一样的河道？我怎么没有看见这些船？

到了一个码头，所有的人都上岸去吃饭了，我看见一个工人扛着一个大 COOLER。他们问我去不去，我说不去，就要了一瓶水。一会儿，工人给我拿来一盘子吃的，看着就不想吃。在这么大的太阳下晒了两个小时，我想着肚子都不舒服。船夫说："这是我妈妈做的。"

"谢谢！真对不起！"我说。

看我真的不吃，他有点儿失望。

他又给我两瓶饮料，我只要了苹果汁。

回来时，一路船开得很快，我们很快回到了出发地。

那辆破车又来接我们了，我和荷兰女孩上了车。我把手表摘下来，我的手臂已经被晒黑了很多，戴手表的地方成了一条白色的圈。

回到朋友的旅馆，卞博士早就切好了一大饭盒的西瓜，在冰箱里放了几个小时。我最喜欢水果，这里的西瓜很甜，我吃了好多。

朋友问我："你吃船上的饭了吗？"

"没有，我看见晒了那么长时间就不敢吃。我肚子很娇气的。对了，我带的黄连素，可能不够，这里有卖的吗？"我问。

他们俩说："我给你一些日本的药，这药是日本军人'二战'

时都必须要带的，很灵，一般吃一粒，厉害时吃两粒，很快就好。"说着卞博士拿出了一些黑色的小药丸子给我。

"我已经弄好了馅，你饿了吧。"她说着，去拿做饺子的东西。

我说："不饿，再饿也要等着中国饭，还是好吃的饺子。"

我们一边包饺子，他们又给我讲他们这里的新鲜事："有个台湾男孩是做毒品买卖的，有一次他到巴拿马去，他还带着几个保镖，被美国的缉毒小组认了出来，就让他们把衣服都脱了，保镖都脱了，他也只能脱，脱完了，让他们蹲下，起来，蹲下，起来。看看他们的肛门里有没有放毒品。幸好那天没事，就放了他们。你今天看见有人在钓鱼了吗？"

"看见了。"我说。

"真的钓鱼是在傍晚。这都是在河边种大麻，因为容易取水遮人耳目的。这里的人，有许多孩子只知道妈妈，不知道爸爸是谁。每月的月初，有许多妈妈带着几个孩子在法院的门口，等着法院发钱。这些都是爸爸生了孩子以后，离开家了。但是，法院会把他的工资一部分从他老板手里扣出来，发给那些妈妈。所以，这些妈妈不怕男人走，她们还是有生活保障的。经常五个孩子四个爹。"李博士说。

这里的人都很乐天，赚钱不多也能养活四到五个孩子，2015年全球快乐指数排名世界第五位。

卞博士笑着在擀皮，说："上大学时，我同寝室有一个室友叫我是她的'心上人'，她是我下铺，其实，她是个女生，当年的室友在大学的通讯录里找到我的地址，就结伴来伯利兹找我。我们就把旅馆锁了，出去玩了几天，他们说，这里太好玩了，现在世界上很难找到这样到地方了。这个室友在美国和老公卖东西，就是把车子的后备箱打开卖，小打小闹的，后来发现婚纱最赚钱，就从台湾买婚纱卖，赚了大钱后，老公干脆去大陆设厂，结果被大陆妹给拐走了，老公和她离婚。每年老公给她和女儿十几万美金，她就去学开飞机。"

今早，卞博士已经帮我订好了去圣佩德罗的飞机票，明天一早就去，那里有世界著名的蓝洞。

饺子做好了，她去煮。三盘饺子，我用手机拍了传给朋友，告诉他们，我在伯利兹也能吃上饺子。

我在墨西哥认识的小驴友回信说："韭菜馅的吧？"

我回他："你怎么知道的？闻到味了？"

"看着就像。"他深情地说。

我能体会到他们离开中国时间长了，会有多想中国食品。

我吃饱了，我们又接着聊，李博士说："你看我们家边上的印度人，他们就卖毒品。你别看那些乞丐，乞丐都知道哪里有毒品。有一次，一个乞丐叫印度人的门，怎么也叫不开，叫了半天，最后出来了一个印度女人，东张西望的。然后她到印度教堂去取毒品交给那个乞丐。"

"啊？教堂里放毒品，这也太那个了吧！"我说。

朋友见我实在少见多怪，就说："我儿子说了印度人都贩毒。"

这是一个我不熟悉的领域，我无法想象。晒了一天，我累了，就上楼休息。

我先洗了澡，又洗了衣服，然后把一天的事记下来。

五 圣佩德罗蓝洞

4月17日

　　一早起来，把东西收拾好，我要在圣佩德罗住两晚，万一有人要住，我不能耽误人家挣钱。他们只要拉走我的行李就可以让人住了。

　　还有点儿时间，我又抓紧时间写，我不想带计算机去圣佩德罗，就多写点儿，不要攒得太多了，以后补起来麻烦。

　　一下子写过了七点，朋友有点急了，上来叫我。我把计算机锁进箱子，拿了简单的行李，就下楼。匆匆喝了粥，这几天，他们都陪我喝粥。每天卞博士给我煮两枚鸡蛋，这里的鸡蛋有鸡蛋的香味，我猜这里的很多东西都没有污染。看着外面一片耀眼的阳光，我们坐在屋里，穿堂风吹着，很凉爽，卞博士说："这是加勒比海的风，我们在这里每天享受着蓝天白云，过着神仙般的日子。"确实，一种无忧无虑的慵懒的生活。

　　一个女工来上班，卞博士说："她是一个哑巴，不过工作很好，我叫她是我的天使。"

我该出门了，卞博士陪我，她家的工人开车，我们路过一个占地很大的私人会所，据说里面相当的漂亮，一般人进不去。我想这里可能是毒枭聚会的地方吧。

汽车停在这里的机场边，这是我从未见过的小机场，机场在一个空地上，没有围墙，只有一条跑道，大约两百五十米。一个小屋子是售票处和候机室，只有四把椅子，一个显然印第安人和白人混血的工作人员坐在桌子后面，一个黑人和印第安人混血的男人在等飞机。卞博士陪着我，这也太简陋了吧。

我看见远处飞来一架飞机，大约就是我要上的飞机了。飞机落到跑道的尽头，一转弯，就开回来了。果然，就是这架飞机，它每天八点从圣佩德罗飞来，半小时后，落到 ORANGE WALK。两个工人拉着一个简易车，车上只有几件行李，下来的乘客拿了自己行李都走了。

该我上飞机了，飞机后面放下一个小梯子，使我想起国民党从大陆撤退时的飞机，就是这种小飞机吧。等门关上，只有我们两个乘客，两个驾驶员，十几个座位，这是我坐过的最小的飞机了。

飞机滑行了一百米，就腾空了，我从天上看 ORANGE WALK，下面都是甘蔗田，还整整齐齐的，规划的不错。很快就来到了海上，像孔雀蓝一样的海洋，太漂亮了。比坎昆的海还要漂亮。

飞机降落了，我给了推我的人小费，他帮我叫了出租车，一路上是比 ORANGE WALK 的路还白的路面，一路都是碎石，满街都是一种两人座的沙滩车，没有什么好路。才开了五分钟就到了我订的旅馆。

我去办理入住，我要给现金他们不要，非要刷卡，马上中行的短信就回来了，多刷了我 6 美元，我也懒得理他们，他们会说汇率不同。我说："我要去看蓝洞。"

他们说："坐船来不及了，只能坐飞机。"

"坐飞机，多少钱？"我想从空中看比较清楚。

"522 美金。下午 2:30。"他们说。

好吧。这时有人拍我，这里怎么会有人认识我，回头一看，原来是和我同车的英语老师，那个科罗拉多的大男孩子，他在过边境时，在我前面，还帮过我。我说："你是科罗拉多来的英语老师。"

他把手一摆，意思是忽悠边警的。我问他："你叫什么？"

"BRIAN。"他说。

还不错，同一个旅馆里有认识的人。BRIAN 帮我把行李拿到我屋里，告诉我灯在哪里，空调怎么开。这个空调的声音像是飞机的发动机，真够响的，还是窗式的。可是这里这么热，不开根本就睡不了觉。这床也太高了，个子矮一点儿的就有难度了。

　　我躺在床上休息，等着下午去看著名的蓝洞，他们说 522 美金，不管多少钱，我都愿意，反正此生就看一次。我发微信给还在墨西哥的小驴友们。他们回信说："我们听说 170 多美金。"

　　我回信："可能有好几种飞机吧。"

　　我没有带计算机，什么干不了，只能看手机，我连手机的充电器也没有带，我觉得，在南美没有那么多电话。手机也不能多看，没有电也麻烦。

　　我要好好闭目养神，我已经好久没有好好休息了。

　　好不容易到了时间，我出来到办公室的凉棚下等着。看来老板是一个知识分子，我猜他把美国的房子卖了，到这个天堂般的地方开旅馆，每天度假，还兼着挣钱。棚子下面有一个矮木桌，还有几个吊椅，经常有姑娘、小伙子做在上面晃悠着看手机或者 iPad。棚子上攀着茂密的热带植物，使得棚子下面都是阴凉。靠南面是一个架高的小游泳池，五六个十七八岁的白人女孩子躺在泳池边晒太阳。

　　办公室的人出来说："一会儿，有人来接你。"

　　来了一个玛雅人的后代，他开着一辆沙滩车，这是这里随处可见的。为了环保，这车在这个小城里四处跑，看来有许多是游客租来自己在开。车只能坐两个人，上面还有个棚子，我边上只有一个弧形的铁管。在颠簸的路上，我们只几分钟就到了。在圣佩德罗的小机场里有热带的风情画，登机卡是一个可以反复使用的大塑料片，印着字。沙滩车也是为了环保。在这种远离世界的地方，还这样重视环保，真值得中国学习。

工人把我拉到飞机边上，这么小的飞机呀！上午才说，那十几个座的飞机是我坐过的最小的飞机，下午就打破纪录，坐这种能装四个人的飞机。我怎么上去呀？我看了一下，只有一个跟半块香皂那么小的东西，像个脚蹬子。我问是这里吗？得到肯定得答复后，我爬上了飞机。飞行员是个印第安人和黑人的混血，一个瘦瘦的不过三十岁的小伙子。他让我戴上耳机和麦克，调好一块小时候做作业用的塑料垫板的遮光板，我们试了一下耳麦，虽然声音质量不是太好，但是听清楚没有问题。这耳麦不仅我们俩通话，地面和我们通话也用这个。

我们等到地面指挥说可以起飞了，只滑行了五十米，小飞机就离地了。飞行员一个轻盈完美的转弯，我们离开了小岛，大海用美丽的蓝色拥抱着小岛，靠近小岛和岛边浅滩的地方，呈现出俄罗斯产的孔雀绿一样的颜色，远处是一道白色的浪花，美到无法表达，我犹如上了天堂。我赶快拿出手机，自拍一张，此生此景不会再有了。在伯利兹我已经有两次上天堂的感觉了！

远处的岛上没有人住，因为没有房子，只有树木，这可能就是朋友说的扔毒品的小岛吧。可以看见一些小船，因为飞的不高，我觉得我可以看见海底，这么清澈的海凭生还是第一次见。我前后左右地看，不同的孔雀绿、孔雀蓝在海里，犹如一块天然欧铂。

飞了大约四十多分钟，我在远远的海面看见一个几乎是一个正圆形深蓝色的洞，区别于周围海水的淡蓝色。我问驾驶员："那是蓝洞吗？"

他笑着说："是的。"

接着，他用手势，在画圈，越画越低，然后直指下面。我们俩都笑了，他在开玩笑我们会掉到蓝洞里去。他真的绕着蓝洞一圈一

圈越飞越低，我抓紧时间拍照。这就是那个尤卡坦飞来的石头砸出的深洞吗。多神奇的事情呀！谁能控制自己的命运，那天外的陨石落到尤卡坦，烧酥的碎石又飞溅四方，最远的一颗飞到了这里。成了海洋之眼。

真有不是在人间的感觉，很神奇！

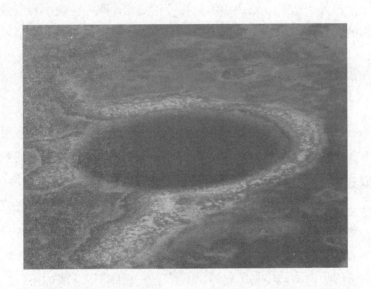

最后，他拉起了飞机，飞到有一艘搁浅的铁甲船躺在海里的地方。

我看着我前面的操纵杆，我突然想到我也可以开飞机呀。开飞机一直是我小时候的一个梦想，对飞行我一直有一种憧憬。我不由自主地用手抓住了操纵杆。飞行员笑着对我说："我先飞高点儿。"然后，他做手势，你再飞。他显然怕我一头扎进海里去，飞高点儿，他有抢救的时间。他告诉我这块表是表示天地间的距离的，那块表是看我们飞行的高度的，十几个仪表，他只介绍了一半。我早已经兴奋得不能自已，我此生还有机会开飞机呀！

他觉得够高了，示意我来
开，他用大拇指，先指向左，
我轻柔地转向左，他又指向右，
我又轻轻地转向右，他竖起大
拇指夸我飞的好，我也竖着大
拇指感谢他。我心知肚明他可
能违反常规，让我这个没有受
过训的人开飞机，他被老板知
道就不得了啦。赶快把驾驶权
还给他，我们都没有说话，我
们的通话没准还会被录音。

　　虽然，只飞了一会儿，满
足感充满了我的心，超值呀！
如果这飞机上还有别人，他也
不敢让我飞。所以，我的票价
贵点儿也应该。小驴友说的一人170多，不正好是满员的机票吗？
我是包机呀！

　　飞行员显然也很高兴，他用手比画着上下翻飞。我说："不要。"

　　我们穿过云层的时候，周围的景色忽隐忽现，很有趣。我想想，
我没有带什么礼物，给他钱，有点儿太小看人了。这时，天空已经
出晚霞了，在一个多小时的飞行后，我们稳稳地落地了。我在飞行
员都是胡子茬的脸上狠狠地亲了一口。飞行员笑了。

从机场到旅馆的路上，我的嘴都咧成瓢了，别人看见一定以为我不太正常呢。我才不管呢，我说上帝喜欢我吧，他会满足我所有的愿望。

在院子里的凉棚下，一个北京的朋友来电话了，我们聊了一个多小时。这时，天黑了下来，天上的星星比北京的大十倍。

BRIAN 正好过来，我请他去帮我买个皮扎，他问："大的？小的？"

我说："小的。"

"什么味道？"他又问。

我说："任何味道。"

我把剩下的伯币和 20 美金都给他。

北京的朋友听见，过了一会儿说："他怎么还不来？不会拿着钱走了吧。"中国人都被诈骗贩吓坏了。我不担心，实在没有，我还有个鱼罐头，也够了。

半小时后，BRIAN拿着刚出炉的皮扎来了，我请BRIAN一起吃，我只能吃三片，剩下的都给了他，他的一个朋友，也和我们一个车来的，我让那人吃，BRIAN说："他吃素。"

　　我去到办公室买一瓶可乐，他们找不开钱，我说："记账吧，明天给你们。"

　　我心满意足地回房间，给朋友们发照片。

六 艾米士

4 月 18 日

早上，我起来看微信，女士们一片欢呼雀跃，都说："太棒了！""酷毙了！"男士们鸦雀无声，没有一个男士来微信，他们的自尊心又受伤了，我做到了他们做不到的事，男人有时比女人心眼小。我想如果我开飞机，每天像开公共汽车一样，走同样的路线，我不会喜欢。如果开飞机我更喜欢战斗机，变化无穷。

我休息好了，洗过澡。10 点就去退房。

伯利兹的朋友说过，城里值得转转。我就和老板说，我要一辆沙滩车，他说："不行，太危险了，给你叫出租车吧。"

怎么都行，我说："我下午回 ORANGE WALK，怎么机票上没有时间呀？"

他往机场打了个电话，机场说："下午 1:30 起飞。"

我和老板说："1 点请帮往叫一辆出租车，我要去机场。"老板答应着，看样子这人应该靠谱，我觉得他有在大公司工作过的素质。有个印第安姑娘对我很友好，笑着要帮我。

出租车来了，印第安人模样的司机，又是一辆破车，不过比去 NEW RIVER 的好些。

司机问我："从哪里来？"

我告诉他："中国北京。"

他又问我："去哪里？"

"ORANGE WALK。"我说。

他说："我就是那里的人。"

"我有朋友在那里开旅馆。"我说着。

他马上接着说："我知道了，是 AKIHITO HOTEL。"

"你怎么知道的？"我又点儿吃惊。

他笑了："ORANGE WALK 就那么小。"

我们好像一下子就成了熟人，他看我喜欢海，就带着我在海边转。

我说："我还去了 NEW RIVER 呢。"

"我的哥哥姐姐都在那里。"他说。

我说："你们这里的西瓜很大，也甜。"

他找到一家卖西瓜汁的地方，才 17 美分，下去帮我买了一大杯西瓜汁，他自己也买一杯。真甜！

我问他："你是玛雅人吗？"

"不是，这里的原住民分五种，我是其中的一种，不是玛雅人。"我也没有听懂他属于哪种人，也许是一个我不知道的小分支。

转了一个多小时，他要了我 30 美金。以我去飞机场就要五美金，这就不能算贵。有了他找的零钱，我就可以去还旅馆的钱了。

回到旅馆还给他们欠的钱，我又要了一瓶可乐，等着去机场。

1 点整，出租车来了，我和老板，还有印第安女服务员再见。

我这次飞行三个乘客，一个黑人飞行员。这个黑人飞行员的动作就不太柔和，我们在跑道上晃晃悠悠，上天后，一个大幅度地转弯。

半小时后，在那个世界最小的机场落地。博士夫妇都来接我了。一问我还没有吃饭，就拉我回家，先吃饭。今天是梅菜炖肉和麻油鸡，米也是日本米。

我问："你们俩都是哪年的？"

"50年。"他们说。

我说："咱们都是一年的。"结果，我们三个排着，我生日最小。我们是三只老虎。虽说一山不容二虎，我看他们过的很和谐，我们三人也很融洽。

我急忙把饭吃完，因为他们要带我去看德国和加拿大的AMISH村。卞博士问："要不要吃水果？"

我说："回来再吃，先走吧。"

我们三人上了车，先往德国村开。车子路过戒毒所，还有一个非常高级的花园，里面什么享受都有，一般人可是进不去，要特别申请才可以进去。

李博士说："古巴每年往伯利兹派医生，古巴医生非常好，医术也好，免费给伯利兹的病人看病，古巴每年还给伯利兹一些名额，让这里人免费去做白内障手术。但是，古巴的工资太低了，每个月古巴的医生才能给家里寄20美元，就这已经很好了。但是，这里卖肉的最不喜欢古巴的医生，说他们只买一伯币的肉，都没法切。"我有点儿气愤了，伯利兹的人已经占了古巴那么多好处，就多给人家一点儿肉呗。

卞博士笑着说："有一次，我们地里一夜之间所有的菜叶子都没了，我仔细观察了才发现是切叶蚁干的，我就去卖农药的地方问，卖农药的和我说，你就用这种毒饵，放到蚁洞的周围最有效放够量才能一网打尽，否则不久它们又会出现。我买了药，把那些药撒在蚁洞口，那些切叶蚁看见这些类似小米的东西，就把叶子扔掉，把药搬回洞里。第二天，切叶蚁消失了很多，过了几天，又出现了，我就再放一些在洞口。我看见切叶蚁把那些小米一样的药，搬运到远处一些，而不是搬进洞里了。它们实在太聪明了，已经记住这是有毒的了。后来我又用了其他的药，结果切叶蚁搬家了，它们觉得住在这里不安全。我们家的地里再也没有切叶蚁了。"

卞博士不愧是受过训练的农学博士，观察的这么仔细。

我问："你们蓝洞的鳄鱼为什么不咬人呢？"

"哦，我们这里的鱼太多了，它们不缺吃的，也就不吃人。"她说。

"这里原来是英属地，英女皇来的时候，这里给她做了一种动物 GIBNUT 的肉，那东西的肉是一层肥的一层瘦的，女皇说这是她凭生吃过的最好吃的东西了。所以现在这种肉叫 ROYAL RAT，也就是皇家大老鼠的意思。"卞博士很有兴趣地说着。

在他们这里，我知道了许多在别的地方根本听不到事情，实在是大开眼界。

我问他们："为什么墨西哥的西瓜不甜，这里的就很甜？墨西哥的哈密瓜也不甜，为什么呢？"

"哦，他们是用收获的种子种的，不是买新种子，所以就不甜。"他们两个农学博士，一听就知道是怎么回事。我又增加了一点儿知识，原来种子是要每年去买新的，不然就退化了。种子公司也太厉害了，每年要你买新种子，怎么研究出来的？

路上，没有了赶车的孩子们。德国村我们去过的，没有停，我们就开车去加拿大村，这边的路是沥青路面。我们已经可以看见墨

西哥那边的山了，那边好像有一处山火，正在烧，冒着烟。

加拿大村的人好像比德国村的人开放一点儿，他们可以开汽车，也可以开摩托车，村子也漂亮点儿。

我们来到一个他们当地的商店，坐在外面的门廊的椅子上，卞博士买了三个冰激凌，我一边吃，一边看加拿大村的人，他们的女人也没有穿的那么暗淡。村里的路好的像是在加拿大，看来加拿大村更有钱一些，这些路都是他们自己出钱修的。他们买了大量的地，养了许多的牛，你看见那么多的牛，就知道他们多有钱了。

看看天已经不早，我们就往回赶。远处天边的残阳如血，一抹红色把太阳罩在里面。

"我朋友的哥哥来过这里，说到你们的情况，我觉得可能认识，一问名字还真认识。可是没有你们的电话，我就上穷游网查，真有人来过你们旅馆的，写下了电话，竟然没有错，我才能找到你们。那人自驾去找 AMISH，后面的文章就没有说找到 AMISH 了。"

男主人说："那一定没有找到。这里没有人带路，不太好找。"

到了家，卞博士去端出西瓜，他们说："你来的时间太短了，还有一个美国村，比加拿大村还好，没有时间去看了。"我其实对 AMISH 的理念感兴趣。我觉得人类像他们那样活，不污染土地，不要太奢侈，人类还可以多活些日子。可是，他们生孩子也太多了。

我和卞博士换了 1000 美金的零钱，整钱太不好用。

回到房间休息了一会儿，把脏衣服洗了，就坐下来写，到了 12 点才睡。

七　危地马拉梯卡尔

4月19日

危地马拉是中美洲的总统制的国家，西滨太平洋；东临加勒比海；北与墨西哥接壤；东北邻伯利兹；东和洪都拉斯与萨尔瓦多毗邻。总面积108889平方公里。危地马拉是玛雅文化人的中心之一。1524年沦为西班牙的殖民地，1821年独立，1823年加入中美洲联盟。1893年成立共和国。1996年结束了长达36年的内战。

有基里瓜考古公园和玛雅文化遗址及蒂卡尔国家公园，这三处是世界文化遗产。

人口15803089人（2014年），133人/平方公里。人种是印第安人和印欧混血。

人均GDP 3702美元，货币格查尔，1美元 = 8格查尔。

危地马拉森林面积占国土面积的38%，盛产桃花芯木等贵重木材，矿产有铅、锌、铬、锑、金、银、水银、水银、镍。石油储量14.3亿桶。

语言是西班牙语和玛雅语、基切语。

危地马拉的性教育极其缺乏，使得危地马拉成了未成年妈妈最多的国家，1/4 的母亲未成年，多数是被叔叔和表哥性侵，甚至很多母亲看着父亲强奸女儿而束手无策。在这里有 11 岁的妈妈，法定结婚年龄是 14 岁。非法堕胎很多，15~19 岁少女死亡原因中，分娩并发症高居第二位。

在这本书里，每到切·格瓦拉去过的国家和地方，我会引用一些切·格瓦拉的文字。因为他在拉美南美有极大的影响力。

1960 年 8 月 20 日，切·格瓦拉在对医学院的学生演讲"环境的产物"中说："还记得有一天，天高气爽，我和其他许多人一样从危地马拉踏上了流放之路，因为危地马拉毕竟不是我的祖国。

后来我意识到很基本的一点：要想成为一名革命阵营的医生，或者成为革命者，首先就需要一场革命。如果对这些阻碍进步的敌对政府和社会状况的抗击，那么独立的抵抗、个人的努力、崇高的理想。甚至为理想奉献终身的决心都将付诸东流。革命需要古巴现在所具有的条件：全民动员。我们研究学会如何使用武器、如何在战斗中团结起来，并知道武器的价值、人民团结的价值。"

危地马拉的印第安人中间，到现在还保留着独特的宗教信仰。那是图腾崇拜的一种变形。他们认为每个人生下来都与某种动物有隐蔽的联系，孩子出生后，马上给他取上这种动物的名字，这种动物就是他的保护神。他们相信命运与保护神不可分割地联系在一起。墨西哥的萨波特克人也有类似的概念。这种信仰被称为"纳瓜尔崇拜"。

一早，李博士说："带你去伯利兹城，你还没有去过呢。你的机场离那里也不远。"伯利兹城是原来的首都，现在首都该在贝尔莫潘。

我们吃过早饭就上路。一路上，我们聊着。我格外注意外面的景致，也许我是最后一次来这里了。朋友和我说："我们这里出过一件怪事，有一天夜里，一辆车从桥上掉到了河里，只有一个人活了，另外的三个人都死了，河上漂着美金，有这人的管家和两个妓女被淹死。这人是美国的通缉犯，曾经贩毒、贩卖人口，走私什么都干，现在藏起来了。"

出了 ORANGE WALK 这条路很直，也没有什么车，我们在路的一边，又看见那条 NEW REVER，还是那么静，那么美。路上，有许多果实累累的芒果都要垂到地上了。芒果树是整个树冠都有芒果，李博士说："再过一个月，就有一种像橄榄球那么大的绿芒果，熟了很甜。"我赶不上了。

快到城里了，伯利兹城就在加勒比海的边上，没有什么高楼大厦，有比 ORANGE WALK 略好的房子。因为是周末，所有的商店都关门了。朋友带我去看台湾驻伯利兹大使馆，我在门外拍了照片。

车开进了一个死胡同，还有一辆车从死胡同里倒出来，等能看清对方脸时，才知道是他们的朋友，种海岛棉的日本人和他的太太。他们过来，我用日语和那太太打招呼，她吃惊地张大了嘴。像她先生这么高的日本人可是不多见。他大概接近一米八。他说："我们的车子有些问题，要在这里修，你们送完客人能来接我们回去吗？"

"没有问题。"李博士说。

我们把车开去机场，一路上，他们介绍说："这个种海岛棉的日本人，在台湾出生的，日本占领台湾时，他父亲在总统府工作，官阶应该不低。所以，他从小没有挨过饿，吃的不错，才能长这么高。"

我说："他已经过了七十岁了。"很奇怪他怎么会到这里的，一定有很多故事。

朋友接着说："这个日本人和我们很谈的来，常常带着酒，有时还有生鱼片，来聊天。"在这里有个的朋友也不容易哇。

到了机场卞博士去买冰激凌，我们三个可以去去暑气，卞博士甚至帮我填表，我可以有时间去买几张明信片，寄给妈妈和女儿，我们家谁去旅行，都会寄张明信片。

他们俩一定要看我进去才肯走，我和卞博士拥抱，他们来这里25 年才有我这么一个不太熟的朋友来看一下他们。

我在安检的 X 光机下面，看见一些海螺在那里。海螺是不许带出伯利兹的。

我走了，就剩下他们了。后来，他们来信说："你走了，我们觉得寂寞。"没有我来他们什么事也没有，现在我走了，反而使他们更想朋友们了。而且，都在那么远的地方。我回中国看看能不能忽悠一些人来玩，给他们增添些乐趣。这里也的确漂亮，有原始的风味。

我上了飞机，又是那种十四个人的小飞机，坐了十一个人，两名飞行员。

我从天上看危地马拉都是树林，看不见什么道路，一层清雾在树林上缭绕，只有很少像农田的地方。飞机飞了半个多小时，到了FIORES。在过边检的时候，我是最后一个，女边检看了半天我的护照，也不放行，我心平气和地等着，我能干什么呢？最后，她还是放行了。也许，小宋的那封西班牙语的自荐信，让使馆做了记号，让这边误解了？后来，我问智利的朋友小宋，他说："不是因为什么记号，而是中国和危地马拉没有建交，所以要特别关注一下。"

出了机场这是一个比 ORANGE WALK 还差的地方。道路坑洼不平，街上有些两人一组荷枪实弹的军人，百姓也比我去的其他地方穿的差，房子也不太结实。卖东西的没有什么像样的货架。车子拐向一个小岛，在入岛的地方又是两个持枪的军人。我是觉得岛上会风景不错，才订了岛上的旅馆。街上一些无所事事的人，眼睛盯着你看，这些都让人不安。过了十几米，就到了我订的旅馆，车子停下来。我用西班牙语问："多少钱？"

"五美元。"这么近，在北京也就两美元。

司机很热情："你明天去 TIKAL 吧，今天买，少给 20 美元，60 美元就行了。"

我想想，还是慎重一点儿，明天找不到他怎么办呢，就说："明天再买。"

他说："明天上午八点来接你。"

我说："谢谢！"

我上到了我的房间，一进屋就后悔了，怎么这么热呀？衣服像是刚熨完就穿上了。没有空调，只有一个吊扇和一个像是工业用的大电扇，直径有两尺，打开嗡嗡做响。

我赶快去冲个澡吧。怎么没有水呀？我拧开水龙头，只有涓涓细流。我好好看了看，才发现在莲蓬头上有一个小阀门，我用力搬动，流出来一点儿水，这倒是很节水呀。我不急，就慢慢洗吧。刚洗完澡，在床上坐下来，又是一身黏汗。我写了一会儿，就睡下，在巨大的鸣响声中，很难入睡。到了三点，实在不能忍受，又起来冲澡。凭良心讲，岛的四周还是很漂亮的。我决定先不去洪都拉斯和萨尔瓦多了，这么热，我起来订了两天一家圣地亚哥的旅馆，又请国内卖飞机票的朋友帮我订机票。我不知道小宋在不在圣地亚哥，我要给他一点儿缓冲的时间。后面请他安排吧。

中美洲不待了，太热，摸着墙和桌子都是热的，我估计过了

四十度。我看完 TIKAL，最著名的印第安遗迹就看的差不多了。就剩下一个马丘比丘，我没有秘鲁的签证，暂时还去不了秘鲁呢。

印第安人是哪里来的？基本已经清楚了。阿兹特克文化、玛雅文化也已经看见了。该开始下面的主题了，看看华人在南美的历史和纳粹在南美的踪迹。

4 月 20 日

我七点下楼，要了一份早餐，两个煎蛋和几片面包，我把煎蛋都吃了。买了两瓶水，估计够今天喝。

今天天气特好，真是万里无云，暴晒。我随身带着防晒霜。八点整，昨天的司机准时到了，我在南美还是第一次看见这么准时的司机呢。我交了 80 美金。在绕小岛一圈的路上，我看见了在 ORANG WALK 和我住一家旅馆的荷兰小姑娘，我和她打招呼，她也很兴奋。

走了一段路，我们被交给另外的司机，他送我们去 TIKAL。这破路，车子一蹦一跳的，这里比伯利兹还差。我浑身都疼，可能因为昨晚一直开着风扇吧，骨头都疼。

走了一个多小时，终于到了坐落在密林深处的 TIKAL，这是 1517 年被一个名叫弗朗西斯·科达巴的西班牙人发现的。蒂卡尔公园位于危地马拉的北部，佩腾省的西北。是危地马拉的最大的考古遗址之一，古城遗址面积 130 平方公里。大部分已经倒坍，只剩下残垣断壁，主要遗址是建于公元 810 年的美洲豹金字塔，原塔高 72 米，现在塔高 60 米。有 9 层平台，因塔型像蹲着的美洲豹而得名。

它与地面的夹角有 60 度，是瘦高型的塔。另外还有 2 号塔、4 号塔、5 号塔，以及耸立着 7 座宫殿的广场。1979 年被列入世界文化和自然遗产。

　　这里的玛雅人是古代玛雅人的后代。蒂卡尔面积 60 平方公里，多数还没有清理出来。本地有不少珍惜的动植物。蒂卡尔被一圈 6 米宽的沟渠围绕，现在只勘探了 9 公里。

　　危地马拉的密林里还有许多的古玛雅的遗迹，没有被发现呢。

　　公园的司机把我们一些年纪大的人，用电瓶车拉到美洲豹金字塔下，路上有些标志，上面画着美洲豹、火鸡、蛇，还有一种长鼻子的獾。意思是，这里有这些动物出没。司机说："下午 1 点来接你。"

　　我找了一个有树荫的地方，静静地看这些金字塔。终于看出了一点儿门道，这些古迹都是外面一层很好的石料，但是里面就是小碎石了，难怪会塌呢。这和中国人建长城和筑城墙如出一辙，我们也是金玉其表。TIKAL 是一个四面都有建筑的建筑群。规模不小，在当时的情况下，实属很不容易了。那时的人没有任何机械，这些建筑还很高。

　　来这里的人不多，我看见的也就不到一百人，荷兰小姑娘看见我，主动和我招手。她笑呵呵地和谁都混的来，周围又有了一群新朋友。天太热了，很多的人都没了样子，有些男人甚至不穿上衣，白人的背晒的红红的。衣服有着熨斗的热度。人们走向密林，那里可以看见一些稀有动物，还能看见一些残迹。

　　一只长着长鼻子的貛，东闻西闻地走过来，我拿出相机，相机自动调焦太慢了，小东西又已经走进了密林。我没有抓拍到，很不爽。

　　在不远的地方，有美洲豹可怕的叫声，让人毛骨悚然，应该不会有美洲豹突然跳出来吧。这声音老是从一个地方传过来，也许有一个豢养美洲豹的地方？我老是回头看，我知道猛兽喜欢从背后攻击目标，背后一阵阵地发冷。

一会儿，我因为昨晚没有睡好，被大太阳一晒，地面温度应该有摄氏 50 多度，我昏昏欲睡。

我睁眼一看，周围没有一个人了。再看看表已经过了约定的时间，难道他们会说话不算数吗？他们不来怎么办？快天黑时，我只好沿着那木头架子爬到金字塔上面去，可是美洲豹一定比我爬的快，那我只好等它张开血盆大口时，把拐杖插进它嘴里。凭我当过射击运动员的准头，应该没问题。可是我不会临场发挥不好，手抖得不能插进去吧？它们是几级保护动物？可能还不能伤害它呢？那我呢？从来没有哪里说人是保护动物。我就只能被吃掉了？如果好几只呢，它们一起来怎么办？我有点乱，想不明白了。

这时，接我的人来了，我排练好得一场戏泡汤了。幸好我没有被忘在这里，否则我的胜算很少，我庆幸自己毫发无损。那人拉我走了一个很陡的坡，我赶快给他 5 美元，他有点儿意外，我知道给的并不多。

司机先拉我们去吃饭，看看这些人吃的东西，我就不想吃。

回去好像快多了，我在车上睡着了。

到了旅馆，我要了一份汉堡。

一个美国小伙在餐厅里玩电脑，我以为他也是游客，他和另一个美国小伙，指导来修理的工人，我才知道这俩是老板。危地马拉的姑娘和墨西哥的长的不一样，也比较矮，但是漂亮许多。我想不同的印第安人也有不同的血统，也许西班牙人分散在美洲的血统也不同，混血的结果也就更不同了。

这个汉堡也太大了，吃了一半就吃不下了。我又买了一大瓶水，回房间去。

我先给所有的电器充电。稍微收拾一下，我就睡下了。国内没

有给我买票的信息，只能让女儿给买了，我在旧金山时，就给了女儿五千美金，要她帮我买票的。女儿很快回信，最便宜也900美元。900美元也得走了，这里看不出有什么工厂、矿山，和多少游客，许多人没有工作。这里危险系数太大，满街都是荷枪实弹的军人和无所事事的人。我该看的已经看了，多少钱也比出事情强。

为了明天早起，我早早就睡了，可是粘糊糊的也睡不舒服。

女儿又来微信，说："你看一下，要哪张票。"

"你看着办，我要睡觉了。"我说，"我两个晚上没有睡好了。"

4月21日

三点多，我就起来了，先把行李装好，把剩下的水喝完，去洗澡，然后刷牙洗脸。天不亮，我就下楼了，我在柜台上按铃，按了半天危地马拉姑娘才起来，她怎么好像和一个白人老板住一个屋，这不关我的事。

"我要去机场。"我说。

她说："太早了。"

"那就拿点儿饮料吧。"我想把格查尔都花光。

我一个人在黑暗中坐着等，终于该走了，我出门叫了一辆蹦蹦车。这车要10美元，我想出租车才5元。这车四处漏风，又是清晨，很凉爽，到了机场我只给他7元，他也没有说什么。

我担心女儿订的票，如果这里信息不畅，收不到，我就麻烦了。没有问题，我的票已经记录在案，很快出票。我在候机室，只等了十几分钟就按时登机了，我坐最后一排，因为舱门在后面。一会儿，我就睡着了。等我醒来，怎么人都往外走呀？什么情况？睡前我算了一下，我 24A，每排四个座，也就是 96 座，才上了不到 20 人，确实有点儿少。不过，你收了钱，就得飞呀，怎么能够中途取消呢？我们一群人都在等，这个机场不是没有空调，就是有空调不开。大家都汗流浃背了，我带了大的棉布手绢，擦一次脸就湿透了，换一条也一样。我拿出了扇子，其他乘客看着都羡慕。

那个女边警，又看见了我，她很奇怪，我怎么这么快就走了。我想，你以为我要待多久呀。我就看看 TIKAL，如果不是 TIKAL 那么有名，我是不会来的。

机场告知，回旅馆去等着。拉我们的司机，还是那个那天送我的司机。我总是坐在司机边上，我们成了熟人了。到了一家和机场有关系的旅馆，我们都去吃早餐。我要了一份鸡蛋早餐，我把两个煎蛋都吃了，面包没有怎么吃。

吃过饭，别人都上楼休息了，我上旅馆的计算机。把我的机票信息抄下来，发给智利的小宋。我和他说，我自己去旅馆，就不要接了，因为飞机不知道什么时候飞。

从计算机上下来，服务员说："现在，通知都去机场。"

我以为可以飞了，还是那个司机来接我们。

哪里知道，多数人都已经进去了，该办我的登机牌时，又接到电话，停飞了。他和我说时，我吃惊地问："真的吗？"没有你们机场这么折磨人的，这也太随意了。这次把我飞机的三段票都打出来了。一对法国夫妇，已经忍无可忍到极限，两口子涨红了脸，用法文吵了起来。是呀，正午十分，还不开空调，所有人都烦躁地到了崩溃的边缘。在座位上又等了一个小时，我去小卖部买了点儿饮料。去卫生间用凉水洗脸。

最后，还是不能飞，我们又被拉回了旅馆。我到了分配给我房间，这里有空调，要了WiFi就发微信给朋友。所有的人都劝我别生气，这种小国就这样。有人同情，我心里好受多了。我不吃中饭，虽然免费。

我也告诉智利的朋友小宋，我会晚到一天。

我和女儿唠叨，我在智利订的旅馆是特价，不能改，一天一百美金呢。女儿说："你把订单发给我。我和他们说说。"

我马上把订单转过去，和女儿说："不能让旅馆损失，顺延一天吧。"

时间不长，女儿来微信说："他们去找一个会英语的人，一会儿打回来。"

女儿再来微信："我和他们说了，是航空公司的事，他们答应改期了。"女儿真能干。

我的衣服早就湿了，去洗澡换衣服。再念了一会儿西班牙语。

晚上，去吃饭，要了鱼和米饭。还要了一大杯的芒果汁，我和女儿说："这里的芒果汁很甜。"

"放糖了。"女儿回信说。真让人扫兴。

餐厅外是游泳池，这里虽然热，可是没有人游泳。那些美国人还要了酒，不知道免费不免费。

这个旅馆还没有到小岛，所以比我原来住的地方离机场还近。眺望湖水，一片静怡。如果没有那烦心事，这里倒是一处好地方。

八　危地马拉城

4 月 22 日

危地马拉城是危地马拉的第一大城市，也是中美洲的第一大城市。危地马拉的文化经济中心，位于危地马拉的中部山谷里，海拔1602 米，在南部火山区的高原上。由于终年如春，有"恒春之国"的美誉。始建于 1524 年，因遭地震多次被破坏，1776 年迁到现在的地方，这里两千年前，就是古玛雅的大城市 KAMINALJUYU，因此这里保留了许多玛雅古迹。这里还是咖啡、小麦、玉米的集散地。拥有一半以上的工业，有八所大学，科学院，博物馆。

危地马拉的名字的由来，有三种说法，第一种是阿兹特克语的"鹰族的土地"；第二种印第安语的"喷水的山"；第三种是土著语的"森林之地"。

我起来，就把东西都装好，我自己把行李推到电梯口。服务员正好也来接我。到了门口，已经有两个同飞机的已经坐在出租车里了，还是那个司机，我们两天来，已经多次坐他的车了，我们相视一笑。

到了机场，在办登机牌的地方，我和一对夫妇说："我们总是

在这里见面。"他们哈哈大笑。可是，不见了那对法国夫妇和一家三口美国人。我想他们受不了啦，自己叫车去了危地马拉城。

航空公司这次倒是好像有点儿歉意，把我的行李直接拖到了圣地亚哥。不用我取了再拖。我还是不太放心，盘算着万一行李没到，我需要什么东西才能过日子。

这次，人过了半数。飞机正点起飞。一个小时后，飞机在危地马拉城降落。我离下趟飞机还有八个小时。

这个机场可是比 FIORES 的机场好太多了，气派现代，主要是不热。

我换了三十美金的格查尔，要了 WiFi 的密码就开始查，危地马拉城有什么好看的。有一个历史博物馆可看，还有一个广场。我和出租车站的女孩说："我要去广场。"

出租车来了，司机人很好，他带我去市中心。一路上危地马拉的松树，很高，有三四丈那么高，各种颜色的花，开满了树。好像有些地方比墨西哥还好，就是公共汽车太破了，车身画的乱七八糟的，竟然还有一个烟囱，冒着黑烟。满街都是卖芒果的，大大小小很多种。我让司机帮我买了几个，10 格查尔。

到了市中心广场，教堂没有墨西哥的教堂城的辉煌，也是哥特式的，但是钟声太难听了，声音破碎，怎么像铁钟的声音呀？

不过，当地女人穿着实在很有特色，这里一百多个民族，每个民族有保持着原有民族的特有花色配饰，真成了民族服装展示会了。色彩斑斓的织出来的裙子，实在与众不同，很有特点。妇女们显然很得意自己的穿戴，极尽繁缛。

我要参观的历史博物馆，今天有活动，不开放。一些欧洲老派绅士模样的人，穿着讲究，拿着请柬进入博物馆。正好一群当地的女性精英盛装在拍照，我的这个角度也抢到一张。

我还会一句西班牙语动物园，就和司机说："我们去动物园吧。"看不成博物馆，看看美洲特有的动物也好哇。

他听懂了。我们往回开，动物园在离机场很近的地方，我按照原来说好的 80 格查尔，加倍给他。我写了 14:00，司机高兴地说："我来接你。"

　　下了车，我才发现我买的那些可爱的芒果全忘在车上了，还有我给司机钱的时候，把100格查尔当10格查尔给了司机。难怪司机特别高兴呢，我这几天没有睡好，影响了我的判断力。还有几天就要认识一种钞票，真的记不住。

　　买完门票，我的钱就只够买瓶水了。

　　动物园没有想到会这么好，我想看的金刚鹦鹉和猴子等都有，还有超出预期的企鹅。金刚鹦鹉可以用嘴叼住铁丝吊起全身，再把爪子移过来抓铁丝网，这样走的还挺快。它们的配色太大胆了，这么鲜艳大红大绿的，不是很容易被人发现给抓到嘛。猴子更可爱，这是一种在中国没有见过的，它们在一个肮脏的盆里，洗着朝鲜蓟，再一片一片的剥着吃，样子真可爱。企鹅也是争斗不断，不过就是虚晃几下，并无大碍。在我整理稿子时，看见凤凰卫视正在播这种企鹅，有一只被油污弄满全身，一位巴西老人，解救了它，它每年要游800公里来看望老人，就像走亲戚，老人还给它准备鱼，它让老人抱，也不怕人看。原来，我看见的就是这样有人性的企鹅呀。

　　还有河马泡在水里幸福的睡觉，孔雀几乎要越出铁丝网，来亲近人……我可真是大饱眼福。这里有许多幼儿园的孩子，这些孩子真像亚洲人，他们好奇地看着我，我正好可以抓拍他们那一张张天真无邪的脸，你们自己看吧，真的很像亚洲人。

　　我饿了，早上没有去吃早点，书包里还有些飞机上发的小甜点，我就把它们都吃了，想起我那几个芒果就心疼。我看完了，可是时间还没有到约定的时候。我就叫了其他的出租车去机场，司机要 10 美元，我只给他 7 美元，他也没有说什么。

　　我在办登机卡，它们找不到智利签证页了，我要过护照给他们找，很快就翻到了签证页，我办完登记卡。想想要换多少钱才够吃顿饭呢？就换 15 美元吧。我到了楼上的餐厅，有好几种饭，看看没有什么好吃的。就要了一份薯条和炸鸡。可是这份太大了，我连一半也吃不完，这顿饭才花了 65 格查尔。我又不想去换回美金，就去小商店里转，在一个卖衣服的摊位，给我妹妹的外孙女买了一件民族服装。又买了三个穿民族服装小人的钥匙链。

　　好了，钱花完了，我准备去候机室了。我赶快向智利的小宋发微信说："到现在还顺利。"

　　他回信："保持联系。"

　　女儿的微信告诉我："智利火山爆发了。"

　　危地马拉，真是一个危地，中国大陆翻译的没错，台湾翻译成瓜地马拉。危地马拉治安感觉很差，我后来才知道，我一路八十多天犯的错误，几乎都在危地马拉，我的芒果丢了；一个软皮本丢了，幸好我手勤快，把该写的都敲入计算机了，只是一些西班牙语的单词在上面；还把 100 格查尔当 10 格查尔了。还好都是小错，这和当地的气候燥热、睡眠不够、飞机延误、心情烦躁、提心吊胆都有关。

　　我回到登机的门那里，怎么多了一对穿蓝黑色军装的军人，在检查乘客的随身行李。我反正也没有什么不能带的东西，查就查吧。

我第一个上了飞机，这飞机没有多少人，我一人三个位子，我躺着一直睡到波哥大。波哥大机场很大，天已经黑了下来。

服务员带我出去，我说："我要去智利，不能出去。"很可惜他听不懂。到了边防，我给他们看我的第三段机票，边防才告诉服务员赶快去圣地亚哥的门。服务员也急了，跑步前进，到了门口，已经没有多少人了，还好我赶上飞机了，我塞给服务员 5 美元。

我已经没有时间告诉智利的小宋，我的飞机早上 6 点准时到，他不用接我，我自己叫车去旅馆。

我的座位前面，有个黑人小孩很可爱，就送他一张剪纸，还把前一段飞机上的小点心也给了他。他爸爸笑着对我说："谢谢！"填表时，他不会填，想让我帮他，我也不会西班牙语，没有办法帮他填，他只能请空姐帮他了。我挑了一款免税手表，准备送给小宋。

轮椅走天下

九　智利圣地亚哥

4 月 23 日

　　智利在安第斯山的西边，东以阿根廷为邻，北与秘鲁、玻利维亚接壤，西邻太平洋，南与南极洲隔海相望，智利人称自己是"天涯之国"。是世界上地形最长的国家。国土面积 756626 平方公里。是南美洲国家联盟的成员国，在南美洲与阿根廷、巴西，并列为 ABC 三个强国。阿根廷是 A；巴西是 B；智利是 C。就国名开头的字母

　　智利有丰富的矿产资源、森林资源和渔业资源。智利的铜矿世界排名第一位，也是世界上铜出口和铜加工最多的国家，享有"铜矿之国"的美誉。境内的阿塔卡马沙漠是极旱地区，有上百年不下雨的纪录。它还是世界上唯一的硝石生产国。智利的教育发达，智利的新闻自由和民主发展也都有很高的排名。

　　民族是印欧混血人种和白人。人均 GDP14520 美元。25 人 / 平方公里。

　　我在这里抄一些《智利智京中华会馆 120 年简史》

（1893–1913）。

据 Diego Lin Chou（周麟）先生考证，早在 1847 年，第一批中国苦力被卖到古巴，掀开了华人移民美洲的第一页。1849 年 75 名大清国民以苦力的身份被卖到秘鲁，这是目前有记载的抵达南美洲的第一批中国人。无论是为了生存还是为了发展，这些被像牲口一样运抵美洲的中国人万万没有想到，等待他们的是奴隶般的工作。当他们的双脚踏上南美洲的土地时，随即开始了从地狱爬上人间的苦难历程。

在鸦片战争中的英国军舰上，有一个名叫帕特西奥·林茨（Patricio Lynch）的智利人。生卒时间：1824.12.1–1886.5.13，绰号：红色王子。在 1840 年至 1842 年持续三年在战争中，这个智利人与中国人不断接触，因其在中国的亲身经历，对中华文化产生了浓厚的兴趣，甚至在英军占领广东期间，学到了一些广东话。

1850 年之后，智利军队在智利北部有争议的地区发现大批中国苦力。随着战争的深入，当时智军先头部队的指挥官帕特西奥·林茨不断发现中国苦力，他下令解放了数以千计的中国苦力。这无疑是中国人大批移民的开端。

据周麟先生在其史学著作《智利—中国 移民与双边关系（1845—1970）》一书记载，当时有 1200~1500 华人加入智利军队。

太平洋战争的结束，可以说是智利华人史的开篇。根据智利 1885 年的人口普查统计，1875 年智利华人有 122 人，只有 28 人经商，占 22.95%。1885 年猛增到 1164 人，有 189 人经商，占 16.24%。华人的职业以工人、厨师、佣人为主，并慢慢向商业领域发展，也就开始了自立门户、艰苦创业的道路。1895 年在总数 992 名华人中，有 242 人经商，占 24.39%。

1893 年 6 月 15 日，在只有一百多名华人的智利圣地亚哥，成立了华人社团：智利智京亚洲会馆，即现今的智京中华会馆。值得一提的是，智京亚洲会馆成立一年之后，就集资在圣地亚哥总公墓购买了第一块华人墓地。

我先用一段切·格瓦拉在 1952 年，他医学院毕业后，开着一辆破摩托车到了圣地亚哥对它的描写："圣地亚哥给人的感觉多少有点类似科尔瓦多。虽然，这里生活节奏快很多，交通也拥挤得多，但它的建筑物、街道的布局、天气，甚至这里的人的脸庞都让我们想起自己那座美洲地中海城市。"

他还说过："智利人的热情我是怎么夸也不嫌累的。"

圣地亚哥是智利的首都和最大的城市，南美洲第五大城市。冬季凉爽，有雨雾，夏季干燥气温不太热。东依安第斯山，西靠瓦尔帕莱索 100 公里，智利的国会在瓦尔帕莱索，圣地亚哥是智利的政治、经济中心，它贡献了全国 GDP 的 45%。

天没亮，飞机准时到了智利的圣地亚哥。一个女服务员一直推着我，她很为我着想，在过海关时，海关的官员想我要一个什么东西，我听不懂，海关的人也不会说英文。女服务员指指自己身上的牌子，我看看，我没有这东西呀，不过我想起来，在智利领事馆时，他们给我两张小纸片，就拿出来，问："是不是这个？"

她点点头，就是这个。这个海关的官员已经困的不行了，老是在打哈欠。这时，哥伦比亚的空中小姐们穿着大红色的小斗篷排队出来了，真漂亮！

我终于能出关了，在行李转盘那儿，女服务员几次去把头伸到转盘里去问，问轮椅来了没有。又去找人，尽职尽责，我赶快拿出一条丝巾，送给她，她一脸吃惊。我告诉她："这是中国的。"

我们拉着行李往外走。她问我："有人来接你吗？"

我也不知道，就说："有。"

在外面等了两分钟，小宋来了。他马上掏钱，我说："给过了。"

我们来到停车场，天还黑着。我上了小宋的 SUV，在圣地亚哥的公路上飞驰，这里怎么这么像北京呀？圣地亚哥的设施不错嘛。我已经很多天没有走过这么好的路了。

小宋说："等你这个旅馆的两天住完，我把你搬到我办公室附近的旅馆，那里离我们很近。"

我说："我也不知道你在不在圣地亚哥，怕你措手不及，就自己订了两天旅馆。"

"我有思想准备，你和我说没关系。"他说。

我想起来女儿说的："智利火山爆发了？能看到吗？"

"世界上的 1/10 的火山在智利。这次在南边，远着呢，路已经被封了。"他很了解火山的情况，看来已经不是第一次了。我想看火山是没有希望了。

我又问："智利南部的冰川能看吗？"

"已经封了，现在进入冬天了。"小宋说。

他找到这家旅馆，我们进了房间，小宋说："这房子超值呀，这里还有早餐呢。"

我一看，早餐已经放在了小厨房的台子上。这真是一个好办法，可以省得去餐厅。早餐在屋里，就不怕起晚了。

客厅竟然在墙上挂着两个中国字。"禄""友"。

小宋说："我这两天要带一个国内来的团。"

"你什么也不用管我。就等明天我退房，来接我就可以了，这

是给你和你夫人的礼物。"我说着，才发现我的箱子的数码锁给撬开了。我上了三段飞机，在哪段被撬，也无从判断了。我的洗衣粉被打开，他们可能以为是毒品。

"你以后不用这么客气。"小宋有点儿不好意思。

我说："我都背了半个月了，终于可以轻松一下了。飞机上的东西免税，我就占个便宜呗。"

小宋说："中午，我们这里的作家的头小包要来看你。"

"能给我带点儿米饭吗？"我厚着脸皮说。

"我会和他说的。"小宋答应了。

天已经亮了。小宋把给我带的水果，放在台子上，他还有事就走了。

我看了一下，这个特价不能退的房子，是一个套间，有音响，这是我住过的所有旅馆里没有看见过的。这两间房子可分可合。两间都是落地窗，都有晒台，楼下就是游泳池。

我困的头晕，必须马上躺下来。

到了十点多小包来电话，说他刚上完课，十二点多才能来。我应该洗个澡，可是不行，没有力气，就把客厅收拾出来。

小包来了，他竟然带了一个 COOLER。我说："这太过分了吧。"

他说："没什么，我也吃的粥。"说着拿出了粥、洋白菜炒肉片、拍黄瓜、朝鲜辣白菜、甜花生、虾干。摆了一桌子。有同胞的地方肯定有好吃的。看我吃的这么香，小包也很高兴。

我还是惦记着火山，就问："你们这里火山爆发了？"

他说："智利有两千多座火山，活的就有 50 座。"这个数字真让我大吃一惊，火山之国呀！

我问："智利的华人最早什么时候来的？"

"智利的华侨来自秘鲁。1849 年第一批华工 75 人被卖到秘鲁。1850 年智利圣地亚哥大区的区长本杰明·维古纳在离首都 100 公里外的奇约塔，发现有 10 个中国人在私人庄园里工作。"

这么早，真出乎我的意料。

小包是东北人，四十多岁，瘦瘦的，中等个。他为了来智利，先在国内学了两年西班牙语，是有备而来。他现在办学校，教那些没有学过西班牙语的华侨。每周时间并不多，还有时间可以写作。看见他困了，我想他有午睡的习惯就让他赶快走，他还要接孩子，女儿才 8 岁。

他一走，我也躺下了。

晚上，小宋来电话。我告诉他："明天十二点以前我得退房了。"

"我还以为后天呢。"他说。

"今天六点到十二点就算一天了。"我说。

他说："那好吧，你明天八点退房，我去接你。"

"我八点把房子退了，行李放门外，你一来，就上车。"我说。

我记得他说这里不好停车。

我洗了澡，在柜子里翻到一条毯子，盖在被子上。昨晚，我被冻得没有睡好，又懒得起来找。

4 月 24 日

天不亮，我就起来了，把东西塞进行李。我去楼下办手续，本来想用现金结算，没想到他们已经从卡里扣了。我在门外等了三分

钟，小宋就来了。

他开车，我第一次看清圣地亚哥，它不像北京，有点像南欧的城市。树叶已经发黄，应该进入秋天了。我庆幸选择了圣地亚哥，没有去洪都拉斯、萨尔瓦多和尼加拉瓜，在那里我可能会中暑的。小宋先把我送到他订的旅馆，又把我带到他们的办公地方，距离也就五十米吧。办公的地方是一个独门独院的二层小楼，后院有一个木工棚，和两间平房给看门的工人住。屋里木地板，他们正要搬家，有些乱，收拾出来应该还不错。

小宋介绍我认识他的生意伙伴小朱，说完他就去接团了。我和小朱一聊，我们竟然有那么多重合地地方。他老家在山西，我插队在山西。他在福建长大，我父母是台湾人，我父亲七代以前就在福建安溪。我问他："你在福建什么地方？"

"霞浦。"他说。

"你们那里有一种腌黄花鱼，特好吃。"我说。

他高兴了："你知道，我和谁说，谁也不信。"他终于找到可以证明他说的是实话的人了。

小朱要去超市买菜，我就和他一起去。我想看看智利的超市。到了那里一看和美国也没有什么区别。价钱，我就不清楚了，我还不知道汇率呢。而且，美国是磅，这里是公斤。

小宋的爱人韩校长，她和小宋初中就一个班，都是66级老初三的，在外院附中学西班牙语，1972年又双双公派到墨西哥学习西班牙语。后来，两人都到外交部工作了。韩校长在外交部退休，小宋从外交部下海经商。

韩校长瘦弱，人很朴素，好像很怕冷。她帮我打印了两份材料，就和小朱推我去阿根廷领事馆。大概有一千米的距离，路过一个公

园，有些大树，好像智利的树都比中国的大。还有一个存放百年老
爷救火车的地方。

我们赶到阿根廷领事馆，人家还没有关门。领事馆通常下午一
两点就关门了。一个漂亮女士热情地接待了我们。她说："今天还
有五个人，你们先在网上申请。"

回来的路上，在老爷救火车的展示厅外，拍了一张照片。老爷
救火车还挺精致、轻便的。

大事都办了，我们回来，韩校长买了烧鸡。小朱做饭，做了粥
和辣椒肉片、福建的梅菜还有煎鸡蛋，我吃得很香。先回旅馆，和
他们说："我晚上不吃饭了。"

下午，小宋带着小包来了，小包带着他主编的书《智利智京中
华会馆》来送给我。这是一本精装的书，这书对我很有用。

　　我们来到旅馆的小院里，这里有点儿情调，周围墙上有花，有日本式的遮阳伞和放着大枕头的沙滩椅。小宋说道："周麟先生现在巴拿马做大使，他在智利使馆工作时，上了智利最有名的天主教大学，读博士，他做的博士论文，就是智利的华人历史，把智利的华侨史搞得清楚客观。"从他口气，听得出非常推崇。

　　他接着说："我最先在书店，发现了这本用西班牙语写的书，我推荐给了朋友们，大家都很肯定。原来，在1847年，中国的第一批苦力卖到了古巴，开始了南美的华侨史。当时，华人社会有一个重要特征，几乎所有的华人社团都是广东人创立并经营。在智利有句话：'像中国人一样工作。'另外，也有一句话说中国人不讲卫生叫：'脏中国人。'"

　　小宋又邀请我去吃他很喜欢的面条。我最好一天两顿，天黑以后就不太想吃东西了。后来，想想不对，这是第一次大家一起吃饭，我不去太扫大家兴了。就赶快自己过去。他们看见我来，都很高兴，小宋还拿出了葡萄酒。小宋说："这里葡萄酒的价钱和水差不多。"

　　我不会喝葡萄酒，小宋说："我教你，这可是和中国的干红不一样。中国的干红是勾兑的酒，智利的是葡萄原汁酿的酒，智利的酒庄是有机酒，中国 ISO 都来人鉴定过。过几天，我带你去看看酒庄。先晃晃，再闻，酒要和空气氧化一会儿，然后你喝每一口都不一样，酒的氧化的程度不一样，越喝越醇，最后那口最好喝。"

果然，和中国喝的大不一样，没有那些让人不喜欢的怪味。一口和一口不一样，味道越来越醇。我那么不喜欢的葡萄酒，还能出这味呀！

小朱做了面条和菠菜。

吃完饭，小宋送我回小旅馆，说："明天八点我来接你。"

回到小旅馆，我想中国多数人一定想不到智利像南欧，有高大的棕榈树和柠檬树。天气也不冷，冬天有十几度。白天不冷不热，很舒服。晚上有点凉。夏天晚上也要盖被子，这是多么舒服的地方呀。这里印第安人和黑人都不多，白人比较多。

难怪来了智利的中国人都不想回国呢。

十　海藻工厂

4 月 25 日

昨天，可能因为喝了葡萄酒，回来就不能写了。睡得很香，看来葡萄酒可以治失眠。半夜三点醒来，才能洗澡洗衣服。一早五点钟，我正式起床，洗漱完，就坐下来写，写到七点多，收拾好东西，就去吃早餐，这家小旅馆 35 美金一天，还包早餐。

我不愿意让小宋接，就赶紧自己去他们办公室。看见楼上灯还亮着，不想打搅小朱，就在外面等。这条街很安静，都是欧式的房子，没有感觉危险。我正在四下观看，怎么门开了？原来是小宋，我说："你这么早就来了？"

他说："昨天就没有回家，住这里了。今天，我带你去一个地方，看海藻加工厂。"

太好了！我还没有参观过什么工厂呢。

这时，一个年轻人开着一辆白色的新车来了，小宋说："这是小韩，大连人。"

这人看着就是没有坏心眼的人，三十多岁，很结实。

另外一边，又来了一个中年人，上海人小陈。小陈一看就是年轻时热爱芭蕾的人，撇着八字脚走过来。

小宋："他娶了一个智利老婆，超生，生了三个孩子。"我们都笑了。

我问他："手机里有老婆孩子的照片吗？"

他说："没有。"我挺遗憾的。

我们都上了小韩的车，开始上路。前几天都在城里，看山不太清楚，圣地亚哥也有雾霾。现在走到了城外，可以看见安第斯山，怎么这么高哇。在中国我没有见到过这么高的山呢。他们说这里随便就四千多米，一下雨，山头就白了。最让我想不到的是，这里怎么这么多的仙人掌呀？我以为只有墨西哥和美国亚利桑那州才有这么大的仙人掌呢，墨西哥许多还是种的，智利完全是野生的，长得漫山遍野的。小陈说："这里的仙人掌果是酸的。"

小宋说："让小陈介绍一下什么是海藻。"

"海藻有许多种，笼统地说就是海底森林，可吃，可做化工原料、染料等。海藻含海藻酸钠，可以使染色亮丽，首先从韩国搞起来的。分叶藻、巨藻、褐藻等。"小陈给我们普及知识。

小陈开始讲他的创业史，他是从日本过来的。到了这里主要是做"凤凰"自行车和"蝴蝶牌"缝纫机的生意。原来有一家比他的资本雄厚，他看准那人进了几个货柜的自行车。就把自己进的"凤凰"自行车买的很便宜，很快就卖光了，价钱也下来了，他也不进货。那人被拉下来的价钱坑苦了，只能陪钱卖，他有那么多的货，再也不敢卖"凤凰"自行车了。现在，小陈是"凤凰"自行车的智利总代理。

快到海边的时候，往山里一拐，来到了海藻加工厂，这是什么

工厂呀？几个破粉碎机，剩下的就是遍地海藻。海藻是晒干的，有好几种。我也分不清。

小宋说："这厂还有人命呢。"

我吃惊不小，这么破一个厂，谁会为它舍命呀？

"这里有个小混混，来了好多年一事无成，就会骗吃骗喝，啥也做不了。他有个亲戚找项目，他就拉着亲戚来做这个厂。那人有头有脸的，有人劝过他说这人不可靠，他老婆女儿也觉得这个小混混不地道。他一意孤行，投了八千万，只收到六千万的货，两千万就收不回来了。因为这个小混混，利用他亲戚不懂西班牙语，做法律文件时，做的对自己有利，他把自己做成了法人代表。结果，他亲戚还不了别人的钱，看着他买豪宅买豪车，一点儿办法也没有。受害人的老婆带人去，把他打了一顿，要带他回河南，在路上被智利警察抓了，那人说：'他们打我。'就只好把他放了。这个投资商自杀的前两天还打电话给我说：'我不能这样过了，我不想活了，活着真没意思。'他自杀后，那个亲戚毫无恻隐之心，还不还钱，就拖着。"小宋说。

真是没有天理了！

小宋说："国外投资千万别图省事，该请律师一定要请，法律文件要做好。"这真是血的教训呀！

两个当地的土地的承租人，小宋介绍我们认识后，我说："小陈就是中智友好的证明。"

一个智利人开玩笑说："他滥用我们的友谊。"我们大笑。

那两个智利人说小宋："你也找一个智利姑娘。"

小宋笑着说："他不教我。"

他们三人西班牙语都没有问题，在笑声中，考察结束了。

我在路上说："这厂有纠纷，要了也是麻烦，不如自己找块地，这些设备也没有多少钱。"

小陈说："就是这里可以把海藻晾干，其他的地方就不行了。"

我们还去了一个渔民家的小农场，曲里拐弯的烂路，那人也有些海藻原料。

我们又上路了，这次开到了太平洋边上，有几个小摊位在卖鱼和螃蟹。小韩是大连人，看见海鲜就没命了，买了一大包螃蟹他有些大连的亲戚也在这里。小宋也买了两打，还有两条鱼，才三千智利比索。算下来，就是人民币两三块一斤，我们还忘了砍价。这要是让国内的老饕们知道，还不疯狂了。

中饭，小陈请客，找了半天，才找到一家他中意的餐厅，这里南极磷虾很新鲜，我们都是海鲜，小陈给我点的是焗贵妃舌，只有小韩要吃肉。小陈因为老婆是智利人，所以在家都是西餐，吃饭用刀叉熟练又优雅。智利的海鲜很鲜，虾肉都有弹性。我早就知道南极磷虾是鲸鱼和企鹅的食物，我以为个头很小呢，没有想到有一寸

长。听说一只蓝鲸胃里的磷虾就有一千五百公斤。

　　磷虾的味道和对虾一样鲜美，是不可多得的美味。它的蛋白质高达 56%，也就是说除了水分，几乎都是蛋白质，是迄今为止发现蛋白质含量最高的生物。据说，南极磷虾年捕捞量有五十万吨，海里有上千亿顿。磷虾可以说是"世界蛋白质的仓库"。

　　世界上对磷虾捕捞最多的是日本和俄罗斯。波兰、挪威、新西兰、澳大利亚都在跟进。

　　回来的路上，在一个叫 LA LIGUA 的地方，有种当地特色的 DULCES 甜点，小陈下去买了两包，上车给了我一包。我打开一看里面有五六种点心呢，有些像稻香村的中国点心。我想好给小包的女儿吧。

　　回到办公室，小朱在海边长大的，看见螃蟹就高兴，马上就蒸。他还留了几个小的，要自己做醉蟹，他是要吃夜宵的，他每天晚上在网上看中国的电视连续剧，他来十年了，也不学西班牙语，也不学开车，就是看抗战的连续剧。因为，他父亲是山西参军的南下干部。

　　智利螃蟹壳子是紫红色的，品种和中国海的梭子蟹不一样，壳很硬，没有工具根本别想吃。

　　我们一人吃两个就顶住了，蟹黄太多了。小朱说："这里的人只吃钳子，其他都扔了。"我听了真吃惊。

　　小宋问："吃够了吗？"

　　"吃够了。"我说。

　　"还想吃吗？"小宋又问。

　　我说："不想了。"

　　小宋说："来智利的人我都问他们，都说吃够了。"

十一　圣安东尼奥、聂鲁达故居和陶艺村

4 月 26 日

　　我吃过早餐，就出门，刚出来，有辆车停在我身边，一看是小宋的车，小宋说："今天去聂鲁达的故居。这是小韩学校的吴老师。"

　　深秋了，气温很低，吴老师还穿着裙子，我都穿羽绒服了。我把围巾贡献出来，让吴老师把腿包住。吴老师来智利之前在古巴几年，她说："古巴的龙虾很便宜。"

　　一路上，我们有说有笑，看着巍峨的安第斯山，实在比中国看见的山高多了。回来一查，中国的泰山 1545 米，安第斯山有的是 50 多座 6000 米以上的高峰。山坡上的仙人掌到处疯长，因为是秋天，地里没有什么作物，有些萧瑟。但不是像北京完全土黄色，这里还有些绿色。因为即使是冬天，这里并不太冷。太阳出来，还有十几度。

　　两个小时后，我们到了聂鲁达的故居。这里靠海，海边礁石林立。纯净的海水拍打出白色的浪花，又有气势，又

壮观。不能说惊涛拍岸，也是波涛拍岸，这片海很有的看。聂鲁达
1938 年买下这房子，请了世界著名的设计师来装修。他的客厅里
有许多与船有关的收藏品，有船头拆下的木头女神雕像，有一人高；
有罗盘；有各种船上的雕刻。他和他的第三任的夫人在这里度过了
他最后的时光。

　　聂鲁达喜欢海，可是从没有出过海。他说："我是陆地上的海
员。"他的每个房间都可以看见海。他还收藏了一些船上的铜钟，
大大小小有五六个，挂在屋外的一个木架子上。最有趣的是，旁边
有一条小木船，有桨，他自己常常坐在里面，看着坡下的大海，用
力划着船，好像他自己置身于海中。

　　1973 年 9 月 11 日，军人政变，23 日他就莫名其妙地死了。因为，
他是智利共产党员，死在圣地亚哥，葬在这里。他的墓也在院子里，
是一个用石头砌的船的形状，船头对着海。1985 年，他夫人去世后，
也葬在这里，与他合葬。

巴勃罗·聂鲁达，1904年7月12日出生在帕拉尔城，13岁开始发表诗作，1923年第一本诗集《黄昏》出版，1924年发表成名作《二十首情诗和一首绝望的歌》，自此登上智利的诗坛。聂鲁达一生就是两个主题：一个爱情，一个政治。

聂鲁达对中国文化感兴趣，他一生三次到过中国。1928年，作为外交官去缅甸上任。1936年，西班牙内战爆发，他坚决地站在西班牙人民一边，参加了保卫共和国的战斗。1939年被任命为驻巴黎专门处理西班牙移民事务的领事，使数以千计的西班牙人来到了拉丁美洲。1940年，就任智利驻墨西哥城总领事。访问了美国、危地马拉、巴拿马、哥伦比亚、秘鲁等国，写下了许多著名的诗篇。在此期间，"二战"正酣，他到处演说，号召人民援助苏联的卫国战争。1945年，聂鲁达当选为国会议员。获得智利国家文学奖，同年加入智利共产党。1946年智利共产党被宣布为非法组织，大批共产党人被投入监狱。他的住宅被人防火焚烧了。在此期间，他完成了两部长诗《1948年纪事》和《漫歌》。1948年，他经阿根

廷去莫斯科参加世界和平大会。1950 年获得国际和平奖。1951 年到 1952 年，暂居意大利，期间到过中国。1952 年智利政府撤销了对他的通缉令，人民以盛大的集会欢迎他的归来。回国后，他过着比较安定的生活，完成了《元素的颂歌》和《元素的新颂歌》及《颂歌第三集》。1957 年当选为智利作家协会主席。

1971 年聂鲁达获得诺贝尔文学奖。

聂鲁达的小说《邮差》已经被翻译成三十余种文字。同名电影获得 1996 年奥斯卡金像奖。

1951 年，他来到上海给宋庆龄颁发了列宁和平奖。那次，他还见到了茅盾、丁玲、艾青等人。1951 年 9 月 1 日下午七点，宋庆龄副主席在北京饭店宴请聂鲁达夫妇还有尤金博夫妇、罗申大使夫妇、费德林参赞夫妇。当他得知，他的中文名字里有三只耳朵时说：“我有三只耳朵，第三只耳朵是专门听大海的声音。”

在聂鲁达德故居有一个放映聂鲁达纪录片的小放映间，我和韩校长坐下来颇有兴趣地看聂鲁达的纪录片。这时，来了几个中国人，带头的昂首挺胸、双手背后，后面几个低首谦恭地跟着。他们不看纪录片，只是显示身份地转了一圈。这在中国是极为常见的场面，可是在民主国家就显得很另类。真有舞台剧的效果，而且演出很到位。我和韩校长撇着嘴，相视而笑。不知道其他国外观众怎么看，可能比我们还过瘾，犹如看到了金正恩。

小宋说：“有一次，给国内的一个团做翻译，主谈一大口脓痰吐到纸巾里，放到我们面前的烟灰缸里。把我恶心的，我都翻不下去了。”我们哈哈大笑，我想用这个做题目，考各级官员，多数人会选这个答案，他们觉得我没有吐到地上已经很礼貌了。

小宋接着说：“我带一个国内的团，那些拍马屁的，也就是地级市的市委书记，他们知道智利的人口总数，说：'书记，你就是副总统，你管的人是这里的一半。'真恶心！"

　　参观完聂鲁达的故居，我们驱车去智利最大的港口安东尼奥，小宋请我们吃大餐，给我点了鲍鱼，原来一盘五只，现在只有三只了。这里做鲍鱼也就是煮熟，往上面画上一点儿色拉酱。鲍鱼有些腥味，怎么没有中国的鲍鱼好吃呢。中国做鲍鱼多复杂呀，光那个鲍鱼汁就很下饭了。我给了小宋一只，我吃了两个就很够了。

　　我们旁边的窗外都是礁石，礁石上有许多的海豹、大鹈鹕和海鸥。在远一点儿的船上都有海豹在船上晒太阳，有几只海豹挤上一条小船，都要把船给压翻了，我们忍不住笑了起来。看着海豹，吃着鲍鱼，实在是享受呀！这三只鲍鱼才人民币80元，这个钱在中国一只也买不到。

　　远处是大船在繁忙而有条不紊的作业，我的目光完全被这些可爱的、憨态可掬的动物吸引了。没有好好看这个智利第一大港。

　　吃完饭，小宋说："带你去一个好地方。"他推我到一个桥上，桥边的海豹太多了，它们在海里不停地翻滚，实在可爱。我一直想到旧金山的渔人码头，去看看海豹，可是那里有一段路很难走。在这里，我的心愿得到了满足。海水那么绿，那么干净。海豹一点儿也不怕人。这里人不多，爱看多久都可以。

我们转身又去逛渔市，这里真的看到，一箱箱只有螃蟹钳子，剩下的都扔了，这些被扔掉的是不是就是海狮、海豹的食物呢？1公斤才 2000 比索，也就是 3.23 美元，实在便宜到无法想象。所有的卖螃蟹的人都在招呼我们，他们知道中国人爱吃螃蟹。可是，我们昨天才买了那么多，还没有吃完呢。人不多，已经是下午 3 点了，这么多的海鲜，天气还很热，卖不掉怎么办呢？我都替他们发愁了。

　　我和吴老师看见有卖墨斗鱼，墨斗鱼之大，肉有一寸多厚，周长有一尺五。两条墨斗鱼的头才 2000 比索。我买了两条，大约有七八斤了。

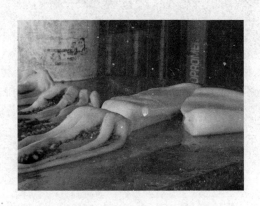

　　小宋他们也买了许多的鱼。一个大 COOLER 都满了。小宋看我在挑草帽，就给我付钱，买了下来。

　　我们又上车，小宋说去一个陶艺村。二十多分钟后，我们到了陶艺村，这里没有一百家也有几十家陶艺店。每家都是前店后厂，有自己的风格，韩校长说："这里比我们以前来时，做的好多了。"各种锅和餐具都各有特色，很淳朴，很可爱。

　　我们走到街角，是一家餐馆，做了一个很大的长方形的烤包子，有一尺多长。都黄昏了，也不切开卖给大家。

　　回来的路上，韩校长想买点儿牛油果，没有买到。

　　晚饭时，小朱用三条墨斗鱼须就做了一个菜。

　　我吃完了，觉得有蚊子咬我，接着越来越痒，糟了，我过敏了，手都肿起来了。

我赶快回去，就用牙膏抹到包上。因为牙膏里有薄荷，舒服些了。我什么也干不了，睡吧。

4月27日

智利八点，天才蒙蒙亮，是因为安第斯山太高了，把阳光都遮住了。我起来就抓紧时间写，昨天的事情太多了，过敏也好了。到了九点，我去吃饭，才发现有一个客人有炒鸡蛋，服务员问我要不要，我点头，主要这里的鸡蛋没有污染。

我吃过饭，想去理发，在过小街时，小宋跑了过来。他刚好出门，听说我要理发，就推我去一家他认识的店，他就去谈判了。这里不到时间不营业，虽然已开门也有人了。本来说十点工作，十点半了也不开始。我觉得时间这样浪费太不值得，就自己回去了。

旅馆得服务员问我要不要换房子，我说："西（是）。"

她一会儿拿着手机让我听，那边小宋说："服务员要给你换一个大点儿的房子。"

服务员帮我把东西搬过去，这间比我原来的房间大了一平米的左右。离餐厅和门都近了。

这家旅馆有两层，原来是一家人住的，许多地方是后改的，就有些别扭，不好用。每间房子都要加出一个卫生间，就变得很小了。

这时，有人来敲门，原来小包来找过我，借给我五本他编辑的杂志《小人物》。服务员送来了。

下面是一些我抄《小人物》的信息：

2014 年第一期：

1. 一月到八月份智利首都房地产销售下降 2.4%。

2. 三季度智利首都房价同比增长 16%。

3. 圣地亚哥市公寓楼均价 110 万比索／平米（1 万 1 人民币一平米）。

4. 智利等四国 2014 年有望成为拉美经济表现最好的国家集团。

5. 智利经商氛围排名上升至拉美第五位。

6. 智利成为侨汇净收入国。

7. 第三季度智利 GDP 增幅排名世界第八。

8. 拉美地区政府透明度智利排名第二。

9. 智利预计今年通胀为 2.8%。

10. 2013 年智利降息幅度为世界第九。

11. 拉美经委会预测智利经济增速达 4%。

12. 智利家庭食品开支占全部收入的比例接近发达国家水平。

2014 年第三期：

1. 智利圣地亚哥机场扩建 2016 年启动。

2. 多名智利富豪进入福布斯行列。矿业集团 LUKSIC 的女老板，资产 155 亿，排名 58。

3. 2013 年智利从中国进口消费品占总进口的 1/3。中国成为智利重要的出口市场。

4. 2013 年智利十大出口目的地依次排列为：中国、日本、美国、巴西、韩国、荷兰、意大利、中国台湾、秘鲁、玻利维亚和比利时。

5. 智利红酒"红魔鬼"被评为第二大受宠品牌。

6. 2014 年智利经济增长速度在南美地区居中。

7. 原产智利的葡萄酒和三文鱼位居世界品牌之列。

8. 2013 年智利销售皮卡 67% 来自亚洲。

9. 智利 2017 年将实现全部使用电子发票。

10. 智利 11% 的高层建筑能够抗 9 级地震。

11. 3 月份大圣地亚哥地区失业率上升至 6.3%。

12. 智利发现新油田。智利南端贝尔地区发现新油田。深度 7750 英尺。可日产 215 桶。

2014 年第四期：

1. 2013 年智利进口的电脑有 81% 来自中国。

2. 智利邮政、海运和空运三大服务市场准入障碍最大。

3. 2013 年智利在使用的汽车 426 万辆（智利人口 1700 万）。

4. 智利是拉美人酒精摄入量最大的国家。

5. 智利商业信贷息差为拉美地区最低。

6. 世界组织报告：智利男女平均寿命分别为 76 岁和 83 岁。

7. 圣地亚哥入选拉美最具投资吸引力的城市。

8. 智利 4 款葡萄酒跻身世界 15 款最佳赤霞珠干红行列。

9. 智利吸引外资排名下降到第十七位。

10. "中国制造"在智利的电子市场占据主导地位。

11. 截止到今年三月智利网民数量首次超过全国人口的半数。

12. 智利最低月工资标准上调至 22.5 万比索。（2250 人民币）

2014 年第五期：

1. 智利葡萄酒为年轻人和妇女所好。

2. 智利寻求吸引更多的外国留学生。

3. 受地震火灾影响智利政府将面临财政赤字增长。

4. 40% 的智利人首选中国品牌的汽车。

5. 伊基克自贸区中国商品进口额占总进口额的近 40%。

到了午饭时间，我过去，小宋一看我没有理发。我说："我找不到平衡了，2000 比索买那么多螃蟹，理发就要 6000 比索。而且，理发的人也不来，我等不了啦。"

我自从知道智利的螃蟹价格之后，就什么都用螃蟹折算一下。智利的螃蟹成了我的货币单位了，他们都笑话我，除了螃蟹其他东西和中国也差不多，只是螃蟹太便宜了。

小宋说："让小朱给你理吧，他会。"

小朱义不容辞地给我理了起来，我真没有想到他手艺还不错。

吃中饭时，来了一对夫妇，他们是桂林人。男的姓黄，女的姓杨。男的原来在这里的亲戚那儿做厨师，亲戚管的他连门也不许出，只能干活，还不给他办身份。他给亲戚做了几年，才自己干。可是，他们两口子西班牙语不好，有重要谈判就要找小宋夫妻俩帮忙。小宋心眼好，来者不拒，都帮忙。韩校长和我说过："我婆婆说，我这个儿子是专门给别人做事。"

下午，小宋说拉我去市中心看看，小黄开车回家路过宪法广场，他就带上我们。在这个军人政变的广场上，有一座阿连德的雕像，他就被打死在宪法广场边上的政府大楼里，他可是第一个智利民选的总统呢。

阿连德 1908 年 6 月 16 日生于瓦尔帕莱索德一个中产阶级家庭，祖父是医学博士，父亲是律师，经常为付不起费的穷人辩护，母亲是法国人，1933 年阿连德完成了《精神卫生学与犯罪行为》的论文，获得博士学位。阿连德创建了社会党，并担任瓦尔帕莱索的党支部负责人。1952 年阿连德首次参加竞选。到 1970 年他获得 36.3% 的微弱优势，为了取得支持他做出了许多让步：总统不干涉公民权力；不对军队施加影响；保留上一届政府的行政架构；尊重新闻自由；

尊重大学等教育机构的自主权等。智利议会确认了阿连德的总统地位。消息传到华盛顿，尼克松大发雷霆，甚至骂道："阿连德狗娘养的，十足的混蛋！"

阿连德控诉："我们的特权阶层用民族的遗产和人民的苦难去做交易，换取外国资本给他们的骄奢淫逸、醉生梦死的生活。"智利社会主义是对马克思主义理论的又一次探索：证明社会主义可以在不改变资本主义国家政治架构的前提下，采用非暴力的方式，用多元主义、民主和自由的途径，建设社会主义。智利的革命过程不是家长式的，也不宣扬个人崇拜，"我本人不是救世主，马克思主义仅仅是阐述历史的一种方式，而绝对不应该被当作政治信条来膜拜。"智利走社会主义道路而非无产阶级专政。同时，他坚持抛开政治立场的分歧，保证所有智利公民有出版、结社和表达自己政治言论的自由权利，同时欢迎各界人士对总统进行监督并提出批评。阿连德的外交思想是一个完整的部分，其根本目标，是维护国家的独立和尊严。阿连德和古巴关系密切，他有一个女儿嫁给古巴的外交官。1967年，切·格瓦拉在玻利维亚牺牲，他的战友千辛万苦，九死一生逃亡到智利北部，时任参议院的阿连德亲自护送他们到塔西提岛和复活节岛。阿连德上任伊始，就率先和古巴正式建立外交关系。这触动了美国。

阿连德把许多企业收回国有，为了提高贫民的生活水平，禁止外国掠夺智利的财富。得罪了外国企业和国内的资产阶级。美国不愿意看见它的后院起火，就勾结皮诺切特军人集团发动政变。在政变前，皮诺切特去巴拿马的美军基地秘密会晤，还把家属送岛巴拿马的美军基地。政变当天轰炸莫内达宫的飞行员都是美国人。

政变当天的8:30，以皮诺切特为首的三军和警察部队组成军政

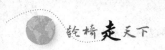
府委员会发表公告，勒令阿连德辞去总统职务。阿连德两次向全国发表广播讲话，强烈谴责政变，拒绝辞职。11:30 皮诺切特向阿连德发出最后通牒，如不投降，炸莫内达宫，阿连德不投降，部队向总统府投弹，13:45 阿连德以身殉职。

世界上学术界关于阿连德时代智利的研究，就有一千多种出版物。

我们到政府大楼的门洞里和那里的军人拍了照，他们都很友好，没有不可一世的样子。

在通过整个广场时，我们又看见有人在录像采访，被采访的是一位四十岁左右的女士。小宋说："这是个部长。"啊？这么年轻的社会发展部女部长，现在智利的总统还是女的呢。

在广场下面的地下展馆有一个艺术展，我们坐电梯下去，先是个摄影展。有一个创新组织，年轻人在这里做一些主要是造型艺术的创作。另外一个屋子里有"旁穷"也就是印第安人的大斗篷的展览，很漂亮，如果这是最后一站，我都想买一件了。在一个角落里，有三位妇女在做什么手工，幸好有小宋，他问她们在做什么。她们说是马鬃用一种草染色后做花和蝴蝶。我送给她们每人一个中国的剪纸，她们很有兴趣。

我们出了这个广场，又去了独立广场，这里有许多青年人在表演，小宋请我在露天的摊位喝饮料。这些表演都是要钱的。有些表演还真不错，有乐队，有街舞。

旁边就是天主教的大教堂，我们进去看了一下，教堂很宏伟，顶上都是壁画。旁边的忏悔屋，里面坐着神父，有个忏悔的男人跪在地上。小宋开玩笑地说："他在忏悔有几个情人。"我想拍张照片，神父把小门掩上了。我拍不到他的脸。

我们出来在市政广场的市政厅前，看见两个骑警，一男一女。小宋让他们配合一下，他们真的很友善，我和他们合了一个影。

小宋又推我去看人民英雄纪念碑，和天安门广场的人民英雄纪念碑差不多，就是小了不少。

4月28日

昨天，说好今天小宋带我去秘鲁领事馆。我因为早上写昨天的经历，晚了点儿，就发微信给他，说："我十点过去。"昨天的经历有点多，写完了，我去吃早饭。

小黄两口也来了，我和小朱要了一点儿便条纸，我的在危地马拉丢了。他要给我一个整本的，我只要我路上够用的就好，多了也是负担。

小黄开车送我们去，在网上我看见秘鲁最难办的签证。小宋说："你办好这几个签证，周末就去复活节岛吧。"小宋还动员小黄两口子："最近票是最便宜的，因为淡季。"小黄还想着生意的事，没有答应。

小宋记得三年前，秘鲁领事馆在这条街上，可是，问了几个人都说不在，说在下一条街上。小宋一路推着我，给他累的够呛。终于找到了，我坐在那里突然看见一棵橡皮树有三四丈高，我在其他地方从没有看见橡皮树会长这么高的。赶快拍了一张照片。后来发现这么高的橡皮树在圣地亚哥有得是。

秘鲁领事馆的人把我们带到后门有电梯的地方，那里有一个木门，那人敲了半天，才有一个人出来，让我们进去。她让我们到9号等，周围有许多从秘鲁来智利打工的人。

小宋说："秘鲁有些是全家都来，女的做保姆，男的去打工。

秘鲁人做饭好吃，许多家庭喜欢雇佣她们。你看秘鲁人长的和智利人不同，他们的颜色比较深，身材较矮。"

我环视一周，确实秘鲁人和智利人不太一样。智利人白种人多，秘鲁人好像是印第安人多。我走过的几个中南美国家每个国家的印第安人和别的国家也有区别，穿着也不一样。我觉得危地马拉人比较漂亮。

我们被叫过去，小宋递上所有的文件，就直接和领事聊上了。领事向我要信用卡，从上面划走了 22.697 美元。怎么还有小数点后三位的事？难道用秘鲁的钱折算成这样了？

领事又要了一张照片，说："明天来拿护照，本人不用来。"太顺利了，谁说秘鲁签证难办。不过，小宋流利的西班牙语对我的吹捧可能让领事动心了。他说我是为了写一本《轮椅走天下》的书收集材料，因为中国人不太了解秘鲁，我要写写秘鲁。所以，领事非常客气。有个西班牙语无障碍的朋友，真幸运！我一直以为秘鲁很难去。秘鲁在印第安人的印加文化里有非常重的分量。其实，秘鲁在我心里是南美最重要的国家，可以说是第一位的。

智利的货币从去年到现在贬值 1/5，我在这几天小涨，我来的那天 620：1，现在 600：1。所以，在旅馆交比索比较合算，小宋用他的支票给我交了这几天的钱。等我走时再和他算吧。

我们回去的路上，小宋说："这里就是智利的王府井了。"是吗？这里满街飘着饭味。出租车司机说："晚上这里的喷泉打灯很漂亮。"

小朱已经做好饭了，他炖了排骨和牛仔骨，炒了西葫芦和萝卜缨，还有南瓜。我在这里吃了几次南瓜，没有一次难吃的，都很面、很甜。今天还有小黄夫妇一起吃饭。

晚饭时，我问小宋："南美人为什么不学英语呀？"

"他们觉得会西班牙语就够了，从墨西哥到南美只有伯利兹和巴哈马说英语、巴西说葡萄牙语，剩下都说西班牙语。说西班牙语的全世界有五六亿人。"小宋说。

　　我又问："你们这里有些大胸大屁股的女人，是不是他们觉得很好看？"

　　"不是吧，他们也喜欢瘦的，老说中国人身材好呢。"小宋说。

　　小朱笑了："那个莫言见过什么叫丰乳肥臀吗？中国哪里有丰乳肥臀呀，丰乳肥臀都在南美呢！"我们都大笑起来。

　　吃完饭，我又困了。小宋送我回来。一回来，我就睡了，一直睡到四点多。吃过饭，我就去了超市，在那里，我看见一种从没有见过的水果，黄色，牛油果那么大，浑身都是刺，就买了三个。

　　又买了两个大芒果和菠萝。还有豆角和面包。我想晚上不吃饭了，谁想到小宋又来接我了。恭敬不如从命，小朱用排骨汤做了汤面。他们每晚都吃面条。我让他们看那奇怪的水果，韩校长说："国内有，我看见这水果叫鼻涕果。"

"这叫什么名字呀？"我觉得不太对吧，叫这个名字还想让人吃吗？

小宋看了一下标签，说："这是进口水果，叫天堂果。"

小宋切开一个，里面是晶莹剔透的绿色果肉，有许多的籽。小宋先尝，他说："还行。"

我尝了一块有一点儿酸，小宋上网一查，说糖分为零，这真是糖尿病人的好水果。

小朱原来请过一个古巴国家乐队的鼓手当司机。他来这里演出，就不回去了。他白天在这里工作，晚上就去酒吧演出，挣钱应该不少，可是都花光了。小宋前几年去古巴，鼓手家来了一群人看他和韩校长，小宋自掏腰包拿出两百美金说是鼓手带回家的。后来小宋问鼓手的女儿想要什么，她说想要一个小自行车，小宋又给了她妈妈一百美金，问她妈妈："够买自行车了吗？"

她妈妈说："够了，够了。"

小朱爱钓鱼，他在福建经常海钓呢。他说："这里有一个湖，人家智利当地的人，就是钓鱼，结果中国人来了，用网抓鱼，把鱼捞光了，当地人再也不许中国人捞鱼了。"

小朱接着说："我们那里有一种白马面鱼和红马面鱼。白马面鱼在离水面20米到50米的地方，红马面鱼在50米到100米深的地方。这鱼在日本卖得很贵。可是红马面鱼不好抓，福建渔民就想办法，用淡水扑鱼的粘网，日本人不会就捕不到鱼。"

小宋又拿出一瓶葡萄酒，我已经喜欢了智利的葡萄酒。韩校长说："我们这里还有朗姆酒，我们都做菜用。"我也感兴趣，就喝了一点儿朗姆酒，感觉就是沃特卡加甘蔗汁，朗姆酒就是甘蔗酒。

我回去睡觉，就是比没有喝酒睡得香。

4 月 29 日

上午，十点左右，我去小宋他们办公室，他在网上把我申请巴西签证的表填了。只有照片难点，大小不合适。小朱会弄，他去把照片缩小，再贴到报名表上。

做完了，小宋和小朱帮我取护照。小黄两口子来了，还买了许多的排骨。我说："今天我和小杨做饭。"每天都是小朱和韩校长做。

我和小杨忙活开了，我一看灶台那么脏，就用钢丝刷使劲儿刷，还把水管也洗了。韩校长来说："不用刷，再过十几天就搬家了。"我把芹菜一半做排骨汤，一半炒。排骨汤里放了土豆和西红柿。小黄送小宋和小朱回来，小黄说："把这些排骨也做了。"

我说："就放些豆豉和蒜。"

小杨问："小萝卜怎么做？"

"凉拌吧，把小萝卜切片，放盐和蒜末，再倒点儿香油就好了。"我说。

三文鱼也腌上了。这时，小朱他们回来了，我的秘鲁签证拿到了。小朱要去买菜。我也要跟着去，我不放弃一切了解智利的机会。

我们来到一个离他们最近的菜店，也就是一间十几平米的小屋子，所有的菜都用简易木箱装着，有蔬菜也有水果，谁要什么自己取。我觉得自己有点儿碍事，就出来了，一个智利年轻人看见，主动来帮忙。我送他一张剪纸，他还不好意思。

我和小朱回来，他们已经把菜做的差不多了。一个拌小红萝卜；一个萝卜缨；一个豆豉排骨；一个炒芹菜，还有一个芹菜、土豆、

西红柿排骨汤。很丰盛了。

小宋说："我和小包说了你周五去复活节岛，周日回来。周末这几天所有的领事馆不工作。"

我问到小宋和韩校长的生日，他比我大两个月呢，韩校长比我大一个月，我们这三只老虎排着队。

我回来先给小包发了微信。他回信说："下午两点半来。"

小包带了计算机来，他在网上给我订机票，他平时也做旅游的生意，和复活节岛那边很熟。来回机票 683.01 美元，说已经比旺季便宜了几百美元。接着他给我订旅馆，然后是环岛游的车。他说："你和大拨的那种不太方便，就给你订一对一的那种，一个司机带着你两天。虽然有点贵，接机送机一天半 417 美元。我和旅馆的老板熟，我让她照顾你，司机也要他们派个懂英语的，人好一点儿的。现在，是淡季，都好办。你要旺季去要贵好多呢。"

我给了小包 1100 美元。旅馆费，我自己到旅馆去交。还要换成比索比较合适。我明天要跟小宋换比索。

所有的事情办好了，我把杂志还给小包，把那些 LA LIGUA 的点心也给了小包。

我给小朱发微信："今天做饺子吗？如果做，我去帮忙。"

小朱回信："做饺子。"

到了厨房，我说："今天我调馅，做詹氏饺子。"

小韩同意，小朱已经把肉剁的差不多了。菜是豆角，他们这里没有黄酒，没有大葱，也没有鲜姜。只能用朗姆酒、姜粉和洋葱。韩校长说："肉太多，把剩下的豆角放进去吧。"我同意。

小朱早就和好了面，小宋说："吃饺子最重要的是做饺子的过程。"他擀皮又快又薄，而且圆。我和韩校长包，韩校长会挤饺子，我不会，但是我会包大馅。

小朱说："我和我老婆都没有在一起这么长时间。我们三人在一起每天吃一锅饭，都超过十年了。"

一盘盘饺子上了桌，大家还算认可我调的馅。

一边吃，小朱一边说："我们这里，就我们一家中国人，到春节每年超市都进几棵大白菜，叫我们去买。如果我们春节没有去，他们就来叫我。"多好的智利人呀。难怪格瓦拉说："怎么夸智利人我都不嫌累。"

我真的喜欢智利的气候。其实，智利的北部有全世界最干旱的阿塔卡玛沙漠，那里竟然有人居住，他们从事美洲驼和羊驼的放牧。现在又发展了旅游业，那里十万人，有两星到五星的酒店。有登山、滑沙、自行车等项目。安第斯山高原地区盐湖蕴藏着地球 70% 以上的锂矿资源，它是手机电池和和抗抑郁药的主要原料。那里空气干燥、稳定、光害极少。每年有超过 320 天的晴朗夜晚，是天文观测的理想地点。在阿塔卡玛沙漠上建造了人类历史上最先进的天文望远镜，科学家叫它"全球最大的眼睛"，有半个足球场那么大。在北部铜矿卡拉玛的月亮谷有三座外型酷似圣母玛丽亚的天然石像。在 TOTIO，可以观看数十个大小各异的喷泉。

小朱说："我们今天去了'大腿咖啡'，那里的姑娘穿的都是超短裙、低胸、高跟鞋。她们在里面站的台子比外面高，你的眼睛平视就可以看见她们的大腿。"

小宋和我说："咱们那天路过的。"

"那你干嘛不让我去看看？"我有点儿遗憾。

小宋老实地说："不好意思嘛。"

小朱赶快转移话题说："我们去打兔子，我才打三只。"

　　我们都觉得不错了，小朱说："你们猜胖子打多少？他打了二十多只。打兔子得晚上去，一个人打灯，我们俩打，可是车子晃来晃去，我都差点打到胖子。打兔子要有提前量，就是这个季节去。"小宋和小朱都当过兵。

　　我问小宋："咱们在宪法广场看见的女部长是什么部的部长？"

　　小宋说："社会发展部部长。"

　　我说："也就四十多岁吧？"

　　"还有三十多岁的部长呢，内政部长就三十多岁。"小宋说。

　　"也是女的吗？"我问。

　　他说："不是，是个男的。"

　　太年轻了吧，三十多懂什么？小宋一直不看好现在女总统，他说："尽弄点儿家庭妇女来当部长。"

4 月 30 日

　　在智利有些"二战"后的纳粹分子。有个纳粹分子叫保罗·舍费尔，他从德国逃到智利后，于 1961 年创立了一个极端主义的邪教，所有教派成员都生活在一个与世隔绝的"尊严殖民地"庄园里，舍费尔对儿童进行性虐待。1997 年这个邪教组织被曝光。85 岁的纳粹余孽舍费尔被智利法庭判处 20 年的监禁。

　　他在"尊严殖民地"把自己塑造成上帝的角色，据说他有什么特异功能可以治病。1997 年一名儿童设法从"尊严殖民地"逃了出来，并向警方报了案，称他在舍费尔的"尊严殖民地"受到性虐待。

舍费尔还规定，该教派中夫妇生下的儿女，都必须交给"尊严殖民地"中的成员抚养，舍费尔有为这些儿童洗澡的特权。还有一些儿童到他卧室陪他睡觉，说这是对被招儿童的"无上恩典"，无一例外，这些儿童都受到他的性虐待。

　　几年前，舍费尔死在了狱中。

　　智利是同情"第三帝国"的。"二战"结束，很多德国军官逃到智利。这些德国移民带来了当时最好的技术工人、工程师、建筑师、医生等和充分的资金。"二战"后估计有9000名纳粹战犯，其中5000人逃到了阿根廷；1500-2000人逃到巴西；1000-500人逃到智利。其余去了巴拉圭、乌拉圭。

　　"二战"期间，胡安·贝隆曾向敷德萨组织出售1万张阿根廷的空白护照。当时的南美国家对于涌入的纳粹几乎不过问，智利军队还聘用他们当教官，智利军队因此发展的像德军的翻版。

　　中午，我过去做饭，做了一个鸡蛋炒西红柿，一个三文鱼，一个土豆烧排骨，煎了昨天晚上的饺子。小宋昨天拉肚子，今天连饭也没吃，我觉得是我把他累坏了。

　　小宋睡到三点多，开车把我和韩校长送到台湾办的华文学校。院子里很干净，挂着中华民国的国旗。这里的杨老师已经在等我们了，她三十多年前来到智利，一直教孩子们学习中文。她带我们来到一间像阅读室的房间，墙上有孙中山的像，周围都是书，桌子上放着四样水果，有两种葡萄、无花果、李子都很甜，她是个很会挑水果的人。小宋的孩子就在这里学习过的中文，所以他们对学校存有感激之情，学校还留着他们孩子的作文，我看了写的实在好，用拟人的手法写狗。写的生动有趣，看不出是孩子写的。巴拿马的周麟大使夫人教过他们女儿。杨老师说："我认识周麟大使夫妇，他

们做人做的非常好。那时我孩子还小，有一次，他们从台湾带来的肉松要送给我，我说这么贵重的礼物我不能收。他说：'这不是给你的，是给你小孩的。'还有一次，我从哥斯达黎加去巴拿马，他们半夜去接我，第二天还带我去看火山。他们做人是做的很成功的，他的书出版，中国驻智利大使还给他开了新书发布会。"

我说："我想去巴拿马拜访一下周先生。"

"我给你联系一下他太太。"杨老师热情地说。

我说："只要他在，我就去。"

"好吧，我联系她，有消息我就告诉韩校长。"杨老师说。

小宋说："我很崇拜他，我们俩最早是在书店里看到他的书的，我当时就买了下来，我很喜欢这本书。"

我们去参观校舍，他们这里有 60 多名学生，这个学校是从中文班开始的。1980 年成立了华侨联谊总会，原来只有几个妈妈在教，台湾来这里的最低文化程度也是高中。有个大使走了二十多个国家，他说："智利的中文学校是最好的。"

我们参观了一下，今天这时还没有学生，到处窗明几净，庭院、教室里干净，连放书的书架也设计的活泼，不是一样高矮，而是参差不齐。有看电影的电教室，一切都井井有条。确实是个适宜学习的好地方。

韩校长偷偷告诉我，台湾来的文化程度比较高，我们大陆来的许多文化程度很低的，80%都开餐馆。

看完台湾办的中文学校，也说说大陆方面的中文学校，大陆办的中文学校有两家，一家是智京中华会馆的中文学校，一家是孔子学院。韩校长在智京中华会馆的中文学校当校长，成立于2003年7月5日，其宗旨在于通过传授中文和中华文化，加强华人子女的文化素质，密切他们同祖籍国中国的联系，增强其在未来世界的竞争力。

1979年中国开始改革开放，旅智华人逐年增多。2000年后，来智贸易投资移民人数迅速增加。华人子女越来越多，没有学习母语的正规课堂，父母们十分着急。

智京中华会馆理事会提出："要向历史负责，为后代着想，哪怕只来一个学生，中文学校也要开！"理事会决定将2000年落成的会馆大楼三层全部改为教室。

校长负责学校管理、教学事务、日常财务支出、编写学校刊物等。学校八个年级，每年两个学期，每学期四个半月，寒暑假与智利学校同步。

自学校成立，国侨办一直免费提供中文教科书，并拨2.5万美元用于学校基础设施的扩建和改善；广东省侨办赠送文具、图书、乐器。先后约有数十个国内访智代表团来学校参观，全国人大侨委、

全国政协港澳台侨委、中国国侨办、中国侨联等国家涉侨单位领导访智时都会来会馆和学校参观座谈，指导工作。

学校发展一直受到侨界各方面的关注。长期以来，侨胞们向学校不断捐款捐物，还提供了各种各样的帮助。

自 2006 年学校七次组织学生和智利学校华人学生参加中国侨联、《人民日报（海外版）》、《快乐作文》杂志社举办的"世界华人华人作文大赛"，共计 12 名学生的 14 篇作文分别获得一、二、三等奖。

有 66 名老师在学校教过课，小包也是这里的老师。

回来，我说我做晚饭，小朱说他已经和好面了。小朱家里都是男孩，他最大，常常被妈妈叫去帮忙，从小就做饭。

饭桌上，他们说："明天有游行。"

"我要去看看，游行在中国是看不到了。"我说。我想就在附近看看，别让小宋太累了。

明天下午我就去复活节岛了。

十二　复活节岛

5月1日

复活节岛（EASTER ISLAND0）是1722年荷兰探险家雅各布·洛加文发现这个位于太平洋上的孤岛。当时，正好是耶稣复活节，他命此岛为复活节。岛上有巨大的石人像和"会说话的木板"。

复活节岛巨大石人像闻名于世。全岛遍布600多座造型奇特的半身人面石人像，雕刻于1100—1680年之间。石人像大部分背向大海，若有所思，石人像大小不等，高7–10公尺，重量20吨至90吨，最重的200吨。石人像都是额头狭长，鼻梁高挺，眼窝深陷，嘴巴撅翘，大耳垂肩，胳膊贴腹，神态威严，它们有的戴着红帽子，有的用黑曜石或者贝壳做眼睛。

关于这些石人像，考古学家众说纷纭，至今没有能使多数人能够信服地说法。甚至岛上居民也无从解释，其中最广泛的说法是石像代表已故大酋长和宗教领袖。

岛上每年春天过"鸟人节"，全岛聚集在（ORONGO）

火山顶，选举自己的领袖"鸟人"，祭拜神明。

复活节岛的人称岛的名字 (RAPA NUI) 或者 (TE PITO TE HENUA) "世界的肚脐"。全岛 3304 人（2002 年）左右。多数是玻里尼西亚人。

复活节岛的人热情好客，友善礼貌，有为来宾献上花环的习俗。男女都能歌善舞。

早上起来，我把复活节岛地情况了解一下，虽然复活节岛我早在初中就知道，还是怕有什么新发现被忽略，就查了一下。然后，就去吃早饭，今天没有看见服务员，也就没有炒鸡蛋了。不过，我认为就这些营养也够了。

接着回房间，用微信请小宋或者小韩，用西班牙语写，我要退两天的房间，行李寄存一下。我好去和前台交涉。怎么半天也没有回信，我只好自己去说，居然说通了。我也把行李寄存了。

我只带了一个双肩背和一个小书包。我想一会儿要去看游行，就先帮着摘菜心，哪里想到我摘掉的多数在这里都能吃，这菜炒出来也就一小盘，价钱和一打螃蟹差不多，是非常贵的菜。在这里什么都和中国不一样。

这时，来了一个台湾人带着他的女儿。他是小宋的徒弟，在阿根廷生活。我把带去的丝巾，送给他女儿。她很喜欢，马上戴到脖子上。他们还有事，一会儿就走了。

小黄两口子来了，说火山又喷发了。

小宋这会儿有时间，就带我去意大利广场看游行，我们一路走，一路聊，他说："现在中国人来这里，都是带着集装箱或者资金，没有人给智利人打工，都是中国人雇佣智利人。所以，中国人来了是创造就业机会的。"

这和十几年前中国人去欧洲大不一样了，中国这十几年发展的太快了，老百姓也富裕了。

　　我们来到意大利广场，那里警察遍布全街，还用铁栅栏把会场都封了起来，我们根本进不去。但是，能听到工会主席在那边大声讲演，扩音器的声音非常大。我虽然听不懂，但是听起来还是挺振奋人心的。

　　小宋说："这里工会是真为工人着想的，要求资方给工人增加工资的，政府就是在资方和工会之间和稀泥。"这才是工会真正的作用嘛。

我们只能坐在花园里看着警察和几组排练的中学生跳舞，他们的舞蹈自然不做作。旁边就是警察纪念碑，纪念牺牲的警察。还有一个警察教堂也在不远处。

小朱说过："有时候游行，催泪弹都扔到办公室的院子里了，眼睛难受极了。有时，群众激动了，年轻人会把街上的东西都砸了，街边的店铺就倒霉了，有过好几次了。"我没有感受过催泪弹，想来体验一下，今天看来没有希望了。

通过了两道警戒线，我们几乎可以看见会场了，就是进不去。

有一个中年男人，想跨过栅栏到会场，被警察阻拦了。这时，有人从会场出来，还扛着红旗，我请他展开红旗，原来是格瓦拉的像。

小宋说："我带你去看一条河。"我东看西看，哪里有河呀？

"你看，那不是有座桥吗？"小宋说着，我们在桥上，看见有个老头卖自制的花生粘。我想尝尝和中国的有什么不同，就拿出钱，小宋非要付，抢不过他，1000 比索买了三小包，也就不到二两。我一尝，和中国的完全一样，甚至比中国的还好，没有坏的花生。

我没有地方洗手就吃了，一会儿就有报应了。

我说："这河怎么没有水呀？"

"旁边那一点水，就是河。"小宋说。我才看见沿着河边，确实有一条不大的水流。

韩校长来电话说："你们到哪了？"

小宋说："在意大利广场呢。"

"饭都好了，快回来吧。"韩校长在催我们回去吃饭了。

小宋指着一个灯柱上的白色自行车说："你知道这是什么意思吗？"

我一看车上还有花，就说："这里有个人骑着自行车出事死了。"

小宋说："是好多个。"

我仔细一看，有许多的照片。这里是要特别提醒人们要注意的，是事故多发地呀。

街上的商店都关了，只有中国餐馆还开着。

回到办公室，小黄不在，他去买修炉灶的东西了，他实在受不了，买了3000比索的零件，把灶台又修好一个。可是，这房子过不了几天就租给邻居了，早点儿修就好了。

我还想打开电视看大游行呢，小包发来了照片，他家正好在游行的范围内，可以拍到，我请他发到我的信箱里。

　　到了餐厅一看，一桌子的菜，有烧鸡、三文鱼，有鱿鱼炒辣椒、西葫芦、炒菜心。真丰富呀！

　　小朱说："今天劳动节嘛。"这几天都是我们六个人一起吃饭。大家有说有笑。我问："那个救灾英雄什么时候到呀？"

　　那是他们的朋友，这两天要来，在北部大水灾时，救了智利的小孩，被当地人称颂。

　　小宋说："他得明天才到了，他在美国开过餐馆，现在到智利来投资矿山。这次损失不小。你回来他还会在。"这我就放心了。

　　小黄说："我刚起步时，从国内订了一个集装箱的验钞机，结果都是废品，我赔了五万多美金呢！那时也没有什么钱。"

　　小朱说："你应该找外贸。我那时在外贸赔给人家很多钱。"

　　"不知道吗？当时，两眼一抹黑。"小黄冤枉地说。

　　小宋要带我们几个女的去看圣母山，其实，我们这里也可以看见，就是有点远。

　　我说："你们去吧，我的肚子不对了。"

果然，又坏肚子了。我赶快吃伯利兹朋友给的药。然后，就到小朱的床上躺着，闭眼养神。我也确实累了，每天都要写几千字。

我该去机场了。在路上，小宋指着一片矮房，说："这里是贫民区，警察一两个人都不敢进去，这里吸毒贩毒的都有。我从来没有进去过。"

有地下隧道，我们很快就到了机场，韩校长在为残疾人服务的台子，很快就帮我办好了手续。小宋来了说："还有时间，我们喝咖啡吧。"

我说："你们走吧，我什么也不能喝。"

"后天，你回来就在这里等，别动。"我和他们再见。

登机了，这飞机太满了，我的前后左右都是小孩，哭声此起彼伏。儿童在飞机上可能比大人难受，他们的耳膜还没有发育好。

我旁边就是一个母亲带着两个孩子，男孩有三岁，女孩也就一岁，妈妈抱着一直哭的女儿。我送她一张剪纸。前面一个父亲带着瘫痪的女儿，女儿一直戴着口罩，空中小姐对她特别关注。这个父亲带着药盒，还有打针的针管。空中小姐一来就温柔地揉着女孩的后背，女孩信任地倒在空中小姐的身上。父亲才能吃饭，休息一会儿，我们早吃完饭半小时了。他想无论多麻烦也要女儿看到石人像。真辛苦，我也送他一个剪纸。

我在飞机上也睡着了，这飞机要五个多小时呢。

下了飞机，就有人来接我，给我戴上花环，送我到旅馆。这旅馆离机场太近了，也就一二百多米吧。

我问接待我的漂亮女孩，WiFi 的密码。她有黑人血统，她说只有前台有，不是每个房间都有。我没有办法通知小宋他们我平安到达了。

我洗完澡，睡下，巨大的飞机声就在我头顶上，我猜是我坐的那飞机装满了人回去了。一会儿，就是一场雨，一晚上下了好几次。明天不会也下雨吧？

5月2日

一早，听见鸡叫了，还挺亲切的。我在电脑上写，这时有人来敲门，我没有理，我以为是叫早服务。过了一会儿，又有人敲门，我去开了门，一看是一个老太太，她告诉我吃饭在那头，问要不要推我去？我说："我可以自己去，谢谢！"

才想起来小包说过，他和这边旅馆很熟，已经和旅馆说好照顾我。

早餐不怎么样，东西看着都不太新鲜。可是，周围的环境确实优雅，在屋外有几个图腾的木柱子。屋内各种热带植物做装饰。我喜欢这里，老太太帮我拿咖啡、两小片起司、两小片火腿，还有水果。这里温度较高，不用烤面包，黄油就抹开了。

吃过饭，我去前台问WiFi的密码。一个明显是玻里尼西亚女人说："现在没有，要到中午才有。"我看见鸡在院子里乱跑。院子也俭朴可爱，后院一个小游泳池。前院种满了花草，前台就是一个开放式的前廊，有石雕的小型石像，有香蕉树，上面接了一大串香蕉，还有一棵木瓜树，真是果实累累。没有见过的花开满了枝头。空气真是清新，圣地亚哥有些污染的，全国的GDP的一半在那里，当然会污染，安第斯山那么高，污染是很难扩散的。

9点半过了，才有一个白人样的司机问："是不是你要去看石

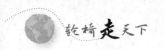

人像？"

"对。"我答应着，我们互相介绍自己："我叫詹。"

他说："我叫JOHN。"他说西班牙语的发音。

我们上车，开出大门他用英语说："你的这家旅馆的名字是鸟的名字。"又过了一百多米，他又说："这里是市中心。"

啊？我一看这个市中心也就20-30米，倒是干净，人不多，有几家商店。JOHN停车，进了一家店。我给他1000比索，请他帮我买一瓶水。也不知道够不够？旅游地的东西都会贵一些，不过应该够了。

天突然下起了大雨，JOHN锁了车，窗子没办法下来了。我只好用帽子堵在在窗上，帽子不能把雨水都挡住。幸好听了安娜的话，买了冲锋衣，上身没有湿，右半身成了落汤鸡了。

雨过，JOHN才从里面出来，他一看我，就赶快跑过来。他递给我水，找的钱还给了我。他很抱歉，我说："没事。"

我想到今天能够看见石人像就兴奋不已。天一会儿晴，一会儿阴。这天，全看飘什么云了。出了市中心很快就到了野外，JOHN指着这里，说这是"摩艾"，听着有点儿像中国的摩崖，我又犯中国人的毛病，什么都往中国拉。JOHN说："他们的脸朝下。"JOHN推着我去看石人像，我看见的不过是一些石头，有些都看不出来雕刻过，没有一个完整的石像。我有点儿扫兴。

我们又上车，我看见到处都是火山岩，不太均匀地撒在地上。我和JOHN说："是火山爆发前的地震，把他们都震倒了。"我用手比画着横摇。

JOHN不同意："是海啸，1960年海啸过。"他用手上下动着。

我想不是，因为海啸从海来，摩艾应该统一向后倒，摩艾怎么都趴着呢。但是，我们俩都认为与地震有关。

有些说法是，这里人口增多，没有吃的了，就械斗，发泄到摩艾身上，互相推倒对方的摩艾，把眼睛抠出来。还有说法，说祖先不保佑他们了，就把祖先崇拜的摩艾推倒了。考古的发现是，岛上居民原来以吃海豚为主，大概，他们砍树做船出海捕海豚。后来树砍光了，造不了船了，就吃近海的贝、螺等。

这么小的岛这么多的摩艾，应该是一种每家都做的事。这些石像明显都是男性，如果是祖先崇拜，那就是这家的男性主人死了，剩下女人孩子怎么做这事？应该是每家在最有实力的时候做的一种崇拜。

路真差，坑坑洼洼的，全土路，路边的草丛里，有些马自由自在的闲逛。

我们终于来到了有十五座摩艾的地方。我心里别提多高兴了。在初中时，我就看见这些石像，觉得没有可能亲眼看见了。今天亲眼得见，真有点儿不真实的感觉。听说过，这些石像是日本人挑一些完整的，用现代机械，从岛的各处，把它们拉到这，放好。我兴奋地，要下去到跟前看看。JOHN 拿下了我的轮椅，他推着我往摩艾

边上走。但是，有标志，不让上去。

　　我已经不和景物在一起留影好多年了，我觉得我破坏景观。这次不一样，我要和摩艾们留张照片。JOHN 也是摄影爱好者。他跑前跑后想让我和所有的摩艾一起留影，我没有那么贪心，有几个就可以了。JOHN 说："有人。"

　　我说："没关系。"其实，这里的人很少。在远一点儿的地方，我看见有几顶帐篷。

　　我坐在那里静静地看这些摩艾，它们都是长脸，一副严肃的样子，嘴巴撅着，眼窝深陷。依我的看法：脸长说明长寿，因为地心引力，脸越长寿命越长。严肃说明权威，哪里有笑嘻嘻的长老。眼窝深陷，是因为雕像的时候，从头往下雕，形成阴影才像眼睛，到了后来，还镶一些贝壳和黑石头做成眼白和瞳孔。只能做成这样，要不就看不清眼睛了。这些石像都很像，应该是一个师傅的手法交给大家，所有人学着做，就都做的差不多了。我没有来的时候，我猜想是岛上居民遭到海盗的袭击后，做一些石像，放到海边，吓唬海盗的。现在，我坚持我的想法，因为全岛各处都有摩艾，而人不是哪里都有，人就居住在市中心周围。全岛各处都有，才有威吓的作用嘛。日本人搞错了，把摩艾的方向弄错了，它们十五个摩艾全都背对着大海，摩艾是有面对着大海的。

还要特别说明的，在微信、E-mail 里都有，说发现摩艾有腿，还有照片，有一些人正在挖。这是子虚乌有，有人 PS 的，我在复活节岛从没有看见过，智利的朋友也说是假的。

JOHN 开车，带我去采石场，有些人往上爬，我是上不去的，就在下面看。原来在有些杂志写着，石像的石料岛上没有，是外星人弄来的。这就是摩艾的诞生地嘛，还有些雕好的摩艾在半山上。最上面有些没有雕完的摩艾。

"摩艾是走下来的。"JOHN 说着，还用两个手指比画着。

我吃惊地问："怎么走下来的？"

JOHN 说："用绳子拉着，一边一步地走下来的。"

"哦，有可能。"我听懂了。确实，有摩艾倒在半路上的，绳子没有掌握好，倒了，没有办法扶起来，就扔在那里了。

"摩艾是从头做起。做好头，再雕刻身子，从背后分离开来。"JOHN介绍着。

我想象着，有人开石人像有人拉石人像，真是一幅热闹的景象呀。

"你多大了？"我问JOHN。

JOHN说："你猜。"

"55岁。"我说。

"62岁了。你多大？"JOH说。

我说："我65岁。"

"你的腿怎么了？"他问。

"手术，已经十七八年了。"我答道。

"你先生呢？"他问。

我说："已经去世二十多年了。"

"我去年就死过了，心脏病。那时，我眼前都是黑的，什么也看不见了，看见一点儿的人，都是飘动着。"他说。

"你才一岁，还年轻嘛。"我说着，心里满是歉意，我早知道，就不会同意他推我了。我不好意思地给了他10美元。他很意外，JOHN是一个老实人。他早该说。

我们基本上都是沿着海岸线走，在海水汹涌的地方，JOHN会停下来，他自己也下去拍照。我们的爱好差不多，都喜欢海。我说："我要移民到这里了，这里实在太好了。"

"真的？"他问。

在复活节岛基本没有破坏原貌，人少，路只有很短的沥青路，剩下全是土路，就是摇煤球的路，我们在车里摇来晃去的。旁边可以看见一些马在自由的吃草，根本就没有人管。

　　我看见一幅场景令我吃惊，有一匹马躺在地上，也许病了，马生驹都是站着的，它是实在站不住了，有三匹马站在旁边非常关心地看着。这些散养的马，是谁的都不知道，告诉谁去？

　　"你有几个孩子？"我问 JOHN。

　　他说："六个，三男，三女。一个在法国，一个在意大利，一个在斯洛文尼亚，一个在捷克斯洛伐克，两个在家里。你呢？"

　　我说："两个女儿，都在旧金山。你家是哪里人？"

　　"我妈妈是英国和荷兰的后裔，我爸爸是意大利人。我老婆也是英国后裔。"他说道。

　　我们到一个休息的地方吃饭，还没有到时间，我们就在车里等，对面是开着火红花的英雄树。

　　JOHN 问我："你会功夫吗？"

　　我就给比划太极拳，他张着两个大巴掌跟我学，我教他手要像抱球一样，我把他的手指弯下来。

　　他说："我想学郭林气功。"

　　"这岛上有中国人吗？"我奇怪地问。

JOHN 老实地说："没有。"

我更奇怪了："你从哪里知道的郭林气功的？"

"在电影里。"JOHN 说。

我告诉他："那是治癌症的，不是治心脏病的。"

我们往吃饭的地方去，房子里有卖纪念品的地方，我找了一条有摩艾和海豚的方巾，准备送给小朱。小朱是光头，圣地亚哥已经深秋了，他老说冷，给他包头用。

我们来到吃饭的地方，原来别人早就来吃了。一些米饭，几块牛肉，我怀疑是马肉，还有一块鸡，剩下就是一些生菜。看着就不太可口，刚才又看见马躺在那里，我没有吃多少，都给了一条晃来晃去的狗。

从我给他 10 美元后，我发现他老是带我去别人不去的地方。叫我下去看他们这里的好景色。JOHN 是一个心地善良的人。最后我累了，面对着大海，坐在火山岩上，他头靠着石头躺下了。我说："你睡个觉吧。"

他问我："你信上帝吗？"

"不信。"我说。

"那你信什么？"他有点儿吃惊。

我笑着说："我信我自己。"

看来 JOHN 很不理解。他指着太阳的方向说："那是北，你们的家在北偏西一点儿。"呕，这是南半球，太阳在北边，没有错。

我因为走得慢，就先来到车子边，JOHN 也跟上来了。在车里我睡着了。

他很快把我送回了旅馆，我们说好明天早上见。

我在前台用 WiFi 发了几张照片。

5月3日

　　JOHN 9点半来接我，这次我们走相反的方向，他开车转了半天在山上，我浑身疼，可能是昨天吹的。今天有风，到了山顶风更大了，JOHN 一定要我下来，我把相机给他请他帮我拍两张照片。他很坚决，非要我下来，我只好下来，艰难地爬上山。啊！原来是一个火山口，又大又圆，直径有两三公里，坑底是一片沼泽，有一块一块的苔藓。可是这里风太大了，人都要站不住了，我照完像就下山了，JOHN 很得意说："好吧？"

　　"很好！"我也看过几个火山口，这么圆、这么漂亮的这个属第一。

他东拐西拐又到了一处，这里也有几个摩艾。JOHN 说："这七个摩艾是新西兰人做的，有毛利人的模样。"

我看和其他的摩艾没有区别呀。他怎么知道是新西兰人做的呢？这事在这里传说几百年了吗？那其他的摩艾呢？

JOHN 又开车到了一个小的避风港，那里有一个有白眼睛的戴着红帽子的摩艾。JOHN 说："那是一个女人，她背后还有孩子呢。"这是我看见的最漂亮的摩艾了，还有一个小的已经残缺不全了。接着 JOHN 又带我去一个有四个摩艾的地方。没有想到这里还有这么多完整的摩艾。今天一样的精彩！

　　这边看见许多牛在草丛自由地走来走去。我看见一头牛,接着在它钻进去的地方又有两头牛,它们怎么互相联系对方的?闻味道吗?

轮椅走天下

　　我们回城里，看见一个俭朴的教堂。JOHN 说："这是这里最大的教堂。"

　　"你也去这个教堂吗？" 他点点头。

　　真糟糕，因为我，他不能去礼拜了，是我耽误他了。

　　我在一处看见许多帐篷，看来有人来露营。

　　在路边有三两家做木雕的小店。有些一人高的人物雕像，很不错。

JOHN 把我送回旅馆，他说："我给你带了礼物？"

啊？我没有给他的礼物，却要接受他的礼物，让我手足无措。

他拿出来，原来是一张老报纸，他说："有我们家人在上面。"
确实很珍贵的礼物。

我只带了剪纸，送了他两张。他很喜欢，我亲了他的脸，谢谢
他两天来尽心尽力陪我。

JOHN 在车上双手给我飞吻。

再见！朋友！

这是我今生不可能再来的地方了。

我已经退了房，只能在前台旁边的休息室坐着。

复活节岛的天气，说好还是不好，都说不清；一会儿，来块云，

就是瓢泼大雨，几分钟后阳光灿烂。外面在刮大风了，那个玻里尼西亚女人请我进一个客厅，这里既简单又温馨，打开电视，是个老故事片，也不好看。我要了饮料，还是拿出计算机写吧。我躺在沙发里，躺着比坐着舒服。我没有吃午饭，看见他们的早餐，不太新鲜，午饭就免了吧，至少飞机上的饭，虽然不好吃，但还卫生。

好不容易到时间了，车怎么还不来呀？我有点儿着急了。我让那个漂亮的黑姑娘打电话叫车。说实话这里离机场很近，要我走就有点儿难度了，而且我买的是接送服务。正在我觉得要来不及的时候，车来了。

现在是白天，终于看清楚了，复活节岛的跑道是一条，有三四百米。比 ORANGE WALK 的跑道长。北京的长途候车室，都比这个候机大厅大，里面都是人。

我先办好了登机牌。这里的登机牌是一张薄薄的纸，确实就用一两个小时，用不着做的像中国那么结实和浪费。这也是中国可以学习的地方。

我看见有两个年轻人像是中国人，就过去问："中国人吗？"

确实是，我大喜过望。在南美看见中国人可是没有那么方便。这两个人都是华为的员工。我到许多国家，都可以看见华为的人，他们的人真是遍布全世界呀！他们一个常驻西班牙，一个常驻阿根廷，驻西班牙的小刘来出差，想看看复活节岛，常驻阿根廷的小朱就陪他来了。这时来了一个日本女孩，好像他们一起旅游过，小朱陪日本女孩说话，我和日本女孩用日语打了招呼："初次见面，请多多关照。"那姑娘很不好意思。小刘和我聊了起来，我看看时间快到了怎么还没有人来推我，小刘说："我来吧。"

他推着我进了检票口，我们被最先放进去。这里当然没有廊桥一类，甚至没有大巴车，全靠自己走到飞机下面。空姐问："你能自己走吗？"

"没问题。"我下来，自己往上走。可是风太大了，我只能一手拉着把干，一手拄着拐杖往上走。到了座位上，小刘一直陪着我。他帮我把双肩背放到行李箱里，因为大拨的乘客上来了，小刘就去后面他自己的位子坐下。

人都坐满了，时间都过了，怎么还不起飞呀？一位空中先生过来，告诉我他的名字，让我有事找他。我没有办法通知飞机晚点，小宋会在机场等半天了。

因为昨天淋雨，我可能有些着凉了，浑身发冷，脸发烫，我把飞机上的毯子包在身上。我睡着了，睡了大概三个小时。我又觉得热，把毯子拿开。这时，又听见机舱里几处儿童的哭声。这些大人不能为了自己玩，这可能牺牲孩子的听力。

飞机终于到了，我每次都是最后一个下飞机，我也不着急了。小刘又过来，他要陪我下去，他说小朱已经下去，和接他们的人接头了。还问我："有没有人来接？"

我说："有。"

小刘一直陪着我，把我的轮椅领出来，我们就出去，看见小宋已经和他们的人在一起了。原来，小宋问小朱："有没有看见一个坐轮椅的。"

小朱说："我们还在一起聊天呢。"

我们告别。

小宋把我送到旅馆，他也不回家了，就住办公室，因为太晚了。

我找到我的小药盒，拿出感冒药，吃了就睡。

5月4日

早上，我到了小朱他们那儿，怎么这么多的人呀？小宋介绍说："这是我们家女儿的西语老师母女。这是从北京来的朋友，刚从复活节岛回来。"我们握了手。是一对智利母女，一看就是满脸善良的样子。

那女儿问我："喜欢智利吗？"

"太喜欢了，干净的天空、蓝色的海洋、葱茏的绿树。"我说。

"人呢？"她接着问。

我好像没有接触到多少智利人，可是我一下飞机，推的服务员、复活节岛的司机、小朱说过叫他们买白菜的超市售货员……"很好！"我赶快说。仔细想想，我自己到小宋这边来，总要过一个路口，常常有人问："要帮忙吗？"我一点头，就会有人帮助我。而且，都很有礼貌。格瓦拉也说过智利人好。

原来，小宋他们要搬家，小朱要回国，有许多不要的东西问她们要不要。小宋的邻居看上了他们的房子，要租，韩校长原来一直不愿意，现在，小朱回国，只好租给他。

等这对母女走了。我问小宋："你怎么知道人家穿多大的鞋？"

"她们乡下有亲戚去送人。我们女儿，从小长在她们家，我们出差，女儿就住她们家。老师的丈夫是一个高级警官，一次出勤碰上事故去世了。老师一个人带大了四个孩子，都是大学毕业。女儿在她们家，她就当自己的孩子，教她接人待物，教她礼节，她还和老师睡过一个被窝，她们家的孩子也都特好。"

"她回来先要看老师。"我说。

小宋说："她先去老师家，吃好吃的，那是她的家。她和她智利妈妈每天都通话，给自己妈妈发短信，我连短信都没有，我嫉妒呀！"

我想有两个家也不错嘛。

院子里还有一个收废品的五十多岁的女人，韩校长和我说："她是电视明星呢，她和她的妹妹自食其力，把收废品的事情做好，她已经买了自己的房子，后来她得了癌症，她积极和疾病斗争，现在又可以工作了。"我注意地看了一会儿，她收拾废纸盒的时候，把它们都折成同样大小，平平整整地放在小车上。韩校长说："我们有废品，就叫她来，也不要她钱。"一个诚实劳动被人尊敬的人。

我把给小朱买的方巾给他，他很高兴。我指着方巾上印的花纹说："复活节岛的东西，这上面都有了。"

他说："我去的时候，就没有看到。"

我看见院子里多了一部大SUV，看起来很干净。小宋说："这车就是救灾英雄的，你不知道这车来时多脏呢。泥到这里，都过门了。找了好多地方都不给他们洗，好不容易才找到地方给洗了，底盘还没有洗，还要找地方洗。晚上他们会来。"

太好了，我就等着见这个英雄呢。

小宋说："我带你去见一个客户。"

我们上了他的车。在一条都是卖机械的街上，小宋把车停下来，小宋要找的老板正在开会，我们就在他的店里随便看看。小宋："这里都是中国货，这是打眼用的，这些电缆线上写着中国制造呢，这里有中国字。"

这个店并不大，叫"TECNOCHINA"，加上办公室有一百六七十平米。可是全卖中国货，我看得心里特爽。小宋和一个小老头打招呼，他和我说："这老头可有劲了。"

小宋等不到他们开完会，就把老板叫了出来。这老板个儿不高，也不壮实，穿得干干净净，一件粉毛衣把老头衬托得很精神。小宋把我介绍给他，他和我握手。他主动介绍他经营中国产品的经过："我经营中国产品已经25年了，中国产品便宜，有的比欧美便宜一半，这对小的矿产主有吸引力。我有四家店，有些大型机械在城外卖。我去过中国，那里的车厘子卖得太贵了。"他们这里盛产樱桃，不过现在不是季节。

我说："谢谢！"这是我最流利的西班牙语了。

接着他们用西班牙语谈生意，我就听不懂，也没有兴趣。

他们谈完,我们上车回去。小宋说:"我带你去看一个'中国城',那里有一层楼都是中国的店。"我们在一座三四层楼的建筑前停了下来,那楼上用红底金字写着"中国商品贸易中心"在二楼,眼睛所及,基本上都是服装,而且是中国不太上档次的服装,有些智利人来逛,人不是太多。这里实在像北京雅宝路的某个楼房里,东西也差不多。看来中国人一干活儿,全世界就可以休息了。

　　小宋带我去看,在他手下干过的小金家的店,正好小金在,我问他:"生意好吗?"

　　"还可以。"刚才在电梯里碰到一个温州女士说生意不好做。看来小金家进的货比较对路,所以销得不错。

　　后院,那个小宋客户的工人——小老头来了,他在我的面前表演了超级大的力气。小朱小声说:"那一箱都是铁的东西,我和小宋两人都搬不动。"那个小老头戴着一个毛线帽子,浑身上下看不出有什么肌肉。他不太吃力地就把全是铁器的箱子搬起来了。小朱比他块头大多了,体重至少多二三十斤。真神奇!

　　我们回来，小朱和韩校长已经把饭做好了。我因为感冒，不想吃肉，就吃南瓜。智利的南瓜特别好吃，长熟没长熟都好吃，北京的好吃的就不多。智利的土豆也是，切开没有黑的，特别好吃，而且干干净净的。北京的土豆外皮很脏，切开还常有坏的。在墨西哥我就发现人家的土豆怎么那么干净，种类还多。

　　下午，小宋说："我带你去圣母山，那个圣母像和纽约的自由女神，还有巴西的耶稣像，是一个法国雕像工厂做出来的。"

　　我们盘山而上，在这里可以看见圣地亚哥的全景。远处的安第斯山真高，小宋说："你不恐高吧？"

　　我说："小时候，我还学过跳伞呢。当然不恐高。"

　　看着那些努力骑自行车的人们，心生佩服，我想我在年轻时，也未必能骑上来，全是上坡呀。

　　我们到了最高处，看见了双手摊开的圣母，和自由女神有相似之处，都比较雍荣华贵，天主教里，圣母玛利亚为最高的神。这里人不多，有些骑车上来的。小宋说："我们原来有两个小伙子不服气，要骑车上山，结果到了第一个拐弯处就不行了。"

　　在山顶的小卖部，我买了几张明信片，准备寄出去和送人。

　　我们开车回去，小朱和韩校长已经准备好包饺子的材料了。

　　这时，救灾英雄来了。

　　原来是一个光头的小青年，福建人，他原来在纽约和新泽西开餐厅，专门学过日本料理。后来，被朋友忽悠到智利买矿了。他太太更不得了，湖北人，大学学的是西班牙语，才二十多岁就到墨西哥工作，年轻轻的见多识广。小福建去墨西哥玩遇上了小湖北，其实两人相差12岁，可能小福建长得太年轻，看不出有那么大的差距。小福建笑着说："我们一样大，都属羊。"

我才想起来，我在旧金山住的那家朋友也都属虎，我们还是同年的虎。我这次来美洲，碰到三对同年虎夫妻，实在也够巧了。

　　我急着听山洪的事，就问："那天，你们那里下大雨了吗？"

　　他们说："没有呀。天气预报说下雨，没有说下大雨。这是 80 年一次的。因为有一个老人他记得 80 年前有过一次。"

　　小福建说："我们认识的律师说：'前面的路都成河了。'原来干着的河床 80% 都满了，结果许多人都去看，大家还很兴奋，没有见过这么多的水。后来，水都出来了，马路上也成河了。消防队员挨家挨户叫人，让大家集合，马上撤离。其实，已经太晚了，根本走不了啦。我们都可以听见像黄河一样的水声了，泥石流、土石流都下来了。这时，有工具车冲下来了、集装箱冲下来了、冰箱也冲下来了，很粗的木头也都冲下来了，把屋子都冲散了……"

　　小湖北说："我亲眼看着一个人被洪水冲走了。"

　　"这时，政府要用我的车，我想都没想就开车，去救灾，哪里想到车开到泥里就开不动了，这时没有一个人管我们。我想这车可能也没救了，我只好弃车回家。因为我们家的地势比较高，所以还好，水进来不多。这时，听见一个女的老在叫，我又听不懂西班牙语，那人用双手抱在一起来回的摇，我想可能是孩子，就冲进去，抱出了一个一岁多的男孩。他的父母自己跑出去看水势，也不管孩子，看见这个孩子被救出来可高兴了。又有两个老夫妇，死活不肯离开自己的家，我就去拼命地敲门，敲了半天，他们才开门，都是八十多岁的老人了，我把他们护送到安全的地方。"

　　小福建太厉害了，一下子救了三个人。

　　小福建说得兴奋，连说带比画："人就该做好事，马上好报就来了。我们家有个发电机，没有汽油，我的车掐在泥里，我想找人开车去买汽油。结果小男孩的父亲就有皮卡车，他去买的汽油，怎么给他钱他也不要。晚上，水更高了。"

　　我说："你们那些天吃什么？"

　　小湖北说："中国人家里都有米、面。智利人可惨了，他们都是买当天的面包，家无隔夜粮。我们前一天刚买的东西，还有吃的。还有一对朋友他们的房子都快垮了，他们就拿着吃的，来和我们一起过。所以，我们有吃的。后来，去买东西，都是军队拿着枪维持秩序。因为，前一天，有人拿枪去抢劫了。"

　　小宋有一个店也设在那里，这次全被冲没了，损失 15 万美金，设备、房子和看店的人都冲走了。

　　"这次一共死了多少人？"我又问。

　　小湖北说："智利人死了一百多人。找到尸体的才二十多个。中国人死了 6 个。其中，有四个是一个智利司机开车。这几个人可能舍不得那部车。"

小湖北接着说："我们市是省会，我们的市长，他哪里也不去看，只管他自己家。结果在清理的时候，市政府出动挖土机，他首先叫挖土机去他家。结果被电视台的记者追问：'这是你的家吗？这应该是市政府的挖土机吧。'那市长竟然说：'这绝对不是我的房子。'他当然是撒谎了！"

我说："从 2012 年玛雅人预言说地球的磁极要变，真是有许多地方都不对了。上个月美国北部还下大雪呢，法国都可以看见极光了。"

小湖北说："我们那里的沙漠都绿了。原来，西班牙人来之前，那里是森林。后来，西班牙人开矿、砍树，把森林砍光了，就成了沙漠。现在又绿了。我们矿里发现了恐龙蛋，有恐龙的地方，肯定有植物吃。"他们还把手机里的恐龙蛋给我看，还用手比画着有多大。

接着，小福建说："有个智利的大骗子，骗了中国人四千万，中国人的钱打过来了，矿石几年也不给人家。这个大骗子把全部资产都转移走了。然后，另外开公司，说这家公司已经破产了。你的钱就要不回来了，正在打官司。哎，中国挨骗的太多了。自己人坑自己人的也不少。"

我们都到餐厅去做饺子，我们才做了六七个，韩校长就拿去煮，让我们一人尝一个，这是西葫芦馅的，而且没有挤水，真的很不错，凭良心说，比我做的好吃。

大家一边聊一边包，一会儿就包完了。小福建虽然自己做餐馆，还是喜欢北方的饺子，他在这里学习怎么做馅，怎么和面。他肉放得太多，肉里也没有打水，这次学好了，他要回家去试。

饺子煮熟上桌了，小福建把嘴巴都烫了，小福建一口一个好吃，真吃了不少。

他们走后，小宋把我送回去，在门口碰到一个香港人，我在这里住了这么久，第一次有中国人来住。

5月5日

我一早在信箱里看见阿根廷领馆的信，就转发给小宋。我一到办公室就和小宋说："能不能提前一点儿呀？13号太晚了。"

小宋说："我给他们回复，看能不能提前。"

他发完信，我说："我想看看德国小镇，看看那些纳粹和他们的后裔。"

一会儿，阿根廷领事馆回复说："不能改。"

我们只好确认那天上午面签了。我说："他们上午签，我下午就走。"

小宋说："别那么着急。"

我说："可是我回中国的票都订好的。"

这时，小黄两口子来了，小黄他们下午要去搬东西。我说："我去看一个美术馆吧。"

小宋开车送我和小杨去美术馆。我们到了门口，这里没有残疾人的无障碍通道，我只能求助年轻人，帮我把轮椅搬上去。我送他们剪纸。

在售票处，我要买票，那人说："你们俩都不要票。"

这里面人不多，一楼是一些大理石的雕刻。在两个展室里有一些人物的油画，画的不是最好。有同一个人三张画的，一看就是不同时期，由一个人完成的，人物的角度都没有变，只是头发长短不一，逐渐老一点儿而已。都是人物标准像，还有他们留下来的衣服做展品。

后面还有一些现代画，我就看不懂了。我觉得镇馆之宝，应该是正门对着的耶稣受难的群像雕刻。耶稣的妈妈抱着她的宝贝儿子，旁边几个人围着已经没有了气息的耶稣，地上还有一个女孩托着他的脚。应该就是那个用眼泪洗耶稣脚的女人。人物准确，动作难度大，实在是一个好作品，很打动人。

看完展览，我们俩到小卖部，我点了两杯鲜榨饮料。我看见有芒果，想点芒果汁。他们说没有单一的饮料，只有混合的。好吧，试试看能混合成什么味。混合了芒果、香蕉、苹果、西葫芦等。饮料一上来，我喝了一口，什么味呀？

小杨说："有姜。"

"对，还不少呢。还有薄荷，好奇怪的味道。"我是没有办法把它们喝下去了。

出了美术馆，我记得小宋说："旁边就是练杂耍的公园。"

我说："咱俩看看去。"

真的有人在那里练习，有中国杂技的水平。这些人苦练就是为了业余挣点小钱。

晚上吃饭时，小宋说："咱们看见的小老头，力大无比。"

小朱说："他不壮，能搬动我和小宋两人都搬不动的东西，他穿着皮鞋爬树像猴子那么灵活。我在智利北部也看见过这种人，能搬动三百斤的东西。"

"这种人知道有举重这个项目吗？他们拿个奥运冠军不是比别人轻松嘛？"我替他们想。

小宋说："可能举重和这个劲儿不一样。"

小宋一天都在想我要去德国小镇的事，终于，他想到一个不太熟的朋友，那人娶了一个智利姑娘，他真的愿意管我这个麻烦。

5 月 6 日

早上起来，头有点儿晕，一量血压 170/105。我就休息了，准备上午不过去。昨天晚上，写到很晚，有些累。

快 10 点了，我必须去吃早饭了。喝了果汁和酸奶，吃了两片面包。看见香港人在和服务员说西班牙语，他会的比我多。他想晚上和我聊天，我说："晚上 9:30 见。"

我不想动，躺着看电视。小宋来了说："我给你看了长途车的票，要坐 14 个小时。我又看看飞机票，来回 140 美元，不可改的 120 美元。你要哪种？"

"就 140 的吧。"我说。

"你还不过去呀？"他说。

我不好意思说我不舒服，说："我还得洗衣服、洗澡呢。"

他走了，我又躺了一会儿，才咬牙起来，洗澡、洗衣服。这时，小朱来微信说："他们都走了，就我一个人，你过来吃饭吧。"

我在旅馆前的小街又看见了那辆卖菜的车，我猜它每天都来。就过去买了点儿菜。卖菜的对我很好，这里不是心算，是用笔算，那人还多给我一个香蕉。有韩校长喜欢的牛油果，我买了几个。

我到了，小朱一个人有点儿失落，看见我很高兴："小宋带着小黄去修水管，韩校长去学校了。都不知道什么时候回来，电话也打不通。咱俩先吃，不管他们了。"

小朱做了鱼，还有西葫芦、萝卜、南瓜。我先吃了一个芒果，又吃了一个牛油果。

小朱说："我还有些货款没有要来呢。这个人落魄的时候，我帮助他，给他些货让他卖，现在他发了，也不还钱。"

我说："你快回国了，快跟他要，能要多少是多少。他做人也太差了吧。"

我们刚要吃饭，小宋和小黄的车到了，小杨也一块来了，他们一脸高兴。水管修好了，小黄手很巧。

吃过饭，我怕衣服干不了，就带着小杨回旅馆。在回去的路上，我买了杏汁，看见玉米又买了四根准备晚上吃。卖菜的还和我打招呼。

小杨帮我把衣服晒窗外，说有事就走了。我赶快睡觉。

有人敲门，来了两个胖姑娘，说："按照规定，旅馆窗外不可以晒衣服。要拿走。"

我也没有力气，还听不懂西班牙语，不管了，看她们能怎么办。

小宋又来了，说："晚上吃自助餐去。"

我说："我还买了玉米，想吃玉米呢。"

他说："大家热闹热闹。"

恭敬不如从命。算了，别扫大家的兴。

姑娘把我的衣服去烘干，四件衣服要了6美元。几十斤螃蟹又没了。

小朱晚上来接我。叫上韩校长，我们就去一个叫"熊猫餐厅"的地方。天已经黑了，街上向开汽车的人要钱的杂耍的棒槌是会发光的，上下翻飞还挺好看的。

到了餐厅才知道，这里是圣地亚哥最大的华人餐厅，电梯是坏的，刚好我不太舒服，餐厅也觉得对不住，就叫几个小伙子抬。结果，把几个人累得气喘吁吁的，真不好意思，我做了一回"南霸天"。

这几乎是我在国外见到的最大的餐厅了，粗算也有一百桌。我不舒服，当然胃口就不好，拿了点儿土豆色拉、酸黄瓜，让我来真亏。

我说："小黄，你修好了水管，我沾你的光了。"

"不是，不是。"小黄不好意思了。

我们都用刀叉吃饭，我看见一个智利人左手用筷子，还挺熟练的。

突然，经理助理拿来一盘爆炒鲍鱼，小宋说："经理今天不在，他送你的。"怎么可能，我又不认识他。看来是小宋和这里的经理熟，人家送他的。这鲍鱼真好吃，片的薄薄的，没有半点儿腥味。不像我们在圣安东尼奥吃的那么腥。助理问我们要吃煮饺子，还是煎饺子。

一会儿，又送来一盘咕咾肉，实在太客气了。准是老板麻烦过小宋帮助翻译，所以送他的。

下面抄一些《智利智京中华会馆 120 年简史》里的内容：

2005 年，中华会馆统计过，经过几十年的发展，圣地亚哥的中餐馆 1970 年仅有 9 家，发展到 90 年代 450 家。当地的报纸说："中餐厅在短短二十年内，在智利餐饮业占到了 27%。"这是一个非常了不起的成绩。2013 年，据不完全统计，圣地亚哥就有中餐馆 1000 多家。到今天约 80% 的中餐馆都是广东人开的。

2003 年国务院侨办派厨师团到智利，为侨胞传授厨艺和传播中华餐饮文化。2004 年 12 月广东省侨办派出厨师团抵达智利，举办为期两周的厨师培训班。2010 年由国务院侨办的厨师培训表演团访问智利。

看来，国家也很重视在海外的中餐馆的水平提高的。

我回到旅馆，已经过了 9:30。那个香港人可能觉得大陆人言而无信。我本来就不舒服，也懒得上楼找他。

十三　甘露酒庄

5月7日

我早上觉得对不起香港同胞，就写了一张小条子，让服务员送到他房间。一会儿，香港人来了，他说他一天都有空。我说："10:30 在小院里。"

我发微信给小宋："先不过去了，和香港人聊一下。"

我匆匆忙忙吃了早餐，就回房间，把买的葡萄洗了，因为不舒服就没有吃，现在有朋友帮着吃了。

香港朋友来了，我们坐在院子里，我先问他："姓什么？"

他说半天也说不清楚，我让他写，才知道姓"何"。他的普通话不太好，他可能很少有机会说普通话。

他说："我和我太太两年前来过智利、秘鲁、阿根廷一个月。这次，女儿的大学要求她们去见见世面，出来两个月。她有一个月在智利学习西班牙语，她才 21 岁，我不放心，就送她来。一个月后，我陪她去看伊瓜苏大瀑布。"

"你在香港什么职业？"我问。

"我是牙医。"他说。

我说："我从来不洗牙，我觉得洗牙会把我的牙釉质给磨掉了。而且，牙医说我没有牙石。洗牙用什么磨？刷，还是什么？"

"什么都有，看情况需要再决定用什么了。每个人都不同了，这些都会用上，你吃饭也会磨掉牙釉质的。你不用怕，这样会使你的牙周健康。"他说着，我注意看了看他的牙，确实很白很健康。

我心里决定，回国去洗一次牙试试。

何大夫说："上个月，我带我姐姐去了一次北京。我姐姐没有去过北京，正好赶上沙尘暴。"

"那也是一景呀，十三年一遇呢，四月十三号那天。"我说。

"对，对，对，就是那天。"他说。

"出门以为自己瞎了，什么也看不见了。"我笑着说。

何先生使劲点头说："我姐姐很喜欢北京。"

我告诉他我的旅游计划，拿出地图给他看。

这时小宋来微信："要带你去酒庄呢。"

我对这个新认识的朋友说："我们下午去酒庄，你也一起去吧。我看看车里有没有空位。这样吧，你和我一起去他们办公室看看，很近的。"

我们一块儿来到小宋的办公室，只有小朱在。我介绍小朱与何大夫认识。我问："他们呢？"

"出去有事了。"小朱一边说一边忙着做饭。

我又问："都谁去酒庄，车上有空位吗？"

"就你，有座。"小朱说。

"那带上何大夫行吗？"我问。

"没问题。"小朱痛快地说。

小朱热情地说："你在这里吃饭吧，我们这是民工饭。"

何大夫毕竟是知识分子，他不好意思，非要回去吃饭。也可能在他眼里我们的厨房不达标。

他和我说过，他就是去超市买点面包香肠一类的。他说："我一点一刻过来。你们能带我就带，不能也没有关系。"

"不会生气吧？"我开玩笑。

他赶快说："不会，不会。"

小朱还想留他说："我炖了排骨汤。"

何大夫还是走了。

我说："放点儿土豆、胡萝卜、菜花、玉米，来个乱炖。这样可以把汤里的油吸到菜里。"

"好，我再做个菠菜。"他说。

我们俩忙着削土豆，剥菜花。

饭做好了，小宋回来了。我问他："那个香港人也想去，可以带他吗？"

"没问题。"他爽快地说。

我问："那酒庄远吗？"

"不远，一个小时的车程。"他说。

何先生准时来了，我们四个人上了车。

我们看见圣地亚哥的城乡结合部有许多小中餐馆，还看见了郊区的小镇。快到酒庄了，这里的土质真不好，石头挺多的。小宋说："种葡萄就不要好地，这种石头多的地，种葡萄反而好。种葡萄要地中海气候，夏天不怎么下雨，冬天有雾，早晚温差大最好了。原来大家只知道法国波尔多，现在又出来四个葡萄酒产地南非、澳大利亚、智利、美国加州。智利的温差比法国都大。我们的新疆不能算地中海气候，因为冬天没有雾。"我想人工造点儿雾还不容易嘛。

到了甘露酒庄，这是世界第二大酒庄，智利第一大酒庄。我们下车，我穿着羽绒服，有点儿热。早上阴天，我就等着下雨，好看安第斯山的白雪，老天就是不下。小朱说过，这里一个冬天也就下两三次雪。日本的小学同学发来富士山的照片，有半截雪。我给他们看，小朱和小宋都说，我们这里一大串富士山呢。

　　太阳出来了。我们进了一个门，那里面都是参天大树。小朱说："这里就是酒庄主人住的院子。"

　　正说着，门卫来了，他说这里不许进。

　　小宋去买票，不给残疾人免票，我们一人 12 美元。

　　我们往里走，一大溜酒坛子映入眼帘，很有气氛呀！我们在一个庭院集合，世界各地的人来参观，这是世界第二大葡萄酒集团。导游首先指着我们，我们说："西纳。"（中国）

　　然后是秘鲁、巴西、哥伦比亚等，就我们是最远的。

　　导游说："这个酒庄 1883 年，由一个政治家也是西班牙贵族建立的。这栋黄色的房子是他 1875 年建的。目前的酒销往 130 多个国家和地区。是世界第二大的酒业集团。第一大在美国加州。后来这个酒庄被卖了，现在是一个财团在管理……"

　　树上的鸟儿叫个不停，小朱听听说："这是绿鹦鹉在叫。"我仰着头在找绿鹦鹉。绿鹦鹉没有金刚鹦鹉大，大约是金刚鹦鹉的2/3大。树太高，它们又都是保护色。我看见一两只在树梢上跳。一会儿，"呼啦啦"飞走了一大群绿鹦鹉。原来这树上有几十只呢。小朱说："它们吃葡萄。"

　　幸好它们吃葡萄，否则我还看不见它们呢。

　　"麦坡河谷的温差达 30 摄氏度，麦坡河谷的赤霞珠占全部赤霞珠产量的1/20。这里 260 公顷的土地，其中 68 公顷种了 26 种葡萄，

做实验。你们看离地一尺高的地方那是葡萄分权的地方，每株葡萄分出十几个权，有一根手指粗的水管绑在那里，它是滴灌用的，对着根部滴灌，每周三次，每次两小时。"

小宋老来这里，他知道得多："佳美娜是 19 世纪到 20 世纪从欧洲引进的一种葡萄。到了 20 世纪，欧洲的根瘤虫把欧洲的佳美娜都啃光了，在欧洲已经没有佳美娜这个品种的葡萄了。1994 年 11 月，一位法国的农艺师来到了智利，他发现有一种葡萄和其他的葡萄都不一样，在反复印证后，他宣布这就是在欧洲已经绝迹多年的佳美娜。佳美娜从此复活了。"

导游带我们走进一个葡萄园，让我们自己采摘，我不敢吃，小朱尝了说很甜，可是这葡萄也太小了，就是小指甲盖那么大。这个院子里的葡萄叶子什么颜色的都有，有绿色、黄色、深红色、浅红色等等，说明品种不同。

导游又带我们去品酒，是一种白葡萄酒，我是喝不明白。小朱说："不错。"小宋开车不能喝。何先生也喝了，酒杯送给大家。

下面就是进到酒窖里去看，一看有那么多大木桶。小宋说："看你这个酒窖有没有钱，就是看橡木桶有多少。一个法国橡木桶上千欧元呢。葡萄酒好不好，取决于进没进过橡木桶，进橡木桶是新的，还是旧的。"

橡木桶已经有大约几千年的历史了。橡木桶几乎全部用于陈酿优质葡萄酒和白兰地。近 20 年来，橡木桶酿酒的优点再次受到人们的重视。橡木桶包括各种知识：橡木的来源、纹理、风干、烘烤等，都应该与特定的葡萄酒相适应。

葡萄酒与橡木相搭配时，应该考虑木头的圆润感，轻的和温暖的颜色，带着浓郁优雅的风味。

如今，橡木桶葡萄酒已经成为一种世界上标致的红酒文化了。一般来说，这就意味着再氧化作用发生对单宁柔化的效果，在橡木桶中的葡萄酒有可能变得酸涩，因为它吸收了橡木中的单宁，对于具体的橡木的种类而言，有一个很重要的变量，就是橡木的纹理的紧密程度。所以，橡木种类有助于决定这个临界点的形成，进而确定葡萄酒的蒸发程度。存放期，有时要放 25 年到 30 年呢。

橡木一般分两类：美国的和法国的。

美国橡木是一种横纹的木材，带有一种独特的味道和相当低的孔隙度。它的内酯含量较高，美国橡木桶的典型味道是椰子和香草等。

法国橡木桶分两种：

欧洲栎，产自利慕桑，是一种纹理较疏松的橡木。

无梗花栎，来自阿烈省或特朗赛，这是一种纹理紧密的法国橡木。

这两种橡木通常会赋予葡萄酒一种精细的辛香，都有丝丝干姜、丁香、雪松和雪茄烟盒的气息。

里拉夫尼橡木：产于意大利，做大橡木桶用。

匈牙利橡木：和法国橡木的纹理相似，但是带有更加明显的气味。

葡萄牙橡木：酒商在找更加便宜的橡木时，发现了它。葡萄牙橡木孕育出更加明显的橡木味和辛辣味葡萄酒。

这里很冷，我把羽绒服的拉链都拉上了。

小宋指着大块的砖说："这叫 CALY CANTO——卡里坎多，是智利的三合土，碉堡等都用这种材料建成。有鸡蛋清、石头、沙。"

"这和中国的三合土差不多，中国放糯米汤和砒霜，怕虫吃米汤。"小朱知道的还挺多。

然后，就是一个好玩的项目，在酒窖放录像。我一看太难下去了，而且已经知道了故事，就放弃了。我把相机给小朱，小朱和何大夫下去了。

故事是这样的：酒窖里老丢酒，酒窖的主人想了一个办法，就是在酒窖里闹鬼，把小偷吓跑，酒就再也没有丢过了。这就是"鬼头酒"的来历，也叫"小红魔"。

现在讲到酒标了。

1924年拉斐堡飞利浦的酒瓶设计了酒标。

1973年波尔多地区因与毕加索的邂逅，1975年用毕加索的《酒神祭》作酒标。后来经毕加索的女儿同意作为酒庄收藏，从此名声大振。

酒标和其他收藏品一样，具有经济价值。酒标的经济价值和邮票一样，主要取决于制作年代、数量、设计的精美程度，人们希望拥有的心理和品牌等因素。与邮票、花火、纸币、烟标同为世界五大平面藏品。

酒标是酒的标志，标示是为了便于识别，传递信息，销产品而使用的；酒标是一种知识产权，是一种无形资产，是酒厂走向现代、扩大产品、对外贸易和国际交往不可缺少的标记，它的设计、印刷、使用以成为衡量一个国家或地区酿酒业经营管理水平高低的标志。有人说："酒标是酒的名片和酒的身份证。"

土拉和拉斐酒争夺全球顶级酒的地位。它们的酒要 15 年才能成熟，1945 年牧童酒果香依然。你到了酒庄不知道是酒醉人还是艺术醉人。维罗纳的葡萄酒产量大。葡萄酒品种内比奥罗，是法罗梯家族的品牌，萨沃耶的王子，只有意大利的这个地方的巴罗洛才是真正的 BAROLO。巴罗洛的葡萄要在晚秋的浓雾里才能成熟。更加高深莫测的是这里的葡萄酒有土地的味道，高于花香酒香。一代代的巴罗洛酒庄，继承了不管时代怎么变，都是纯手工制作。只有手工制作才能保持酒的味道。很少有人会想到，采摘葡萄的时候，如果葡萄上的露水到下午都不干，是用直升机吹干的。我有体会，在 2008 年北京奥运会时，我和朋友去看山地自行车，天气很热，突然觉得有风刮来，原来是直升机在拍摄比赛过程，我们大受其益。

出了酒窖，导游又让我们尝了红酒，导游教给我们怎么喝。一瓶酒不是一打开就喝，酒在没有打开前，是没有机会充分氧化的，所以，酒瓶打开，要先晃，晃够了，再一口一口品，所以，你喝的每口味道都会不同，最后一口最浓郁。手不能碰杯子，要抓住杯子脚的部分。

葡萄酒文化有许多的知识，真要弄懂还不容易呢。

十四　瓦尔迪维亚

5月8日

早上起来，我先收拾行李，让服务员把行李拿去存了。

我拿出计算机，写到九点多，去吃早饭。看见何先生在餐厅，我就拿了吃的和他坐在一起。我说："我已经发了文章到你的信箱里。"

他拿出手机，一看真的有，他说："你那么能写，我一天也写不了。"

我说："都需要练习了。"

服务员问要摊鸡蛋吗？我要，何先生也要了一份。

我看进来了两个小伙子，很像中国人，就问："是中国人吗？"小个子点点头。

等他们拿了吃的，坐下来，我问："从哪里来的？"

"加拿大。我们是到这里实习的牙医。"他们说。

我指着何先生："他是香港老牙医。"两个年轻人大为吃惊，在这里还能碰上同行。

何先生终于不用说普通话了，他们用英语聊。

我说："你们是温哥华来的？"

"是的，我们从小在台湾，长大到温哥华的。"他俩说。

我笑了："我是台湾人，可是在大陆长大，我妈妈是景美的；我爸爸是宜兰的；我先生是嘉义的。"他们比刚才还吃惊。

我想回去写东西，就告辞。

到了十点多，小宋来接我，我带上双肩背包就和他走，今天下午去瓦尔迪维亚。

小宋顺手把我的双肩背包放到屋里。

到了办公室，我就和小朱说："也不知道，那边的天气怎么样？"

小朱去帮我查："这两天那边下雨，晚上温度和这里差不多，白天就要低七、八度了。"

"没关系，我带了皮帽子，还穿上了毛裤腿呢。"我说。

小宋出来说："我女儿听说我们这里来了你这么个人，想看看你长什么样。"

我说："等她回北京带我家来不就行了嘛。"

这时，有电话打进来，小宋接电话。小杨也在这里，我要她陪我去机场。

小宋放下电话，看看表，说："该走了。"我们就都上车。

小宋举起手，对我说："你送我的手表。"他喜欢就好，送人东西最怕别人不喜欢。

小宋在车上说："智利女总统的一些手下出了问题，让他们辞职呢。"显然他看电视得到了消息。

"女总统的儿媳向银行借了上千万，炒房地产，被曝光了。女总统说：'我不知道。'可是，电话记录显示她丈夫知道。"

我说："怎么可能，她丈夫不告诉她吗？"

"他们离婚了,这个总统是第二次当选,因为智利的法律不可以连任,她就隔了一届。她的支持率已经大幅下降了,原来70%,现在只剩30%。智利最好的建筑是学校。"小宋说。

"我们70年代刚来时,墨西哥大使馆买了一个原总统的官邸,重新装修作中国大使馆,使馆让我们几个留学生和使馆人员盯着,挑了我和另一个同学,我住总统套房,他住总统夫人套房。一个大师傅给我们做饭,可惜好景不长,大师傅开门手被砸了。因为那门是火山岩做的非常重。大师傅手坏了不能做饭,我说:'你说我做。'我会做土豆鸡块,原来鸡块还要炸一下,我只记得这道菜了。"

小宋说:"这飞机中间停一站,你别下,第二站再下。"哦,不说,我肯定第一站就下来了。

到了机场,才发现,我的双肩背包还在办公室,小宋说:"对不起。"

是我对不起他们,给他们带来了太多的麻烦。

最后,他们决定不给我送来了,主要是来不及,如果用长途车带过去,又怕计算机丢了。他们通知小姜需要什么就买吧。

好吧,过几天不能洗澡的日子。还好不热,没有计算机,就用手写吧。多费点事而已。

飞机往南飞,飞向火山附近的地方,也许我能看见一些火山的痕迹,火山灰之类的。飞机到了第一站,下去一些人,又上来十几个。接着飞了一会儿,就下降了。也是一个小机场。

小姜已经在门里等我了。我问:"怎么回事?你怎么能进来?"

"我和门卫说了,就进来了。"听口音,小姜是东北人,一个硬朗的汉子。身体结实,人爽快。天在下小雨,他递给我一把伞,我打高点,可以给他遮点雨,不挡他的视线。

小姜说："瓦尔迪维亚才十万人。"

我以为会有火山灰厚厚地盖在地上，结果绿草如茵。我们这里离火山也就两百公里。小姜说："都吹到阿根廷去了。"

他开车进城，路上我已经喜欢这里了，一些原始森林，树都高到四五丈。古木参天，绿草茵茵，看着就赏心悦目。这里有点儿像西雅图，有河、有草、有大树。小姜说："这里有十五条河。"雨停了，天马上放晴，远山像是有地热，烟云缭绕，冒着水汽，景象十分奇妙。

草地上的羊有的是黑头、黑蹄、白身子，我说："这都是肉羊吧？"

小姜说："这羊不能吃，在智利，羊、牛、猪都只吃一年之内的。过了年就没有人吃了。"太讲究了吧！

回城里的路在修，小姜说："这点儿路得修三年，在中国三个月就干完了。那话怎么说来着。"

"贪污和浪费是极大的犯罪。"我说。

"对！对！对！就是这话。他们智利人真懒，出人不出力。要不然也没有我们中国人生存的空间了。"小姜说。

我说："咱们老祖宗给我们的勤劳、节俭、会做饭，是个人出来都可以开个餐馆，都可以当老板。你家被偷过吗？"

"没有，你一会儿就看见了，我家在一个封闭的小区，四周都是河。"

小姜先开车回家，在路上一个人好像要搭车，小姜停下来让他上来。说："这是给我家做家具的工人。"

到了小区门口，只见门卫，看不见房子。原来这里每家都有一大块地，规定房子不得小于150平米。从外面看小姜的家，和美国人的家没有什么区别。他说："我老婆是混血的智利人，我比她大

十几岁，她还在念大学，后来生了两个孩子，一男一女够了，可是男孩有点儿自闭症，就想再生一个女孩，长大后两个妹妹可以照顾哥哥。谁知道又是一个男孩，都七个月了。"

我夸他的房子："很不错，和美国人的家差不多。"

小姜说："这图纸，是老婆在网上找的，找个设计师，就定了下来。"

一开门。他家的十几只猫都来欢迎我们，幸亏我养过猫。小姜说："我奶奶就爱流浪猫，我们家最多的时候三十多只猫呢。"

"吃什么呀，那时粮食供应很紧张。"我问。

小姜说："我就去海鲜市场，捡些臭鱼烂虾，回来煮煮再放点儿剩饭，就行了。我奶奶老教我积德行善，人家来要饭，家里有什么给什么。"

"我这房子盖了三年。我父亲说：'在中国一栋大楼都盖起来了。这里的人就会磨洋工。'"小姜有点儿无可奈何地说。

我们上车，去他的店。一进门，我和他的智利媳妇打了招呼。我看他媳妇不像混过血的样子，皮肤那么白，头发还是黄的，如果混过会黑一点儿。"这就是咱家的店了，你去挑你要的东西，咱就是做这个的。"小姜说。

　　"我就要一根牙刷，两条内裤。"我说。

　　小姜让我坐在一个小屋里，这里有监控器，他还有别的事，走了。他妈妈来了，她负责接小姜妹妹的孩子。我们是同龄人，打过招呼，她就要带着孩子走，走前她小声对我说："智利人竟是小偷。"

　　我负责监控了，我仔细地看着，看到一个小孩一会儿拿点儿东西，放在一个椅子上，像是在往身上装，一个大人掩护。

　　我叫来小姜，小姜说："那是我儿子，那个大人是我父亲。"我真有点儿不好意思了，我想帮忙，结果却闹了笑话。

　　小姜说："这里三块钱的袜子、五块钱的小东西都拿，智利小偷太厉害了。举办世界杯时，飞机场都写着：'注意智利人！'"这也太丢人了吧。

　　我说："圣地亚哥每家的墙上的尖刺太尖了，真的能扎死人。在欧洲是吉卜赛人爱偷东西。"

　　"我们这里也有吉卜赛人，他们一来就更要小心了。"小姜说。

　　"这么多商品你怎么能记得价钱呀？都是义乌货吗？"我实在想不明白。

　　小姜说："都有价签，谁记得住呀？只有少数智利东西，多数都是义乌货。"

　　"那你怎么盘点呀？"我又想不明白了。

　　他说："没有办法盘点。"

　　快8点了，人越来越少，小姜的父亲从后面走过来，我们打招

呼，我问："你一天在这里多少个小时？"

"大概十个小时。"他比我大两岁，我一天也盯不下来，他父亲身体还很好。

我又问："你儿子给你发工资吗？"

"不给。"他父亲说得很轻松。

这时，来了一个店员和我说话，我问他是哪里来的。

"苏利亚。"他说。

我想了半天，也想不出来，苏利亚是哪里呀？小姜的父亲说："打仗的地方。"

"哦，叙利亚。"那小伙子使劲儿点头。

"他躲兵役，就来这里了。"小姜的父亲解释道。

叙利亚小伙子过来和我说："再见！"他还会点儿中文。

我问小姜："你每年去义乌进货呀？"

"我都十几年没有回过国了，都是朋友们帮我进的。"小姜说。

我奇怪了："他们怎么知道你要什么呢？"

"都是干这行的，都知道对方需要什么货。"小姜解释着。

我想起来了，小姜和我说，他在国内学厨师的，在大港油田他做过几年厨师。那时，他妹妹已经在法国念书了。他爸爸觉得这样不是办法，就给他报名到智利来上学，他就来到智利。小姜的父亲是工农兵大学生，曾经被派去伊拉克援外几年。回国后，就当老师，一直到退休。小姜来到智利，这里也不教什么，都是中国学生，就是一个野鸡大学，一种骗钱的手段。他就自己出去给一个台湾老板打工。

小姜和父亲把大门锁上。他父亲回家，小姜就开车带我去一个德国啤酒屋，我一看屋里的许多人真得很像德国人。真正的纳粹，我是看不见了，因为那时二十岁的新兵，到现在也90岁了。不是死了，就是在医院，或者在家也出不来了，我只能看见他们的后代。这些白人马大人高的，非常魁梧，一副火鸡脸，一看就像德国人。还有少数混血的当地人。

小姜点了几个菜，说："这里的啤酒是自己酿的，一定要喝。"

我只好要了一个小杯的，酒上来了："怎么两杯不是一个颜色呀？"

小姜说："我的是没有酒精的，我要么敢开车。你的才是真啤酒。今天因为下雨，所以人不多，平常要排两个小时的队。国内什么东西好，就涨价。这里不会，只有在夏天最热的时候，实在人太多才涨价20%。"

他的太太挺着肚子带着两个孩子来了。小姜说："人家智利人一点儿不娇气，这两个孩子都是剖腹产，生完第二天就去洗澡了。"小姜的夫人是一个脾气好的姑娘，还不到30岁，她也太能干了。带着两个孩子家里还干干净净的。她自己每天在店里收银。这在中国真不能想象。

第一道菜上来了，生牛肉末。小姜让我跟着他太太学怎么做，在面包上涂一层生牛肉末，再放上洋葱碎和辣椒末，最后放一层色拉和柠檬汁。我吃了一口，没有牛肉味，就是洋葱色拉的味道，还行。"你怎么不吃呀？"我问小姜。

"我等着我太太给我做，她做的好吃。"小姜等着太太伺候呢。

接下来是三道横菜，一道是德国香肠、咸肉、鸡肉、牛肉、上面是炸薯条，熟了的肉都有一斤多；下一道是猪肘子、酸菜、土豆泥；最后一道是烤馅饼，一个长方的大馅饼，里面都是鹿肉末。就是没有绿色的菜。

　　我斜眼看着那些德国人，他们一会儿出去一趟，原来是去抽烟，一顿饭出去四五趟。有人进来打啤酒，是一种特制的酒瓶子——玻璃壶，很有特点。在门的右手边，有许多小格子，每个里面放一个啤酒杯，小门还上着锁。我原来以为是古董杯的展示。小姜说："那是常来这里的人的专用杯，他们拿出自己的酒杯，服务员去洗干净，他们只用自己的杯子。"我还是第一次听说，个性化服务。

　　我们每人都吃了一片加生牛肉的面包，我心有余悸，疯牛病的事，让我一吃牛肉就不舒服，何况生的了。小姜太太把剩下的都吃了，她要吃两个人的饭呀！

　　我们一进家门，小姜的儿子就给我倒橘子水。我说："你儿子没有自闭症。你放心吧。"

　　我们和小姜的女儿睡一屋。她只有两岁，一点儿也不哭，只是会踢被子，我要是看见会给她盖上。他家生暖气了，二十多度，不冷。

5月9日

　　5点钟我起来，抓紧时间把昨天的写下来，怕忘了。这里要9点钟才天亮呢，比圣地亚哥还晚一小时。天还在下雨，这里雨真多，圣地亚哥一年才五六场雨。这里是有点儿像成都、重庆的那种毛毛雨。

　　他家的一只波斯猫上了我的床，我摸摸它的头，挠挠它的背，它很享受地躺下来，就是不肯走。我来到餐厅，在桌子上写，并且给手机和相机充电，本来，没有带相机的充电器，正好小姜的太太有个相机和我的是一个牌子，我可以用。

　　我写一会儿，看一会儿窗外的景色，天慢慢的亮了，满眼都是绿色，他家外的树木很强壮。各种鸟在叫，虽然有点萧瑟秋风。但是那茂盛的树林，有种全无人工雕琢的美，狂野的美，健康的美。他家后院有一条河，据他说，里面全来的是黑颈鹤，现在什么也没有了。河上没有植物，我就可以看得很远，层层叠叠的各色树木自由生长。我抬眼看见一对蓝胸脯、白毛、灰背从未见过的鸟，有鸽子那么大，在树上跳来跳去。

　　他们都起来了，小女儿拿着一束花，说："母亲节快乐！"小姜已经入乡随俗了。

　　小姜看我坐到了窗外，他说："我喜欢这里，原来全是黑颈鹤，后来上游建了一个板材厂，水污染了，黑颈鹤也不来了。"我知道胶水很毒的。智利和中国一样也有环境问题。

　　小姜问："今天去游船，你坐哪种？一种是一个小时一趟的，

一种是四个小时一趟的。"

我想多看看吧，来这里不容易，就选了四小时的。

中午，小姜找来了他太太的表姐，让她带我去吃小镇上最好的甜点。我看见一个德国裔的家庭和几个单独的德国裔男人。这屋里只有四张桌子，我们等了一会儿才有一个桌子空下来。我们坐下，小表姐点了两样点心：一种核桃的，一种草莓的。核桃的特别好吃，草莓很一般。漂亮的小表姐一头卷毛，未婚先孕，小孩都十岁了。还是一个人，怎么没有人娶她呢，我觉得她够漂亮了。

我们回去等了一会儿，小姜说："我店里的叙利亚小伙子陪你去。他先带你到河边转转，你们再上游艇。"

我就和叙利亚小伙子出来了。天晴了，河很宽，有船坞，还有许多条船停在岸边。我们走了一会儿，我怕小伙子累了，就建议休息。我让他坐在街边的椅子上。我问他："你上大学了吗？"

他摇摇头，我们刚开始谁也听不懂谁说的话，我是北京味的英文，他是叙利亚味的英文。一会儿，我们就都适应了，还是可以沟通的。他说他上到九年级。

我问："你喜欢智利吗？"

"不喜欢。"他说。

"你喜欢叙利亚？"

他笑了，是的，他点头。

可怜的孩子，小小年纪被逼远离家乡，停止学业，一个人在外谋生。

他拿出手机，给我看他的妈妈、妹妹。

"很漂亮。"他高兴了，又把他爸爸的照片给我看，一看就是老实人的样子。我猜他一人在住的地方哭了好几次了。

我拿出钱，让他去买水，准备我们在船上喝。

　　我们又往前走，看见几只海豹在一个台上，它们在打架。还好不太厉害。太好了，我就喜欢动物，它们总是憨态可掬，没有人的心眼多。这些海豹的样子看着就让人发笑。我拍了一些录像，我要是有时间，坐在这里看几个小时我也不会烦。

　　我们还得上船，就走了，这个瓦尔迪维亚小镇，没有太多的建筑，很平和，像智利人一样的慵懒。在码头旁边的大桥上吊着三个大人一样的布人。我赶快拍下来，什么意思呀？

在码头旁，我看见了小菜市场，还有卖鱼和螃蟹的。我想明天就回去，可以买点儿，带回去。买了两种海蛎子和一种从未见过的大蘑菇。海虹1300比索一公斤；海蛎子1500比索一公斤；海胆500比索一个，我准备带回去给大家尝尝。

我们上了船，这船不大，可以乘几十个人，人都坐顶层，我们也上到顶层。船开起来，风有点儿大。海豹在水里翻滚，有时只有两只脚在水面上，看着就想笑。岸上的屋顶都是大鹈鹕和海鸥。两岸的树木越来越密，这么高大的树还是很少见的。智利很奇怪，好像什么都可以长得很好。

山坡上有些树叶已经黄了，一层黄一层绿，更加有层次感，也更好看。河道越来越宽，我们坐的船开向大海方向。城市渐渐退去，两岸完全是自然森林，沿着山坡起起伏伏。又过了一会儿，有成片的芦苇，又增加了一个层次。

水里有黑头、黑脖子、红嘴、白身子的黑颈鹤，这种鹤，我从来没有见过。一群群，一对对，安静平和，我沉醉在美景中。

　　到了一处参观地，人们都上去了。我看看没有什么古堡，决定不下船，就把相机给叙利亚小伙，让他自己去。

　　船上只剩我和一个智利大妈，大妈把我叫下舱，她在听音乐，我一看下面是沙发，就躺下来，大妈拿来了救生衣给我盖上。我还真地睡着了。等我起来，我问大妈："我打呼噜了吗？"我学着呼噜声，她点点头，我还睡的挺沉呀。

　　叙利亚小伙回来，我看看照片真不值得去。他问："你吃饭了吗？"

　　"没有。"我说。他就去和大妈说，大妈说下站有三明治。

　　船又停靠了，我还不想下去，因为天都黑下来了，我觉得有点儿冷。服务员送来了咖啡和三明治，觉得还干净，我就吃了，咖啡真难喝。

我们下船时，天已经全黑了。我们回到店里，他们正在关门。小姜说："我带你去一个朋友的礼品店，去挑几样礼物。"

"不要了，我什么也不能带，我还要走好几个国家呢。"我说。

小姜说："人家在等着呢。"好吧，恭敬不如从命。

我都不知道说什么好了。这个小姜太客气了，太周到，太热情，我真不好搏他的面子。礼品店一看就是智利人开的，我更不好意思了，要是中国人还好点儿。小姜说："他的东西都是从我那里批发来的。"

我拿了两个皮的冰箱贴和两支木杆圆珠笔，上面都有瓦尔迪维亚的字样。

我觉得这么一个小店是不能养活全家的。小姜说："他每年在夏天的三个月就挣够了一年的钱，旺季时，他在码头还有两个摊位。现在，就是挣点儿零花钱。"

我们回他家，在路上，他说："我学徒时，师傅教我们怎么做假。你挑的活鱼，到了后厨，就换成了差不多大的死鱼了，为了要显得像活鱼，用牙签把鳍固定住；虾只要放佐料的都是死的。只有特别明白的人，会在活鱼身上做记号，给鱼捅个窟窿，我们就没有办法了。"

"这里的海参、鲍鱼、石斑都和中国的不一样，不好吃。在中国卖不出价钱的。鲍鱼最好的九孔，这里的才一孔。"

进门，小姜的儿子双手抱着我。我和小姜说："你的儿子什么毛病也没有，你不用担心了。自闭症的人根本不和人交流，他那么主动，肯定没事。他不说话是你们那么多语言他不知道怎么说，你爸爸妈妈中文，你夫人西班牙文，你是西班牙文加中文。就是他iPad玩得太多，眼睛会看坏的。"

他夫人准备好了晚饭，小姜说："你那些海鲜放不到明天了，有点儿捂了。"我才想起来，这些海鲜一直在船上晒太阳。

"那就快点儿吃了吧。"我说。

他说："我明天再给你买点些。"他就下厨，把海鲜都做了，螃蟹蒸了，海蛎子煮了。

他把给他们做家具的工人也叫来，一起吃饭。

我问："这里有纳粹的后代吗？"

他夫人说："这里的德国人都姓什么曼，那都是工人的姓，没有贵族的姓。"

我想也就是没有姓冯的，不过为了活命改个姓也不是没有可能的。

我又问她印第安人的事。她说："这里的印第安人分成十几个种姓，叫马布切的最多，都是什么切，他们有的住在山上，有的住在海边，我们小时候都学过，现在记不清了。"她一边说，一边查手机。突然，她指着自己的肚子："他再动呢。"透过衣服，她圆圆的肚子

确实有小幅度的起伏。

"我太太说，这个孩子和前两个不一样，特别能动。"小姜说。

我说："那就是中国人说的猴三吧。"

"对，对。"小姜十多年没有回中国，在家里只能说西班牙语，好多中文都记不住了。

我说到大桥下吊着假死人的事。小姜说："要罢工了，这是信号。"

我们聊得很开心，小姜说："火山要爆发的时候，在火山口处有小白点儿，电视的摄像机都拍下来了，还用红框标注给大家看。有人说是 UFO 外星人，比我们更关心火山爆发，他们也在观察，一爆发他们就飞走了。"

5 月 10 日

早上，小姜准备早饭，有他夫人姥姥做的红莓酱、草莓酱，还有一种她姥姥做的什么果酱、炒鸡蛋。两个孩子都很乖，自己吃饭。他夫人肚子太大，怎么躺着都不舒服，所以夜里没有睡好，还在睡觉。

我一出门，就趴在地上了。我想走近路，走到了没有草的地上，拐杖滑走了，我也趴地上了。小姜真有劲儿，一把就把我拉了起来。我说："没事，一个软着陆。没摔着。"

小姜要给小宋他们买海鲜，已经和卖海鲜的朋友打了电话，对方说："这两天下雨，没有人下海，海鲜不多。"

下姜是一个要求完美的人，他决定开车去港口买，他带我去十七公里之外的海边。他说："今天晴了，也许有人出海。这里有一种东西，我也不知道叫什么，就是一个大石头，里面有肉，挺大个，在中国肯定没有。"我连听都没听过。

"有缝吗？它吃什么？"我问。

小姜说："没有缝，也不知道它吃什么，要砸开。"

我真期待看到这奇怪的石头，一路上风景太漂亮了。即使没有任何海鲜，我来看这景色也值得。我想什么时候北京雾霾太厉害了，就到这里住两个月。左边是河和湖，远处全是绿色，高大茂密的树林让人看不够。

小姜说："我看上一个地方，在委内瑞拉的一个岛上，风景才漂亮呢，我想以后在那里开一个餐馆，我有一半时间去那里，一边看店一边看景，那里的龙虾20人民币一只。可是，首都太乱，人都不能出机场，一出机场就被抢。只能倒机，那个岛太漂亮了。我原来想把我家盖在这里，我太太不同意，她说这里土质疏松，石头也不够坚硬，一有大雨就很危险。这里原来满多的都是黑颈鹤，现在没有了，水质也污染了。海水也有海藻漂上来了，说明有污染了。"这么纯净的水，小姜还说污染，那中国黄色的海又该怎么说呢。

小姜不过才来智利十几年，智利的水域发生的变化就这么大，可见地球被损害到什么程度了。这里是一个海湾，到了海边的小鱼店，小姜下去买螃蟹，我坐在车里拍照。

一会儿，他拎着两大包回来了。我问："有那个大石头吗？"

他说："没有，不过有螃蟹、海蛎子，都是早上才打上来的。"真遗憾。

我隔海眺望对面山上的小房子，在那里租个房子住一段，真是神仙般的生活。

"回去吧。"我说。

小姜说："再去那边的码头的鱼市看看，我再买条三文鱼，我们这里出三文鱼，比圣地亚哥便宜一半呢。"

"够了，三文鱼哪里都有。"我说道。

我们往回开，碰到小姜的熟人拦着车，小姜和他说西班牙语。等他再上车，指着旁边的餐馆说："这就是他的店，我们老来这里吃饭。"

这次我坐的靠河和湖的一边，好拍照。远山上的白云，罩住了山头。湖里有睡莲，也有水葫芦。小姜说："你看，长着水葫芦，水就污染了。这地方我老来，我刚来的时候，有许多烦心事，下了班，我就来钓鱼，往这里一坐，就什么烦恼都没有了，等天黑再回去。"

小姜开车到我买海鲜的市场，他带了我买的大蘑菇和他买的螃蟹、海蛎子下去了，因为他已经和朋友说好，让人家带来了泡沫箱。一会儿，他抱着泡沫箱回来了，用胶带封好箱子。

我们就往机场开，在去机场的路上，他说："在中国装样子也得装一下，你看他们的机器连动都不动，装都不装。我很不喜欢智利人，我有一个工人，正在吃午饭，他的媳妇和孩子来了，他把饭藏起来，他怕他孩子看见他吃鸡腿，你说这是人吗？"

"你夫人家是做什么的？"我问。

"她的父母早就离婚了。她父亲做眼镜生意，有好几家店，不养他们。她妈妈打工把他们三个培养到大学，她哥哥在圣地亚哥做软件；她姐姐是设计师；她小时候一边打工一边上学。"小姜说。

难怪她那么能干！又碰上小姜好心眼儿，两个人确实很和谐。

"你下次最好春节时来，早点儿说，我给你准备飞蟹，那种蟹的爪子不是尖的是圆的，在水上跑，非常好吃。"小姜说。

到了机场，他把泡沫箱拿下来。到了换登机牌的地方一问，没有我的票，那人查了半天说："你是明天的飞机。明天的你也没有确认呢。"确认什么？我来南美还没有一张机票需要确认呢。我想等一会儿，因为我买的是可以改的票。

有人给小姜打电话，我听着他有点儿着急。他给他父亲打电话说："爸，你去咱店看看，咱们后面那个楼着火了。"周末他老爸休息不成了。我也别换票了，快往回开吧。

小姜一路给人打电话，叫朋友先去看看。我们赶到时，街上已经有七八辆救火车了，道路也被封锁了。小姜说明情况，才放我们车进去。只见他爸爸站在门口，后面冒着微弱的烟，空气中有很少的一点儿糊味，看来火势不大。

小姜电话又响了，圣地亚哥的朋友问他开餐馆的事，向小姜咨询。小姜和他说了这边着火的事，那边说："这里有从欧洲来的温州人，在火车站附近，开了一个大商场，才来了十几个货柜，前天都烧光了。使馆都去人了，正让华侨们捐钱呢。"

我听着都心惊肉跳的。怎么有这么多的事呀？

小姜安心了，开车回去，他说："有个福建人运来几个货柜的垃圾，他买了保险，然后这些东西都着火了，让保险公司赔，被发现都是垃圾。在圣地亚哥有一个广东老板，把他亲戚叫来帮忙，他给亲戚买保险，然后，把这个亲戚杀了，用水泥把尸体盖住，说人失踪了，要保险公司赔，后来还是被发现了。"

听了这些，我心里真堵得慌。

小姜说："跟你说个笑话，不过是真的，你回去问他们，他们都知道，在智利家里死了人，老板必须给假，有的人为了不上班，家里成天死人，今天奶奶死了，明天舅舅死了，每年他家人都死一遍，

第二年接着来。有时他奶奶都死了好几次了，他也记不清了。每个中国老板都遭遇过这种事。"

这也太可笑了吧，真是无奇不有哇！

小姜妈妈今天生日，他带着两个孩子给他妈妈送蛋糕和螃蟹去了。

这时，我的手机响了，小朱发来微信："我们在烤肉。"

我回复说："我不爱吃烤肉。"

没想到小姜回来就做烤肉，他说："母亲节吃烤肉。"还是牛里脊，幸好他烤肉还烤香肠，我可以吃烤香肠，真不爱吃烤肉。他还煮了螃蟹，我又吃了一个螃蟹，就饱了。

小姜的儿子又在招待我，他一边抠脚一边又给我棉花糖，我吃不下，还给我倒饮料。他拿来橡皮泥，让我给他捏汽车，我给他捏了一个汽车，又给他妹妹捏了一朵花。

小姜把他家冰箱里的冰都拿出来冰那些海鲜。

今天，折腾了一天。真是惊心动魄的一天。

5 月 11 日

这天，我早早起来，终于是一个晴天，小姜说过，这里下雨不下雾，下雾不下雨。我看天上有雾，就不会下雨了。这里比圣地亚哥一年就下五六次雨的干旱地区强多了，我在圣地亚哥每天不知道要抹多少次油，手老了十几年。而这里像四川的冬天。

我坐在房后面的台子上，听着林中的鸟叫，阳光明媚，心情就好。我寻着鸟叫的声音，鸟真多，大的小的，叫声像口技演员的表演，非常热闹，飞走一拨，又来一拨，真是你方唱罢我登场。有一种体型大的鸟，叫声像是在敲击空心的硬木，也不知道是不是野生的鹦鹉。小姜夫人说过，她们小时候，这里有许多红色的大鸟，现在看不见了。全球的环境都在恶化！仔细一想，这里是离中国最远的地方了。

小姜家的两边有两户人家，距离比美国的房子还大。剩下就是广袤的森林，空气含氧量高，我坐在这里洗肺。

吃过饭，小姜又开车送我去机场，真不好意思，怎么会弄出这种事，我一直以为两天，怎么是三天呀。我们一出小区的大门，就看见罢工的人了，标语横幅都准备好了，有些工人也站在一起，原来是银行运钞的工人罢工。小姜说："他们不会都罢工，因为是私企，你真让老板开不了门，他真的裁你呀。"

小姜又给我讲起他夫人的姐姐："她姐姐都生了一个孩子也没有结婚。她姐姐是个模特，很漂亮，和一个医生的儿子好，那人一看她姐姐怀孕了，就跑了，他说他看着就恶心。"

我说："女的还没有恶心呢，他先恶心了。"

他父亲是医生，是皮诺切特的医生，都92岁了，还能做手术呢，现在在大学当教授。他有一个农场租给人家。给这个孩子和他姐姐每人每年七八万美金，还给他们每人在美国存了五十万。他姐姐都把这钱花得差不多了，又割眼皮、又隆胸，最近要去做屁股了。她都四十多了，从来没有工作过一天。这个弟弟上海军学校，因为有一次比赛，老师没有让他去，他就不去上学了。他爸爸又给他送去新西兰学汽车修理，又回来了，说新西兰太冷了。现在学电工呢，学了半天一张文凭也没有。他姐姐在学飞机检验，就是飞机下来，她上去看看那些仪表有没有问题，检查一下。现在，她爸爸要卖农场了，每人可以分到七八百万。他姐姐原来有一个台湾的男朋友，那人家也很有钱，父亲是大学的股东，也不知道什么事，分手了，也没有人要她。她弟弟还好，有点儿抠门，不肯花钱。他和我合伙做五金店，他也不去看看。"

我到了机场，托运了泡沫箱。

我和小姜说："你别生气，我在枕头下放了点儿钱。"

小姜说："你把我当外人。"

我觉得他老婆是外国人，别说中国人不懂事。

上了飞机，这个机场也不大。飞机一起飞，我就睡觉。

下飞机后，服务员把我推向国际出口，我说："不对，我是国内的。"可惜他听不懂。结果折腾了半天，小黄在外面都急死了。本来我想去买点豆腐的，因为小宋哥哥说豆腐很贵。可是太晚了，只好直接回去了。

到了小宋的办公室，小朱做好了饭。我早发给他微信，说："有好多海鲜，不用做菜。"

吃了饭，才做螃蟹，他们都觉得螃蟹太大了，还好还很新鲜，又煮了海蛎子，他们大呼过瘾，我很高兴，这主要是小姜的功劳。

我对他们说："我没有看见纳粹，但是，我觉得我看见他们的后代了。"

　　小宋说："'二战'时，在智利的德国人划着小船去给德国的船送粮食、送牛肉、送黄油，支持德军打仗。"

　　我说："那能有多少呀？"

　　"好多条船呢，不是一两条，一直有个说法，说希特勒没有死，躲在南美什么地方。有一个犹太人在纳粹的集中营待过，他在智利看见集中营的盖世太保，他就报告了摩萨德（以色列的情报机关），那人就躲起来了。"

　　摩萨德（Mossad）全称以色列情报和特殊使命局，摩萨德1951年4月1日成立，以大胆、激进、诡秘著称于世。与美国中央情报局、英国军情六处、俄罗斯联邦安全局（克格勃）一起并称"世界四大情报组织"。

　　摩萨德的遴选，包括心理测试的背景调查，包括十岁以后所有朋友的了解。

　　我是在中国时，看了一些报道摩萨德抓盖世太保的节目，才产生了看看这些纳粹分子的后代的想法。

　　小朱说："意大利广场有个书店，就是他们纳粹分子的聚集地，店里有纳粹的标志。几年前，他们还打着纳粹的旗子游行呢，我还有照片。"

　　我也看到过报道，有个纳粹分子的餐馆，餐馆用的瓷器都有纳粹的标记。

　　小宋说："他们是新纳粹分子，口号是'国家与自由'。"

　　我说："我在小姜家没有吃到一点儿蔬菜，她怎么保证孩子的叶酸呢。"

"这事我知道，国内要考察粮食加工，联合国推荐了智利。国内团来时，我做的翻译，智利把所有的营养素和叶酸做到了面粉里，现在畸形儿大幅度减少了，人民的体质也提高了，发病率降低了。"小宋说。

我说："是智利人为了请假，家人每年都死几次？"

小朱说："你去问小黄，他气的都起不来床了。"

5月12日

一上午，我都在屋里补写这几天的文字。

到了中午，我过去吃饭，小宋说："下午让小黄带你去东面富人区看看。"

小朱又做了一些蚌汤，特鲜，还做了三文鱼。小黄买了几棵大白菜，真够大的。小杨说："智利这里种什么都比中国大。"

他们这地才用几百年呀，我们的地用了几千年了，没有地力了。

我上了小黄的车，小杨也陪我去。我们向东开，在智利方向是和北半球反着的，我自己常常不清楚是朝哪里？参照系太阳在北方，所有的方向都变了。

右边是一个小型机场，里面各种小型飞机几十架。小黄说："都是富人的飞机，他们开着飞机上班。"

我问小黄："是智利的工人为了不上班，就说自己家里死人了吗？"

小黄气愤地说："我原来开一个餐馆，最上客人的时候，这个不来，那个也不来，大师傅还不来。我气得不行，三天后，我决定把餐馆卖了。真对付不了他们，他们家人都死了好多遍了。"真有这事呀！

东边山上的房子，有许多是西班牙式的，有些隐藏在树林里看不见，环境确实幽静。和美国人的张扬不一样，美国人房子大而豪华，在欧洲说到了富人区，我也看不出来。有许多富人房子的外表很朴素，内装修极尽奢华。这里高大的椰子树、仙人掌都很多。我建议小黄在这里开一家北京烤鸭店，应该赚钱的。

回来的路上，我觉得我没有来过圣地亚哥的这条路，这里很繁华，我问："这是圣地亚哥的长安街或者王府井吗？"

"是的，这里是最繁华的地方了，这里叫 ALAMEDA。"

回去，小朱已经煮好了螃蟹粥，很鲜。那个石头里面的肉，不太好吃。小朱一边做那个大蘑菇一边说："这个蘑菇能吃吗？你们都别吃，我先吃，如果中毒了，得有人送我去医院。"

我说："这是在卖菜的地方买的，怎么会中毒呢。"

小宋来了说："智利内阁又重组了，又任命了九个部长，那个30多岁的内政部长下去了，他是个小腐败分子。"

小朱吃着蘑菇说："那几年鞋子卖得好的时候，你知道什么样？来一个货柜的鞋子，买鞋子的就排队排到大街拐弯。有人排到了，拿到的不是他要的号，要不要，不要，再去排队。有对兄弟卖鞋卖到没有时间数钱，就把床打开，把放被子的地方放钱，晚上盖上就睡；钱多到盖不上，晚上在钱上睡。"

"他们没有鞋穿吗？"我不理解。

"不是，便宜呀。"小朱说。

"我给你钱吧。"我对小宋说，他给我付了旅馆费。

　　"我和别人要钱，别人都不给我。你老追着我要给钱，我到北京还得花人民币呢，你回北京再给我人民币吧。"小宋说。

　　"小宋、小朱，回北京我请你们吃烤鸭和涮羊肉。"我说。

十五　艾米莉亚纳酒庄和瓦尔帕莱索

5 月 13 日

　　这天，是我等了十几天的阿根廷面签的日子。我确实很纠结，因为南美横着竖着都很长，如果我拿到阿根廷的签证，就只能先去乌斯怀亚再去伊瓜苏大瀑布，巴西的主要城市都在东岸，再飞回秘鲁，实在不是什么好方案。但是也没有办法，南美地形地理就这样。

　　小宋推我到了阿根廷领事馆，很快一个中年妇女接待了我们，小宋和她说西班牙语，我在一旁什么也听不懂。

　　她拿着材料进去了，老半天也不出来，我想她要觉得还行，就应该要我的照片和钱了，可能不太好。果然，她出来了说："你只做了乌斯怀亚两天的计划，这个你可以改，不然我只能给你三天。你的银行对账单能够再做一份英文的吗？"怎么可能呢，我回北京去做英文对账单，我还不知道银行给不给做呢。我从来没有听说过英文的对账单。我心想算了吧，这样我也不纠结了，我就走我的西线，踏踏实实。

反正南美我从未来过，到哪个国家都一样。

小宋很沮丧，我说："她爱给不给，我的钱花在哪里都一样。"

"阿根廷是一个很骄傲的国家，它在三四十年代经济曾经排在世界第六。地大，基本上都是欧洲移民，把印第安人杀得差不多了。它一年生产的粮食够吃十年，有钢铁工业、汽车工业。现在的阿根廷很腐败，从政府到警察都腐败。"

我就是比较遗憾伊瓜苏瀑布没有看见，剩下的就无所谓了。

小宋说："我带你去瓦尔帕莱索，智利的世界文化遗产。"

我们回去上车，又叫上小黄和小杨。小朱去要账，不和我们一起走。

我们先开到卡萨布兰卡的一个酒庄，是一家美国公司，叫"EMIL IANA"。智利这片神奇的土地，上天赐予得天独厚的气候、水土，其优越的环境和地理位置堪称酿酒师的天堂。安第斯山脉是这片肥沃谷地的天然护卫；太平洋的寒流是指挥气候的大师。这里夏季温暖干燥，冬季凉爽多雨，在葡萄生长的季节，白天阳光明媚，晚上气温又戏剧性的下降，大自然自我调节赋予果实丰富的果肉，浓郁的果香，美妙的颜色，成熟的单宁与平衡的酸碱度，所有和谐的元素均是上等葡萄酒所需的必要条件。

埃米丽亚纳（Emliliana）是一个传奇家族葡萄酒企业。一百三十多年前，埃米丽亚纳女士继承了父亲的庄园及土地，与先生甘露庄园创始人，共同缔造了现今全球第二大的葡萄酒生产商的甘露酒庄。酒庄继任家族中的兄弟两人在上世纪 80 年代，创办了以这名伟大女性名字命名的 "埃米丽亚纳有机葡萄酒庄"。

现在，姊妹庄园一个列居全球第二大葡萄酒生产商，另一个则荣登世界有机葡萄酒庄园之冠。

埃米丽亚纳的每块土地和种植园都经过生态专家，有机农业专家与酿酒师的精心挑选，地理位置横跨南北，从北的卡萨布兰卡山谷，经过中部麦波谷、卡恰布谷、空加瓜谷，到南部的比奥比奥谷均有相当规模的葡萄庄园。埃米丽亚纳已拥有多达 1117 公顷的有机葡萄种植园，其中 583 公顷有机被认证为"生物动力法"有机种植地，其余的葡萄园也全部经过 IMO 认证为 100% 的有机种植地。

它们号称：五个产区、九个庄园、26 个品种、52 个生物动力法、100% 的有机种植。

从 2001 年 Coyan（Coyan 一词来自生活在智利南方的印第安人马普乔部落的语言，意思是橡木之林）葡萄酒开始生产以来，就显示了与众不同的风格，他们把各种欧洲的葡萄酒融为一体，成为智利葡萄酒，这是从未有过的尝试，以西拉葡萄酒为主，大约占 30%，通常掺入佳美娜、赤霞珠、穆尔韦德、贝蒂维尔多。当然，也可以有不同的配比，甚至是七种葡萄酒的混合，要求所有葡萄酒必须来自酒庄自产的有机和动力法葡萄。

这种混合红葡萄酒，经过天然或者野生的酵母发酵，每次使用的酵母都会有所不同，主要是根据气候条件进行调整。无疑，我们的调酒师们把每种葡萄的特色充分表现出来，使葡萄酒具有自己风格和品质。

每年，Coyan 葡萄既有智利阳光的充足照射，又享受到夏季凉爽下午的呵护，酒中带有甜美迷人的芳香，色泽深沉，是地道处于安第斯山原始森林的红酒。这种酒喝起来入口时亲切，单宁柔和，回味有力，具有特色。人们热衷 Coyan 葡萄酒里，可以看到它的一种精神、灵魂、品质，和它的与众不同。

埃米丽亚纳生物动力及有机葡萄酒为英国皇室指定用酒之一，并将埃米丽亚旗下产品吉邑与哥雅两款生物动力葡萄酒纳入英国皇家酒窖。

这里是真正的有机葡萄，在几行葡萄中间会种上一行花，各种颜色，为了吸引昆虫去吸花蜜，就不会刺破葡萄了。还有一些散养的鸡，小宋指着一个带轱辘的小房子说："那就是鸡窝，工人发现哪里又虫子，就等鸡睡觉的时候，把鸡拉到那块地，第二天一早，一开门，鸡就可以消灭虫子了。这样的葡萄长得壮，可以抗病虫害。所以，这里的白葡萄酒是最好的。"

"你们知道那是干什么的？"小宋指着一个小风车说。

我说："提水的吧。"

他说："这是为了霜冻的时候，把风吹开。"

我说："在中国是烧点儿草熏。"

"那就不环保了。"小宋说。

哦，想得真周到。这个葡萄园环境很好，有羊驼，有各种家禽。还有给员工的小自留地。

我们还要去瓦尔帕莱索，就上车了。周围有许多的葡萄园，小宋说："这里只能种白葡萄，那次咱们看的酒庄就只能种红葡萄。只有这个山谷能种白葡萄，过了这里就不行了。"

　　果然，我们开上一个山头，过了这个山头，眼前一片荒芜，什么也没有了。一棵葡萄也没有了，真神奇呀，就差这么一点儿，有那么严重吗？

　　小宋说："就是那里的小气候，就是卡萨布兰卡地区，才能造就最好的白葡萄酒。刚才进去的，就是卡萨布兰卡的政府官员。智利的地理条件构成了它的最好的葡萄产地，北部是沙漠；南部是冰川；西部是海洋；东部安第斯山。"

　　我们到了瓦尔帕莱索，这里是联合国教科文组织定的世界文化遗产。真有点儿南欧的样子了。满街的大棕榈树，纯净的海水。我们先找吃饭的地方，找了一家中国人开的自助餐厅，环境好，菜也做的不错。

　　上次我们去的熊猫餐厅的老板和这家餐厅的老板是兄弟。他们六个兄弟，每人都有自己的生意。

　　我觉得最后要吃点儿甜点才对，就要了冰激凌，我和小杨一人一个冰激凌球。上来一看是绿色的肯定是颜料了。

　　海边的房子上都是大鹈鹕和海鸟，确实这座城市的有它特别的风雅。

　　小宋又带我们去海军部前，转了一圈。这里的第一位海军司令是英国人。1879 年 5 月 21 日是海军节，这天智利和秘鲁打了一仗，每边都是两艘军舰，打了一个平手。

　　山丘上有十几条索道车，接送住在山上的人们。

　　瓦尔帕莱索原来是南美最大的港口，所有从大西洋来的船都要在这里补充给养和煤炭、淡水。

巴拿马运河 1917 年通航后，瓦尔帕莱索一落千丈。它就像一个已经老去败落的贵妇，虽然风韵犹存，但是掩饰不住的衰败，雍容华贵的衣服破旧了，香粉从眼角嘴边落下，看着让人心疼。

路中间有一个铜铸的雕塑几股绳拧在一起。应该是团结一致的意思。

夕阳西下，我们赶快往回赶，我的肚子又不行了。可能饭不干净，还是冰激凌吃坏了。后来我总结，到一个新地方就坏肚子，肯定是水土不服。在欧洲怎么就没有呢。

小朱去要账，那人还不给。

我一下车，就说："我不吃晚饭了。"我得回去吃药。

晚上，小宋、小朱、韩校长都到旅馆来给我送别，小宋已经给我定好了明早去秘鲁利马的机票。幸亏有他们给我介绍了那么多智利的情况，还让我有地方吃中国饭，这是出国人最幸福的事了，我们已经成了好朋友。

十六　秘鲁　利马

5 月 14 日

　　秘鲁是总统制议会民主共和国,全国划分为 25 个地区,安第斯山脉纵贯国土南北,西部沿海地区,则为干旱的平原,东部有亚马逊盆地的热带雨林。秘鲁是发展中国家,人类发展水平为中等,全国有 50% 人口生活在贫困线以下,主要经济活动是农业、渔业、矿业以及制造业。

　　人口 3094.6 万（2013 年）民族包括印第安原住民、欧洲人、非洲人。官方语言西班牙语,一些地区使用克丘亚语。各民族文化传统的融合在艺术、饮食、文学和音乐等领域创造了多元的表达方式。人均 GDP6594 美元。

　　印第安人以库斯科为首都,在高原建立了印加帝国。

　　秘鲁孕育了美洲最早人类文明的北史文明以及前哥伦布美洲最大的印加帝国。16 世纪,西班牙帝国征服了印加帝国,包含西班牙在南美的大部分殖民地。1921 年秘鲁独立后,秘鲁经历了政治动荡,财政危机也有,和政局稳定和经济发展时期。

312

三百多年来，秘鲁一直是西班牙殖民统治的中心，而利马与马德里有着长期密切的联系。利马的精英不仅在经济、政治上，甚至在血缘上都与马德里精英阶层有密切的关系。

　　小宋六点多就来了。他今天去接机，马上就有一个工作接着来。国内葡萄认证的人员来检查智利的有机酒，他要陪几天。正好我也走，他可以轻松工作，不用担心我。不然，他老想着怎么让我多看点儿，多知道点儿，他很累。我走了，他会轻松许多。其实，他已经安排好我在巴拿马的活动了。我们到了办公室，他忘了带钥匙，小朱可能刚睡着，叫门也不开。我说："你的这些箱子是空的，就扔过去吧。"他把几个大纸箱扔了过去，那是要搬家用的。

　　"我还想拿件衣服呢。"他说。

　　我说："那你就学小朱，这里没有尖刺。"

　　小宋说："我再买一件也不爬。"小黄来了，小杨也跟着。我们都上了一辆车，小宋为了将就我，他还要一个人在机场等几个小时呢。他说："到了利马有个'天马'旅行社接你，他要80美金，有点儿宰人。"

　　我同意了："谁知道机场到城里有多远呢。"

　　我们加完油，刚开起来，就被一个女警察给拦住了，让小宋找出什么缴费的凭证，小宋找了半天都没有，有点急，最后还是找到了。他开着车说："早知道就假装听不懂西班牙语了。"

　　"那她能放你吗？"我问。

　　"不能，逗逗她，有时就说一句丑丫头。"他调侃道。

　　我说："她还得'西'（是）。"

　　"不仅'西'还得'格拉夏斯'（谢谢）呢。"小宋笑着说。

　　我们都大笑，那点儿小小的不愉快都烟消云散了。

到了机场，小宋一看还有时间，就请我们去喝咖啡，我和小杨都要的奶茶。我没有吃早饭，因为旅馆那么早没有饭，我知道飞机上有。小黄和小杨都吃过了。小宋也没有吃早饭，他在这里等，没有人给他饭吃，他就点了一点儿早餐。

这时走过去一个漂亮姑娘，小宋说："委内瑞拉和玻利维亚都出美女，有一年智利也有一个女孩得了'环球小姐'的第一名。我认识她的男朋友，他是智利第三大自行车公司的股东，我们在开会，他不开了，去接环球小姐。这伙人都说，他们长不了啦。果然，环球小姐有一年免费旅游做公益，认识了一个CNN的股东，她做上了CNN饮食节目西班牙语主播，和那个男的结婚没几年就离婚了。回到智利做主播，一次采访阿根廷总统梅内姆，结果两人好上了，梅内姆正在做第三次总统选举的准备。他们结婚后，给梅内姆生了一个孩子。梅内姆觉得，你看看，我还不老，我还有能力治理阿根廷，我不仅脑子行，我的性功能也可以。梅内姆没有选上，她第一夫人没当成。不过，梅内姆是亿万富翁，她还是可以有满足的地方。这两天有900多只羊驼到了北京。"

我问："智利的铜矿世界排名第几？"

"产量、储量都是世界第一。"小宋说，"还有点儿金矿，这里的鸟粪矿是百年的鸟粪。"

我得进去了，小宋推着我，有服务员来接我，我和小杨、小宋拥抱告别。小黄很腼腆，只跟他招手再见。

我上了飞机，在屏幕上，我们飞到海上，到了利马才上陆。利马比圣地亚哥往西，时间也晚一两个小时。

小宋说："别看飞机票上两个小时，全程近四个小时。是当地时间。"

在飞机上，我都在听音乐和睡觉。

快到利马了，从天上看，好像这里刚爆发了火山，所有的房子都是灰灰的，靠近地面才看的见一点点儿绿色。这里的安检和美国差不多，要脱鞋，又要解腰带，外套也得脱，手表也要摘下来。

格瓦拉有关于利马的描述："利马真正值得一提的是环绕大教堂的市中心，这里和庞然大物般的库斯科很不一样，库斯科的征服者总是毫无修饰地炫耀自己。利马的艺术显得更有格调，带有一种轻柔幽雅的气质：大教堂的塔楼高而优雅，雨雪是西班牙殖民地的所有教堂里造型最纤细的。在这里，库斯科奢华的木质品已经被抛弃而以金子代替之。教堂中殿宽敞明快，空气流通，完全不同于印加古城里那些黑暗阴森的洞窟。教堂里的油画色彩明快、喜庆，从画派风格来看应该晚于与世隔绝的梅斯蒂索派，因为该画的圣人总是黑暗阴沉、面露凶相。这个教堂的外观和圣坛传达出一种丘里格拉式的金色装饰艺术。这巨大的财富使得贵族们有能力抵抗美洲解放军，直到最后一刻。利马是秘鲁还未摆脱殖民地封建枷锁的一个典型，它仍在等待着一场真正的解放战争的洗礼。"

领了行李，我就找"天马"旅行社，没有哇，我转了几圈，还是没有。我不能再等了，就叫了出租车去我订的旅馆。一路上也有持枪的警察，这里像不太富裕的中国县城，满地的尘土，破旧的简易房。但是巨大的一两丈高的仙人柱，在路边随处可见。有些树上开着漂亮的粉花，尤其是各家饭店飘出的饭味，很诱人。秘鲁人真是会做饭，我想起了小宋说过。

街上卖小吃的比智利多，看着不错。最不可思议的是，看着不太先进的地方，红绿灯有读秒显示，我都怀疑是从中国进口的。很奇葩的是，正在红灯，还有二十秒，看对方的车跟不上，就集体闯红灯。路上有许多是大坑，街上有大榕树和桉树，有些树开着满树的粉花。

接待我的是一位白人老头，他彬彬有礼，将一把大钥匙递到我手里。

我订的旅馆在一个幽静的小区里，周围环境不错。旅馆像一个小型的民俗博物馆，里面有几百个小人，各种罐子在墙上挂着，各种工艺品玲琅满目，让人目不暇接。我不用出门，就可以参观了，真让我兴奋不已。西班牙人还会营造小气氛，一进门，有个小门廊，有小桌子和椅子，可以休息。饭厅后面还有一个私密角落，围墙上爬着藤类的花，有灯，有小桌子，舒适的椅子，三两朋友做这里聊天，可是好去处。这里看来一年四季都开花，已到冬天了，花还在开呢。从墙外飘来的音乐也好听。秘鲁真是一个奇妙的国家。我将要揭开它的面纱看看它的真面目。

我睡了一会儿直到下午 3 点，我喜欢这家旅馆的小餐厅，觉得它很有情趣，墙上挂着工艺品，就把计算机拿到餐厅，从什么地方飘来了饭香，也没有客人吃饭，看来是旅馆的工作餐，这里只有一位女士和一位印第安人的女服务员。

　　我一直写了四个多小时。把昨天的补完了。我不会说秘鲁饭，只能请服务员帮我叫了一个皮扎，很好吃，通常我老是觉得皮扎烤的时间不够，这个做得正合我心。

　　这家旅馆在一个几乎封闭幽静的小区里，中间是树和花，周围是各色两三层楼的西班牙式的小楼，多数是公司，还有住家，少数是旅馆。看来这里原是一个西班牙上层留下的房产，后代就把它改造成旅馆，家庭式管理，老保姆接着做卫生，也不用看别人的脸色，免得失去尊严。

　　这时，我发现了一个不幸的事，我一根拐杖的橡皮头被磨穿了。这样很危险，金属直接杵地，会很滑，太容易摔的。天呀！这东西在北京我都不知道在哪里买，现在秘鲁，怎么办？

　　不管了，我累了，先睡觉再说。

　　晚上，我订好了马丘比丘的旅馆，再让女儿给我订机票。

5 月 15 日

　　早上起来，先写了一会儿，我有点儿困，就又小睡了一会儿。才去洗澡，吃早饭，有我爱吃的法国面包，这家旅馆还用心地烤热了，很容易抹黄油。其他地方都是自己烤面包，真的很周到。酸奶太好吃了，我都想再要一个，看看没有什么客人，我还是别要了，说不

定他们没有过多的存货。在智利吃的晚饭太多，我已经营养过剩了。

秘鲁的天不蓝，污染很厉害，应该是中度污染。

我和大堂的大男孩说，明天要车去机场的事，他会点儿英文，他反复和我核准时间。还和我敲定 17 美金，我同意，昨天从机场来，也用了 20 美金呢。他说："出租车钱加上你昨天要的水，一共 20 美元。"我给了他两张 10 元的。他拿着反复地看，说："这张有点儿破，再换一张。"好吧，看来，南美假美元很多，很少见这样好好看钱的呢。

我问他怎么买到橡皮头，他不知道。我上街自己去想办法。

我要他帮我叫了一辆出租车，我要去 China Town，车子来了，我虽然觉得希望极其渺茫，还是要碰碰运气。到了街上，我把窗子摇下来，想拍点照片。司机和我说了几次，我才明白，他让我把窗子摇上，不然会有人抢我的东西的。我只能听他的把窗子摇上了，还把窗子锁死。秘鲁也有些好房子，不过一看就是旧殖民时期的，西班牙式的，也有少量的现代建筑。

街上卖水果的，把菠萝切成大厚片，西瓜也一样，厚厚一大片。在玻璃箱里，我是不敢吃的。我每到一个新地方，肚子都会不适应，怎么在欧洲从没有呢？

七拐八拐后，我们到了"中国城"的中心的地带。一个狭小的巷子里，我让车停下在一个中国餐厅门口，进门我就问："有中国人吗？"

那些秘鲁女孩子坐在一起，很像中国餐馆没有开张前，她们一直摇头。我看见门外一个很像中国人的女孩，就出去问："你是中国人吗？"

她笑着说："是的。"

我拿起拐杖给她看："我要买这个，哪里有你知道吗？"

她看看说："很难找。"

我问她："来了多久了？"

"一年多，我还要上班呢。"她说。

我问："你姓什么？"

"杨。"她说。

"小杨，我和你去你的店里吧。"我说着。

女孩很好，带我去了她工作的店——"美洲商业公司"这是一家比较大的中国超市，里面什么都有，有卖中国吃的、用的，甚至灯具。这家店里有几个中国人，我看员工就有十几个，两层楼的面积有四百多平米。我和那些中国孩子就聊了起来："这里有榨菜吗？"

"有哇，你要几包？"他们说。

"四包。"我答道。

我交了钱，小杨拿着我的橡皮头去问那些秘鲁收银员，有谁知道，哪里有卖这个东西的。有些收银员说："很远的一个地方，可能有。"

我问小杨："这里可以换钱吗？"

我拿出 50 美元给小杨，她又把旅馆不要的那张挑出来说："这张不行。"

"好吧，先换 40 美元。"我说。

小杨给我换好了钱，特地说："汇率是 3.12。"太好了。我不用上街去换，我看见街上的银行门前都是武装警察，就知道这里的治安有多乱了，我从银行出来一定会被人盯上的，我不敢自己去银行的。

小杨说："有一个员工说这里卖过这个，看看还有没有了。"

这时，店老板来了，他是一个中年人，我和他握手，他说："有

什么需要帮忙，请说。"非常客气。

小杨满脸笑容地过来了，她说："那个店员找到了。"说着就帮我把两个头都换了。

老板说："我自己都不知道我店里有这个。"

我问："多少钱？"

老板说："不用了。"

我可是得来全不费功夫呀！他和我要十倍的钱我也会给他的。

我和小杨说："拥抱一下，太谢谢你了。"

我才想起来，在街口看见卖老玉米的。对小杨说："我看见卖老玉米的，也不知道干净不干净？"

小杨说："我去帮你买一根，那种不是甜的。"

我就不喜欢甜的，转基因的。几分钟后，她买来了一根"白马牙"，我想了好多年的玉米。

我一吃，比中国的还好吃，成熟的正好，不硬不软。我和在柜台里的几个中国孩子说："我就是到原产地来吃玉米、土豆、白薯。"

　　我才发现，这些中国孩子是在给中国客人收银的。那些秘鲁孩子给秘鲁人收银。

　　他们说："秘鲁的土豆有四百多种，秘鲁人也没有吃全呢。"

　　啊，有四百多种嘛？太让人吃惊了。

　　我说："这里的土豆太好吃了，又干净，中国的洗都洗不干净。看来原产地的就是好。"

　　我的两件大事都办完了。这么简单就解决了，还吃到期待已久的玉米，今天真美好。

　　我坐着看店里，怎么这么多的员工呀？我问一个广西来的小伙子："这里人也偷东西吗？"

　　"是，要看着。"小广西说。

　　"这里好像也不太安全。"我说。

　　小广西说："我坐出租车时，就被从车里抢走一件衣服。我的衣服放在一个塑料袋里。人家伸手就给抓走了，他可能以为里面有钱呢。"

　　看来出租车司机的提醒不是空穴来风了。

　　老板给一个和他一起来的一个人和小杨交代工作，显然小杨是核心人物。也许小杨是老板的什么亲戚吧。

　　我要去解决肚子问题了，刚才看见一家沙县小吃店。就过去，这家门脸很小，一楼有两张桌子，还有二楼。我看见大师傅都在吃饭，就问："你们这里有什么拿手的？"

　　他们说："都拿手。"

　　我要了馄饨。我看见老板娘在做馄饨，等馄饨上来，我一数

十一个，显然，他们看见是中国人多给了一个。

比在中国吃的还好吃，不知道是他们手艺好，还是南美人只吃小猪肉，或者这里的东西特别新鲜。我又要了一份炒猪肚和米饭。一共 6 美元。

本来要去总统府，谁也不会说西班牙的总统府，就没有办法告诉司机了，还是回旅馆吧。

在这里被抢了可不是好玩的。

店老板让一个店员给我叫车，她有事回去了，车也没有。我还是回去"美洲商业公司"，那里的中国孩子都会帮我打车的。

车子真的不好打，小李找了一个要 6 美元的，行，给他 6 美元。就上车走了。和这些孩子们再见。他们多数都才出来一年多，将来都会前途无量的。

回到旅馆，我有点儿累了，女儿着急我明天怎么办？我太困了，就回微信说："明天还来的及，我先睡了。"

其实，她查不到直接从库斯科直接到纳斯卡的车和飞机。我就问飞利浦和伯利兹的朋友，飞利浦说："先回利马。"从利马到纳斯卡不太远。

女儿也问了她的房东秘鲁人，房东也说，没有直接去的，只能先回利马。

我昏沉沉睡了四五个小时，醒来，我查穷游网，看那些去了马丘比丘的人都有什么反应。有说，先睡四五个小时的，有说喝苦柯茶的，有吃止疼片的，不知道我会有什么反应。

我有去疼片，先预防性地吃半片，我把行李准备好，大行李寄存在旅馆。明天早上出租车 6:30 来。

快睡吧，休息不好，肯定会有反应的。

十七　马丘比丘

5 月 16 日

马丘比丘（Machu Pichu）是秘鲁著名的前哥伦布时期印加帝国建于 1500 年的遗迹。在库斯科西北 130 公里，整个遗址高耸在海拔 2350 米的山脊上，俯瞰乌鲁班巴河为热带森林包围，也是世界七大奇迹之一。

根据耶鲁大学的教授海蓝穆·宾汉姆（Hiram Bingham）在 1911 年的一篇报道，把马丘比丘的发现归功于他。

秘鲁人的论点，远在 1901 年，他们已经发现了马丘比丘的存在，只有少数的黄金饰物被当地居民拿走以外，他们并没有动马丘比丘的文物。他们认为属于马丘比丘的文物被宾汉姆给一扫而光。

被宾汉姆拿走的文物直到 21 世纪初，才第一次在美国展出。

我一早起来，就准备好了，把大箱子拉到前台存起来。今天换了一个小伙子，英文不行，我让他给我写一个条子，他听不懂。算了，车来了，我赶快上车，开车的人很绅士，

这车没有出租车的标志。看来是旅馆的熟人用私家车挣点外快了。天蒙蒙亮，一路上有些人要上班了，街上有一些规范的干净的早餐车，看不清在卖什么，我已经对秘鲁的饭有好印象了。总之，是方便群众早餐的。

老司机把我送到机场，还把我推到门口，他太周到了。

我办好登机卡，就在旁边等着。一会儿，就有一个小伙子来推我，我准备好两美元，他把我推到的时候，看看周围没有人，就把钱递到他的手里。他怎么也不要，我在瓦尔迪维亚也碰上一个女服务员，怎么也不要的。别人都要，我只好给他两张剪纸了。

在飞机上，我又困了。睡了一会儿，一睁眼，就能看见下面的安第斯山上的雪，可惜云太多。再能看见下面的地方，就是褐色的山了，这里的地理条件真不好。整个飞机几乎没有印第安人，都是游客。我最后下飞机，有人把我推到换钱的地方，我换50美元，这里的比价3.08。显然，小杨给我的比率是较高的。

我要了出租车，司机是印第安混血。我给他看我的旅馆，他说"不认识"。

我说："你打电话，这里有电话。"

他打了没有人接，他又打电话给朋友。原来我订的旅馆在马丘比丘，不在库斯科。他说开到那里要100美元，需要两个小时。他拿出地图，给我讲。

我说："50美元。"

"90美元。"他说。

"70美元。"我又砍价。

他说："不行。"

"85美元。"我说。

他同意了。

我们开车上路，路边都在盖房子，不过都是那种简易房，就是砖头立着盖的那种。有许多盖了一半的房子。是烂尾房吗？不知道。

过了一个小镇，好像有集，别看这里没有什么色彩，都是黄土一片。可是印加人穿着可是色彩斑斓了。有些很像西藏人的氆氇。大家都坐在地上摆摊卖东西，竟然还有卖花的，好像和这里的氛围不太协调。这些人有鲜花的需求吗？他们好像不富裕，卖的多是土豆、南瓜、木瓜、香蕉。车走的太快，我没有看清楚。不过人头攒动还是很热闹的。

对面大山上都是雪，很壮观。虽说这车有点儿贵。但是，看见了一个印加人的集和雪山也很值得。我开始有些气短了，太阳穴也有点儿疼，不过不严重。我庆幸昨天晚上预防性地吃了半片止疼片。我希望车子往山下开，并加强了呼吸的长度才好一点儿。车子确实在下山，两边看不够的大山，我看过一些山，像安第斯山这么大的山还是很少见的。

在下一个小镇上，司机问我要不要吃饭，我看见了老玉米就买了两根，就着我的榨菜。我啃得高兴，才想起来，司机要不要吃饭呀？就让他找地方吃饭。可能没有他喜欢的饭馆，这里的饭馆也实在是少，他一直开着车。5索尔两根老玉米，也就是一个多美元两根了。玉米粒有拇指盖那么大，卖玉米的还在放玉米的塑料袋里放了两块起司。

有的印加人赶着一群头上一层白毛的灰色的羊。牛没有人管，在山上自己吃草。我还没有看见羊驼呢，在智利的酒庄里看见一次，还没有过瘾。

好不容易开到了火车站，司机说："从这里上马丘比丘。"司机带我去买票，来回要139美金。听说这里的票贵，我的心理价位比这还高。司机送我上火车。我给了他100美金，他找我30索尔，显然不对，我把100美金拿回来，给他85美金。我还想留点儿零钱，这下都给他了。

火车是顶上有玻璃窗的，两侧都是大玻璃窗。座位是沙发，桌子也像欧洲的可开可合。列车员要我坐在最外面的位置，我一个人占四个人的地方。我是5号的票，他让我坐在20号。

我把桌子打开，把手机、相机、本子都准备好。只有两节车箱的火车开起来了。这里的服务人员比我看见过的所有火车的服务人员都多。

我看着周围的景色，就知道修这条铁路的不容易了。两边有些龙舌兰和仙人掌。还有些已经开垦的土地。我看见烧过的土地堆着一堆一堆的牲口粪，显然这里还是有机农业时期。因为我在火车旁看见了掌櫂，只有在无污染的地方才有的标志性的物种，就说明这里的环境没有被破坏，还保护得很好。左边是乌鲁班巴河，河水湍急，蜿蜒曲折，冲刷着河里的巨石。龙舌兰巨大梃上面顶着花，那梃直径有两三寸，一丈多高。

我在这里看见种植的鲜花了，有些剑兰，还有些没有看清楚，花开得很好。远处大山上的积雪覆盖了山头，近处山高到没有顶窗是看不见山头的，我的眼睛都不够用了，天在下小雨，我越坐越冷，我把羽绒衣的拉锁拉上。为了买羊驼毛衣，就没有带毛衣来，如果买到合适的，我的那件从北京就准备随时可以扔的毛衣，就完成使命了。

　　我们在巍峨的大山中行驶，服务员推着小车，问我："喝什么？"我要了可乐。一会儿，又送来了两块点心，最后是自己拿水果，我拿了橘子。

　　车上的人，兴奋不已，所有的手机和照相机都在不停地拍照。两个小时的火车很快就到头了。服务员推着我到门口，问我："你订的是哪家旅馆？"

　　我拿出旅馆的名字和电话给他们看，他们就去打电话，让旅馆来人接我。我没有通知旅馆我什么时候会到，因为不能估计，票都是临时买的。

　　旅馆真的很快就来了一个当地的女孩子来接我了。我订的旅馆离火车站很近，Booking 说，这家旅馆离火车站就 10 分钟的路。我们穿过一个大市场，里面都是当地的旅游产品，我想买一件毛衣，又怕旅馆的人等我，等明天上火车之前再说吧。

我们进了马丘比丘下的城，这里真像丽江呀，一条河贯穿小城，路两边都是餐馆、咖啡店、礼品店，满街的游客走来走去。实在像丽江呀。

我们到了旅馆，一个唯一会一点儿英文的人，说去马丘比丘要买门票和买公共汽车票，我以为他是旅馆的人。"门票128索尔，汽车票19美元，还要护照。"这个人殷勤有加。女孩子皱着眉头看着他，他拿着钱，跑着去买票，说好明天早上6:00来送我去汽车站。

这家小旅馆的走廊放了一排剑兰，看来鲜花是这里生活的必需品。

女孩子带我上了二楼，我一个人住的房间有一张大床一张小床，还有卫生间，而且干净，有点儿出乎我的意料。这样一间房才30美元一天。说实在话，比丽江强。

我为了明天有力气，还是听来过的人的话别动，待上四个小时后，身体会适应的。我就靠在床上，老老实实待着，别还没有上山，折腾出高原反应就麻烦了。这里又阴又冷，我打开被子，盖着下半身。

打开计算机，把这一天的经过写下来。

然后，联系在墨西哥认识的小驴友，他们正在马丘比丘，我说："你们来，我请你们吃饭。"

又请女儿帮我订明天晚上到利马的机票。女儿很快办好了。计算机的WiFi连不上，我就不能订旅馆了。到了利马的机场再订也可以。现在，不是旺季，我看我的那家旅馆就空着几间房。

晚上，两个小驴友用卫星定位，千辛万苦地找到了我，自从墨西哥城见后，就是手机微信联系了，大家见面很高兴。我说："我请你们吃饭。"

他们说："我们刚吃完。"

我们没有想到会有交集，竟然可以碰上。我让他们先说，都去哪里了。他们去了坎昆后,去了伯利兹和古巴,再就是哥伦比亚和这里。他们可是深度游,每个地方都玩儿好多天。我们请他们介绍了一下古巴,他们把古巴家庭旅馆的联系方式也给了我,还说古巴一个冰激凌店的冰激凌超好吃,用当地的钱才合一元人民币五个球。五个,再便宜我也不能买,都得浪费了。龙虾也便宜,就是不好吃。他们还告诉我库斯科市场里的混合果汁超好喝,又便宜。马丘比丘的云一会儿有,一会儿没有,太阳一会儿又出来了。日出多半是看不见的。

我告诉他们智利螃蟹有多便宜,复活节岛看石人像还有去看火山口。还有哪里好玩儿,哪里看鹦鹉,说得两个小驴友真向往智利啦。其实,智利螃蟹很快就会让他们吃够的。我们也笑话了莫言。

他们问:"复活节岛有多大?"

我说:"那么去过鼓浪屿吗?有六七个鼓浪屿那么大。"

我回来一查,我错了,鼓浪屿不到两平方公里,而复活节岛有165平方公里,显然我有一大半地方没有去呢。

天不早了,他们回去睡觉。我在高原,还是少吃为妙,有些人又拉又吐的。我还行,暂时没事。后来听去青藏高原的朋友说,在高原就是要少吃,减轻心肺负担。

我也快点睡吧,外面淅淅沥沥地下着雨,我期望明天别再下了。奇怪,被子一点儿也不潮,就是太重了。不管了,快睡吧。

5 月 17 日

四点,我就听见有人跑下楼,还有手电的亮光。这些人是去看日出的。我对日出没有兴趣,我只对马丘比丘本身感兴趣。

五点多，我起床，还好头疼的不厉害，收拾好东西，准备去那个向往已久的举世闻名的马丘比丘了，这个印加古迹是印第安人的阿兹特克文明、玛雅文明、印加文明，三大文明之一。我看完马丘比丘，就比较圆满地结束我的印第安主要古迹的巡游了。

我走到楼下，坐等昨天那个票贩子。说好 6 点钟来接我的，前台一片漆黑。

我找到了灯，把灯打开。一会儿，昨天那个女孩子睡眼惺忪地出来了，我请她把我的双肩背拿下来，她毫无怨言地就去拿，我送她两张剪纸，她很高兴。我看着门上挂着新鲜的仙人掌，因为语言不通，也没有办法问是什么意思。

我用仅会的西班牙语夸她漂亮，她羞涩地笑着。过了半小时那人还不来。我才想起来，司机一路上联系的可能就是她，司机知道我住的旅馆，要她来等着卖我票。钱到手了，约定可以不算，我被人算计了，也许她还多收钱了。我也不打听，免得影响心情。

女孩子主动要送我去汽车站。好吧，这里的印加人太好了。她在半路还帮我买了一份三明治和一瓶水。这是这里的习惯吗？接自家的房客回旅馆，送客人去汽车站，还是特殊对我，我搞不清。

谢谢！漂亮的心底善良的印加姑娘。

我决定带着双肩背到马丘比丘是为了不回旅馆取行李。还寄希望于马丘比丘有存行李的地方。

旅游汽车站，有一些穿着体面制服的印加工作人员，训练有素地帮着维持秩序，车上已经有多一半的人了，可是第一排没有座位，工作人员上去，把第一排的人调到后面。让我上去坐在第一排。

上山的路是盘山路，一看就知道修起来极其艰辛。但是，秘鲁人很聪明，据我观察他们只修了 1.25 条路，就解决了上下两车道的问题。也就是在不太长的一段路修宽点儿，可以过两辆车，谁离的近，谁就倒到宽的地方，两辆车就可以错车了。真是聪明，节约了经费和人力。

车子统一是奔驰 24 人中巴，虽然一边是悬崖峭壁、万丈深渊，但是古木参天，树林茂密。即使出事，车子也会挂在树上。我放心地坐稳了，安心看烟云缭绕的高山，云都高不过山顶，在山顶附近飞快地飘，真可以叫乱云飞渡了。周边植物茂密，看不见动物，这里没有猴子让我有点儿失望。这种壮丽在中国我没有看见过，也许因为我没有去过西藏。我又吃了半个止疼片。

这车开不了几百米就是一个 360 度转弯。我兴奋地拍个不停，又有点儿高原反应，气短。我有拍照闭气的习惯，总觉得气不够用。

这山真够高，开了不短的时间，终于到了山顶。接车的工作人员，把我的东西接下去，我告诉他有个轮椅在车后背箱，幸亏他听的懂，车子都开起来了，他们跑去截住车，把轮椅拿下来，有惊无险。

他们把我推到寄存处，我把双肩背存了。有两个汽车公司的人前呼后拥地把我送上去。到了都是台阶的地方，他们没有办法了，我说我可以走。轮椅就放路边。我一个人走下去，我问过飞利浦要走多久，他说 20 分钟，我想就做好 40 分钟的准备吧。昨天也问了小驴友，他们说 5 分钟。我给了两个工作人员一人一张剪纸。另外两个人看见也要，我也给他们，告诉他们是中国的。

我小心地走着，大不了多走会儿呗。路边只用简单的木栏杆挡着，下面可是万丈深渊呢。我可不能去扶着那栏杆，我还是靠在石头墙上吧，走到了一个好像拴牲口的地方，我坐在台阶上休息。等没有人过了，我再起来走，一共也就走了四五十米，突然，看见马丘比丘的全貌了。旁边还有木头钉的椅子，有茅草搭的凉棚，上面坐着两个印加老太太，我和她们坐在一起。录像时，她们的对话正好作为背景音也录了进去。天作之合呀。我只能听的懂马丘比丘和拨你达（好看）。

下面是著名的梯田，说实话，比大寨的好，用石头砌的墙非常平直、整齐。这么多年了还能这样，真是让人钦佩。再往上面看，一条石头的排水沟也整齐实用。印加人的智慧让人惊叹，做事的认真也让人尊敬。

这里真是与哪里都不同，小驴友说的对，一会儿一阵云，一会儿又出太阳。

我把眼光放到远处那些马丘比丘的房子，有一间示范性的盖上草，就可以住了。也就是告诉游人，所有的房子盖上草还能住人。这么多年了多少风霜雨雪，它们还有功能，我心里对古印加人的做事认真非常崇敬。

在《秘鲁史》中有一段："皮萨罗要求阿塔瓦尔帕缴纳一笔赎金，阿塔瓦尔帕下令送给西班牙人满满一屋子黄金和两屋子的白银。运载着金银的队伍从帝国各地而来，到 1533 年春天，皮萨罗手里已拿到了价值 150 万比索的赎金。而皮萨罗本人背弃了释放阿塔瓦尔帕的诺言，用捏造、谴责印加王，随后在 7 月 16 日处决了这位印加的最高统治者。……一路上，他不断地重复'为什么要杀我？为什么要杀我？我、我的孩子和妻子做了什么？'等诸如此类的话。比森特修士一直劝告他成为一个基督徒，放弃自己的信仰。（阿塔瓦尔帕）要求受洗，比森特修士为他施洗礼。然后他们勒死了他，为了完成判决，他们还用柴草烧了他的一些头发，这是另一桩蠢事。"

　　流氓！我看印加历史总是被西班牙侵略者的恶行，气的不知道如何释放。可怜的印加人呀！

　　马丘比丘在告诉世人，西班牙人可以灭了我们的人民，可是我们的精神不死，永世长存！你们都要来朝拜我，拜倒在我的脚下。

　　智利诗人聂鲁达写过"马丘比丘之巅"：

　　"我看见石砌的古老建筑镶嵌在安第斯高峰之间，激流自风雨侵蚀了几百年的城堡奔腾下泻……"

　　在这样巍峨的崇山峻岭上，印加人是怎么来到这里的？他们满足了自己的吃穿的基本需求之后，就建筑自己的住所，可以几百年完好无损。我们进入工业时代的楼房也做不到哇。奇迹！他们是一群没有上过建筑课的人，可是建造的房子，真是横平竖直的，而且从更高的山上看，这里所有的房子组成一只大鸟，这在飞利浦的相册里，我征求他的同意，用在我书里。

多数人看了都会说像鸟或者大鹏。更加说明印第安人的数学何其了得！

坐在这里，我想象着，秘鲁一年四季都可以种植玉米（巧克喽），土豆（伽勒豆），甚至鲜花。看着蓝天白云，对着崇山峻岭。休息时，吹着排箫，印加女人穿着鲜艳的衣服，戴着高高的呢帽翩翩起舞，真是天堂般幸福的景象。

排箫《雄鹰》和秘鲁女高音伊玛·苏马克高亢并极其有力的秘鲁民歌《秘鲁的太阳》在我耳边想起。这个苏马克是一个奇人，她可以唱5个八度（也有说4个半八度），世界上只有两个人可以达到，另一个就是美国女高音玛丽亚·凯利。这些都是五几年，收音机里经常播放的音乐。听着就有大山的感觉，就有马丘比丘的感觉。

顺便说一下，秘鲁玉米一年四季都有，而且玉米粒大如拇指盖，玉米芯细如拇指。我们中国引种的玉米不知道退化到什么程度了。粒小如小拇指盖，玉米芯粗壮是秘鲁的两倍。这里的土豆不长黑斑，真是橘生淮南则为橘，生于淮北则为枳。我们的土豆到这里可能一斤也卖不掉。

这时，两只可爱的羊驼走了出来，一只一身深棕色、一只浅驼色、白脖子、深棕色的头部，太漂亮了。我已经没有信心看见它们了，它们这时出现了。在智利上飞机前，听说已经有九百多只羊驼到了中国。游人追着它们拍照，它们已经习惯这些大惊小怪的人，旁若无人地吃着草。

原驼、大羊驼、小羊驼、骆马（骆驼科动物）、双峰驼、美洲驼。

其中苏利羊驼是最为珍贵的品种，独特的毛纤维，毛细长，有四到八厘米长，犹如卷曲的长发，光滑。毛有很强的光泽感，在阳光下会发光，手感如丝绸。一头羊驼的毛可以剪二到五公斤左右，这种毛叫"拉拉毛"。每年秘鲁出口"拉拉毛"可获一亿五千万美金。

苏利羊驼相当稀有，而白色更为稀有。全世界有 10 万多头，其中，美国 2000 头、澳大利亚 500 头、新西兰还不到 30 头。苏利羊驼有很强的魅力，这种动物有很高的智商，易于养殖，对冷热的气候，有很强的适应性。苏利羊驼毛的织物很保暖，经久耐穿，适于染成多种颜色。

羊驼以曼生在高原的"伊丘"草为食，生命力很强。每年 12 月到第二年 2 月是羊驼的繁殖期，小羊驼出生的时间都在早 6 点到中午 12 点，刚落地的小羊驼就能欢乐地蹦跳。羊驼长的极快，其重量增长的速度是牛的十倍，是羊的二十倍。羊驼肉，肉瘦味鲜，是美味珍馐。我可不忍心吃它，它们实在太可爱了，那么萌的眼睛看着你，我都要化了。

原驼可以几天不吃不喝。如果有人或者动物要伤害它，它会喷出唾液、草泥来迷惑敌人，趁着敌人懵懂不备之时，逃之夭夭。

骆马是骆驼科美洲驼属的两趾反刍动物。它喜高寒，长得像鹿般小，常年生活在四五千米的高原地带，以青草和树叶为食。到 16 世纪上半叶，秘鲁共有一百五十万只骆马。骆马在安第斯山主要是驮载工具，它可以几天不吃不喝，负重上百斤在高原山地长途跋涉，被誉为"高原之舟"。

现在，有了一种骆马和小羊驼杂交的新品种"瓦利松"，它具备骆马吃苦耐劳的特点和毛产量多的优点。

我旁边的两位印加大妈，她们无意识地给我的录像做了半天的背景音，我给了她们一人一张剪纸，她们很高兴。

一会儿，她们觉得这里太冷，就走过去晒太阳，我也跟着她们，换个角度去看马丘比丘。我问她们："羊驼怎么说？"

她们告诉我："亚马。"教了我好几遍。

这时，她们的手机先后响了，这两个穿着印加衣服的老妈妈，竟然也用手机？我有点儿错位的感觉。两位老妈妈都在打电话，好像在说，不能因为你们要看马丘比丘，我们就不能进入现代化。对呀，哪有这个道理？

所有进入这个门的人，都会不是惊呼，就是张着嘴，眼睛放光，乐得不知如何是好，半天说不出话来。

我又看着羊驼，羊驼老练地自顾自地吃草，想和羊驼合影的人，只好蹲下来用自拍杆和羊驼合影。几拨人走了以后，来了一个捣蛋鬼，他用面包喂羊驼，羊驼显然被引诱了，这些坏小子哈哈大笑，当然也抢拍了羊驼抬头的合影。他还去亲了羊驼。这时，有人说不该喂羊驼东西吃，那坏小子才不喂了。

337

在《秘鲁史》里这样写着："羊毛出口给该地区带来了巨大的变化，但并没有惠及所有人。例如，印第安农民不是主动参与羊毛贸易。多半情况下，羊毛商人的代理人到农民的小屋，留下一笔贷款，明确表示他希望下个剪羊毛的季节收购羊毛的数量。收毛日期来临时，这些代理人经常捏造贷款或者对留给农民的钱附加天文数字的利率。结果，农民发现自己无法偿还贷款，往往因此失去了自己的牲口和土地。"

我发现，我的相机没有电了，拍的录像太多了。

我该下山了。我还要去给自己买羊驼毛衣呢。我看见一个八十多岁的白人老太太，被两个人架着也上来了。不是孝顺的孩子，就是请的人。

我一路都有人帮忙，终于完成了我的人生一大愿望。我取了双肩背去汽车站。刚才那些拿到剪纸的印加人，都在和我打招呼。

我上了奔驰中巴，又是第一排。车在下山，我还是看不够这高入云端的山。

到了终点站，一位看来是领导的人，也是印加人的脸，问我："你去哪里？"

我说："火车站。"

他竟然派了一个印加小伙子推我去火车站，路过那个大市场的时候，我给自己挑了两件不同颜色羊驼（亚马）毛衣，每件100元人民币左右，可以砍价。那小伙子把我推到候车室，他太辛苦了，我给他10美元的小费，他很不好意思。

谢谢马丘比丘！

我到了车站先买水，问有没有可以充电的插座，车站人员说："没有。"也没有 WiFi，就这两点不好，剩下都好极了。

在火车上，所有人都笑开了花，多年的夙愿得到了满足。竟然有人过生日，车上准备了生日歌的 CD，欢快的气氛充满了车厢。

这时，车上乘务员扮成鬼的样子，跳出来，一会儿，拉起一个乘客和他跳舞，一会儿又从我对面的桌子上拉起一个欧洲女孩跳舞，把气氛推向高潮。

餐点来了，我要了一杯苦柯茶，听说是治高原反应的。还可以，没有什么怪味。

男女乘务员来秀羊驼的披肩和服装，几次换装以后，最后又推出一车披肩和毛衣让乘客买。我已经买好了，不用再看了。而且，车上的贵。

终点站到了，我看见昨天的出租车司机在向我招手。行了，到机场没有问题了。他是专做马丘比丘生意的吧。

他推着我，我要先找吃的，我给他看老玉米的照片，他说："巧克喽。"

买了巧克喽，我还想买水果，他问我香蕉，我说："橘子。"

出了市区一个大招牌，就画着一个印加人拿着一个像长矛一样的棍子，上面就插着一个巧克喽。玉米和印加人分不开。

我们上车，我说我要去看那 12 个边的石头，他说："来不及。"要提前两个小时到机场。

我在本子上记下"巧克喽"的时候，他看上了我的四色圆珠笔，很想要，我说："你带我到石头墙，我就给你笔，还多给你 10 美元。"

重赏之下必有勇夫。司机一路狂奔，超过了所有能超的车，我只顾拍照，大雪山、多彩的田地、高大的树木、仙人掌、龙舌兰等。

我又觉得气不够用了，轻微的头疼。司机放着当地的音乐，欢快富有节奏。

格瓦拉说到库斯科："从遭无知的西班牙人摧毁的要塞到神庙的废墟，从洗劫一空的宫殿到被冷酷压榨的民族，眼前的库斯科满目疮痍，令人扼腕。但就是这样的库斯科，让你有种冲动，想拿起武器，成为一个为印加自由和生机而战的斗士。

从城市上方能看到库斯科又别于那个被摧毁的要塞的另一面：这个库斯科的屋顶色彩亮丽，但被巴洛克教堂的圆顶破坏了和谐的统一感。极目远眺，只看见狭窄的巷道和身穿传统服饰的土著居民，以及浓郁的地方色彩，这样的库斯科又让人不免流连，走马观花般观赏着各式景色，暇意的冬日深灰色天空下地美景融为一体。

在库斯科还有另一番面目。一群斗士以西班牙地名义征服了这里，这座生机勃勃的城市的纪念碑，见证了他们无畏的勇气。在图书馆和博物馆里，在教堂前面，在至今仍将这场征服以为荣的白热头领的鲜明面容中，我们看到另一个库斯科。这样一个库斯科让你披挂上阵，骑上强壮的马匹，在一群缺盔少甲、赤身裸体的印加人中杀出一条血路，让他们用身体筑起人墙在自己的马蹄下崩溃、消失。"

库斯科的每一面都让我们赞不绝口，驻足停留。

我因没有太多时间在库斯科停留，就请格瓦拉介绍了。

我们在傍晚到了库斯科，他开车到了墙边，这个世界著名的墙，街道并不宽，甚至又点窄。这些连一张纸都塞不进去严丝合缝的墙，到现在也没有一个让多数人信服的说法，它是怎么加工出来的。我想破头也想不出来，因为没有机械，怎么加工呀？这些多边体，当然是为了地震和将就石材。

格瓦拉关于石墙的描述，我给大家看一下。

"印加民族作为统治阶级时代也早已一去不复返里，但时间没能摧毁他们谜一般的石街……印第安的神庙被夷为平地，原来的墙砖用来修缮新信仰的教堂，原来恢宏的宫殿现在变成了大教堂，原来的太阳神庙上建起了圣多明各教堂，这是骄傲的征服者留下的教训和惩罚。然而，愤怒不已的美洲之心不时怒吼、战栗，从安第斯山的另一侧传来震颤，以狂暴的痉挛侵袭地表。骄傲的圣多明各大教堂的穹顶倒塌了三次，随着梁柱的断裂崩塌，但作为他们的地基，太阳神庙主体的灰石依然如故，无论上面的'压迫者'遭受了怎样的灾难，这些巨石始终一块都岿然不动。"

小驴友说的市场里的混合果汁没有时间品尝了。

一天，我都在惊喜中度过。

天色已晚，我们到了机场。我把四色圆珠笔和加了10美元的车钱给了司机。他双手攥着笔，贴在脸上，表示他很喜欢。阿丢斯！

在飞机上，我坐第一排，我旁边的人一直在咳嗽，她可能感冒了。我现在体质最差，千万别把我传上，我有意地把头扭向另外一边。

幸好时间不长，我们到了利马。我先去换点当地的钱，就叫出租车，回到旅馆，已经十点多了。我没有订旅馆的房间，因为，我不知道我什么时候可以回来。我坐在前门廊的椅子上，用计算机马上订了这家旅馆的房间。然后，又迫不及待地发照片录像给大家，干完已经过了 12 点了。我常常不吃饭不喝水，就给大家发照片和录像。结果，没有什么人有反应，好像他们都对此无所谓。难道自己没有去，感受会差很多吗？

我进去向前台出示我的预订号。前台给了我钥匙。

5 月 18 日

我早上起来，就开始写，到现在我还不知道怎么去纳斯卡呢。我只好去前台问问，今天是老板的儿子当班，他会一点儿英文，我问他："有飞机去纳斯卡吗？"

他查了查不到，说："有大巴去，8 个小时。"

回到屋里，女儿来微信说："给你报名，650 美元。"

我觉得有点儿贵，就问："有便宜一点儿的吗？"

"我给你弄到三点才弄好，你又要换。"显然女儿不高兴了。

我说："好，就定这个吧。"总是一分钱一分货，这点儿，比中国靠谱点儿。

她说："还包括海边 4 个小时，多 60 美元。"

"我都看了好多海了还去吗？"

"我都交钱了。"女儿不耐烦了。

"行，就这样。"也许和别的地方还不同呢，我想。

纳斯卡的问题解决了，我没有多少现金了。人家说："家里没粮，心里发慌。"我是兜里没钱，心里发慌。我本来这几天不用腰缠万贯，特舒服，看来腰缠万贯的事，到北京才能解放。因为秘鲁的旅馆不要卡，只要现金，还一张一张地仔细看。所以现金用得很快。在欧洲除了卫生间和小费不能用卡，其余又可以用。在南美许多地方，都要用到现金。

我要去取钱，又怕给人抢了。还是保险点儿，去"中国城"，找新朋友小杨吧。我去找打扫卫生的大婶，帮我叫来了出租车。

出租车来了，是一个女司机，她听不懂"中国城"。

我说："西纳。"（西班牙语的中国）城市，我不会说。

她就是不明白，我赶快呼叫我的三个西班牙语的后援，智利的小宋、韩校长和北京的大使夫人。他们都没有看微信，北京正在半夜，当然不会有人看。我忘了还有小包，他也学过西班牙语。

正在我急的不行的时候，老板的女儿来上班了，她会英文。女司机很高兴地拉我去"中国城"，她还绕到圣马丁广场和武器广场，让我看了利马最值得看的地方，我还以为我没有时间看了呢。看见我要拍照，她就给我开慢点。

我们到了"中国城"，女司机说："这里就是'中国城'。"不是我认识的地方，"中国城"很大。女司机接着开，终于我看见了我熟悉的街道。我下了车，谢谢女司机。

"美洲商业公司"那几个小朋友热情地和我打招呼，我问："小杨在吗？"

"她出去办事了，还要一会儿才能回来呢。"他们抢着说。

我就先去"沙县小吃"吃饭了，本来应该尝尝秘鲁饭的，无奈在"中国城"也不好找秘鲁饭，还是中国饭吧。老板娘看见我特高兴，说："你去马丘比丘了？"

"去了。"我说。

"这么快？"她满脸笑容。

我要了一碗鱼丸和一碗馄饨。再炒一个河粉带回去吃。"一共8美元。"鱼丸不怎么样，馄饨还是同样的好。河粉一大饭盒，不会又是多给我了吧？

吃过饭，我又回到"美洲商业公司"，小李说："小杨5点回来，银行6点关门。"

我问小李："小杨是不是老板的亲戚？"

"你怎么知道的？"他有点儿惊讶。

"我看老板那么信任她，就猜出来了。"这一点儿不难，中国的企业基本上处在初级阶段，都是家族式的经营模式。

我在这里等，没有什么事，我想喝芒果汁。小李去帮我买，还说要请我，我怎么能让他请呢，他在打工，我把所有的索尔零钱都给他，也不知道够不够。

我看见一些秘鲁人也来店里买调料，就问小李："他们也开中国餐馆吗？"

"不是，秘鲁人爱吃中国饭，回家自己试。"小李说。

难怪我在这里看见卖中国菜谱的，我还想：卖给谁呀？

小杨急匆匆地回来了。我说："我还有两次出租车和一顿饭的钱，你说换多少索尔合适？我还要取美金。"

小杨说："150索尔吧。"

我给她美金，她去里面帮我换成 150 索尔。

小杨帮我操作，取了到 800 美元时，机器说："没有钱了。"

我说："不可能，卡里还有一万多呢。"

"哦，可能是机器没有钱了，不让取太多。"我叨唠着。

走吧，我们现在在"中国城"最中心的地方，有好多中国餐馆，还有做烤鹅的。我说："小杨，我请你吃饭。"

她说："不用，我回家吃饭。"

"你不是一个人在这里呀？"我问。

她笑着说："我爸爸、妈妈和哥哥都在这里。"

她客气地说："那吃点心吧。"我们在一个点心店停下来，小杨挑了一样简单的面包夹奶油。

我们坐在"中国城"里的椅子上聊天，我们像忘年交，其实不过才见了两面。小杨一看就是那种做事很认真，做人要求自己严格的人。她是能让人信任的。

我说："什么时候来北京，来找我。我家离使馆区很近。"

"是在三里屯那里吗？"她问。

我说："对。"

"那里有个'兆龙饭店'。"她说。

"离我家只有半站地了。"我说。

她高兴地说："我会带亲戚去签证的。"

"我们 E-mail 联系。"我说。

回到旅馆，我被通知，明天不可以住这里了，已经有人预定。我只好上网，KOOKING 说，旅馆少了 43%，看来有会议了。我又换了一家旅馆，离市中心近了，换换环境也好，多一种体验。

十八　纳斯卡线条

5 月 19 日

纳斯卡线条位于南美洲的西部的纳斯卡荒原上，是存在了两千多年的谜局，其中最短的也有一千四百年的历史。一片绵延几公里的线条，构成各种生动的图案，镶刻在大地上，至今仍无人破解，究竟是谁创造了纳斯卡线条，它们又是怎样创造出来的，神秘线条背后意味着什么？因此，纳斯卡线条列为十大谜团之一。

1939 年 6 月 2 日，保罗博士乘坐飞机沿着纳斯卡荒原上的古代引水系统飞行，偶尔的一次低头就有了震撼世界的发现，他们被涂画在纳斯卡沙漠上，这些看起来像飞机场跑道一样的线条深深地吸引了。

专家们发现大部分线条和图形都分布在秘鲁的南部一块完整地域上，北从英古尼奥河开始，到南部纳斯卡河，面积达 200 平方公里。由于图像巨大，只能在三百米以上的空中，才能看清楚。图案是地面褐色岩层的表面刮去几公分，宽度 10~20 公分，最长达 10 公尺。面积因图像的不同而不同，

有些长达 200 公尺。

他们说，我们发现了世界最大的天书，有 46 米的细腰蜘蛛；300 米的蜂鸟；1000 米的卷尾猴；188 米的蜥蜴；一只 122 米的兀鹫。

最多的长直线条，有些绵延 8 公里，这里寸草不生，百年无雨。

1983 年，一支意大利的考古队在这个地区发现了大量的陶器，这些陶器有一种动物的图案，与荒漠上的一样，这些图案使得人们相信：纳斯卡线条是古纳斯卡人所为。

德国女数学家玛丽亚·赖歇将自己的一生都献给了纳斯卡线条。

冯·丹尼肯为纳斯卡线条赋予了神秘的光环，他在《众神的战争》一书中，提出纳斯卡线条是外星飞机器的跑道。1968 年这书出版，立刻成了国际畅销书。但是，科学家认为这个疯子根本没有科学常识。航天器不需要跑道，纳斯卡的柔软的沙石土根本不适应任何沉重的飞行器降落。

人们在纳斯卡线条的北端，一个叫文蒂拉的地方，发现了大量的痕迹，从文蒂拉到卡华赤这个祭祀地中间是纳斯卡。毋庸置疑，这些线条和祭祀活动有紧密的关联。

半夜，女儿又来微信，提醒我别忘了带护照。我什么时候都随身带着护照，我不会忘记的。

我一早起来准备好，把行李存了。今天很好，是老板本人在，我和他说："这两个行李存这里，晚上来拿。"

他告诉我："出租车已经到了。"

不是 6:30 吗？怎么 6:15 就来了？上吧。这车怎么俩个司机？虽说票有点贵，也不至于两个司机呀？我们很快就上了路。路过一个地方，有人在排长队，也不知道是为什么？在城乡结合部，我看见了一个像北京新发地一样的水果、蔬菜的批发市场，人头攒动、摩肩接踵，每个人都扛着几个箱子，不是像中国人推着车，这里车水马龙、熙熙攘攘，实在热闹。统一的早点摊冒着热气，飘着香味。

一会儿，出了城，很快车左边就是很高的土堆，大约十丈高。不对，这不是土，是沙漠。我实在是没有看过什么沙漠。天开始亮了，今天是重度雾霾，简直就是沙尘暴，我还能看见纳斯卡地线吗？我真担心，躲过了北京的沙尘暴，又到秘鲁来赶沙尘暴了。我想起来几十年前看过的书上写着，这里极度干旱，但是总有雨雾，于是人们用一些网子挡住雾，使那些可怜的水能够挂住，流到地下。果然，我看见了那些网子在竹竿上，真想看看能够网到多少水。

撒哈拉沙漠也不过如此吧？这里也有人住？他们吃什么？路边的房子极简陋，而且小。有几棵可怜的树也是灰蒙蒙的。

司机小伙子和我聊起来："从哪里来？"

"西纳（China）北京。"我说。

他说："我爷爷是中国人，我妈妈是中国人，这是我爸爸。"

啊，这不是大水冲了龙王庙，一家人不认识一家人了？可是，他们两位一点儿中国人的特征也没有，有的是印第安人和西班牙混血的样子。我说："以后，你夫人也是中国人。"他笑了，很显然，他不太了解中国。

他说："我叫卢卡斯，我爸爸叫卡洛斯，我家五个兄弟。"

我问："没有姐妹吗？"

"没有，我 27 岁，我大弟弟 25 岁，二弟弟 23 岁，三弟弟 21 岁，最小的弟弟 3 岁。"他认真地给我介绍家人。我们顿时有了亲切感。

路边开始有一些水果摊，有不少水果，看着就让人喜欢。我不能让他们停车，因为离开路边还有一段距离。

卢卡斯热情地介绍说："这里是玉米、水果、棉花产区。"我觉得这里和刚才的一些地方没有区别，怎么别的地方不种呢？智利葡萄种植地教育了我，我看不出来的差别肯定有。

路中间一辆大货柜车翻在路中间的沟里。卢卡斯说："这是今天早上发生的。"

我说："听点儿音乐吧。"我想听听当地节奏感很强的音乐，在北京很少能听到南美的音乐。音乐响起来，气氛变的活跃了。天已经大亮，卢卡斯的父亲下车了，我还以为，他怕儿子不熟练跟着来的呢，看来是搭顺风车的。我们的路线是从 LIMA_CONETE_VCMINCHA_PISCO_ICS。

到了海边，我们需要换车，我和卢卡斯这个中国老乡再见。天也没有那么雾霾了，上来一个女导游。我因为打不开女儿的附件，不知道详细的行程，总之，丢不了就行了。原来还有导游，那就不算贵了，我是豪华游了。一个司机、一个导游，陪我去海边。

这边，天是晴朗的，怎么回事？差不了几十公里，天气差这么多。车开到一个我未见过的地方，在中国也没有相似的地方。一个到处黄黄的、寸草不生，没有任何植物的地方，土质较细，但是好像结在一起。山是黄的，地是黄的，还是同样的质量，没有变化，没有差别。柔和的线条，但是很怪异，静得像到了外星球，怎么有这样的地方呀？简直像是月球表面，这里还没有人。我问："就我们吗？"

导游说："我们到得最早。"到了一个地方，车子停下，导游蹲下来，在地上划拉，她拣出几样小东西给我看，原来是扇贝的化石和一种细长的螺蛳。我说："这里原来是大海。"

　　她说："对了，是大海。"她把东西放下，显然这里不许带出任何东西。

　　再走一会儿，我们又停下来，她又蹲在地上，找什么，终于找到了，一小块有点儿透明的石头。她说："这是盐。"

　　我拿起来，假装要舔，她笑了，知道我明白她说的。又说："很像钻石。"

　　我就拿着放在自己手上比画。她高兴，我很配合。

　　当车子再停的时候，到海边，我觉得有点儿远，我不想走。不过想想不是说看海边吗？去看看，有什么可看的。我走到悬崖边上，这里的风景实在好，波澜壮阔的大海，安静如世外。几个突出的小岩石，站着一些海鸟，我们站在有十几层楼高的沙顶。导游一再提醒要我看沙滩，哎！这沙滩怎么是紫红色的，玫瑰红的？我见过白沙滩、黄沙滩甚至大连的黑沙滩，真是没有见过紫红沙滩，连听也没有听说过。

　　这里只有我们三个人，安静到至极，这地方太奇妙了！有点儿魔幻的感觉，怎么这么不真实呀？

　　我们又开到一处海湾，这里远处有几条小渔船。真像一幅画，深蓝色的大海上面，漂着几条小船，海鸟自由地飞翔。

　　我的海边游结束了，我感谢女儿，给我订的这段不一般的行程，不然我会当面错过的，我从来没有看见有人写过这里。

　　车子开到一个海港，导游叫我在一个餐厅吃饭，这么昂贵的行程不包饭？不过，几次跟团吃饭的经历都不太好，还不如自己点呢。我坐下来，这次可以好好吃秘鲁饭了，我问："有鱼吗？"

　　服务员翻到有鱼的一页，我点了一份看着像中国的清蒸鱼的菜。不一会儿，鱼上来了，味道真不错，有些像中国菜，正好主食是米饭。

　　我吃好了，司机来找我，我说："到栈桥去看看。"

　　他说："没有时间了。"

　　我只好上车，汽车走过一段高墙，里面飘出一股怪味，我捏着鼻子。司机说："这里是鱼加工厂。"

哦，原来是把鱼加工成饲料，难怪这么难闻呢。又到了一个地方，这里都是小房子，我问："这里是公寓？"

"不是，这里是梅里达机场。"司机说。

军用机场呀！又转了几个弯，到了我要坐飞机的机场。这个机场已经是修建的尾声了。比我想象的大多了，我在南美多数是一些小机场。

我被要去4美元，是飞行证书的钱。我看见桌子上放着纳斯卡地线的说明书，就自己拿了一张。赶快熟悉一下，虽然我在中学时，已经看到过这些线条，但是毕竟时间太久远。今天他们要带我看什么，就不知道了。每个图离开多远也不知道。我得做些功课，临阵磨下枪。我从一到十二都看了，总算心里有数。我有些渴，就买了一瓶可乐。

我们十个人被拉到飞机边，这是那种我从 ORANGE WALK 到圣佩德罗坐的那种十四个人的小飞机。两名飞行员，很快飞机就升了天。我坐最后一排，四个人的座，就我一个人，我像是有预兆一样，把座位后面的四个塑料袋，因为只有我一人，我就多拿了一个过来。虽然，我很自信我的平衡能力还可以，但是应该以备万一。这个安全带怎么这么不舒服呀，正好勒着脖子。

我要上天看纳斯卡线条的兴奋，把一切都扔到了脑后。飞机晃晃悠悠地上了天，下面所有的线条我都以为是纳斯卡线条。其实，还远着呢，飞了快二十分钟，才到了线条所在的地方。飞行员用西班牙说左边是什么，我也听不懂，就盯着下面看，飞机左倾成40度角，我从左边窗拍照。接着又让坐在右边的人看，一个华丽转身，又向右转40度角。地下的猴子和人、蜂鸟历历在目。所有的图形都很清楚，一个也就是半个足球场那么大，不是太大，这些是可以画出来的，不像库斯科石墙那么难做。几下子之后，我想我不行了，这么折腾，完全没有精神准备，整个 80 度角的翻来覆去，我的胃不行了。美味的秘鲁饭全到了塑料袋里，两个塑料袋正好够用，没有弄脏飞机，我的有备无患真有用了。全过程有近一个多小时。

不过，我以为天气不好会看不清楚线条，结果看得很清楚。飞行员想让我们看的，我都看清楚了，也拍清楚了。

我吐完，也不是特别难受，就是有点儿困。回程，所有的人全蔫了，都歪在那儿。

自从到秘鲁，惊喜不断。我毫不怀疑，印第安人数学那么好，画这种线条实在没有什么难度。有些线条在不是平地的地方画的，略有难度。什么像飞机跑道呀，纳斯卡线条最宽 20 公分，一个飞机轮胎比这宽多了。不过是，纳斯卡古印加人画了比较多的直线而已。曲线也都很有规律，把最小的圆画好，再一圈一圈等宽地画，也不能说难。蜂鸟也是等宽的直线为多。

到了候机室，我得到了一张证书，证明我飞过纳斯卡线条。

我今生的愿望满足了！

司机把我送到一个大巴站，这种大巴非常舒服，腿下有一个板子可以托着腿，靠背也可以放到半躺的姿势。我很快就睡着了。两小时后，服务员送来了简单的餐点，我胃里空空，看着餐点还干净，就把所有的吃掉。

四个小时后，天完全黑下来了，我们一车人回到利马。我在长途车站的工作人员帮助下叫了出租车。

到了旅馆，我让出租车等着，去旅馆取了行李，又开到新订的旅馆。这家旅馆在步行街里，周围都是餐馆。我把行李放好，洗了洗脸，刷刷牙，就下楼去吃饭。这可是我在利马的最后一晚了。我要再尝尝秘鲁饭。

大使夫人告诉我到了秘鲁，一定要尝用柠檬汁泡的生海鲜SEVICHE，还有葡萄酒调制的鸡尾酒 PISCOSAVER。我下楼在餐馆的露天桌子上坐下来，点了 SEVICHE。一会儿，上来一大盘SEVICHE，确实很好。但都是生的鱼，我有点儿担心会不会有污染，剩下了不少。鸡尾酒就算了吧。

我回到旅馆和前台说："明天八点半，我需要一辆出租车。"

前台说："已经约好了。"

十九　巴拿马　巴拿马城和巴拿马运河

5 月 21 日

巴拿马共和国是中美洲最南的国家，面积 75517 平方公里，首都巴拿马城。

1501 年巴拿马沦为西班牙的移民地，到 1903 年成立巴拿马共和国。巴拿马有连接大西洋和太平洋的巴拿马运河，运河也是南北美洲的分界线。

巴拿马货币巴波亚与美元等值使用。是全世界第一个除美国之外使用美元为法定货币的国家。

人均 GDP11771 美元。

巴拿马运河连接太平洋和大西洋。被誉为世界七大奇迹工程之一的 "世界桥梁"。巴拿马运河由巴拿马拥有和管理，属于水闸式运河，全长 65 公里。

而且加勒比海的深水处至太平洋一侧的深水处约 82 公里，宽的地方 304 米，最窄的地方 152 米。巴拿马运河和苏伊士运河被世界公认为最有战略意义的两条人工运河。减少航程 3700 公里。

早在 15 世纪，征服墨西哥的西班牙人瓦斯科·科尔科斯提出修建运河的主张，他没有明确指明开凿的地点。后来，瓦斯科·努涅里·巴尔沃亚征服巴拿马，1523 年西班牙国王查理一世，明确提出了开凿的一条中美洲运河的主张。

法国洋际运河公司经过多年的准备，制定了八套施工方案，最后定于 1883 年 2 月，正式动工开凿巴拿马运河。整个工程由类赛布主持，他也是苏伊士运河的总负责。

每年 1.46 万艘巨轮通过巴拿马运河。湖面高于海面 20 米，要通过三个水闸，全程 9 个小时，再不用绕道合恩角了，所以智利的瓦尔帕莱索萧条了。

1914 年通航——1979 年一直由美国的独自掌控。1979 年运河的控制权交还给巴拿马运河委员会。到 1999 年 12 月 31 日正式将控制权全部交还巴拿马。

巴拿马城人口 171 万，雨季（5-12 月）气温 23-32 度，旱季（1-4 月）气温 21-3 度。

巴拿马城频临巴拿马湾，背靠安康山谷，巴拿马运河从巴拿马城边流过，是一座临海靠山、风景如画的城市。

我抄一段梁启超 1899 年 12 月关于巴拿马的文字，那时，他正在美国波特兰。

"十二日至钵仑。钵仑属科利根省，亦太平洋一要港，华人约五千，维新会最盛，西北部诸市以为总镇。余将至，钵仑会中特号召各市出席代表人来赴会，至者二十余市，一时称极盛焉。余在市数日，日接见同志，于他事观察殊少。

在钵仑读新闻纸，忽见巴拿马市民宜告独立之事，仅三日美国

公认之，此实向来革命时代国际史所未闻也。越两来复，而美国政府遂与巴拿马革命政府结条约，以巴拿马运河开凿之权让与美国，而美国政府以二百万镑为报酬，且每年以金五万镑给巴拿马政府，约遂定。于是哥伦比亚政府责言焉（哥伦比亚国者，巴拿马旧所属也）国务大臣约翰海氏复牒曰：若哥伦比亚必欲破此条约（案：指运河条约）则或破之两国之国交，恐我议会不复能附于哥伦比亚，相为亲友，云云。国际上用语，其傲慢无礼，至是而极。"

到了巴拿马，海关问我有没有旅馆，我说："朋友来接，她知道旅馆，我不知道。"

结果，也没有要我的钱，就给我盖章了。我给女儿发短信："进关了。"

到了外面，我找不到来接我到人，我只好打开计算机，自己订了一家旅馆，叫车就走了。巴拿马也不安全，何况半夜，我只能试试运气。

到了旅馆，我一看很超值，是一家新旅馆。前台给我房卡，告诉我电梯也要用卡。我还是头一次坐要刷卡的电梯，卡能识别你要去几层楼，当然是防止有歹心人的措施。

进屋，就给女儿发微信："进屋了。"还发照片给她。

她回微信："这么快。"

我在巴拿马的第一天，在这里不过两天。睡够了，我下楼吃饭。早餐桌子上一个红了一半的芒果，很好看，我拿起来一看，才知道是假的，为了装饰摆在桌子上的。

吃过饭，我回房间，等着李小姐。早上，小宋已经把我的旅馆告诉她了。

李小姐短信问："问什么时候去你那里合适？"

"随时。"我回信。我猜她是国内上大学学西班牙语，派来这里工作的。

"我已经在楼下了。你是几号房间？"她问。

"106。"我发完，才想起来，没有我的卡，她上不来。

我又赶快发信："我去接你。"

在大堂，我一眼就看见一个中国女孩，她太显眼了，这里很少中国人，几乎都是白人。她是一个娇小的女孩，一看就是广东人，还是一个很健谈的人。

小李问我："你有什么安排，公司朱先生安排我陪你的。他今天回香港了，不能见你。我给你订的旅馆也很近，不过不如这家好。"

"你昨天没有去机场吧？"我问。

"是，我看看没有消息，就没有去，等着电话。"小李说。

我高兴地说："你太聪明了，我一路都担心你会等。"

我说："就看看巴拿马运河，还有我想见见台湾驻巴拿马大使。"

小李主动介绍自己："我是广东客家人，我来这里已经十年了。中学大学都是在这里上的。我一岁就离开了父母，我现在就是要守着他们，看着他们幸福。"

我说："你可以出去一段，再回来，不必这样守着他们。"

"阿姨，我可以叫你阿姨吗？我妈妈和你差不多年纪，我妈妈60岁了。"她说。

我说："当然可以，我都64岁了。"

"我们家出了很大的事情，我十几岁了才来到父母身边，我怎么能叫得出来，从来也没有见过父母。一年多以后，我家出了大事，我才和爸妈亲起来了。"她说道。

我马上来了兴趣："能给我讲吗？"我已经把要去巴拿马运河

的事忘在了脑后。

"那是我来巴拿马一年后，那时巴拿马很乱，经常有抢劫发生，但是，我们万万没有想到出现在我家。那天晚上，这些人来到我家的房顶上，从那里打开一个大洞进来了，先把我爸爸和我哥哥捆起来，到我和我姐姐得房间，把我一把勒住，我气都喘不过来了，枪顶在我的头上，我没有哭。他们看看我姐姐是个女的，就把她反锁在屋里。他们在干这事之前，会把你家得电灯线都割断。我弟弟妹妹是龙凤胎，很乖，不出声。

他们要我们拿钱。把我家一大袋子钱都拿走了，那是我家所有财产呀。在翻东西的时候，他们看见了我爸爸的子弹，我爸爸在中国当过解放军，他确实有枪。他们就要我爸爸把枪交出来。我爸爸说：'这是朋友的，我没有枪。'他们不信，就叫弟弟去找，弟弟为了救全家的命，带着他们到柜子里去找，他看见过爸爸在那里拿枪出来。结果枪还是翻出来了。他们还想杀一个人，这样，这家人就会顾这人的死活，不急着去报警。他们想用刀杀我弟弟，也想用枪打死我。我爸爸不知道哪里来的那么大的力气，把捆在他身上的绳子都崩断了，先把我弟弟塞到一个看不到的角落，然后，冲上去，扔出一个强盗，又踢倒一个强盗。打我的枪，我都看见扣动扳机了，可是他手一偏打到了我爸爸，我爸爸肚子中了两枪。他们就开始跑，结果一个拿钱的上车跑了，剩下的全都被抓了。

警察不许我们救我爸爸，要我们认强盗，我爸爸的血在床上都流了一大片了。因为，我姐姐是信佛教的，她和周围的邻居很好，和警察的关系也好，警察违反规定，用警车带上我表哥，拉我爸爸来到政府医院。政府医院说：'这人不行了，你们还拉来干什么。'又拉爸爸到私人医院，私人医院也不想收。警察说：'你们再不救人，

我就开枪了。'

　　正好，这时一个护士路过，她妈妈住在我家附近，我姐姐老是去照顾她妈妈。她一看是我爸爸就说：'我担保，他是好人，他们会给钱的。'这样才去给我爸爸做手术，我爸爸从上到下开了一大刀，因为强盗用的是炸子，到了肚子里就炸开了，肠子都烧焦了，还好心脏、肝脏、上面的器官都没有伤到。

　　医生手术完了说：'72个小时能醒过来，还有救。'结果，我爸爸不到24小时就醒了。第二天，我妈妈去看他，床上不见人了，我哥哥以为是送太平间了。原来，我爸爸自己上卫生间。六七天以后，我爸爸出院。

　　我们南方有个说法，用青木瓜炖鱼可以使伤口好得快，我们邻居就叫我妈妈去她家摘木瓜，谁知道她家的大狗来了，扑向我妈妈，把我妈妈腿上的肉都咬烂了，腿骨头都露了出来。等邻居发现，才把狗叫住。我们又把我妈妈送到医院，当时，就我和我妈妈在一起，医生说：'不知道狗有没有狂犬病，不能用麻药，只能这样缝。'我妈妈拉着我的手，她都要把我的手拧断了，她完全不成人型了。

　　我们原来照顾我爸爸一个，现在要照顾他们两个了。我堂哥对我弟弟妹妹说：'你们谁也不许哭。'弟弟妹妹很听话。

　　这里政府医院是很差的，我看见一个人腿被车子轧断了，他太太拿着他的腿，求医生救他，医生都不理，没有钱就不给你治。

　　我爸爸住院是很贵的，我们家刚出那事，4点我爸爸开刀，6点我们就开店了，本来一天就七八千的，现在一天就有一万五左右。正好可以付医院的钱。

　　姐姐信佛，老是干好事，所以这次，有警察帮助她，有护士帮助她，如果没有她在积德，我爸爸肯定就没有救了。"

　　我听着眼泪不知不觉地流了下来，这些华侨太不容易了。我说："小李，我可以给你一百美金吗？"

　　小李说："不用，都过去了。"

　　我还坚持："我想让你带你爸爸妈妈去吃个饭，让他们高兴一下，或者买点他们喜欢的东西。"小李接受了。

　　我想熨一下衣服，小李帮我熨了。

　　我说："能找一些华文报纸吗？"

　　"可以。"她马上打电话。我们车子路过她们公司，就有人把报纸给我们送上车。

　　我们在车上，小李说："我们老板说了，你要去哪里，就去哪里，一定要把你照顾好。"这是小宋的面子，他和这里老板熟。

　　我看着窗外，她在翻报纸。

　　我说："我看一下巴拿马运河，还想见一下台湾驻巴拿马大使，我还不知道他叫周麟还是林周？"

　　小李说："他叫周麟，你看报纸上写着周麟大使，我马上给你联系。"

　　小李是一个很好的文秘，做事及时、干练、利落。

　　大使馆的回话说："周大使不在巴拿马，明天中午回来。"

　　还好，我后天凌晨才走呢。可是，我不能期待我真的能够见到周大使。他回来一开会，有应酬，我就见不到了，何况我是一个大陆的公民，他是台湾的大使。听天由命吧。

　　我们还是先去看巴拿马运河吧。小李说："到了巴拿马没有看见运河，就不叫来过巴拿马。"一路上绿树成荫，有些树开着满树的红花、黄花、紫色花，我忍不住要拍照，小李让司机停车，她下去帮我拍照，好贴心呀。

她说："我从小就喜欢花花草草，我看见哪里有好看的花，我连土挖了带回来，我不出去玩，就是在家里种花种草，我家里有好多树。"

　　巴拿马运河1904年开挖，用了数千工人，用了十年的时间，开山劈路，历尽千辛万苦，挖了80公里，最窄处90米，世界上的远洋船只都按照这个宽度设计制造。整个运河高于太平洋和大西洋26米。由六个船闸组成，最大可以通过6.7万吨的船只。

　　我们到了巴拿马运河，先上到最上层，看巴拿马运河，这里应该是最窄的地方了，几个闸门，没有船只通过，远处也看不见船。不像我想的船只排着队通过，有点儿失望。看不见过船，我有点儿不甘心。

　　这时，高音喇叭在说什么，小李给我翻译说："再过40分钟，有船通过巴拿马运河。"

　　我看着周围的巴拿马人，他们多是黑人和西班牙的混血，很漂亮。美洲每个国家的人都不一样，虽然很多混血，但是混的印第安种族不同，黑人种族不同和西班牙的地区不同，所以组合也不同。

　　"我爸爸出院以后，有一天走到我姐姐住的屋里，看见墙上那么多的如来佛的像、观音菩萨的像，他和我妈妈开始信佛了。我姐姐老挨爸爸说，现在也不说了。我姐姐最后出家了，爸爸也不说什么了。现在我姐姐在温哥华出家。"我可能看见过她出家的地方，我在温哥华时，看见过很有规模的庙。

　　小李说："我们先去看展览，等到时间再上来。"我们从楼下的入口进入，一层一层看上来，在一层时讲巴拿马运河的建造历史，我知道巴拿马运河有许多中国人参加修建，在展览里没有提到，我

心里有点儿不平。二层是蝴蝶和昆虫标本。三层是模拟运河，船有晃悠的感觉。

我们又来到顶楼，天下着小雨。不过，有顶棚。看见一艘大型白色的游艇正在闸口，等着通过运河，船上的有钱人都出来照像。一会儿，又一条红色的巨轮，也等着过运河。

运河闸口里的水迅速下降。闸口打开了，游艇快速开过了闸口。后面的大油轮由四辆拖车牵引着通过运河，拖车都有轨道。我看见另一条航道也有一艘都是货柜的巨轮被牵引车拉着，缓慢通过那边的闸口。我太高兴了，不然看运河，看不见船就太遗憾了。

小李帮我去照相，她最后过来说："我在巴拿马这么多年，每年都陪人来看，不下十多次，都是暴晒，今天不仅不晒，还有点小雨。经常来了，一条船也没有，今天这么短时间过三条船，我是头一次碰到。"

"这里是海水吧？"我问。

"不是，是淡水。"小李说。

确实是高出海面20米的淡水，虽然放掉很多淡水，但是巴拿马水系发达，并不缺水。

我说："上帝喜欢我吧，真是喜欢，让我看到三条不同的船。天下小雨，一点儿不晒。我太幸福了。"

小李说："我15岁就开始做义工，我在姐姐的影响下也信佛。我爸爸受伤后，回到家乡去养病。一年后，我们听到爷爷死了消息，我从小和爷爷相依为命，对爷爷的感情超过父母。有一次我说：'长大后我不结婚了。'我爷爷在我头上敲了一下，说：'怎么那么傻的？'现在，我还有他敲我的感觉。我爷爷死了，我觉得我那么不孝，我没有能在我爷爷活着的时候回去看他。有一次来了一个大活佛，我就跪在他的面前，求他让我再看我爷爷一眼。我果然做了一个梦，先是妖魔鬼怪，后来看见我爷爷了，他摆摆手，不让我过去，说我们已经阴阳两界了。我看见我爷爷穿的衣服。醒来问当时在的人，就是那样的衣服。我每年都去台湾、香港，我还没有去过北京呢，没有见过长城。"

"你来吧，就住我家。"我说。

她笑了。她说："我们开车去吃饭，你想吃什么，牛肉、鸡肉、猪肉还是海鲜？"

"海鲜最好。"我说。

"阿姨你和我一样，我也是最喜欢海鲜，我们去'凤凰楼'，那里的老板我熟。"小李说道。

快两点了，到了'凤凰楼'，这里已经没有客人了。小李和老板说："要龙虾，还有面，再要一个炒菜心。"

龙虾面一上来，看着就香，吃着更香。龙虾全是龙虾尾，用了有五六只龙虾，龙虾下面的面，好像是蒸过，又用油炸了一下，香香脆脆的。龙虾汁浇在上面，菜心也好吃，我从离开智利，就没有吃过什么菜。

我们都饿了，真是大快朵颐，我们也就吃了一半，三人吃了六十多美元。是小李的老板请客。我们把剩下的打包都送给司机了。

小李又在联系大使馆，问周大使的行程。

天下起了雨，我们就改变行程，去逛商店。一看商店正在大减价，50%的减，小李说："很少有减这么多的。"

我买了几件衣服，质量不错。

然后，我们来到顶层，喝果汁，我要了菠萝汁，小李要了当地的水果，是白色像牛奶一样的果汁，我都没有见过，她让我尝尝，确实好喝。

她问我晚上吃什么？我不吃了。龙虾面还没有消化呢。我还是急着回去写，小李把我送回了旅馆。在大堂我想接着订这家旅馆，可是旅馆的计算机不好用，我还是回房间，用我自己的计算机订吧。

我坐在大堂的沙发上，旁边是一些欧洲人，我问他们："你们从哪里来？"

他们说："法国。"

"你从哪里来？"他们也问我。

我说："中国北京。"

"你是来旅游的吗？"他们接着问。

"是呀。"我说。

"你都去了哪里？"他们好奇地问。

我一一给他们数，他们很惊讶。

我累了，就上楼去。

下面是巴拿马《拉美快报》的消息——

巴拿马前市长 BOSCO VALLARINO 遭软禁

经检察官五个小时的调查后决定先暂时软禁前巴拿马市长 BOSCO RICADRDO VALLARINO。

根据调查，前市长 VALLARINO 曾经从一位大企业家那里收了一笔钱。

巴拿马内阁批准新运河通行标准

巴拿马政府内阁会议通过"运河管理局（ACP）监事会议提出运河现行与拓建后船舶通行标准率预计 2016 年 4 月开始采用。

经济部国际贸易局报道，按新费率，列举数种船舶通行费范例如下：

货柜部分：未来 1 万 TEU 货柜轮 80% 满载，通过费为 78 万美元；40% 满载，通过费用为 64 万美元……。

巴拿马发现罕见 17 世纪西班牙沉船

2011 年，在搜寻现实中的加勒比海盗时，考古学家意外发现

一艘神秘的沉船。如今，经过数年的史料侦查工作，他们终于弄清楚发现的是何物。1681年一艘名为ENCAMACION的西班牙商船在一次暴风雨中沉没。

尽管沉没不足12米的水中，还是逃离了重大洗劫，船的下半部分因为埋于海底保存完好。在那个时期，墨西哥和秘鲁的金银矿源源不断地输送到西班牙，填满了西班牙皇室的金库，满足了野心和欲望。

港口工人下周一大罢工

据劳工局表示，港口罢工经落实于下周一5月18日上午7点，工人将聚集于太平洋和大西洋港口，为在巴拿马运河公司上班的同事声援罢工行动。

民防局分布太平洋沿岸潮汛警报

据民防局分布消息，本周二凌晨五点至本周下午四点，将有大海潮冲击巴拿马太平洋海岸。

5月22日

我早上起来就写，到了八点半，下楼吃早餐，因为我和小李约好九点在楼下见。

我吃完饭，小李已经来了，她说："今天我们去山上看鸟，再去看旧城。"

"我昨晚查了一下在巴拿马运河上面有一个植物园，有一千多种动植物。"我说。

"那就是我们要去的地方。"小李说道。

"你昨天说，有个海盗把巴拿马抢了，还杀了好多人，我也查了，那个海盗是英国人叫亨利·摩根，他确实臭名昭著。"

小李说："巴拿马以前非常有钱，人家说巴拿马是天堂国家，这里没有地震。没有火山、台风。"

这有点儿奇怪了，怎么连台风也没有呢？

"巴拿马出金子，那个海盗来了，把所有的金子抢走，最后城也烧了，咱们今天也去看烧毁的旧城。现在巴拿马也很有钱，通过运河就要给很多钱，可是这些钱都被人贪污了。原来的总统诺列加是一个好人，说他走私毒品和贩卖枪支，都是因为他要和中国建交，要民主。美国要巴拿马这块地方。抓诺列加的时候其实是抓不住的，他不愿意巴拿马人民被杀害，就自己走出来了，他的一个下属到现在也抓不到。巴拿马人民都喜欢诺列加，说他是好人。从那以后巴拿马就没有军队，只有警察了。"

我们到了植物园，门票才每人 2 美元。里面有一些学生成群结队，由老师带着来这里学习巴拿马自己的动物植物。我一进门，巨大的香蕉让我看傻了。一张叶子就有两平方米。还有一种树，开着奇异的五瓣厚厚的红花，开过的花，结成白兰瓜那么大的果子。这种树上写着："这果实可以做香水。"

在鹦鹉的大铁笼里，我又一次看见金刚鹦鹉。山上有一个笼子，我一听是豹子，就不要看了，会使我联想到危地马拉的豹子。就把相机给小李，让她去拍照。

再往前走，这里到处是绿地，小李说："在巴拿马要砍一棵树，办手续比买房子还难。"这样太好了，这么绿的国家，还这么重视保护树木，实在值得我们学习。

这里的芒果树下芒果掉了一地，也没有人捡。小李说："这种芒果是酸的。"

小李说："你看这些小朋友，都是普通学校的学生，他们的父亲95%都吸过毒，不过毒有好多种，如果是最毒的，毒瘾上来，杀人是不眨眼的，完全不当回事。杀自己的家人也是常有的事。巴拿马是一个非常腐败的国家，因为运河非常赚钱，可是都没有用到老百姓的身上。买保险只是比较穷的人，国家保险并不好，我买私人保险。有个诺列加家族的一个亲戚在竞选总统，他怎么也当不上，他当上会特赦诺列加的，美国不让他当。"

在前面有一个笼子很大，小李说："这里是巴拿马的国鸟——角雕，它是很有灵性的鸟。"我们过去看，以我的经验，很难得看见。巴拿马的国鸟一刻儿也不歇着，在笼子里飞来飞去，这种鸟有鹰那么大，一米多高，翼展两米多，黑白两色，脑袋上有几根粗壮的羽毛，常常立起来，很威武神气。它左顾右盼，有王者风范。眼睛大大的，看人有傲慢的神气，这鸟实在奇特。角雕以蜘蛛猴和猕猴为食，可在自然环境下存活 20~25 年，圈养可以活 50 年。2002 年被巴拿马政府确立为国鸟。4 月 15 日为国鸟日。

小李说："它们是两只鸟，有一个人自己养的，国家征收，他只能同意，他在这里陪了这鸟一年多，我上次来，那人让这鸟飞哪里，它就飞哪里。他只要一叫，鸟就回来了，非常听他的话。这鸟真是有灵性。"

我看过一些鸟，这么奇特的还是第一次看见，很神气，到了巴拿马千万不能错过这种巴拿马国鸟——角雕。

我们回来时，正好饲养员在喂鹦鹉吃饭。有一只蓝黄色的大金刚鹦鹉，趴在饲养员的背上，饲养员就把它带回屋里。我手慢没有拍到。不过看到这一幕，也运气。

在门口有一棵莲雾树，树上结满了果实。小李拉了一条枝子，摘了几个小莲雾，这种莲雾只是台湾的莲雾的 1/4 大。

我们上了车，电话响了："周大使回来了。"

小李接电话："您是周大使吗？我们 5 点在酒店的大厅等您，请您和詹女士讲话。"

"我从国内来，在智利有些朋友看了您写的书，非常崇拜您，要我表达向您的敬意。我们见面再说吧。"太好了，老天爷喜欢我至极，我们可以见到周大使了。

小李又和我说："我教我弟弟妹妹是很严格的，我要他们长大要孝顺哥哥。因为我来时，爸爸妈妈不让我上学了，说女孩子读那么多书有什么用。我说：'你们不让我读书，我就离家出走。'他们才让我读书的，让哥哥看店。现在弟弟妹妹在美国念书可以不打工，全靠哥哥挣钱。所以，我教育弟弟妹妹要孝顺哥哥，我上学时没有用爸爸妈妈多少钱的，我来时十四岁，到了上大学时，就自己挣钱上学了。"好有志气的小姑娘。

我和小李说："先去看鱼市，再去吃饭。"

小李说："好，不然鱼都给人买光了，就看不见了。"

鱼市的楼上，我看见了日本国旗，原来日本大使馆在鱼市的旁边。这鱼市臭死了，难道日本人为了吃到最新鲜的生鱼片就选在这里吗？太奇怪了。

我们进入鱼市，几乎是对虾那么大的虾，才 8 美元一磅。小李买了两磅，我们中午要吃，让餐厅去加工。好多的鱼和虾，特别大的鱼，有的就剩下骨头了，被人把肉买走了。小李特别想让我看到大鱼。

小李问："有帝王蟹吗？"

"没有，明天开市才可以抓。"我有点儿遗憾，就差一天，今天就不可以抓。

小李说："我可以让你吃到，我们还去昨天那家'凤凰楼'，他们有，你要吃什么我都可以给你弄到。告诉你女儿，让她来玩儿，我带她去岛上。"

听了这话，我想我那个馋女儿不知道要多高兴呢。

我们上车，小李就与'凤凰楼'联系，要他们把帝王蟹拿出来化冻，等我们到了好做。

小李说："你再来，我带你去海边吃海鲜。"

对，我还要来，为了小李，也为了这里的海鲜，还为了这里没有污染的空气。

到了"凤凰楼",我们坐下来,小李去嘱咐他们怎么做,把虾也给了后厨。我们每次来都是老板亲自下厨。看来老板很重视小李公司的生意。小李说,他们公司的中饭就是订这家的,是常期客户。他们公司的头来了,都在这里请客。

小李轻轻地和我说："不许抓帝王蟹的时候，会到餐馆来查的，他们就把帝王蟹切小了，冻起来，看不出是什么蟹了，所以我敢说，你要什么我都可以给你找到。我最喜欢中国的熊猫。"

　　"我也很喜欢，我想抱抱熊猫宝宝。听说抱一下 1000 元。"我说。

　　"1000 元我也要抱一下。"小李坚决地说。

　　"你什么时候来北京，我们一起去成都抱熊猫。"我笑着说，还有人和我有同样的爱好。

　　还是昨天的龙虾的做法，看着就香。虾做成了蒜蓉蒸虾。还有一道青菜，我没有见过这种青菜。

　　结果，剩下许多。我说："小李，给你爸爸妈妈送去吧。"

　　路上，有卖玫瑰的，这花太大了，我说："这是假的吧？"

　　"不是呀，是真的。"小李叫车停下，买了两枝，这里花怎么可以长这么大，是中国的一倍大。不可思议。"我买了送你。"

"我还能待几个小时？送你妈妈吧。"我说。

小李说："我送你，你送我妈妈。"这白玫瑰开起来直径有三四寸。

小李叫司机把车开到她家去，我就可以看见她的父母了，为了孩子做出极大的牺牲的父母。

车子等红灯的时候，小李叫来一个妇女，给了她一些钱，她说："你看她们的牌子上用西班牙语写着：'女儿残疾，她自己得了癌症。'"我也抓了些零钱给那女人。

一群高楼中的一片低矮的房子，我们的车停下来了，这里就是小李的家和商店。我们下车，她父母亲都出来了。我们进了她家的店，后面就是他们住的地方。两位老人家，是非常亲切和淳朴的人。她哥哥在收银，我们也打了一个招呼。

小李的爸爸很慈祥，老是在笑，和我心中的"打虎英雄"不太一样。为了救孩子的那种爆发力，真不知道从哪里来的。她爸爸指着墙上的观音菩萨像说："很灵的，她姐姐原来有病，受了剃度以后，出家去治病，十几天就好了。"他们一个劲儿的张罗倒水，"我们刚吃饭，不用了。"我说。

我问："那个事情救发生在这间屋里吗？"

"是呀，就是在这里。"她父亲笑着说。

我环顾四周，这里房子低矮，空间不大，她父亲，怎么保护他们的，我是无法想象。

"你们以后必有福气，有个好女儿，还有两个大学毕业后，都会好好孝顺你们的。"

他们二老笑的都合不拢嘴了。我们时间不多，不能久坐就告辞了。街上都是人，听说她家来客，都跑来看。

在车上，小李说："那时是巴拿马非常乱的一个时期，隔一天就在头版头条上登着一家中国人的店给抢了，人也被杀了。我们家没有伤到命是非常幸运的。华人开店95%都被抢过。"可怜的中国人，在外国是这么的不容易呀！

　　在车上，我问："你们这里要拆了。他们就可以搬到一个好一点儿的地方了。"

　　小李说："他们已经买了楼，我就住在那边，他们还是习惯这里。等这里拆了，我就不让我哥哥再做这事，我要让他做贸易，我都懂，我会帮助他的。我父亲还从老家带出来两个亲戚，都给他们开了店，给店里买好东西，让他们去发展。"

　　我想着小李一家有个美好的未来，我都替他们高兴。我问："这里房子贵吗？"

　　"和美国比，就便宜多了。远一点儿的地方，七八万美金，就可以买一个单元房。"

　　在这里住着，吃海鲜，实在是天堂呀。

小李指着海边的高档房子说:"这里都是犹太人的房子,犹太人掌握巴拿马的经济,他们太有钱了。这些人可以和政府直接对话。我们家的那片也是被犹太人看上了。"

我们在老城看着,只有地面上才看得见的基础部分,这个亨利·摩根太可恨了,他们屠城后,放火烧掉了老城。那些宝物也不知道藏在哪里了。这里十分幽静,没有什么人来。这些遗址在静静地诉说那段不堪回首的往事。

我们去超市,小李带我去看一个卖花的地方,她知道我喜欢花,就想让我高兴。我们进去店里,买什么呀?

小李说:"巴拿马的咖啡是很有名的。"

她帮我挑了两包,我说:"我实在带不了。就两袋吧。你什么时候到北京再帮我带。"

小李说:"我带一箱子。"我笑了。又去买了一个大鳄梨,真是太大了,足有半尺长。

现在,我们按照周大使指定的酒店去赴约。在酒店我可以把照片发走了。也让女儿知道我在哪里。

我们在咖啡厅等着周大使,可能又点儿塞车,周大使和夫人晚了一点儿才到。周大使是一个谦谦君子,中等个儿,一副和蔼可亲的样子,穿着便装,一件藏蓝的西服便装和一件白色格子衬衫。周太太戴一副眼镜,笑容可掬的。我们握了手,大家落座,周大使送我们一人一套台湾的硬币和一个邮票夹子。我送周太太丝巾。周大使让夫人帮我们买饮料和当地的烤包子。我首先向周大使转达了小宋和小包对他那本书《智利与中国 移民与双边关系》的敬意。然后,又替小宋和韩校长谢谢周夫人教他们女儿中文,并告诉她,小西在CCTV做过几年的西班牙语的主播,现在和男朋友在斐济工作呢。

　　我告诉周大使："我是台湾人的后代，不过是生长在大陆。"也介绍了一下小李。

　　周大使说："我写那本书时，在智利的大使馆工作，一边工作一边上学，在智利天主教大学跟历史系教授苟勇甲（Dr.Juan Ricardo Couyoudjinn）学习，他是一个很严格的学者，是亚美尼亚人，奥斯曼帝国的后裔。智利天主教大学在 2014 年英国 QS 排名是南美洲第一的大学。我这本书 600 多页，是我的博士论文。我这个人是看一个小时的书起来一下，为了保护眼睛。所以我是有统计的，我用了一万个小时做这本书。"

　　"这我得好好学习你，我经常就是一写就几个小时过去了。我的眼睛越来越坏。我也要弄一个闹钟一个小时响一下。"我说。

　　"我因为做研究看了许多别人看不见的资料。比如：中国大陆和智利谈判的所有文件，我都看了，我才发现，李迪俊大使，就是降旗大使，他也是中华民国最后一任驻智利的大使。智利政府一直在骗他，他到死都还不知道。"周麟大使说。

"我写这本书，占了许多的优势，我会西班牙语；又会中文；我可以看到智利的文件（智利方面很高兴有人研究这些文件，他们给我很大的方便）；我还可以看到我们外交部的文件，我问过我们外交部：'是不是可以引用？'我们外交部说：'重要的部分还是要隐讳一点儿的。'有些文件就我去看过，再没有人看了，灰尘都很厚的。"周麟大使显然对自己的这段经历也喜欢回味。

我说："你是一边工作，一边上学吗？"

"是呀，我的长官很支持我。"他说。

我问周夫人："那你怎么协助他做研究呢？"

"我最大的协助就是不去打搅他。"周太太笑着说。

"我的书，得到了智利国家历史学奖。有朋友在书展上看见我的书了。"周大使平静地接着介绍。

"你的书印了多少本？"我好奇地问。

"600本。"他说。

"太少了点儿，我的智利的朋友小宋首先发现了这书，就告诉在智利的朋友，大家都买了。你看这是他的微信。"我给周大使看，小宋写着："我是他作品的最先读者，很佩服他的研究成果。"

我想起来，小宋可以和周大使视频，就呼叫小宋，小宋老是不在线上。我也希望能有小西的近照，给周太太看看她的学生，韩校长也不在线上。很可惜，错过了一个好机会。

小李听我们说的热闹，她说："我也要买一本。"

"已经没有了。我教授也写了一本书，印了800本，到现在也没有卖完呢。"周大使说。

"周麟，你这书，有中文版吗？我不会西班牙文，也想看。"我说。

"这个问题许多人都问过。我每次回国，都要去看外交部的老部长，他原来只叫我的名字，后来才叫我周大使。他就问过我两次这个问题。什么时候有中文版呀？一来，这书译出来有多少人看？二来需要很多时间，我现在没有时间。"周大使无奈地说。

我按照大陆的习惯，因为周大使比我小两岁，我若叫大使，大陆人会很不好意思，一定会说："大姐，别叫大使，直呼我名就行。"显然，这不符合台湾的习惯，太不礼貌了。周大使不好意思给我指出，就讲了一个故事。我马上明白，改口了。虽然，我们同根同源，隔离了几十年，意识形态有区别，会有许多微妙的差别。

"我可以回国问问社会科学院有没有需要，列一个计划出这本书，还有我的朋友小宋他们两口子是中国第一批小留学生，他们都在中国驻智利大使馆工作过。他们要是可以译，这可以做两岸合作的好范例。"我说。

周大使显然也对这个方案感兴趣。

他眼睛放光地说："我们都是学西班牙语的，我们都是做过外交部智利的工作，这可是个很妙的事呀。"

后来，我回国看见小宋问他有无兴趣翻译周大使的书，小宋说："他掌握原始材料，我们翻回去，肯定和原文不一样，这事只能他自己干。"是呀，大清国的材料，被翻译成西班牙文，再翻回去，怎么能不走样呢。台湾的行文也和大陆有很大的区别。

周大使高兴地说："我看了这些文件才发现，中国驻外机构最早出于保护中国在外的华侨而建立的。1870年，秘鲁人口普查100万人，那时秘鲁就已经有华工10万人了。过了些年，华工的精英开始开起小店，后来又做大生意。这些人开始关心自己的同胞过着非人的生活，就给中国机构反映，希望大清政府能够保护在外的华

工。美国当时还是一个年轻的国家，还不是超级大国，有些理想主义的色彩，觉得人不能像牲口一样的对待。这事传到大清主管外交事务的奕訢那里，外国机构说：'你们管不了你们工人在外国受欺负，是你们国家的耻辱。'这时，西班牙人开始紧张了。奕訢一听这话有道理，就派一个人出洋考察这件事，这人就是容闳，他还邀请了一个英国人和一个法国人，与他一起去考察，一个是看外国人对同样的事务怎么看，一个是让外国人也做一个见证，结果他们考察的结果是华工受到非人的待遇。奕訢决定派一个总领事欧阳庚管美国、秘鲁、日斯巴尼亚（西班牙）的事务。这个欧阳庚就是和詹天佑一起出国的，第一批中国小留学生中的一个。从此开启了中国有驻外机构的新篇章，所以，中国的驻外机构从开始就是保护侨民的。"真是醍醐灌顶。

我说："这里的华侨说原来巴拿马的部门对华侨态度很不好，最近有了改善，是不是你们大使馆做了工作呀？"

周麟大使笑了："我做大使告诉下面的人，我们一定要保护好我们的侨民，这是我们主要的职责，我们在不停地和巴拿马的各个部门做工作。"

我说："我进巴拿马，没有要我的签证费，这是在其他国家没有的。"

"没有要钱吗？这个我还不知道。"周大使很惊奇。

我对大使夫人说："你的学生小西，她已经结婚了，在中国的中央电视台做过几年西班牙语的主播。"

我向韩校长要小西的照片，让大使夫人看看昔日的学生，韩校长没有回信，我想让大使夫人看看她学生的愿望落空了。

"巴拿马的咖啡是很有名的，这和一个台湾人有关，他是一个咖啡品尝师，他觉得巴拿马咖啡很好，就把巴拿马咖啡送去参展。结果，巴拿马咖啡得了第一名，从此名声大振。可是，出这种咖啡的地方叫切里波在巴拿马，一个山过去就是哥斯达黎加的切里波，就种不出这种咖啡。"周大使说。

"这就是橘生淮南则为橘，生于淮北则为枳了。"我说，我已经不是第一次听到这种事了。

我问小李："我们买的是这种咖啡吗？"

小李笑着说："对，我们买的就是这种。"

周大使又说："西班牙人说：'人一生要做三件事：第一件，种一棵树；第二件，生一个孩子；第三件，事写一本书。'我们中国人是立言、立德、立说，就是写书了。有的人做生意挣了许多钱，有的人做官和有地位，有的人就是写书。"

我说："我的老师说：'死了一个学者，就烧了一个图书馆。'你说的前两种都带不走，只有学问可以带走。"

大使夫人说："还是不要带走的好。"

我才发现自己的失误，赶快补充说："当然，好好保护图书馆，越长越好。"

周大使又说："秘鲁是最早有中国人的地方，1870年秘鲁人口普查时有100万秘鲁人，10万华人，现在有250万人喽，肯定有25万华人。"

我说："我在秘鲁坐出租车，开车的小伙子就说他的爷爷是中国人，妈妈是中国人。可是，完全看不出中国人的样子。"

小李问周大使："你为什么不研究秘鲁的华人历史呢？"

"秘鲁有一个专门研究秘鲁的中国人的历史的教授 Dr.Humberto Rudriguez，他曾经在乡下的部门工作过，那里就是中国人最多的地

方，他研究了 40 年的华人在秘鲁的历史，做过秘鲁社科院的科长，写了十本这方面的书。我怎么能在做呢？做研究是要有原创性的，资料都给他用光了。我只能做智利的华人历史了。"周大使始终笑着说。

因为，小李后面还有会，虽然，我们谈得正欢。也只能告辞，周大使一直送我们上车，我们招手告别。

小李给我送回旅馆，她说："开完会，我要来陪你睡。"

回来，我赶快写，要写的太多了。

11 点多，小李回来了，她说："明天我送你去机场，我不放心，怕你出事。巴拿马也不太安全。"

"好吧，快洗澡，睡觉。"我只能接受这个小忘年交的好意。

小李说："我还是第一次在外面睡觉呢。"

"我女儿都不和我睡，说我打呼噜。"我说。

我没有脱衣服，我觉得我睡不着，也没有多少时间了。

二十 古巴 哈瓦那

5 月 23 日

古巴共和国的意思是"肥沃的土地""好地方",古巴是北加勒比海的群岛国家。古巴是仅存的五个社会主义国家(中国、朝鲜、古巴、越南、老挝)之一,而且是美洲唯一的社会主义国家,在历史上,20 世纪 60 年代的猪湾事件和古巴导弹危机而闻名。凭着 78.3 岁的平均寿命和 99% 的认字率让古巴多年的人类发展指数达到极高的水平。

古巴是大安的列斯群岛中最大的岛屿,被誉为"墨西哥的钥匙",古巴的地形又酷似鳄鱼,又被称为加勒比海的"绿色鳄鱼"。面积 109884 平方公里,其中古巴岛 104555.61 平方公里,四周的岛礁 3126.43 平方公里。古巴属于热带雨林气候,仅西南部沿岸背风为热带草原,年平均 25 度,年降水 1000 毫升以上。

古巴人种中,白人 66%,黑人 11%,混血人种 22%,华人 1%,城市人口 75.3%,有 846.5 万人,农村 277.5 万人。西班牙语为主,信奉天主教、基督教、古巴教、犹太教。

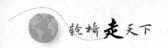

古巴 2008 年宣布已经探明可开采石油储量 200 亿桶，在墨西哥湾的古巴专属经济区。森林面积 27.5%，盛产红木、檀香木和古巴松等贵重木材。

哈瓦那是古巴的政治、经济、文化和旅游中心，是西印度群岛的最大的城市和世界最美丽的城市之一。有"加勒比海明珠"之称。

古巴比索（CUP）可兑换比索（CUC）官方汇率 1 美元 = 0.92CUC=24CUP，1CUC=25CUP。

主要出口镍、蔗糖、龙虾、对虾、酸性水果、雪茄烟、朗姆酒等。旅游资源丰富。古巴岛出产最上乘的雪茄，自己每年要吸掉 2.5 亿支雪茄。古巴的雪茄一直是手工卷制，以保持上乘品质。

三点多，小李的手机响了，我们都起来。我把插线板收好了，简单地洗漱后，我们就出门了。这次是小李开着自己的车送我，真不好意思，我已经麻烦小李两天了，又让她睡不好，年轻人是很能睡的。

到了机场，我们拥抱，我和小李说："早点儿来北京，我们去抱熊猫。"

她答应了，巴拿马因为有小李变得格外美丽。我真的想再来巴拿马。

这一天都要在天上飞，在机场里面转来转去。

因为起得太早，我在飞机上都是睡觉。

到了萨尔瓦多，我发现我的轮椅没有跟上我，这下麻烦了。我和一个黑人工作人员说："我的轮椅可能下飞机了，我是要去古巴的，轮椅跟不上，我会很麻烦。你看这是我的机票和轮椅票。"那人很负责，马上跑步去办这事。不管到古巴我的轮椅有没有跟上，我都感谢他。

在萨尔瓦多飞往古巴的飞机上，我的右边一个像中东的小伙子，飞机一起飞，他就双手朝上，闭着眼睛，嘴里念念叨叨的，他在求安拉保佑他吗？

我问小伙子："你从哪里来？"

他说："瑞士。"

时间不长，到了哈瓦那机场，小伙子帮我把双肩背拿下来，还扶着我走，真是一个好心人。

落地后，我才发现轮椅来了，萨尔瓦多的工作人员很尽责。谢谢他！

到了古巴，过海关，我给帮我推轮椅的人一张剪纸和两美元。

接待我的人问："有签证吗？"

"没有。"心想不是落地签了吗。

"待几天？"他问。

"四天。"我说。

那人说："三天不要签证，四天要。"我都没有听说过，不过来古巴的人不多，我能参考的信息也不多。又说："50美金。"我听小驴友说是25美金呀。

服务员又推我去另外的地方，到了那里，我被一根柱子挡着看不见办事的女人，我想转过去，看她的脸。我已经给剪纸和美元的服务员给我手势，不要动。那女人说："20美元。"

怎么不是50美金，也不是25美金，有对残疾人或者老人的照顾吗？不知道。

我很意外，赶快给。我给了女办事员一张中国剪纸，她的脸马上就有了笑容。

在北京办古巴签证要249元人民币，还要5-10个工作日。所以，

在古巴落地签，最划算。

我顺利地拿到了古巴的签证。我打开手机要给女儿发微信，才看见这里不仅没有 4G，连 3G、2G 也没有。在南美，基本上都有 3G，我早就知道在古巴只有少数高级旅馆有 WiFi，剩下的地方都没有，我也给女儿和朋友们打招呼了，我会有几天没有消息，我失联了。现在，我太困了，有点儿糊涂。

在换钱的地方，我换了 80 美金，给我的是 CUC。

在出租车站，一个神气活现的黑色女人调度着出租车，她背着司机，在自己手上写了 30，意思是你就给 30CUC，别被司机给懵了。我感谢她的好心，使劲点头，说："西（是）。"让她知道我明白了。

哈瓦那是加勒比海的明珠，听说在 1959 年古巴革命前，美国曾经想把古巴做成赌城。因为古巴革命，这个项目就转到了拉斯维加斯去了。

古巴蓝天白云，所有的树都苗壮，树叶绿油油的，闪着亮光，这是我在其他国家所没有见过的。人民过着慢生活，非常悠哉。虽然，房子很破，可是没有露宿街头的，也没有沿街乞讨的。房子有几十年上百年了，有一种难以言状的沧桑美。

司机会一点儿英文，我们俩交流的很好，我不时地秀一下我仅有的西班牙语单词："波你达，波你都。（漂亮）"

司机很高兴。古巴真是漂亮，经常一树黄花，一树紫花，又是一树火红的花。我这种常驻中国北方的人，有点兴奋了。这里没有冬天，虽然南美已经是冬天了。

到了小驴友提供给我的地址，我问司机："供多瓦勒（多少钱）？"

他说："30。"这是一个老实的司机，我没有零钱，给他40CUC。他没有钱找，说一会儿找，就帮我把行李拿下来，放到家庭旅馆里，我们一阵忙活，就把找钱的事忘了，我愿意相信他也忘了，只是觉得有点儿辜负了黑人女调度。我少10美元，没有什么，想想在伯利兹的古巴医生每月才能寄20美元回家，司机发了点儿小财，我甚至为他高兴。

　　这家旅馆是多层的，还没有电梯，女老板来了，是一个文雅的白种人，她并不因为在古巴而粗俗，她和西方白人同样优雅。她坐在楼梯上和我说，她这里满了，你上楼也不方便，给我介绍另外一家CASA。我谢谢她，并告诉她："两个中国孩子，一男一女上月在这里住过，说你的早餐好吃。"她很高兴。

　　她去叫来了一个黑人小伙子，他不是纯黑人，是西班牙和黑人的混血，这样的人尤其漂亮，我刚才在街上看见不少。小伙子把我的行李拉到他的CASA，这里就我一个房客，一层进门就是客厅，有2米×2米的油画的印刷品，挂在墙上，竟然还有两个一尺多高的成对的中国花瓶，和我在圣彼得堡普希金村看见的差不多。往

里走一条走廊，左手就是我的屋子，大约十三四平米，两张床，一大一小。还有冰箱，有风扇，有空调，有卫生间。好了，我需要的都有了。这里很干净，没有什么苍蝇蚊子。

屋里并不热，虽然外面暴晒，至少三十多度。一个风扇，一个吊扇对着我吹，黑人小伙还把窗式空调打开了，25CUC 一天，不贵。

小伙子说："我叫朱利安。你有事叫朱利安，朱利安，朱利安。"

我用西班牙语说："我叫詹。我从中国来。我要买水。"

朱利安一脸诚实地说："我给你去买。一个 CUP 两瓶水。"

我说："还有芒果。"

他问我："要多大的？"他用手一比，大的简直有小西瓜那么大；有土豆那么大的和鸭蛋那么小的。

我哪里知道哪种好吃？随便吧。

他要了 3CUC。一会儿就回来了，他给我买了一大瓶水，两个大的和四个鸭蛋大的芒果。还送来了盘子和刀叉。

我给了他 100 美金，作为四天的费用。他要走了我的护照，去办手续。

大的红绿芒果，没有小的好吃，小的有牛奶味，还有浓重的芒果味道。我吃过水果，一高兴，送给朱利安一条丝巾，他可能有女朋友或老婆，至少可以给他妈妈。

我已经睁不开眼睛了，就睡下。

等我再睁开眼睛，已经是巴拿马的下午四点多了，是哈瓦那的五点多。我出来客厅看见这里有三个人，一个朱利安和两个女人，我看见她们在用我的护照登记表格，登记完，我就要回了我的护照。登记的是一个大眼睛的白种女人，还有一个七十多岁像西班牙血统的女人，她手摇着扇子，样子优雅犹如贵妇。她说她是那个女人的英语老师。我把最后一条丝巾送给了她。

她们开始和我说："要不要换钱，我早上刚换了 80 美元，这会儿就剩二十几 CUC 了。当然要换，我知道 CUC 和 CUP 的关系，差了 24 倍呢。这都是小驴友告诉我的。我就说我要换 CUP，她们不同意，好吧，我也待不了几天，再说古巴是我们兄弟国家，我就换了 50 美元，她们给我的比机场的低。一会儿，她们又要走了我 10CUC。她们围着我，瞪大了眼睛，我觉得很像电影里的场景，我快死了，她们两个在逼我说出银行的密码。我明白她们费尽心机就为一点儿小钱。朱利安痛苦地看着她们算计我，眉头紧皱。

我回到屋里，她们跟进屋，站在床边说："我们不要美金，你明天给我们 CUC。"把我上午给朱利安的美金还给我。好吧，我明天换了 CUC 再给你们吧。无论多少，对我区别不大。

她们又对我说："几点吃早餐？早餐是要钱的。"

我说："原来那家是包早餐的，也是 25 美元一天。"

"这里不一样，这边条件好。"她们俩眼睛瞪大了说。

的确，这里就我一个房客，还有一个随叫随到的朱利安，值得这个价钱，我还觉得占了便宜，答应加 5CUC 的早餐钱。

晚上，我饿了，就叫朱利安，我要吃饭，请他帮我买鱼和米饭。8CUC，差不多 8 美元，朱利安拿回来两个四四方方的大饭盒，每个

都有中国饭盒的三个大。一个炸鱼，看着就香，一个是米饭和蔬菜土豆泥。还有一个什么汤，我不喜欢。这饭比号称会做饭的秘鲁人做的还好吃，可是份太大，我只能吃三分之一。

回到房间，又写了两个多小时，就困了。

5 月 24 日

早上 4 点，我就醒了，洗完澡，就开始补写前几天的文字。好不容易补到昨天。看看表该吃早饭了。昨晚约定是 9:00 吃早饭。我来到客厅，外面阳光明媚，因为窗子是百叶窗，所以漏进来的阳光不多，但是，显然比我的房间热多了。客厅里没有人，我想看一下电视，也打不开，就回到屋里接着写。不过，我把门留着半扇没有关。

一会儿，朱利安来叫我吃早饭。昨天比较年轻的女士，带着我的早餐来了，她从一个无纺布的绿色包里，拿出了几个饭盒，有两个面包和三小块黄油；有一大杯的芭乐汁、一盒三种水果粒、一根香蕉、一杯咖啡加牛奶、两个煮鸡蛋。太丰富了！杯子有些是塑料的，但是看来是用心洗过的，虽然因为用的久了，会有磨损，洗不干净，我还是欣然接受。我只吃一个面包和一块黄油。我营养够了，不能多吃，古巴人民还比较困难。喝咖啡时，她说"没有糖"。古巴不是产糖大国吗？没有关系，飞机上的小糖包我还有。早餐四个CUC，合二十多人民币。

朱利安的小狗卢比，它竟然跑到我的跟前，还让我抱。没有火腿，不然我会给它。我抱着卢比，让朱利安给我们照相。

回到屋里，肚子就不舒服了。我不能出门。我仔细想想，我几乎每到一个国家都会坏肚子，看来我有点儿水土不服。在欧洲就从来没有这事。

　　我吃了药在屋里待着，反正我有事做，没有浪费时间。到了中午，一个黑女人来打扫卫生。

　　我们都没有发现，卢比进了我的屋，还尿了。我养过猫，我知道这是它不喜欢别人来它家住，故意搞脏的。它们是很排外的。黑女人买来了一大瓶水，她竟然放地上，我和她连说带比画，她才明白卢比尿了。她拿拖把擦。

　　附近，有什么团体在唱歌，很好听。

　　黑女人来问我要不要吃通心粉，她拿着通心粉的袋子跟我晃，"要哇，我想尝尝古巴人民吃什么。"过了半小时，朱利安拿着一盘通心粉来了，我说："多少钱？"

　　朱利安说："不要钱，我请客。"

　　我拿过来尝了一口，真好吃。少量的猪肉和起司做的通心粉，比较软。我尝到了古巴的家常菜，还是饭？不知道，总之，好吃！

　　下午，我觉得肚子好了，想出门了，这时太阳也不太热了，我叫上朱利安。

　　我把箱子里可以送人的吃的东西都翻出来，给了朱利安。我再也没有什么可以送人的了。他也许有孩子这些东西可以用的上。

　　我问："朱利安结婚了吗？"

　　"没有，我33岁。我爷爷的爷爷是中国人。"他说。

　　"我64岁了。这些东西给你吧。"

　　我还想去找中国人，就给朱利安看西班牙语的"中国城"，怎么小宋和大使夫人发来的"中国城"不一样呀？我都抄下来给朱利安看，他明白。

　　"中国城"离我住的地方太近了，也就三百米，朱利安很熟悉。我进了"中国城"的门，一看都是中国餐馆，怎么没有中国面孔，都是古巴脸。就一直往里面走，在一家"天坛饭店"，我问："你们老板是中国人吗？"

这些古巴小伙子进去把中国师傅叫了出来。我问他："在银行换钱汇率是多少？"

这个师傅说："100 美元换 87 个 CUC。"

我说："我在这里换呢？"

"老板说了，也是 87 个 CUC。"他说。

我想就在他这里换吧，即使亏了，肥水也没流外人田。我就和他换了 120 美金，把房钱交了。

我问："你们这里什么最正宗呀？"

"都可以，馄饨、饺子都是猪肉的。"他说。

"我要一份饺子、一份馄饨。"我说。

"再叫一份炒饭，给推轮椅的小伙子。"他说着。

我还以为古巴人都爱吃炒饭呢，就按照他说的，真的叫了炒饭。饭上来了。我给了朱利安三个馄饨、两个锅贴。

算钱时，大师傅才说："你还给他花多少钱呀？炒饭就行了。"

原来，他是要我省钱。我不是这个意思，朱利安照顾我，我要他吃好点，下次吧。

我出了饭店，看见一个中国人老邵，我就问："你来多久了。"

"半年了，要回去了。"他说。

我又问："这里的治安好吗？"

"像中国的七八十年代，还不错。"他说着。

"我这个旅馆的管理员说他的爷爷的爷爷是中国人。"我说。

"这里 70% 的人都爱说，我爷爷的爷爷是中国人，它们对中国的印象很好。"他说道。

70% 也太高了吧，中国人再能生也不至于生出这么多人呀。

吃完饭，朱利安推着我去看像白宫的宫殿，他老是指给我看代表性的建筑。朱利安看见一个漂亮的女孩忍不住去和人家打招呼，我看那女孩像个大学生，可是朱利安是个蓝领，她很有礼貌地拒绝了朱利安。在拉美追求姑娘很自由，朱利安没有半点受打击的样子，也许他被打击多了。

古巴看不见狗和霓虹灯。古巴人并不面黄肌瘦，而是很健美，也有胖子，但是不多。他们多是西班牙和黑人的混血，经常是取了两边的优点，满街的靓女俊男。没有什么印第安人。

　　朱利安看见了熟人，一个漂亮的西班牙和黑人混血的女孩推着一个婴儿车，还有一个偏黑人的男孩。我以为他们是一家子，婴儿车里的孩子不像大男孩，比较白，有五个月大，非常可爱。孩子非常的安静，不哭不闹。这个妈妈发型很好，人也漂亮，还会点儿英文。她问我："想抱抱婴儿吗？"

"当然，太想了。"我的孩子都说不生孩子，我只能抱别人的孩子了。抱着这个软软的小宝贝，太享受了。可爱的小婴儿，她妈妈一逗她就笑。

那个大男孩，老是帮着朱利安把我搬上搬下的。我们在街上闲逛，看着许多古老的建筑和满街的老爷车。古巴很神奇，有各个年代的车子，颜色丰富多彩，不像北京以黑色、灰色为主。还有许多的敞篷车。真酷！

在一个爆米花的摊位，朱利安给我买了一包爆米花。

在通往大海的路上，有些人在跳舞。到了海边有许多的人，穿着很大胆，也很漂亮。还有同性恋戴着彩色的鸵鸟毛，男扮女装穿着很出位。有人在唱歌；有人在卖花；有的情人在拥抱。大西洋的海浪拍打着长堤，朱利安提醒我："中国人。"我一看对面来了一些人像中国人，就问："你们是一家人吗？"

"不是，我们从美国几个地方来的。"他们答到。

我看见卖花的就去买了三支晚香玉。给了年轻的妈妈一支。我们一直在一起走。朱利安和大男孩是朋友。

朱利安又提醒我："中国人。"

我看见了两个中国人，一男一女五十多岁了。我问他们："怎么来古巴的？"

"女儿大学毕业，在美国参加完毕业典礼就到墨西哥和古巴来了。"他们说。

我告诉他们："在'中国城'有家'天坛饭店'是上海人开的，还可以换钱。"

他们是苏州人，女的姓陈，她说有一座大山，听说好玩，要两个小时的车程。

我就和年轻妈妈说："有一座的大山的地方，离开这里两个小时的车程，是什么地方呀？"

她给我们写下来，我问："去要多少钱？"

她说："25 美元。"

我就说："明天你去吧，叫一个车，这钱就给你。"

我说："要注意，南美人说话不算数的有的是，这样吧，你们把地址给我，她实在不来，我们再叫车。去接你们，明天早上 9:30 在大堂见。"

小陈他们俩一点儿古巴钱也没有，我给了他们2CUC，他们才有钱去买水。朱利安跟大男孩一起去买水，朱利安回来说："我出了1CUC。"我就又给他1CUC。

天要黑了，我们往回走，在街心有人跳探戈。我和新认识的朋友在看。朱利安又被一个姑娘迷住了。这个姑娘很白，很漂亮。她妈妈就坐在旁边。

我和小陈他们说："你们去天坛吃龙虾才十几CUC一盘，吃完饭，换了钱，再来看放炮还来的及。"我在电视里看过，我去炮台有困难，太麻烦朱利安，就不去了。

我等了半天，朱利安也不回来，我就回去找，他的朋友推着孩子的一对男女也和我一起回去找。果然，朱利安还在泡妞，人家都不看他，朱利安还不遗余力地献着殷勤，最后，不知道那女孩的妈妈说了什么，朱利安才恋恋不舍地起身。

我们一路往回走，那个大男孩学着我："朱利安，朱利安，朱利安"地叫着。他们仨大笑。只有我和婴儿不知所措，不是我把好事搅黄了吧，我看一点儿希望也没有。可怜的朱利安到处碰壁。

回到家，我洗了澡，就洗衣服，这里衣服很容易干，天气这么热。

5 月 25 日

今天说好去看奇特的山，古巴我是做过功课的，没有看见说有什么奇特的山，这两位苏州的朋友从哪里听来的？今天早餐也来的早，可能是那个古巴美女和朱利安说我们今天要出去？还是那几样，我不敢吃黄油了，喝了果汁和咖啡，昨天她看见我只吃一个面包，就只给我带一个面包，看见我不喜欢香蕉，就没有带香蕉，她还是很用心的。

我吃过饭和朱利安在客厅等着，一会儿，古巴美女带着小陈夫妇来了。她要我们每人给她 15 美元，我们付给她。我们四个人上了一辆老爷车，司机是个极老实的人，一句话也不说。朱利安一脸失落的样子，我看古巴的车前排也像后排是通坐，可以再挤一个人，就叫朱利安上来，朱利安才高兴了。

小陈和我说："昨天那男孩，不是婴儿的父亲，她父亲是个白人，这个女的刚才和我们讲的。"

这车带着我们六个人在城里绕来绕去，有时海边，有时去门前都是旗杆的美国大使馆。这车顶多也就 60 迈，像一个老头，吃力地拉着我们这么多人。街上各色的老爷车之多，简直就是老爷车博览会，真是大开眼界。

在街上有菲德尔·卡斯特罗的像，但是很少。

菲德尔·亚历山德罗·卡斯特罗·鲁斯，1926 年 8 月 13 日生于古巴东方省比兰镇一个富有的庄园主家庭，父亲原是西班牙的军人，定居古巴后，以种植甘蔗起家，成为当地有名的种植园主，母亲在做姑娘时原在父亲的庄园做工，后成为父亲的第二个妻子。菲

德尔有同胞兄弟和妹妹四人，比他小四岁的劳尔是他数十年的生死与共的革命战友。

　　菲德尔自幼胸怀大志，富有反抗精神，少年时代就对劳苦农民怀有深切的同情。菲德尔革命的第一个对象就是自己的家庭，他反对父亲虐待雇农，为此多次和父亲争吵，13岁时他曾组织蔗糖工人进行反抗父亲的罢工。1945年，菲德尔考上了哈瓦那大学法律系。他喜欢和人辩论，所以要上法律系，当时正是拉美的民族运动风起云涌的时代。他积极投身于反对亲美独裁的政权，成为哈大的风云人物。1950年菲德尔获得了博士学位，成为贫苦大众的辩护人。1952年巴蒂斯塔发动军事政变，加紧了独裁统治。1953年7月26日，26岁的菲德尔率领134名爱国青年攻打圣地亚哥的蒙卡达兵营，旨在夺取武器，起义失败，大部分青年被杀。菲德尔和劳尔幸免于难，被捕入狱。在法庭上，他慷慨陈词，发表了《历史将宣判我无罪》。1955年5月这些战友意外获释。并赴墨西哥秘密组织武装。1956年11月24日，在细雨绵绵的深夜，一艘名为"格拉玛"的游艇，萧然驶出墨西哥的图斯潘港，船中载着菲德尔和劳尔还有格瓦拉，共82名战友，驶向古巴。1956年12月2日清晨在奥连特省登陆时，立即遭到政府的袭击，菲德尔和仅剩下的12名战友进入山区开展游击战，他本人任司令，势如破竹，很快政府土崩瓦解。1959年起义军在万民欢呼声中进入哈瓦那。革命成功后，菲德尔首先没收了父母的社院，他母亲一直也不原谅他。2006年菲德尔给古巴人民写了一封辞职信，他呼吁人们维护和平，反对战争，重视环保。

菲德尔一生三个妻子，六个儿子，一个女儿。女儿因为父亲干涉她的婚姻，化妆拿假护照离开古巴去了西班牙，最后到美国，写了一本书《卡斯特罗之女古巴逃亡记》。

格瓦拉生于1928年6月14日，生于阿根廷的声誉卓著家庭，是阿根廷的马克思主义革命家、医师、作家、游击队长、军事理论家、国际政治家及古巴的核心领导人。

格瓦拉在1955年与菲德尔和劳尔在墨西哥城相遇，格瓦拉迅速加入了他们的行动，他也在那艘小艇上。革命胜利后，1959年

格瓦拉获得了"古巴公民"的身份。格瓦拉被任命为国家银行行长、工业部长等重要职务。格瓦拉在古巴做部长时从来不看电影，很简朴，对自己要求非常严格。后来，他与菲德尔的裂痕越来越严重，他不久就辞去所有的职务。4月1日离开古巴，到了坦桑尼亚前往刚果，他的行动被美国中情局控制了，格瓦拉本来要向当地人介绍古巴的革命经验。当地人与古巴人完全不同，愚笨的乌合之众，根本没有纪律，导致了失败是肯定的。后来，菲德尔公布了格瓦拉给他的信，说宣称他要切断和古巴的一切联系，投身世界其他角落的革命运动。格瓦拉走了许多地方，在1967年，格瓦拉在玻利维亚进行革命活动，玻利维亚的军队是由美国陆军特种部队顾问训练的。1967年格瓦拉被捕。他腿受伤后投降，格瓦拉在一个校舍里关了一夜后，第二天下午被一个中士枪毙了。格瓦拉等人的遗骨运回古巴后，古巴国务委员会1967年10月11日到17日为国丧日，格瓦拉是按国殇规格安葬在他战斗过的圣克拉拉。

劳尔·莫德斯托·卡斯特罗·鲁斯，1931年6月3日生于古巴东部奥尔金省。他比菲德尔小5岁。早年曾在古巴东部圣地亚哥学习，中学和大学都在哈瓦那度过。原任古共中央第二书记，古巴国务委员会和部长会议第一副主席兼革命武装部长（国务部长）。

在菲德尔德影响下，劳尔很早就加入了青年团。后又加入古巴共产党。1953年7月26日，劳尔追随兄长发动反对巴蒂斯塔独裁政权的起义，攻打古巴东部圣地亚哥蒙卡达兵营，失败后被捕，1955年获释后，劳尔与兄长流亡墨西哥，1956年他与兄长等82人在古巴登陆。1959年菲德尔率领起义军推翻巴蒂斯塔政权。成立了革命政府后劳尔掌管了军队，任革命武装力量部部长。

劳尔政治上强硬，但在经济上持灵活态度。苏联解体后，他曾在古巴进行了小范围的市场经济改革。当时古巴濒于破产和饥饿的边缘，由于劳尔坚持在农业方面实行自由市场制度，古巴才得以渡过危机。他的名言是："大豆和大炮一样重要，甚至更重要。"

劳尔 2008 年 2 月 24 日在第七届全国人民政权代表大会上当选国务委员会主席和部长会议主席。在此之前，菲德尔宣布不再担任主席职务。

劳尔的妻子早年是革命战友比尔玛·埃斯平·吉略斯·卡斯特罗。比尔玛 2007 年去世，丢下四个孩子。劳尔平时是一个疼爱孙辈的祖父。他喜欢爬山。

哈瓦那的这些房子从 1959 年就再也没有动过。虽然斑驳，虽然破旧，但是还可以看出昔日的风韵。

我们要去的地方，离开哈瓦那有两个小时的车程呢。这个漂亮的古巴女郎看来欺负我们不会说西班牙语，还说不清地址，就让我们看看城里的著名建筑，由着她指挥司机。小陈夫妇和我觉得古巴美女把我们给骗了，她肯定拿大头，司机拿小头，根本没有带我们要去的地方。我们反正也没有来过古巴，就看吧。只是很难看见商店，商店也是很小的门脸，卖的东西品种单一，种类很少。可是，古巴人民也看不出需要什么，没有人穿破衣服，也没有看见饥饿难忍的人。人民平静，不知道他们都在做什么，没有写字楼，没有步履匆匆的人。有的是悠闲自在。朱利安有手机，屋里有电视，有空调，有音乐，有舞蹈。他们还需要什么呢？

其实，哈瓦那是一个有着很好旅游资源的城市，它有完整的城市建设，都没有破坏，成天阳光灿烂，空气新鲜。如果把房子修葺一新，再训练点儿从业人员，古巴会有很多的旅馆收入，依我的眼光，我觉得哈瓦那比夏威夷好。

　　最后，古巴美女把我们拉到海明威喝过酒的酒店，这个酒店要到晚上才开呢。我就带着小陈两口子去"天坛饭店"，我叫了一只龙虾，两碗米饭。因为小陈夫妇说，早上吃太多了，就请他们陪我少吃点吧。虽然，比不上巴拿马"凤凰楼"做的好，也不像小驴友说的那么难吃。我们这餐才 14.9CUC。

　　我们问这里的大厨老罗："那个离哈瓦那两个小时车程的地方在哪里？"

　　罗大厨说："就是一个有溶洞的地方，你们看过桂林吧，那就没什么可看的了，比国内的小多了。有一个印第安人的洞，有幅岩画。"我一听就不想去了。

　　朱拉安来了，一看我们还有的说，就留下电话，让我说完，再来接我。

　　这家饭店的陶老板进来了，他是一个四十多岁的中年人，下巴上留着一撮小胡子。他夫人是古巴人，有两个女儿，小女儿才八九岁，在店里跑来跑去，一点儿中国话也听不懂。这个孩子要想学会中国话，必须有一个中国奶奶来，不和她说当地话，坚持多年才能学会。陶老板和两个苏州人用吴侬软语交谈，我听着费劲儿。

不过，我也听懂一些，陶老板说："我来哈瓦那的时候还有三百多华人，都八十多岁了。这些年死了很多，现在就剩一百多人了。古巴政府不想让人民太富了，改革就开放一点点。本来这里是美国的后花园，美国已经设计好在这里做赌场的，五九年一革命，老美就把钱都投到拉斯维加斯去了。我们家在海边，一层楼都是我们家，那都是 50 年代盖的。他们那时理念就很先进了。"

小陈说："上海现在才有这样的一层楼是一家的。落后古巴几十年了。"

陶老板又说："古巴没有个人企业，只有小业主。古巴人很聪明，现在有点儿开放，就请了西班牙人来管理酒店，一下子，就可以和国际接轨了。中国人在这里是做低级劳动的，我们在美国也有些亲戚，他们说古巴和佛罗里达就是同一种人，分成了两个国家，两国的矛盾是历史造成的。"

这时，进来一个中国大男孩小杨。

我问他："在古巴干什么？"

"我在这里留学，学习眼外科。"

啊！他正是我要找的人，我要了解古巴的医疗，问他就可以八九不离十了。他已经在古巴七年了。第一年学习语言，后六年都学医。原来是公派留学生，现在改自费留学了。

他昨天夜班，看起来有点儿累。可还是热情地为我介绍古巴的全民免费的医疗制度。他太太是马来西亚的华侨，在这里做雪茄生意，在国内做模特。

他说："古巴的医疗分五个等级。

第一级是社区诊所，一些小病都在社区诊所解决，五到七个街口属于一个社区。社区医生，会去你家检查你家里的卫生符合不符合要求，指导你怎么做。古巴的登革热很厉害，这是一种蚊子传播的疾病，社区诊所的人会指导居民怎么防治。社区诊所就一两名医生，这样的社区诊所在哈瓦那老城区就有几十个。

古巴很重视医生的培养，医生很多。古巴人有一个习惯，一不舒服就去社区医院，不会等病重了。如果是感冒发烧不用去大医院，真有大病了社区诊所才会推荐你去大医院。古巴人在这方面幸福多了，真的没有后顾之忧。

第二级是社区医院，10~20个社区诊所归一个社区医院，社区医院不设病床，这里分科，不像社区诊所是全科。有X光机、有各种化验、心电图机等。

第三级是公立大型医院，从这级起就有急诊了，5~6个社区医院归一个大型医院管。有病床，可以做中等水准的手术，一般病都可以在这里解决了。这里还培养本科生，有教学任务。

第四级是综合医院，不接受简单的外科门诊，急诊除外。

第五级是医学专科的研究所，只接受疑难杂症。这里的人员主要做研究。

古巴的医疗水平很高，制药水平相对低，基本药物可以自己做。但是比较高级的药品就要靠进口了，如四、五代头孢。手术器械靠进口，硬件不是很好。国家收入的一大块放在了这里，一次性的手术刀都是从美国、日本、印度进口的。眼科器械都是从德国、日本进口。世界上最先进的设备都有，就是少，只有医生认为有必要用的人才能用，不会造成浪费。

住院所有费用全免，还管吃，虽然不是吃的特别好，肯定营养是够了。有一荤、一素、一汤，有酸奶、果汁、牛奶。

不住院收一点儿药费，几个CUP，也就是人民币几分钱，还有0.3比索的，最多20 CUP，也不到一美元。

古巴的眼外科和中国的眼外科比，技术领先。我岳母在这里刚做了一个眼科手术，她在中国已经做了两次了，她得的是一种异状息肉，也就是息肉从结膜长到角膜上去了，在中国做了两次又复发了。这次在古巴做的应该不会复发了，因为做了修补，一千多美金，加上检查费一万美金吧，在中国比这里贵多了。"

我插话："古巴医生要红包吗？"

"不要红包，就是给一点儿饮料就可以了，不给也没事。绝对不会收钱的。"小杨说。

"古巴靠着良好的医疗资源和周边国家搞医疗换资源的医疗外

交，南美各国都有古巴医生。古巴派往巴西的医生就有 5000 多人，巴西给古巴医生 5000 美元 / 年，古巴政府收走 3000 美元。援外回来的医生可以优先购车，政策对他们也有优惠。

非常优秀的医生也有跑到国外去的，我导师的同事基本上都去了西班牙等国。

古巴医疗的负面就是没有竞争，效率比较低。有时也不是医生不尽力，而是资源不足。如有的病人病得厉害，但是没有车送他走，只能放在那里。

肢具会发给需要的人，但是要等。如果需要家庭护理也会派人上门去做检查、治疗。"

"中国留学生在这里最多时 3000 多人，学医的占了 1/3，现在还有 400~500 人，学医的 100~200 人。这个学期过了就没有多少人了。我学的是临床硕士，要 10 万人民币 / 年，眼科最贵。

古巴的医学是眼科和肿瘤最有名。"对呀，查韦斯就来了几次做癌症的治疗。

"古巴是世界上唯一研究出第二代肺癌疫苗的国家。它可以使肺癌不再扩散，固定在那里。

古巴医生的手术从早上 9:00 开始到下午 4:00，不吃不喝，是常有的事。每月有 2.2 天的休假，可以累计，最少连续休一个礼拜。古巴也是不能堕胎的国家。"这可能和信天主教的人多有关。

听了小杨的介绍，我大致明白了古巴免费医疗体系。觉得有合理性，资源浪费少。

谢谢小杨，小杨已经饿了，他太太都心疼他了。他给我讲了这么多，我感到抱歉。为了让国内了解古巴医疗的先进性和合理性，小杨说了半天。我让他赶快吃饭，不再打搅他了。

我问小杨的夫人："古巴这里有几个孩子，几个父亲的吗？是不是母系社会呀？"我以为古巴会像伯利兹和智利那样，一个妈妈带着不同样的几个孩子。

　　她的眼睛都瞪大了："没有那么夸张了，他们这里还好。"

　　小杨是宁夏银川人，有种北方汉子的淳朴和豪爽。他想学成后回国工作。祝他早日学成归国！

　　回来的路上，碰到一个残疾人坐在地上，就送了他一些小钱。这是我在哈瓦那第一次见到的，其实他没有一顶帽子，一个盒子，也不伸手。只是坐在地上，不是在步行道上，是我自己猜他需要钱。

　　哈瓦那有些门开着，放张桌子，上面放着两种果汁一样的东西，每个人都喝完了，又把塑料杯子还回去。我真的不敢去尝试，所以也就不知道是什么味道。也又卖三明治的，柜台上没有放几个，也许是招牌，里面有新鲜的？我不买也就没有问。朱利安推我路过一些人家，因为天热，门开着，我就伸着脖子想看清楚，我看见这些人家有电视、有沙发、有冰箱、有吊扇，他们坐在沙发里，和着电视里的音乐，扭动的身子，很幸福的样子。

　　我塞给朱利安 10 美元，我觉得他成天陪我，值这钱。

　　回来，我马上把一天的经历写下来，写完看看快 8 点了，我也饿了。我叫："朱利安，朱利安。"

　　一会儿，朱利安下楼来，我和朱利安又去"中国城"，这里离我们住的地方也就不远。要去"天坛饭店"要经过几个古巴人开的中国餐馆，这些古巴女服务员笑着招呼我，我都不好意思了，每次都是对她们摇摇头。

　　到了"天坛饭店"，朱利安要出去等我，我要请他好好吃一顿的，我要他坐在我的对面，我想找到罗大厨和陶老板，谁也不在。

我又向厨房张望，也没有罗大厨的身影，只好看菜单了。这时，老邵来了，他是这里老板的朋友，从上海请来帮着装修一家新的餐厅的。快半年了，完工他就回上海了。

我说："这里什么菜好哇？"

"龙虾吃了吗？"他问。

"中午才吃了。"我说。

"有种狗鱼很好吃，卖完了，最近也没有螃蟹。"他说。

"螺片好吃吗？"我问。

"这个菜不错，要一个青菜，你再给他要一个咕咾肉，就行了。"老邵建议。

老邵高兴地对我说："昨天，你叫那两个苏州人来这里，我就和他们说，你们去玩带上这个老大姐，碰上是缘分。他们说我们明天说好一起玩的。他们还是我的半个老乡呢。我很佩服你，身体不好，一个人，就这样跑，还写文章。"

这对于我来说，早已习以为常了，真的没有什么。

我希望和他在聊古巴的事，就说："这小伙子，是我住 CASA 的服务员，人很好，都 33 岁了，还没有结婚。昨天我们在海边，他看见漂亮姑娘就去打招呼，人家都不理他。"

"这里是这样的，别说他这样的年轻人了，就是老头，也是看见漂亮姑娘就去搭讪，他们很开放的。"老邵说。

菜上来了。

我说："一起吃吧。"

老邵说："我还得等一会儿。你知道，你不带他来，他一年也来不了一次，这里是古巴有亲戚从美国来，才来一次的地方。再就是'情人节'出来的人最多，吃饭要排队的。那一天比'圣诞节'

的人还多，是最肯花钱的一天了，男孩子都要请姑娘出来吃饭。我们店从早上11:00到晚上11:00，才能关门。革命以后，大多数中国人都走了，有钱的中国人去了美国、加拿大。原来这里一大片都是中国人住的，现在只剩下很少了。全古巴不到200人了。"

"我在墨西哥和南美知道有许多中国人在那边。虽然，我没有看见多少中国人，但是数字在那里。"我说。

"古巴不让中国人开饭馆。"老邵说。

我奇怪了："这不是中国人开的吗？"

"他是唯一的一家，是当地人，第三代华人，看不出来了华人的样子。是华人和西班牙的后裔，他妈妈还能看出一点儿华人的样子。他是这里武术学校的校长，老家在广东，叫李荣富。"

我越听越糊涂了："老板不是姓陶的上海人吗？"

"他是老板的大舅子，不是老板，是帮助照顾店的。"老邵这么说，我才明白。

我说："这里的离婚率高吗？"

"就我的观察，年轻人大概就有50%，到了四十岁就比较稳定了。"他说。

我又问："这里什么人挣钱最多？"

"是木工、瓦匠、电工，有手艺的人挣钱最多。"老邵说，我有点吃惊，不是教授、医生呀？

他又说："这里的公共汽车比较少，如果你看见公家的车，你招手，它就要停下来，如果顺路，一定要拉上你。果然是漂亮姑娘，绕点儿路也要拉上。"真是社会主义呀。"据我的观察，这里60%的人向往美国，几乎都是年轻人；40%的人不想去，几乎都是老年人，他们适应不了美国的快节奏。美国有规定一年可以收留1万至

2 万古巴人。还有一个规定就是古巴人只要踏上美国的土地，就要被拘留，当然是针对要颠覆古巴的而制定的法律。这里的居委会相当于工会，权力很大。古巴的医疗水平和欧洲差不多，排名二十几，中国排名在 100 以外。"老邵津津乐道。

朱利安很喜欢咕咾肉，他把剩下的小心地打包，带回去。我很高兴他享受了一顿一年也来不了一次的地方。

老邵突然想起："他们的生物研究很好，从甘蔗李提取的贝贝黑，可以治三高。还很便宜，一个月 6 美元，三个月就见效，你应该买一点儿。中国外交部的人都吃这个。还有一种女孩子喜欢的夜霜，是从芒果树的根提取的叫韦芒。"

我真想买一点儿带回国试试。

老邵热情地去找罗大厨，问他还有没有贝贝黑和韦芒。他真有贝贝黑，我买了一年的量，他没有晚霜了。老邵想让朱利安去买晚霜，朱利安一个连女朋友都没有的大小伙子，哪里知道什么晚霜，在说他是黑人，黑人的皮肤本来就细。根本不用擦什么油。

老邵很想让我买到，就说："你明天来，看看能不能买到。买到给你留着。"

太谢谢了！老邵真好心。

二十一　海明威故居

5 月 26 日

我一早起来，先写昨天的。

早餐来了，我和那女士说："明天早上我要去机场，10 点请帮我叫一辆车。"因为这里人动作太慢，我怕晚了，就早点儿走。她给朱利安翻译，让朱利安去叫车。

我回屋，把剩下的一点儿写完。就叫朱利安叫车，我们去海明威的故居。他说："你要不要一个敞篷车？"他用手比画着。

"不要，太晒了。"我说。

朱利安用手机叫车。

我把在墨西哥买的饭盒和清凉油，给了打扫卫生瘦瘦的黑女人，她很高兴。其实，我更高兴。

过了 10 点，车还没有来，我怎么没有学西班牙语："快点！快点！快点！"现在学也没用了，明天就去迈阿密。

快 11 点了，车终于来了。

一个特像歌星的酷小伙，开着一辆老爷车来了。来了，就行，我特喜欢这种老爷车，在别的地方，有钱还坐不上呢。

　　我问："贡多瓦勒（多少钱）？"

　　酷小伙给我写去 15CUC，回来 15CUC。我在中间写了"2."，就成了 12.5CUC。他马上同意，我和朱利安上了车。

　　我说："我们去海明威的故居。"这个小伙子比朱利安强，他会点儿英语，可能和他的职业有关。我们开往郊区，一路上看见一些开满花的树，有火红色，有蓝紫色，有嫩黄色和白色。芒果树果实累累，我在想最上面的怎么摘呀？在巴拿马问过小李，她说："自己会掉下来。"

　　街上的小店外面排着队的人们，有许多人托着一盘鸡蛋，难道今天是配给的日子？我每天的两个鸡蛋，不会是吃了谁的配额吧？想着都觉得心里不安。

　　欧内斯特·米勒尔·海明威（1899.7.21-1961.7.20）美国作家、记者，被认为是 20 世纪最著名的小说家之一，生于芝加哥郊外的奥克帕克，晚年在爱达荷州家中自杀。海明威的一生错综复杂，先后四次婚姻。1953 年，《老人与海》获得普利策奖，1954 年《老人与海》获得诺贝尔奖。2001 年《太阳照样升起》和《永别了,武器》被美国列为 20 世纪最佳英文小说。

　　我们到了海明威的故居，这里是一个大院子，路边的芒果树，果实累累的芒果都快掉地上了。这里有许多人在参观，我正好碰上了一个 798 的艺术家 L，他也快回中国了。

　　海明威的房子外面有一个台子，上面放着铁的刷着白漆的桌椅。在大树的阴凉下，三两朋友坐在这里实在舒服，喝着热茶或者冷饮，山南海北地聊天，真是人生一大乐事。

　　海明威的客厅，里面挂着鹿头，客厅宽敞明亮，右边是书房，老式的削铅笔机和订书机放在桌子上。海明威坐在面对窗子的椅子上，房子南北通透，加勒比海的海风会吹进来。他在屋里就可以看见海。

我们转到后面，可以看见他家的厨房，有灶台，很简单。再过去是海明威的夫妇的两张床。最后，是餐厅。海明威喜欢喝柠檬汁，不喜欢放糖。那里有更多的鹿角挂在墙上。1921 年到 1927 年，是海明威打的鹿的头和牛头。从这里回过身，可以居高临下地看见远处的城市。如果没有游人，真有一种世外桃源的感觉。

　　旁边，有一座小楼，上面有架望远镜，是海明威观察星星的地方。再后院里海明威还有一个 15 米 × 10 米的游泳池，附近还放着海明威的一艘小游艇。前院有一大丛竹子，各种花草在院子里竞相开放。他这么幸福，还自杀？我实在想不明白。

在抗战时期海明威去过中国，他带着第三任夫人去中国度蜜月，在重庆见到了蒋介石和宋美龄，宋美龄给他们做翻译。他还秘密地见过周恩来，他们直接用法语交谈，其实他有个秘密使命是为美国国防部工作。

海明威死后，记者采访海明威的夫人："海明威成天追女孩子，你怎么管得住他。"

海明威夫人说："就是不管，才管得住。"

在古巴人的眼睛里，海明威就是一个成天喝酒泡妞的老家伙。

我们从海明威的故居出来，司机问："去不去玛丽娜·海明威？"

我说："去吧。"

我突然看见院子里有卖鲜榨甘蔗汁的，我给朱利安 10CUC，让他去买了三杯。3CUC 一杯很好喝，杯子上还加了一个菠萝片，搅水的棒子也是甘蔗做的，很环保。

车子开向玛丽娜·海明威，这里比哈瓦那还漂亮，花也更多，城市两旁的树更加整齐，街上人也少。我们到了一个有五条避风港的海边旅游区，已经过了中午 1 点钟，我们还没有吃饭。我应该请他们，这两个大孩子的年龄加一起也不一定比我大。

到了一家餐厅，人家关门了。再找第二家，是一个保龄球馆。有 PIZZA，我叫了三个，12CUC。这时来了一个高大的美女，这两个小伙子都行着注目礼，直到人家进了卫生间，幸好她有男友。不然，我估计朱利安和司机都会上去搭讪。

我们的 PIZZA 来了，是鱼肉的薄 PIZZA，烤的比较焦的那种。好像皮里有玉米面。我吃不了一个，就给他们每人两片。

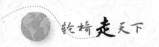

最后，朱利安和司机也吃不下了，我看他们怎么办，朱利安把鱼刮下来吃掉，把面皮留下了。这些孩子显然没有挨过饿。

在路边，我看见一个全是中国人的墓地，我得研究一下，好像是烈士墓。

在哈瓦那有一个碑，上面写这："中国人没有一个懦夫，没有一个逃兵。"我没有去看那个碑，都是西班牙文，我看也看不懂。我在拉美就是文盲。

回来，司机老是在指给我名胜，我也乐得拍个不停。

我让司机开到"中国城"，给了他20美元和20CUC。我们到了"天坛饭店"，我看见罗师傅，就问："晚霜买到了吗？"

他说："没有了，已经断货了。"

看见陶老板和一个白种女人在外面吃饭，有两个女孩子围在周边。我估计这是陶老板的夫人。

就问罗师傅："这是陶老板的夫人吗？"

罗师傅说："是的。"

我赶快出去："陶老板给你们全家照张像，可以吗？"

"行呀。"陶老板痛快地答应着。

一会儿，陶老板的家人都走了，他进来了。

陶老板知道我没有买成晚霜，说："我才买了五罐，都给我爸爸带到上海去了。"

我太惊奇了："你爸爸还用这个？"

"我爸爸七十多了，找了一个四十多的女朋友，他每天晚上都要擦的。"陶老板拿他爸爸开心。

"他还想年轻点儿，他女朋友还上班吧。"我问。

陶老板说："是呀，她在税务局上班。"

我问他："你怎么来古巴的？"

他说："我爸爸妈妈80年代就下海了，我爸爸原来是交大艺术系的创始人。他们下海以后就俄罗斯、欧洲、古巴哪里都去。"

我说："那你妹妹怎么来的古巴？"

"她还不是我爸爸、妈妈让她来的。我爸爸和古巴的各级领导都很熟。这些是他和古巴领导的合影。这张是他和劳尔两个人的。古巴领导很随便，他们来吃饭，就一个保镖，保镖还一起吃。一般保镖都是老人，像老家奴那种，跟他们时间很长了。他们到这里就是放松，我们和他们是朋友。真的，我们不说政治，他们荤的素的笑话都说。"陶老板平静地说着。

"卡斯特罗是三兄弟，老大拉蒙，老二菲德尔，老三劳尔。拉蒙90多岁了，菲德尔88岁，劳尔83岁，劳尔说做完这届不做了。古巴领导人很好，很团结。没有听说有政治局子女从政的，也没有经商的。劳尔的女儿还为同性恋争取权益，她和我妹妹很熟。"

"古巴领导人和普通人的工资没有什么差别，就是待遇有差别。如车子特供了，特供也不是太厉害。部长都看不出差别，上届外交部长还没有房子，住在丈母娘家里。有一次中国大使馆开招待会，几个政治局的领导都去，大家坐一辆面包车，劳尔还坐在门口的小座位上。古巴领导人是很随便的。"

"这张三个古巴将军是华人，一个姓黄；一个姓蔡；还有一个想不起来了。姓黄的是古中友好协会的会长，已经去世了。"

"我妹妹和许多领导人的孩子都是很好朋友。劳尔的记性特别好，他见过我爸爸有六年了，那次在飞机场又见到我爸爸，劳尔说我认识这个中国人。"陶老板滔滔不绝。

"这张是我妹夫和胡锦涛握手的照片。这张是古巴国家副主席，他是墨西哥那条船上的一个，是司令，他建立了古巴的整个安全机构，情报工作他负责。他 1999 年去中国买了一百万台熊猫电视机回来，那时都不生产了，也没有保修了。这是他和我妹夫。"陶老板耐心地给我介绍。

我说："我在古巴没有见过要饭的。"

"对，古巴没有要饭的，只有要酒的。"陶老板承认。"古巴人排队是很有技术的，我有次去办事，看见没人，就到最前面，有人说：'排队去。'我看看没人排什么队呀？人都在阴凉处，东一堆西一堆的，他们都知道谁在前，谁在后，你来了要问：'谁是最后的？'有人就会举手。"

我问："这里的婚姻稳定吗？"

"不稳定，有的妈妈几个孩子都是不同的爸爸生的，可是，这里的人不在乎，只要他喜欢这个女人，他就把她的孩子当成自己的。我妹夫和他哥哥不是一个父亲，他父亲对他哥哥没有什么不同。我见过那老头，真的待他哥哥和亲生的一样。这里有句话：'妈只有一个，爸就不一定了。'所以，我说他们是母系社会。"陶老板介绍道。

"古巴是不承认私人财产的，华区促进会下面有许多的饭店，

古巴取消了华区促进会,可是没有取消我们这家饭店。劳尔要改革,就不取消了。这饭店已经做了二十年了。陶老板在古巴时间长了,把古巴看得比较透。

我问:"你们在古巴习惯了吗?"

"我们要求也不高,很习惯,古巴人看我们还是外国人,古巴人对外国人还是比较好的。可是,古巴也有一些有钱人,有一次,我去看房子,一看不得了,真是有钱,这些人在国外还有生意。"陶老板说道。

我又要了龙虾和米饭,回到中国就吃不上这么好的龙虾了。再说罗大厨做菜也真好。

晚上,我叫朱利安来接我,我回到房间抓紧时间写,到了8点左右,朱利安来敲门,他拿着一种古巴饭问我要吃吗?我一肚子里的龙虾还没消化呢。不吃了,我摇摇手,朱利安又点儿失望。我知道朱利安觉得我请他们喝甘蔗汁和吃 PIZZA,他要回请我古巴饭,我领情了。我理解朱利安,他是有尊严的,他不想占我的便宜,就做些好吃的古巴饭。可是按照中国的价值是我占你的便宜呀!谢谢!朱利安!

我给小陈两口子发短信,想告诉他们海明威故居和玛丽娜·海明威也很好。希望他们在"天坛饭店"吃完饭能来一趟。

10点了,看他们还不来,我就睡下了。半小时后,朱利安来敲门,我打开门问:"什么事?"

他只会西班牙语,说了半天,我猜是小陈两口子要来,让他去接。他问问要不要接。

我说:"好,你去吧。"

我回屋忙把芒果准备好，还准备了海明威和玛丽娜·海明威的地名。

　　果然，是小陈两口子，他们回到旅馆才看见我的短信，又返回来。两人只能到"天坛饭店"，在那里他们碰到了陶老板的妹妹，她给朱利安打了电话。

　　我请朱利安去切芒果，小陈两口子坐下说："你没去就对了，没什么意思。真的在中国看过桂林，到这里没什么好看的，太小了。还去看了两个做雪茄的手工作坊，上车下车就够你呛，每人65CUC呢。"

　　朱利安把芒果都切成了水果粒，端了出来，朱利安太细心了。小陈夫妇都说："好吃。"

　　我说："我早上带着朱利安去海明威的故居，那里太好了。他家幽静有些奇花异草，玛丽娜·海明威比哈瓦那还好，人也少。我给司机20CUC和20美金。我和罗师傅买了一年的贝贝黑治三高的，就80CUC，还有一种晚霜没有买到。"

　　"我们明天早上来，先送你走，再让朱利安给我们叫辆车。"说完，他们就回旅馆了。

二十二　巴哈马　拿骚

5 月 27 日

巴哈马包含 700 座岛屿和 2000 座珊瑚礁，长 1220 公里，宽 96 公里。亚热带气候，年平均温度 23.5 度。

公元 300—400 年，巴哈马就有印第安人文明存在。

2013 年 12 月 13 日，中国和巴哈马建交，互免签证。

34.8 万人，黑人占 85%。

拿骚是巴哈马的首都，位于新普罗威登斯岛北岸，距离美国迈阿密 290 公里。拿骚 17 世纪 30 年代是英国的一个居民点。1660 年发展成较大的城镇，当时叫"查尔斯敦"，1729 年正式成立城市，沿用拿骚至今。

我一早起来，等这朱利安叫我吃饭，我又找出一些清凉油送给朱利安和打扫卫生的女人。

今天早饭来的比往常早，显然送饭的女人知道我要走了。我吃完她给我准备的早餐，谢谢她几天的劳动。我没有东西送她了，她每天拿 4 个 CUC，可以用 CUP 准备早餐，应该是赚钱的。我一直怀疑这房子是她的，我也没有问。请她告诉朱利安，今天早上要两部车。

小陈夫妇俩来了。后面还跟着一个没有见过的中国人。小陈轻轻和我说："在旅馆碰到的。"

我看见小陈的老公头上有伤，就问："头怎么了？"

"昨天，在卫生间滑倒了。"他说。

"你是哪个省的？"我问新人。

这个男人说："大连来的。"

"怎么不带老婆一起来？"我又问。

他说："她在美国上班。"

原来她的老婆孩子常住美国。

他说："我现在没有办法买机票订旅馆。"

"你去五星级的酒店，那里五到八美元上网一小时。"我说。

他一脸无奈地说："我昨天去了，网一会儿有，一会儿没有。"

他对我住的 CASA 感兴趣，我才想起问："你们住的旅馆一天多少钱呀？"

"五十多美元一天。"他说。

我告诉他："我这里一天 25CUC，早餐 4CUC。要不你搬到这里来。"

"我订不到机票，就来这里住。这里的地址是什么？"他问。

朱利安不在，我知道放名片的地方，就去拿了一张给他。这里很需要下一个客人。

我和小陈说："第一个车，我先去机场，第二个车，你们再走。"

小陈他们理解。

朱利安回来了。我叫他帮小陈他们去买一大瓶水。他一会儿回来说："那种大瓶的没有了，就是这种了。"就是大可乐那么大，也不错了，小陈他们很满意。

出租车来了。

大家七手八脚把我的东西放上车，朱利安说："25CUC。"他还给我找的是便宜的，我点点头。

我和朱利安、小陈拥抱后，和小朱还有新来的大连人握手告别。说："回中国再联系。"

哈瓦那在我的视野中迅速地后退。我在一个地方看见一个报废的火车站，有都是灰尘的火车，站里一个人也没有。

到了机场，我去排队过关，不知道为什么，检察官觉得我的护照有问题，一个检察官拿着我的护照去请示领导，回来又说："没有问题了。"什么意思，我这么守法，会又什么问题？

我到了门那里，给了推我的人两个美元的小费。

哈瓦那机场非常的整齐、利落，因为飞机少，所以机场不乱，不繁忙。

我去买了明信片做纪念。

飞机按时起飞，跑道很少有飞机，不排队。飞机准时冲向跑道，轻盈的离地。

古巴，我只匆

匆看了你一眼就喜欢上你了。

两个小时后，我在拿骚下飞机。拿骚的海很漂亮。有点儿像圣佩德罗的海的颜色。拿骚的安检很严格，要脱鞋和脱外套，男人要解皮带。等我过关时，工作人员问我有没有迈阿密的旅馆预定。我说："等一会儿，我马上订一个。"

我在一边打开计算机，订了一家离机场近的，因为我就睡一晚，还要飞旧金山呢。

海关顺利通过了。

拿骚的机场非常干净整洁，很现代。后来，我才知道在北美，除了美国和加拿大，就数巴哈马富有了。

在拿骚我要等几个小时，我可以上街，但是不知道城市有多远，又怕回来找车麻烦。而且，我要在这里吃饭，美国的飞机是不给饭吃的。

我看这里很安全，先去取款机取了 800 美金。

又叫了一盒三明治，足够两个人吃的。

我还有三个小时，但是理论上国外的飞机要提前两个半小时到机场，我就没有什么时间了。

飞机准时到达迈阿密，怎么没有检查了呢，我是入境呀，出乎我的意外。拿骚那么严，这里就像在国内。天开始黑下来了。一个黑人司机拉我去我订的旅馆。美国的气氛和南美洲、拉丁美洲很不一样，一种身心放松的感觉，不太用担心安全的问题了。

旅馆工作人员很亲切，给了我一间有残疾人专用浴室的房间，离前台也不远。院子里有游泳池，还真有人在游泳。我去大堂买了一个小杯面和一个小冰激凌。这里的卫生显然比南美好。

　　我把杯面放微波炉里加热，吃了冰激凌就去洗澡。

　　女儿来微信说："迈阿密只去南滩就可以了。别的没什么可看的。"她几个月前刚来过迈阿密。

　　给飞利浦发 E-mail："请订一家餐馆，把小黄也叫来，我好几年没有看见他了。"

　　我在双人的大床上很快就睡着了。

二十三　迈阿密

5月28日

今天下午，我要飞到亚特兰大，再倒机去旧金山。我还有一个下午的时间。

这家旅馆有早餐，我用做松饼的模子做了一个松饼，但是没有放蜂蜜。吃过早饭，我就叫了一辆出租车去南滩。已经到了美国，我还改不了口语，张嘴就说西班牙语，已经两个多月了，"欧拉。"一出口，就觉得不对了。

司机问了我："从哪里来？"

我说："哈瓦那。"

他说："我三岁时，从古巴来到迈阿密。"

啊！是一个古巴裔的美国人。

我告诉他："我喜欢古巴的蓝天、白云、大海，还有龙虾。博你达（漂亮）马格尼非寇（美）！"

他给我看他小女儿的照片，他说："我再也没有回去过古巴。我夫人在MACY当店员。大女儿已经离开家了。"

显然，司机很高兴，他拉我去看一些世界名牌店。其实，我对这一点儿也不感兴趣。他又拉我去看涂鸦，总之，他要把迈阿密最有特点的一面展示给我。

看看快到中午，我问他有中餐厅吗？他问了一下，找到一家。我进去坐下来，也请他和我一起吃饭。他把计程表停了，司机心眼不错嘛。看菜单是中国菜，一问才知道是越南人开的。我叫了一道荷兰豆和一个麻婆豆腐。店里的老板娘很殷勤，她用熟练的普通话和我说："要不要辣？"我说不要。

菜上来了，这么大的份，四个人吃差不多。古巴裔的司机好像从来没有吃过中国菜，他觉得很好吃，他说要带老婆来一次。我让他多吃一点儿。最后，还剩下很多，我向老板娘要了饭盒，把饭装上。

司机带我到了南滩，这里有许多露天酒吧，好车、美女、帅哥满街头。司机告诉我："现在人不多，到晚上才多呢。"外边就是海了。这里也是大西洋。

我看了那么多漂亮的海，这里的海没有多大的吸引力。就催司机去机场。

在机场，我过了安检。在去亚特兰大的门那里，突然，看见两个像中国人，原来是一对夫妇。他们刚吃完饭，我凑过去问他们："是哪里人？"

"太原的。"他们说。

"我在山西插队五年，在太原也待过三年。"我说。

"我们给孩子开毕业典礼，又参团出来玩了一圈。"他们说。

我问他们："你们现在去哪里？"

"我们去亚特兰大，然后倒机去密歇根。"他们答道。

"我们是一班飞机，我到亚特兰大后倒机去旧金山，过两天回国。我刚从中南美洲回来，这次加美国走了八九个国家。"我说。

"你就一个人，坐着轮椅游的？"他们俩瞪大了眼睛。

我已经习惯人家这样看我。我没有觉得有什么不妥。不过，确实，我没有看见过一个像我这样的旅游者，无论在欧洲还是在美洲。

"我来美国多次了，在飞机上看见的都是给子女看孩子的。"我说。

他们也附和道："是呀，我们旅游团，就有好几个是给孩子看孙子的。来了还跟子女不和，哭着回了中国，几个月以后，一想孩子每个月用几千美金请人，一心疼钱，又跑回来看孙子了。"

"我还知道有些做过科长、处长的人，到这里看孩子，可是找不到平衡了，回去就得了癌症呢。为什么长辈我们照顾，孙辈还是我们照顾，好事都是孩子的，我们老是那受罪受累的？多不公平呀！"我说。

那女的眨巴眨巴眼睛说："你说的对呀，我们现在就照顾两边的老人，我从来没有这样想过。"

我的手机有微信，我一看是小女儿的，她写道："飞机晚点了。"

那男的赶快过去看显示牌。一会儿，回来说："果然晚点了。"

我拿出豆腐米饭开始吃，为了不带到飞机上，怕有味道。

又过了一会儿，小女儿又来微信说："飞机又推迟了。"

我赶快让小女儿告诉飞利浦叔叔，晚上别等我了，我不能让他们不睡觉等着我。小女儿说："已经告诉飞利浦叔叔了。"

我们又开始聊山西，聊太原。手机又响了，我猜是小女儿的，她很关注我到旧金山的时间，本来这个疯狂老妈就够让她们担心的了，这下终于要回来了，不知道飞机什么时候到，好去接呀。我打开手机，如我所料，小女儿写道："飞机再次晚点。"我告诉了这夫妇俩。

男的跑去看了，果然又推迟了。

我开始有些担心了，我倒机的时间越来越短，不会不够吧。本来几个小时的倒机时间，现在就剩下几十分钟了。

我问他们："你们的倒机时间还够吗？"

他们也觉得紧张了。说："还够。"

不用改签就好。

我实在吃不下了，就把剩下的饭都扔了。

看看时间差不多了，我们就去门那里等着登机。

我第一个登机，他们夫妇就坐我的前两排。

天在下雨，有些冷。

我旁边有一对黑人母女，小女孩非常可爱，她漂亮的妈妈是很少有的美。我在插队时看了两套《中国文学史》在里面出现最多的一句话就是："状元三年一个，美女千载难逢。"这就是中国男人最看重的吧。我不知道中国人看见这样漂亮的黑美人有何感想，我很喜欢，就像看艺术品一样地看这对母女。

到了亚特兰大，男的回过身来和我说："我们送你到你的门，我们再走。"

我说："不用，有人会管我的。而且，我都是最后一个下飞机，会耽误你们的时间的。"

他们好像听进去了，又好像没有听进去，跟着人群下了飞机。

我等乘务员来叫我，我才走到舱门口，看见他们俩还站在那里等我，他们大有大不了就改签的准备。真是好人哪！他们还不放心地跟着我。

　　一个黑人来推我，我和他们说："你们看有人会把我送上飞机的，你们快点走吧。"他们才依依不舍地离开。

　　出来到了门口，推我的人突然不见了。我去看显示屏，在显示屏上，去旧金山的飞机在另外的楼里。在这里的等飞机的人开始找推我的人，他们比我还着急，这时一个会中文的旅客过来问我："需要帮助吗？"

　　我说："不用。"我心里知道已经很晚了，但是，我从没有碰到把我扔下不管的事，所以，我还有信心。

　　这时，那个黑人冒出来了，我周围的人都松了一口气，看着我笑，我招手谢谢大家。这个黑人好像非常熟悉我要上的航班，他东拐西拐上了列车，我们至少换了三次车，才到了旧金山的门口，我塞给他小费后上了飞机。

　　我坐在座位上，还在担心那两个山西人赶上飞机没有？

　　飞机在旧金山落地，已经过了 12 点了。小女儿在等我。

二十四　旧金山

5 月 29 日

我起来后，打电话问飞利浦："订了哪家餐馆？"

飞利浦说："在我们家吃饺子。"

我说好要请朋友们吃饭的，怎么又变成在他家吃饺子了？是飞利浦为我省钱吧？我想好，就买些海鲜在他家做吧。

我又问朋友的妹妹："什么时候带我去买衣服？"

她说："下午两点。你把地址发给我。"

这时，女儿端着早餐上来了，伺候到床上的早餐，除了住院或在家养病，这还是平生第一次，我真有点儿受宠若惊了。她说："房东今天有客人来，十点到十一点半。"我知道了，我要等十二点洗澡。

过了十二点，我去洗了澡。把要带的东西都装好，剩下的放女儿这里。明天大女儿会接了我，再来拿行李。

在楼下，我看见了女儿的房东。我告诉他，我去了他的故乡秘鲁，那里很漂亮，他很高兴。然后，我就坐在门廊等着。

朋友的妹妹很准时，我上了她的车，她说："你要买的衣服，我查了一下，还是在伯克利那边买，我已经给店里打了电话了。"

我说："买完衣服，我们去大华99买点海鲜。"

她说："不用了，飞利浦都安排好了。"

我们去第一家店没有看上，在第二家店里看上一套，我喜欢，只是有点儿贵，两件加一起有400美元。

要善待自己，劳动了一辈子，也该为自己想想了。

我们又去了一家二手店商店，她说："美国很流行，把自己不穿的衣服拿来二手店变现。"

我是一个好奇心很重的人，什么新鲜事都想试试。就买了一件很波西米亚的衣服，面料很薄，是名牌，20美元。

我明天还有时间和女儿们一起去买衣服。

朋友的妹妹想请我吃点心，不行，我不想吃甜的东西。她问我想不想去航海，我只在康乃狄格的小湖里开过小游船。明天的时间属于女儿们。我问了大女儿，她不想去，小女儿没有空。

我们就往飞利浦家开去。

小丁已经做出了好多饺子，我看看还要站着做。

我有点饿了，就和小丁说："也不知道咸淡，应该煮几个尝尝。"

小丁说："咸淡都晚了，已经快包完了。"不过，她还是煮了几个。差不多都让我吃了，结论是咸淡正好。

小丁说："我还准备了素馅的呢。"

这时，飞利浦下班回来了，我问他："为什么变成在你家吃饺子了？"

他说："大家都住这边，再都去旧金山吃饭，路上又塞车，还不如在家里呢。"

恭敬不如从命，客随主便吧。

飞利浦说："明天会有许多老廖的老朋友都来，你要不然改票吧。"

"不用了。"我想麻烦飞利浦已经够多了，我还想回北京去整理稿子呢。

小王来了，我们已经有十年没有见面了吧。他比我小几岁，算是小弟弟。还是那么憨厚地笑着，我上前拥抱他。

老杨也来了，他做的脆萝卜不错，口感很好。

安娜也下班了。开始煮饺子。我因为刚才吃了几个很快就饱了。小丁煮了一锅素饺子，基本上都破了，朋友的妹妹说："我为了多放点儿馅，结果都破了。"

我说："叫'百花齐放'饺子吧。"

飞利浦说："叫'改革开放'饺子。"博得了一片赞扬声。

朋友的弟弟问飞利浦："你是从香港到伯克利的吗？"

"我从英国牛津大学毕业，再来的伯克利。我和詹志芳的先生，小黄都是伯克利的同学。"飞利浦说。

我说："你不知道，他们在伯克利的时候，有自己的广播时间，有合唱团、话剧团，还去国民党党部抗议蒋介石把权力交给蒋经国，结果不少人挨打了呢。"

朋友的弟弟不解地问："谁打呀？"

我们几个异口同声地说："国民党的人打的呀。"

我说："还有一个被打的昏迷不醒了，这人在北京呢。"

我又指着小黄说："他是做广播的。每周一次，开始曲是《北风吹》，结束曲是《我的祖国》。"

朋友的弟弟显然对这些即上学又投身进步运动的朋友多了几分

敬意。是呀,他们多数还拿到了博士学位,在社会上都有不错的表现。现在,都该退休了,只有我先生和一个叫戈武的都很年轻就去世了。

朋友的妹妹拿出了她做的派,很受欢迎。

饺子会该散了。

5 月 30 日

早上起来,天气不好,有点阴沉沉的。飞利浦提议去"东海"。我们开到半路,朋友的妹妹来电话,要我们去她家。我们说:"我们正在去'东海'的路上,你来吧。"

她说:"不来了,你们吃完饭来我家。"

这次,我们到得比较早,就坐在了靠窗子的桌子,今天天气不好,也可能海水不干净,跟加勒比海的海水真无法比。

我说:"今天我买单。"

吃过饭,安娜回去照顾婆婆,我和飞利浦去朋友的妹妹家。在她家的客厅兼餐厅的大屋子里,她又在做水果派了。她可真是一个做蛋糕的专家呀!

朋友的妹妹还给我们放 DVD。我请飞利浦把这里的地址发给大女儿,她一会儿到这里来接我。

我选了杰西·诺曼和张权,我们听着音乐,聊着画。朋友的父亲是中央美院的教授,教美术史。如果不是服从分配,他会是一个好画家的。

我说:"我最喜欢的画家是范宽。"

朋友的妹妹以为是范曾,说:"我不喜欢范曾,他人品不好。"

我说："还有一个让人讨厌的人——余秋雨。"

"对呀！"她一边看着她的水果派，一边拍手。

"还有一个让人讨厌的人。"飞利浦说。

我们俩都看着他，"于丹呀。"飞利浦笑着说。

我们大声附和："对呀！"

我们还谈到卡拉斯不平凡的一生，被希腊船王给涮了，气得得了癌症。飞利浦马上把他手机里卡拉斯的歌放出来，显然是个卡粉。

大女儿到附近了，飞利浦去接她。女儿一进门，我就把留下的半个派给她。

朋友的妹妹说："我马上就做好一个。"果然，几分钟后，她又做好了一个派。大女儿对这派大加赞赏，问里面都放了什么。

我很得意地说："我的两个女儿都特会吃，这个好吃懒做，那个会做会吃。"

大女儿也留了半个派给妹妹。我说："你看我们家的光荣传统。"

飞利浦看见大女儿安全到达，就赶回去照顾他妈妈了。

我让大女儿去晒台看看，她有点儿惊叹，这里可以把整个湾区尽收眼底。

我们告辞出来，说好以后在北京见。

大女儿开车去小女儿的住处，把我的两个箱子都放进后备厢。

本来我想去吃中餐，可是大女儿比较喜欢日本料理，就说："找一家日本料理店吧。"

大女儿熟悉这附近，带我们去了一家日本料理店，我们点了一大盘，有生鱼片，有寿司，有甜不辣。

　　吃过饭，两个女儿商量带我到哪里去买衣服。到了地方，她们把我的轮椅放下来，我自己转。看见一个小坡，我得撒下娇："推。"两个女儿一起推我，我极大的满足。第一家没有我喜欢的衣服，到了第二家，她们两个帮我找，一会儿，就有几件了，我拿着到试衣间去试。现在，要试衣服，就给你牌子，试几件几个牌子。我挑了三条裤子，三件衣服，真有效率。又去一家买药，我要得都是普通药，在一家就买到了。

　　回到大女儿家，她立刻给我们做了一种混合果汁。不错！

　　两个女儿都帮我装箱子。

　　所有都搞定，已经过了 12 点了。

5 月 31 日

　　一早，小女儿先起来，来叫我时我已经醒了。穿好衣服，刷牙洗脸。怎么大女儿还不起来呀？

小女儿已经做好面条了。我快速地吃完水果和面条。大女儿才睡眼惺忪地起来。她说："我昨晚 4 点才睡着。"

呀！她才睡了两个小时。

在换登机牌的地方，工作人员竟然让她们俩进来陪我。我们在候机厅等的时候，小女儿说："妈妈，让我们看看你的护照。你去得的地方比我俩还多。"

"我比你们老，就应该去的地方比你们多。"我心里想，没有"文革"，我去的地方还要多呢。

该登机了，两个女儿来和我拥抱。我轻声对大女儿说："好好过日子。"

飞机飞过阿拉斯加时，我打开遮光板，下面白雪皑皑。从 3 月 11 日离开北京，到今天已经 84 天了。

后　记

　　从美洲回来已经一年了，我有些想法还是不吐不快。没有去之前，很多朋友告诫我说："南美贩毒、走私很厉害，不安全，你还去呀？"我想，哪里都应该是好人多，基于这点，我还是决定一个人去了。结果，我没有被抢被偷，没有丢一分钱，只有我自己看错钱，给多了。没有什么了不起的事情发生。确实验证了我的想法——哪里都是好人多。

　　中南美洲许多国家的革命也曾经如火如荼，他们的革命领导人受教育程度高，如卡斯特罗是博士；阿连德也是博士；切·格瓦拉是真正大学毕业的医生等。他们都是经过资本主义制度的，对资本主义的利弊都很清楚。所以，他们是在资本主义的基础上改革。而绝不会把国家带到封建社会去。他们比较接近马克思理论，也就是在发达的资本主义的基础上发展社会主义。而且，他们没有多少封建思想，都相当廉洁，没有给自己什么特权。所以，他们的社会制度比较进步。我感觉还是亚洲的社会制度最落后，还有世袭和终身制，还有制定接班人这种像皇帝立太子一样的封建做法。

　　另外，因为中南美洲有相当部分的人是欧洲后裔。欧洲的教养、习惯也带到了美洲。比如，我没有见过伸手要钱的，他们想要钱，都表演一些杂耍、音乐等。我在街上被问到："需要帮助吗？"比在中国多得多。

环保意识也比较好，在圣佩德罗的机票就是可以重复使用的大塑料牌。在智利的卡萨布兰卡市附近，我就看见巨大的网箱，人们可以把喝过的饮料瓶扔进去，便于回收。

在最后校对时，巴西里约热内卢的奥运会开幕了。它用很少的钱，在整个过程中，环保贯穿始终，能够说他们落后吗？显然，我们离开世界的理念比他们远得多。

秘鲁马丘比丘的旅游公司的火车和中巴的服务都那么的超乎想象。我在中国没有看到过。复活节岛的导游和古巴的房屋管理员的那种淳朴，这些深深地印在我的心底。

我们的物质文明发展很快，精神文明却越落越远了。对钱的病态渴望使许多人变态了，变得丑恶无耻！

我在许多国家都碰到华为的员工。中国的企业如果都学习华为默默地做事，中国将大有希望。

我还是很希望，大家可以勇敢地走出去，亲眼看看我们有什么可以学习的，尽快跟上世界的步伐。

图书在版编目（CIP）数据

轮椅走天下：全2册／詹志芳著．—北京：中国
广播影视出版社，2017.2
ISBN 978-7-5043-7784-5

Ⅰ．①轮…　Ⅱ．①詹…　Ⅲ．①旅游指南－世界　Ⅳ.
① K919

中国版本图书馆 CIP 数据核字 (2016) 第 266978 号

轮椅走天下（全2册）

詹志芳　著

责任编辑	佟　昕
装帧设计	成晟视觉
责任校对	谭　霞

出版发行　中国广播影视出版社
电　　话　010–86093580　010–86093583
社　　址　北京市西城区真武庙二条9号
邮　　编　100045
网　　址　www.crtp.com.cn
电子信箱　crtp8@sina.com

经　　销　全国各地新华书店
印　　刷　河北鑫宏源印刷包装有限责任公司

开　本	880 毫米 × 1230 毫米　1/32
字　数	625（千）字
印　张	27.125
版　次	2017 年 2 月第 1 版　2017 年 2 月第 1 次印刷

| 书　号 | ISBN 978-7-5043-7784-5 |
| 定　价 | 59.80 元 |